U0135391

挑 战 与 博 弈

文
学
的
位
置

南帆 著

The Location of Literature

Challenges and Game Playing

创于1897　商務印書館
The Commercial Press

图书在版编目（CIP）数据

文学的位置：挑战与博弈 / 南帆著 . —北京：商务印书馆，2023

ISBN 978-7-100-23171-8

Ⅰ.①文… Ⅱ.①南… Ⅲ.①中国文学—文学研究 Ⅳ.①I206

中国国家版本馆 CIP 数据核字（2023）第 204353 号

文学的位置：挑战与博弈

南帆 著

商 务 印 书 馆 出 版
（北京王府井大街 36 号 邮政编码 100710）
商 务 印 书 馆 发 行
北京顶佳世纪印刷有限公司印刷
ISBN 978-7-100-23171-8

2023 年 12 月第 1 版　　　开本 787×1092　1/16
2023 年 12 月北京第 1 次印刷　印张 26½

定价：128.00 元

目录

目录

第一部分

文学：审美与历史视域

第一章

文化结构、现代性：文学的位置

一

迄今为止，文学理论尚未提供一个成熟且公认的体系。众多或强或弱的震荡时常破坏了理论架构的合拢与完成。文学是什么？这种语言产品具有什么意义？追根溯源，一些基本问题迟迟无法定论。传统的观念遭到废弃，一切论述重新开始。周而复始的循环让人觉得，构造文学理论体系犹如西西弗斯的苦役。当然，众多震荡并未消弭于无形，种种著名命题作为震荡的标记与遗迹陈列于文学批评史——从"诗言志""诗缘情"到"人的文学""工农兵文学"，或者，从"模仿说""浪漫主义""文学是白日梦"到后现代的"跨越边界，填平鸿沟"。纵览文学批评史著作洋洋大观的目录，我试图追问的是——这一份目录的延展是否存在终点？换言之，是否存在标准的终极版文学理论作为所有思考的归宿？这个问题决定如何设想每一个著名命题的意义。如果终极版文学理论如同一份高悬的蓝图，那么，所有的命题毋宁是相互补充与合作。尽管这些命题的内涵可能相互修正甚至相互批驳，但是，它们的共同使命是填充这一份蓝图的众多局部。反之，如果终极版文学理论仅仅是一个幻觉，那么，人们必须重新设想这些命题的来源及其彼此关系。

通常，人们往往在两种意义上构思终极版文学理论的存在依据。首先，文学理论作为某种形而上学观念——例如"道"，或者"理式"——的附件。哲学论证了某种本体论之后，文学理论不仅必须抵达逻辑指定的位置报到，并且根据本体论的指示设想文学的性质。然而，由于形而上学的衰退，这种终极版文学理论已经基本悬搁。另一种终极版文学理论拟定，文学是一个固定不变的实体或者公理，文学理论的职能是绘制出文学的完整图像，如同化学绘制出元素周期表，或者生物学绘制出人类基因组图谱。目前为止，这种前提无法成立。古往今来，文学领域的边界始终游移不定，一个完整的图像始终阙如。另一些理论试图提纲挈领地概括某种文学的"本质"，从而展示一种普遍意义的文学。美、人性、语言、现实的镜子无不曾经作为"本质"的命名。然而，这些概括往往很快失效，文学的变异与例外如同不羁的顽童迅速地逃出了"本质"的覆盖区域。

如果说，终极版文学理论必须包含理论形态的示范，那么，理论表述的标准远未达成共识。黑格尔式的理论家显然热衷于庞大体系，征集众多概念范畴构筑巍峨的理论宫殿。他们甚至觉得，缺乏思辨几乎无法称之为"理论"。相对地说，另一些理论家钟情于犀利而机智的三言两语，例如中国古代的诗话词话。钱锺书对于那些巍峨的理论宫殿敬而远之。在他看来，理论宫殿之中可资利用的仅仅是少量的建筑材料："许多严密周全的思想和哲学系统经不起时间的推排销蚀，在整体上都垮塌了，但是它们的一些个别见解还为后世所采取而未失去时效。"[1] 尽管三言两语显现的理论含量十分稀薄，然而，这并非肯定理论宫殿的充足理由。正如人们时常见到的那样，时代舞台转换之后，众多理论命题一夜之间迅速地过时，貌似坚固的庞大体系不知不觉地瘫痪和解体。

现在可以重新聚焦一个熟悉的名词：时代。所谓的时代远非单纯的时

---

1 钱锺书：《读〈拉奥孔〉》，见《七缀集》，生活·读书·新知三联书店 2002 年版，第34 页。

间刻度，文化坐标赋予时代舞台独特而丰盛的历史内容，甚至提供时代的特殊标识。文学理论的种种普遍范畴显出了历史文化的印记。例如，"正是在十八世纪期间，美的概念经历了一个丧失其超验特性而最终成为纯粹历史范畴的过程"[1]。按照这种观念，一种文学理论命题不仅来自某一个天才理论家的灵感，同时还是那个时代历史文化的作品。历史文化不仅隐含了构思那些理论命题的动机、思想材料和路径，同时还提供了辩论的对手以及评判机制。总之，置身于特殊的时代，诸多哲学、道德、语言学或者心理学、社会学的观念簇拥于文学理论周围，彼此协调，相互论证。孔子对于诗的阐释或者亚里士多德的悲剧考察已经与现今的认识存在很大的差距，然而，他们的观点曾经协调地组织在先秦或者古希腊的知识体系之中，与当时的文化氛围构成一个互动的整体。

文学理论必须接受文学的约束。一方面，文学理论负责描述文学的诸种构成元素，例如情节、人物、意象，乃至节奏、押韵、隐喻，如此等等；另一方面，文学理论广泛地阐释文学的种种功能及其意义，从社会历史的再现、精神抚慰以及象征性满足到道德教化、意识形态规训。如果说，文学的构成元素相对稳定，那么，文学的功能及其意义可以持续地扩展。"文化研究"的某些考察延伸至另一些学科的版图，甚至远离文学研究的传统关注范围，以至于被形容为"没有文学的文学理论"。当然，这并不是企图将文学改造为社会学、经济学或者历史学，而是转借另一些学科的视野重审文学，挖掘乃至赋予文学种种内涵。许多时候，文学理论的合作伙伴显现出清晰的时代表征。《文心雕龙》的"原道""宗经""征圣"表明，儒家文化已经赢得了正统的位置，魏晋时期近体诗的格律与音韵学研究、"四声八病"的提出以及佛经翻译存在密切联系，《沧浪诗话》"以禅喻诗"，宋人谈禅说佛的风气显然是一个重要的原因。精神分析学与结

1　〔美〕马泰·卡林内斯库：《现代性的五副面孔》，顾爱彬、李瑞华译，商务印书馆 2002 年版，第 42 页。

构主义的文学观念只能诞生于 20 世纪，弗洛伊德主义与结构主义语言学均是 20 世纪之初的理论产品。一个有趣的现象是：共时的文化氛围之中，文学理论与周边诸多学科合作的紧密程度往往超过了与文学之间的相互认证。

所谓的"合作"包含激烈的争辩。对于文学的功能及其意义，哲学、伦理道德或者经济学、社会学可能形成远为不同的期待与衡量标准，甚至一个学科内部也可能产生严重分歧。例如，弗洛伊德主义的文学观念曾经遭受道德卫士的强烈憎恶，"性"的主题长期与可耻的言行联系在一起。社会历史批评学派共同关注文学与社会历史的呼应关系，然而，不同的社会主张与意识形态曾经在这个学派内部制造了强烈的对立观念。我想指出的是，争辩、分歧与对立至少显示出一个时代共同聚焦的问题。这些问题之所以成为诸多观念围绕的轴心，一个时代的文化结构具有决定性的作用。文化结构很大程度地源于文化传统与知识体系复杂而隐形的配置，哲学、伦理道德、经济学、社会学等各司其职，共同决定关注什么，忽略什么，如何形成认识经验，如何考察以及如何评判。许多时候，这一切均被赋予相似的时代风格。

聚焦文学理论的时候，我更愿意将熟悉的"时代"一词置换为"文化结构"。一些著名的理论家意识到文化结构的存在，他们曾经给予不同的理论命名，例如福柯的"认识型"，即"知识空间内的那些构型（les configurations），它们产生了各种各样的经验知识"；认识型构建了认识的秩序，这些秩序"作为物的内在规律和确定了物相互间遭遇的方式的隐蔽网络"。[1] 相对地说，库恩的"范式"集中于科学史范畴："我所谓的范式通常是指那些公认的科学成就，它们在一段时间里为实践共同体提供典型的问题和解答。"[2] 依据不同的文化要素组织以及兴趣范围，理论家心目中文

---

1 参阅〔法〕米歇尔·福柯：《词与物——人文科学考古学》，莫伟民译，上海三联书店 2002 年版，前言第 10、8 页。

2 〔美〕托马斯·库恩：《科学革命的结构》，金吾伦、胡新和译，北京大学出版社 2003 年版，序第 4 页。

化结构覆盖的历史段落、空间范围或者处理的内容不尽相同，同时，一种文化结构向另一种文化结构转换的原因、形式存在不同的解释，然而，他们对于文化结构的存在以及功能逐渐形成了相近的观念。

指出文化结构的存在是试图修正学术图景的通常绘制：文学批评史著作目录的持续延展并非由于终极版文学理论形成的强大诱惑——持续不断的命题并非铺设抵达终极版文学理论的台阶。催生一种理论命题的深层动力来自社会历史的剧烈演变，演变酿成的种种新型时代主题逐渐进入并且压缩于文化结构内部，继而以专业知识的形式渗透各个学科。尽管哲学、伦理道德或者经济学、社会学可能显现出远为不同的学术语言，但是，这些表述往往或显或隐地呼应时代主题。这种描述削弱了文学批评史叙述所遵从的"连续性"，更多地考虑时代之间的文化转折、文化冲突以及中断与衔接之间的紧张关系。

可以在学术图景的绘制之中划出纵横两轴。文学批评史著作的目录依次陈列于时间的纵轴，然而，每一个理论命题的诞生与成熟委托给时代的横轴——社会历史的演变、诸多学科的彼此影响、种种观念的声援或者争辩无不沿着时代的横轴传递到这些理论命题。这种想象显然简化了学术图景内部的纷杂线索，然而，我的期待是显现隐藏于学术图景内部的时代文化结构。相对于学术谱系的纵向接续，文化结构形成的空间往往遭到了忽略。我对后者的兴趣时常超过了前者：

　　　　文学理论能够关注什么？回答这种问题的时候，许多人习惯地转向了古老的学科史。"起源神话"导致历时性谱系考察的盛行。人们热衷于以追根溯源的方式论证一个学科当今的文化功能。这种观念相信，一个学科存在的真正依据完整地显现于最初的起源，后续的发展往往遮蔽了纯正的本真，甚至迷途不返；然而，我更为倾向于描述，一个学科如何置身于共时的文化结构空间，并且在文化结构多重压力的敦促之下不断地从事自我调整。具体地说，文学理论即是在紧张的对话关系之中显示了聚焦的范围和对象。[1]

这个意义上，我力图收缩论述的半径——我力图集中考察的问题是，现今的文学理论置身于何种性质的文化结构，遭遇哪些特殊的问题？这时，"现代性"概念赫然而现。

二

通常，"现代性"指的是现代社会显现的种种基本属性。"现代性"概念涉及哲学、社会学、政治学、美学等众多学科，甚至作为现代社会经济文化状况的整体性概括。世界范围内，众多著名的思想家卷入"现代性"问题的论辩，种种观念、主张和理论分析纷至沓来。

现代社会时常被描述为一个必然的历史阶段，尽管这种描述不可避免地遭受种种质疑。对于不同的民族国家或者不同地区，现代社会降临的时间远为不同，降临的方式也迥然相异。如果将晚清视为古典中国大规模地转向现代社会的历史时期，那么，这个转型包含了种种特殊的历史内容。经济总量的积累之外，帝制的解体、革命与战争、抵抗异族侵略、阶级斗争模式以及以经济建设为中心的方针、大众传播媒介的急速崛起等均为引人瞩目的社会事件。这些特殊的历史内容与西方社会的"现代性"存在种种落差。这种状况带来的理论问题是，是否仅仅存在一套固定的"现代性"模式？如果既有的"现代性"模式带有明显的"欧洲中心主义"意味，那么，另一些民族国家能否形成不同版本的"现代性"模式？尽管如此，这种论述已经潜在地承认一个前提：现代社会是众多民族国家不可放弃的追求。换言之，"现代性"是文学理论无法回避的平台。现今的文学理论不可能退回古典社会，援引"温柔敦厚"的"诗教"或者"文以气为

1　南帆：《文学理论十讲》，福建教育出版社2018年版，序言第8页。

主"的命题阐述文学；相反，文学理论不得不面对"现代性"制造的种种崭新的问题，从而成为现代社会的文化组成部分。

从《论语》"文学：子游，子夏"之中的"文学"、《毛诗序》的"在心为志，发言为诗"、《典论·论文》的"文以气为主"，到京师大学堂课程设置依据的《奏定学堂章程》之中的"文学科"、王国维所谓的"文学者，游戏的事业也"[1]，现代意义上"文学"概念的出现可以视为"现代性"与文学理论的交接仪式。追溯起来，日本学者将古汉语"文学"一词与"literature"对译、大学课程设置、文学史著作的撰写均是促成这种交接的重要因素。现代意义上"文学"概念的成型表明了庞大知识体系的转换。这时的"文学"不再屈从于经、史、子、集的知识分类之下，而是成为相对于哲学、史学、经济学、社会学以及种种自然科学的一个独立学科。

五四新文化运动以来，"现代性"赋予文学理论的首要使命是，敦促文学与启蒙精神的互动。正如许多人指出的那样，启蒙主义精神是"现代性"的重要基础。启蒙主义精神包含了独立的主体、理性和个人权利的维护。很大程度上，这是西方社会摆脱神权专制的基本条件。对于中国知识分子说来，启蒙主义精神更多地成为冲出传统的"三纲五常"，充当一个"现代人"的思想武器。这时，文学理论意识到"现代性"隐含的文化压力，积极倡导启蒙主义的文学主题。胡适的《文学改良刍议》的"八不主义"大胆非议古典文学传统，陈独秀的《文学革命论》厉声抨击"贵族文学""古典文学""山林文学"，他心目中的"国民文学""写实文学""社会文学"坚定地站到了"现代性"这一边；周作人《人的文学》《平民的文学》等标题清晰地显示了"现代性"的文学主张，鲁迅的《〈呐喊〉自序》力图摧毁"铁屋子"，唤醒那些"愚弱的国民"："我们的第一要著，是在改变他们的精神，而善于改变精神的是，我那时以为当然要推文艺，于

1　王国维:《文学小言》，见《王国维全集》第14卷《诗文》，浙江教育出版社2009年版，第92页。

是想提倡文艺运动了。"[1] 现今看来，这些篇目之所以成为文学批评史的著名文献，恰恰因为跨过了历史的门槛而充当了现代社会的先声。

现代意义上的民族国家是"现代性"的另一个重要内容。民族国家的声望如此之高，以至于迅速将人文学科吸附在这个强大主题的周围。许多时候，文学擅长以情感动员的方式表述民族国家的认同。当然，中国现代文学认同的民族国家不再笼罩于帝制之下——抛弃了"普天之下，莫非王土"的传统观念之后，现代作家不是抒发"了却君王天下事，赢得生前身后名，可怜白发生"的感叹，而是从各种视角叙述民族国家带来的新型经验。相对于以皇权为中心的古代社会，现代意义上的民族国家赋予"大众"或者"人民"远为充分的权利。这不仅显现为一种现代政治主张，同时逐渐转换为文化策略，例如大众传播媒介的兴盛、市场运作机制与"民主"观念之间的交织。传播史考察可以证明，新型大众传播媒介的大规模崛起通常包含技术发明、商业支持、大众的意愿与需求这些因素。印刷大众传播媒介——例如报纸、平装书——如此，电子大众传播媒介——例如电影、电视、互联网——也是如此。大众传播媒介对于现代文化的重构包含了文学形式的重构。士大夫擅长的古典诗文迅速衰退，叙事文类由于大众更易于接纳从而地位急剧飙升，某些通俗的文化形式承担了革命动员的功能——对于文学理论说来，"大众"或者"人民"概念的提出很大程度地意味了民族国家对于文学的曲折改造。

某些抒情作品之中，民族国家凝聚为一个强烈的象征意象，例如著名歌曲《松花江上》或者《黄河大合唱》中的松花江与黄河；然而，文学理论的分析表明，文学可能以远为复杂的形式参与民族国家的主题。梁启超的《论小说与群治之关系》认为，小说拥有的"熏""浸""刺""提"四种能量有助于国家治理，毛泽东的《在延安文艺座谈会上的讲话》激励文艺成为"团结人民、教育人民、打击敌人、消灭敌人"的有力武器。20世

---

1 鲁迅：《〈呐喊〉自序》，见《鲁迅全集》第 1 卷，人民文学出版社 2005 年版，第 439 页。

纪 50 年代之后，民族国家不仅深刻地烙印于文学，同时，文学理论试图将这个主题引入研究实践，设置新的学科——例如现代文学史的研究。正如温儒敏所分析的那样：

> 现代文学研究作为一门专门的学科得以建立，是此前许多有关新文学的评论与研究孕育的结果，直接的促进因素却是时代更迭以及学术生产的体制化。1949 年中华人民共和国成立，把历史推进到一个新的阶段，很自然也就提出了为前一时期新民主主义革命修史的任务，研究"五四"以来的新文学发展历程，也就被看做是这修史任务的一部分。因此新文学史研究就顺理成章地从古代文学的学科领域中独立出来，而且得天独厚，自上而下得到格外的重视，并纳入新的学术体制，带上浓烈的主流意识形态导引的色彩。在很短的时间内，现代文学研究几乎成为"显学"。[1]

现代社会必然性的描述之所以不可避免地遭受质疑，"现代性"引起的分歧评价是一个重要原因——文学构成了一个分歧的源头。某些方面，文学成为"现代性"的踊跃同盟；另一些方面，文学对于"现代性"不以为然，甚至深恶痛绝。马克斯·韦伯曾经对"现代性"特征做出一系列著名的概括，例如表现为理性化的经济生产与管理，表现为"祛魅"的世俗社会文化，表现为专业化治理的科层体制和规范化法律制度共同构建的行政体系，如此等等。这些特征深刻地重塑古典社会，改造古老的社会关系。无论是经济生产、科学技术还是社会管理，"现代性"无不赢得了非凡的成就。然而，与此同时，人们愈来愈清晰地意识到，人类的某些弥足珍贵的气质正在逐渐消失，现代社会仿佛套入一个无形的"铁笼子"。"祛魅"、精于计算的功利社会往往与市侩哲学以及一丝不苟的精打细算遥相

1　温儒敏等：《中国现当代文学学科概要》，北京大学出版社 2005 年版，第 75 页。

呼应。因此，锱铢必较的商人与精确、务实的工程师很快地成为现代社会普遍肯定的性格原型。叛逆的冲动与冒险无法回收成本，夸张的想象与激情犹如能量浪费，浪漫由于缺乏实施方案而显得可笑，形而上学的思辨无助于面包与钢材的生产，乌托邦无非是另一种版本的无聊神话。不要沉溺于诗与远方的虚幻诱惑，人生的真正收益只能是扣除成本之后的利润。总之，自由自在的天性、高蹈情怀与宏大的志向正在古板、僵硬或者利己主义盘算之中渐渐熄灭。眼花缭乱的物质表象背后，现代社会驱除了内在的丰富维度，"单向度"文化从个人思想蔓延到整个社会。

对于许多知识分子说来，"现代性"批判成为另一个共同关注的主题。文学显然属于批判的主力阵营。很大程度上，文学并非依赖古典传统拒斥"现代性"，而是在强调独立自主的主体的同时抵制乃至反抗资产阶级的物质贪婪、超额理性形成的压抑以及冰冷的体制与法律条款。这些知识分子意识到"现代性"内部的矛盾，并且区分为"资产阶级的现代性"与"审美现代性"。[1] 文学理论通常站在后者的立场批判和质疑前者，尽管一些知识分子认为，这种批判与质疑不可能彻底——两种"现代性"不得不共享相似的文化气氛与社会关系。

相对于"祛魅"之后的功利与世俗，文学至今仍然倾心于神奇、超验与魔幻——文学不惮于以虚构的方式保存古老的神话元素。神话元素不仅保存于《西游记》《封神演义》这些古代经典之中，同时顽强地隐藏于众多现代作品内部，例如象征性的神话原型。一些外星人或者不明生物频繁出入的科幻作品之中，人们可以看到神话原型的另一种曲折显现。很大程度上，文学对于浪漫主义的好感包含了"现代性"的否弃。这时的浪漫主义不仅是指以"狂飙突进"精神为标志的那一场文学运动，同时指宽泛的浪漫主义精神状态。那些夸张的、独往独来的人物，不拘一格的自由精神

---

1 参阅〔美〕马泰·卡林内斯库：《现代性的五副面孔》，顾爱彬、李瑞华译，商务印书馆2002年版，第47—53页。

与传奇式的情节无声地嘲讽了斤斤计较的资产阶级商人、谨小慎微的工程师与种种目光短浅的小市民庸人。众多被归入"现实主义"的作品并非乏味地复制沉闷的日常表象，而是积极搜索隐匿于历史深部的种种"无名"的动向与能量。一个耐人寻味的现象是，文学对于那些遭受主流社会鄙视的另类人物格外垂青。无论是《水浒传》《西游记》《红楼梦》还是《哈姆雷特》《包法利夫人》《安娜·卡列尼娜》，作品的主人公均是正统思想以及道德观念所不屑的"问题人物"。尽管经济学、社会学或者法学可能非议这些人物，然而，作家的持续重视表明，文学对于这些人物身上若干不可忽略的文化基因表现出特殊的兴趣。

文学的首要特征是注视千姿百态的个人命运，近距离地再现他们日常生活之中的言行举止，这无形地显示出异于社会科学的视野——后者时常将某种社会共同体成员设定为雷同的平均数。文学展示的人物个性无法悉数还原为某种社会科学预定的"共性"，这恰恰证明了"现代性"普遍主义的限度。作为"现代性"的理论后援，经济学、社会学、法学等社会科学共同形成了一个庞大的观念体系，造就井然有序的科层制。这时，文学更多地显示出挣脱种种约束的企图，甚至与"现代性"格格不入。事实上，这种与众不同的姿态恰恰显示了文学理论与"现代性"复杂的互动方式。

现在是让审美范畴进入视野的时候了。

三

文学之所以在"现代性"平台上发出独特的声音，文学的审美性质显然是首要原因。

"审美"拥有漫长的历史，包括对于"美"的认识。"甘也，从羊从大"——《说文解字》以味觉作为"美"的原始阐释时，审美的感性特征已经显露。鲍姆加登的美学（aesthetic）力图研究感性认识的规律。审美涉及的另一个特征是情感，感性与情感时常如影随形。因此，正如黑格尔所言："'伊斯特惕克'的比较精确的意义是研究感觉和情感的科学。"[1]文学可能带来种种纷杂的感受，但是，感性和情感始终在场。不论是孔子的"兴、观、群、怨"，还是柏拉图谴责与驱逐理想国的诗人，谱系相异的文学理论共同表明，感性与情感是众多思想家关注文学的理由。现今的文学理论有责任解答，那个让人潸然泪下或者哄堂大笑的文学世界，改变了我们的哪些方面？

文学拥有芜杂的构成元素。从哲学、经济学、物理学、心理学到考古知识、器物识别、地质构造、饮食系统，文学几乎可以接纳与消化种种知识。然而，文学异于其他学科知识的一个特殊性质是审美。某些时候，文学理论曾经将"审美"奉为文学的唯一宗旨，超出审美之外的文学兴趣犹如可鄙的异教徒。政治一度以强制的方式劫持文学作为唯唯诺诺的侍从，作为一种反抗，审美 vs 政治成为流行一时的观念。然而，"文化研究"涉及的广泛范围表明，文学没有理由拘泥地收缩于审美的辖区，文学可以向所有的学科开放——文学制造的众多典故已经扩散到各个学科。古往今来，可以借助人体的四肢百骸或者风神骨气形容文学，也可以在作品之中搜集历史线索乃至谶言或者某种特殊密码，可以根据经济学描述稿酬的标准演变带来了哪些文类演变，也可以利用数学概率处理浪漫主义与现实主义的差别。尽管如此，这些认识并未对文学理论的一个结论形成实质性干扰：审美显然是文学最为引人的性质，也是最富于潜力的研究领域。文学之所以没有被哲学、历史学、经济学或者法学覆盖，审美性质的存在显然构成了最为重要的竞争资本。

席勒的《审美教育书简》成为美学史的经典之作的一个重要原因是，席勒阐述了一个奇特的设想：审美如何弥合人类分裂的天性，这种分裂很大程度上归咎于"现代性"。在他看来，古希腊那种均衡的生活不复再

---

1 〔德〕黑格尔:《美学》第一卷，朱光潜译，商务印书馆 1979 年版，第 3 页。

现，"现代性"内部具有的异化倾向制造了种种或强或弱的脱节乃至对立，"由于国家这架钟表更为错综复杂因而必须更加严格地划分各种等级和职业，人的天性的内在联系就要被撕裂开来，一种破坏性的纷争就要分裂本来处于和谐状态的人的各种力量"。席勒以"钟表"隐喻按照机械方式拼凑的生活整体。这时，"国家与教会，法律与道德习俗都分裂开来了；享受与劳动，手段与目的，努力与报酬都彼此脱节。人永远被束缚在整体的一个孤零零的小碎片上，人自己也只好把自己造就成一个碎片"。[1] 席勒反复论证了感性冲动和形式冲动的分离：前者与具体、感官、多变联系在一起，席勒称为"状态"；后者与恒定、绝对存在、理性联系在一起，席勒称为"人格"。表示了对于康德思想的崇敬之后，席勒提出的特殊观点是，"游戏冲动"有助于重新结合与平衡二者。游戏扬弃了偶然、依附性与强制等因素获得了自由，这显示了人的理想状态："只有当人是完全意义上的人，他才游戏；只有当人游戏时，他才完全是人。"许多时候，游戏即是审美——"等到想象力试用一种自由形式的时候，物质性的游戏就最终飞跃到审美游戏了。"[2] 席勒解释说：

> 审美的创造冲动不知不觉地建立起第三个王国，即游戏和假象的快乐王国。在这个王国里，审美的创造冲动给人卸去了一切关系的枷锁，使人摆脱了一切称为强制的东西，不论这些强制是物质的，还是道德的。[3]

这显然是席勒的审美乌托邦，也是审美对于"现代性"的批判——主体由于审美而完整地恢复了自由自在的天性。然而，这种审美乌托邦如何

---

1 〔德〕席勒：《审美教育书简》，冯至、范大灿译，北京大学出版社 1985 年版，第 29、30 页。

2 同上注，第 73、80、149 页。

3 同上注，第 151 页。

与社会历史相互衔接？马尔库塞对于席勒的观点深感兴趣[1]，"新感性"如同尾随席勒的思想接续："也就是说，就必须恢复感性的权利。必须从感性而不是理性的解放中，在对'高级'机能所作的有利于'低级'机能的限制中，去寻找自由。换言之，要拯救文化，就必须消除文明对感性的压抑性控制。"[2]——把人的解放使命赋予审美和感性，这是马尔库塞接受席勒观点的前提。马尔库塞赋予"新感性"的激进性质是，一种新的主体开始诞生：新的主体所代表的那些男人和女人终于打碎控制和奴役他们一代又一代的锁链。的确，马尔库塞的焦点转向了主体的改造："只有将政治经济的变革，贯通于在生物学和心理学意义上能体验事物和自身的人类身上时，只有让这些变革摆脱残害人和压迫人的心理氛围，才能够使政治和经济的变革中断历史的循环。"[3]传统的压迫和剥削不仅获得了社会生活的肯定，而且在人们的感官之中持续再生产。因此，马尔库塞如此阐述感性的意义，以及审美制造的感性革命将会带来什么：

> 现存社会向其所有成员都强行灌注着同样的感觉媒介。并且，社会通过所有个体和阶级在视野、水平和背景的差异，提供出同样的普遍的经验天地。所以，要与攻击性和剥削的连续体决裂，也就同时要与被这个世界定向的感性决裂。今天的反抗，就是想用一种新的方式去看、去听、去感受事物；就是要把解放与惯常的和机械的感受的消亡联系在一起。[4]

---

1 参阅〔美〕赫伯特·马尔库塞：《爱欲与文明——对弗洛伊德思想的哲学探讨》，黄勇、薛民译，上海译文出版社 1987 年版，第 126—143 页。

2 同上注，第 139 页。

3 〔美〕马尔库塞：《论新感性》，见《审美之维》，李小兵译，生活·读书·新知三联书店 1989 年版，第 108 页。

4 同上注，第 118 页。

如果说，语言与文学形式是 20 世纪以来文学理论以及人文学科的一个醒目主题，那么，马尔库塞则将语言与文学形式的沉思纳入"新感性"的范畴给予筹划。期待"新感性"与传统的世界决裂，语言与文学形式有助于重塑一个新的主体。语言不仅无形地编辑了外部世界，同时还隐蔽地决定了主体接受外部世界的方位、视角、繁简、褒贬评判和理性思辨的含量。一个时期既定的意识形态往往拥有一套既定的语言体系，意识形态的稳固程度以及覆盖范围很大程度取决于这一套语言的成效。"新感性"所带动的革命与语言革命相伴而行："一场革命在何种程度上出现性质上不同的社会条件和关系，可以用它是否创造出一种不同的语言来标识，就是说，与控制人的锁链决裂，必须同时与控制人的语汇决裂。"[1]这也是文学的特殊职责。文学通常是种种语言革命的策源地。文学形式保存了众多异于日常语言的表述方式，持续地进行种种实验性写作。形式主义学派曾经指出，文学如何依赖"陌生化"的表述击穿主体陈旧而麻木的感觉。文学形式打开了日常语言制造的种种压抑，展示出隐藏于生活内部的种种缄而不语的内容，这是文学形式为"新感性"解放出来的新型经验。

启蒙主义运动或者如火如荼的社会革命时期，"新感性"解放出来的新型经验可能产生摧枯拉朽的作用。然而，一个稳定的历史阶段，例如，当"现代性"结构成为这个历史阶段的基本架构时，审美的理想王国往往只能占有微小的精神份额。从感官、感性到语言，马尔库塞的"新感性"仍然聚焦于主体范畴。审美意味着主体的解放，但是，主体的解放不能完整地转换为社会的解放。无论是权力体系、社会治理、城市规划还是财政金融、公共卫生、交通设施，现代社会的很大一部分架构及其内容远远超出了感性可能覆盖的范围。按照审美的标准撰写一份病历报告或者财务报表是一个笑话，正如一个军人不能由于优美的舞姿而晋升为坦克部

1　〔美〕马尔库塞：《论新感性》，见《审美之维》，李小兵译，生活·读书·新知三联书店1989 年版，第 114—115 页。

队的将军。换言之，审美并非拯救社会的灵丹妙药。相对于经济学、社会学或者法学、道德伦理等诸多学科，审美关注的叛逆、激情、想象、超验、魔幻、自由、敢作敢为与浪漫不羁更多地作为一种气质注入社会图景的各个方面，而不是提供某种具体的工作方案。当财富或者权力在"现代性"的怂恿之下显现出某种专断的性质时，审美所形成的气质构成了一种制衡——审美提交的理想准则是解除功利企图之后的身心解放与完整。显然，审美与各个学科不可能相互代替或者相互蔑视——没有哪一种结论具有独断的意义。事实上，我更乐意使用"博弈"一词形容它们之间的关系。一种强大的观念开始异化从而构成压抑的时候，审美可能提出异议，反之亦然。文学之所以进入"现代性"平台并且担任不可或缺的角色，恰恰因为文学的审美性质在"博弈"之中显示愈来愈重要的意义。

四

考察了"现代性"与审美的关系之后，文学传统作为一个后续问题浮出了水面。这种状况仍然源于"现代性"结构。如果说，传统的世代相传与巨大权威是古典社会的一个重要特征，那么，进入现代社会，围绕传统形成的争论空前激烈。卡林内斯库在《现代性的五副面孔》中指出，"现代性总是意味着一种'反传统的传统'"，"现代性"具有一个"最深层的使命"，即"追随其与生俱来的通过断裂与危机来创造的意识"。[1] 从经济运作模式、社会关系到科学技术、文化传播体系，厚今薄古成为现代社会的一个共同倾向，尽管每一个领域程度不同。吉登斯将这种状况形容为"现代性的断裂"。在他看来，"现代性"制造的转变如此剧烈，"以至于当我们试图从这个转变以前的知识中去理解它们时，发

---

1 〔美〕马泰·卡林内斯库：《现代性的五副面孔》，顾爱彬、李瑞华译，商务印书馆 2002 年版，第 87、102 页。

现我们只能得到十分有限的帮助"。[1] 然而，许多人同时意识到，反思现代性本身积存的问题，传统本身重新成为一个资源。当然，文学传统具有某些特殊的复杂性。

作为"现代性"的一个必然产物，全球化正在信息传播、科学技术、交通体系、资本流通的支持之下逐渐形成。全球化不仅重新格式化经济领域，而且覆盖了文化领域。正如许多商品来自西方制造，相当一部分文化产品烙下了西方思想谱系的印记。从主题、内容、形式、意识形态到现实主义、浪漫主义、现代主义，现今文学理论的一套基本的概念术语无不源于西方以及另一些相对发达国家——譬如日本和苏联——的理论旅行，以至于一些理论家频繁抱怨本土理论"失语"。这时，全球化或许隐含了一个危险：全球文化的同质化。从哲学、宗教、风俗到伦理道德、美学观念，一个民族的文化特征会不会迅速地被强势的西方文化淹没？换言之，民族文化如何在全球化时代自处？这也是现今文学理论陷入的"问题情境"。这种"问题情境"之中，民族文学的意义甚至被放大为一个民族赢得世界尊重的指数。

强烈的民族国家意识是文学史撰写不言而喻的主题，甚至成为专业的前提。文学史汇聚的众多作品不仅再现了一个民族的历史演变与日常生活的各个层面，同时展示了一个民族的独创精神。相对地说，文学理论更为关注文学谱系的整理显现的文学传统。文学传统意味着一批具有规范性的美学观念与美学命题，这些规范再现并且维护民族文化的独异性质。

中国的文学传统与民族文化根系保持了内在的紧密呼应。从"诗言志""风、雅、颂、赋、比、兴"到"情景交融""境界说"，抒情文学构成了中国文学的正宗。"温柔敦厚"的诗教、"发乎情，止乎礼义"、"美刺"等儒家风范塑造了一个含蓄蕴藉的抒情主体；"绝圣弃智""天籁""得

---

1 〔英〕安东尼·吉登斯：《现代性的后果》，田禾译，黄平校，译林出版社 2000 年版，第 4 页。

意忘言"等老庄思想形成了"清水出芙蓉，天然去雕饰""豪华落尽见真淳"的风格追求和"以形写神""不著一字，尽得风流"的韵味；叙事文类之中的史传文学、传奇拥有不同的文化脉络，"分久必合，合久必分"的历史哲学成为纵论古今的依据，草蛇灰线、横云断山、伏脉千里乃至无巧不成书的叙事策略制造出心驰神往的惊叹。20世纪之初，梁启超等人肯定了小说的政治功能，小说从通俗文化之中脱颖而出很大程度地得益于这种观点的大力举荐。五四新文化运动之前，古老的民族文化赋予文学传统独立自足的完整形态。这种形态不仅与古希腊的悲剧、史诗大相径庭，同时异于古典主义、浪漫主义、现实主义、现代主义以及后现代主义等诸多西方文学段落的秩序。中国古代文学理论之所以拥有一套独特的概念、术语、命题，恰恰来自文学传统的描述、论证和倡导。然而，由于"现代性"对于知识体系的重新配置，这些文学传统和中国古代文学理论撤出了现代文化空间。尽管这种状况已经持续一个世纪左右，但是，争论的声音从来就没有停止。从民族主义、第三世界理论、阶级与革命到"现代性"、全球化、后殖民理论，种种观念周期性地卷入这些争论，不断地制造似曾相识的理论摇摆。在我看来，没有理由低估这个问题的复杂程度——分解隐藏于争论内部的诸多层面，或许可以更为清晰地发现分歧的焦点所在。

第一，"复古主义"与"全盘西化"是这种争论之中最为对立的两个理论群落。"复古主义"坚拒一切西方文化，不论是坚船利炮、声光电化，还是芭蕾舞、股票市场或者个人主义观念。这种观点认为，任何西方文化无不隐含了"亡国""亡种"的嫌疑。"全盘西化"对于民族文化嗤之以鼻。这种观点表示，近代以来的中国积贫积弱，倍受帝国主义列强欺凌，腐朽的民族文化传统必须承担相当一部分责任。所谓的"子曰诗云"已经成为落后的象征。如果说，"数典忘祖"的指摘时常出现于"复古主义"的言论之中，那么，"全盘西化"的回击往往是"抱残守缺"。虽然"复古主义"与"全盘西化"的拥戴者均不乏其人，我还是愿意将两种观念想象为理论原型——纯粹的"复古主义"与纯粹的"全盘西化"几乎无法真实地存活。现今的"复古主义"实践者不可能完全摆脱现代科学技术，犹如现今的"全盘西化"实践者不可能摆脱汉语和汉文化。尽管双方情绪对立，但是，他们共享一个相似的理论策略：民族文化符号成为评判是非的唯一衡量标准。换言之，这是一种极为简单的文化决定论。经济或者科学技术等因素遭到了摒弃，"民族"的标记证明一切。

第二，另一个层面的争论具有相对开阔的视野。经济或者科学技术等因素的引入必然涉及现代社会的降临以及"现代性"的意义。人们意识到，民族文化的臧否只能形成有限的影响——不论是充当现代社会的催生婆，还是试图设置种种壁垒。经济或者科学技术带动历史车轮的能量远远超过了民族文化产生的作用。尽管如此，人们仍然可以察觉争论双方存在不同的想象方式：一种观点力图将"现代性"纳入民族文化的轨道，只有吻合民族文化设立的纲常名教才可能"名正言顺"。这显然带有"西学中源"或者"中学为体，西学为用"的回声。另一种观点倾向于将民族文化纳入"现代性"结构，考察民族文化扮演的传统在这种结构内部承担什么角色。这种叙述之中，"现代性"的来源或者被追溯至带有西方文化印记的"普遍历史"，或者追溯至经济基础决定论——现代社会是生产力与经济基础发展到一定程度的必然产物。尽管几种观点共同肯定了"现代性"，然而，内在的分歧广泛涉及"现代性"各方面的不同评价，譬如"现代性"带来的哲学观念、经济思想或者道德伦理。这些分歧时常无形地左右文学传统的评价。

第三，众多争论反复涉及两组对立的概念：中/西，传统/现代。两组概念之间存在的复杂纠葛深刻地投射到理论语言的生产方式。第一组对立的概念之中，"中"代表的民族文化拥有强大的合法性，文学传统根深蒂固；相对地说，"西"的含义远为暧昧。如果没有近代历史上遭受的重创，中国古代士大夫从未正视西方文化的存在。"师夷长技以制夷"的著名策略包含了巨大的矛盾：不得不师从的西方文化出自一个充满敌意的对手。另一组对立的概念之中，"现代"正在演变为褒义词，现代经济或者科学技术是现代社会的特征；现代生活仿佛天然地包含个性、自由、时尚、生机蓬勃等意味，"现代性"的反思与批判仅仅表现为某种理论动态。然而，"传统"仅仅是"保守"的同义词吗？"传统"在许多场合还包含了正统、稳重、权威和源远流长的意味。尽管这些概念的语义时常以不言自明的方式分布于种种论述之中，但是，两组概念互换或者互译的时候，二者之间的对应与错落产生了耐人寻味的关系。许多语境之中，"中"时常与"传统"互换，如同"西"时常与"现代"互译。首先可以察觉，中/西之间的鸿沟不如传统/现代之间的差距。"现代性"平台之上，中/西之间汇聚、交流、合作的紧密程度超过了传统/现代的沟通。"现代性"内部正在产生愈来愈密集的网络，民族文化的纵向控制正在削弱，国家民族之间相互依赖的迫切性逐渐增强，尽管各个领域——例如，经济、文化或者科学技术——之间并不平衡。其次，"中"与"传统"的互换往往无形地封闭了民族文化对于"现代"的渴求。尽管"现代性"很大程度地来自外部的强制性输入，但是，民族文化从未回绝现代社会的到来。由于"传统"构成了"现代"的对立项，"中"与"传统"的互换甚至忽视了民族文化内部生生不息的创造意味。如果"传统"仅仅意味了文化的回望，先秦至晚清的民族文化将被想象为凝滞的循环。这是争论带动的理论运作隐蔽地设置的思想圈套。

第四，回到文学传统的时候，民族文化、"现代性"结构、审美共同构成了必要的理论背景。民族文化根系之所以被视为基本前提，因为语言、风俗、宗教、观念体系、饮食或者服饰系统积累了民族的生活经验；"现代性"结构表明，这些生活经验不得不接受现代社会的重构。这些因素时常对于文学传统形成复杂的衡量。中国古典诗词标志了古代汉语的艺术巅峰，但是，严格的诗词格律已经无法适应现代社会的语言体系——尽管古典审美趣味构成了现代文化之中的一个"他者"。这显明了文学传统与"现代性"的博弈。相对地说，小说与"现代性"之间的互动远为曲折。鲁迅曾经形容《儒林外史》"全书无主干"，"虽云长篇，颇同短制；但如集诸碎锦，合为帖子"，[1] 这种被称为"缀段"的叙事遭到胡适等人的异议。[2] 事实上，无论是史传文学的渊源、说书的胎记，还是"散点透视"的观念乃至报纸杂志连载形式的影响，没有理由否认"缀段"的叙事曾经赢得的成功。胡适的异议参照的是西方现代小说——西方现代小说的形成很大程度上是对"现代性"的回应，譬如神圣与超验的消退，关注个人命运以及个人经验，如此等等；[3] 另一方面，现代小说力图守护的个性、内心、情爱对"现代性"的功利、理性和异化形成了美学抵制。考察文学传统如何进入民族文化与"现代性"的双重坐标并且持续延伸，必须充分意识到多种因素之间的紧张。

文学理论体系并非追求庞大的体量规模，也不是制造一个由众多概念术语装饰出来的僵硬躯壳；文学理论体系追求的是强大的整体阐释能力，阐释的对象不仅包含文学以及文化的广泛内容，同时还涉及主体和社会历史。文学、文化、主体和社会历史之间形成复杂的回环关系，而且存在种种变量。只有将各种因素之间的互动纳入视野，文学理论体系才能成为一个充满辩证精神的活体。

1　鲁迅：《中国小说史略》，见《鲁迅全集》第 9 卷，人民文学出版社 2005 年版，第 229 页。

2　参阅胡适：《再寄陈独秀答钱玄同》，《新青年》1917 年 6 月 1 日第 3 卷第 4 号。

3　参阅〔美〕伊恩·P. 瓦特：《小说的兴起》，高原、董红钧译，第一章、第三章、第六章，生活·读书·新知三联书店 1992 年版。

第二章

文学：概念建构与大众娱乐

一

现代汉语的众多表述之中，"文学"业已成为自明的概念。通常认为，文学的辨识不存在特殊的困难。一部文学作品不可能与政治读物、化学教科书或者健康手册、考古报告相互混淆。根据现代知识体系分类，文学构成了相对于史学、哲学、法学、经济学、社会学等门类的一个独立学科。文学概念的标准含义通行于汉语词典、课堂教学、学术著作与日常用语，仿佛众所周知。然而，众多历史资料证明，这种标准含义的认定与通行仅仅一个世纪左右的时间。很大程度上，如今的文学概念来自现代性复杂的理论运作。

古代典籍的考证表明，"文学"一词始见于《论语·先进》："文学：子游，子夏。"古代汉语的"文学"远非一个严格界定的概念，而是泛指种种博杂的人文知识。这种观念持续至晚清，例如，章太炎的《国故论衡》仍然认为："文学者，以有文字著于竹帛，故谓之文；论其法式，谓之文学。"[1] 尽管诗、词、文、赋、传奇、小说、杂剧等众多文类济济一堂，

---

[1] 章太炎：《国故论衡·文学总略》，见《国故论衡疏证》，庞俊、郭诚永疏证，中华书局 2008 年版，第 247 页。

但是，一个概括性的总称迟迟未曾诞生。鲁迅的《门外文谈》曾经解释说，《论语》之中的"文学"并非现代文学概念。现代汉语通行的"文学""是从日本输入，他们的对于英文 Literature 的译名"。[1] 相对于古代汉语，"文学"进入现代汉语的脱胎换骨不啻一个繁杂而浩大的学术工程。晚清至五四新文化运动，"文学"的含义经历了剧烈的理论颠簸。从多种观念的交汇、冲突、磨合到逐渐稳定并且形成相当范围的共识，文学概念的定型与声势浩大的新文学遥相呼应。也许，人们无法认定完成这个学术工程的确切日期，然而，周作人的《中国新文学的源流》证明，20 世纪 30 年代前后，人们对于"新文学"的认识已经相当接近现今的标准含义。《中国新文学的源流》如此定义文学：

> 文学是用美妙的形式，将作者独特的思想和感情传达出来，使看的人能因而得到愉快的一种东西。[2]

周作人身兼新文学作家与批评家双重身份，《中国新文学的源流》的演讲代表了那个时期相对普遍的观念——周作人的后续演讲并未为之持续地解释和论辩，这间接地显示出如此定义已经获得广泛接受的程度。迄今为止，文学史已经从不同的方位考察这个学术工程的来龙去脉，包括描述小说、戏曲以及文学教育等各个具体领域隐含的分歧线索。[3] 相对地说，我更愿意关注的是，这个学术工程的理论含量。晚清以来，无论是西方文化的大举登陆还是各种文类遭遇的震荡，理论开始承受多向的挑战形成的压力。理论不仅提供种种必要的解释，并且负责重建文化秩序。在我看来，文学概念的含义认定同时意味了理论构造的转换——现代文学概念的

1　鲁迅：《且介亭杂文·门外文谈》，见《鲁迅全集》第 6 卷，人民文学出版社 2005 年版，第 96 页。

2　周作人：《中国新文学的源流》，华东师范大学出版社 1995 年版，第 2 页。

3　参阅余来明：《"文学"概念史》，人民文学出版社 2016 年版。

定型至少完成四个方面的理论建构。

　　第一，不同知识体系对接带来的理论扩展。许多考察指出，日本学者将古代汉语"文学"与英语 literature 互译对于现代汉语的文学概念具有举足轻重的作用。英语之中，literature 词义的演变路径与"文学"不无相似——literature 曾经泛指学问、知识、文法修辞等，18 至 19 世纪才逐渐窄化，专门指谓虚构、想象、具有审美愉悦的文学作品。[1] 换言之，"文学"与 literature 的互译并非简单的词汇配对，同时考虑到相称的历史背景。然而，这个时期的现代汉语之所以需要一个与 literature 相仿的概念作为众多文类的总称，知识体系的衔接是一个极其重要的原因。西方文化的登陆不仅输入了大量的新词，同时还展示了一种异于中国传统文化的知识体系。如果说，经、史、子、集是传统文化沿用多时的知识分类方式，那么，西方文化的现代社会科学按照经济学、社会学、史学、法学等门类分科。跻身于众多学科，文学必须拥有若干独一无二的特征作为专属区域的依据。不同的知识体系渊源有自，但是，现代性同时制造了众多知识体系相互遭遇的历史情势——作为一种现代文化标记，西方文化知识分类被视为范本。这不仅由于西方的坚船利炮、声光电化兑换为民族国家的强大竞争力，而且，西方知识体系的权威很大程度上依赖大学教育的声援。晚清以来，西方知识体系的接受时常与西式教育制度的引入联系在一起。经过反复的争论，京师大学堂——中国近代第一所国立大学——的课程设置设立"文学"科目，这时，文学概念的含义已经与传统的"词章之学"相距甚远。"词章之学"聚焦于遣词造句的文法修辞，文学的虚构、想象是一种与理性、分析、实证相提并论的认知模式——尽管"词章之学"从未排除于文学之外。"文学"与 literature 互译、赋予文学概念前所未有的现代含义——这些理论事件表明：不同知识体系正在彼此联姻，教育制度的移植是促成这种联姻的重要形式。这种背景之下，诸多人文知识的轴心概念

---

[1]　参阅余来明：《"文学"概念史》，人民文学出版社 2016 年版。

开始进入远为开阔的历史文化空间，获得重新设置、定位与评估，继而显现新的标准核定的普遍意义。

　　第二，经世致用的思想。相对于中国传统文化，文学独立的重要前提是摆脱经学的辖制。古代士大夫心目中，经学阐述的是宇宙之大道，另一些文化门类仅仅是显现大道的小技。所谓的华彩文章即是如此。《文心雕龙》开宗明义《原道》《征圣》《宗经》，后续的思想家更为简约地概括为"文以载道"。无法折射出大道光辉的佳辞丽句无非是徒有其表的雕虫小技。这种观念盛行之际，文学的独立犹如一种理论背叛。京师大学堂课程设置初期，文学仍然隶属于经学而未自立门户。《奏定学堂章程》放弃了"尊经"的思想而允许"文学"作为八门主科之一，这是"文学"赢得主角待遇的学术标志。然而，尽管经学不再担任至高的圭臬，文学并未放弃经世致用、移风易俗与道德教化的功能。换言之，文学的独立乃至"纯文学"[1]的提出并未在大范围造就"为艺术而艺术"的呼声。相反，从"诗言志""美刺""文章合为时而著，歌诗合为事而作"到"欲改良群治，必自小说界革命始；欲新民，必自新小说始"[2]，中国传统文化之中相近的观念逐渐汇合起来，深刻地烙印于现代文学概念之中。五四新文学运动对于古典文学的批判指向了雕琢、阿谀、空泛，陈独秀心目中的文学必须考虑"所谓宇宙，所谓人生，所谓社会"[3]——这一切毋宁是宽泛的经世致用思想。因此，现代文学概念之中"文学为人生"的观点以及现实主义文学主张时常被视为题中应有之义。很大程度上，这也是文学之所以与经济学、社会学、史学、法学等量齐观的理由。

　　第三，语言问题。尽管现代文学概念的范畴远远超出了"词章之学"，

1　王国维及另一些理论家均涉及"纯文学"概念，可参阅王国维：《论哲学家与美术家之天职》，见《王国维文集》第 3 卷，姚淦铭、王燕编，中国文史出版社 1997 年版，第 6—8 页。

2　梁启超：《论小说与群治之关系》，见《梁启超全集》第 4 卷，北京出版社 1999 年版，第886 页。

3　参见陈独秀：《文学革命论》，《新青年》1917 年 2 月 1 日第 2 卷第 6 号。

但是，语言问题始终与文学相互纠缠。语言问题线索纷杂，观念各异，远远超出了"文学形式"这个术语的容量——"形式"更多地与"内容"相对。"信言不美，美言不信"，中国古代思想家对于华美的言辞时常心存戒意。华美的言辞如同舍本逐末，诱惑人们沉溺于遣词造句而抛开了高远的思想境界。所以，柳宗元的观点是沉溺之后的幡然醒悟："及长，乃知文者以明道，是固不苟为炳炳烺烺，务采色、夸声音而以为能也。"[1] 如果说，这种观念带有明显的儒家渊源，那么，道家思想更多地体现为法天贵真的美学气韵——体现为另一种"天然去雕饰"乃至"不著一字，尽得风流"的语言风格。儒家与道家共同隶属于古典文化，相对地说，五四新文学运动提倡的白话文来自迥然不同的现代理念：启蒙民智。白话文不仅极大地拓展现代文学概念的含义，充当新文学的主体，同时，许多传统的大型叙事文类由于白话文而正式纳入文学的范畴。

第四，叙事文类进入文学视野的中心。许多人早已察觉说部文字的特殊魅力。然而，由于"残丛小语"以及"街谈巷语，道听途说"的文化渊源，小说从未被尊为正统。古代士大夫纵论天下，吟诗作赋，对于流行于村夫野老之间的小说不屑一顾——下里巴人，何足道哉？悬殊的文化等级制造了严格的区隔，小说无法与诗赋相提并论，如同现今的电子游戏无法赢得文学的身份。小说晋级为文学主角的原因是，晚清一批知识分子将说部文字的特殊魅力纳入启蒙民智的主题。康有为说："故'六经'不能教，当以小说教之；正史不能入，当以小说入之；语录不能喻，当以小说喻之；律例不能治，当以小说治之。"[2] 梁启超认为，小说既可以"福亿兆人"，也可以"毒万千载"，"故曰小说为文学之最上乘也"。[3] 如同"文学"

---

1 ［唐］柳宗元：《答韦中立论师道书》，见《柳宗元全集》，曹明纲校点，上海古籍出版社1997年版，第277页。

2 康有为：《〈日本书目志〉识语》，见《二十世纪中国小说理论资料》第1卷，陈平原、夏晓虹编，北京大学出版社1997年版，第29页。

3 梁启超：《论小说与群治之关系》，见《梁启超全集》第4卷，北京出版社1999年版，第884页。

与 literature 之间的痛苦磨合，"小说"与 romance、novel、fiction 或者 short story 之间也存在反复的试探和相互辨认。与"小说界革命"相近的时间，戏曲改革由于相似的原因而同时兴起。当然，小说与戏曲不得不在激烈的争论之中逐渐获得肯定——事实上，林传甲为京师大学堂撰写第一本中国文学史的时候，小说与戏曲仍然是严词拒绝的对象。[1] 叙事文类的大面积成功出现于鲁迅等一批五四新文学作家崛起之后。

如果说，现代文学概念是多种知识体系与文化传统的重组，那么，某些矛盾遭到了理论建构的压抑。当然，压抑的效果无法持久。历史气候适宜的时候，这些矛盾迅速地暴露了。

二

作为现代文学概念的基本内容，周作人形容文学可以使人"得到愉快"——"愉快"指的是文学带来的审美愉悦。从孔子的"兴、观、群、怨"到柏拉图对于理想国诗人的谴责，古今的思想家始终关注这种特殊而强大的内心波澜。显而易见，审美愉悦属于心理范畴，但是，"审美"的定语仅仅构成模糊的限定。当审美愉悦的来源可以包括无标题音乐、现代绘画、章回体小说、电视肥皂剧、评书、侦探电影或者网络文学的时候，这种内心波澜混杂了多种相异的性质。接受美学谈论的"读者反应"如同某种心理大杂烩。事实上，诸多学说试图介入这个心理范畴，种种解释大相径庭。康德的基本观点众所周知：审美以及美感远离世俗功利，审美犹如内心的净化；相对地说，精神分析学之中的"无意识"、"白日梦"与"恋母情结"远非如此纯洁，弗洛伊德的性压抑仿佛揭开了某种难以启齿的情绪。然而，精神分析学概念获得的种种引申表明，人们不仅可以从容地正视自己的内心，并且力图重新发现解放的资源。例如，马尔库塞曾

1　参阅林传甲：《中国文学史》，北京联合出版公司 2015 年版，第 148 页。

经尝试将精神分析学与马克思主义的社会解放结合起来，审美被视为解除压抑的理想状态。罗兰·巴特的著作《文本的欢悦》带有强烈的享乐意味，文本制造的审美愉悦时常与身体、性的享乐联系起来。这是一种新版的叛逆吗？作为一个著名的西方马克思主义思想家，詹姆逊对于这种享乐进行了政治分析——他的论文标题即是《快感：一个政治问题》。[1] 总之，康德的描述仅仅是审美的纯粹状态，文学所产生的审美愉悦五味杂陈，不一而足。

中国古代批评家很早察觉到审美愉悦隐含的巨大心理能量，人们可以检索到他们的种种惊奇的描述：

> 动天地；感鬼神，莫近于诗。[2]
>
> 行家者，随所妆演，无不摹拟曲尽，宛若身当其处，而几忘其事之乌有；能使人快者掀髯，愤者扼腕，悲者掩泣，羡者色飞……[3]
>
> 词不在大小浅深，贵于移情。"晓风残月"、"大江东去"，体制虽殊，读之皆若身历其境，惝恍迷离，不能自主，文之至也。[4]
>
> 夫说部之兴，其入人之深，行世之远，几几出于经史上，而天下之人心风俗，遂不免为说部之所持。[5]

相对地说，另一些批评家明确肯定了审美愉悦的意义——审美愉悦通

---

1 参阅〔美〕弗雷德里克·詹姆逊：《快感：一个政治问题》，见《快感：文化与政治》，王逢振等译，中国社会科学出版社 1998 年版。

2 [南朝梁] 钟嵘：《诗品注》，陈延杰注，人民文学出版社 1958 年版，第 1 页。

3 [明] 臧懋循：《元曲选序二》，见《元曲选》，臧懋循编，浙江古籍出版社 1998 年版，第 3 页。

4 [清] 沈谦：《填词杂说》，见《词话丛编》第一卷，唐圭璋编，中华书局 1986 年版，第 629 页。

5 几道、别士：《本馆附印说部缘起》，《国闻报》1897 年 10 月 16 日至 11 月 18 日，见《二十世纪中国小说理论资料》第 1 卷，陈平原、夏晓虹编，北京大学出版社 1997 年版，第 27 页。

常是与惩恶扬善、激浊扬清联系在一起的：

> 治世之音安以乐，其政和；乱世之音怨以怒，其政乖；亡国之音哀以思，其民困。[1]

> 尝谓有能读渊明之文者，驰竞之情遣，鄙吝之意祛，贪夫可以廉，懦夫可以立，岂止仁义可蹈，亦乃爵禄可辞！不劳复傍游太华，远求柱史，此亦有助于风教尔。[2]

> 试令说话人当场描写，可喜可愕，可悲可涕，可歌可舞。再欲捉刀，再欲下拜，再欲决脰，再欲捐金。怯者勇，淫者贞，薄者敦，顽钝者汗下。[3]

然而，晚清以来，众多知识分子形成的一个共识是，热切——甚至不无夸张——地强调审美愉悦承担了国民教育的政治功能。梁启超的《论小说与群治之关系》显然是这个主题的一篇代表性文献。在他看来，小说存有"熏""浸""刺""提"四种动人心魄的力量；无论是塑造正面的人格还是阴险地诲淫诲盗，小说不仅潜移默化，而且感人至深。当小说的读者被视为数目庞大的公民时，审美愉悦的意义超出了浅吟低唱的范畴，从而与"群治"的宏大叙事联系起来。梁启超的观念带有明显的西方文化烙印。在他看来，西方的小说在社会改革之中担任了一个不可或缺的角色：

> 在昔欧洲各国变革之始，其魁儒硕学，仁人志士，往往以其身

1　《毛诗正义》，见《十三经注疏（附校勘记）》上册，［清］阮元校刻，中华书局 1980 年版，第 270 页。

2　［南朝梁］萧统：《陶渊明文集序》，见《陶渊明集笺注》，袁行霈注，山东人民出版社 2020 年版，第 377 页。

3　［明］绿天馆主人：《古今小说叙》，见《中国历代小说序跋集》（中），丁锡根编，人民文学出版社 1996 年版，第 774 页。

之所经历，及胸中所怀政治之议论，一寄之于小说，于是彼中缀学之
子，黉塾之暇，手之口之，下而兵丁、而市侩、而农氓、而工匠、而
车夫马卒、而妇女、而童儒，靡不手之口之。往往每一书出，而全国
之议论为之一变。[1]

　　这种观念显然是当时启蒙文化的组成部分。然而，"群治"的宏大叙
事可能短暂地掩盖了事情的另一面：审美愉悦往往同时包含了巨大的娱乐
成分。叙事文类的兴盛与世俗精神联袂而来，娱乐追求是世俗精神的特殊
内容。逗乐，刺激，惊险，黑幕，宫闱秘事，豪门八卦，武侠侦探，明星
艳情，娱乐主题拥有广阔的市场。胡适等人曾经辛辣地嘲讽"某生……于
某地遇一女郎"或者"眷某妓……遂订白头之约"的小说模式，[2]然而，相
仿的作品始终盛行不衰。当年的小说周刊《礼拜六》显然是以娱乐文化作
为号召力："晴曦照窗，花香入坐，一编在手，万虑都忘，劳瘁一周，安
闲此日，不亦快哉！故人有不爱买笑、不爱觅醉、不爱顾曲，而未有不爱
读小说者。况小说之轻便有趣如《礼拜六》者乎？"[3]许多时候，娱乐文化
之中形形色色改装的"白日梦"恰恰与"群治"的观念背道而驰。梁启超
的《论小说与群治之关系》已经指出："吾中国人状元宰相之思想何自来
乎？小说也。吾中国人佳人才子之思想何自来乎？小说也。吾中国人江湖
盗贼之思想何自来乎？小说也。吾中国人之妖巫狐鬼之思想何自来乎？小
说也。"[4]因此，对于现代文学概念的标准含义说来，娱乐是一个声名狼藉
的负面主题。无论是相对于经世致用的强大传统还是相对于时尚的启蒙观

1　梁启超：《〈译印政治小说〉序》，见《梁启超全集》第 1 卷，北京出版社 1999 年版，第
　　172 页。
2　参阅胡适：《建设的文学革命论》，《新青年》1918 年 4 月 15 日第 4 卷第 4 号。
3　王钝根：《〈礼拜六〉出版赘言》，《礼拜六》1914 年 6 月 6 日第 1 期，见《鸳鸯蝴蝶派研
　　究资料》（上卷），魏绍昌编，上海文艺出版社 1984 年版，第 183 页。
4　梁启超：《论小说与群治之关系》，见《梁启超全集》第 4 卷，北京出版社 1999 年版，第
　　885 页。

念，娱乐的主题缺乏介入社会现实的深度，甚至缺乏必要的严肃。

五四新文化运动前后，娱乐派生的众多游戏之作曾经遭受现代作家的谴责，例如，泛滥一时的黑幕小说成为众矢之的。茅盾批评"礼拜六派"之类毋宁是现代文化之中的"恶趣味"；[1] 郑振铎认为，黑幕小说与《礼拜六》的背后，读者的消遣与作者的金钱追求构成了文学堕落的最大原因——娱乐文字不配称为文学。[2] 瞿秋白指出，白话文并非现代文学的特殊标志；张恨水的《啼笑因缘》隶属于白话文，但是，作品之中陈旧的意识形态充满毒素。[3] 尽管如此，大众对娱乐仍痴迷不已。20 世纪 30 年代，这个问题仍然没有多少改观，瞿秋白几乎感到了愤怒：

> 中国的大众是有文艺生活。当然，工人和贫民并不念徐志摩等类的新诗，他们也不看新式白话的小说，以及俏皮的幽雅的新式独幕剧……城市的贫民工人看的是《火烧红莲寺》等类的"大戏"和影戏，如此之类的连环图画，《七侠五义》，《说岳》，征东征西，他们听得到的是茶馆里的说书，旷场上的猢狲戏，变戏法，西洋景……小唱，宣卷。这些东西，这些"文艺"培养着他们的"趣味"，养成他们的人生观。豪绅资产阶级所需要的，正是这样的民众的文艺生活！[4]

1　参阅茅盾：《"写实小说之流弊"？》，《时事新报》附刊《文学旬刊》1921 年 11 月 1 日第 54 期；《真有代表旧文化旧文艺的作品么？》，《小说月报》1922 年 11 月 10 日第 13 卷 11 号。

2　西谛（郑振铎）：《新文学观的建设》，《文学旬刊》1922 年 5 月 11 日第 37 号，见《中国新文学大系·第二集·文学论争集》，郑振铎编选，上海文艺出版社 2003 年影印版，第 160 页。

3　参阅瞿秋白：《鬼门关以外的战争》，见《瞿秋白文集·文学编》第 3 卷，人民文学出版社 1989 年版，第 144 页。

4　史铁儿（瞿秋白）：《大众文艺和反对帝国主义的斗争》，《文学导报》1931 年 9 月 28 日第 1 卷第 5 期，见《中国新文学大系（1927—1937）·第二集·文学理论集二》，上海文艺出版社 1987 年版，第 327 页。

然而，另一种文化背景之中，这种观点带有强烈的精英主义意味。精英主义热衷于以高高在上的训诫拯救大众，借助改造大众的方式完成改造社会的方案。文学史证明，大众与文学的联系几乎无法离开娱乐的中介。胡适的《白话文学史》认为，"一切新文学的来源都在民间"：从《国风》、《楚辞》之中的《九歌》、汉魏六朝的乐府歌辞到词、曲之于歌妓舞女，弹词、小说之于街头的民间艺人。[1] 显而易见，这些文类取悦民间的重要原因即是娱乐。白话文的倡导将大众引入文化前排，娱乐主题逐渐成为一种尴尬的存在。作为姑息性的理论策略，娱乐主题通常被置入"通俗文学"或者"大众文学"。"通俗文学"或者"大众文学"与现代文学概念的逻辑关系存而不论，犹如娱乐与审美愉悦的逻辑关系避而不谈。当启蒙观念享有特殊声望的时候，精英主义对于娱乐主题的嫌弃隐含了对于大众的轻视。

然而，启蒙观念与精英主义很快退隐。汹涌的革命洪流和持久的战争改写了历史面貌，大众被解放出来了。大众不再是沉默而麻木的群体，而是迅速成为驾驭历史的主人公。然而，娱乐主题并未及时浮出水面。革命口号与铿锵的武器形成了豪迈而紧张的气氛，娱乐似乎丧失了存身的空间。大众与娱乐彻底脱钩了吗？

三

与接受美学所强调的"读者"不同，"大众"的内涵远为广泛。接受美学的"读者"相对于"作者"，"文本"是"作者"与"读者"共同围绕的轴心。现代阐释学赋予"读者"巨大的权力——一部作品的意义及其价值最终由"读者"的接受程度所决定。然而，20世纪上半叶的语境之中，"大众"是一个引人瞩目的社会学范畴。大众可能相对于权力体系甚至压迫阶级，也可能相对于知识分子。换言之，"大众"的崛起远远超出

1　胡适：《白话文学史》，东方出版社1996年版，第12页。

了"文本"的范畴而涉及社会历史的演变范式。革命构成这个时期语境之中的重大事件之后，这个社会学范畴很快与革命的主力军以及革命对象联系起来。这时，作家、知识分子与大众之间的关系远远超出了阐释学的论证而带有政治意味。"读不懂我的作品是读者的水平问题"——轰轰烈烈的革命形势之中，如此一份来自作家的傲慢可能产生严重的后果。另一方面，社会学很大程度地介入作家美学风格的衡量，例如赵树理。赵树理文学作品的通俗、生动与民间气息获得广泛的肯定，这种美学风格与革命动员之间的有效呼应必须由大众出具证明。

然而，谁是"大众"？"大众"是一个相对的概念。不同的场合，工人、农民、教师、警察、车夫、店员都可能属于大众。通常的表述之中，大众拥有两个相对的群体：一，置身于权力机构的官吏——相对于少量的掌权者，为数众多的人民被称为大众；二，拥有种种专业知识的知识分子。专业知识训练仅仅惠及不大的社会范围，同时，知识分子往往葆有一套与众不同的言行与价值理念。20 世纪的相当一段时间，知识分子与大众的关系充满了复杂的变数。双方之间彼此消长的重要原因是，革命赋予他们不同的历史位置。

20 世纪 30 年代的"大众文艺"争论之中，"大众"无法获得清晰的界定。"所谓大众，不是抽象的概念，而是生活在不同的感情，习惯，和思想里面的人间。他们，各有不同的文化水准，各有特殊的生活习惯。"[1]通常的表述之中，大众文化水平低下，无法接受刊登于杂志的新文学作品——尽管这种形容并未流露出明显的轻蔑意味。显然，大众并未等同于无产阶级，大众的范围远比无产阶级宽泛；另一方面，一批参与争论的知识分子与大众的关系暧昧未明。"大众化"与"化大众"的说法表明，知

---

1 沈端先（夏衍）：《文学运动的几个重要问题》，《拓荒者》1930 年 3 月 10 日第 1 卷第 3 期，见《中国新文学大系（1927—1937）·第二集·文学理论集二》，上海文艺出版社 1987 年版，第 292 页。

识分子尚未将自己视为大众之一员，更多地以居高临下的启蒙者自居。众多论文的坦然口吻显示，知识分子并未意识到游离大众隐藏的巨大政治风险。

1940 年，毛泽东在《新民主主义论》之中阐述"民族的科学的大众的文化"，他对于大众的界定是"全民族中百分之九十以上的工农劳苦民众"。[1]1942 年的《在延安文艺座谈会上的讲话》再度清晰地表述了大众的阶级构成：

> 什么是人民大众呢？最广大的人民，占全人口百分之九十以上的人民，是工人、农民、兵士和城市小资产阶级。所以我们的文艺，第一是为工人的，这是领导革命的阶级。第二是为农民的，他们是革命中最广大最坚决的同盟军。第三是为武装起来了的工人农民即八路军、新四军和其他人民武装队伍的，这是革命战争的主力。第四是为城市小资产阶级劳动群众和知识分子的，他们也是革命的同盟者，他们是能够长期地和我们合作的。这四种人，就是中华民族的最大部分，就是最广大的人民大众。[2]

可以从各个群体先后出现的排序之中发现，知识分子已经丧失了启蒙者的资格而叨陪末位。《在延安文艺座谈会上的讲话》逐渐成为经典文献之后，工农兵大众改造知识分子始终是一幕又一幕波澜起伏的重头戏。多数情节之中，工农兵担任正面角色，知识分子畏首畏尾，狼狈不堪。如果说，知识分子曾经屡屡嘲笑大众的文化趣味，那么，那种"愚昧""木讷"的大众很快撤出了革命叙述。革命叙述的构思之中，大众的反抗觉悟获得

1　毛泽东：《新民主主义论》，见《毛泽东选集》第二卷，人民出版社 1991 年版，第 708 页。

2　毛泽东：《在延安文艺座谈会上的讲话》，见《毛泽东选集》第三卷，人民出版社 1991 年版，第 855—856 页。

了反复强调。大众的理论形象是大公无私的革命主体，粗犷、明朗、叱咤风云、一往无前——这时，娱乐主题不再追随大众出场。大众的凛然正气毫不犹豫地拒绝帝王将相、才子佳人、剑客飞仙、魑魅魍魉这些低级趣味的情节。革命进入阶级大搏斗的炽烈阶段，种种试图挣脱宏大叙事的"白日梦"在肃杀气氛之中噤若寒蝉。然而，许多迹象表明，大众对于娱乐主题的渴望仍然蛰伏在内心的某一个角落，还珠楼主、张恨水这些作家的名字从未真正消失。某些场合，大众对于武侠小说或者流行歌曲流露出令人难堪的热情，以至于批评家不得不为他们构思另一个有趣的别名：小市民。

娱乐主题明目张胆地回归是 20 世纪 70 年代末至 80 年代的事情。从邓丽君的歌曲、《少林寺》电影、琼瑶小说到现今蔚为大观的网络文学，娱乐主题的强盛之势不可遏制。文化空间的"软化"是娱乐主题破土而出的重要原因。阶级大搏斗时期的禁锢刚刚松弛，品种繁多的娱乐文化迫不及待地一拥而上——事实证明，压抑的内容并未删除，而是隐匿于地表之下等待时机。一些劳苦"大众"终于坦率地说出了自己的观点：置身于工厂的流水线、餐馆的厨房或者物流的运输配送行业忙碌终日，工作之余的渴求是放松身心。这时，谁还能聚精会神地研读《诗经》《红楼梦》《战争与和平》或者《尤利西斯》这些经典？对于他们说来，《哈利·波特》远比卡夫卡有趣，犹如 KTV 的流行歌曲远比贝多芬贴心。精英主义幻象的破灭同时展示了另一个事实：娱乐主题的拥趸竟然如此之多。这个事实迅速引起了商人的关注，他们永远会在第一时间嗅到利润气息。娱乐主题与商业的结合制造了新型的文化生产模式，"文化工业"（cultural industry）——另一种译法是"文化产业"——之称应运而生。与此同时，文化作为一种商品正式登场。对于"文化"说来，"工业"或者"商品"曾经是饱含耻辱的形容，现在到改弦易辙的时候了吗？

人们的确发现，"工业"式的批量生产带来了一些粗制滥造的产品，但是，这种状态已经获得很大的改善。必须承认，市场许诺的经济利益具有非凡的号召力，一批才华横溢的人士很快应声而至。无论是创意、想象力、故事情节还是技术制作，相当多的娱乐作品显示了不同凡响的水准。因此，更为深刻的问题毋宁是：所谓的娱乐屏蔽了什么，同时又敞开了什么？许多时候，"白日梦"的心理结构是"文本快感"的基本解释。然而，娱乐主题的兴盛程度表明，所谓的"白日梦"并非个人的隐秘幻象，而是包含了群体的强大期待。正如特里·洛威尔指出的那样："虽然文化研究领域里的阿尔都塞派和拉康派的确转向了快感这个重要问题，但快感一词的含义仍局限于弗洛伊德的狭义范围。文化产品是情绪和感觉的表述结构，这些情绪和感觉不但包括个人的欲望和快乐，而且包括群体的共同经历。文本的快感至少部分地来自共同的理想、社会希望的实现和社会欲望，而并非只是由更基本的性欲的升华了的表述。"[1] 精神分析学逾越个体范畴而延展到群体的时候，社会历史的文化分析很快成为续篇。或许，这时可以更为清晰地察觉，娱乐主题的通常模式依赖哪些基本的社会学预设，对于哪些前提视而不见——由于二者巧妙而默契的配合，群体的强大期待终于浮出无意识之渊，注入作品的故事情节获得象征性实现。

法兰克福学派认为，文化工业隐蔽地操控资本主义社会的意识形态，形成严密的封闭。然而，市场、操控与反操控之间相互作用的复杂程度超出了法兰克福学派的预计。由于法兰克福学派的精英主义风格，他们视野之中的大众更像是顺从市场摆布的被动群体。如果说，某一个时期的"大众"是以阶级主体的身份充当革命主力军，那么，市场之中的"大众"是以欲望主体的身份充当消费者。按照人们熟悉的理论构想，阶级主体内在地反抗各种形式的压迫和剥削，然而，欲望主体的需求时常来自外部的赋予。迄今为止，市场机制可以根据一些企业的商业利益培育、宣传某种需求，并且将这种需求伪装成消费者内心涌出的强烈冲动。尽管如此，市场的操作不可能完全封锁大众自我意识的突围，娱乐作品也是如此。如同霍

---

1 〔英〕特里·洛威尔：《文化生产》，戴从容译，见《大众文化研究》，陆扬、王毅编选，上海三联书店 2001 年版，第 127 页。

尔所言，大众可能以独特的解码方式获取娱乐主题之中隐藏的反抗信息。[1]
另一方面，市场之中的个别资本与资本主义整体利益可能存在分歧。只要
有利可图，个别资本不介意投资包含了颠覆资本主义意识形态的文化产
品。[2]事实证明，市场在操控与反操控之间制造出各种复杂变数。

所谓的投资和利润，很大程度上围绕传媒展开。传播文化史可以证
明，娱乐与传媒始终共生共荣。书写工具相对原始的时候，娱乐主题往往
由声音作品承担，例如音乐、演唱、说书、评弹，如此等等。平装书与报
纸跨入工业化的生产模式，文字符号成为唾手可得的普通商品。电子传播
媒介——从收音机、电影、电视到互联网——带来了另一个空前的飞跃，
屏幕上影像符号的生产盛极一时。符号生产与娱乐主题互惠互利的时候，
传媒的经济收益获得了不可思议的扩张，从演艺明星到广告投放的产业链
充满活力。传媒演变带来的另一个收获是，种种新型的文学形式层出不
穷。从报纸的连载专栏、印刷工业促成的长篇小说到电影、电视肥皂剧以
及互联网上形形色色前所未有的文学新品种，传媒革命与文学形式的积累
对理论阐述形成了巨大压力。

从"白日梦"带动的审美愉悦、传媒与市场的互动到经济收益控制
的评判体系，现代文学概念到了不得不正视这些异己因素的时候。一个世
纪左右的时间，现代文学概念无法完整地接纳和吸收这些异己因素，使之
驯服地归顺现代文学概念派生的各种观念与成规。"大众"曾经是现代文
学概念深为器重的基础，然而，当"大众"暴露出对于娱乐的不竭兴趣之
后，现代文学概念预设的理论规划令人怀疑。总之，现代文学概念的统辖
区域正在遭受或明或暗的侵蚀，例如大学讲坛的文学教育。种种迹象证
明，大学讲坛围绕的文学经典体系遭到了相当普遍的冷落；文学经典仅仅

1　参见〔英〕斯图亚特·霍尔：《编码，解码》，王广州译，见《文化研究读本》，罗钢、刘
　　象愚主编，中国社会科学出版社 2000 年版，第 358 页。

2　参阅〔英〕特里·洛威尔：《文化生产》，戴从容译，见《大众文化研究》，陆扬、王毅编
　　选，上海三联书店 2001 年版，第 127 页。

作为一种职业知识被传授，审美愉悦的魅力已经大幅度削减。摆脱文学课程的规训，曹雪芹的声望远逊于金庸，莎士比亚决非《步步惊心》的对手。文学的经世致用沦为古板的教条，娱乐毋宁是人生的正当权利——一些人干脆直率地质问文学教授：琼瑶拥有如此之多的粉丝，你们为什么装聋作哑，不愿意接纳琼瑶的小说作为文学教材？另一方面，娱乐开始谋求知识殿堂赋予的正统与权威。晚清至 20 世纪上半叶的"通俗文学"作为一个专门的研究领域列入文学史，[1] 文学教授欣然将金庸选为 20 世纪小说大师，并且位列第四，居于茅盾之前；[2] 百科知识撰写"小说"条目的时候，那些架空小说、穿越小说、玄幻小说正在成为例证，第一部网络文化关键词的词典业已问世，这象征了网络文化谋求"正典"身份的一种努力。[3] 种种动向表明，现代文学概念一度暂时忽略的问题始终坚挺地存在。因此，后续的理论修订迫在眉睫。

四

相对于现代文学概念遭受的挑战，理论阐述可能涉及纷杂的线索。作为这些线索的交汇节点，我试图聚焦四个理论问题。显而易见，我并非提供考察的结论，而是敞开理论问题的纵深及其庞大的容量。

一，娱乐主题的位置。一个无法绕开的事实是，文学的娱乐主题与经世致用的思想一样古老——如果不是更为古老的话。如果说，现代文学概念是在启蒙和"为人生"的期待之中隆重登场，那么，古老的娱乐主题无法同时删除。换言之，娱乐主题并非文学的初级特征，从而在持续的发育与成长之中逐渐克服。相反，现代社会从未显示出放弃娱乐的迹象。相对

---

1 范伯群：《中国现代通俗文学史》，北京大学出版社 2007 年版。
2 参阅王一川：《我选二十世纪中国小说大师》，《文学自由谈》1994 年第 4 期。
3 参阅邵燕君主编：《破壁书——网络文化关键词》，生活·读书·新知三联书店 2018 年版。

于经世致用所关注的道德教化以及社会、历史、民族国家，娱乐更多地涉及欲望。欲望、无意识、"白日梦"机制与象征性满足解释了相当一部分娱乐文化作品。迄今为止，人们已经熟悉了批评娱乐主题的若干观念。例如，娱乐主题时常提供一种幼稚的认知，根据这种认知衡量世界往往谬以千里；娱乐的快感包含的"刺激"往往如同毒瘾，以至于令人长期沉迷而不能自拔；没有理由因为众多的参与人数而肯定娱乐主题，正如垃圾食品不利于健康的结论不会因为食用的人数而改变一样。

　　尽管如此，许多人仍然试图追问，娱乐是否仅仅充当迷惑大众的麻醉剂？尖刻的否定言辞是否隐含了精英主义的优越感？事实上，所谓的"精英"并非消除了欲望的人，而是尽量避免让欲望主宰自己言行的人。宽泛的意义上，欲望的适度释放有益于身心。这或许可以视为日常生活的另一种"经世致用"。当欲望构建的"乌托邦"带有激进的历史信息时，幻想与理想一步之遥。这时，文学的虚构仿佛拓展了世界的前沿。更大范围内，娱乐与心理创伤、遗忘、认同感之间的复杂关系是一些文学之外饶有趣味的题目。当然，还有娱乐经济学。总之，娱乐决非一无是处，现代文学概念似乎不得不腾出必要的接纳空间。尽管娱乐文化往往光怪陆离，但是，娱乐的评价体系单薄贫乏。销量、票房以及网络评分之外，公认的范畴、术语寥寥无几。麦克唐纳甚至表示，娱乐的影响来自莫大的发行数量，消费者的选择只有买与不买两种。[1]文化公司账本上的货币数目即是评价标准。相对于经典文学拥有的众多研究团队，娱乐的理论形象十分弱小。

　　二，经典与"雅/俗"。现代文学概念完成的同时，一份吻合概念含义的经典名单很快拟定，载入文学史册——文学史是文学教育的基本课程。相对于娱乐主题，这一份经典名单从属于"雅文学"范畴。现在的

1　参阅〔英〕阿兰·斯威伍德：《大众文化的神话》，冯建三译，生活·读书·新知三联书店
　　2003年版，第133页。

流行表述之中，所谓的"俗文学"并非传统意义的民俗文化，亦非通俗的"白话"——例如，胡适的《白话文学史》入选的是那些以"白话"形式流传于民间的文学作品。"俗"的名义流传的娱乐作品通常由成熟的市场运作加工为畅销的文化商品，与古老的民间传播不可同日而语。前者往往由 mass 或者 popular 给予形容，后者更多地使用 folk。mass 或者 popular 形容的"通俗文学"或者"大众文化"相对的是"雅文学"或者"纯文学"——这是文学史遴选经典的来源，这些作品才有资格享用诸如"神韵""风格""荒诞""陌生化"或者"浪漫主义""现实主义""现代主义"等文学批评术语；"通俗文学"或者"大众文化"隔离于视野之外，我行我素，自生自灭。

但是，正如许多人曾经指出，"雅／俗"并非固定不变的区分。文学史曾经显示，古代许多"通俗"出身的作品终于成为著名的经典，例如《诗经》之中的《国风》，或者《荷马史诗》。这些作品的作者并非大名鼎鼎的文人雅士，而是隐于底层的村夫野老。换言之，所谓的"雅／俗"并非经典的标准。这个观点的合理延伸是，没有理由否认娱乐作品入选经典与载入文学史的资格与可能。

事实上，众多作品入选经典的理由远为不同。几乎无法在《离骚》《三国演义》《红楼梦》《阿 Q 正传》或者《神曲》《复活》《飞鸟集》《追忆似水年华》之间找到明显的公约数，并且作为授予经典荣誉的依据。这个意义上，经典遴选始终向娱乐主题敞开。娱乐作品并未被施予魔咒。然而，尽管如此，某些娱乐作品从未问鼎文学史，例如众望所归的侦探小说或者科幻小说。换言之，如果"雅／俗"不再作为事先的门槛，那么，能否证明不存在任何门槛？

另一种相对深入的考察是，"雅／俗"之间的区分必须与生产模式以及社会关系联系起来："文化并非凭空而来，它的物质基础依存于特定的生产模式与生产的社会关系，果真试图厘清文化的不同位阶，则必须严加分析在该生产模式之中，社会形构与传播的发展为何。"[1]因此，古代社会的"高雅文化"与现代工业只能制造俗不可耐的文化商品均是一种幻觉。古代与高雅、现代与通俗之间均不存在理所当然的等式。"古代"或者"现代"更多地解释了娱乐主题的符号体系与传播方式。如果说，追求娱乐的冲动不仅历史悠久，而且依托市场与商品愈演愈烈，那么，现代文学概念负有的使命远为复杂：现代文学概念不仅某种程度地接受娱乐主题，同时又倡导某种美学观念遏制娱乐主题的过度泛滥——尽管二者之间的区别远非"雅／俗"的命名所能概括。这时，现代文学概念的含义不仅涉及生产模式以及社会关系，而且涉及理性、逻辑以及感性、激情、快感等共同构造的精神史。

三，大众的构成。大众这个概念的出现与流行具有复杂的渊源。"大众"的实体及其边缘几乎无法清晰界定。没有人可以抽象地断言，一个网络工程师、一个篮球教练、一个小公务员或者一个飞机驾驶员是否"大众"。不言而喻，"大众"这个概念的意义是集合数量庞大的社会成员——现代社会对于这种状态给予多重意识形态解释。相对于权力体系，大众的声音往往代表了民主；相对于知识分子的"高雅"和精英趣味，大众代表了俚俗、粗犷同时又生气勃勃的"草根"社会；相对于企业家或者商人，大众代表了广大消费者；相对于豪门权贵，大众代表了穷困与低贱，如此等等。如火如荼的革命时期，大众的声望如日中天，甚至说一不二；日常生活之中，大众对于平等的向往恰恰证明了他们的劣势。多数时候，大众往往占有道德制高点，政治家、知识分子或者企业家无不热衷于宣称为大众献身，然而，某些场合，那些精英分子毫不掩饰对大众的蔑视——他们心目中的大众无非是一批乌合之众。大众涉及的娱乐主题可以与上述的每一个话题相互联系。

---

1 〔英〕阿兰·斯威伍德：《大众文化的神话》，冯建三译，生活·读书·新知三联书店 2003 年版，第 135 页。

知识分子的精英主义姿态与大众的文化位置始终是一个争论不休的焦点。一种观点认为，作为无产阶级的代表，工人扮演的历史角色是革命先锋。然而，种种考察表明，工人的文化并未自动显现革命的动能。这时，知识分子的重要工作是，将无产阶级的阶级意识赋予工人。这决定了知识分子的启蒙者身份——尽管他们不断地表示对大众的尊重，但是，他们的言行还是不知不觉地显出导师的傲慢，包括他们对娱乐主题的不屑。不无讽刺的是，当大众真正占据了历史舞台的中心之后，知识分子迅速地退到边缘，他们的言行逐渐成为小资产阶级形象的标本，包括他们的美学观念。

如果说，娱乐主题的罪过之一是麻痹和腐蚀革命斗志，那么，娱乐的长盛不衰是否证明，大众缺乏解放的意愿？这显然是一个让人无法接受的结论。让我再度阐述大众具有的两副面孔：作为阶级主体的大众与作为欲望主体的大众。当阶级对立持续积累和升温，以至于革命如同决堤的洪水汹涌而至的时候，大众表现出强烈的阶级特征——无产阶级试图挣脱身上的锁链从而形成一个面目相似的反抗共同体；然而，日常现实之中，大众更多地表现为欲望主体。"现实原则"如同强大的压抑体系，现实已经按部就班地固化，"快乐原则"只能活跃于幻想之中——这时，娱乐主题恰如其分地接纳与孵化欲望。无论是网络文学的"穿越"和起死回生的平行世界、科幻电影或者武侠小说虚拟的英雄梦，还是"霸道总裁"令人眼花缭乱的艳情、电子游戏之中攻城夺地的成就感，人们可以察觉的共同特征是，坚硬的现实与清晰严谨的理性悄然退场，欲望逻辑主宰了情节逻辑。对于大众说来，这是欲望主体从日常现实切割出来的一个特殊空间。那些知识分子担忧的是，沉溺于欲望乃至模糊欲望的幻象与现实构造之间的界限，大众会不会遗忘了阶级的使命？如果大众无力摆脱枯燥乏味的日常现实，那么，现代文学概念是否负有这种责任：揭示日常现实内部隐藏的反抗因素，唤醒压抑体系间隙的解放能量？

四，商业、市场、传媒体系与文学。由于现代社会发达的传媒体系以及强大的市场运作，文学显现出愈来愈清晰的商品性质。大多数作家置身于杂志、报纸、出版社、电影或者电视公司、互联网网站之间，他们的写作获得各种定价，并且根据出售的情况领取报酬。一些激进知识分子对于这种状况忧心忡忡。他们往往觉得，文学的商品性质无形地资助了资本主义体系延续。尽管文学传递了穷苦人民的反抗信息，但是，文学的商品性质制造的一个悖论是，所谓的反抗信息愈是广泛地传播，那些脑满肠肥的资本家愈是赚得盆满钵满。

另一种观点倾向于削弱市场体系与文学信息之间的"决定论"程度。文化是一个相对自主的领域，发行商对作品内容的干预与控制仅仅在有限的范围生效。因此，即使对商业利益背后的支持体系展开一定程度的批判，这些作品仍然有面世的机会。换言之，作家、大众、商业体系之间存在复杂博弈，诸多因素之间的关系图并非起点至终点的最短直线。

尽管如此，娱乐主题的特征是尽量投合市场消费。如同普通商品，消费者的数量代表了利润。从票房、销量到流量，这种反馈正在产生愈来愈大的压力，甚至开始干扰娱乐主题之外的作家。无论是选材、写作速度还是情节设计乃至语言修辞，这种压力正在留下愈来愈明显的痕迹。如果说，现代社会的文学传播不可能摆脱传媒的配送，那么，现代文学概念必须内在地包含现代传媒体系特征，并且评估市场运作带来的后果。

娱乐、经典、大众、商品四个问题迄今还在持续发酵，而且相互联系、纠缠、呼应。介入这些问题，展开种种隐含的理论脉络，开启多维的对话与争论，这不仅可能扩充现代文学概念的含义；更为积极的意义上，这或许是扩充文学的功能，以主动的姿态回应现代社会制造的种种历史境遇。

第三章

挑战与博弈：文化研究之后

一

现今，"文化研究"成为一个众所周知的理论称谓。这个学术运动不存在某种统一的理论纲领，某种独特的概念系统。詹姆逊曾经用"后学科"形容文化研究的性质："它的崛起是出于对其他学科的不满，针对的不仅是这些学科的内容，也是这些学科的局限性。正是在这个意义上，文化研究成了后学科。"[1]文化研究的一个显眼的特征是，挣脱具体学科的藩篱，力争将犀利的理论分析引入社会历史。许多人认为，新批评、俄国形式主义或者结构主义对于文本的精雕细琢业已沦为一种保守姿态。作为一个远为复杂的文本，庞大的世界开始验证批评家的解读能力。对于文化研究说来，理论不再是学院操作的思辨游戏——理论的重大意义是投入乃至干预社会历史。这时，民族、国家、种族、阶级、性别、意识形态这些概念开始重新制造各种理论热点。

当然，尾随文化研究的各种异议从来就没有消失。来自审美主义的

---

1 〔美〕詹姆逊：《论"文化研究"》，谢少波译，见《詹姆逊文集》第三卷，中国人民大学出版社2015年版，第2—3页。

质疑始终是一个醒目的存在。审美主义的质疑不是指向文化研究的某种具体观念，而是抵制乃至反抗理论所代表的理性对审美的压抑。苏珊·桑塔格曾经以尖锐的言辞表示了"反对阐释"的主张："像汽车和重工业的废气污染城市空气一样，艺术阐释的散发物也在毒害我们的感受力。就一种业已陷入以丧失活力和感觉力为代价的智力过度膨胀的古老困境中的文化而言，阐释是智力对艺术的报复。"她甚至将阐释的罪恶扩大到整个世界："去阐释，就是去使世界贫瘠，使世界枯竭——为的是另建一个'意义'的影子世界。阐释是把世界转换成这个世界（'这个世界'！倒好像还有另一个世界）。"[1] 当然，所谓的审美并没有某种统一的定义。"审美"的名义之下，人们可以遭遇多种不同的描述和形容。审美可能被称为某种奇异的精神喜悦，或者某种不稳定的心理波动。某些哲学家的观点曾经产生特殊的影响，例如审美必须彻底摒弃功利观念的干扰，或者美是绝对理念的感性显现。种种性质相异的事物——例如，自然景象，人物的命运冲突，或者特殊的几何图案——进入审美视域时，内心的愉悦是否相同？审美是一种纯粹的心情，还是一言难尽的百感交集？另外，一些新型的观念正在获得愈来愈多的论述，例如文学或者艺术乃是无意识的象征，或者，审美将造就感性的解放，如此等等。苏珊·桑塔格提到了审美之中的"新感受力"："这种新感受力必然植根于我们的体验，在人类历史上新出现的那些体验"，苏珊·桑塔格指的是工业社会之后出现的流动性、拥挤、速度、艺术的泛文化，等等。[2] 显然，这种"新感受力"的总结可以一直延续到当今的"大数据"时代。

　　尽管这些问题谱系漫长，众说纷纭，但是，审美存在的若干特征几乎没有争议。首先，审美通常显现为一种感性的直觉，诸多感官瞬间共同参与判断的形成。当然，审美不可能拒绝来自理性或者思想的充实、塑造和

1　〔美〕苏珊·桑塔格：《反对阐释》，程巍译，上海译文出版社 2003 年版，第 9 页。

2　同上注，第 343 页。

校正；美学之所以称为"感性学"的一个重要理由是，审美必须穿越杂乱的感官印象从而成为马克思所形容的"理论家"。[1]消除感性好恶与概念判断之间的距离，这是康德以来许多思想家反复考虑的问题。其次，审美的感性特征决定的另一个特征：相对地说，感官擅长掌握的是各种具体的形象和景象，各种可感的细节。抽象的哲学命题或者数学推理诉诸思辨，这时的审美几乎陷入瘫痪。从历史著作之中读到"饿殍遍野"的记录与目睹一个生命的枯竭，人们的感觉完全不同。只有后者才能打动感官。

远在"审美"一词流行之前，人们已经察觉这种异常的心理波动。但是，并非所有的人都乐意享受这种愉悦。柏拉图对于审美的谴责名闻遐迩。在他心目中，审美诱发的哀怜癖和感伤癖令人厌恶。那些严谨、刻板乃至迂腐的思想家往往觉得，种种捉摸不定的情绪潜伏着不可预知的危险。放纵内心各种隐蔽的体验对于编织牢固的道德篱笆肯定不利。某些中国古代的思想家喜欢以轻蔑的口吻说，一为文人，便无足观，他们近乎本能地意识到审美可能破坏儒家社会的三纲五常。事实上，现代社会的科学、理性并未给予审美多少理论支持。数字般的精确与公式般的清晰常常与文学格格不入。相对于崇尚必然的科学知识，审美毋宁说更为接近前科学的宗教神话，接近狂放不羁的酒神精神。当然，男权意识形态也会在某些时刻露面，对于审美主义可耻的多愁善感表示不屑——男儿有泪不轻弹，或嗔或喜犹如轻狂的女儿态。许多时候可以证明，这种不屑与柏拉图的谴责遥相呼应。对于资本社会训练出来的实利主义者说来，审美无疑是一种多余的精力浪费。这种莫名的精神投资又能回收多少利润？社会知识的权力图谱正在发生重大的调整。经济学作为显赫的学科登场的时候，文学逐渐地沦为可疑的存在。精算正在经济领域大显身手，号称不计功利的

---

1 参阅〔德〕马克思《1844年经济学哲学手稿》之中论述"感觉在自己的实践中直接成为理论家"，见《马克思恩格斯文集》第一卷，中共中央马克思恩格斯列宁斯大林著作编译局编译，人民出版社2009年版，第190页。

审美又能得到多少垂青？当然，知识分工接受现代性的改造之后，为艺术而艺术之类的口号力图为审美申请一个特殊的空间。然而，文化研究的大规模崛起再度打破了幻觉——文化研究抛出的一系列大概念再度封锁了这个空间。

20 世纪 80 年代，中国的文学批评曾经组织了一场"审美 vs 政治"的思想运动。相当长的时期里，阶级分析作为唯一的理论模式处理各种文学问题。挤干了所有的审美液汁之后，文学仅仅剩下若干填充阶级分析图谱的社会学资料。"庸俗社会学"一度成为诟病这种理论模式的普遍称谓。"审美 vs 政治"意味着，打破阶级分析理论模式的统治，争回审美的基本权利。从朦胧诗、先锋文学到纯文学，纷至沓来的文学派别无不包含了同一主题的反复陈述。激烈的辩论之后，理论气氛终于开始改善。然而，文化研究异军突起，阶级分析卷土重来。阶级、种族、性别——法兰克福学派或者福柯、萨义德不断地提供后殖民理论或者女权主义的升级版，文化研究赋予文学批评的理论密度前所未有。许多时候，文化研究不惮于扮演哲学家、历史学家、经济学家或者社会学家。津津乐道一个思想史命题，长篇大论地分析某一个历史事件，旁征博引，训诂考据，然而，审美再度悄无声息地隐没了。这时，不少批评家不安地嗅到了某种熟悉的气息。他们又一次提出这种问题：文学哪去了？我们谈论的是文学还是别的什么？我们真的知道如何谈论文学吗？

的确，如果文化研究力图有效地持续，那么，现在已经没有理由视而不见地绕开审美主义的尖锐挑战了。

二

许多批评家习惯于将审美视为文学阅读无足轻重的附属品。他们有意无意地觉得，文学批评的解读即是完成一个任务：穿越审美的混乱地带，最终栖息于种种显赫的大概念之上。当然，这些批评家并非审美绝缘体，他们的文学阅读与多数读者相似：一阵巨大的感动淹没了内心，热泪盈眶，不可言喻的战栗，久久无法祛除的悲哀，无眠之夜，如此等等。这些批评家的异常在于，这一切时常被视为接触文学本质之前必须尽量排除的心理症候。理性的霸权主义造就了这种观念：沉溺于审美愉悦而不愿意攀登后续的理论高地，这种文学阅读犹如买椟还珠。这些批评家往往拒绝正视这种现状：审美愉悦是多数读者的阅读终点，如同醉意——而不是酒精含量分析——是多数饮者的真正追求。如果那些显赫的大概念彻底置换了审美愉悦，这是文学的成功还是阅读的不幸？或许，"买椟还珠"这个典故的讽刺对象必须颠倒过来。

很大程度上，文化研究是理论时代的宠儿——20世纪旺盛的理论生产力促成了文化研究的风行。相对于印象式的传统描述，相对于浪漫主义充满激情的雄辩，文化研究拥有强大的理论仪器。众多概念的集结和不同的理论模式提供了多向的解读路线。文化研究时常展示出令人意外的思辨、联想和入木三分的解剖。然而，强大的理论仪器可能同时遗留某种隐蔽的副作用。人们可以察觉，许多文化研究出现了概念依赖症。批评家不再关注作品的有机体，不再专注地搜索作品隐藏的特殊问题及其复杂关系；他们迫不及待地启动这些概念干脆利索地肢解研究对象，继而分门别类地进行理论装配，使之迎合各种预设的结论。这种副作用的后果之一是，理论陈述的结论与读者的审美愉悦脱钩了。现在已经是正视这个问题的时候了：当文化研究的分析与审美愉悦拉开距离的时候，二者之间的张力意味了什么？

正如人们所看到的那样，文化研究的介入为文学史带来了持续的震撼。由于女权主义或者后殖民理论的审查，许多文学经典显现了令人惊奇的内涵。对于文化研究说来，文学经典是一些储量巨大的矿藏。尽管如此，文化研究通常屏蔽了一个节点：文学经典之所以成为经典的理由。换一句话说，文化研究对于文学经典的审美价值缺乏足够的兴趣。文学史可以证明，大部分文学经典入选文学史的条件包括了强烈的审美愉悦。多数时候，审美愉悦与审美价值构成了正比关系；因此，前者时常是文学史敞开大门的原因。回避了审美价值的评估，文化研究的缺陷时常在经典之外的作品解读之中暴露无遗。批评家往往草率地揪住某些审美价值低劣的作品大做文章：深文周纳，雄辩滔滔，阶级、民族、性别、意识形态话语头头是道，但是，这些分析多半遭到了审美的冷落甚至蔑视。

　　鲁迅在《诗歌之敌》之中曾经指出："诗歌不能凭仗了哲学和智力来认识，所以感情已经冰结的思想家，即对于诗人往往有谬误的判断和隔膜的揶揄。"[1] 在审美主义看来，审美领域云谲波诡，精致，微妙，"脱有形似，握手已违"，文化研究那些生硬的理论仪器仅仅是一些难以奏效的屠龙之技。对于李商隐《锦瑟》的恍惚迷离，对于张若虚《春江花月夜》的空灵缥缈，文化研究那些枯燥的概念又能说得出什么？

　　追溯中国古代的文学批评，审美占有相当的份额。批评家曾经竭力阐述审美愉悦的效果。钟嵘的"滋味"和司空图的"韵味"无不力图以味觉比拟审美。这种修辞与《说文解字》对于"美"的解释——"甘也，从羊从大"——遥相呼应。另一些批评家有过更为形象的说法。明人徐渭断言，一首好诗的标志是，阅读时如同"冷水浇背，陡然一惊"；[2] 审美不仅是精神的，而且是波及感官和身体的——清人方东树也沿用了"冷水浇背"的比拟。[3] 情动于衷而形于言，言之不足手舞足蹈，审美的震撼远非概念或者逻辑可以化约。当然，各种费尽心机的隐喻恰恰表明，感官的激动无法走得更远。审美的感性叙述无法悉数转换为理论语言。或许可以说，文化研究终于彻底暴露了文学批评史隐含的矛盾：审美与理论语言之间时常存在距离。断言审美愉悦与理论仪器提供的结论殊途同归，这更像一种理想的企盼；许多时候，二者之间的分歧、分裂甚至冲突可能使文化

1　鲁迅：《集外集拾遗》，见《鲁迅全集》第 7 卷，人民文学出版社 2005 年版，第 246 页。

2　［明］徐渭：《答许口北》，见《徐渭集》，中华书局 1983 年版，第 482 页。

3　［清］方东树：《昭昧詹言》卷二，江绍楹点校，人民文学出版社 1961 年版，第 53 页。

研究陷于尴尬。

作为文化研究的典范之作，萨义德的《文化与帝国主义》曾经遇到这种尴尬。这部著作不止一次地出现这种状况：萨义德一方面犀利地解剖隐藏于某些文学经典的欧洲中心主义，另一方面又情不自禁地赞叹这些作品的动人魅力。例如，他发现了狄更斯小说与帝国利益的密切联系，同时又认为"那种联系不会削弱小说作为艺术作品的价值"；可以将奥斯汀的《曼斯菲尔德庄园》"当作一个正在扩张的帝国主义冒险的结构的一部分"进行阅读，但是，不能否认这是"一部伟大的文学杰作"；剖析了吉卜林的《吉姆》之中的殖民体系之后，萨义德没有忘记指出，这是"一部有巨大美学价值的作品。不能简单地指责它是混乱的、极端反动的帝国主义的种族主义想像力的产物"，吉卜林"是个有极高天赋的艺术家"。[1] 如此等等。

《文化与帝国主义》似乎没有考虑二者之间如何协调，萨义德谨慎地绕开了这个麻烦的理论旋涡。然而，人们可以从另一份著名的革命文艺经典文献之中读到与该主题相近的论述。即使是谈论微妙的艺术问题，革命领袖的语言仍然保持了大刀阔斧的风格——毛泽东的《在延安文艺座谈会上的讲话》阐述了文学批评"政治标准"和"艺术标准"之关系。他对于二者关系的设定显然代表了一种普遍的认识：

> 任何阶级社会中的任何阶级，总是以政治标准放在第一位，以艺术标准放在第二位的。……有些政治上根本反动的东西，也可能有某种艺术性。内容愈反动的作品而又愈带艺术性，就愈能毒害人民，就愈应该排斥。[2]

---

1 参阅〔美〕爱德华·W. 萨义德：《文化与帝国主义》，李琨译，生活·读书·新知三联书店 2016 年版，第 15、132、213、214 页。

2 毛泽东：《在延安文艺座谈会上的讲话》，见《毛泽东选集》第三卷，人民出版社 1991 年版，第 869 页。

　　这种关系的设定表明，"艺术标准"仅仅是从属于"政治标准"的二级评价。所谓的"艺术"不存在单独的意义。无论是推敲一段修辞，斟酌几句肖像描写，还是修饰诗句的韵律——如果没有接收到"政治标准"发出的肯定信号，谁知道"艺术"的效果会不会适得其反？相当长的时间里，许多人心目中的"艺术标准"与"审美"异曲同工，恰如"政治标准"与主题思想遥相呼应。只有当人们意识到"审美"包含了远为广泛的内涵时，这种观点才能重新浮出水面：审美是否是一种异于理论观念的独立评判？

三

　　无论是悲伤、戏谑还是狂欢，审美愉悦具有的心理性质时常令人不安。理论语言的威望在于，各种观念可以引申为科学、法律、社会制度设计或者经济数据的统计和分析，相反，审美如同某种不可捉摸的内心潮汐，缺乏必然的规律。如果说，理性是社会构建依赖的精神网络，那么，审美具有明显的"个人"气息：感官，身体，私密的，甚至放纵的。论证审美是一种独立的评判，亦即包含了个人权利的伸张。尽管各种社会框架宏大、坚硬，但是，个人的悲欢不仅真实地存在，而且渴望获得表述。人们没有理由认为，理论语言勾勒了社会图景的轮廓之后，聚焦内心的波澜仅仅是搜集一些无足轻重的填充材料。王公贵族与芸芸众生的等级秩序已经解体，前者不再是社会、国家的天然代表，后者不再是历史舞台边缘的无名氏，不再是千人一面的模糊群体。"大众"由无数的个体组成，每一个个体无不具有自己的神情、经验和内心。当理论语言效力于宏大叙事的时候，无数个体沸腾的或者琐细的七情六欲开始被托付于审美。审美表明了另一种视野的开启。

　　文化研究并未草率地否认审美——文化研究坚持的毋宁是，必须历史地解释审美。审美不是一种普遍的生理机能，如同疼痛、饥饿或者性；种种审美趣味源于不同历史时期的文化训练，包括文化传统、地域风情、意识形态，如此等等。这些文化训练很大程度上决定，为什么相同的文化圈可能产生如此接近的审美评判。当然，文化研究同时热衷于论证问题的另一面：一些貌似"个人"的审美可能以何种方式加入或者扰乱各种共同体的合唱：文化传统的，地域风情的，或者意识形态的。

然而，文化研究的主张并非普遍的观念。审美可以解释吗？相当多的人倾向于把审美形容为某种神秘的禀赋，某种天生的感知力以及语言辨识。"直觉"是他们频繁使用的词汇，直觉意味着无师自通的精微妙悟，意味着甩下所有理论概念的瞬间洞察。这种观念隐藏的潜台词往往是，文学或者艺术是一个自律的专业领域，并不是大众任意出入的场所。杰出的诗人、艺术家犹如天才，作品之于他们犹如瓜熟蒂落，浑然天成，刻意的理论培训或者意识形态企图只能徘徊于这个领域的外围。康德认为审美是无目的的合目的性，这种观念力图最大限度地保持审美与理论观念的平衡。当然，阻止功利目的干扰是康德审美思想的前提。"不烦绳削而自合"证明，真正的审美形式拒绝各种外部压力的介入——哪怕这种审美形式赢得了某种意识形态的称许。

驱除审美笼罩的神秘气氛，使之还原为一个日常的历史现象，这是某些社会学家的工作，例如布迪厄。在他看来，审美从未脱离日常生活。文学、绘画或者音乐方面的偏好与教育水平、家庭背景、社会出身密切相连。所谓的艺术"眼光"是历史的产物，那些追求"纯艺术"的人往往具有较高的生活条件和文化修养，重视艺术的精致、超功利以及高贵的快感；相反，工人阶级或者"大众美学"则习惯于把艺术的内容与生活联系起来。[1] 显而易见，考察审美趣味、历史、社会区隔以及意识形态之间的错综对话，这即是文化研究的分析模式——布迪厄描述了从阶级、阶层到各

---

1 参阅〔法〕皮埃尔·布迪厄：《区隔：趣味判断的社会批判·引言》，朱国华译，见《文化研究》第4辑，中央编译出版社2003年。

种审美趣味之间的转换环节。

但是，风尘仆仆的日常社会之外，人们的内心是否还存有一个重组审美愉悦的动力系统？至少可以看到，这是精神分析学关注的焦点。如今，许多人对于精神分析学的基本观念已经耳熟能详。深度心理学，无意识，恋母情结，阉割的威胁制造的心理创伤，等等。根据这些概念提供的想象力，弗洛伊德声称，文学是作家的"白日梦"。无论是宏伟的政治抱负还是娇媚的理想情人，各种无法满足的欲望酿成了虚构的巨大动力，形形色色的"白日梦"无非是想象性的代偿。这时，现实的匮乏终于安全地转移到文学之中。这些"白日梦"之所以赢得如此广泛的响应，因为大众的意识之中隐藏了相同的心理机制。例如，《哈姆雷特》带来的审美愉悦即是恋母情结秘密制造的大范围心理震荡。

精神分析学形成的动力系统是否接受历史的塑造？无意识或者恋母情结是否存在不同的历史内容？这是精神分析学与文化研究相互遭遇之后必须提出的问题。也许，家庭出现之前的故事或者试管婴儿的特殊情况已经超出精神分析学的兴趣范围。精神分析学似乎倾向于认为，这是一套酿造情绪反应的基本程序，包括审美愉悦。无所谓亿万富翁的恋母情结还是工人阶级的无意识，重要的是这些基本程序的完整。这种考虑方式多少让人想起了阿尔都塞的命题：意识形态没有历史。

精神分析学始终是一个毁誉参半的学说，历史实证的匮乏是一个显眼的软肋。无论是无意识还是恋母情结，理论推测的成分远远超过了历史资料的翔实记录。相对地说，雷蒙·威廉斯的"感觉结构"（structure of feeling）显示了与历史远为紧密的联系。威廉斯并未对"感觉结构"进行严密的界定——这个概念的基本内涵毋宁说是在威廉斯的批评实践中逐渐显现。对于威廉斯说来，"感觉结构"成为文学与社会的联结。如同一种历史的沉淀物，"感觉结构"隐匿于层层叠叠的经验背后，并且投聚于文学之中。"感觉结构"是众多社会成员各种情感经验的主宰，无形地凝聚了文化之中的主导观念；同时，"感觉结构"又象征了普遍生活的状况乃至社会结构特征。总之，"感觉结构"近似于集体无意识，但是，历史的种种积累始终或疾或缓地给予修正乃至重塑。例如，威廉斯的《乡村与城市》曾经证明，诗人对于自然风景的喜爱并非与生俱来。只有将农业劳作的乡村隔离出去，田园风光、树林、湖泊才能显现静谧和安详的一面。这即是 scenery 一词的特殊意义。[1] 换言之，人们对于自然风景的"感觉结构"必须在漫长的历史演变之中逐渐形成，这是威廉斯——作为马克思主义学派批评家的杰出代表——与精神分析学分道扬镳的所在。

如果说，"感觉结构"并非固定的机能而是历史的赋予，那么，审美的独立评判必然隐含了社会历史的密码。这构成了审美与各种社会学观念彼此对话的可能。詹姆逊曾经批判资本主义文化造成了公与私之间，诗学与政治之间，性欲以及潜意识与阶级、经济、世俗政治权力的公共世界之间产生了严重分裂——他把这种情况称为"弗洛伊德与马克思对阵"。[2] 然而，当"感觉结构"置换了"无意识"之时，马克思重新书写了弗洛伊德。

四

现在，人们可以重返萨义德的《文化与帝国主义》隐藏的问题：为什么文学经典的动人魅力与可憎的欧洲中心主义如此紧密地混杂在一起？文化研究能否及时地祛除审美对于这些作品的盲目信任？

考虑到文本形式的存在——考虑到叙述、修辞、视角或者韵律、意象的共同作用，后续的审美效果几乎是一个必然。如果说，精神分析学或者感觉结构通常指向主体，那么，文本无疑是开启的钥匙。相当长的时间里，"文本"成为众多批评学派围绕的轴心，"新批评"、俄国形式主义和

---

1 〔英〕雷蒙·威廉斯:《乡村与城市》，韩子满等译，商务印书馆 2013 年版，第 167—176 页。

2 〔美〕弗雷德里克·詹姆森:《处于跨国资本主义时代中的第三世界文学》，张京媛译，见《新历史主义与文学批评》，张京媛主编，北京大学出版社 1993 年版，第 235 页。

结构主义均为最著名的代表。文化研究意识到"文本"背后各种意义表达机制的存在，然而，批评家不再将"文本"密封于一个文化真空，如同一个僵死的躯壳；文本是各种历史关系之间的一个活体，文学形式的诸多元素时常间接地呼应意识形态的演变。"怎样才能消除将这种孤立的美学形式与如'文化'和帝国主义这样大的题目或事业之间的距离呢？"谈论英国小说的时候，萨义德的《文化与帝国主义》如此提出问题。"我并不是说小说——或广义地说'文化'——'造成了'帝国主义；而是说，作为资产阶级社会的文化作品的小说和帝国主义如果缺少一方就是不可想像的。"在萨义德视野开阔的分析之中，英国小说与帝国主义历史之间的彼此支持逐渐显现出来了。"如果我们研究一下产生帝国的动力，我们就会看到下述两者的汇合：一方面是构成小说的叙述权威的模式，另一方面是作为帝国主义倾向的基础的一个复杂的意识形态结构。"[1]很大程度上，这种分析典型地显现了文化研究的范式。

可是，这种分析通常没有耐心收缩目光，聚焦于某一部作品的文本效果。对于高瞻远瞩的历史主人公说来，这种问题似乎太小了。只有胸无大志的"新批评"或者俄国形式主义才愿意为辞章的字雕句琢耗费精力。文化研究常常没有发现，文本构造对于审美的左右程度远远超过了理论观念的"正确"。由于《红楼梦》的文本结构，人们的内心感伤只能奉献给宝玉、黛玉、宝钗之间曲折的爱情关系，奉献给大家族内部的爱恨交加，"封建社会的末世危机"仅仅是后续的理论联想；根据《简·爱》的情节脉络，简·爱的自尊以及她与罗切斯特一波三折的恋爱主宰着人们的情感波澜，桑菲尔德庄园的经济状况或者女权主义对于阁楼上"疯女人"形象的开掘已经溢出了审美的范畴。众多警察与罪犯相互角逐的故事之中，叙述视角具有决定性的意义。叙述视角包含了隐蔽的价值判断；由于叙述视

---

1 〔美〕爱德华·W.萨义德：《文化与帝国主义》，李琨译，生活·读书·新知三联书店2016年版，第97、96、95页。

角的不同设置，警察或者罪犯都可能成为作品的正面主人公。武侠小说是一种强大的文本类型。武侠小说的恩怨情仇内部时常隐含了某种先抑后扬的情感程序。当压抑性情感的积累突破了隐忍的临界点，复仇的火焰将吞噬各种理性知识——无论是法律、道德还是风俗民情。换言之，武侠小说的文本模式隐含了冲垮甚至摧毁理论观念的能量。一部文学作品通常提供了一个完整的形象体系。一片风景、一幅肖像描写、山坳里的一幢土楼、办公桌上的红色电话机——各种意象并非孤立的片断，它们无不作为文学作品有机整体的一个个局部各司其职。鲁迅在《〈呐喊〉自序》中说过，他的文学呐喊必须"听将令"，《药》的结尾不惜用"曲笔"在革命者的坟上增添一个花环。然而，多数读者的阅读经验表明，这种"曲笔"并未游离文本结构。《药》的形象体系自然地吸收了坟地上的花环、乌鸦等意象。对于文化研究说来，这时常是一个聚讼不休的症结点：文化研究各种尖锐的理论意图时常撕裂了文学作品的有机整体，无视文本结构的存在，继而放弃了审美愉悦。

文化研究尖锐的理论意图往往凝聚为特定的阐释模式。无论是无意识、恋母情结、神话原型还是阶级、种族、女权主义，这些均为文学批评史上著名的阐释模式。根据预设的阐释模式收集、编辑各种形象片断，这是许多批评家擅长的。《毛诗序》认为《关雎》表现的乃"后妃之德"，社会历史批评学派精心搜集《红楼梦》大观园内部阶级斗争的蛛丝马迹，精神分析学认为《哈姆雷特》的王子再三延宕复仇计划的原因源于恋母产生的自责，神话原型考证诸神的化身如何以不同的面目潜伏于现代经典——总之，不论存在多少灼见，理论的某种"强制"如出一辙。

一种代表性的观点认为，理论的霸悍性格放肆地践踏文学作品的有机整体，这种"强制"是西方文化的产物。如此骄横的理论暴力冠以学术的名义塞给其他民族的文学，这时的文学批评如同后殖民主义的工具。然而，文学史的资料证明，许多西方作家曾经对咄咄逼人的文学批评表示公开的抵制。与其辨别"西方"或者"东方"，不如追溯理论为什么逐渐演变为脱缰的野马。当然，西方文化始终对于世界的表象将信将疑，表象背后的形而上学才能充当世界的本源。如果说这种倾向源于古希腊以来的文化表征，那么，某一个特定的历史时刻，一个颠倒终于悄悄地完成——形而上学的逻辑终于彻底征服了无数的表象。苏珊·桑塔格简洁地指出，这个颠倒如何在文学批评领域脱颖而出：

> ……当代对于阐释行为的热情常常是由对表面之物的公开的敌意或明显的鄙视所激发的，而不是由对陷入棘手状态的文本的虔敬之情（这或许掩盖了冒犯）所激发的。传统风格的阐释是固执的，但也充满敬意；它在字面意义之上建立起了另外一层意义。现代风格的阐释却是在挖掘，而一旦挖掘，就是在破坏；它在文本"后面"挖掘，以发现作为真实文本的潜文本。[1]

　　然而，文化研究盛行之后，这已经成为一个可以质疑的问题：文学作品的有机整体是阐释所不可跨越的神圣界限吗？理论是否有权力甩开审美独自远行？许多时候，文学作品的有机整体意味了一个封闭的自足空间。自足的空间内部允许多种复杂的意义存在，但是，这些意义不再溢出作品的边界卷入社会实践。对于文化研究说来，这至少削弱了文学作品的冲击力。因此，打开这个自足空间的边界成为文化研究的一个重要目的。由于理论语言的催化，各种破碎的艺术片断沿着众多路径渗透日常生活。这个意义上，我曾经将文学批评的多向阐释形容为"意义再生产"。一部文学作品赢得多种意义的解读，这是光荣而非耻辱。文学自如地穿插于经济学和哲学，或者，文学成为商学和法学的例证，这一切只能证明文学拥有广阔的疆域，尽管文学作品有机整体的消失往往意味了审美愉悦的取缔。当然，这时的文化研究已经事先许诺了一个重大的解放：可以不必向审美负

1　〔美〕苏珊·桑塔格：《反对阐释》，程巍译，上海译文出版社 2003 年版，第 8 页。

责。解除审美趣味的狭隘束缚，文化研究自如地纵横驰骋——可以专注地考察一部文学作品之中的植物系统，也可以挑出礼仪、服饰或者不同城市的建筑风格精雕细琢。开放性的视野带来了济济一堂的理论观念。这没有什么不好。研究汽车设计的时候，动力系统无疑具有特殊的重要性，但是，车门的款式、喷漆的锃亮程度、音响设备，哪怕是轮胎，一样有资格成为精彩的研究话题。这时，理论的视野彻底敞开了。

然而，这是理论的僭越吗？至少哈罗德·布鲁姆如此认为。他的《西方正典》以捍卫文学经典为己任。布鲁姆心目中，审美是文学经典无可置疑的标志："审美批评使我们回到文学想象的自主性上去，回到孤独的心灵中去，于是读者不再是社会的一员，而是作为深层的自我，作为我们终极的内在性。"在布鲁姆看来，审美的"终极内在性"不可与粗俗的社会历史相互混淆："或者是美学价值，或者是种族、阶级以及性别的多重决定"，后者无异于审美的玷污乃至强奸。"女性主义者，马克思主义者，拉康派，新历史主义者，解构主义者，符号学派"——布鲁姆憎恨地将这些文化研究学派命名为"憎恨学派"。[1] 然而，这种姿态是否隐含了审美独断论？从"新批评"的"意图谬误"到后结构主义的"作者已死"，文学批评终于抛弃了作者的独断——作者的意图不再是文学批评的最终皈依。可以将文本想象为一个固定的存在，然而，文学的解读、阐释——文本的意义再生产——是否存在最终的皈依？那个至高无上的意义圣殿是由哪一个人制定出来的？

五

某种程度上，解读和阐释带有谜底揭晓的意味。弦外之音，隐蔽的主

---

1 〔美〕哈罗德·布鲁姆：《西方正典》，江宁康译，译林出版社 2005 年版，第 8、412、416 页。

题，如此特殊的人物命运点燃了哪些思想，哪些形式因素的组合产生了惊人的效果，如此等等。因此，当解读和阐释各执一词、互不相让的时候，许多人感到无法接受。一千个读者有一千个哈姆雷特，这种夸张的说法也可能意味着沟通机制的危机。如果所有的表述都在一拥而上的解读和阐释之中丧失了本意，那么，社会交流的链接如何完成？

这种困惑显然是"过度诠释"这个命题的部分背景。[1] 狭窄的诠释意味了意义的贫乏，过度的诠释意味了意义的混乱。"过度诠释"引申出的种种论述显明，许多人期待出现一个规范诠释的"度"，同时，人们又无法预知如何制定如此公正的"度"。当然，社会交流的实践并未因此崩溃。无论是"善""恶""正义""道德"这些宏大论题，还是"请把窗户打开"或者"这只狗真可爱"等日常会话，人们总是依赖语境给予理解。换一句话说，历史情景决定了解读和阐释的限度。"一千个哈姆雷特"乃是理论意义的可能，历史情景负责清理公众的视野和理解水平，从而将纷杂的观点删减至有限的几种乃至一种。与其信赖公正，不如追求公认。一个耐人寻味的症候是：当历史开始酝酿深刻的巨变时，诸多传统命题的周围可能突如其来地涌出各种前所未有的解读和阐释。从公认面积的收缩、融化到公共领域的破碎、陷落，阐释学常常充当一种特殊的风向标。

文化研究的出现即是某种历史情景的产物。无论是现代性转向后现代性，还是女权主义运动、全球化以及"历史的终结"带来的争议，文化研究无不登堂入室，振臂一呼。文化研究制造了空前活跃的解读和阐释，各种观点蜂拥而至，济济一堂。如何辨识公共领域的冲突和交锋正在成为这个时代的一个重大问题。这种冲突和交锋不仅显示为诸多学派的理论争辩，同时存在于理论语言和审美愉悦之间。

审美主义对于形象和细节的钟情，审美主义对于内心感觉的尊重——

---

1 参阅〔意〕艾柯等：《诠释与过度诠释》，〔英〕柯里尼编，王宇根译，生活·读书·新知三联书店 1997 年版。

审美主义的激进意味在于，向理性霸权主义索回必要的空间。陈述文学话语与历史话语的差异时，我指出了二者的不同视域："如果说，历史话语的分析单位是整个社会，那么，文学话语的分析单位是每一个具体的人生。换言之，'人生'成为主宰文学话语的特殊范畴。"某种程度上可以认为，这是文学与各种理论语言的关系。二者的分野预示了价值观念的再分配。"人生""个人""感性""日常生活""世俗""底层小人物"——诸如此类的范畴逐渐显出了分量。我企图表明的结论是：

> "千古兴亡，百年悲笑"，历史话语意味着一套叙述，一批举足轻重的范畴充任了这一套叙述的轴心，例如民族、国家、政权、社会制度、战争与革命，如此等等，众多声名卓著的历史人物依附于各种事件，他们的故事通常是片断的，零星的；文学话语提出了另一套叙述，文学话语注视的是世俗的"人生"，并且转向了熙熙攘攘的日常生活。对于历史话语，文学话语可能是一种见证，一种充实；也可能是一种干扰，一种瓦解。历史话语描述了一个又一个宏大的巨型景观，文学话语更为倾心普通的小人物，更为关注底层，更多地投身于压抑与解放的活跃主题——因而对于潜伏在日常生活内部的反抗倾向先知先觉。[1]

作为一种独立评判，审美的首要意义毋宁说是价值观念再分配的表征。"必须将审美从一种消遣、一种娱乐或者一种技术效果引入生存原则，视为生存的范畴之一。"在我看来：

> 文学的审美天性更多的是相对于诸如哲学、经济学、历史学、法律学以及自然科学这一些文化门类而言。比较起来，文学显然更为重

---

1 南帆：《无名的能量》，人民文学出版社 2012 年版，第 100 页。

视人性的深度，重视人的情感经验，重视人的感性、欲望、激情、命运、精神自由；换言之，尽管文学的功能并不仅仅局限于审美，但是文学总是天然地将审美作为一种进入世界的方式。[1]

精神分析学可以证明，相对于各种理论语言，情感经验可能在人们的意识之中存留更为深刻的烙印——无意识构成了一个巨大的贮存仓库。当理论语言坚持另一套迥异的观念时，审美的独立评判可能执拗地固执己见，甚至产生激烈的反扑：

> 这已经决定了文学同诸多其他文化门类不和谐的一面。当经济学在强调市场与利润的时候，文学依然在谈论人格与道德的完善；当管理学在强调规则与制度的时候，文学依然迷恋于自由与人情；当法律学在强调法治与秩序的时候，文学依然偏爱叛逆与温情；当科学在强调实证与精确的时候，文学依然醉心于想象与超验。这并不是说作家无法了解其他文化门类的意义，而是说作家更多地将眼光转向其他文化门类所无心关注的方面。这恰恰是文学为自己选择的关注对象。[2]

巨大的审美愉悦可能发生错误吗？——现在是这个问题登场的时候了。如果说，经济学可能误判形势，物理学可能进入理论的岔道，审美的独立评判怎么会拥有天生的免疫力？景仰的人物毫无价值，憎恶的对象弥足珍贵，忘情的感动忽视了隐藏于情节背面的阴暗角落，低估或者高估了某种形式的功能，如此等等。武侠小说提供的是起伏强烈的快意恩仇，动人心魄；浪漫传奇中的灰姑娘与白马王子终成眷属，好人一生平安——这种审美愉悦往往注入大量的幻觉，另一些更为重要的事实遭到了遮蔽。当

---

1 南帆：《冲突的文学》，上海社会科学院出版社 1992 年版，第 12 页。

2 同上注，第 14 页。

这种幻觉进入日常生活的时候，人们可能严重受挫。尽管如此，我试图表明的是，即使"可能发生错误"，审美的独立评判性质并没有改变。"审美当然不可能也不该成为人们生存方式中的唯一尺度，但是，文学坚持说人们不该完全遗忘这个尺度……无论是对于人们的精神结构还是对社会文化的总体图景，审美的存在都是一个极其重要的平衡。"[1]

审美是一种独立评判——只有在另一种视域的框架之中，这个结论才能浮现。他者的存在证实自我。当这种评判出现偏差的时候，校正乃至矫正的观点仍然来自另一种视域的框架。这个意义上，审美并非独白。审美始终必须与各个学科的理论语言保持密切互动。很大程度上，这亦即审美与文化研究的关系。我曾经用"社会话语光谱"比拟诸种话语系统的差异、抗衡与相互调节。从文学话语、科学话语到经济话语，从考古、外交辞令到哲学思辨，各种话语系统的组织构造了一个社会的人文环境。"社会话语光谱"这个比拟强调的是诸种话语系统的共时存在，此消彼长。这些话语系统分别拥有不同的管辖区域和基本范畴，它们之间存在复杂的对话关系而不是相互覆盖。

然而，如今我更想使用的是"博弈"一词——诸多话语系统之间的"博弈"关系。相对于平稳的"对话"，"博弈"包含了更多的内容：管辖区域的分配、挤占与争夺，战略与战术，不同学科拥有的知识权力，学科的知识权力与国家机器以及社会组织之间彼此交错的联系，如此等等。如果说，文化研究正在这种博弈关系之中担任一个积极的角色，那么，审美的意义必将同时是这一幅图景的组成部分。只有真正卷入这种博弈，审美隐含的价值观念才能历史地显现。

1　南帆:《冲突的文学》，上海社会科学院出版社 1992 年版，第 14 页。

第四章

审美主义及其历史视域

一

20 世纪以来，文学批评对于审美主义兴趣索然。许多批评家奔走于一个又一个理论迷宫，纷至沓来的概念术语对于审美空间构成强大的压抑。无论是社会历史批评学派、精神分析学派、接受美学还是"语言转向"背景之下的符号学分析，阶级、民族、性别或者"期待视野""能指的狂欢"分别构筑起严密的逻辑架构，审美逐渐成为无处存身的游魂。20 世纪下半叶兴起的"文化研究"加剧了这种状况，五花八门的议题往往绕开基本的审美鉴别：批评家津津乐道的是一部真正的审美杰作，还是三流的玩意儿？审美的标准似乎不再存在。当然，审美主义并未放弃反抗。一个常见的反诘是：宏大的理论体系背后，文学去哪儿了？没有"文学"的文学理论毋宁说是虚假的繁荣。审美，审美，审美，重要的事情说三遍——恢复审美主义乃是文学批评的当务之急。

如此表述似乎显示，何谓审美不言而喻。审美主义传统由来已久，批评家的工作毋宁说是擦拭种种过剩理论遗留的污垢，还原审美的锐利辨识力。因此，没有多少批评家严格规范审美的内涵，划出审美主义与众多批评学派的边界，陈述一套独一无二的词语。一丝不苟的"研究"程序成为审美的累赘，批评家仅仅兴之所至地发表各种印象、感想或者喟叹、抒情，继而将这些言辞笼统命名为"审美"。文学批评似乎知其然而不屑于解释所以然。但是，文学事实证明，审美并非天才作家的神秘召唤，"羚羊挂角，无迹可求"；相反，审美是作家与读者共同制造的精神事件，包含多种因素的复杂交织与互动。如果说，通常的读者只要像浮士德那样赞叹一句"太美了"，那么，文学批评必须负责进一步解析之所以如此的原因——解析审美如何诞生于作家、作品、读者的奇特联系。当然，解析背后的分类、比较、回溯、评判涉及一系列理论资源。由于各种哲学或者美学的分歧远未达成共识，"何谓审美"可能在批评家心目中意外成为令人困惑的基本问题。

作为这个基本问题的始源，"美"的概念仍在持续生产新的哲学思辨。从毕达哥拉斯学派、柏拉图、休谟到康德、黑格尔、胡塞尔、海德格尔，众多西方哲学家围绕"美"发表了各种见解。"美"是一种对象的感性直观，这个事实获得普遍的认可；然而，对于这些理性主义者说来，"感性"的性质始终是一种令人苦恼的问题。如何赋予"感性"相似于"理性"的意义？许多哲学家为之殚精竭虑。"感性直观""知性直观"，或者"范畴直观"以及"美是理念的感性显现"无不隐含一个意图：如何将"感性"范畴的"美"引渡到普遍意义的平台之上。[1] 哲学思辨之所以仍在持续，一个重要原因恰恰是，理论的引渡仍然存在诸多未竟之处。

鲍姆加登奠定了"美学"的学科，aesthetic 的词根即是"感觉、感知"。将"感觉、感知"收集的零碎感官印象纳入完整的学科构架给予考察与整编，这是一个重大的理论飞跃。如果将鲍姆加登 1750 年出版的《美学》视为一个学科的标志，那么，这个学科大约一个半世纪之后移入汉语文化圈，王国维是公认的文化使者。哪些历史情势促成了王国维？

1　对于这个问题的近期考察可参见苏宏斌：《美是物的直观显现——美的本质问题新论》，《文艺研究》2023 年第 3 期。

"美学"的内涵如何与清末民初的汉语语境互动？对于一门人文学科说来，语种的跨越往往意味着异质文化的视野融合，"美学"术语的种种汉译包含了不同知识体系的谨慎试探与复杂的衔接形式。[1]这个段落的转折多大程度地注入或者修正现今文学批评对于审美的阐释？

显而易见，远在鲍姆加登论证"美学"之前，汉语的"美"业已成为习用的词语。老子所谓"信言不美，美言不信"，孟子所谓"充实之谓美"，庄子所谓"天地有大美而不言"，乃至《说文解字》对"美"的阐释"甘也，从羊从大"，汉语"美"的内涵与西方的哲学阐述以及鲍姆加登的"美学"存在微妙的异同。文学乃至艺术纳入"美"或者"美学"的专属产品，是19世纪之后的事情。"美"被视为文学乃至艺术的普遍性质既是意义深远的理论概括，同时也可能带来另一种遮蔽。如果仅仅考虑"呼吸"是众多动物的共同生命特征，青蛙、猴子、麻雀与大象之间的区别就消失了。相似的理由，普遍性质的"美"不再重视一幅抽象画、一部长篇小说或者一首绝句、一曲交响乐之间的差异。然而，抛开各种文类的不同特征，"审美"的泛泛而谈又能说出什么？对于文学批评说来，徘徊于文学外围的"审美"往往言不及义。

因此，审美的文学批评必须与"文学性"结合起来。然而，这时的"文学性"突然成为一个歧义丛生的概念。一些批评家热衷于丝丝入扣地分析作品之中的人物内心，描述"心灵辩证法"的曲折乃至混沌的"意识流"。相对于那些仅仅将人物视为某种社会共同体——例如，阶级或者民族——象征性符号的文学批评说来，人物的纷杂内心往往是"文学"独树一帜的发现。然而，心理描述是"文学性"的独特标志吗？"即使我们假定一个作家成功地使他的人物的行为带有'心理学的真理'，我们仍可

1　对于这个问题的近期考察可参见陈剑澜：《王国维审美论思想探赜——兼论中国现代美学的缘起》，《中国社会科学》2023年第1期；李庆本：《"美学"译名考》，《文学评论》2022年第6期。

提出这样一个问题：这些'真理'是否具有艺术上的价值？"所以，韦勒克与沃伦的结论是："就心理活动及其机制的有意识和系统化的理论而言，心理学对艺术不是必要的，心理学本身也没有艺术上的价值。"[1]他们认为，文学与心理关系的考察仅仅是文学的"外部研究"——他们的推荐指向了文学的"内部研究"，即文学形式的构成因素，例如谐音、节奏、格律、文体、意象、隐喻、象征、神话、叙事模式、文类，如此等等。文学形式的构成因素才是他们认可的"文学性"。事实上，无论是人物内心、文学形式还是别的什么，不同版本的"文学性"无法向文学批评交付某种统一的"审美"标准。

迄今为止，审美主义的文学批评围绕的稳定特征仅仅是——诉诸感性的审美愉悦。理性主义热衷的概念、数据或者逻辑演绎无法开启审美感官。所谓的"审美感官"并非一种天生的器官组织，而是来自复杂的文化训练。民族文化观念、出身阶层、教养、地域风俗、意识形态背景无不或显或隐地塑造、规范主体的"审美感官"。粗犷的劳工无法欣赏"梅妻鹤子"的高雅隐士，《红楼梦》中的焦大与林黛玉不会对缤纷的落花产生相近的人生感慨，高雅的贵族很难坐在乡村空地上倾听草台班子生涩的演唱，知识阶层不愿意接受市侩气息十足的披金戴银，如此等等。然而，审美是否涉及某种共同的"天性"——譬如一些悦耳的音响，一些几何图形，或者黄金分割比例？文化训练如何解释超越历史时期或者跨文化的审美？人们可以看到，各种美学学派提供的结论相距甚远。因此，当文学批评试图表述感性的审美愉悦之际，哪些观念充当隐蔽的前提？这时，审美主义的文学批评不再仅仅是摆脱理论纠缠的感性语言，而是不得不接受另一批理论语言的质询。

尽管如此，"感性"与"审美"仍然是文学批评鉴定作品不可或缺的

---

1 〔美〕勒内·韦勒克、奥斯汀·沃伦：《文学理论》，刘象愚等译，江苏教育出版社 2005 年版，第 99 页。

两个关键词。一部无法带来审美愉悦的作品往往表明，情节或者人物与感性的感知范围脱钩了。情节可能充当理念的标准演绎，人物可能成为口号的完美化身，可是，审美感官仍然沉睡不醒。这种状况显示，悬空的理念或者口号并未进入日常圈子，并且拥有丰富的生活细节从而赢得感性的验证。感性的无视乃至否认往往被笼统形容为"不真实"。这种故事怎么可能发生？——"不真实"。"不真实"暗示出感性与理性认识的距离。另一些时候，感性的意义恰恰是摆脱理念或者口号的强大覆盖而察觉一些无名的生活内容：或者是历史的某些暗角，或者是遭受遮蔽的无意识，或者是若干族群奇特的生存状态，或者是熟视无睹的压迫形式。这时，文学批评阐述的"审美"将会突破理性主义的主宰开启另一种视域——这或许是"审美"最为激进的时刻。

二

激情、亢奋、伤感、悲哀或者怦然心动、血脉贲张、涕泗滂沱、哄堂大笑均是审美愉悦的表征，这些精神状态显然是文学阅读的特殊回响。对于审美主义的文学批评说来，二者的呼应可以分解为两个有待阐发的主题：文学作品的构成以及这种构成之所以掀起汹涌的内心波澜。

文学作品的构成元素不计其数。山川草木，世间百态，浩瀚的宇宙，卑微的蝼蚁，文学对于各种事物一视同仁，从未设立准入门槛。文学作品的特征毋宁是，提供各种事物的特殊组织模式。无论是严格的诗词格律还是相对灵活的"叙事语法"，文学形式的首要功能是构建一个独立结构。中国古典诗词的字数、平仄、对偶乃至格调、趣味、风格构成形态不一的框架，"刚性"规定背后仅仅允许狭小的通融空间，例如"拗救"；叙事秩序宽松多变，但是，"叙事语法"之称仍然显示出有章可循的基本性质。从亚里士多德《诗学》对于悲剧何谓"有头，有身，有尾"的论述到中国古代批评家所说的"草蛇灰线""横云断山""烘云托月""首尾相应"，从普罗普概括的"民间故事"角色功能到罗兰·巴特的叙事作品结构分析，文学研究始终试图标出叙事的基本轮廓。尽管现代诗歌挣脱了古典诗词的格律束缚，现代小说以及种种新型的叙事作品——例如电视连续剧——屡屡显示出重新规划叙事路线的企图，但是，文学形式的独立结构从未完全解体。这种独立结构不仅是文学文本区别于学术论文或者应用文的首要标志，而且造就作品的封闭空间。对于审美主义的文学批评说来，作品的封闭空间显现的两个特征必须默认为无可置疑的前提。

首先，作品的封闭空间保持强大的内聚倾向。作品之中出现的人物、事件以及种种景象细节无不存在内在的彼此联系。即使一个人物与另一个人物素昧平生，一幢大楼与另一间茅屋从未交集，他们或者它们始终共存于一个框架内部，凭借众多或显或隐的关联、交织、衔接聚合为一个整体。这种整体可能是一段线索纷杂的情节，也可能是一种强烈的抒情，一种豁然的哲理顿悟，甚至可能是一种文学形式的强制约束——不论是"三山半落青天外，二水中分白鹭洲"还是"无边落木萧萧下，不尽长江滚滚来"，这些意象成双成对地出现毋宁说是由于律诗的格律要求。罗兰·巴特曾经精辟地指出，"艺术没有杂音"[1]。文学形式的独立结构划出清晰边界的依据是：作品内部的所有成分均为有机整体统摄的组成部分，无法纳入整体的成分将作为多余的"杂音"清除。

与内聚倾向相提并论的另一个特征是，作品的封闭空间首先向审美意识敞开。文学形式的独立结构不仅维持内容的完整，同时屏蔽审美之外各种视野的干扰。许多人承认，审美愉悦来自作品整体的赐予；必须追加的观点是——只有审美意识才能自如通行于作品的封闭空间内部，接洽林林总总的事物。当"明月松间照，清泉石上流""潮平两岸阔，风正一帆悬"作为诗句获得阅读的时候，"月""松""泉""石""潮""风"等抛开

---

1 〔法〕罗兰·巴特：《叙事作品结构分析导论》，张寅德译，见《叙述学研究》，张寅德编选，中国社会科学出版社1989年版，第11页。

了天文学、植物学、地质学或者气象学的描述而统一接受审美的检阅。审美遵循自己的标准，既不会迂腐地谴责"天子呼来不上船，自称臣是酒中仙"纵酒失礼，也不会大惊小怪非议"壮志饥餐胡虏肉，笑谈渴饮匈奴血"残忍嗜血。审美意识甚至放弃日常的"真实"标准而宁可沉浸于"妙而不真"[1]的意境。一些人挑剔"姑苏城外寒山寺，夜半钟声到客船"的诗句，说寒山寺并无夜半敲钟的习俗。一位古代批评家的回复选择了审美的视角："诗流借景立言，惟在声律之调，兴象之合，区区事实，彼岂暇计？无论夜半是非，即钟声闻否，未可知也。"[2]当然，后续的文学批评可以分析王维的想象与地理环境的关系，考证杜甫为什么如此仰慕李白，或者岳飞的《满江红》是否伪作，天文学、植物学、地质学可以堂而皇之地充当种种理论后援，但是，审美是文学的首要标志，后续的理论阐述或者引申仅仅显示文学的附加值。

　　文学形式的独立结构不是提供某种僵硬的运行轨道，而是启动种种修辞、叙事技术进行隐蔽的诱导、修饰或者评判。"眼神锐利"与"目露凶光"的所指相差无几，但是，不同的形容立即将二者置入不同的褒贬框架。由于作品设置的特殊叙事视角，人们不会将《水浒传》中打家劫舍的梁山好汉视为凶残的黑社会，或者痛恨《西游记》中顽劣的孙悟空屡教不改，《阿Q正传》中食不果腹、衣不蔽体的阿Q居然不断地让人笑出声来。尽管《安娜·卡列尼娜》或者《包法利夫人》的女主人公背叛家庭，情节的叙述语言却一直暗示人们采取谅解的态度。如果没有文学形式无微不至的庇护，审美意识无法绕过道德防线从而将一腔的同情转向作品的主角。

　　文学形式的独立结构之所以成功唤起预设的审美愉悦，另一半原因必

1　"妙而不真"形容的是苏东坡画竹，参见［明］俞弁：《逸老堂诗话》，见《历代诗话续编》，丁福保辑，中华书局1983年版，第1321页。

2　［明］胡应麟：《诗薮·外编卷四》，中华书局1958年版，第193页。

须追溯至读者的精神结构。读者的内心并非一面镜子，倒影式地反映外部的投射；复杂的心理机制参与信息的接收与处理，对于审美形成推波助澜之效。描述内心纵深的时候，精神分析学提出一套独特的术语和命题，例如无意识、恋母情结、童年创伤、压抑以及现实原则、快乐原则等等，相当一部分解释涉及文学的审美。弗洛伊德认为文学是一种"白日梦"。由于现实的强大压抑，人们的欲望屡屡受挫；作为一种特许的虚构，文学成为欲望的象征性补偿。不论精神分析学的观点存在多少具体的争议，这个事实获得了普遍的认可：审美愉悦很大一部分来自深度心理的敞开与表露。

文学形式的独立结构或者深度心理包含审美的重大秘密。但是，文学批评不得不事先考虑考察对象的性质：二者始终存在固定的"本质"，还是历史演变的产物？结构主义显然倾向于前者，结构主义的雄心是超越形形色色的作品，描述终极性的文学结构图式；相似的是，精神分析学并未展示历史维度，无意识或者恋母情结仿佛是跨时代、跨地域的重复。然而，这种预设可能遭遇无法回避的理论困难：如何解释文学形式的历史轨迹，例如从古典诗词格律到现代自由诗，从古老而单纯的民间故事叙事到眼花缭乱的现代主义小说？精神分析学的结论适合家庭出现之前的远古社会或者母系社会吗？承认文学形式或者深度心理与历史演变的互动，问题的复杂程度必将大幅增加：文学批评不仅要了解哪些历史因素以及什么时候促成文学形式的改变，还要描述心理机制如何回应——二者不仅频道相异，而且存在很大的节奏落差。对于文学批评说来，审美不是机械的回声，而是意识乃至生命内部回应艺术产生出的涨落起伏的潮汐。

"作品的封闭空间"同时表明，作品被视为一个有机整体。亚里士多德形容悲剧"有头，有身，有尾"，中国古代批评家借用各个身体部位隐喻作品，这些论述无不事先认可"有机整体"的观念。"有机整体"不仅确认作品的独立性，保证作品内部种种构成元素浑然一体，而且划出审美意识的分布区域。然而，作品的"有机整体"观念正在遭受多方面的挑战。解构主义批评家论证，作品内部貌似统一的主题隐藏着种种歧义与矛盾，"互文性"特征显示出文本之中多种话语的不同脉络；虚构与事实乃至文学与非文学的界限远非想象的那么稳定，种种传统的"二元对立"都可能在不尽的"延异"之中逐步化为乌有。后现代语境流行的结论是，所谓的"有机整体"如同临时设立的界桩，缺乏强大的约束法则。例如，"文化研究"往往无视"有机整体"的边界而零敲碎打地拆卸作品的某些片段，使之纳入更大范围的阐释网络，作为种种意识形态话语分析的素材。相对地说，审美主义的文学批评倾向于回避解构主义以及后现代哲学，坚定地维持"有机整体"观念——这是审美独享的领地。

　　然而，事情是否到此为止？审美独享的领地之外还会发生什么？审美主义责怪"文化研究"无视文学王国的独立主权，恰恰表明文学王国的外部世界从未消失。由于"有机整体"与审美的对应关系，后续的问题不得不重新论述：脱离"作品的封闭空间"进入外部世界，审美愉悦能否或者如何成为一种活跃在历史之中的普遍经验？

三

　　人们没有理由将作品的"有机整体"观念视同艺术自律的主张。文学批评史表明，众多批评学派对于艺术自律的解释不尽相同，但是，这些解释的共同观点是切断文学、艺术与社会历史的联系，拒绝谈论审美特区之外种种俗不可耐的事情。作品的"有机整体"观念强调内部组织的严密与协调，而不是无视外部世界社会历史的存在。社会历史完全退隐，作品将因为缺乏任何参照而丧失意义。皮之不存，毛将焉附，审美怎么可能单独活跃在文化真空之中？因此，审美的一个重要条件即是作品与社会历史如何互为"他者"。

　　亚里士多德的"模仿说"是一种古老的观念：文学模仿外部世界。相对于"模仿"，"再现"（represent）是一个更为合适的术语，尽管"模仿"

可以视为"再现"的方式之一。[1]"再现"事先认定外部世界作为原型存在，但是，削减什么、增添什么、虚构哪些部分无不隐含了作家的基本意图。他们呕心沥血地重建一个文学王国，即是试图让人们察觉某些外部世界无法直接显现的内容。文学批评必须进一步解释，二者的落差如何带来所谓的"审美"。

社会历史批评学派时常引入"历史"概念参与审美的解释。这时，"历史"并非一堆过往事件。史料的搜集、辨析、整理、鉴别往往是历史学科的内部事件，通常由专业历史学家承担；批评家重视的毋宁说是"历史"的一种特殊性质——"历史"是一个连续性整体，种种"过往事件"不同程度地投射于现在以及未来。这种历史不是隐藏于厚厚的历史著作之中，与己无关；相反，人们时常进入这个连续体以解释"现在"之所以如此的原因，并且观察自己的方位，甚至决定做什么以及不做什么。当"历史"成为文学批评的参照时，这个概念显示出两方面的解释功能。首先，历史解释了某些文学主题、某种文学形式以及若干文类之所以在某一个时期兴盛或者衰退的原因：例如章回体长篇小说形式与瓦舍勾栏的说书之间存在何种历史联系，五四新文化为什么对古典诗词格律产生巨大冲击，或者，所谓的"景观社会"对后现代小说的拼贴叙事具有多大的影响，科幻作品为什么突如其来地崛起，如此等等。其次，这些文学主题、文学形式以及文类制造的审美愉悦如何回馈历史认知，甚至开启历史认知的另一种视域。恩格斯曾经提到文学批评的"美学观点和史学观点"[2]，二者既交叠又分殊。这时，历史已经从昔日的个别事实转换为带有普遍意义的概念。历史即普遍。审美愉悦隐含的历史认知表明，感性的视域正在超出个别对

---

1 参见〔英〕拉曼·塞尔登编：《文学批评理论：从柏拉图到现在》，刘象愚等译，北京大学出版社 2000 年版，第 2 页。

2 参见〔德〕恩格斯：《恩格斯致斐迪南·拉萨尔（1859 年 5 月 18 日）》，见《马克思恩格斯文集》第十卷，中共中央马克思恩格斯列宁斯大林著作编译局编译，人民出版社 2009 年版，第 177 页。

象而形成带有普遍意义的洞见。

从文学作品之中可获悉某些历史知识，甚至收集历史考据的旁证，文学时常提供历史认知的参考资料。另一些时候，人们将文学视为历史著作的形象注释。相对于各种正统的历史叙事，众多"演义"小说通俗生动，趣味横生，甚至诱发许多人进一步产生考察来龙去脉的"史学"兴趣。然而，文学史上"小说者，正史之余也"或者"以诗存史""以诗证史"这些观念表明，二元结构的中心词通常由历史话语承担，文学话语犹如历史话语的补充与证明，所谓的审美仅仅是一种心理诱饵。在我看来，审美主义的文学批评必须正面阐述一个问题——审美本身是否构成另一种异于"史学"的历史认知？

作为新历史主义的代表人物，海登·怀特认为历史话语与文学话语共享一套相似的叙事机制，包括情节、隐喻乃至虚构。海登·怀特的文本主义与历史相对主义曾经引起巨大的争议，然而，我宁可返回一个简单的事实：许多场合，尤其是许多学术语境之中，人们只能征引历史著作而不能代之以小说或者诗歌。至少在目前，二者仍然泾渭分明。相对地说，文学话语更多地追求传奇、悬念、曲折跌宕——许多时候，超越平庸的现实恰恰是文学虚构的动力；更为重要的是，个体人物充当主角的传奇、悬念、曲折跌宕才会最大限度地带动审美愉悦。因此，文学话语叙事的"分辨率"远远超过历史话语。文学话语时常细致地描绘一个人脸上的皱纹、沙哑的声音或者衣服上的污迹，描绘桌子上的一道裂缝、窗框的震颤或者墙头的一丛枯草。总之，文学话语基本的分析单位是个体人物，各种生活景象毋宁说显示于诸多个体人物的视野。一首抒情短诗或者一部短篇小说甚至仅仅展示一阵情绪波纹、一个片断式的人生遭遇，但是，这些内容的归宿仍然指向个体人物——这些内容多少触动了他们的"人生"体验。对于历史话语说来，这种"分辨率"不仅是一种浪费，甚至制造意外的干扰。历史话语擅长运用种种重磅概念描述巨型景观或者长时段显现的演变规律，例如民族、国家、制度、政治与经济、战争与贸易，如此等等。当历史话语基本的分析单位是社会的时候，过往、现在、未来的内在联系才有意义。这时，一个人抽什么牌子的香烟、有否在街角邂逅一位老友以及看见夕阳产生种种感慨——这些文学话语津津乐道的细节均属多余的堆砌。的确，文学话语与历史话语共享叙事机制，但是，叙述的层面远为不同。事实上，海登·怀特也努力证明，19 世纪西方历史学科的形成是与"国家"这种宏大主题联系在一起的："只有在 19 世纪，专业历史学才被严格规范，进入了大学和研究机构，被赋予了学科科学地位"，历史学科的重要任务是证明国家起源的合法性，"19 世纪的专业历史学家为这个国家提供了一个血脉相承的东西"。海登·怀特认为，这也是黑格尔历史哲学的观点：

> 黑格尔认为，历史只有在国家出现时才开始，在他看来，国家才使得历史成为可能，它既"创造了历史"（所从事的事业大大推进了世上的理性），又因其必须保留书面记录，而奠定了"创造历史"的基础和可能性，从而讲述国家如何去从事其世界历史事业的故事。在黑格尔的叙述中，只有历史上有能力思考和行动的人出现，历史才会出现。[1]

当然，历史之中活跃着无数具体的小人物，可是，他们往往被历史话语叙述为没有差异的平均数，或者说一种面目模糊的"集体的单数"。[2] 当然，"集体的单数"并非不可分解的固体。如果说，每一个民族、国家分别拥有自己的"小历史"，那么，这种观念的逻辑延伸终将召唤个体人物的登场。所有的人物都有自己的故事。他们并非千人一面，相互重复。每一个人物都是特殊的，拥有自己的性格、愿望、利益、行动，形成自己的故事和不同命运。哪怕没有达到黑格尔所谓"有能力思考和行动"的标

---

1 〔美〕海登·怀特：《叙事的虚构性：有关历史、文学和理论的论文（1957—2007）》，〔美〕罗伯特·多兰编，马丽莉等译，南京大学出版社 2019 年版，第 388、402 页。

2 同上注，第 407—408 页。

准，他们始终存在于历史，不可化约。历史话语的俯视之中，他们可能作为不无抽象的"大众"方阵，产生相似的诉求与实践方式；然而，文学话语近距离地恢复个体的生动面容，叙述种种与众不同的人生际遇，哪怕这些叙述可能扰乱历史著作井井有条的安排。这是否为另一种历史考察的视角？没有人手握巨细无遗的历史全景图。历史学家提供一种历史考察的视角，作家提供另一种，只不过文学带来的历史认知伴随强烈的审美愉悦，以至于时常产生"起而行之"的效果。

对于历史话语说来，民族、国家、政治、战争几乎是天然的题材。然而，面对无数的个体人物，文学话语不得不表明选择的理由。为什么是这个人物充当主人公，而不是熟悉的邻居、同事或者交臂而过的路人？为什么曹雪芹选择的是贾宝玉、鲁迅选择的是阿 Q、莎士比亚选择的是奥赛罗、托尔斯泰选择的是安娜？无论是审美愉悦的强烈程度还是历史认知的深刻与否，文学批评都无法回避这个问题。

四

人物是许多文学作品首要的构成元素，充当作品组织围绕的轴心。但是，文学史无法证明，人物性格是不可替代的文学重心。中国古代批评家强调"原道""征圣""宗经"，强调韵味、境界、格调，他们心目中的"人物性格"是一个相对次要的范畴；亚里士多德的《诗学》将"情节"的意义置于"人物"之前。福斯特"扁平人物"与"浑圆人物"的著名区分更多地考察人物承担的叙事学使命，弗洛伊德的精神分析学往往聚焦无意识的浮现而无视人物性格的社会文化存在。结构主义叙事学将主人公置换为"主语"的时候，人物的行动与成长被压缩入另一个相互匹配的语言学概念——"谓语"或者"动词"。文学必须兢兢业业地刻画人物性格，人物塑造的饱满程度是衡量一个作家文学成就的"金标准"，这些观念仅仅流行于一部分崇尚现实主义的批评家之间。这种状况很大程度上可以追溯到"典型"的范畴。

"典型"的范畴存在独特的理论谱系；20 世纪 20 年代进入汉语文化圈，"典型"的范畴逐渐赢得至高的声望，同时遭受各种理论挑战。[1] 相当长一段时间，许多批评家言必称"典型"。作为文学作品的解读机制，"典型"力图解决的问题恰恰是个别与普遍的关系。文学作品上演个别人物的悲欢离合，这些人物以及他们的故事隐含何种普遍意义，以至于无数置身事外的读者目不转睛地注视他们的命运，甚至舞台大幕关闭之后仍然久久不能平静？这是"典型"范畴的基本内涵。因此，"个性"/"共性"的辩证转换成为"典型"阐述的特殊内容，尽管这两个概念有时被置换为"个别"/"一般"、"表象"/"本质"、"偶然"/"必然"，如此等等。正如"历史"作为普遍意义的展开平台，所谓的"共性""一般""本质""必然"无不诉诸历史。"典型"之所以可能支持文学批评的有效运转，是因为这个范畴背后的若干理论条件构成了隐蔽的基础。然而，进一步的分析显明，这些理论条件并不如想象的那么稳固。

首先，文学批评称许的"典型"必须事先认定，充分代表"共性"的个别形象同时带来强烈的审美愉悦；个别形象的代表性愈强，审美经验愈饱满。"我们认为美的东西就是典型的东西，就是个别之中显现着一般的东西；美的本质就是事物的典型性，就是个别之中显现着种类的一般。"[2]——尽管这种观点流行已久，但是，论证仍然相对薄弱。"个性"/"共性"的辩证转换无法自动从哲学思辨演变为审美愉悦。那些充分代表"共性"的桥梁、房屋或者苹果、白菜未必可能入选最佳审美对象，人物性格亦然。

其次，人物性格的"共性"可能在各个层面展开，从道德、身份、饮食嗜好到健康状况。一个人物喜食辣椒、兄弟之中排行第三、四十岁之后

1　参见南帆：《典型的谱系与总体论》，见《五种形象》，复旦大学出版社 2007 年版；王一川：《"典型"在现代中国的百年旅行——外来理论本土化的范例》，《中国文学批评》2021 年第 4 期。

2　蔡仪：《新美学》，见《蔡仪文集》第一卷，中国文联出版社 2002 年版，第 235 页。

患有慢性支气管炎、下班之后常常到街角下象棋——文学批评如何从诸多"个性"之中概括或者选择某种"共性"？很长一段时间，"典型"人物的"共性"毋宁说指的是"阶级性"，各种与阶级身份无关的特征往往被视为多余的饰物。这种观念源于一种认识："阶级"是描述历史的唯一有效范畴，统治阶级与被统治阶级的抗争构成历史动力。这时，"典型"人物最为深刻的共性即是成为阶级的代表，人物之间的社会关系犹如缩微版的阶级关系。批评家同时设定，阶级身份控制人物性格的全部特征，作家没有必要为阶级身份之外的各种细节浪费精力。当然，这种观念时常遭受经典作品的反击。无论是林黛玉的多心眼与肺病、阿Q的"精神胜利法"与癞疮疤，还是哈姆雷特的犹豫不决、堂吉诃德的主观固执，"阶级"并不是最具说服力的解释。

再次，尽管许多批评家认为"一个阶级一个典型"之说近于笑话，然而，这个观点仍然是一个逻辑意义上的"阿喀琉斯之踵"。最为充分代表某种"共性"的个别形象必然是唯一的，否则即是滥用最高级别形容词。许多时候，阶级共性的普遍规范可能使众多"典型"人物愈来愈相像。如果文学批评无形地将这种观点作为隐蔽的前提，文学作品的千人一面倾向必将愈来愈严重。

最后，当然，文学批评通常不那么关注桥梁、房屋或者苹果、白菜等器物的"个性"/"共性"关系。如果无法有机地纳入"典型"人物的生活环境，单纯的器物往往显现出静止的特征，它们的"共性"与川流不息的历史丧失了联系。很大程度上，这也是卢卡契认为"自然主义"无法企及"现实主义"的理由——自然主义的作家过多地沉溺于静止的器物描写。[1]所以，卢卡契倾向于在历史运动之中描述"典型"人物显现的"共性"，显现出一种最为深刻的历史可能性："使典型成为典型的乃是它身上

1　参见〔匈〕卢卡契:《叙述与描写》，刘半九译，见《卢卡契文学论文集》（一），中国社会科学出版社1980年版。

一切人和社会所不可缺少的决定因素都是在它们最高的发展水平上，在它们潜在的可能性彻底的暴露中，在它们那些使人和时代的顶峰和界限具体化的极端的全面表现中呈现出来。"[1]卢卡契的"典型"要求的历史洞察力包含了历史总体论的设想：历史内部的各个组成部分并非孤立的事实，而是相互联系组成一个辩证的总体；很大程度上，这个总体图景的认识是判断"典型"是否显现出"最高的发展水平"与"潜在的可能性"的重要依据。[2]

但是，作为卢卡契的理论后裔，詹姆逊充分意识到后现代语境正在改变或者瓦解"典型"背后的种种理论条件。他在《后现代主义，或晚期资本主义文化逻辑》一文中指出，审美正在遭到商品生产的吸纳。如果说，"典型"的"个性"始终重视展现"共性"的强大基础，那么，商品生产的"创造、实验与翻新"可能以利润的名义干预审美，"形象已经成为商品物化之终极形式"。市场的商品货架上，新奇的销售效果远远超过"共性"。还能从文学作品的"典型"之中想象历史的总体图景吗？按照詹姆逊的描述，后现代主义文化毋宁说正在破坏历史文化的稳定基础，从而形成一种古怪的分裂感：

一、后现代文化给人一种缺乏深度的全新感觉，这种"无深度感"不但能在当前社会以"形象"（image）及"摹拟体"（simulacrum，或译作"类象"）为主导的新文化形式中经验到，甚至可以在当代"理论"的论述本身里找到。二、故此，后现代给人一种愈趋浅薄微弱的历史感，一方面我们跟公众"历史"之间的关系越来越少，而另一方面，我们个人对"时间"的体验也因历史感的消褪而

1　〔匈〕卢卡契：《〈欧洲现实主义研究〉英文版序》，施界文译，见《卢卡契文学论文集》（二），中国社会科学出版社 1981 年版，第 48 页。

2　上述观点更为充分的论述可参见南帆：《五种形象》第一章"典型的谱系与总体论"，复旦大学出版社 2007 年版；《文学理论十讲》第六讲"人物性格及其诸种理论观念"，福建教育出版社 2018 年版。

有所变化。三、而自从拉康（Lacan）以语言的结构来诠释弗洛伊德提出的潜意识之后，可以说，一种崭新的"精神分裂"式的文化语言已经形成，并且在一些表现时间经验为主的艺术形式里，产生出新的语法结构及句型关系……

"典型"的人物性格显现为一个完整的、独特的、不可重复的主体，但是，后现代的主体已经消亡，"资产阶级自我单元及个人主体的消逝"，"今天一切的情感都是'非个人的'、是飘忽忽无所主的"；"拼凑"成为时髦的叙事，"拼凑"并不存在什么神秘的象征寓意，仅仅是一种徒有其表的"空心的摹仿"，或者说是一种大杂烩；卢卡契心目中的历史丧失了一个完整的图景，"'过去'变为一大堆形象的无端拼合，一个多式多样、无机无系，以（摄影）映像为基础的大摹拟体"。尽管某些后现代文化作品制造出"怀旧的模式"，但是，这毋宁说是一个"丧尽一切'历史性'的社会"。总之，当种种表意锁链四分五裂之后，"我们不能把过去式、现在式和将来式在句子组织里统一起来，那也就无法把过去、现在和未来在自己的切身经验及心理体验中统一起来"。这时，人物性格、"个性"或者"共性"以及历史图景俱已成为互不相连的碎片。

尽管如此，詹姆逊并未真正灰心。他试图重新提出"认知绘图"式美学拯救历史总体论："在这后现代空间里，我们必须为自我及集体主体的位置重新界定"——"倘使我们真要解除这种对空间的混淆感，假如我们确能发展一种具真正政治效用的后现代主义，我们必须合时地在社会和空间的层面发现及投射一种全球性的'认知绘图'，并以此为我们的文化政治使命。"[1] 对于文学批评说来，这意味着审美主义传统遭受的全面挑战，也

---

1 〔美〕詹明信：《后现代主义，或晚期资本主义文化逻辑》，见《晚期资本主义的文化逻辑》，张旭东编，陈清侨等译，生活·读书·新知三联书店1997年版，第429、455、433、449、453、456、472、515页。

意味着担负起新型的职责。

五

詹姆逊"认知绘图"的雄心显示出对于后现代文化的不满。后现代文化内部仍然存有或强或弱的反抗意味，但是，这些反抗没有完整的政治、经济、文化规划，不可能带动大规模革命。显然，"认知绘图"的设想保存了浓重的黑格尔气息，审美是总体认知指导之下的文化行动。"个性"/"共性"的辩证关系之中，"共性"仍然作为主项。相对地说，朗西埃的目光一直保持在"感性"范畴。他感兴趣的话题是"感性分配"："将一个共同体的共同性体现到感性的经验形式本身之中，这，我称作感性分配。"[1] 一个社会共同体内部的感性经验存在巨大差异。人们并不是步调一致地共同感知一个世界。看到什么、听到什么、察觉到什么——感性往往由某种装置隐蔽控制。除一部分社会共有经验之外，一个人感性分配到的经验可能与另一个人远为不同。朗西埃在另一个场合清晰地解释了这种装置的存在：

> 我所谓感性配享，是指由感官知觉显而易见的事情形成的系统，此系统同时让我们看见了共同事物（un commun）的存在和各种划分开来的位置与部分（les parts）。因此感性配享同时固定了共享和各自专属的部分。部分和位置的划分建基于各种空间、时间和活动形式的配享，当中的活动形式规定了参与在共同事物之中和各人在配享中有分的方式。[2]

1　〔法〕朗西埃：《讲、展和做：在政治与艺术之间》，陆兴华译，见《法国理论》第七卷，陆兴华、张永胜主编，商务印书馆2019年版，第31页。

2　〔法〕贾克·洪席耶：《感性配享：美学与政治》，杨成瀚、关秀惠译，台湾商周出版社2021年版，第26页。"感性配享"一词大陆通常译为"感性分配"。

如果说，多数人仅仅意识到财产分配或者社会地位的不平等，那么，朗西埃的观念之中，感性分配的不平等同样严重，虽然多数人可能视而不见。很大程度上，后者恰恰是前者的基础。例如，工匠不能游荡到其他位置上参加公共事务的讨论，他们的感性经验告知，工匠的职责仅仅是置身于作坊从事生产；相似的理由，农夫分配到的感性经验表明，他们的感官即是为种植而存在，农夫应该一辈子生活在农田里。谁在这个世界上有资格看见什么，谁充当科学家、教授、政治家或者士兵、车夫、商人，这些不同的社会身份利用感性分配体系固定下来。感性分配制造的所谓"共识"转换为不证自明的认识："通过使我们感到和思考下面这一点，也就是，使我们认识到，其实只有一种独特的现实，只有一种独特的时间方向，通过将我们的经验关押到某个使一切都显而易见和无可逃避的框架之内。"然而，文学或者艺术是格格不入的另类。审美开启的另一种视域动摇了感性分配的成规，从而摧毁这种貌似必然的秩序，甚至摧毁分割时间与空间的成规："通过更改我们的感受，和我们能从中得出什么意思之间的关系，通过发明新的呈现事物的方式，发明展示、命名和理解给定的东西的方式之间的关系的新模式，最后是通过分割时间，将几种时间导入同一种时间里。"[1]譬如，剧场可以利用虚构的人物和情节打乱既定的身份系统，颠覆社会感性分配体系而展示一种全新的公共空间，重新制定"各种实践、人的存在方式、感受和诉说的模式"。[2]

当然，文学或者艺术内部仍然存在种种固有的感性分配体系。中国古典诗词内部，"诗言志"与词的"婉约"显然表明不同的感性分配，诗的正襟危坐、慷慨激昂无形地抵制词的缠绵悱恻、卿卿我我。当浪漫主义飓风呼啸而至的时候，"温柔敦厚"古典"诗教"的感性分配遭到了剧烈的

1　〔法〕朗西埃：《什么是当代艺术的时间》，陆兴华译，见《法国理论》第七卷，陆兴华、张永胜主编，商务印书馆 2019 年版，第 25 页。

2　〔法〕朗西埃：《讲、展和做：在政治与艺术之间》，陆兴华译，见《法国理论》第七卷，陆兴华、张永胜主编，商务印书馆 2019 年版，第 33 页。

冲击。现实主义与现代主义的文学主张南辕北辙，但是，二者的差异终将由感性分配实现：现代主义作家看到或者听到的世界与现实主义作家如此不同。这些感性分配体系已经与读者形成广泛的默契，脱离常规就会引起哗然。谁是哪些场合的主角，谁只能充当配角，哪一种社会身份只能领取哪些生活内容，文学或者艺术内部的感性分配与权力以及等级体系遥相呼应。所以，朗西埃甚至对剧场之中不平等的感性分配表示不满。他曾经以亚里士多德为例指出这一点："亚里士多德将情节的诗意建构与历史的因果事件的串联对立了起来，后者对于他而言，仅仅是一个接一个发生的事实的连续而已。这一诗学对立，是符合用两种范畴来分配人的位置这一做法的：行动的人，能为他们的行动建构因果关系的人，以及不会行动，陷于日常生活的各种必需之中的人。那些被动或不会行动的人，也被称作机械人或机械工，不是因为他们与机器打交道，而是因为，他们只会与行动的手段打交道，却认识不到行动的目的。"朗西埃推崇的一部电影解构了情节内部的等级结构，所有的人都在感性的平等之中获得了平等的行动。这些行动被镜头切割为碎片，仿佛在同一个时间涌现，显现出同等的重要性，从而构成一种新的集体生活。这部电影"只想成为这些活动的串联，成为一种特殊的活动，去连接所有其他的活动，通过使它们成为同一个总体运动的各种平等的表现"，这是朗西埃心目中"审美革命的理想"。[1] 显然，这种平等个体汇合的"总体"与"典型"人物作为突出代表显现的历史"总体"已经距离很远了。

卢卡契心目中现实主义文学的"典型"人物完美地喻示历史"总体"，二者之间的辩证转换获得普遍的认可。詹姆逊描述的后现代主义表明，这种转换的环境正在消失。资本主义生产体系主宰的复杂空间里，个人犹如一个孤立、断裂的片断，无从理解整个社会机器的庞大运作，因此，"认

1　〔法〕朗西埃：《讲、展和做：在政治与艺术之间》，陆兴华译，见《法国理论》第七卷，陆兴华、张永胜主编，商务印书馆 2019 年版，第 35、36 页。

知绘图"的提议力图重建一种有效的认识模式。朗西埃的理论图景如何想象历史"总体"？他的感性分配深刻展示了历史内部的组织机制，指出政治、经济、文化的不平等如何像纤维一般密集织入感性领域，形成习以为常的普遍经验。这时，审美必须打开另一个异质的感性空间。朗西埃的审美并非佐餐的开胃酒，亦非显示文化教养的优雅姿态，而是以尖锐的批判出其不意地打乱感性分配的传统方案，从而在解放的呼求之中显现重组历史的意图。可以看到，朗西埃的批判锋芒寓于诸多现代艺术的解读，但是，感性分配的重组功能远比批判薄弱。这个例子富于象征意味：亚里士多德情节内部的人物等级遭到非议之际，情节结构本身同时废弃。作品封闭空间的解体某种程度隐喻生活的相似状态，平等的个体松散地"汇合"在一起，而不是必然地"聚合"在一起——无中心的平等目前缺乏"情节"组织。至少在目前，这种平等仅仅作为生活的纲领而不是每时每刻内在的日常实践。描述这一幅工人解放的图景时，朗西埃并未详细列出支持的历史条件："这种解放可能是要开始证明他们的权力，而不是通过外部力量来强加这些权力；解放开始于让他们的凝视撇开他们双手的工作，看到窗户之外，在于夜间阅读、相遇和讨论，而不是先睡觉，为明天的工作储存能量；解放在于写出抒情诗，而不是吼叫出他们的生存苦难；解放在于过一种个人的生活，创造出各种基于相互亲和性，而不是基于某种条件的限制的团体。如此，他们才会在他们的存在、生活、感觉和言说的方式中，在此时此地就享受到平等，而不是使平等成为某个过程的结果，不是在一个具有特权知识的特权主体的引领下去获得。"[1]当然，朗西埃的想象并非空穴来风。席勒的《审美教育书简》已经论述过相似的理想：如果审美成为组织生活的原则，人类将克服异化造就的天性分裂，审美、游戏、自由三者共同形成生活的基本内容。然而，这种理想迄今仍然遥不可及。

1　〔法〕朗西埃：《平等的方法》，陆兴华译，见《法国理论》第七卷，陆兴华、张永胜主编，商务印书馆 2019 年版，第 13 页。

"现代性"支配的历史显明，经济生产方式、科学技术、社会制度、商业贸易等显示出远为强大的组织生活形式，聚合的能量有增无减，固定的社会身份以及相互适应的感性分配正在源源不断地生产出来。哪一天审美的感性分配才能成为组织生活的主宰？这个问题并非隐藏于审美内部，而是等待"认知绘图"的评估。现今的土壤之中，审美只能充当未来生活的种子。当然，未来生活的种子并不是静默等待，成长的养分来自与周围各种生活观念积极对话。文学作品负责开启这种对话，文学批评的审美主义解读促使这种对话持续扩大，并且进入各个维度的纵深。

第五章

文学批评与"历史"概念

　　成熟的文学批评通常包含对作品的阐释和评判。作为阐释和评判赖以展开的理论依据，众多文学批评学派分别拥有独特的轴心概念，例如道德、现实、典型、审美、无意识、形式，如此等等。诸多概念中，"历史"不仅占有重要的一席，并且组成了阵容庞大的社会历史批评学派。然而，"历史"概念历史悠久。由于语境的变化、理解的差异乃至分歧，这一概念逐渐累积了丰富的、甚至不无矛盾的含义。对于文学批评说来，这些含义不仅隐蔽地支配着批评家的阐释和评判，同时构成各种重要的文学命题。20世纪被形容为理论的时代，精神分析学、形式主义、结构主义、新历史主义等各种文学批评学派纷至沓来，它们与文学批评之中的"历史"概念形成复杂的对话关系，甚至出现激烈争辩。尽管历史对于文学的简单覆盖或者文学对于历史的简单复制均已遭到普遍的质疑，然而，另一种共识正在从各个方向汇聚——无论是以道德、审美还是以无意识、形式作为轴心概念，"历史"始终是不可或缺的维度。

　　"历史"概念如何介入文学批评？

一、"历史"概念与文学批评的相互关联

　　何谓历史？《说文解字》曰："记事者也。从又持中。中，正也。"这

种表述提供的一个基本认识是，历史话语是对过往事实的公正记录。当然，这些记录的意义远远超出了资料的保存。擅长归纳的历史学家试图从古今的众多事例之中提炼某种普遍的原则。他们心目中，历史话语显现的形而上功能甚至可以某种程度地替代宗教或者哲学；强调"历史"概念内部隐含的历时态演变，"分久必合，合久必分"，这是历史哲学相对深刻的含义。雷蒙·威廉斯在《关键词》中指出，英文之中 history 与 story 源于同一个词根。15 世纪之后，前者指的是过去一个真实事件的记载，后者表示非正式记录与想象性事件；15 世纪末，history 时常指谓"关于过去的有系统的知识"。如果说，这些含义代表了人们对于历史的一般印象，那么，威廉斯同时指出"历史"概念的另一种含义如何逐渐显现：

> 也许把 history 当成是"人类自我发展"（human self-development）的解释，就是另一种重要意涵的代表——这种意涵在 18 世纪初期维柯（Vico）的作品以及新种类的"普遍历史"（universal histories）里是很明显的；其中一个新意涵，就是过去的事件不被视为"特殊的历史"（specific histories），而被视为是持续、相关的过程。这种对持续、相关的过程做各种不同的系统化解释，就成为新的、广义的 history 意涵，最后终于成为 history 的抽象意涵。此外，强调 history 的"人类自我发展"意涵，会使 history 在许多用法里失去了它跟过去的独特关联性，并且使得 history 不只是与现在相关，而且是与未来相关。[1]

很大程度上，这同时解释了"历史"拥有的崇高声望。"历史证明""以史为镜"，或者"以历史的名义发言"，这些修辞之所以潜藏了不

---

1 〔英〕雷蒙·威廉斯:《关键词》，刘建基译，生活·读书·新知三联书店 2005 年版，第 204、205 页。

言而喻的理论威信，是因为历史的客观、公正以及这种基础之上概括的种种发展规律令人信服。许多时候，重视乃至崇敬历史的态度被形容为"历史主义"。詹姆逊曾经做出一个通俗的解释："让我们此刻先在经验或常识上把'历史主义'看作是我们同过去的关系，它提供了我们理解关于过去的记录、人工品和痕迹的可能性。"[1]

现代文化体系内部，文学与历史分疆而治，这种文化地貌的构成隐含了人文知识的复杂博弈。回溯遥远的古代，二者曾经处于混沌不辨的状态，许多神话、史诗既叙述了古老的民族历史，又包含强烈的抒情色彩。文学与历史的分割是一个漫长的文化演变，二者之间的相异旨趣很早就开始显现。先秦时期，如果说风、雅、颂、赋、比、兴组成的"诗六义"描述了文学的雏形，那么，孔子著名的"春秋笔法"——"微而显，志而晦，婉而成章，尽而不污，惩恶而劝善"[2]——显示了历史的不同方位；作为孔子的后继者，孟子的"《诗》亡然后《春秋》作"[3]似乎更关注问题的另一面：两种不同的话语体系如何衔接一脉相承的主题。古希腊亚里士多德的《诗学》认为，诗按照可然律或者必然律描述的事情更具普遍意义，相对地说，历史仅仅叙述已发生的个别事情——亚里士多德因此认为，"写诗这种活动比写历史更富于哲学意味"，因为前者具有更为明显的"普遍性"。[4]不论亚里士多德显示了何种褒贬倾向，这种比较首先证明了文学话语与历史话语的同源关系，二者存在各种特殊的呼应：二者可能相互重叠、相互衡量、相互参证、相互解释。这显然是"历史"概念与文学批评相互关联的重要理由。

1　〔美〕弗雷德里克·詹姆森：《马克思主义与历史主义》，张京媛译，见《新历史主义与文学批评》，张京媛主编，北京大学出版社1993年版，第19页。

2　[春秋]左丘明：《左氏春秋·成公十四年》，吉林文史出版社2016年版，第218页。

3　[宋]朱熹：《四书章句集注·孟子集注·卷八离娄章句下》，中华书局1983年版，第295页。

4　参见〔古希腊〕亚理斯多德：《诗学》第九章，罗念生译，人民文学出版社1962年版，第29页。

狭义的文学批评通常考察一部作品或者一个作家的若干作品，广义的文学批评——可以与"文学研究"一词互换——涉及文学话语的所有因素。按照现今的研究范式，这些因素往往划分为三个部类：作家、作品、读者。古往今来，无论是"思无邪"、意境、现实主义、现代主义，还是典型、无意识与恋母情结、符号结构、魔幻、接受美学，批评史上积累的诸多术语构成了多元的理论工具。不同学派的批评家各擅胜场，只有社会历史批评学派真正将"历史"概念作为衡量、分析和评判文学话语的理论前提。

顾名思义，社会历史批评学派倾向于将文学问题置于社会历史结构之中，解释一个作家的情节构思与阶级出身以及教育程度之间的隐秘呼应，阐述一个时代的经典名单为什么在另一个时代遭到质疑，或者，分析一个文化区域的读者与另一个文化区域的读者如何完成"视野融合"。印刷文化与出版行业的利润如何建构现代作家身份？作家的经济收入如何投射于文学风格？民族主义维护了民族文化的纯正性质还是限制了文学的想象？电子传媒的崛起是否改变了文学的文化生态？这些问题通常纳入社会历史批评学派的考察范围。总之，社会历史批评学派擅长论证每一种文学现象之所以如此的社会历史原因。

严格地说，社会历史批评学派的"社会"与"历史"并非同义语。相对地说，"社会"更多地指向一个共时态的文化空间，更为重视多种成分构成的社会结构。韦勒克曾经概括了文学社会学的三个领域："作家的社会学、作品本身的社会内容以及文学对社会的影响等。"[1] 由于复杂的社会结构，作家、作品接收到来自社会各个群体的不同信息，这些信息无不力图塑造符合自身利益的文学；另一方面，作家、作品引人注目地进入社会，按照文学的审美理想改造社会——哪怕是隐蔽地潜移默化。文学社会学的基本观念是，文学是社会的产物，同时又介入社会文化。泰纳可以被视为

---

1 〔美〕勒内·韦勒克、奥斯汀·沃伦：《文学理论》，刘象愚等译，江苏教育出版社 2005 年版，第 102 页。

文学社会学的先驱。他曾经论证文学话语存在三个根源，即种族、环境和时代。"社会"通常关注三者之间的共时互动；然而，种族、环境和时代无不拥有自己的独特传统，拥有独特的发展逻辑——这显然在三者互动之间增添了纵向的坐标。这时，"历史"概念登场了。

由于"历史"概念引入的纵向坐标，文学批评极大地拓展了视野，文学被带入一个更为宽阔的领域。这时的文学不再显现为一部孤立的作品，而是获得了历史之维的重新定位。这种定位包含了多种坐标。考察表明，文学批评之中的"历史"概念的含义可能沿着诸多不同方向展开。"历史"概念可能赞叹文学的再现如何成为历史的写照，如何生动地还原某一个历史事件，甚至如何保存了历史话语遗漏的史料或者风俗民情，例如鸿门宴，赤壁之战；也可能解释一个时代如何造就作家的天才想象，一种文学形式是在何种文化气氛之中酿成，例如五四时期的叛逆与激昂如何点燃郭沫若的浪漫主义诗情，或者，瓦舍勾栏的讲史如何酿成章回体长篇小说。对于卢卡契说来，文学批评所涉及的历史是一个宏大的总体，对于利奥塔的后现代主义说来，历史已经成为无法聚合在某个统一原则之下的碎片。文学史无疑是"历史"概念的阐述对象，批评家必须关注文学的各种因素如何在"历史"之中显现一脉相承的运动轨迹。这种运动轨迹并非单向地延伸，而是交织着古今之间复杂的往返对话。无论是唐朝"文起八代之衰"的古文运动、宋朝江西诗派的"夺胎换骨""点铁成金"，还是 20 世纪艾略特的"传统与个人才能"，或者布鲁姆的"影响的焦虑"，历史既召唤文学承袭传统、延展传统，又激励文学反叛传统、抗争传统。正如马克思在《路易·波拿巴的雾月十八日》中一段精彩名言所描述的那样，文学同样借助历史开拓未来——借助古老的语言、口号、服装，"演出世界历史的新的一幕"。[1] 当然，人们没有理由忽略另一些批评家由来已久的疑问：

1　〔德〕马克思：《路易·波拿巴的雾月十八日》，见《马克思恩格斯文集》第二卷，中共中央马克思恩格斯列宁斯大林著作编译局编译，人民出版社 2009 年版，第 471 页。

对于文学批评说来，"历史"概念有意义吗？他们公然将"历史"概念视为审美的干扰。这毋宁说是另一种"历史"概念的理解。这时可以察觉，文学批评中的"历史"概念隐含了纷杂的理论线索。

二、文学批评中"历史"概念的多重含义

詹姆逊曾经在谈论文学阐释的时候考察了多种历史主义的理论内涵，例如存在历史主义、本原历史主义、尼采式反历史主义，如此等等。[1]然而，阐述"历史"这个概念如何具体地投入文学批评，我更愿意援引本尼特和罗伊尔在《关键词：文学、批评与理论导论》中的清晰归纳。他们指出了批评家视域中文学文本与"历史"概念的四种关系：

1. 文学文本不属于具体的时代，它们是普遍的、超越历史的。它们历史上的生产语境和接受语境与独立存在、拥有自身法则和审美自治性的文学作品无关。

2. 一部文学作品的历史语境——指当时围绕着它的生产语境——对合适地理解作品是不可缺少的。文本是在具体的历史语境中产生的，但是作品的文学性可以与该语境相分离。

3. 文学作品能够帮助我们理解它们所处的时代。现实主义文本尤其提供了对具体历史时刻、历史事件或历史时期想象性的再现。

4. 文学文本与其他的话语和修辞结构紧密地联系在一起。它们仍然是上述写作过程历史的一部分。

本尼特和罗伊尔补充说，第一种模式往往指新批评与广义的形式主义

1　参阅〔美〕弗雷德里克·詹姆森：《马克思主义与历史主义》，张京媛译，见《新历史主义与文学批评》，张京媛主编，北京大学出版社 1993 年版。

家族，第二种模式指的是文献学、传记式以及文化或者政治背景的批评，第三种模式可以称为"反映的"（reflective）批评，批评家倾向于将文学视为某一时期历史的镜子，第四种模式是新历史主义，批评家恢复关注遭受新批评或者形式主义摒弃的历史，但是，他们的兴趣隐含了马克思主义与后结构主义的折射。[1]

　　当然，没有理由将历史话语赢得的敬重想象为世界范围的普遍原则。相反，西方的一批思想家对于历史话语显示出嫌恶的态度。尼采就曾经不恭地认为，脱离生活的历史话语仅仅是一些无法消化的知识，从而将生动的世界变为乏味的"木乃伊"。[2]作为一个著名的历史学家，海登·怀特在《历史学的重负》一文之中全面回溯了科学家、艺术家以及知识界对于历史学的"敌意"。他们将历史形容为一个"梦魇"，一些令人窒息的无聊知识："现代作家对历史学的敌意最清楚地体现在，他们把历史学家看作是小说和戏剧中感受力被抑制的极端例证的代表"，"艺术洞见与历史学识之间是相对立的，它们所分别激起的对生活的反应在性质上是相互排斥的。"面对现成的事物，为什么拒绝直接审视而求助于腐朽的陈年往事？模仿过去才能赋予现在合法性吗？谁说只能从逝去的往昔获取诗意？这些人毋宁觉得，历史是一种华而不实的权威，"这与其说表达了一种对现在的牢固控制感，还不如说表达了一种对未来的无意识恐惧，未来太可怕了，人们不敢去思考"。[3]但是，海登·怀特并未主张抛弃历史。他所认可的是这种观点：历史并非一个凝固的过去，相反，历史主义的精髓恰恰是不懈的内在运动："历史学家的任务并非在于规定一种时时处处都有效的特殊伦理制

1　〔英〕安德鲁·本尼特、尼古拉·罗伊尔：《关键词：文学、批评与理论导论》，汪正龙、李永新译，广西师范大学出版社 2007 年版，第 109—110 页。

2　〔德〕弗里德里希·尼采：《历史的用途与滥用》，陈涛、周辉荣译，刘北成校，上海人民出版社 2005 年版，第 23 页。

3　〔美〕海登·怀特：《历史学的重负》，董立河译，见《后现代史学理论读本》，彭刚主编，北京大学出版社 2016 年版，第 22、24、26、38 页。

度，而在于激发人们认识到，他们当下的状况从来都部分地是特定人群选择的结果，因而可以在同一程度上被进一步的人类行为所改变。"[1]事实上，海登·怀特对于历史话语的观念汇入另一个文学批评学派，从而被视为"新历史主义"的组成部分。

如果说，本尼特和罗伊尔以及海登·怀特涉及的是西方批评史，那么，人们同时还可以看到，"历史"概念曾经在中国文学批评史以及现今的批评实践中衍生出另一些特殊的命题，例如"诗史"或者"正史之余"。

"诗史"是中国文学批评授予杜甫诗作的特殊荣誉："杜逢禄山之难，流离陇蜀，毕陈于诗，推见至隐，殆无遗事，故当时号为'诗史'。"[2]批评家心目中，"诗史"并非仅仅以凝练的诗歌语言记录各种见闻。某些时刻，历史是一个发烫的对象，悲愤的诗人如同真诚的历史学家，直面破碎的山河与人间疾苦，感叹兴亡，仗义执言，无畏地记录统治者试图删除或者掩盖的历史景象。文学史上赢得"诗史"称号的诗人并不多，汪元量、文天祥、黄道周、钱谦益等诗人无不出现于改朝换代之际。结合自己的跌宕生平，黄宗羲再度展开了"诗史"命题的内涵。他"史亡而后诗作"[3]的理念以颠倒的方式延续孟子的观点，并且断言"诗之与史，相为表里者也"[4]，"以诗补史之阙"[5]。尽管"诗史"的命题阐述的是诗歌的功能，但是，批评家围绕的中心显然是"历史"。当"诗史"被解释为"以诗存史""以诗证

1 〔美〕海登·怀特:《历史学的重负》，董立河译，见《后现代史学理论读本》，彭刚主编，北京大学出版社 2016 年版，第 40 页。

2 〔唐〕孟棨:《本事诗·高逸第三》，见《历代诗话续编》，丁福保辑，中华书局 1983 年版，第 15 页。

3 〔明〕黄宗羲:《万履安先生诗序》，见《黄宗羲全集·第十九册·南雷诗文集上》，浙江古籍出版社 2012 年版，第 43 页。

4 〔明〕黄宗羲:《姚江逸诗序》，见《黄宗羲全集·第十九册·南雷诗文集上》，浙江古籍出版社 2012 年版，第 9 页。

5 〔明〕黄宗羲:《万履安先生诗序》，见《黄宗羲全集·第十九册·南雷诗文集上》，浙江古籍出版社 2012 年版，第 42 页。

史"，或者"以诗注史"的时候，前者仅仅是一种工具或者补充资料，后者才是真正的目的。

相对于"诗史"，另一个异曲同工的命题是"史统散而小说兴"[1]；"小说者，正史之余也"[2]。不论是著名的《三国演义》《水浒传》《封神演义》，还是名声稍逊的《说岳全传》《杨家府演义》《说唐演义全传》，这些小说均依附于特定的历史事件，铺张扬厉，加工充实。种种杂史、传说、笔记、传记具有明显的文学话语形式，它们往往被视为正史的外围材料，填充补白或者增添趣味。这种观念甚至延续到20世纪之初：众多历史小说即是以通俗的形式普及历史知识。吴沃尧表示："是故吾发大誓愿，将遍撰译历史小说，以为教科之助。……旧史之繁重，读之固不易矣；而新辑教科书，又适嫌其略。吾于是欲持此小说，窃分教员一席焉"，他力图"使今日读小说者，明日读正史如见故人；昨日读正史而不得入者，今日读小说而如身亲其境。小说附正史以驰乎？正史借小说为先导乎？……"[3]

"诗史"或者"正史之余"的命题可以追溯至历史话语的意识形态功能。中国古代文化体系内部，历史话语的地位远远超过了文学话语。历史话语往往具有立规矩、明是非、认定传统、标榜模范、褒贬兴亡、借古喻今的意义，相对地说，文学话语时常被视为娱乐遣兴的雕虫小技。二者的主从关系甚至决定了两种语言风格的分野。历史话语推崇质朴无华，秉笔直书，同时，历史学家时常公然对文学话语的"词章之学"表示鄙视。曾几何时，《论语》认为"质胜文则野，文胜质则史"，当时史官的浮夸之辞曾经引起孔子的不满；然而，后世的历史学家心目中，华美的言辞仿佛

1　绿天馆主人：《古今小说序》，见《冯梦龙诗文》，橘君辑注，海峡文艺出版社1985年版，第36页。

2　笑花主人：《今古奇观序》，见《冯梦龙诗文》，橘君辑注，海峡文艺出版社1985年版，第81页。

3　吴沃尧：《〈月月小说〉序》《历史小说总序》，见《二十世纪中国小说理论资料》第1卷，陈平原、夏晓虹编，北京大学出版社1997年版，第188、191页。

是文学话语的独特标识。"诗史"或者"正史之余"的命题表明，文学批评乐于接受历史话语的基本观念，包括语言风格。对于那些秉持"信言不美，美言不信"的批评家说来，"彩丽竞繁"的夸饰几乎无法摆脱巧言令色的嫌疑。

如果说"诗史""正史之余"的命题将"历史"作为一个强大的中心，那么，另一些时候，这个概念恰恰标识了文学话语的内在性质。众所周知，文学话语的一个重要特征是虚构。然而，虚构的界定往往借助历史话语作为"他者"。没有如实记录，无所谓虚构。历史话语通常被视为如实记录的标本。无论是以想象、不及物还是施行语言（performative）解释文学的虚构，历史话语的实录、及物和记述始终作为一个甩不掉的理论影子活跃在论述的间隙。回到亚里士多德的观点，文学话语超越历史展现了更具普遍意义的可能，虚构是文学话语实现这种意图的手段。这时的历史话语作为"他者"负责显示，文学话语的虚构增添了什么。精神分析学倾向于将文学话语描述为欲望和无意识制造的"白日梦"——由于坚硬而强大的"现实原则"，受挫的欲望不得不返回内心，贮存于无意识中，伺机借助文学形式化装出演。作为这种文学观念的一个支点，"现实原则"无疑代表了与"白日梦"相对的"历史"逻辑。

尽管虚构表示无中生有，但是，文学话语——尤其是现实主义文学——必须维持一定程度的表象真实。"真实"不仅意味了一种正面的文化价值，同时涉及审美经验的完整召唤。多数读者不会为一个塑料制造的英雄热泪长流，破绽百出的战争场面也无法震撼人心。表象真实的破损可能严重干扰审美的投入程度。从京剧、电影、诗歌到科幻作品或者现代主义小说，不同的文类分别制定自己的真实标准。童话可以描述一辆马车从木匠嘴里吐出来，现实主义小说必须兢兢业业地再现各个工艺环节。文学批评时常启用"历史"概念作为表象真实的担保，"于史有据"的描述可以赢得读者的信赖。通常的观念之中，"真实"是历史记录的附属特征。然而，这时文学批评的"历史"概念仅仅泛指某一个历史时期普遍认可的常识，而不是独特的历史事件。

历史话语的如实记录依循一个严格的执行标准。不论是首次历史书写核对记载对象，还是后续历史书写核对前人记载的史料，历史话语通常设立一个清晰的外部验证体系。相对而言，文学话语不存在外部验证体系，文学话语的表象真实来自作品内部——来自情节逻辑的自洽和仿真的细节复制。然而，鉴定"自洽"与"仿真"是否合格的时候，常识形成的历史背景成为不言而喻的准绳。哪一个作家构思唐朝的军队使用坦克作战或者乾隆皇帝通过互联网发号施令，"历史"概念所携带的常识将给予断然的否决。

对于史传文学——中国文学内部一个极为活跃的部类——说来，"于史有据"的要求远为苛刻。史传文学不仅保证故事情节与基本史实的相符，同时，服饰、礼仪、饮食、官衔、宫廷规矩、各个行政部门职能等诸多细节不得有误。这时的"历史"概念仿佛仅仅是指定一个单纯的模仿对象。然而，批评家对于《三国志》与《三国演义》的异同考察发现，前者更为重视历史演变的天下大势，后者更为关注人物的性情言行。所以，《三国志》有意回避曹操的"不仁"之举，例如恩将仇报诛杀吕伯奢，仿佛这种细节没有资格载入史册；《三国演义》视刘备为正面主角，他的"抛妻弃孥"的情节并非无情无义，而是胸怀天下而无心恋家。[1] 这种差距表明，文学话语并未完全接受"历史"概念的规训。

无论是将文学视为某一个时期的历史产物，还是强调文学真实地再现了某一个时期的历史，文学批评之中的"历史"概念将文学与社会历史的关系置于考察的核心。事实上，从政治家、宣传家、教育家到革命的志士仁人或者通常的社会工作者，文学的社会功能是许多人普遍关注的首要问题。围绕"历史"概念，文学批评获得了充分展开这个问题的论述空间。现今，"诗史""正史之余""真实"以及"于史有据"这些"历史"概念派

1　参见李庆西：《三国如何演义——史家叙事与小说家讲史》，《中华读书报》2018 年 9 月 26 日第 13 版。

生的命题往往被纳入现实主义文学范畴。现实主义文学时常被比喻为社会历史的镜子，然而，"历史"概念所包含的宏大内容如何凝聚于文学文本？文学之中的日常现实怎样才能浓缩充分的历史含量？

马克思主义文学批评的论述显示出深刻的启示意义。

三、马克思主义文学批评的深刻启示

1859 年 5 月，恩格斯给斐迪南·拉萨尔写了一封信，谈论拉萨尔的剧本《济金根》。恩格斯在信中的最后一段表示，"我是从美学观点和史学观点，以非常高的亦即最高的标准来衡量您的作品的"[1]。通常认为，"美学"与"史学"是马克思主义文学批评的两个重要衡量准则。相对于"美学"，"史学"意味着什么？马克思和恩格斯的理论体系之中，"历史"并非一个抽象的概念，而是拥有充实的内容。《德意志意识形态》批判了黑格尔的历史哲学与费尔巴哈的观点，阐述了历史唯物主义。马克思和恩格斯论证了人类物质生产的历史意义，并且在这个基础上揭示了生产力、生产关系、经济基础、上层建筑的相互关系以及这些因素之间内在矛盾形成的运动机制。在 1892 年为《社会主义从空想到科学的发展》英文版所写的《导言》中，恩格斯对"历史唯物主义"这一观点做了简要说明："这种观点认为，一切重要历史事件的终极原因和伟大动力是社会的经济发展，是生产方式和交换方式的改变，是由此产生的社会之划分为不同的阶级，是这些阶级彼此之间的斗争。"[2] 显然，马克思和恩格斯所描述的是一个持续

---

1 〔德〕恩格斯：《恩格斯致斐迪南·拉萨尔（1859 年 5 月 18 日）》，见《马克思恩格斯文集》第十卷，中共中央马克思恩格斯列宁斯大林著作编译局编译，人民出版社 2009 年版，第 177 页。

2 〔德〕恩格斯：《〈社会主义从空想到科学的发展〉1892 年英文版导言》，见《马克思恩格斯选集》第三卷，中共中央马克思恩格斯列宁斯大林著作编译局编译，人民出版社 2012 年版，第 760 页。

发展同时又充满现实气息的"历史"概念。对于文学批评说来,如何理解和评判一部作品对于这种历史景象的再现?

作为世界无产阶级革命的领袖,马克思和恩格斯的历史描述必将发展出一个主题:无产阶级终将通过阶级的革命推翻剥削体系,获得真正的彻底解放。这是生产力、生产关系的内在矛盾长期演变必然造就的阶级命运。尽管如此,成熟的文学并非直接论述这些政治观念,相反,恩格斯的主张是,"倾向应当从场面和情节中自然而然地流露出来,而无须特别把它指点出来"[1];他甚至觉得"作者的见解越隐蔽,对艺术作品来说就越好"[2]。这时,恩格斯强调了"美学"准则的完整性——不能因为历史主题的政治论辩而放弃或者降低"美学"准则的要求。谈论《济金根》的时候,马克思和恩格斯不约而同地指出,文学作品必须"莎士比亚化",不能"席勒式地把个人变成时代精神的单纯的传声筒"[3];"不应该为了观念的东西而忘掉现实主义的东西,为了席勒而忘掉莎士比亚"[4]——马克思和恩格斯的心目中,莎士比亚代表了至高的艺术范本。

如果说,历史内部生产力与生产关系的内在矛盾及其演变是一幅理论图景,那么,如何把这一幅理论图景展示为人们熟悉的日常现实?文学批评从现实主义文学之中找到一个转换的中介:典型人物。恩格斯在另一封

---

1 〔德〕恩格斯:《恩格斯致明娜·考茨基(1885 年 11 月 26 日)》,见《马克思恩格斯文集》第十卷,中共中央马克思恩格斯列宁斯大林著作编译局编译,人民出版社 2009 年版,第 545 页。

2 〔德〕恩格斯:《恩格斯致玛格丽特·哈克奈斯(1888 年 4 月初)》,见《马克思恩格斯文集》第十卷,中共中央马克思恩格斯列宁斯大林著作编译局编译,人民出版社 2009 年版,第 570 页。

3 〔德〕马克思:《马克思致斐迪南·拉萨尔(1859 年 4 月 19 日)》,见《马克思恩格斯文集》第十卷,中共中央马克思恩格斯列宁斯大林著作编译局编译,人民出版社 2009 年版,第 171 页。

4 〔德〕恩格斯:《恩格斯致斐迪南·拉萨尔(1859 年 5 月 18 日)》,见《马克思恩格斯文集》第十卷,中共中央马克思恩格斯列宁斯大林著作编译局编译,人民出版社 2009 年版,第 176 页。

致明娜·考茨基的信中说，"每个人都是典型，但同时又是一定的单个人，正如老黑格尔所说的,是一个'这个'"[1]。正如恩格斯在与拉萨尔的通信之中解释的那样："主要的出场人物是一定的阶级和倾向的代表，因而也是他们时代的一定思想的代表，他们的动机不是来自琐碎的个人欲望，而正是来自他们所处的历史潮流。"[2]如果说，通常的人物仅仅是负责完成情节的个别"行动者"，那么，典型人物的性格包含了重要的历史内容。马克思对于《济金根》的不满恰恰是，拉萨尔没有处理好济金根的阶级身份承担的历史角色——作为一个骑士，济金根代表一个垂死的阶级，他对于皇权的反抗没有前途。[3]恩格斯的批评意见与马克思不谋而合:《济金根》忽略了农民运动的历史意义，以至于济金根无法真正展示这个悲剧的全部内涵。[4]

的确，典型人物是马克思主义文学批评之中一个举足轻重的范畴。恩格斯在《致玛格丽特·哈克奈斯》的信中认为，典型人物是现实主义文学的标志之一："现实主义的意思是，除细节的真实外，还要真实地再现典型环境中的典型人物。"[5]典型人物不仅是典型环境的产物，同时还将深刻

1 〔德〕恩格斯:《恩格斯致明娜·考茨基（1885年11月26日）》，见《马克思恩格斯文集》第十卷，中共中央马克思恩格斯列宁斯大林著作编译局编译，人民出版社2009年版，第544页。

2 〔德〕恩格斯:《恩格斯致斐迪南·拉萨尔（1859年5月18日）》，见《马克思恩格斯文集》第十卷，中共中央马克思恩格斯列宁斯大林著作编译局编译，人民出版社2009年版，第174页。

3 〔德〕马克思:《马克思致斐迪南·拉萨尔（1859年4月19日）》，见《马克思恩格斯文集》第十卷，中共中央马克思恩格斯列宁斯大林著作编译局编译，人民出版社2009年版，第170页。

4 〔德〕恩格斯:《恩格斯致斐迪南·拉萨尔（1859年5月18日）》，见《马克思恩格斯文集》第十卷，中共中央马克思恩格斯列宁斯大林著作编译局编译，人民出版社2009年版，第176页。

5 〔德〕恩格斯:《恩格斯致玛格丽特·哈克奈斯（1888年4月初）》，见《马克思恩格斯文集》第十卷，中共中央马克思恩格斯列宁斯大林著作编译局编译，人民出版社2009年版，第570页。

地影响典型环境。双方的互动表明,典型人物的性格之中隐藏了历史的密码。马克思主义文学批评如此重视典型人物的一个原因是,他们的性格构成了认识历史的一个视窗。换言之,现实主义作家不仅逼真地再现某一个历史时期的社会表象,更为重要的是,作品将通过人物的言行举止、生活癖好或者社交圈子再现历史的内在肌理——诸如阶级结构,不同阶层的升降沉浮,某个如日中天的群落将不可避免地衰亡,另一个新兴的群落将拥有真正的未来,如此等等。批评家之所以热衷于典型人物的性格阐述,很大程度上寄寓了历史的阐述。

因此,"典型人物"同时构成了文学批评的一个阐释范畴——这个范畴成为人物与历史之间的联结。20世纪50年代开始,许多批评家把典型视为个性与共性的统一。曹操、林冲、贾宝玉或者阿喀琉斯、堂吉诃德、哈姆雷特这些公认的典型人物无不显现出独一无二的个性,批评家的工作是阐释隐藏于个性背后意味深长的共性,继而借助这些共性展示历史的内在结构。然而,文学批评实践表明,共性的阐释时常陷入困境。首先,典型人物的个性与共性并不对称。《红楼梦》中的林黛玉相貌俊俏,多愁善感,自尊,才思敏捷,言辞犀利,具有肺病症状;《水浒传》中的鲁智深是一个酒徒,一个军官,一个力大无穷的拳师,一个不近女色的和尚,一个喜欢打抱不平的莽汉——事实上,这些典型人物身上的每一种个性特征均可提炼出某种共性。这时,批评家不得不返回初衷:哪些共性可以纳入"历史"的解释?

这个意义上,批评家有意无意将"阶级性"作为共性的同义语。换言之,所有的个性特征无不归结为人物的阶级出身。从服饰、社交、娱乐到酒量、语速、步态以及一颦一笑,一个人的阶级地位负责解释一切。一个贫农、一个士兵或者一个资本家往往成为阶级形象的代表。尽管这种解读与历史概念对于阶级谱系的理论核定吻合,然而,某些时候,典型人物的奇特个性可能与既定的阶级含义尴尬地"脱钩"。例如,鲁迅的阿Q曾经给批评家制造了许多难堪——那个欺软怕硬、擅长"精神胜利法"的形象如何与贫下中农的阶级性衔接起来？我曾经指出，典型人物的个性、共性、阶级性三者的递进结构时常无法完成：

> 首先，当共性与阶级性相互重叠的时候，一个阶级仅需要一个典型人物，同一阶级的众多人物无助于解释社会历史；另一方面，许多人物的性格特征并非来自他的阶级身份，例如奥赛罗的嫉妒、猪八戒的懒惰，或者阿Q的"精神胜利法"。因此，作品时常剩余众多与共性、阶级性无关的人物、情景与细节，成为主题无法吸收的赘物与噪音。[1]

我倾向于放弃典型人物的抽象"共性"，代之以具体的"社会关系"。对于阶级、性别、种族以及各种物质力量造就的社会历史说来，社会关系构成了内在的肌理。马克思在《关于费尔巴哈的提纲》之中写下一个精辟的命题：人是一切社会关系的总和。[2]《德意志意识形态》的解释是——"社会关系的含义在这里是指许多个人的共同活动"。[3] 各种社会关系不断地塑造一个人的性格，这些塑造有机地组织在众多人物彼此交往形成的情节之中；另一方面，正如《德意志意识形态》所描述的那样，社会成员的共同活动构成了深刻地影响历史的生产方式。换言之，文学批评对于典型人物的解读围绕个性、社会关系、历史之间的联系展开。

文学作品的每一个典型人物都显现了不可复制的个性特征，这些个性特征通常可以追溯到人物曾经拥有的社会关系。胆小怯懦可以追溯到童年时期父母的过度宠爱，大智若愚可以追溯到青年时期闯荡江湖的教训，强

---

1 南帆：《讲个故事吧：情节的叙事与解读》，《东南学术》2018 年第 4 期。

2 〔德〕马克思：《关于费尔巴哈的提纲》，见《马克思恩格斯文集》第一卷，中共中央马克思恩格斯列宁斯大林著作编译局编译，人民出版社 2009 年版，第 501 页。

3 〔德〕马克思、恩格斯：《德意志意识形态》第一章，见《马克思恩格斯文集》第一卷，中共中央马克思恩格斯列宁斯大林著作编译局编译，人民出版社 2009 年版，第 532 页。

烈的数学兴趣可能来自某一个邻居无意之中的启示，斤斤计较的报复心可能与一次隐秘的心理创伤有关……种种社会关系并非抽象观念，而是包含了带有体温的具体情节。由于社会关系的中介，任何一个性格的完成都经历了来自社会历史的多方锤炼。某些历史时期，阶级关系可能晋升为社会关系之中最为强大的关系，对于一个性格的塑造产生决定性的作用，但是，完整的社会关系之网显然包含了比阶级关系远为丰富的内容。消除了共性、阶级性之间的等式而代之以宽广的社会关系，这不啻同时消除了"一个阶级一个典型"的理论难题。事实上，性格之中的社会关系含量远比抽象的"共性"或者狭隘的"阶级性"更为充分地解释典型人物的历史渊源。从个性特征、社会关系到历史渊源的递进分析，文学批评的解读终于抵达"历史"概念所出示的结论。

四、对话：历史、心理、文学形式

20世纪形形色色的文学批评学派分别显现了各自的理论模式，"历史"概念曾经遭受不同程度的轻视、拒绝、曲解乃至挑战，包括围绕于这个概念周边的意识形态、政治、社会现实、生活，等等。论争不可避免，社会历史批评学派从未放弃"历史"概念具有的阐释意义。尽管如此，批评家心目中的"历史"概念陆续与某些著名的文学批评学派展开深入对话，历史的理解出现了某些前所未有的视角。当然，这些著名的文学批评学派多半拥有庞杂的概念体系，学派内部众多成员的理论观点不尽一致，因此，所谓的对话更多的是基本观念的相互较量。如果说，接受美学的轴心概念"期待视野"已经隐含着历史建构，那么，精神分析学的"无意识"和形式主义家族围绕的"形式"都对"历史"概念摆出了拒绝的姿态。

精神分析学不仅活跃在心理学领域，同时是20世纪声名显赫又极具争议的一个批评学派。无论是考察作家、作品还是读者，精神分析学提供了一套独特的概念术语，诸如恋母情结、无意识、压抑、童年创伤、现实原则、快乐原则、阉割焦虑、本我、自我、超我、升华，等等。精神分析学是一种深度心理学。根据意识、无意识、象征、力比多这些术语的描述，人类的内心世界层层叠叠，曲径通幽，远非一面公正而客观的"镜子"。某种程度上，汹涌的内心波澜与历史的回旋起伏异曲同工，二者共同存在激烈的冲突与角逐，只不过前者向躯体内部的精神领域延伸而后者展现于躯体外部的社会环境。现在，这个问题已经愈来愈尖锐：内心乃至无意识多大程度地存有历史维度的印记？每一个时代具体的历史内容是否重写恋母情结和无意识的内涵及其形式？换言之，这是一种生物性的遗传还是家庭构造——特定历史时期的产物——的副产品？如果每一个时代的恋母情结和无意识仅仅是一种重复，那么，历史概念的这种含义——"人类自我发展"以及前后相随的持续演变——与精神分析学的概念术语如何兼容？

精神分析学的另一个倾向是强烈的决定论。从恐惧、焦虑、崇拜到梦、口误以及之所以喜爱某种乐曲、服装款式、食品或者发型，所有的个人言行均存在特殊的心理原因，尽管各种蛛丝马迹隐蔽地埋藏于深不可测的无意识。马克思主义历史观念之中，生产力、生产方式构成了历史运动的决定因素，然而，精神分析学将关注焦点收缩到主体内部建构的某一个特殊情结——"历史"概念能否涉足这个陌生领域？

"如果说马克思是从与其有关的社会关系、社会阶级和政治形式的角度出发来观察我们的劳动需要的影响，那么弗洛伊德观察的则是它对心理生活的含义。"——作为一个西方马克思主义批评家，伊格尔顿不仅意识到马克思主义与精神分析学之间的差异，同时，他试图恢复"历史"概念与精神分析学的联系："社会和历史的因素与潜意识有何联系，这是一个问题，但是弗洛伊德著作的目的之一就在于帮助我们从社会和历史的角度去探讨个人的成长。弗洛伊德所创立的确实是一个关于人这个主体如何形成的唯物主义理论。"伊格尔顿对于劳伦斯《儿子与情人》的分析表明，他将"儿子"恋母情结的很大一部分原因归咎于矿工的家庭生活形式。[1]然而，这种观点遗留的潜在问题是，资产阶级或者知识分子家庭的子弟是否会出现相同的恋母倾向？

另一个西方马克思主义思想家马尔库塞的《爱欲与文明》显然是精神分析学与马克思主义相互融合的积极尝试。如果说，精神分析学各种术语的描述对象是个体，那么，《爱欲与文明》使之置换为社会。这个意义上，精神分析学的"压抑"基本上相当于"社会压迫"。马尔库塞呼吁建立"非压抑性文明"，但是，他的解放论述并未依赖阶级政治的一系列术语，而是集中指向精神分析学的"现实原则"。精神分析学认为，"现实原则"制造的压抑是维持文明的必要条件，因此，压抑的痛苦不可祛除。在马尔库塞看来，如同历史的原始开端，历史的最成熟阶段不存在压抑。"在最适当的条件下，成熟文明中优厚的物质财富和精神财富将使人的需要得到无痛苦的满足。……因而，快乐原则与现实原则之间的对抗关系也将朝着有利于快乐原则的方向发生变化。"[2]这时，人们不再处于某种压抑体系的监管之下为了财富而劳动，劳动毋宁说成为人的全面而自由发展的具体形式；另一方面，弗洛伊德意义上的性欲转化为远为丰富的"爱欲"。《爱欲与文明》之中，马尔库塞专门论证了"作为感性科学的美学"如何隐含了"快乐与自由、本能与道德的和解"，文学和艺术提供了力比多的自由空间。

一旦这些哲学以及美学观念成为精神分析批评学派的强大背景，"历史"的概念将无声地回归。马尔库塞在《爱欲与文明》的序言中说："本书之所以运用心理学范畴，是因为这些范畴已变成政治范畴。人在现时代所处的状况使心理学与社会政治哲学之间的传统分野不再有效，因为原先自主的、独立的精神过程已被个体在国家中的功能即其公共生存同化

---

1 〔英〕特雷·伊格尔顿：《二十世纪西方文学理论》，伍晓明译，陕西师范大学出版社1987年版，第167、178—179、191—196页。

2 〔美〕赫伯特·马尔库塞：《爱欲与文明——对弗洛伊德思想的哲学探讨》，黄勇、薛民译，上海译文出版社1987年版，第110、111页。

了。"[1] 心理学范畴与政治范畴的转换包含了深刻的历史判断。所谓的"成熟文明"与"优厚的物质财富和精神财富"并非抽象的观念，而是以具体数据证明某一个历史阶段的表征。精神分析学仅仅将社会关系限制于家庭内部。然而，按照马尔库塞的设想，个体的创伤及其修复必将跨出家庭范畴，这必然是"历史"概念启动的时刻。

相对于精神分析批评学派，形式主义家族的众多成员似乎更为坚决地拒绝了"历史"概念。什克洛夫斯基这一句话几乎众所周知："艺术从来都是独立于生活之外的，在它的颜色中，从未反映过城堡上空旗帜的色彩。"[2] 俄国形式主义批评学派抛开了"内容"与"形式"的传统划分，扩大了文学形式的外延，并且认为"文学性"——文学之为文学的本性——的主要特征显现于自足的文学形式。"陌生化"关注的是文学形式体系的内部新颖与陈旧的交替。韦勒克的"内部研究"与俄国形式主义遥相呼应，他对于"内容"与"形式"的划分同样表示不满："显然一件艺术品的美学效果并非存在于它所谓的内容中。"韦勒克的论断是："无论是一出戏剧、一部小说，或者是一首诗，其决定因素不是别的，而是文学的传统和惯例。"[3] 许多时候，韦勒克被视为英语世界的"新批评"派成员，他对作者传记与文学关系的否定立即令人联想到"新批评"的"意图谬误"。"新批评"认为，依赖作家的意图解释文学作品显然是不智之举。与"意图谬误"对称的另一个命题是"感受谬误"。读者的感受见仁见智，不足为凭。事实上，"新批评"的"意图谬误"与"感受谬误"如同两扇大门将环绕于作家与读者周围的历史关在文学之外。结构主义的理想是描述一个不受历史影响的稳定结构，这个批评学派祭出的"结构"内部显然没有历史的

---

1 〔美〕赫伯特·马尔库塞：《爱欲与文明——对弗洛伊德思想的哲学探讨》，黄勇、薛民译，上海译文出版社 1987 年版，第 12 页。

2 〔俄〕维·什克洛夫斯基：《马步（选译）》，张冰译，《苏联文学》1989 年第 2 期。

3 〔美〕勒内·韦勒克、奥斯汀·沃伦：《文学理论》，刘象愚等译，江苏教育出版社 2005 年版，第 156—157、79 页。

位置。许多时候，形式主义家族的众多成员分别从不同的角度与一个命题发生联系：审美是无功利的，审美没有理由屈从沉重的、充满了血与火的历史。种种不无相似的论述之中，审美与历史构成了相互抗衡的两个知识谱系，对于形式主义家族说来，再也没有什么别的比文学形式更适合充当"审美"对象了。

从后结构主义至"文化研究"的兴起，"形式"独尊的观念遭到了愈来愈多的质疑，尽管语言的理论意义并未下降。"新历史主义"之所以引人瞩目，一个重要的原因是"历史"概念的重现。作为一个新兴的学派，"新历史主义"之称多少有些模糊含混，语焉不详，这个学派的开创者斯蒂芬·葛林伯雷表示："文学研究中'新历史主义'的特点之一，恰恰是它（也是我自己）与文学理论的关系上的无法定论，从某种意义上说，它是说不清道不明的。"[1] 然而，作为历史主义的定语"新"表明，"历史"概念出现了另一些内涵。艾布拉姆斯在为《文学术语词典》撰写"新历史主义"条目时曾经进行了清晰的总结：

> 新历史主义者不再将文本孤立于其历史背景之外进行研究，而是将注意力主要投向文本产生时的历史、文化背景，文本的意义所在，其影响力以及后世批评家对它的理解与评价。这并非是对早期学术成就的简单回归，因为新历史主义者的观点与实践都与从前的学者有着显著的不同：从前的学者或者把社会与知识历史看做"背景"，而将文学作品视为是此背景下的独立实体，或者把文学视为某一时期特定世界观的"反映"。与其相反，新历史主义者认为文学文本"处于"构成某一特定时间、地点的整体文化的制度、社会实践和话语之内，而文学文本与文化相互作用，同时扮演了文化活力与文化代码的产物

---

1 〔美〕斯蒂芬·葛林伯雷：《通向一种文化诗学》，盛宁译，见《新历史主义与文学批评》，张京媛主编，北京大学出版社1993年版，第1—2页。

与生产者的角色。[1]

艾布拉姆斯具体阐述了新历史主义的若干重要观点：其一，文学并未占据一个"跨历史"的审美领域，从属于某种永恒的艺术价值标准，亦非一个具有固定意义的自主实体；其二，历史并非仅仅充当一个时代文学的"背景"，也不是文学的简单反映对象，文学文本"嵌入"背景本身，与文化网络之中的制度、信仰、文化权力以及各种实践和产品等交织为我们所说的历史，事实上，文学文本与非文学文本的"分界线"也是这种互动的产物；其三，新历史主义不接受关于人类本质的人文主义概念，相反，人类主体即是特定社会权力关系的意识形态建构；其四，读者也是来自特定时代环境和意识形态的建构，因此，所有认为可能对文本进行客观公正的解释与评价的这种观念无非是人文的理想主义幻觉。新历史主义批评家并未回避他们自己的"主观性"。他们的工作是建构——而不是发现现成的——文本的意义以及叙述的文学与文化历史。[2]

艾布拉姆斯引用了一个观点：新历史主义可以描述为"对文本史实性和史实文本性的交互关注"："历史不应被视为一套固定、客观的事实，而是如同它与之互相影响的文学一样，是本身需要得到解释的文本。"[3] 因此，进入新历史主义的批评实践，"历史"概念出现了若干异于传统理解的重要特征："历史"从未脱离文学生产，但是，历史并非简单的文学背景或者文学对象，具有现成的固定性质，客观不变；文学内在地嵌入历史并且试图改造历史——哪怕仅仅在微小的范围形成微弱的改造；另一方面，文学文本也不存在固定不变的意义，批评家根据不同价值观念形成的多维阐释意味了改造历史的各种冲动。作为后结构主义的遗迹，新历史主义将历史

---

1 〔美〕M. H. 艾布拉姆斯：《文学术语词典（第 7 版）（中英对照）》，吴松江等编译，北京大学出版社 2009 年版，第 365、367 页。

2 同上注，第 369—373 页。

3 同上注，第 367 页。

叙事的语言效果敞开在理论的聚光灯之下。历史之所以不是一套固定的客观事实，一个重要的原因即是：历史是叙述出来的，不同的叙述主体可能言人人殊。正如詹姆逊所言，历史本身并非文本，但是，人们只能了解以文本形式显现的历史——没有人还能返回历史现场。[1]历史叙事与实在论之间注定存在各种激烈的争辩，但是，无论如何，语言与文本的意义正式成为"历史"概念的组成部分。

五、文学话语与历史话语

历史叙事与实在论的争辩不仅远未结束，而且，争辩展示了一个理论意义即是，驱使人们进一步认识"历史"概念内部包含的两种内容：历史实在与历史话语。历史实在通常指过往发生的一切，历史话语通常指历史实在的记载与叙述，例如历史学著作。时至如今，历史话语的记载与叙述逐渐显现出某种稳定的规律乃至构成某种共同遵循的规则。很大程度上，这些规律和规则也是区别历史话语与文学话语的标志。

区分历史实在、历史话语与文学话语有助于阐明一个事实：历史实在是主体意志之外的客观存在，历史话语仅仅是历史实在的一种描述方式——这种状况同时带出了另一个隐蔽的事实：另一些话语类型也可以积极参与历史实在的描述，例如文学话语。文学话语如何叙述"过往发生的一切"？文学话语与历史话语具有哪些真正的差异，以至于二者不可能合二而一？这时，文学批评之中的"历史"概念必须负责解释文学话语的独特贡献。当然，这种解释隐含的前提是，历史话语无法提供这种贡献。

《本馆附印说部缘起》通常被视为中国小说理论的一份重要文献。作者指出了历史话语的种种不足，这些不足恰恰反衬了"稗史小说"的深入

1　参见〔美〕弗雷德里克·詹姆森：《马克思主义与历史主义》，张京媛译，见《新历史主义与文学批评》，张京媛主编，北京大学出版社1993年版，第19页。

人心："夫说部之兴，其入人之深，行世之远，几几出于经史上，而天下之人心风俗，遂不免为说部之所持。"按照作者的区分，"有人身所作之史，有人心所构之史"，[1] 文学话语显然擅长"人心"的历史。海登·怀特认为，历史话语与文学话语具有内在的相似性，前者时常依赖后者的遗产，例如，历史话语对于情节结构的使用。"如何勾勒某一个特定的历史处境，端赖于历史学家的匠心独运，以将某一特定的情节结构与他想要赋予某种特殊意义的历史事件序列相匹配。这本质上是文学性的、也即制造虚构的行为。"在他看来，"以这样的情节结构将事件进行编码，乃是一个文化将个人的和公共的这两种过去赋予意义的一种方式"[2]。

文化赋予各种生活景象特殊的意义，话语类型决定了编码的基本模式。相对于科学话语、宗教话语、经济话语或者文学话语，一轮明月或者一江春水的意义远为不同。聚焦历史话语与文学话语的差异，我力图论证的观点是：历史话语的分析单位是整体社会，文学话语的分析单位是具体人生。历史话语的内容往往拥有跨度巨大的时间与空间，并且在大型的因果关系脉络之中描述各种历史事件的来龙去脉。因此，历史话语热衷的题材往往是社会制度、战争、国家权力体系的交替、某些产生重大影响的特殊人物，如此等等，这些现象由于"社会"范畴而合成一种表示"意义"的独立单位；文学话语热衷的题材往往是个体之间的悲欢离合、恩怨情仇，这些现象由于"人生"范畴而合成另一种表示"意义"的独立单位。"意义"的独立单位同时意味了一种价值评判——某种事物获得了单独显现的资格。如同国家、社会从混沌"天下"显现，主体与个人的聚焦同样是哲学与社会学的一个重要转折。这时，"人生"成为主体与个人的具体诠释。如果说，文学对于悲欢离合的关注曾经被视为一种狭小的兴趣，

---

1 几道、别士：《本馆附印说部缘起》，见《二十世纪中国小说理论资料》第 1 卷，陈平原、夏晓虹编，北京大学出版社 1997 年版，第 27 页。

2 〔美〕海登·怀特：《作为文学作品的历史文本》，董立河译，见《后现代史学理论读本》，彭刚主编，北京大学出版社 2016 年版，第 47 页。

那么，"人生"范畴的形成与文学话语的地位晋升均是"现代性"的文化产物。[1]

显而易见，没有哪一种脱离了"人生"的"社会"，犹如不存在脱离了"社会"的"人生"；但是，历史话语与文学话语的聚焦视域显然不同。肖像、对白、恋爱、邂逅、伤春悲秋的情绪转换、"赢得生前身后名，可怜白发生"的感叹……这些因素无助于历史话语考察一个社会；然而，文学话语提供了组织这些因素的模式，各种人生从宏大的历史图景背后显现。历史并非某种宗教观念的投射，并非黑格尔式绝对精神的化身，同时，历史也不是若干帝王将相的舞台，历史是无数大众共同创造出来的。大众并非一个抽象的平均数，他们构成了历史的实体；很大程度上，大众现身于历史图景源于现代文化的诉求，文学积极地给予呼应。五四新文学运动时期，周作人的《人的文学》以及《平民文学》之所以赢得广泛的反响，显然与这种诉求密切相关。现代社会的世俗气氛、日常生活的显现以及神话传奇的后撤、现实主义文学对于小人物的关注无不表明，"人生"范畴正在文学演变之中陆续加重分量——这同时是文学话语摆脱历史话语从而赢得相对独立的过程。

文学话语的相对独立出现了多个方面的理论后果。其一，文学话语之中"以诗证史"或者"正史之余"的命题不得不重新辨析：作为中心词的"历史"指的是历史实在，而不是历史话语。换言之，文学作品并非证明历史著作，而是以另一种方式叙述历史实在。文学的叙述往往意味了不同于历史著作的独特发现——这无疑是文学话语之所以存在的基本理由。其二，历史话语关注的"社会"与文学话语关注的"人生"存在转换与呼应机制。人们可以从历史话语描述的"社会"状况了解那个时代的"人生"，也可以根据文学话语描述的"人生"状况证实那个时代的"社会"——

1　这个问题的详细辨析可参阅南帆《无名的能量》第二章"重组与聚焦：历史话语与文学话语"，人民文学出版社 2012 年版。

"典型人物"的性格解读通常包含了这方面的内容。尽管如此，某些目光犀利的作家可能表现出不同凡响的洞见，这时，文学话语再现的"人生"可能偏离乃至激进地挑战历史话语表述的"社会"，二者将在文学批评领域展开激烈角逐。历史话语和文学话语对于历史实在的分别表述遗留下一个重大的理论分歧：维护某种统一的大写的历史，还是支持多元的小写的历史？其三，如果说，社会历史批评学派与形式主义家族曾经分别守护"历史"与"语言"这两个中心词，那么，正如新历史主义所阐述的那样，"历史"与"语言"两个领域正在相互交织，"语言"并非一个固定的结构，超然世外，相反，从命名、词汇、修辞、叙事模式到文类等级以及写作制度，"语言"内部充满了各种争夺、对抗和冲突。人们已经察觉，"历史"的波澜将在"语言"领域产生各种回响，相对地说，人们还来不及完整地评估，"语言"可能在塑造世界的工作中释放多大的能量。

从文学与历史混沌不分、前者依附于后者到文学话语相对独立、二者相互角逐，文学批评中"历史"概念的分量愈来愈重。面对20世纪众多文学批评学派，"历史"概念再度从激烈的理论竞争中脱颖而出。"历史"概念的多种含义同时表明，文学批评业已进入复杂多变的文化网络，种种对话与论辩可能进一步卷入不同脉络的理论话题。尽管如此，"历史"概念赋予文学批评的基本观念是，文学生产从未摆脱历史的影响，然而，文学始终力图以自己的方式再现历史。

第六章

"历史化"的构想与矛盾

一

《文学批评与"历史"概念》的主旨是考察文学批评中"历史"概念累积的不同含义。作为文学批评的诸多轴心概念之一,"历史"概念举足轻重。然而,由于语境的变化、理解的差异乃至分歧,"历史"概念曾经进入不同的语境形成各种衍生的观点,构成众多"家族相似"的命题。《文学批评与"历史"概念》绕开了文学史问题。不言而喻,"历史"概念几乎是文学史编纂的前提。然而,由于二者之间的关系包含的庞杂内容,我宁可另起炉灶给予单独处理。

作为一种文学研究的策略和实践方式,中国文学史的"学术史"十分短暂。1904年,京师大学堂的林传甲编出第一册中国文学史课本,东吴大学的黄人也在相近的时间写出中国文学史教材。显然,中国文学史是现代知识的产物。晚清以来,一场深刻的文化革命形成了燎原之势,文学、历史学以及另一些学科无不重整旗鼓,脱胎换骨。文学史的登场不仅开启了前所未有的研究领域,而且,所谓的"文学"和"历史"均被赋予现代知识的解释。这个意义上,文学史并非传统的目录提要、文苑传、学案或者诗话、词话,而是根据新型的历史知识,形成一套前所未有的学术语言:

"……这种文学史的叙述语言，本质上是以对文学、文学历史的西方式的近代理解为基础，对文学构成及文学时序进行独特观察和叙述的一种言说方式，它体现的是近代学术思想的内在逻辑，并规定着特殊的分类文学、言说历史的方法步骤。""所谓描写'中国文学史'，根本也就在于解说、演示中国文学由远而近的历史过程时，必须进入到近代文学、文学史观念下的概念、术语和词汇系统中去，必须用这样的语言、这样的概念、这样的表达方式，转说由传统目录提要、文苑传、诗词文话记录下的层层累积的中国文学故事。"[1]

然而，迄今为止，无论是欧洲文学史研究还是中国文学史编纂，这种学术语言逐渐积存了一些问题。这并不奇怪。一种学术语言通常显现为一种视角，一种范式，或者一个相对聚焦的领域，洞见与盲视并存。特殊的视角敞开一些层面的时候，另一些层面可能转到了背阴的一面，甚至遭到遮蔽。人们无法拥有一个全知的视角巨细无遗地再现全景，取消聚焦同时意味着取消独特的发现。因此，意识到各种学术语言内含的限制不仅可以保持思想的弹性，避免陷入某一类型结论的独断，同时有助于学术语言的拓展、补充，增添必要的补丁。文学史编纂遭遇的一部分问题源于既定视角的封闭性，考察对象的某些性质徘徊于视角之外，迟迟未能赢得足够的关注；另一部分问题来自既定视角的延伸——持续的考察逐渐进入纵深，一些模糊的、忽略不计的内容显出了特殊意义，强烈要求合理的解释。这一切构成了学术语言的内在层次，带动概念、术语系统的新陈代谢，保证学术语言与考察对象之间始终保持对话、互动的活力。

相当一部分热衷于编纂文学史的作者要么并未意识到这些问题的存在，要么默认了这些问题的合法性，以至于不再为之从事艰巨的思想搏斗。总之，没有多少迹象表明，这些问题成为文学史编纂的强大干扰，甚至抑制了文学史著作出版的数量。相对地说，文学史著作要求大规模的资

1　戴燕：《文学史的权力》，北京大学出版社 2002 年版，第 26 页。

料积累，无法依赖思辨或者某种特殊理念的处理而速成。然而，根据种种统计数据，平均每一个年度出版的文学史著作超出一部。这种学术生产的速度是否正常？从史料的发现、经典作品的认定与阐释到文学史分期、叙述脉络的梳理与衔接，不少文学史著作陈陈相因，面目雷同。文学史充当了文学教育的核心内容之后，固定的课程保证了文学史著作的基本销量。这是文学史著作长盛不衰的一个隐秘原因，平庸侥幸地从教学机制之中赢得了一席庇荫之地。一些人甚至觉得，找不到合适的学术题目时，文学史研究聊供备用。若干现成的资料按照时序组织编辑，可以轻易地逃脱无米之炊的烦恼。另一些人倾向于将文学史编纂视为卓尔成家的学术标志，犹如一个作家必须依赖长篇小说奠定名声。庞大的体量以及多卷本的形式往往具有先声夺人之效。如果说，现今长篇小说的惊人数量并未兑换为令人满意的文学品质，那么，文学史著作存在相似的状况。

如何编纂当代文学史？最新型号的文学史产品再度诱发了这种学术语言积存的问题，并且以更为尖锐的形式表现出来。当代文学是否拥有载入文学史的资格？著名文学史专家唐弢的质疑曾经产生不小的反响。[1] "当代"仿佛缺乏线性的时间长度，当代文学此起彼伏地分布于人们周围，活跃的程度远远超过稳定性，众多作品之间的权衡、比较以及联系和呼应的描述远未完成，纷至沓来的作家无法在文学史构建的大师座次之中找到毋庸置疑的位置。这时，"当代文学史"可能是一个冒失的，甚至得不偿失的称谓。很大程度上，"当代"这个概念拥有的积极意义是尖锐、犀利、令人激动的现场氛围以及闪烁不定的多种可能，而不是老气横秋的"历史"面目。然而，更多的批评家显示了另一种倾向：期待当代文学尽快"历史化"。他们对于"现代文学史"概念深感羡慕：三十多年的"现代文学"堂而皇之地称为文学史，而且，现代文学研究赢得的成就与"历史化"的策略是分不开的。当代文学业已延续七十年，这个时间长度的文学

1　参见唐弢：《当代文学不宜写史》，《文汇报》1985年10月29日。

积累完全可以承担深刻的历史分析。文学写作往往逞才使气，沉溺于无拘无束的性情，似乎与兢兢业业的学术不相匹配；文学史赋予的秩序即是指定标准，规范表情，这时，"历史化"犹如制作学术套餐配备的烤箱。

当代文学是否宜于"写史"？作为当代文学史著作的一个重要作者，孟繁华晚近的一篇论文再度做出一个间接的辩护。孟繁华表示："历史的形态是过去式的，但历史的讲述是现在进行时的。"[1] 不论历史事实发生于哪一个年代，历史的讲述正在进行，而且不存在终结的期限。讲述是一种建构，所有的讲述无不可能遭受质疑，完美无瑕的文学史仅仅是一种理想。这种观点拒绝夸大"历史化"的意义，文学史遭到批评并非多么严重的事件。"有问题的文学史"带来了对话与争论，这恰恰证明了价值的所在。

孟繁华的观点来自历史哲学的启示。历史哲学的视域之中，"历史"远非一个密不透风的实体，而是诸多因素人为地组织起来的。作为一个人工产品，历史组织的许多环节隐含了讨论与反思的空间，例如历史形态与历史讲述之间的距离意味了什么。我愿意列举另外一些环节，证明"历史化"的运作机制内部可能潜藏的各种观念以及分歧。这些观念隐蔽地调节文学史的关注范围，同时清除累赘与杂质。指出这个运作机制的存在具有双重的含义：首先，当代文学转换为"文学史"并非一蹴而就，而是包含了复杂的学术炼制；其次，负责"历史化"运作机制的各种观念并非天经地义，它们始终也是不断检讨的对象。

二

对于当代文学史的编纂说来，"历史化"时常设立了一个相对的观念："批评化"。"'历史化'涉及到如何将当代文学史研究从'批评化'状态逐

1　孟繁华：《历史化：一个虚妄的文学史方案——当代文学史的理论想象与实践》，《文艺争鸣》2019 年第 6 期。

步转移到'历史研究'的平台的问题，这种历史化实际也反映出一种知识化的愿望和过程；具体地说，我们如何不仅仅把当代文学理解成'当下的文学'，同时也把它理解成一种'历史的文学'，并用一些研究的术语将它们暂时固定住的问题。"[1] 这种表述似乎暗示了一种强大的学术努力：尽快使作品摆脱文学批评的掌控，安全地降落在文学史监管的领域。

尽管"历史化"与"批评化"存在许多重叠的区域，二者仍然显示出不同的指向。"批评化"更多地指向作品本身，指向文学的现场，指向当代文化气氛，甚至某种程度地介入商业宣传。批评家的判断带有明显的个人风格，见仁见智；各种激情未经时间的沉淀，往往包含即兴的成分。他们可能卷入与作家、读者的互动，击节称赏或者无情讨伐隐含了各种不同观点的激荡。"历史化"对于文学批评的"印象主义"与"专断主义"——朗松的概括——啧有烦言，[2] 文学史开始转向作品生产的种种外围的、相对稳定的因素，譬如作家的身世、某种主题的历史渊源、另一些作品的相互衡量、经典秩序的复杂参照，如此等等。"历史化"业已退出文学现场，平息置身其中的特殊情绪，甩下各种意气用事的褒贬，"历史化"包含的时间距离仿佛增添了鉴定的"客观成分"。尽管二者之间存在各种过渡的梯次，但是，两种原型泾渭分明。因此，愈是清晰地区分二者，这个问题愈加尖锐："批评化"与"历史化"之间的关系。换言之，二者是不分轩轾的两种文学研究方式，还是构成了初级至高级的发展，犹如童年阶段成长为成年阶段？文学史作者显然倾向于后者，有意无意地赋予"历史化"某种优越感。"批评化"的初步加工仅仅为"历史化"提供基本原料；作为后续的另一种方式，"历史化"更为成熟，更为严谨。"历史化"之于

---

1 杨晓帆、虞金星：《当代文学研究的"历史化"研讨会纪要》，《文艺争鸣》2010 年第 1 期，因为这篇纪要注明未经发言者本人审阅，因此，引用纪要之中的观点时，均不标出发言者的名字。

2 参见〔法〕朗松：《文学史方法》，《方法、批评及文学史——朗松文论选》，见〔美〕昂利·拜尔编，徐继曾译，中国社会科学出版社 1992 年版，第 3 页。

"批评化"毋宁形容为指导者与被指导者，双方的关系不可逆。历史的评判仿佛意味着最高同时也是最终的评判。

"历史化"显然表现出一种纯正的学术品味，"历史"是一个古老的、令人心仪的概念。但是，这个概念并非包罗万象。我愿意复述历史哲学的一个观念："历史化"聚焦于某些问题的同时，另一些问题遭到了排挤乃至放逐。描述"历史化"聚焦什么以及排挤与放逐什么，"批评化"成为显而易见的参照标识。

相对于"批评化"，"历史化"显然更为关注隐含于作品之间的来龙去脉。断言一部作品的独创、开拓之功或者贬抑一部作品因循守旧、平庸无奇，文学史是一个必不可少的背景。一部作品赢得的各种评语业已包含文学史的注解——例如，所谓的"独创"亦即声称，文学史的检索证明这一部作品的许多内容前无古人。如同从个人品行的鉴定转向家族身世与血缘，文学史力图在时间维度显现诸多作品之间的关系网络；借用韦勒克的表述，显现作品之间的"历史进化"。[1]当然，文学史考察的复杂程度远远超出家族追溯。文学史不仅分析带有血缘联系的作品，同时分析作品的不同类别，解释冲突的美学如何分别造就各自的杰作。开启经典遴选机制的时候，文学史必须周密地考虑经典之间的平衡与协调，尤其是各种类别的经典——譬如，诗歌、小说、戏剧，或者现实主义、现代主义、后现代主义——如何保持均衡。显而易见，"历史化"必须某种程度地牺牲作品的独立自足换取文学史的宽阔视域。

"历史化"倾向于冷却冲动，撤离现场，对于起伏的激情潮汐打一个问号。即时的喜怒哀乐缺乏深思熟虑的斟酌，各种情绪无不带有肤浅的气息；置身于事实的发生现场恰恰远离真实。现场互动往往沉溺于纷杂的细节，目迷五色，只有退到历史的位置上才能仰望宏大的目标。"由于文

1　参见〔美〕勒内·韦勒克、奥斯汀·沃伦:《文学理论》，刘象愚等译，江苏教育出版社2005年版，第308页。

学批评在有些年代的地位过高，文学批评的作用就被无形地放大，会过分'干扰'文学史更为理性化的过滤、归类和反思性的工作。"[1]总之，"历史化"时常觉得，现场体验是一些没有价值的花絮，重要的是经受"历史考验"。所谓的"历史考验"往往托付给时间，时间距离提供可信的结论。时间之流仿佛具有某种神秘的功能，认识之筏漂流的距离愈长，回首瞻望的对象愈清晰。

许多时候，文学现场的"批评化"与文学史提出的结论存在差异，甚至相距甚远。然而，为什么不是将这种差异解释为不同语境结构的必然产物，并且对于差异的双方相提并论，而是轻率地认为后者比前者更为可信？李白或者杜甫同时代诗人的相互评判必定比我们对于唐诗的观点逊色吗？这时，"历史"概念隐藏的无意识是，此刻、现场、即时的存在仅仅是泡沫一般的表象，真实的本质只能在尘埃落定之后现身。这种无意识隐含了存在主义与本质主义的分歧。存在主义正视此刻的存在，尽管此刻存在的诸多表象无法与未来认定的"本质"吻合。本质主义的思辨认为，某种绝对的"本质"高悬于宇宙深处，潜伏于无数表象背后，不可能立即浮现，只有耐心地等待"历史化"筛去那些混乱的琐屑，"本质"才能穿过历史包含的时间长度隆重登场。这种理论预设充分肯定了"历史"，轻蔑地摒弃了当下；同时，这种理论预设清晰地划分了"表象"与"本质"，"表象"无足轻重，众望所归的"本质"只能授予历史。现场与表象的结合无望提供正确的认识，正确的认识依赖历史与本质的相遇。

这种理论图景的未竟之处在于，无法精确地断定"历史"的时间长度。哪一个时刻是历史发现"本质"的"标准时间"？这个缺失的逻辑前景是，"历史"之后还有"历史"，"再解读"之后还有"再再解读"。后来居上，新的结论必定更为正确，以至于严肃的"本质"迟迟无法一锤定

---

1 程光炜：《当代文学学科的"历史化"》，见《文学史的兴起——程光炜自选集》，河南大学出版社 2009 年版，第 5 页。

音。历史无限拉长，某一个时刻出现的"历史化"迟早又会被挤兑为另一种"批评化"。声势浩大的"重写文学史"即是这种状况带来的症候。后续的文学史作者否认了前辈关于"本质"的种种结论，宁可重新构造如此庞大的学术工程。他们同时预计到，他们的文学史编纂亦非最后的学术高地；未来的某一天，新的"重写文学史"可能再度出现。所以，一些文学史作者明智地宣称，他们从不忌惮将自己"历史化"。[1]他们不会傲慢地认为，只有自己站到了一个撬动真理的支点上。因此，与其认为他们写出了标准的文学史，不如认为这是带有强烈个人风格——个人的解读、阐释、评判以及个人的文学观念——的文学史。"个性"这个概念终于重返文学史编纂。然而，在"历史化"的名义下再度纵容"个性"，是否正在重蹈"批评化"的旧辙？

如果不是在无尽的时间之流中引入语境结构，"历史化"无法摆脱这种理论困局。一种观点通常诞生于既定语境，并且在既定语境接受衡量与评判。少量的观点可能穿透既定语境的限制而将余热带入另一个语境结构，这并不能证明一个结论：大量囿于一时一地的言论缺乏意义。孔子或者柏拉图的大部分思想已经过时，但是，他们之所以无愧于伟大思想家的称号，毋宁说因为他们的观点之于当时语境结构的巨大作用。文化时间——而不是物理时间——从来不是均匀地流动，而是由一个又一个大小不一的语境衔接与叠加起来的。既定语境之中某些观点享有的崇高声望可能在另一个语境结构急剧衰减。"批评化"与"历史化"分别置身既定语境陈述各自的结论。如果人们觉得某些"批评化"的观点平庸乏味，参照的是另一些具有真知灼见的"批评化"观点，而不是因为姗姗来迟的"历史化"。换言之，只有共同的语境才能提出统一的衡量标准。

文学批评业已承担分析、品鉴和评判当代文学的职责，为什么"历史

---

[1] 参见程光炜：《当代文学学科的"历史化"》，见《文学史的兴起——程光炜自选集》，河南大学出版社 2009 年版，第 19 页。

化"仍然尾随而至？这时，与其将文学史视为文学研究收尾的清场工作，不如关注文学史的开拓性——这种学术语言之所以再度介入，恰恰由于文学史作者意识到另一种语境结构的到来。他们迫切地觉得，只有文学史才能充分地显现另一种语境结构提出的深刻主题。20世纪30年代的中国新文学大系、50年代的现代文学史编纂、80年代的重写文学史乃至90年代的《再解读》无不显示出这种特征。我对文学史的过多产量表示异议，一个重要的原因即是——许多文学史作者并未察觉另一种语境结构而率尔成章。当然，文学史负有留存种种文学资料的责任。但是，这种文学史著作几本就够了。

三

编纂当代文学史的时候，许多作者表述了一种观点：当代文学的"历史化"是"学科"规范的完成。"历史化"时常被视为种种知识的稳定剂，载入史册的结论不容任意篡改。因此，"学科"对于"历史化"的垂青意味着，这一套知识已经定型。学院体制内部，"学科"是知识传授的一个枢纽，包含一套完整的基本规定，譬如教材、课程、课时、作业、考试，等等。这些规定组成了知识传授的标准流程，平均的意义上显现出教与学的最大效应。然而，许多"学科"的设计并非无可争议，只不过这些争议交付知识与权力的协作关系给予平息。"文化研究"对于学科历史的考察表明，某些学科的知识传授与权力要求存在复杂的纠缠——"学科"（discipline）的另一种翻译即是"规训"。从知识的生产、分类、包装、检索到运输与消费，学院体制设置的"学科"基于现代性平台。至少可以发现，古典知识与后现代知识的生产、消费模式远不相同。京师大学堂课程设立之前，文学史并非文学研究的"标配"。作为"学科"的一个标准零件，"现代文学史"提供的教学经验完全成功吗？将现今的"学科"视为某一个历史阶段的文化产物，有助于阐明我的论点：知识的处理模式并非固定的，重要的是积累这些知识的目的。知识的整合可以遵循"学科"规范，也可以破除甚至反抗——如果存在某种特殊的意图。

相对于服从学科权威，文学史编纂隐含的另一种隐秘快感来自源远流长的史官身份。从孔子的《春秋》到司马迁的《史记》，史官被赋予定是非、立规矩的功能。文学史对于作家或者作品拟定的评语一言九鼎，不可动摇。尽管多数作家盯住的是文学批评的褒贬——由于无从设计个人的文学史位置，作家对于文学史著作缺乏足够的好奇，但是，文学史作者仍然享有手执权柄的威严。指点江山，论功行赏，他们负责把一个又一个作家送入合适的神龛。或许由于巨大的威信以及承揽大型学术工程的成就感，以至于他们有意无意地倾向维持固定的结论，倾向终审判决而厌恶众声喧哗。

这时，我想提到另一种"历史化"的理解："永远历史化"[1]。——这一句名言来自詹姆逊的《政治无意识》。詹姆逊的"历史化"（historicize）沿着主体路线展开，注重的是阐释的再阐释。这种"历史化"策略并非追求一个理论故事的"大团圆"结局，而是关注多种持续阐释累加如何生产出种种不同的结论。因此，现今看来，"历史化"至少包含了双重意味：首先，"历史化"的工作是蒸发各种纷杂、琐碎、极端的观点，提取某种相对公认的结论；其次，"历史化"意味着敲开固化的结论，重返绵延不断的历史之流——雷蒙·威廉斯的《关键词》曾经阐述过"历史"（history）包含的流动含义。[2] 相对地说，后者更为注重历史内部各种错动的力量。

人们对于历史的内在流动具有远为不同的想象方式。相当一部分人的心目中，历史在经验主义的意义上形成了前后循环——正如"以史为镜"这句话所表明的那样。这种构思往往将历史分解为一个又一个微型单元。

---

1 〔美〕弗雷德里克·詹姆逊：《政治无意识》，王逢振、陈永国译，中国社会科学出版社1999年版，第3页。

2 参见〔英〕雷蒙·威廉斯：《关键词》，刘建基译，生活·读书·新知三联书店2005年版，第204—207页。

兵来将挡，水来土掩，逢山开路，遇河架桥——一个微型单元即是一个成功的范例。历史的延续很大程度上即是成功范例的复制，重复已有的路径可以减少未知的风险。然而，经验主义时常倾向于历史的短途旅行；如果将种种成功概括为长时段的规律，无数证伪的挑战令人烦恼。经验主义构造的是碎片化的历史，每一个微型单元的自足性超过了历史总体内在逻辑的强度。很大程度上，碎片化的历史既缺乏强大的传统，也缺乏统一的使命。太阳底下无新事，漫长的历史包括了无数故事。从正义、善良、革命、大公无私到阴谋、卑劣、忍让、卧薪尝胆，这些经验无不曾经奏效。经验主义的实用精神无所谓既定的倾向：几乎所有的选择都能获得历史名义的庇护。

另一些观念将历史构思为一个有机体，某种形而上的天命或者理念——来自宗教或者哲学——指引历史不懈地奔赴一个伟大的终点，愈是接近这个终点的事物将会赢得愈高的评价。更为复杂的想象之中，历史是一个运动的总体；历史不存在事先预设的目标，但是，内在矛盾形成的不竭动能始终带动日常现实一往无前。马克思主义认为，生产力是历史内部最为活跃的因素，生产力的能量积蓄到一定程度，传统的生产关系发生破裂，革命成为解决历史问题的激进形式。革命打开了历史的桎梏，成为驱动历史前进的火车头。

革命带来翻天覆地的巨变，同时形成迥然不同的语境结构。这时，文学史正殿上所有经典作品的鉴定必须重新修订。新的美学条例颁布之后，文学史的重新书写势在必行。人们再度意识到，文学史并未凝固为一个僵死的遗迹；事实上，经典作品、美学理想与语境结构之间的紧张与平衡从来没有停止，盖棺论定的幻觉毋宁说是一种思想的惰性。"同情的理解"指的是尊重陈旧的结论如何形成的前因后果，但是，这不是因循地固守这些结论的理由。

革命与另一种语境结构的降临无疑是一个巨大的历史事件。通常，某些惊世骇俗的文学观念成为传递这个历史事件的信息。这些文学观念源于更大范围的文化激荡，文学史往往是最后一个有待于覆盖的文学研究领域。如果说，汇聚的史料构成了文学史的庞大体量，这些文学观念往往在史料的统筹与重新辨析之中察觉前所未有的路径。

无论是"思无邪""文以明道""人的文学"，还是"模仿说""浪漫主义""文学是现实的一面镜子"，众多著名的文学观念都曾经不同程度地充当文学史提纲挈领的原则。相对于古代文学史，当代文学史的史料搜集轻而易举——除了少量有待解密的档案。因此，史料的大规模发现导致结论的修订十分罕见，当代文学史的剧烈波动更多地由于种种文学观念的介入。这些文学观念或者来自人文学科的冲击，例如精神分析学、结构主义语言学，或者由于更大范围的文化范式转换，例如后现代主义。对于文学史编纂说来，文学观念不是游离的空中楼阁，而是内化为处置各种史料的前提。许多文学史著作曾经不假思索地根据朝代命名文学史段落，例如先秦文学、两汉文学、唐代文学、宋代文学，这种文学史分期无形地接受了一个判断：政权体系的轮替对于文学产生了划时代的影响。韦勒克曾经对这种文学史通例表示异议。[1] 章培恒、骆玉明——《中国文学史新著》的主编——显然赞同韦勒克的观点，他们开宗明义地阐述了另一种文学观念："我们的描述基本着眼于在人性的发展制约下的文学的美感及其发展。这既牵涉到文学与人性的关系，也离不开文学的艺术形式。"鉴于人性、美感、艺术形式三个方面的综合考察，他们对于古代文学史分期别具一格："我们把现代以前的文学划分为三个阶段：上古文学、中世文学、近世文学。第二阶段包括发轫、拓展、分化三期；第三阶段则有萌生、受挫、复兴、徘徊、嬗变五时期的区分。"[2] 如果说，遥远的古代文学显现的是地图一般的轮廓，那么，当代文学卷入的各种思想派系远为密集。当代文学史

1　参见〔美〕勒内·韦勒克、奥斯汀·沃伦：《文学理论》，刘象愚等译，江苏教育出版社2005年版，第315页。

2　章培恒、骆玉明主编：《中国文学史新著》，复旦大学出版社2007年版，第1页。

的史料竟争微不足道，然而，各种文学观念济济一堂，对于所谓的"历史化"构成巨大的理论压强。毫无疑问，史料包含基本的稳定性，没有人可以任意将《创业史》的作者认定为丁玲，也没有人可以断定刘心武的《班主任》完成于20世纪90年代。尽管如此，人们必须正视事实的另一面：相同的史料可能造就相异的文学史。

如果说，昨日之前发生的一切均可视为历史的素材，那么，历史著作决非巨细不捐的流水账。诸多素材遵从哪些组织原则？多数历史学家力图超出编年史的简单体例，阐述时序之外更为深刻的内涵。海登·怀特认为，许多历史著作倾向于构造一个拥有完整因果链的情节，这显示了历史叙述对于种种特殊主题的追求。这些事实无不揭示历史的双重性质：过往发生的一切具有客观性质，然而，历史著作来自各种叙述的建构。"历史的建构"是一个含义丰富的事实。不论众多思想家从哪一个维面接受与阐释这个事实，这种观点逐渐退出了思想的舞台：历史犹如地表之下一个固定的矿藏，历史研究仅仅是发现和展示。文学史亦然。多数文学史作者不会简单地认为，他们的工作不过是保留一批事先存在的文学书目。历史的建构往往包含了更大的企图。

如何理解这种企图？

四

从史料的搜集、甄别到整理、分析，历史研究包含了巨大的工作量。因此，提到"历史的建构"包含的企图并非冒犯纯粹的学术——通常，人类没有必要耗费如此之多的成本从事一项毫无意义的工作。然而，我现在更愿意回到文学史——回到一个特殊门类的历史叙述思索历史哲学。

回到文学史的独特立场，人们同时意识到另一些历史类别的存在，譬如哲学史、经济史、法学史、化学史、数学史，或者工业史、农业史、战争史、灾难史，如此等等。这种状况可以分解为两个后续问题：首先，文学史与总体历史的关系；其次，文学史与另一些历史类别的关系。

　　何谓总体历史？一种简单的观点是，总体历史即是诸多历史类别的相加。历史不设门槛，没有哪一种人类活动隔绝于历史之外。然而，诸多历史类别是无机堆放，还是按照某种原则组织起来——后者显然接近于有机整体。无机堆放提供的是各种类别的总和，甚至不存在中心与清晰的边界；按照某种原则组织通常显现为一个同质的总体，尽管每一个历史类别承担的功能远不相同。后现代哲学对于同质的总体深为反感——"同质的总体"似乎意味了差异的压抑，他们不惜"对总体性开战"。[1] 不论依据哪一种观念想象总体历史，这种观念同时设定了文学史的位置。

　　总体历史即是诸多历史类别的相加，犹如一个大橱子内部安装了各种抽屉，增添或者更换一个抽屉不足为奇。当然，相对于工业史、制度史或者战争史，文学史仅仅是一个小抽屉。倾向于历史是有机整体观念的人更乐于采用生物学的比喻：诸多历史类别犹如躯体之中的各种器官。从眼、鼻、耳到胳膊、大腿以及众多大大小小的内脏，躯体的各个器官并未产生自己的独立主题——所有器官的功能无不服从生命的统一活动。相似的意义上，文学史组织于总体历史的肌理之中。正如许多思想家指出的那样，现代性降临的一个重要特征是民族国家的崛起，这个主题同时成为文学史的指南。一部厚重的文学史是民族国家历史之中令人瞩目的一页，一批伟大作家的名字可以使民族国家熠熠生辉——尽管他们的贡献仅仅是若干卷文学名著。

　　然而，人们可能产生的疑问是，民族国家包含的内容是否被某些文学史作者想象得太简单了？他们仿佛认为，诸多历史类别始终保持相同的姿态与步调向同一的目标冲去。这种前提之下，文学史、哲学史、经济史乃至工业史、农业史不存在实质的内在区别。如果每一种历史类别的叙述

1　参见〔法〕利奥塔：《后现代性与公正游戏——利奥塔访谈、书信录》，谈瀛洲译，上海人民出版社 1997 年版，第 141 页。

无不按照相似的逻辑演示，那么，文学史往往不知不觉地成为政治的附件——政治逐渐充当了诸多历史类别的内在模板。不论如何表述文学史考察的动机，一些当代文学史作者的意图是，借助文学史的跳板跃入政治领域。他们觉得，"审美"是一个狭窄的概念，无法容纳当代文学史的内涵："比如把一个作品理解为审美的，是一个非常晚出的观念，80年代以后出现的观念，之前是没有用审美这些概念去解释的。"相对地说，他们宁可援引政治逻辑作为统筹当代文学史的主轴："如果我们把六十年作为一个整体来对待，那么势必要把80年代放在中国革命的政治逻辑里去考虑"；当代文学史的重大任务是解读时代的政治无意识：

> 我们讨论80年代，实际上必然要谈到作为这个时代担当者的一代人的政治无意识。有的时候我们能用很多材料，但这些材料未必能说明问题。材料是表述出来的，但是表述后面有更复杂的东西。这个更复杂的东西就构成了一个时代的政治无意识。这就让我们意识到我们的文学史研究方法上的一个问题，就是对时代的政治无意识这样的问题，除了实证以外，还能有什么更好的方法来处理。[1]

作为当代文学史的"元叙述"，文学史叙述背后的知识体系同时进入考察的视野。一种分析认为，80年代某些文学史观念之所以重建依据的知识体系，民族国家之间的较量产生了不容忽视的作用：

> 我一直关心的是80年代的知识表述问题。我这几年的研究会汇聚到关于现代化理论的范式问题上，就是我们的80年代讲现代化，都只是一个价值判断，从来不会说明这一套现代化的表述是从哪儿来

---

[1] 杨晓帆、虞金星：《当代文学研究的"历史化"研讨会纪要》，《文艺争鸣》2010年第1期。

的。一些社会科学方面的书就讨论过现代化理论被 60 年代的美国社会科学界创造出来，本身就是为了跟社会主义国家竞争，不让刚刚独立的第三世界国家跟着社会主义国家跑。二战以后，世界的学术中心转移到了美国，而这套理论则建构了整个美国社会科学的体系。它会包含一些大叙事，比如传统与现代的二元论，文化优先论、所有民族国家都是单一的、落后国家要接受先进国家、今天的美国就是明天的中国这样的论述等等。我关心的就是这样一种知识表述怎样在 60 年代被生产出来，并在 80 年代成为全球性的意识形态——就是它不再作为知识而是作为意识形态出现。"二十世纪中国文学"论其实是特别典型的结合中国已有背景的"现代化"的再生产。[1]

至少在相当长的一段时间，政治提供的宏大叙事不容置疑地左右了各个历史类别的论述，政治领衔诸多历史类别的状况获得了大量历史叙述的支持。然而，考虑到民族国家的诸多方面构成，考虑到"人的全面发展"，各个历史类别包含的独立意义从未完全消失，譬如文学史的审美意义。如果不是将审美解释为天才式的神秘波动或者贵族式的愉悦和消遣——如果文学的顽强存在并未被哲学、经济学、法学、社会学等诸多学科覆盖，那么，作为"艺术地掌握世界"的生存范畴，审美必然具有独特而尖锐的精神内容。集中展开这些精神内容的时候，文学史不仅可能与各个历史类别相互呼应，也可能与各个历史类别相互修正，相互制约。我曾经如此描述文学的审美意义：

> 文学的审美天性致使文学既激进又保守，既清醒又蒙蔽，既高瞻远瞩又眼光短浅。这已经决定了文学同诸多其他文化门类不和谐的

1　杨晓帆、虞金星：《当代文学研究的"历史化"研讨会纪要》，《文艺争鸣》2010 年第 1 期。

一面。当经济学在强调市场与利润的时候，文学依然在谈论人格与道德的完善；当管理学在强调规则与制度的时候，文学依然迷恋于自由与人情；当法律学在强调法治与秩序的时候，文学依然偏爱叛逆与温情；当科学在强调实证与精确的时候，文学依然醉心于想象与超验……这即是文学的意义之一：坚持以审美的观点看待世界。审美当然不可能也不该成为人们生存方式中的唯一尺度，但是，文学坚持说人们不该完全遗忘这个尺度，即使是种种沉重的生存问题试图迫使人们遗忘。虽然人们可以在这个世界上听到形形色色的发言，但是，作家的一个使命即是反复用自己的声调发出审美召唤。无论是对于人们的精神结构还是对社会文化的总体图景，审美的存在都是一个极其重要的平衡。[1]

文学史往往广泛地涉及作品的各种背景材料。从主题原型、分歧的评价、作家生平事迹到时代的文化氛围、经济社会的动荡或者安宁，如此等等。一些批评家曾经表示不满：这些资料有助于将作品安置于特定的历史段落，但是，种种外围知识并非文学性的组成部分。换言之，这些知识是历史，而非文学。强调审美的自律，切断文学性与各种背景材料的联系，这种观念已经遭到广泛的质疑，然而，这并非一个简单的伪问题：文学性或者审美对于文学史知识具有甄别意义。必须承认，相当一部分历史资料对于文学性或者审美的意义很快衰竭，这些历史资料的持续增加无助于文学性或者审美理解的持续深入。韦勒克甚至觉得，文学史对于审美的解释收效甚微。[2]例如，围绕曹雪芹的大量资料已经与《红楼梦》的文学性或者审美脱钩。如果无视文学性或者审美的甄别，文学史的史料可能成为一

1　南帆：《冲突的文学》，上海社会科学院出版社1992年版，第14页。

2　参阅〔德〕瑙曼：《作品与文学史》，范大灿译，见《作品、文学史与读者》，范大灿编，文化艺术出版社1997年版，第181页。

个漫无边界的领域。王维穿几码的鞋子？苏轼的三十二岁生日是怎么过的？鲁迅什么时候开始吸第一支香烟？这些问题之所以允许没有答案，恰恰因为与文学性或者审美缺乏联系。即使"考据癖"愿意为之耗费心血，也没有必要给予高度评价。

然而，谈论文学史编纂的时候，我更愿意证明审美是总体历史内部一种不可或缺的能量——这也是我回顾《论"二十世纪中国文学"》这种文学史观念的前提。黄子平、陈平原、钱理群在论文中表示："'二十世纪中国文学'这一概念首先意味着文学史从社会政治史的简单比附中独立出来，意味着把文学自身发生发展的阶段完整性作为研究的主要对象。"[1] 与其将这种文学史观念简单地塞入现代性理论——从美国版的社会科学到中国式的现代化叙事——的一个局部，不如关注作者的一种努力：他们的文学史试图引申社会政治史长期缺乏的因素，这些因素的相当一部分冻结于20世纪的中国文学之中。

《论"二十世纪中国文学"》曾经从四个向度概括20世纪的中国文学：走向"世界文学"、"改造民族的灵魂"的主题、"悲凉"的现代美感、新型的文学语言结构。如果认为这些特征的发现来自60年代美国社会科学的辅助——如果"改造民族的灵魂"或者白话文之后文学形式的革命是80年代现代化叙事生产出来的，那么，20世纪中国文学的独立存在显然是一个令人怀疑的事实。这种理论气氛之中，围绕审美展开的文学本身遭到了轻蔑的漠视；这些特征迅速地沿着"启蒙主义""科学""民主"砌出的理论通道拐入"现代性"的殿堂，继而扮演"反现代性"主张批驳的一个案例。显而易见，这种观点没有听到审美自己的语言。事实上，即使在世界范围内，晚近几个世纪的文学也不是现代性叙事的标准合作者，无论是愤懑而悲伤的现实主义还是阴郁而反讽的现代主义。对于所谓的"现代性"，文学的审美立场带来复杂的态度——与众不同的接纳与反抗。

1　黄子平、陈平原、钱理群：《论"二十世纪中国文学"》，《文学评论》1985年第5期。

　　《论"二十世纪中国文学"》的四个概括是否完整，这并非我试图回答的问题。我愿意指出的仅仅是，这些问题的回答涉及众多衡量构成的网络：涉及史料与文学观念的紧张，"批评化"与"历史化"的衔接与平衡，进化的线索与个别的自足，涉及文学史与另一些历史类别的参证与对立，文学史置身于总体历史的位置以及不同时段产生的不同意义。当然，当代文学的语境结构可能使文学史的叙述成规遭受更大的压力。这个网络制造的话语空间充满种种歧义、矛盾和暧昧不明的区域。只有意识到这种学术语言的复杂程度，思想的纵深才能敞开。一些作者幸运地免除了这些理论纠葛的困扰，那么，他们的苦恼或许会转向来自学术市场的报告：书店柜台上大同小异的简版文学史著作已经过剩了。

第七章

文学理论：若干命题的内涵、联系与延展

一、小引

一个画家工作了很长的时间，桌上的一个杯子、两个苹果栩栩如生地再现于画布之上。承担这一项工作的画家必须耗费时间与精力接受严格的技术训练。然而，画布之上的杯子无法盛水，苹果不能食用，这一项工作又有什么意义？文学的例子更为复杂一些：历史上那一场著名的变革已经结束，战场上的几个将军大获全胜，始于某一个村庄的社会实验赢得了众所周知的肯定……总之，发生的事情业已一铸而定，作家为什么还要一字一句地叙述，带领那些人物重新在纸面上生活一遍？历史的再现仅仅是一个隐喻，何谓历史以及历史的意义是另一个话题；更多的时候，什么也没有发生，如痴如醉的叙述纯属子虚乌有，文学获准从事虚构。为什么亚里士多德认为，虚构的文学话语甚至比历史记录更具哲学意味？[1]对于文学研究说来，这些问题带有初始的基本性质，众多著名的思想家分别从不同的视域给予考察，种种思想积累如同丰富的矿藏。

我曾经持续地关注若干理论命题，分别涉及文学的功能及其形式；现

1　〔古希腊〕亚理斯多德：《诗学》，罗念生译，人民文学出版社1962年版，第29页。

在，我力图围绕这些问题给予重组，汇聚一个相对完整的理论图景。因此，我仅仅提纲挈领地阐述理论命题的部分内涵，重要的是建立它们之间的联系，延展内在的理论脉络。

二、功能的辨识

1. 文学是一种人工产品。这个事实如此明显，多数人觉得不必赘述。我指出这个事实力图强调的是，人工产品通常清晰地投合某种预定社会意图，甚至即是社会意图的产物。楼房与人类居住空间的理想联系在一起，汽车乃至火车源于长途运输的需求，经济学的初始意愿是总结种种经济活动，数学研究来自对于各种数量关系的关注，如此等等。人工产品并非复制某种既定的原型，而是产生实现预定社会意图的功能。如果这些功能不那么理想，人们往往持续给予改善，尽量缩小与社会意图的差距。

人类文明的另一个重要特征是，根据预定的社会意图改造自然界，使之成为人工产品，例如道路、农田、水库，还有形形色色的食物。矿藏的开掘或者生物发酵工程已经相对复杂。自然界并非人类的产物，而是来自伟大的自然秩序。相当一部分自然界与预定的社会意图格格不入，人类文明仅仅给予有限的改造。相对于充满未知的自然界，渺小的人类远非为所欲为；同时，人类文明的改造多半停留于表象，干预表象背后的自然秩序是一种令人恐惧的僭越——谁知道会不会带来不可预计的严重后果？转基因农产品与人工智能之所以引起巨大的争议，很大程度地源于这种顾虑。

之所以复述这些内容，旨在支持一个结论：作为人工产品，文学可以根据预定社会意图构造种种特殊形式，这些形式不必接受自然秩序的限制。换一句话说，作家拥有的精神创造空间远远超过了自然科学家——哪怕是遥想宇宙的天文学家。对于文学说来，审美是预定社会意图之中的基本内容。

这个结论的意义很快会显现出来。

2. 杯子，书桌，计算机，公路……人工产品带有很大的功能主义意味。功能主义的特征表明，人工产品不存在某种先验的固定"本质"。"本质"指的是事物的实质性规定，即"是其所是"，独一无二，亘古不变。可是，如何规定人工产品——例如，一张床铺——的"本质"呢？一张床铺的功能是安放睡眠的躯体，然而，席梦思、气垫、木板、一堆稻草乃至一片草地均可承担这种功能。必要的时候，这个清单还可以持续拉长。人们无法在席梦思与草地之间搜索到某种共享的"本质"。显然，功能主义的追溯很快与预定的社会意图联系起来，继而进入特殊的历史语境——哪些历史条件造就了这种社会意图？这种社会意图多大程度地代表整体社会成员的共识？各个历史时期如何提供不同性质的技术实现方式？

人类社会的延续依赖自然界的全方位支持，众多自然物质具有不同的功能。例如，水、盐、氨基酸分别在人类生命的维持工程之中各司其职。然而，这些物质不会由于它们承担的功能而改变自身。它们具有不同的分子式，始终如一。如果将一种物质的分子组成方式视为"是其所是"的标志，那么，分子式或许可以作为"本质"的一个选项。这些物质的追溯指向了自然界，指向了隐藏于表象背后伟大的自然秩序。

回到我的预定话题。我想说的是，文学是纯粹的人工产品，文学研究的追溯方向是功能、社会意图、历史语境、社会成员，以及种种实现社会意图的技术，这些因素始终存在复杂的互动。因此，文学无法发现一个如同分子式一样固定而精确的"本质"。

3. 文学理论史证明，"道"、"气"、人性、美、典型、形式、语言都曾经被视为文学"本质"的候选对象，但是，这些论证均未成功。现在，我不再考虑何谓文学的"本质"，而是将文学置入话语光谱给予定位。一个社会的话语光谱由众多不同的话语类型构成，例如哲学话语、经济学话语、医学话语、战争话语、职场话语，如此等等。作为一种独异的话语类型，文学话语的特征并非孤立地存在，而是在另一些话语类型的广泛比较之中显现出来。"他者"显示自我。文学话语内部不存在一个藏匿"本质"

的分子式，从而决定文学的不变性质；文学话语之所以如此独特，恰是因为文学与经济学、哲学、医学等如此不同。

从哲学、历史学、经济学、社会学、伦理学到种类繁多的自然科学，众多话语类型覆盖不同的领域和层面，按照自己的内在逻辑描述世界，并且提出种种判断。文学话语显示出哪些独特的描述与判断方式？很大程度上，这即是文学话语跻身话语光谱的理由。如果说，话语光谱显现了现代社会的文化分工，那么，文学话语的存在意义不可替代——哲学、经济学等无法覆盖文学话语的描述与判断，甚至可以说，后者恰恰是前者所缺乏的。否则，文学话语必将被另一些话语类型瓦解、瓜分与吸收。

"独特的描述与判断方式"是一个内容充实的短语。文学文本内部存在某种强大的自洽性质，情节构造、文类的规则以及美学观念无不决定了文本内部每一个意象、场面、细节，乃至每一句话的位置。文本内部的自洽无须求证于外部社会，这是文学"独立"时常援引的一个证据。然而，情节构造、文类的规则以及美学观念无不与外部社会存在呼应，文学阅读形成的种种效果始终包含文本内部与外部社会之间或显或隐的比照，因此，文学从未真正与社会历史切断联系。

话语光谱提供的比较对象造就了文学内在的"历史感"。进入 21 世纪的历史语境，每一个独立的学科均可视为文学话语的比较对象。回到古代社会，文学时常与神话、历史以及琐碎的道听途说混为一谈；同时，经济、金融、社会、新闻、教育、统计等诸多学科远未诞生，不可能与文学相提并论。比较对象通常由历史语境提供。换言之，文学的"历史感"主要表现为，文学在何种语言环境之中工作，与哪些话语类型彼此合作，与哪些话语类型相互抗衡。这个意义上的"历史感"远远超过了文学内容标记的历史时期。一部现代小说再现了唐朝的历史风貌，考察"历史感"的重要依据是现代小说之所以如此叙事，如此叙事与经济、金融、社会、新闻、教育、统计等诸多学科如此不同。小说之中唐朝的风土人情当然是"历史感"的组成部分，然而，这些内容并非想象的那么重要。

4. 现代社会话语光谱内部，文学话语与众多话语类型的种种相互衡量、参照、比较无形地构成一张庞大的关系网络。这即是我使用"关系主义"这个概念的原因。当然，网络内部的多维关系彼此交叉、回响。文学话语即是在如此复杂的多向塑造之中逐渐定型。反之亦然——文学话语的存在同时对历史话语、新闻话语、哲学话语等形成压力，甚至修正这些话语类型的形态。

"关系主义"仿佛使所有的话语类型进入游移不定的状态。再也没有哪一种令人信赖的"本质"赋予稳定不变的形式。一切皆流，还能认识这个世界吗？人们开始惊慌。这时，我要再度启用"历史"这个概念。放弃文学"本质"的考虑，仅仅放弃了一个形而上的超历史"本质"，而不是放弃所有的决定论。我倾向于认为，历史条件决定何谓文学。尽管所谓的文学"本质"从未取得统一的结论，这种状态几乎不妨碍人们认定 17 世纪的文学或者 21 世纪的文学——只要了解当时的历史条件。历史可以改变一种话语类型的形态及其周边关系，但是，更多的时候，历史的作用恰恰是稳定一种话语类型的形态及其周边关系。

话语光谱内部隐含了一种结构。哲学、历史学、经济学、社会学、伦理学……文学，众多话语类型分别嵌入特定的位置，占有若干的份额。话语类型之间微妙的比例调整并未改变这个结构，短期之内没有剧烈波动的迹象。很大程度上，结构是历史的产物——尽管结构主义对于种种结构的历史起源没有太大的探索兴趣。结构的稳定保证了内部关系的稳定。一张桌子的结构决定了桌面与桌腿之间的关系及其位置。更为复杂的结构也是如此，例如家庭、民族、国家、政府机构、企业组织，等等。

根据话语光谱的结构考察文学话语的功能，或者，从文学话语的功能追溯话语光谱的结构，历史导演了两个方面的内容。

三、意义的生产与再生产

1.通常的观念之中，谎言不道德。然而，文学话语允许虚构——一个巨大的特权。这首先表明，文学话语并未承诺，人们即将读到的是一份真实的记录，譬如新闻报道或者历史档案文献。按照流行的观点，文学是想象飞翔。作家的叙事如同魔术家开始挥舞手杖：空荡荡的舞台上，几个人物突如其来地出现，一条街道徐徐展开，一场战争已经打响，两个人的秘密恋情正在酝酿……然而，这些想象又有什么意义？

这些想象即是一种意义生产。

意义生产相对于物质生产。如同置身于楼宇、街道、商店、交通工具等组成的物质空间，人们同时置身于种种观念组成的意义空间。如果没有民族、国家、信仰或者正义、高尚、卑劣、丑恶等观念，人们缺乏安放精神的栖居之所。意义空间通常由两个部分构成：善、恶、尊、卑、绝对、相对等种种抽象的观念之外，更多的意义与物质交织为一体。从食品、服装、居室、汽车到珠宝、书籍、手表、计算机，林林总总的物质不是赤裸地摆放在日常生活之中，而是充满意义附加值。珠宝显示富贵，书籍代表儒雅，名牌服装意味着不凡的身份，巍峨的宫殿象征庄严的气派，春暖花开的寓意是生机蓬勃，白雪皑皑解释为冰清玉洁，总之，物质同时包含了意义；许多时候，后者更为重要。日常的生存条件满足之后，更高的追求时常指向意义空间的升级——服饰的风格、办公室陈设、出入的酒吧、定居城市的某个社区，哪一件事情与意义空间无关？物质本身无嗔无喜，物质拥有的意义是被赋予的。如果说，宽敞的寓所、豪华轿车显示的意义显而易见，那么，一方古砚、一款明清家具、池塘里的枯荷或者教堂顶端的十字架隐含的意义不得不追溯远为曲折的文化渊源。

文学话语的工作显然是意义生产——作家的物质生产仅仅是将文字符号书写于纸张之上。这些文字符号不是如实地再现什么，而是显现某些情节或者某种景象隐含了哪些特殊的意义。特殊的意义往往无法完整地寄寓于真实的原型，这是作家开始虚构的理由。如果英雄对于凡俗世界真的意义重大，作家必须想方设法利用文字符号构造一个。虚构同时屏蔽了另一些无助于意义生产的物质性细节。曹雪芹和鲁迅分别虚构了《红楼梦》的大观园与《阿Q正传》的未庄；两位作家不关注贾宝玉的脉搏与血压、林黛玉的肝功能和阿Q穿几码的鞋子，这些形象的意义聚焦于封建仕途经济的叛逆者，或者如何以精神胜利的方式扮演一个自我安慰的大师。事实上，所有的文学意象无不构成意义生产，无论是陶渊明的桃花源、李白的天姥山、杜甫的黄鹂与白鹭，还是苏东坡的赤壁与月亮。

每一个人的活动半径十分有限，许多人从未遇到那些有趣的人物和事件，也无法意识到天地万物包含如此之多的内涵。生活仿佛枯燥乏味。幸运的是，他们遇到了从事意义生产的作家。尽管身边的物质世界依然如故，但是，作家热衷于以虚构的方式重组身边的意义空间。这是文学话语对于活动半径的拓展，"精骛八极，心游万仞"，世界无限开阔，同时又趣味横生。

2. 文学批评是对于文学形象的解读与阐释。贾宝玉、林黛玉或者阿Q的意义并未事先颁布，作家只是交出了一个令人难忘的形象。许多时候，文学形象的意义是由文学批评解读出来的。批评家的反复论述逐渐使文学形象的意义凝聚起来，甚至成为公论。

但是，某些文学形象如同储量丰富的矿藏，以至于文学批评的阐释持久不衰。迄今为止，《红楼梦》的文学批评已经汗牛充栋。西方文学之中，莎士比亚显现出巨大的吸引力，研究莎士比亚的著作如此之多，以至于坊间有"说不尽的莎士比亚"之说。当然，持续的文学批评包含了许多争讼，一些批评家对于文学形象的解读产生了分歧。堂吉诃德是一个愚蠢的主观主义者，还是一个知其不可为而为之的勇士？两种观点相持不下。也许还会产生第三种观点。显然，短期之内没有希望形成一个统一的结论。

反复的争讼涉及多种原因：相异的视野，话语权，依据各种理论形成的批评学派，接受美学与读者中心的观念，现代阐释学似乎无法许诺一个终极性的结论，如此等等。考察这些问题之前，我想提出的一个观点是：文学批评可以视为意义再生产。文学形象的意义不是一锤定音，而是持续地繁衍、成长、丰富、充实；后继的解读与阐释可能是共识的延伸，也可能是反驳与辩难。这时，文学形象的解读带来了再解读——前者成为意义生产的催化剂。从文学形象到解读与再解读的持续循环，意义再生产绵延不断。如同社会对于物质生产的旺盛需求，精神领域的敞开是意义再生产的必要前提。

四、如何解释"个别"与"特殊"

1. 迄今为止，文学话语无法拥有独特的词汇、语法、修辞、叙事。然而，我想指出的是，文学话语拥有独特的分析单位。

话语光谱的交叉比较显示，社会学、经济学、政治学、历史学、法学等诸多话语类型的分析单位通常是完整的社会，具有相当的普遍性；相对地说，文学话语的分析单位指向完整的人生，显现为个别与特殊。尽管"社会"与"人生"二者相互镶嵌，但是，诸多话语类型分别存在独特的焦点。社会学、经济学将完整的社会纳入视野，城市与乡村的互动、老龄社会的劳动力特征或者全球化产业链配置、构建完善的农产品物流体系——这些问题的结论通常由整个社会共享；政治学关注的社会制度与法学论证的法律体系是社会公约，没有哪一个社会成员可以置身事外；历史学考察举足轻重的社会事件，例如一场著名的战役，一个王朝的崛起或者崩溃，如此等等，某些个别的人物、事件乃至具体的情景之所以赢得历史学家的青睐，显然因为"个别"和"具体"成为撬动社会事件的历史杠杆。

如果说，许多学科的基本工作是剔除各种多余的表象，提炼可以重复的规律，那么，令人惊异的是，文学话语存放了如此之多的日常细节。从脸颊上的一颗痣、瓦缝里一茎颤抖的狗尾草、钱包里一张揉皱的钞票，到内心的一个闪念、地铁车厢里拥挤的躯体散发出的气息、一幢大楼玻璃幕墙的反光，没有哪些细节是文学话语无法接纳的。这些日常细节参与组织一个又一个人生事件。无论是挚爱、竞争、谋杀还是商业成功、情场得意、看破红尘，主人公——而不是完整的社会——构成了一切围绕的轴心。一句不得体的问候可能毁了仕途，一个偶然的邂逅可能成全一对情侣，这些日常细节几乎不可能酿成重大社会事件，但是，人生的轨迹或许因此发生转折。形而上学、社会、历史、种种普遍的法则分别成为种种话语类型的基本内容，然而，文学话语指向了人生。真实的人生是数十年各种事件的堆积，文学话语攫取若干关键情节，甚至是惊心动魄的一瞬。当然，"惊心动魄"一词可以置换，譬如"意味深长"或者"美轮美奂"的一瞬——我指的是那些抒情短诗或者被称为"美文"的散文。

2. 分辨率与视域。文学话语的特征是高分辨率与相对狭窄的视域。一个观察对象显现为某种图像的时候，图像的纵横交叉点构成了分辨率。如同一个巨大的棋盘，图像的纵横交叉点愈多，图像的各个局部愈清晰。文学话语的高分辨率意味着种种日常细节的浮现。额头上的皱纹，茉莉花若有若无的香气，一条水蛇从草丛中蜿蜒而过，"绿叶忽低知鸟立，青萍微动觉鱼行"，"无边落木萧萧下，不尽长江滚滚来"，如此等等。相对于其他话语类型，只有文学话语如此细腻地再现世界的肌理。

文学话语聚焦具体的一枝一叶，森林仅仅作为模糊的背景而存在。文学话语的视域相对狭窄。几个家庭，一个村庄，一则案件，一场人事冲突；描写一支部队、一个企业或者一所学校的时候，作家只能挑选有限的代表人物。另一些话语类型热衷于分析社会与历史，个人时常被处理为面目雷同的平均数，种种个人化的言行举止弃置不顾。考察一个王朝的兴衰、一种经济模式的成熟没有必要如同文学话语那样再现主人公的说话口吻，或者抽哪一种牌子的香烟。放弃如此宏大的覆盖范围，文学的情节、人物无不显示为独异的"这一个"。说话口吻或者哪一种牌子的香烟是"这一个"

不可替代的附加物。

现在的问题是，又有什么必要如此关注文学话语提供的"这一个"？如同每一片树叶，所有的人物都是独一无二的；然而，为什么不想与公共汽车上偶遇的乘客深交，也没有兴趣与居住社区的左邻右舍周旋，而是津津乐道《三国演义》的曹操、诸葛亮、关羽与张飞，或者久久地为《红楼梦》中的贾宝玉、林黛玉伤神？

3. 考察这个问题的时候，人们时常遇到一个概念：典型人物。作为一种文学解读机制，典型人物的承诺是，可以从文学话语提供的具体形象解读出某种"共性"，譬如，认识一个工人、一个车夫、一个士兵或者一个资本家、一个地主的形象，亦即认识千百个工人、车夫、士兵或者资本家、地主。所谓的"典型人物"，即是最大限度地凝聚了"共性"的具体形象。社会历史批评学派倾向于根据历史环境追溯人物性格，"典型环境"是与"典型人物"相辅相成的另一个概念。这时，人物性格的活动环境可能同"典型"联系起来，大至一个历史时期、一座城市，小至一幢房子，甚至一支钢笔。

这种文学解读遗留的后续问题首先是，如何概括"共性"。概括书桌上那个茶杯"共性"的时候，必须认定进入哪一个层面。材料的意义上，茶杯显示的"共性"是陶瓷而不是塑料、玻璃或者不锈钢；几何形状的意义上，茶杯显示的"共性"是圆柱形而不是方形或者三角形；体积的意义上，茶杯显示的"共性"是 500 毫升容量而不是 5000 毫升或者 100 毫升；色彩的意义上，茶杯显示的"共性"是乳白色的视觉效果而不是嫩绿或者鲜红，如此等等。文学的人物形象更为复杂。我曾经举例说，《水浒传》中的鲁智深是一个酒徒，一个军官，一个力大无穷的拳师，一个不近女色的和尚，一个喜欢打抱不平的莽汉——任何一种特征均包含某种"共性"。阐释"典型人物"的时候，文学批评挑选哪一种特征作为"共性"的支点？对于批评家说来，这决定了意义再生产的施工蓝图。

很长一段时间，批评家所谓的"共性"不知不觉地等同"阶级性"。

认识一个工人、车夫、资本家、地主，毋宁说认识这些人物的阶级位置。当各个阶级之间的结构以及阶级斗争被设定为历史的主要动力时，人物性格——共性——阶级性——历史之间构成了一个相互接续的认知环节。由于文学批评的精密操作，人们终于从一个令人难忘的人物性格抵达宏大的社会历史。文学话语仿佛与诸多话语类型异曲同工。

这种认知环节遭遇的困难是，许多名著的人物性格上存留了种种"阶级性"无法消化的细节。哈姆雷特的犹豫延宕之于王公贵族阶级、堂吉诃德的迂阔之于骑士阶级、阿Q的"精神胜利法"之于贫农阶级均是一些令人尴尬的题目。另一些众所周知的人物性格"共性"甚至找不到清晰的阶级源头，例如"马大哈"。如果文学人物的所有细节无不纳入"阶级性"图谱的预设，另一个逻辑困境接踵而来：一个阶级一个典型人物。按照阶级定义塑造一个标准的工人形象、贫农形象、资本家形象或者地主形象之后，文学似乎再也没有什么事情可以做了。

没有理由否认阶级的存在。作为一种社会共同体，阶级的特征是按照生产资料的占有方式划分社会成员。这种社会分类来自政治经济学。尽管如此，人们还可能遇到形形色色的社会分类。来自民族学的分类可以产生汉族或者蒙古族的社会共同体，来自生理学的分类可以产生男性或者女性的社会共同体，来自社会学的分类可以产生城市人或者"乡下人"的社会共同体，来自行业的分类可以产生文学家或者数学家的社会共同体，来自病理学的分类可以产生高血压患者或者慢性肠炎患者的社会共同体，来自道德的，美学的，籍贯的，饮食品味的……相当长一段时间，一种支配性的观念是，来自政治经济学的"阶级"共同体是决定另一些社会共同体的轴心。这是不可动摇的主导思想。

现在，这种主导思想已经萎缩，另一些社会分类愈来愈重要，甚至试图竞争主导思想的席位。对于文学批评说来，"共性"的内涵闪烁不定，这是"典型人物"悬而不决的理论苦恼。

4. 我的建议是，放弃"共性"的概念而考察人物性格隐含的社会关系。这显然来自马克思《关于费尔巴哈的提纲》之中一个精辟命题的启示：人是一切社会关系的总和。从阶级、民族、性别到家庭、同学、同事、情侣，来自各个方向的社会关系从反复锤打一个人的性格，使之豪爽、坚毅、勇猛、奸诈、吝啬、懦弱，形成普遍的情感结构或者制造隐蔽的心理创伤。社会关系的总和汇聚为一张网络，孰轻孰重的社会关系来自历史之手的编织。阶级之间的紧张成为引人注目的倾向时，阶级关系对于人物性格的塑造可能产生显著作用。通常的日子里，家庭关系或者工作关系意义重大。这一张网络比通常的想象密集，而且，遗留于性格的烙印与外部的声势并非一致。一个人可能对于耳提面命的训诫麻木不仁，某个暧昧的眼神却久久难以忘怀。

由于密集的社会关系多向地锤打，许多人物性格具有复杂的内涵，远非三言两语可能概括。某些性格汇聚了丰富的社会关系，以至于他们的故事提供了密集的历史信息。个别与一般的辩证关系再度隐蔽地支配文学解读。然而，这些人物性格仅仅是历史状况的表征吗？认识到封建社会末期不可避免的没落与衰败之后，《红楼梦》的贾宝玉形象仿佛完成了自己的使命；昭示出资本主义狂热的拜金主义之余，《欧也妮·葛朗台》的葛朗台形象隐没于理论词句背后。许多批评家倾向于将人物性格表述为历史认识的一块踏板。然而，人们很快会提出一个疑问：获取种种历史判断或者社会学结论，为什么不是求助教科书清晰无误的理论表述，而是翻检一批文学作品？"寓教于乐"不是一个令人信服的解释。由于人物性格的内涵时常众说纷纭，人们可能无法如期抵达种种预设的观念。

5. 罗兰·巴特说过，艺术没有杂音。[1]多余的材料毋宁说是一种干扰，艺术家不会容忍作品内部存在赘物。换言之，作品保存的所有内容都是不可或缺的。对于文学话语说来，如果脸颊上的一颗痣或者瓦缝里颤抖的狗

1　参见〔法〕罗兰·巴特：《叙事作品结构分析导论》，张寅德译，见《叙述学研究》，张寅德编选，中国社会科学出版社 1989 年版，第 11 页。

尾草不可能论证种种历史判断或者社会学结论，那么，合理的解释只能是，这些内容具有独立的意义而不是某种附庸。

文学话语存放的日常细节首先保证形象的完整自足。正如歌德所言，"艺术的真正生命正在于对个别特殊事物的掌握和描述"[1]。所谓的完整自足不仅指形象的静止外观，同时指形象的运行逻辑。作品的人物性格或者情节演变与形象的运行逻辑发生冲突，所有的日常细节都会突然显示出抵制与反抗的姿态。莽撞地把李逵安放在贾宝玉的位置之上，故事立即休克——既定的日常生活一刻也维持不下去。

文学批评的视域之中，完整自足的形象构成基本的分析单位。基本的分析单位意味着，这个单位的内容出现变化，整体的意义必将或多或少地随之变化。一部文学作品的基本分析单位是每一个字和每一个标点符号。二者共同编织成文本，同时，每一个字和每一个标点符号分别包含不可代替的独立意义。一个人物完成之后，他始终存在，无法视而不见地省略，或者稀释于某一个概念之中。用关汉卿的话形容，这些人物是"蒸不烂煮不熟捶不破炒不爆响当当的一粒铜豌豆"。

完整自足的形象可能证实某种历史判断或者社会学结论，也可能存在差距，甚至南辕北辙。总之，形象拥有自己的生命和意志，甚至一意孤行，形象无法驯服地按照先验观念削足适履，哪怕是堂皇冠冕的先验观念。所以，形象的完整自足意味着不可化约。歌德所说的"个别特殊"顽强坚硬，是一个单独的价值贮存体。许多时候，普遍的欢悦无法置换一个人的忧愁苦恼，众口一词的愤怒无法祛除一个人的私心窃喜。对于一份军事报告说来，歼敌三万而自损三人是一个无与伦比的胜利；对于文学说来，牺牲三个人的悲哀始终不会因为万分之一的比例而消除。经济学家津津有味地评估一个产业链制造的效益，工商管理课程详细地分析投资或者

---

1 〔德〕歌德：《歌德谈话录》，〔德〕爱克曼辑录，朱光潜译，人民文学出版社 1978 年版，第 10 页。

管理的成功案例，然而，文学常常转向了失败者——破产的人或者失业的人不会因为缺乏社会贡献而被阻挡于文学的门槛之外。

历史并非一个同质的实体，均匀地分摊在社会成员身上。相反，种种落差与错动造就各方紧张的对话，形成复杂的喜怒哀乐。"个别特殊"的价值无法完全转换为来自平均数归纳的观念。这是作家不知疲倦地跟踪一个又一个独特人物的原因。独特人物与各方紧张的对话积聚的戏剧性愈强烈，作家的兴趣愈大。

相对于诸多话语类型分析的社会整体，文学话语的"个别特殊"可能显露历史深处某些耐人寻味的动向。风起青萍之末，这些动向刚刚作为"无名的能量"开始激荡之际，文学话语迅速地从"个别特殊"的形式背后察觉不同凡响的端倪。普遍的概括成熟之前，文学话语已经启动，甚至尖锐地挑战传统的结论。相对于种种话语类型，这是文学话语显出的激进锋芒。

6. 让我回到分辨率与视域。高分辨率聚焦世界的一隅，代价是放弃俯瞰更宽阔的社会历史整体。后现代的理论视域之中，"整体"是一个有争议的概念。通常认为，动物的躯体是一个"有机整体"。损伤一只眼睛或者一根手指可能会对躯体的"整体"形成严重影响。然而，历史是有机整体吗？怎么能肯定文学塑造的那个人物——关羽也罢，宋江也罢，阿喀琉斯也罢，奥赛罗也罢——是历史躯体上一个关键的细胞，他们的言行举止必然透露出历史整体的重大信息？

暂时绕开如此复杂的纠缠，我更愿意退回一个常识：文学话语不懈地注视某一个人物性格的时候，叙事视角往往带有"同情的理解"。不是说"个别特殊"是一个单独的价值贮存体吗？这时，文学话语不知不觉地对这个人物的价值观念流露出深切的体察——即使是作家给予否弃的反面人物。

我想接着指出的是，高分辨率聚焦没有理由拒绝另一些话语类型设置的种种视域，譬如经济学、社会学、政治学、法学、伦理道德，如此等等。文学话语的意义即是秉持独特的叙事视角，然而，"同情的理解"不得不接受另一些话语类型的衡量与审核。对于文学话语持有宗教式的虔诚可能造就独断论倾向——一些批评家往往觉得，文学的道德评判或者经济估价似乎是愚不可及的行为。然而，文学话语之外，这个世界同时存在种种视角。合上文学著作的时候，作家与读者的大部分生活从未摆脱道德评判或者经济学等设置的标准。

没有必要心虚地回避道德评判或者经济学等各种视域带来的结论。我的主张是，敞开文学话语的边界，允许种种话语类型跨入文学领域收割不同的产品。文学话语坦然地接受种种不同视域的检阅，而不是摆出弱不禁风的姿态蜷缩在一个美学特区。种种话语类型的评价可能大相径庭，重要的是，没有哪一种话语类型手握标准答案，拥有独断的资格。正如文学话语的叙事视角，种种话语类型展示出另一些视角；众多观点形成此起彼伏的博弈。辩论是围绕在杰作周围的光晕。严格地说，此起彼伏的博弈不存在一个预设的终点，而是构成源源不断的意义再生产。

7. 这是许多人的疑惑：文学话语仿佛特别青睐那些"问题人物"。按照通常的社会道德，这些人物性格之中的瑕疵相当刺眼；因此，作家"同情的理解"隐含了无原则的宽容。《水浒传》那一帮家伙公然打家劫舍，贾宝玉恬不知耻地混在女人堆里，孙悟空无法无天，猪八戒好吃懒做，福楼拜的《包法利夫人》与托尔斯泰的《安娜·卡列尼娜》婚外恋，纳博科夫的《洛莉塔》恋童癖，现代主义小说涌现了一大批神情恍惚的"多余人"；许多诗人乖张偏执，屈原心胸狭窄，陶渊明不思进取，李白酗酒无度，拜伦和雪莱尾随一大堆性丑闻——社会道德对于作家通俗而尖锐的质问是：你们是否愿意自己的子女像这些人物一样生活？

没有理由对于如此这般的谴责视而不见。然而，文学话语拥有辩解的权利：这些人物性格内部可能隐藏某些特殊的文化基因。尽管道德难堪是令人生畏的负担，可是，文学话语的使命之一是，保留散落于社会文化之间叛逆的种子。某些时候，古老的道德条款可能演变为一副令人窒息的枷锁，叛逆的种子保存了革命的希望。文学话语的虚构如同沙盘推演：那个争论不休的故事发生在纸面，剧烈的冲击留存于经验之中。

五、审美的冲击

1.康德的审美是对于形式的静观，审美主体与审美对象之间的功利联系已经切断。审美不存在具体的目的，然而，审美愉悦表明了无目的背后的合目的性。对于康德说来，审美判断力是实践理性与纯粹理性之间的联结。如此宏大的视野之中，他无暇考察审美可能遭遇的种种复杂的状况。

尽管美学（Aesthetic）18世纪中叶才由鲍姆加登提出，但是，众多古代思想家很早就开始关注文学制造的内心波澜，例如孔子所说的"兴、观、群、怨"，或者柏拉图所说的"感伤癖""哀怜癖"。当人们以"审美"命名尾随文学作品的内心波澜时，复杂的状况出现了。所谓内心波澜既可能来自一首抒情小诗、一则寓言童话、一部"黑色幽默"的现代主义小说，也可能来自一本惊险的武侠小说、一篇端庄的古典散文，或者数十集冗长的电视肥皂剧。如果审美对象的范围扩大到艺术，那么，无调性音乐、现代绘画与地方戏曲、快板、剪纸或者街头广场舞殊途同归。这些作品均有可能制造令人激动的心理状态，但是，这种心理状态混杂多种性质相异的情感。对于不同类型的作品说来，造就这些情感的元素亦不相同——事实上，康德所说的形式、静观以及无目的与无功利这些特征无不遭受严重的质疑。也许，康德的审美是哲学过滤与提纯的理论产品，文学制造的内心波澜从未拒绝世俗烟火。

对于文学话语说来，某些可供研究的内容可能与审美无关。考察唐诗之中的花卉品种或者18世纪小说之中的航海意象，获得的结论往往脱离了审美范畴；考察一个地区的印刷业发达程度或者某个时期的稿酬制度，获得的结论与审美仅仅存有间接联系。然而，历史学、文献学或者经济学的结论显示出文学话语的另一种文化价值。

人们可以在文学话语内部开掘种种有趣的研究课题。百科全书式的丰富是文学话语的荣耀。尽管如此，审美是文学话语不可替代的功能。文学史构筑的经典体系以审美为轴心。

2. 我想提到文学批评之中频繁出现的一个概念：真实。生活难道是这样的吗？——这个反诘的依据是：真实。谴责某一部作品不真实，犹如谴责一套谎言。然而，如果意识到文学话语的虚构性质，二者的矛盾迅速地成为一个奇怪的问题。

一张桌子是否真实，一阵香味或者一副笑容是否真实，几乎没有人为这些问题苦恼。然而，人们没有理由低估"真实"问题的复杂程度。以手掌的触觉或者鼻子的嗅觉证实桌子与香味仅仅是"真实"问题的一个简单例证。换言之，感官与感性处理的是日常生活之中浅显的"真实"问题，"真实"的完整内涵不得不诉诸理性。如何论证哲学家所说的"道"或者"绝对理念"真实？判断 5+3=8 的真实程度与判断桌子、香味的真实程度遵循相同的依据吗？为什么认定宋朝历史上的那一场战争是真实的——既然这场战争从未进入我们的感官？我们的感官或者感性很重要吗？哪一个人的眼睛真正看到了地球是圆的？我们的精神是真实的吗？如何证明？如此等等。

许多时候，"真实"问题成为主体与客体关系的一个组成部分：我的认识——我听到的，我看到的——是真实的。这种论述往往不知不觉倾向于主体的感受——真实感。许多人将"道"或者"绝对理念"真实与否这些问题剔出了自己的视野，另一些超出感官或者感性的问题由于常识的担保而获得认可，例如 5+3=8 或者地球是圆的。显而易见，意识形态深刻地介入"真实感"的建构。《红楼梦》中焦大与林黛玉的真实感不同，煤油大王与拾煤渣老太婆的真实感不同。"贫穷限制了想象力"，也可能限制"真实感"的建构。

对于文学话语说来，"真实"是一个带有正面价值的观念。尽管文学允许虚构，但是，虚构并非谎言。因此，"真实"一词业已隐含了肯定的内涵——"这部作品真实地再现了……"如果说，文学批评所说的"真实"毋宁是指"真实感"，那么，后者是与审美联系在一起的。审美接受虚构而毁于虚假。虚假的人物如同塑料花朵一样无法让人真正地激动。所谓的虚假不一定是恶意欺骗，而是指无法提供一个具有"真实感"的形象——可能因为细节的匮乏或者错误，也可能因为理解这种形象的知识尚未普及或者存在争议。物理学的相对论或者量子纠缠只能产生微弱的真实感。

文学话语的"真实感"必须纳入语言符号范畴，接受后者的独特编辑。戏剧或者电影依赖演员形象作为符号，舞台空间与影像镜头保证符号的完成与传播。语言符号与演员形象带来的"真实感"远为不同。文学话语遵循语言符号的种种约定，从语法、修辞、叙事到文类。种种文类对于"真实感"的不同约定是文学话语内部的规章制度。童话或者诗的"真实感"与小说相距甚远。如何根据文类的历史以及意识形态规范解释这种差距？

神话或者幻想文类为什么"真实感"不减？这是一个令人迷惑的问题。科学认知水平的完善并未完全铲除神话或者幻想。如果说，神话时代的认知水平是人们接受孙悟空形象的理由，那么，21世纪的文化氛围之中，来自外星的变形金刚几近于现代版的神魔。无数科学知识的名词覆盖了人们的意识表层，然而，人们的无意识之中，魔幻的魅力是否一如既往？

3. 审美形成特殊的心理能量。一首轻音乐带来的安详或者一座雕塑制造的静穆是一种和缓的心境，审美还包含豪迈、愤懑、忧伤、潸然泪下或者哄堂大笑等各种远为剧烈的情感。从人格塑造、革命动员到哲思的顿悟，严谨缜密的理性主义时常无法企及审美的心理能量。

柏拉图对于诗人的反感表明了理性主义的骄傲。这代表了理性主义对于感性生命的轻蔑。文学话语带来巨大的快感，但是，一些理性主义者认为，这种快感恰恰是理性地认识世界的障碍。世界本质的认知来自理性的推理；从个别命题到宏大的体系，只有理性才能掌握超出感官范围的世界图像。现代性的一个首要特征是，理性主义语言占据了主导地位，科学技术是理性主义语言的典范。

Aesthetic 的含义是感性学，肯定了感性的意义。审美是一种感性活动——感性领域并非一片混乱，感官的活跃证明了另一种异于理性的世界洞察。通常认为，感性擅长掌握个别，理性擅长掌握普遍。审美带来的内心波澜与理性认识具有同等的价值，尽管二者如此不同。这个结论隐含了另一个事实：理性认识并未穷尽事物的内涵，某些时候可能形成巨大的讹误，更多的时候扞格不入。例如，借助数学语言——理性主义的理想工具——描述一个人的初恋，又能获得什么？"个别"与"特殊"隐含感性对于理性主义的批判。

感性领域存在理性无法确知的秩序，事实上，这种秩序时常深刻地干预政治、经济以及种种文化观念。因此，审美敞开了感性领域种种复杂的对话。如果说理性推崇严密的逻辑推演，那么，审美对于理性霸权的反抗表现为强大的审美愉悦。理性构筑了现代性的种种日常秩序，审美愉悦的很大一部分即是解禁的快感。种种古老的传统与理性霸权的合谋时常被赋予理所当然的名义，这时，审美率先在感性领域发出了尖锐的挑战，例如五四新文学。解除日常生活表象的种种基本秩序，这是审美与文学形式的汇合。从平庸、琐碎的世俗日子背后发现传奇与令人激动的意义，这是审美对于文学形式的期待。

4. 另一种意义上，审美对于文学话语的期待带来了虚构。平庸、琐碎的世俗日子找不出传奇与令人激动的意义，于是，想象出场了。这即是虚构的开始。按照精神分析学的观念，欲望是虚构的强大动力。如若不存在特殊目的，很少人虚构平凡无奇的内容，例如虚构刷牙与洗脸。虚构的内容往往是普遍向往、憧憬而无法实现的欲望，文学话语提供的象征性形象填充了内心的匮乏。虚构的意义上，充当一个武功盖世的大侠或者富可敌国的总裁令人快慰。

　　许多通俗的大众文艺与精神分析学的描述几乎完全吻合。无论是先抑后扬的故事模式还是主人公的奇遇、吉人天相乃至"穿越"，这些作品的重要特征即是将欲望的逻辑转换为故事逻辑。这些故事之所以仅仅被视为廉价的安慰，通常因为欲望的逻辑与历史的逻辑无法弥合。欲望只能是欲望，无法穿插到坚硬的世界结构内部。一些现实主义文学大师重返平庸、琐碎的世俗日子，不仅是以写实的方式揭示生活的残酷真相，同时还隐含了对于廉价安慰的嘲讽。福楼拜的《包法利夫人》显然是展示这个主题的一部杰作。

　　精神分析学的欲望带有强烈的性意味。许多时候，人们将具有社会理想性质的欲望称为"乌托邦"。如同受阻的欲望，乌托邦与历史逻辑之间缺乏衔接的栈道。一些实利主义者对于乌托邦抱以嘲讽：有必要为海市蜃楼浪费精力吗？然而，如果没有一个乌托邦高悬于天际，庸常的现实犹如乏味而无尽的戈壁滩。文学话语赢得的虚构特权始终包含"超越"的意味——借助审美的一跃挣脱庸常现实。某些时候，审美的一跃可能包含足够的高度，以至于与历史的逻辑不谋而合。这时，所谓的"欲望"成为"希望"，作家由于远见卓识而同时成为一个伟大的预言家。

六、文学形式的多维透视

　　1. 文学形式是一个令人烦恼的概念，围绕这个概念的激烈争论旷日持久。尽管如此，共同认可的结论仍然遥不可及。

　　许多时候，文学形式被想象为作家的表意工具。滔滔不绝的抒情、叙事不就是敞开内心的幽深曲折，或者惟妙惟肖地再现世界吗？文学史上众多炼字炼句的典故无不接受了"表现论"的前提：理想的文学形式完整地"表现"了作家的想象洪流。"表现论"可以视为主体哲学的副产品。对于强大的主体说来，文学形式是自我展示的语言符号。气盛言宜，语言符号如影随形依附作家的激情与意象。当文学形式纳入"形式"与"内容"设置的辩证范畴时，古代思想家的若干精妙的辩证观念开始重见天日，例如"得鱼忘筌"或者"见月忽指"。如果将这些观念转译为现代语言，人们可以复述一个"表现论"的观点：作家的想象内容获得充分"表现"的时候，文学形式消失了——内容获得充分"表现"的一个特征即是，任何可能引起转移视线的外在形式无不彻底退出表演舞台。没有形式即是最好的形式。"表现论"不仅是浪漫主义文学的观念，而且是大多数作家默认的前提。

通常认为，所谓的文学形式由语言符号构成。事实上，现今的文学形式至少还包括戏剧的舞台演出与电影、电视剧的影像符号。种种符号体系分别拥有独特的规则，这决定了作家、剧作者、导演之间不同的视角以及构思方式。尽管如此，符号体系对于主体的制约包含的理论内涵并未获得足够的重视。

2. 如果说，"新批评"与俄国形式主义把文学形式送到了理论舞台的聚光灯之下，倡导所谓的"内部研究"，那么，结构主义显出了更为宏大的理论企图。结构主义将语言符号体系视为一个巨大的"结构"，主体仅仅是这种"结构"内部的一个成分，而不是居高临下地操纵这个复杂的工具。这种观点与"语言转向"汇成的哲学观念认为，浪漫主义的主体更像一个幻觉。主体拥有的自由远非想象的那么多，主体不得不接受种种结构的限制。如同物理空间或者社会结构，语言结构同样是主体不可逾越的框架。

语言符号决定了主体的构成。主体并非突如其来地凌空而降，而是来自历史的漫长塑造。林林总总的文化教育无不依赖语言符号植入人们的意识，形成种种固定的认识"装置"。语言符号之于主体的建构，犹如建筑材料之于建筑物；很大程度上，建筑材料的性质决定了建筑物的性质——仅仅依赖水泥与砖头无法砌出一幢球状的大楼。从词汇、语法到叙事话语，语言符号"结构"的种种规则内在地规范了主体。一个作家想象力的飞翔极限，聚焦哪些区域，忽略了什么，语言符号始终是一个不可或缺的因素。删除某一个领域的词汇，相关的经验将迅速地萎缩乃至消亡。对于主体说来，没有语言之外的空间。不可能叙述语言之外的哪一种经验：这是一个无法完成的悖论。语言是生存的家园。

语言符号内在地置入主体对于客体的认识。"这是一辆卡车"——人们通常觉得，这个结论来自眼睛。然而，语言符号潜在地编辑了眼睛的认知。如果一个人仅仅知道"汽车"，那么，眼前只有一台异于火车、飞机、轮船的交通工具；如果他的词汇表中同时贮存了"轿车""吉普车""面包车""公共汽车""救护车"，那么，"卡车"的认识显然更为精准。这时，主体、语言、世界三者享有共同的编码关系。

根据结构主义的构思，众多文学形式无不来自一个高高在上的"结构"。结构主义热衷于发掘这个"结构"，如同破译众多文学形式的共同密码。作为结构主义的一个分支，叙事学一度企图总结"叙事语法"。所有的故事都是来自同一个故事——尽管故事情节各异，但是，如同严格的语法，叙事规则始终如一。

一个语种仅仅执行一套语法，但是，语法内部仍然保留了巨大的创造天地。遵从固定的语法仍然可以妙语连珠，甚至针锋相对。结构主义者心目中，作家的创造性想象只能拘囿于文学形式设定的空间内部，如同千言万语拘囿于语法设定的空间内部。

3. 我曾经指出，文学形式赋予快感的符号秩序。这个观点显然包含了精神分析学的启示。如同无意识骤然涌现，快感来自禁锢的解除。所谓的解禁，许多时候是解除庸常的表象形成的遮蔽。"两个黄鹂鸣翠柳，一行白鹭上青天；窗含西岭千秋雪，门泊东吴万里船"——哪一个人没有见过这些景象呢？然而，滚滚红尘覆盖了一切。这时，诗人负责解放隐藏于生活表层之下的良辰美景，文学形式犹如剖开尘世的利刃。相对于抒情性诗歌，叙事性的文学形式利用情节框架的编码重组漫长而芜杂的人生。若干闪光的节点脱颖而出，压缩为开端、高潮、结局，欲罢不能的悬念和令人快慰的结局穿透了日复一日的琐碎与无聊。恩怨情仇，传奇惊险，剧烈的跌宕起伏之后平安落地——如果说，只有少数人拥有如此快意人生，那么，对于多数人说来，文学形式是一个放大的幻梦结构。

某些时候，文学形式的解禁负有摧毁意识形态禁锢的使命，这种禁锢时常以传统文化与理性规范的面目出现，鲁迅曾经形容为"铁屋子"。作为另类的语言，文学形式呼唤与接引种种遭受压抑的社会无意识浮出地表。这时，解禁意味着感性对于传统文化与理性规范的叛逆与挑战，巨大的快感源于感性生命的伸张。

4. 从四言、五言、七言到自由诗，或者从神话、传奇、章回体小说到现代小说，文学形式从未停止演变。结构主义似乎并未对文学形式的演变表现出足够的考察兴趣。将各种类型的文学形式解释为同一个"结构"的派生物，这种观点显然太勉强。社会历史批评学派倾向于追溯形成演变的历史原因。

科学技术造就新型的传播媒介，文学形式为之一变——历史设置的因果关系之中，这是最为简单的一种。竹简无法接纳长篇大论，长篇小说只能出现在纸张生产与印刷技术成熟之后。报纸与杂志催生了连载专栏，摄像器材催生了电影。电视肥皂剧是摄像技术与电视机的共同产物。互联网是一个没有围墙的巨大空间，各种网络小说无拘无束地野蛮生长，如此等等。

另一些文学形式的演变源于多种文化类别的交互影响。音乐曾经参与诗词格律的构建。语言学对于文学意义重大——没有汉语四声的发现以及"四声八病"的提出，就不会有近体诗的平仄、对仗与押韵。作为一种叙事话语，"意识流"的出现与心理学的关系已经众所周知。本雅明提出了"机械复制时代"的艺术。考察"机械复制时代"对于文学形式的改造是一个庞大的学术工程。

某一个历史时期的意识形态如何与文学形式遥相呼应？二者之间的联系往往由于众多的中介因素而踪迹模糊。19世纪的西方社会，中产阶级的生活稳定而均衡，他们的相当一部分精力耗费于经济开支以及种种日常细节；与此相关，这个时期的小说出现了一个特殊的迹象：大量的世俗生活景象作为填充物浮动于情节的框架之间。中国的五四时期，启蒙与革命风起云涌，激昂的社会气氛与自由诗的浪漫主义风格一拍即合。尽管意识形态与文学形式之间的互动显而易见，但是，完整地还原二者之间的互动路线图相当困难。涉及二者之间能量交换的各种因素浮游不定，因果关系庞杂而模糊。

历史上时常出现一些热衷于文学形式探索的诗人与作家。现代主义兴起之后，这些诗人与作家构成了一个显眼的文学部落。他们时常从事激进的实验性写作，并且抛出各种夸张的言论为自己辩护。不论每一个作家的具体动机是什么，这些激进的写作无不隐含一个深刻的意图：修改主体、语言、世界业已达成的默契。激进的实验性写作力图扩大语言的表意方式，从而打开主体认知世界的传统疆域。多数时候，这些探索以失败告终，一己之力无法撼动无数人拥戴的古老传统，这些作家只能默默无闻地倒毙于文学史的某一个不知名的角落。然而，某些幸运的时刻，他们可能获得历史的特殊眷顾：文学形式探索获得了承认，这些作品被冠以经典的称号。这时，一种新的文学形式宣告诞生。

无论是新型的传播媒介、文化类别的交互影响还是意识形态的呼应、个人的文学形式探索，相宜的历史环境始终是必要条件。文学形式拥有漫长的传统，强大的惯性维护所有的规约按部就班地运行。如果没有被历史环境果断的一击惊醒，文学形式内部可能长时期笼罩于昏昏欲睡的气氛之中。

如果说，来自传统的惯性设为坐标图之中的纵轴，那么，来自历史环境的影响设为横轴。后者显然是活跃的，主动的，决定性的。这构成了社会历史批评学派文学形式研究的起点。

5. 可以借助知识考古的方式回溯一种文学形式的诞生，然而，无法断言一种文学形式的真正消亡。文学形式的诞生速度与文学形式的消亡速度从未对等，前者远远超过后者。电视肥皂剧或者后现代小说的风行并不能证明，古老的四言诗已经寿终正寝。

文学形式的确立伴随着强大的独立性。无论是律诗、绝句还是"沁园春""满江红"，这些文学形式的初始来源很快被遗忘，它们仿佛天经地义，摆脱了形成之际的历史条件支持而长盛不衰。某些时候，一些古老的文学形式可能突然复活，神气地返回文学舞台，例如笔记小说。历史积存的文学形式如此之多，彼此之间的承传、沿袭、交替、更新换代的特征愈来愈稀薄，以至于时常被视为一个共时的符号体系。这种状况显示了问题的纵深。对于文学形式说来，也许到了诸多批评学派联合考察的时候了。

第二部分

古典与现代：叙事及其虚拟空间

第八章

雅、俗之辩

作为文化史上一对古老而重要的概念，雅、俗之间的对立与争讼形成众多理论波澜。古典文化的式微并未平息二者的分歧，相反，雅、俗分别带动众多理论命题积极介入现代性主题，并且成为现代文化的内在组成部分。这种状况极大丰富了雅、俗的概念内涵，同时赋予远为不同的理论指向。因此，雅、俗之辩的清理和阐发不仅包含概念内涵的解读，更重要的是描述雅、俗概念的理论竞争以何种方式呼应乃至催生历史的重大转折。

一、雅、俗之辩的源流及其复杂缠绕

雅、俗之辩源远流长，并且广泛分布于诸多领域，造就不同的分支。从诗词格律的形成到叙事文学的兴盛，从白话文的倡导到"先锋派"名噪一时，尽管文学或者艺术时常充当雅、俗之辩的导火索，但是，分歧迅速扩展到亚文化乃至文化整体。迄今为止，雅、俗之辩带有两个引人瞩目的特征：首先，旷日弥久，相持不下，历史演变很快瓦解二者之间既定的平衡基础，"雅俗共赏"依赖的公约数难以为继；其次，卷入雅、俗之辩的各种观念谱系错杂，相互转换，巴别塔式的语言混乱往往持续转移理论的聚焦点。

雅与俗分别拥有各自的美学起源。双方互为"他者"分庭抗礼，这种对立至少可以追溯至孔子。《论语》的《卫灵公》与《阳货》分别记载两段著名的表述："乐则《韶》《舞》，放郑声，远佞人。郑声淫，佞人殆"；"恶紫之夺朱也，恶郑声之乱雅乐也，恶利口之覆邦家者。"[1] 孔子推崇庄重肃穆的雅乐而贬抑放浪浮靡的曲调，这种审美趣味可以在他的诗学观念之中得到证实，譬如"思无邪"或者"乐而不淫，哀而不伤"。儒家学说相信美学与世道人心存在特殊呼应，譬如"治世之音安以乐，其政和。乱世之音怨以怒，其政乖。亡国之音哀以思，其民困"[2]，如此等等，因此，雅、俗之辩的意义远远超出美学范畴而成为匡时济世的意识形态。

这或许是一个重要的历史事实：进入现代社会，雅与俗的不同根须伸入社会文化各个层面，产生种种隐秘的回响，并且与阶级、阶层等种种举足轻重的社会学范畴相互解释。从贵族、精英、知识分子、高雅文化、文言文、纯文学到平民、底层、乌合之众、通俗文化、白话文、消费文化，一批或褒或贬的概念积极提供各种现代版本的理论注释。由于各种新型历史主题的巨大动能，雅、俗与这些概念形成各种程度的结合，制造曲折的理论脉络以及声势浩大的文化交锋。因此，雅、俗之辩至今风头不减，甚至历久弥新。

恰恰由于漫长的积累，雅、俗之辩保留的众多命题、判断以及概念术语开始出现磨损、扩展或者引申、转义。因此，考辨内涵、澄清歧义不仅是一种理论预热，更重要的是再现雅、俗之辩复杂的历史际遇，校准未来的文化方位，避免陷于言不及义，张冠李戴。考辨与澄清恰恰表明，不存在某种高悬于不同历史语境的雅、俗统一标准，周而复始的雅、俗之辩更像是每一个历史段落重新涌现的内在需求：主题相似，内容已非。一些批评家试图赋予雅、俗概念固定的含义。例如，钱穆的《雅与俗》认为，

---

1 《论语注疏》，见《十三经注疏（附校勘记）》下册，［清］阮元校刻，中华书局1980年版，第2517、2525页。

2 《毛诗正义》，见《十三经注疏（附校勘记）》上册，［清］阮元校刻，中华书局1980年版，第270页。

"俗"乃一时一地之风尚，"盖俗必限于地，限于时。既富区域性，亦限时代性。""雅"的性质相反，"可以通行于各时各地，历久不变，故谓之'雅'"，"雅取共同一致，俗则各趋所好"。[1] 然而，这种论断往往遭受历史事实的反证，甚至缺乏足够的逻辑自洽。只有从抽象的定义界定返回历史语境，才能从一批概念的互动之中察觉雅、俗概念承担哪些功能，显示何种含义，开拓与扩展哪些新型的理论路径。既要辨析概念的内涵、外延以及所属范畴，充分关注概念的形而上功能；又要考察概念进入的历史现场，发现概念的活力、展开的范围以及逻辑的限度。换言之，雅、俗概念的基本内涵只能在历史语境之中不断充实，并且真正活跃起来。这个意义上，各个历史时期的雅、俗之辩并非重新谋求一个标准的概念定义，或者复述已有的观点，而是雅、俗卷入各种文化运动的理论再生产，从而激发特殊的思想能量。

作为历史语境的辨别，首先必须指出的是，中国古代批评家或者诗人心目中"雅"的相对坐标并非必定指向"俗"。刘勰的《文心雕龙·明诗》说："若夫四言正体，则雅润为本。"——这时，"雅"不是与"俗"对举，而是参照"奇"。正如《文心雕龙·体性》所言，"故雅与奇反"[2]。李白感叹"大雅久不作，吾衰竟谁陈"，李白心目中遮蔽"大雅"的毋宁说是风格"绮丽"的浮华辞藻，或者用陈子昂的话说，"彩丽竞繁，而兴寄都绝"。[3] 另一方面，"俗"的相对坐标也可能不是"雅"。考察诗赋文章的时候，批评家所谓的"俗"时常指谓行文命意的陈陈相因，或者指拘泥于典籍的迂腐古板，例如李东阳曾经嘲笑说，"秀才作诗不脱俗，谓之'头

1　钱穆：《雅与俗》，见《晚学盲言》（上），九州出版社 2011 年版，第 761、764、763 页。

2　［南朝梁］刘勰：《文心雕龙注释》，周振甫注，人民文学出版社 1981 年版，第 50、308 页。

3　［唐］陈子昂：《修竹篇序》，见《陈子昂集（修订本）》，徐鹏校点，上海古籍出版社 2013 年版，第 16 页。

巾气'"[1]。因此，"俗"的相对坐标毋宁说是"标新立异"的独创。陆游所谓"清心始信幽栖乐，穷理方知俗学非"的"俗学"已经扩展至处世学问的非议。

从作者、作品、读者到修辞、文体、风格，文学可以按照不同的模式分解为各种组成元素。哪些元素可以作为鉴别或者衡量雅、俗的有效标志？换言之，雅、俗的分歧显现于修辞、文体还是来自作者的出身或者某种社会阶层的读者？显而易见，诸多元素的混合参与是产生巴别塔式语言混乱的重要原因。司马迁所谓"文章尔雅"是一种普遍的泛指；《典论·论文》的"奏议宜雅"形容某种文体特征；[2]《冷斋夜话》记载白居易作诗追求"妪曰解，则录之；不解，则易之"，[3]另一些批评家表示质疑："白乐天令老妪解之，遂失之浅俗"[4]——这时的雅、俗之辩涉及文学的社会传播范围；然而，苏东坡所谓"元轻白俗"则是倾向于一个诗人的总体风格概括，[5]至于"雅望"一词的指向是个人的仪表声望。总之，雅、俗的区别分散于诸多因素，指标不一，更为复杂的是，这些因素远非同声相应，协调一致。一些古代诗话词话曾经围绕"俗"字的运用展开小规模的争论，譬如杜甫诗歌之中的"个"字与"吃"字。若干批评家认为，粗俗的字眼格调鄙下，"善古诗必属雅材。俗意、俗字、俗调，苟犯其一，皆古之弃也"，[6]然而，另一些批评家的分析表明，巧妙的"俗字"运用仍然可能形成佳句，重要的是祛除"俗意"。薛雪的《一瓢诗话》说："人知作诗避俗

1　[明]李东阳：《怀麓堂诗话校释》，李庆立校释，人民文学出版社 2009 年版，第 184 页。

2　[魏]曹丕：《典论·论文》，见《魏晋南北朝文论选》，郁沅、张明高编选，人民文学出版社 1996 年版，第 13 页。

3　[宋]释惠洪：《冷斋夜话》，见《稀见本宋人诗话四种》，张伯伟编校，江苏古籍出版社 2002 年版，第 18 页。

4　[明]李东阳：《怀麓堂诗话校释》，李庆立校释，人民文学出版社 2009 年版，第 85 页。

5　[宋]苏轼：《祭柳子玉文》，见《苏轼文集编年笺注》第八册，李之亮笺注，巴蜀书社 2011 年版，第 393 页。

6　[清]刘熙载：《艺概注稿》，袁津琥校注，中华书局 2009 年版，第 344 页。

句，去俗字，不知去俗意尤为要紧。"[1] 所以，"诗之高下，并不取决于单字。单字作为一个要素，进入句子结构，其性质即为诗句所同化。雅字可为俗句，俗字也可为雅韵"[2]。当字句的修辞与篇章的整体意向不一的时候，雅、俗的评判可能卷入相互掣肘的旋涡。

如果说，诸多元素的雅、俗错杂是一幅共时的图景，那么，历时的演进还可能改变甚至颠倒一部作品或"雅"或"俗"的既定评判。宋词、元曲或者章回体小说曾经风行于青楼艺妓、草台班子或者游乐场的说书艺人之间，卑微鄙俗的起始并未阻止许多作品日后进入文学史的大雅之堂。西方文化也是如此："威廉·莎士比亚现在被视为高雅文化的典型代表，然而在 19 世纪后期，他的作品大多被搬上普通剧院的舞台。查尔斯·狄更斯的作品也一样。同样可以看到，黑白电影已经跨过了高雅文化与通俗文化之间的界线：起初是普通电影的，现在成了专家学者和电影俱乐部的珍藏品。"[3] 历史之手翻云覆雨。许多高雅之作并未像预料的那样传诸后世，一些俚俗之作却意外地赢得经典的荣誉。犹如点铁成金的魔术，经典的遴选机制隐藏"化俗为雅"之效。当然，雅、俗之间的评判转换并未改变褒贬的原则。"化俗为雅"的分析表明，某些"俗"的作品之所以得到肯定，恰恰因为经典的声望赋予"雅"的荣誉。理论的弧形跑道圈仿佛存在许多令人迷惑的出口，尽管如此，跑道的终点仍然设置为"雅"。正如朱自清所言，"'雅俗共赏'是以雅为主的"[4]。

经典与"雅"的相互认证似乎表明，"雅"的品质可以跨越作品的历史语境限制而成为传诸后世的普遍准则。然而，另一些以"雅"的名义庇

---

1 ［清］薛雪：《一瓢诗话》，见［清］王夫之等撰：《清诗话》下册，上海古籍出版社 1978 年版，第 681 页。

2 陈一琴、孙绍振：《聚讼诗话词话》（增订本），万卷楼图书股份有限公司 2015 年版，第 665 页。

3 ［英］约翰·斯道雷：《文化理论与通俗文化导论》（第二版），杨竹山等译，南京大学出版社 2001 年版，第 9 页。

4 朱自清：《论雅俗共赏》，北京出版社 2004 年版，第 6 页。

护的作品会不会逐渐抽干了生命的液汁，仅仅剩下徒有其表的木乃伊？解释散文的"发达"为什么在韵文之后的时候，胡适在《白话文学史》之中指出：

> 韵文是抒情的，歌唱的，所以小百姓的歌哭哀怨都是从这里面发泄出来，所以民间的韵文发达的最早。然而韵文却又是不大关实用的，所以容易被无聊的清客文丐拿去巴结帝王卿相，拿去歌功颂德，献媚奉承；所以韵文又最容易贵族化，最容易变成无内容的装饰品与奢侈品。因此，没有一个时代不发生平民的韵文文学，然而僵化而贵族化的辞赋诗歌也最容易产生。[1]

这些表述之中，"化俗为雅"显然被视为可耻的退化——胡适力图颠覆延续已久的雅、俗主从关系。相对于传统的文言文，五四新文化运动倡导的白话文带有大众口语的明白晓畅。很大程度上，这是启蒙使命的产物。通俗易懂的文字有助于开启民智，因此，"俗"堂而皇之地进入文化中心。陈独秀的《文学革命论》主张"建设平易的抒情的国民文学"；"建设明了的通俗的社会文学"，[2] 周作人的《平民文学》肯定了"俗"的文学形式："白话"与"普通的文体"。[3] 然而，这些理论主张与20世纪之初的世俗社会存在很大差距。至少在当时，《新青年》以及鲁迅、郭沫若等新文学作品更像黑暗之中呐喊的文化先锋，而不是风靡市场的通俗文学。作为世俗旨趣的标志，担任市场主角的是武侠小说、侦探小说或者大同小异的"鸳鸯蝴蝶派"——周作人《人的文学》愤怒地谴责这些作品"妨碍人

---

1 胡适:《白话文学史》，东方出版社1996年版，第23页。

2 陈独秀:《文学革命论》，《新青年》1917年2月1日第2卷第6号。

3 周作人:《平民文学》，见《中国新文学大系·建设理论集》，上海文艺出版社1980年版，影印本，第210、211页。

性的生长，破坏人类的平和"。[1] 这种状况再度证明雅、俗概念的多义、缠绕乃至矛盾。如果说，"雅"的内涵可能在持续引申之中不断叠加，那么，伴随现代性的降临，"俗"似乎更为活跃地承担种种不同脉络的表述，这个概念在现代历史之中占据了更为重要的位置。

二、雅、俗相对的基本内涵

雅、俗的对举以及持续引申表明，拟订一个抽象而绝对的雅、俗定义近乎不智。但是，如同诸多社会文化关键词，每一个历史时期的"雅""俗"概念分别拥有相对稳定的基本内涵。这些基本内涵成为各种描述与论辩赖以展开的前提，并且在各个时期的雅、俗之辩中不断承传、扩展。历史证明，雅、俗的区别正是由于彼此参照而愈来愈清晰。

"雅者，正也。"[2] 雅被视为"正"的普遍规范。"雅"据说曾经是古代的乐器名称；另外，古字"雅""夏"相通，"雅言"即"夏言"，指各地方言之上通用的标准语言，《尔雅》之称即是提供标准语义——"尔"通"迩"，"迩雅"即接近"雅言"；中国古代诗学之中，"雅"又指一种文体，《诗经》之中有"大雅""小雅"。从"正"的普遍规范转换为审美趣味，"雅乐"充当了重要的先导："所谓'雅乐'又称'先王之乐'，是指正统的音乐"，"据《礼记·明堂位》记载，早在周初，周公就'制礼作乐'，以用于郊社、宗庙、朝会、燕飨、宾客、射乡等祭祀和宫廷礼仪，以及军事上的大典活动中"。"乐"通常包括乐舞、乐曲、乐歌，"雅乐"流行于宫廷，严格按照祭祀对象、主持者与参加者的身份规定演奏的乐器、数量与

1　周作人：《人的文学》，见《中国新文学大系·建设理论集》，上海文艺出版社 1980 年版，影印本，第 197 页。

2　《毛诗正义》，见《十三经注疏（附校勘记）》上册，［清］阮元校刻，中华书局 1980 年版，第 272 页。

形制，否则即为"非礼"。[1] 象征与维护"礼"的各种规范，"雅乐"的风格趋于舒缓、凝重、内敛肃然而不是轻快地激荡跳跃。由于儒家文化的倡导与规训，后世的诗词文赋很大程度上传承了这种美学：中正平和，持重端庄，怨而不怒，遵从"温柔敦厚"的诗教。所以，叶燮强调奉雅为宗，"雅也者，作诗之原"[2]。古代批评家的论述之中，以"雅"为中心词的术语络绎不绝，例如典雅、高雅、淡雅、古雅、雅趣、雅训，如此等等。从"礼"到"雅乐"，同时意味了文化权威的确立与肯定，种种文化经典由于"雅"的品质而充当圭臬，尤其是儒家经典。刘勰的《文心雕龙·体性》释"典雅"为"典雅者，熔式经诰，方轨儒门者也"。[3] 经典是"雅"的至高范本，同时，纳入经典意味着获得了"雅"的认可与批准。

"俗，习也。"[4] "俗"首先指风俗民情，譬如入境问俗。通俗文化的一个潜在标识是，可以成为风俗民情的组成部分，譬如说唱、评书、民歌、谚语、笑话、相声、小品、地方戏等底层大众熟悉的文化形式。如同宫廷之于"雅乐"，流传的社会阶层也是"通俗"的首要地标。艰涩古奥的诗文与文人雅士的学识修养相称，所谓的"通俗"必须进入贩夫走卒、引车卖浆者的视野——作品的主题、语言、表演形式无不凝聚了这个社会阶层的审美趣味。相对于高雅文化的文字记载与书面形式，相当一部分通俗文化具有口头文学或者身体表演的现场性质——中国古代的一批"通俗演义"即是以声情并茂的说书形式叙述历史故事；相对于高雅文化的完整收集乃至官方支持的保存，通俗文化多半零散破碎，湮没无闻，或者仅仅流通于某个地域；相对于高雅文化的内敛节制与含蓄厚重，通俗文化倾向于放浪、泼辣以及乡野或者市井气息。"俗"指谓"世俗"的时候带有某种

1　李天道：《中国美学之雅俗精神》，中华书局 2004 年版，第 245—249、229—230 页。

2　[清] 叶燮：《汪秋原浪斋二集诗序》，见《清代文论选（上）》，王运熙、顾易生主编，王镇远、邬国平编选，人民文学出版社 1999 年版，第 265 页。

3　[南朝梁] 刘勰：《文心雕龙注释》，周振甫注，人民文学出版社 1981 年版，第 308 页。

4　[汉] 许慎：《说文解字》，中华书局 1963 年版，影印本，第 165 页。

程度的贬义，近于庸常、迂腐以及热衷于功名利禄。古代士大夫多有出尘之想，谈禅说佛，诗文之中标举隐逸遁世之趣，时常以"俗"讥讽对于财富或者官阶的过度迷恋。[1] 进入现代社会，雅、俗之辩既包含底层、大众愈来愈明朗的文化反抗，也包含世俗社会愈来愈强大的经济诉求。

要在英文之中寻找一个与通俗文化之"俗"相近的词，多数人大约选择 popular。尽管 profane、secular、vernacular、vulgar、kitsch 等均有"俗"的含义，但是，这些词更多指向了非宗教、乡土方言以及粗劣、粗俗等意味，popular 重视的是"民众的、通俗的、受欢迎的"。根据雷蒙·威廉斯《关键词》的阐释，popular"包含了'讨人欢心'的特质，并且保有'刻意迎合'的旧意涵"。因此，这个词时常与大众娱乐或者通俗文化联系起来：popular entertainment 或者 popular culture。[2] 考察西方文化之中的娱乐与通俗文化，利奥·洛文塔尔追溯到 16 世纪的蒙田与 17 世纪的帕斯卡尔之间存在的深刻分裂。中世纪标准崩溃之后，"即确定世界不再受一个教会、一个帝国（罗马—日耳曼帝国）和几乎是一成不变的封建社会经济的限制和统治"之后，[3] 西方文化出现普遍而内在的痛苦。如何逃避这种痛苦？蒙田与帕斯卡尔共同意识到消遣的强大冲动。然而，帕斯卡尔不愿意如同蒙田那样服从这种冲动，相反，人类必须以高贵的精神抗拒这种冲动：

> 蒙田和帕斯卡尔之间的不同，就他们的思想与那些现代争论的联系来看，可以概括如下：蒙田主张一种悲观主义的人的观念——人类

---

1 文学研究之中"俗"的含义，可参见谭帆：《"俗文学"辨》，见《中国雅俗文学思想论集》，中华书局 2006 年版。

2 〔英〕雷蒙·威廉斯：《关键词》，刘建基译，生活·读书·新知三联书店 2005 年版，第355、356 页。

3 〔美〕利奥·洛文塔尔：《文学、通俗文化和社会》，甘锋译，中国人民大学出版社 2012 年版，第 34 页。

天性之中的需要不能被改变，我们必须善待它们；阻止它们获得（幻想的或现实的）满足是毫无意义的。我们所能做的一切，就是尽力提升我们提供给人的文化产品的质量。帕斯卡尔的灵感和强烈的宗教动机则代表精神的进步——娱乐和逃避的需求不是必不可少的，必须动员人的高尚的冲动来抵抗它，并且只有远离娱乐的干扰，达到孤独的境界，我们才能增强内心的自我意识，从而走上救赎之路。[1]

根据上述两种源头，洛文塔尔以 18 世纪英国文化为例总结了审美趣味的演变：17 世纪和 18 世纪早期，日益扩大的中产阶级倾向于认同贵族的审美趣味，"到了 18 世纪中期，中产阶级不仅由富有的商人和地主组成，而且还包括店主、职员、学徒和农民，这些人变得越来越富有，也越来越有文化、有抱负。他们的文学兴趣与上层阶级并不一致"；"这些新兴受众并没有受过扎实的古典教育，他们关注的是情感的表达，而不是理性的争论"。[2]当然，那些残留的贵族终将过时，众多辛勤的体力劳动者始终没有发言权，审美趣味高雅与否的评判规则最终由中产阶级之中的精英——知识分子制定。洛文塔尔在帕斯卡尔这条线索上提到了马修·阿诺德。回顾西方文化史的时候，许多人都会在这个问题上给阿诺德《文化与无政府状态》保留一个醒目的位置。阿诺德反复阐述的是，文化追求完美，追求光明，追求"集体的最优秀的自我"和"民族的健全理智"。但是，"无政府状态"将破坏这种追求。他把"无政府状态"归咎于中产阶级和所谓吵吵闹闹、没有教养的群氓——阿诺德指的是劳工阶级。[3]可以预料，阿诺德对于精英统治的推崇备受争议，他并不忌讳从文化差异引向

---

1 〔美〕利奥·洛文塔尔：《文学、通俗文化和社会》，甘锋译，中国人民大学出版社 2012 年版，第 37 页。

2 同上注，第 133 页。

3 〔英〕马修·阿诺德：《文化与无政府状态》，韩敏中译，生活·读书·新知三联书店 2008 年版，第 64、73 页。

社会等级，继而冒犯平等的观念。不少思想家公开承认，雅、俗之别即是社会等级的优劣表征——"文化一直掌握在少数人的手中"，阿诺德之后的利维斯主义坦率地接受这个前提。[1] 由于文化认同与社会阶层保持稳定的联系并且相互激荡，雅、俗之辩始终拥有双倍的强大动力。

相对于漫长的历史，雅、俗概念的种种理论概括挂一漏万。如此简略的基本内涵仅仅企图提供一个方位坐标。所谓的方位坐标更像一个有待于历史充实的理论框架。进入不同历史时期的社会文化，还可以察觉另外一些先后抵达的支流。这些支流或强或弱地汇入雅、俗之辩，此起彼伏，推波助澜，制造各种文化潮流。这种状况再度证明了另一个时常遭受忽视的理论故事：某些关键词的内涵将在历时之轴的描述之中不断地丰富、修正、调整与扩展。

三、"雅"的引申与叠加

现今至少可以发现，雅的概念隐含来自如下几个方面的理论增援：

首先，某些文学或者艺术门类的专业性知识积累会持续增强"雅"的概念。如同物质生产的高度分工，文化生产的众多领域相对独立，而且形成分门别类的历史。无论是诗词、戏曲、音乐、舞蹈，还是绘画、雕塑、书法、曲艺，各个门类无不拥有传统的主题、风格以及特殊的语言表述形式。持续进入每一个门类内部的庞杂分支，种种规范与程式愈偏僻，语言表述形式的特殊性愈强，例如戏曲之中的京剧、昆剧、越剧，书法之中的篆书、隶书、草书，如此等等。专业性积累形成的审美趣味接近王国维所说的"古雅"："吾人所断为古雅者，实由吾人今日之位置断之。古代之遗物无不雅于近世之制作，古代之文学虽至拙劣，自吾人读之无不古雅者，

1　参见〔英〕约翰·斯道雷：《文化理论与通俗文化导论》（第二版），杨竹山等译，南京大学出版社 2001 年版，第 38 页。

若自古人之眼观之，殆不然矣。"[1] 古雅之美并非天生，亦非天才式的灵感纵横，而是人工的，形式的，尤其是积累的。熟知文学或者艺术门类的独特传统时常显现出引以为傲的"渊博"或者良好的教养，"雅"的名义仿佛无形地设置了一个知识的"区隔"范围。多数作家、艺术家并未致力拆除"区隔"的边界，相反，他们有意无意巩固这些边界，更为乐意强调自己"专业人士"的身份。

积累与传统表示的"雅"往往隐含一个倾向：复古。如同孔子对于周朝雅乐的崇敬，许多文学或者艺术门类的鼎盛时期被设想为悠久的过去，它们的"失传"才是最大的威胁。历史上是否存在一个令人向往的黄金时代？这个问题的答案不太重要，重要的是"雅"保持的厚古薄今姿态。

其次，"雅"对于经典的器重和依赖可以视为积累、传统、厚古薄今的延续。按照 T. S. 艾略特的观点，经典的意义是摆脱个人成为衡量文学的标识。单独的个人是轻浮的，单薄的，不足为训；浪漫主义的个性神采飞扬，声名显赫，但是，艾略特所认可的"雅"毋宁是保守主义的。在他看来，"诗人，任何艺术的艺术家，谁也不能单独地具有他完全的意义，他的重要性以及我们对他的鉴赏就是鉴赏对他和已往诗人以及艺术家的关系，你不能把他单独地评价"。这即是艾略特指出的"历史的意识"。[2] 这种"历史的意识"并非简单地复古，而是将古代传统视为一个不可或缺的衡量因素。

这个意义上，围绕经典的激烈争辩恰恰是雅、俗之辩的回声。哈罗德·布鲁姆在《西方正典》之中宣称，文学经典的衡量标准是"文学性"，是"审美价值"，他的纯正品味代表了高雅文化的良好训练。但是，现今

1　王国维：《古雅之在美学上之位置》，见《中国现代美学名家文丛·王国维卷》，浙江大学出版社 2009 年版，第 102 页。

2　〔英〕T. S. 艾略特：《传统与个人才能》，卞之琳译，见《"新批评"文集》，赵毅衡编选，中国社会科学出版社 1988 年版，第 26 页。

更多的批评家认为，经典的遴选机制内部充满了正统的意识形态偏见。艾布拉姆斯指出了西方文学经典遭遇到的理论抗议——这些抗议再度从审美趣味转向了社会阶层构造：

> 伟大作品的经典评价标准已不再以作品的艺术价值为主，而是以权力政治为主；即经典形成的依据是意识形态、政治利益以及白人、男性和欧洲社会精英阶层的价值观。其结果是，认为经典主要是由那些表达和支撑了种族主义、父权制和帝国主义的作品所构成，是为使黑人、拉丁美洲和其他少数民族的利益和成就，以及使妇女、工人阶级、大众文化、同性恋和非欧洲文明的成就边缘化或对其加以排斥服务的。……另一种呼声要求标准的经典之作应除掉精英统治和"等级主义"——即对高雅艺术和低级艺术之间固有的歧视性区别——目的是为了将诸如好莱坞电影、电视连续剧、流行歌曲和通俗小说等文化产品包括在内。[1]

如果说，艾略特的"历史的意识"对于诗人或者艺术家过分强烈的个性持贬抑的态度，那么，另一批文学或者艺术作品桀骜不驯的个性开始被"雅"的概念所吸收——我指的是现代主义或者所谓的"先锋派"。不那么严格的意义上，现代主义与"先锋派"两个术语可以互换。[2] 现代主义并非一个纲领一致的美学团体，现代主义的称谓之下包含各种宣言、主张以及纷杂的流派。尽管如此，相对于底层大众日常享用的通俗文化，现代主义通常被纳入高雅文化的范畴。现代主义文学的各种反讽、亵渎、嬉闹、颓废、荒诞感以及反抗锋芒与传统的"典雅"存在巨大差距。因此，高雅文

---

1 〔美〕M. H. 艾布拉姆斯：《文学术语词典（第7版）（中英对照）》，吴松江等编译，北京大学出版社 2009 年版，第 61 页。

2 参阅〔美〕约亨·舒尔特-扎塞：《英译本序言：现代主义理论还是先锋派理论》，见〔德〕彼得·比格尔：《先锋派理论》，高建平译，商务印书馆 2002 年版，第 11 页。

化的评判通常直接或者间接地源于这种观念：现代主义的孤芳自赏背后隐含的是众人皆醉我独醒的精英式先知。许多现代主义作品显现出迥异于传统作品的形式，甚至颠覆了历代沿袭的美学原则。因此，这些作品惊世骇俗，无法获得大众的普遍肯定。然而，自从这些作品诞生的那一天开始，许多批评家坚定地认为，现代主义作家并非无知的江湖术士，也不是胆大妄为地戏弄观众，他们的艺术实验包含了严肃的目的。的确，许多作品晦涩难解，缺乏正常的故事情节，但是，文学或者艺术拥有自己的语言，独立自律，不负责证明种种额外附加的主题，形式的意义仅仅是形式。不论赞同还是否定，"为艺术而艺术"的观念时常将现代主义送入高雅文化范畴的"纯文学"或者"纯艺术"。可以预料，晦涩难解不可避免地遭到大众的贬损以及市场的冷遇，许多现代主义作家落落寡合，穷困潦倒。但是，他们个性倔强，自鸣得意，拒绝与各种反对的声音妥协。献身艺术面临的考验即是，不再与粗俗的庸众同流合污。许多时候，现代主义作家的傲慢令人恼火，只不过他们的信心是艺术使命而不是功名利禄。现今，经典的遴选机制已经延伸到现代主义作品。诸多耸动一时甚至遭受禁止的作品逐渐被舆论认可，赢得经典桂冠的同时也获得了"雅"的赞誉。

当然，人们还可以意识到另一种相似的、同时也相对古老的"傲慢"——这种傲慢的目的是显示自己"有闲"。凡勃伦的《有闲阶级论》指出，炫耀自己的"有闲"生活的真正目的是炫耀自己的财富。充足的财富可以保证"安闲度日，衣食无忧"，没有必要如同底层大众兢兢业业地从事生产工作，养家糊口。这时，"有闲"阶级可以投身一些艺术工作或者学术研究，诸如"古代语言和神秘学，合标准的文字拼法，文章构成法与诗歌韵律学，各种类型的家庭音乐与其他家庭艺术，关于服饰、家具与设备的时尚，关于各种竞技与运动比赛，关于犬、竞赛用马之类不为实用而培养的动物，等等"。[1]这时，"有闲"即贵族生活，也是令人羡慕的

---

1 〔美〕凡勃伦：《有闲阶级论》，蔡受百译，商务印书馆 2019 年版，第 37 页。

"雅"。无论将现代主义形容为"吃饱撑的"无聊游戏是否公允，人们至少可以察觉，诟病"为艺术而艺术"伤害了底层大众的理由是，沉湎于这种"艺术"的主体是底层大众的对立面"有闲"阶级。

不论是专业性知识积累、经典的意义，还是现代主义与"先锋派"或者"有闲"阶级，这些因素陆续成为"雅"内部的有机成分，将这个概念带入各种历史语境，使之成为理论空间的活跃角色。

四、"俗"的反抗与扩展

俗的概念不断地由底层大众重新诠释，一个重要的内容即是抗拒雅的压抑。

"俗"意味着日常人间与烟火气息，意味着渺小而质朴的劳作、欢乐与苦难，意味着田野、厂房、穷乡僻壤或者边陲之地，这一切时刻提供前所未有的文化经验。这些文化经验天真未凿，不加修饰，饱满而粗糙，单纯而简陋。由于格格不入，"雅"代表的正统体系往往无视这些文化经验，或者冷漠地拒绝乃至严厉地驱逐。"雅"的文学或者艺术程式成为一种无形的栅栏，这些文化经验及其背后的社会阶层无法完整地露面，甚至仿佛不存在。因此，"俗"的反抗时常表现为无所顾忌的率直。"雅"的陈陈相因时常形成僵硬的躯壳与自以为是的雕琢，形成纷繁、堆砌而纤弱的形式风格，这时，"俗"的率直是一种解毒剂。"我手写我口，古岂能拘牵。"[1]"俗"不再尊重"雅"维持的各种森严规范，如同恩格斯所言，"古代人的性格描绘在今天已经不够用了"[2]。这时，"俗"以开放的姿势重新接纳外部世界生机蓬勃的文化经验，并且与各种"为人生"的文学主张相互阐发。

---

1 ［清］黄遵宪：《人境庐诗草》卷一《杂感》，见《黄遵宪集》上卷，吴振清、徐勇、王家祥编校整理，天津人民出版社 2003 年版，第 90 页。

2 恩格斯：《恩格斯致斐迪南·拉萨尔（1859 年 5 月 18 日）》，见《马克思恩格斯文集》第十卷，中共中央马克思恩格斯列宁斯大林著作编译局编译，人民出版社 2009 年版，第175 页。

文化史上"俗"的反抗屡屡发生，现在的文学或者艺术形式保留了种种遗迹。谚语、笑话、相声、快板书等相对短小的形式迄今仍然流传于底层大众，充当简单的娱乐或者宣传。另一些通俗文化成功地占领了中心位置，获得"雅"的收编和改造，甚至以经典的面目存留于世。尽管如此，词、曲、章回体小说等文体始终贮存了"俗"的记忆，这种意义上的"化俗为雅"是文人雅士心悦诚服的表现。文学或者艺术形式的遗迹证明，"俗"始终是历史之中主动的积极能量。

相对于"雅"的庄重与严肃，底层大众所热衷的"俗"往往隐含某种狂欢性质。由于巴赫金的阐述，"狂欢节"业已成为理论史的一个著名范畴。显然，巴赫金心目中的狂欢节是一种全民庆典，抹掉了游戏与生活的界限，"这是生活本身的游戏"。狂欢节没有舞台，"狂欢节不是艺术的戏剧演出形式，而似乎是生活本身现实的（但也是暂时的）形式，人们不只是表演这种形式，而是几乎实际上（在狂欢节期间）就那样生活"。也许，巴赫金的描述带有相当程度的象征意味，狂欢节的喧闹对于"雅"和一本正经甚至矫揉造作给予毫不掩饰的嘲弄。巴赫金兴致勃勃地指出了狂欢节的诸多特征：狂欢节是非官方、非教会、非国家的；狂欢节之中充满了肉体，享用食物是巨大的快乐，吃喝、排泄、交配、分娩无不令人欢欣；诙谐之趣也是狂欢节的重要品质，大众愿意为笑声奉献自己的智慧；狂欢节之中，人们可以不拘形迹，无视各种等级，摧毁一切禁忌，广场是狂欢节的真正空间，这里可以敞开一切；最为重要的是，狂欢节自下而上，没有必要顾忌权威颁布的礼仪规则。在他看来，"我们在文艺复兴时期所有的伟大作品里都能感受到渗透其中的那种狂欢化氛围，民间节日广场的自由旋风"。[1] 尽管狂欢节是西方文化的节庆，但是，可以在中国的民歌、民间

---

1 参见〔俄〕米哈伊尔·巴赫金：《弗朗索瓦·拉伯雷的创作与中世纪和文艺复兴时期的民间文化》导言及第三章，见《巴赫金全集》第六卷，李兆林、夏忠宪等译，河北教育出版社 1998 年版，第 299、9、319 页。

演艺、地方戏、庙会等场合察觉相似的特征。很大程度上，"俗"的狂欢性质是抛开"雅"的陈规陋习之际不无过激的反弹，种种精致微妙、典雅斯文、欲说还休、含蓄蕴藉都将在粗犷的哄然大笑之中解体。

大众传媒通常是"俗"的温床。古代的戏曲舞台或者说书、演唱的茶馆酒肆如此，现代的报纸、杂志、广播、电视、电影、唱片、互联网也是如此。从印刷术到电子传媒，持续的升级换代从未改变这种状态：大众传媒对于"俗"的依赖远远超过了"雅"。各种大众传媒的起源远为不同：报纸最初是商人之间的私人通信，相互通报种种贸易消息；电视很大程度依赖图像传播技术，图像与电子信号的转换与传送构成了电视系统；互联网的原初构思是军事通信技术，网状的设计力图避免中枢遭受打击导致的整体瘫痪——互联网改造为无限开放的大众传媒是数十年之后的事情。尽管每一种大众传媒各显神通，但是，无远弗届的传送与愈来愈广泛的参与成为每一代大众传媒崛起的首要理由。有趣的是，每一代大众传媒的崛起无不伴随或强或弱的非议。多数知识分子对于大众传媒表示反感。他们往往觉得，大众传媒的内容芜杂混乱，格调低下，耗费人们大量的时间，无助于培养深思熟虑的习惯。涉及文学或者艺术的时候，"俗气"是知识分子再三抨击的理由：如此肤浅的作品与如此发达的传播技术几乎成为一个可笑的对比。尽管如此，大众传媒与"俗"的结盟从未削弱。麦克卢汉的《理解媒介》围绕媒介发表了种种新颖之见，广告、报纸、游戏、电影、广播、电视均在谈论之列。然而，无论是"媒介即信息""热媒介和冷媒介"，或者"媒介是中枢神经的延伸"，知识分子仅仅在种种热闹话题之中扮演一个迟钝的角色。许多时候，知识分子对于大众传媒的不满以及后者的犀利反击即是现代社会雅、俗之辩的重要形式。

五、现代性、启蒙、阶级与雅、俗转化

许多表述将现代形容为一个崭新的历史阶段，古典社会被隔离于鸿沟

的另一边。无论是社会学还是经济学，人们曾经设立多种衡量现代社会的指标体系，文化往往开风气之先。1919 年的五四运动被视为中国现代史的开端，五四新文化运动的意义举足轻重。五四新文化运动包含丰富的内容，雅、俗之辩占据了醒目的位置。雅、俗之辩并未停留在古典社会，而是跨越鸿沟，拉开中国现代文化的帷幕，内在地卷入现代性主题，不断地从历史演变之中获取新型的燃料。雅、俗之辩产生的能量不仅强烈地冲击了古典文化，而且扩展至政治、经济等各个方面，成为积极召唤现代社会诞生的重要因素。

五四时期的雅、俗之辩无疑显现为古文与白话文之争。古文代表了"雅"。古文作为正式文本流行于士大夫和文人之间。古文不仅指古奥的文言文，同时还表明庄重、典雅与渊博。西方文化也是如此。正如马泰·卡林内斯库所言，古典（classicus）包含等级的含义："如我们本该想到的，'古典'的反义词是'粗俗'，而不是'新'或'最近'。"所以，"'古典'最初是一个好词，适用于那些值得尊敬的事物"[1]。白话显然代表了"俗"。胡适称"'白话'有三个意思：一是戏台上说白的'白'，就是说得出，听得懂的话；二是清白的'白'，就是不加粉饰的话；三是明白的'白'，就是明白晓畅的话"[2]。白话流行于大众之间，异于文言的书面语。胡适反复提到二者的真正区别是"白话是活文字，古文是半死的文字"[3]。五四时期的雅、俗之辩显然是执行启蒙使命的一个重要实践。繁杂的汉字令人生畏，文言的佶屈聱牙完全脱离底层大众，这时，文化教育开启民智只能成为一个空想。各种新的思潮蜂拥而至，观念的输入迫在眉睫，然而，如果语言文字成为无法跨越的屏障，"民主"与"科学"不啻天方夜谭。五四

1　〔美〕马泰·卡林内斯库：《现代性的五副面孔》，顾爱彬、李瑞华译，商务印书馆 2002 年版，第 19、97 页。

2　胡适：《白话文学史》，东方出版社 1996 年版，自序第 8 页。

3　参见胡适：《逼上梁山》，见《中国新文学大系·建设理论集》，上海文艺出版社 1980 年版，影印本，第 6 页。

新文化运动的一批主将召唤文学为"俗"开道，从理论的发难到一批迥异的小说、诗歌问世，五四新文学迅速占据了文化的制高点。

尽管如此，文学的胜利并非理论的完成。胡适已经意识到，必须阐述某种白话文学的观念作为未来依循的理论后盾："故又以为今日之文学，当以白话文学为正宗。然此但是一个假设之前提，在文学史上，虽已有许多证据，如上所云，而今后之文学之果出于此与否，则犹有待于今后文学家之实地证明。若今后之文人不能为吾国造一可传世之白话文学，则吾辈今日之纷纷议论，皆属枉费精力，决无以服古文家之心也。"[1] 很大程度上，胡适的《白话文学史》即是为白话文学的观念收集史料。引用汉朝的一些诗歌作为标本区分平民文学与庙堂文学之后，胡适得出结论说："从此以后，中国的文学便分出了两条路子：一条是那模仿的，沿袭的，没有生气的古文文学；一条是那自然的，活泼泼的，表现人生的白话文学。向来的文学史只认得那前一条路，不承认那后一条路。我们现在讲的是活文学史，是白话文学史，正是那后一条路。"[2] 按照胡适的表述，雅、俗两种文学观念南辕北辙，各行其是。尽管如此清晰的二元对立带有很强的想象成分，但是，"白话文"的历史性肯定不仅开启了雅、俗之辩的又一个阶段，并且为现代社会的来临提供强大理论支持。人们甚至可以说，雅、俗之辩的成效与现代社会的步伐息息相关。

20世纪30年代围绕"大众文艺"再度辩论的时候，"阶级"的概念开始协助区分雅、俗两种阵营。林纾之流尖刻地嘲讽白话文学的保守主义遗老已经丧失市场，同时，所谓的"大众"正在被赋予阶级身份。很大程度上，"雅"的一方来自小资产阶级知识分子，"俗"的一方由无产阶级作为主角——无产阶级文学。布尔乔亚文学与普洛列塔利亚文学存在深刻分

1　胡适：《历史的文学观念论》，见《中国新文学大系·建设理论集》，上海文艺出版社1980年版，影印本，第57—58页。

2　胡适：《白话文学史》，东方出版社1996年版，第11页。

歧。当然，无产阶级并未真正到场，辩论的毋宁是两批知识分子。他们力图阐明的"大众化"是，谁以及如何完成无产阶级需要的文艺？这是启蒙使命之后雅、俗之辩的重要转折。

1930 年发表的《新兴大众文艺的认识》中，郭沫若倡导的是"无产文艺的通俗化"。他甚至口气夸张地说："通俗！通俗！通俗！我向你说五百四十二万遍通俗！"但是，"从事无产文艺运动的青年，无论是全世界上的那一国，大抵都出自智识阶级（这理由让有空闲的学者去讨究）"。因此，"你要去教导大众，老实不客气的是教导大众，教导他怎样去履行未来社会的主人的使命。""你是先生，你是导师，这层责任你要认清！"[1] 这时，郭沫若似乎远不如胡适那么激进。胡适肯定了白话文学背后的大众拥有独特的文艺观念；郭沫若心目中，文艺观念毋宁是知识分子充当的"先生"与"导师"传授给大众的——"通俗"乃是传授不得不遵循的形式。无形之中，这种图景不仅复制了雅、俗的传统等级，而且将这种等级扩展到小资产阶级与无产阶级之间的文化结构。

这个时期的"大众文艺"阐述之中，知识分子 / 小资产阶级、大众 / 无产阶级与雅、俗文艺观念之间的交错关系并未获得清晰的整理。与郭沫若相似的认识屡见不鲜，种种异议仿佛焦点不一。古代历时漫长的雅、俗之辩与"阶级"概念遽然相遇，理论不得不重新设置对话的基础。随着辩论文章的陆续增加，人们可以察觉阶级逻辑的浮现与逐渐完成。

一，"文学大众化的主要任务，自然是在提高大众的文化水准，组织大众，鼓动大众。直到现在为止，多数的劳苦大众完全浸在反动的封建的大众文艺里，我们一方面要对这些封建的毒害斗争，而一方面必须暂时利用这种大众文学的旧形式，来创造革命的大众文学。不过我们不要忘记劳苦大众是应该享受比小调，唱本，说书，文明戏等等，更好的文

1　郭沫若：《新兴大众文艺的认识》，《大众文艺》1930 年 3 月 1 日第 2 卷第 3 期。

艺生活的。"[1]——这种表述似乎通情达理，然而，人们立即可以察觉熟悉的潜台词："雅"的范畴始终承担终极标准，哪怕所谓的大众文学暂时无法企及。

二，仿佛是以上观点的间接证明，"俗"的现状不尽人意。对于大众说来，繁重的体力劳动占据了大部分时间，文化教育十分匮乏，许多人文艺品味低下："广泛的大众，虽然并不读我们的作品，但他们是有文艺生活的，他们完全浸在反动的大众文艺里"[2]；"中国的大众是有文艺生活。当然，工人和贫民并不念徐志摩等类的新诗，他们也不看新式白话的小说，以及俏皮的幽雅的新式独幕剧……城市的贫民工人看的是《火烧红莲寺》等类的'大戏'和影戏，如此之类的连环图画，《七侠五义》，《说岳》，征东征西，他们听得到的是茶馆里的说书，旷场上的猢狲戏，变戏法，西洋景……小唱，官弦。这些东西，这些'文艺'培养着他们的'趣味'，养成他们的人生观。豪绅资产阶级所需要的，正是这样的民众的文艺生活！"[3] 这种表述之中，白话文学的启蒙使命不再那么乐观，阶级制造的文化贫困显出了巨大的阴影。

三，然而，阶级分析的观点不再简单地认为，大众只能在启蒙导师的指引下逐步提高；相反，大众拥有自己的阶级立场——事实上，所谓的启蒙导师时常扮演另一种阶级的代言人。首先，"雅"是反动阶级的文化产物："文学从来只是供资产阶级的享乐，不然便是消费的小资产阶级的排遣自慰的工具。大多数的民众所享受的是些文艺圈外所遗弃的残渖，而且这些残渖又都满藏着支配阶级所偷放安排着的毒剂。"[4] 作为文化的重要阵营，普罗文学不能由"急进的知识分子"领导，无产阶级必须造就本阶级的作

1　起应（周扬）:《关于文学大众化》,《北斗》1932 年 7 月 20 日第 2 卷第 3、4 期合刊。

2　洛扬（冯雪峰）:《论文学的大众化》,《文学》1932 年 4 月 25 日第 1 卷第 1 期。

3　史铁儿（瞿秋白）:《大众文艺和反对帝国主义的斗争》,《文学导报》1931 年 9 月 28 日第 1 卷第 5 期。

4　郑伯奇:《关于文学大众化的问题》,《大众文艺》1930 年 3 月 1 日第 2 卷第 3 期。

家——"在工农大众中间，造出真正的普洛作家"。[1] 他们不再是"拿鹅毛扇的自命导师"或者"自命清高的旁观者"。而且，无产阶级文学必须拥有自己的语言与形式。"章回体小说"或者"五四式的白话"已经不堪任用，"工农大众所说的普通话"将构成主导的语言体系，"特别是在工人中间的"。"工厂壁报，街头说书，合唱诗歌，群众演剧，报告文学以及墙头小说等等"不仅通俗可喜，同时是培养无产阶级作家的实践场所。[2] 尽管这些文艺形式尚未成熟，但是，它们的远大前景已经获得"国际普洛革命文学"的证明："即如报告文学，墙头小说，大众朗诵诗等等。这些形式，都是真的从劳动大众中产生，从萌芽而成长为普洛艺术的新的形式的。在国际普洛文学的发达史上，这些形式的文学占着非常重要的位置；因为它最直接地反映着劳动大众的生活和斗争，一方面它又作为纯然新的艺术形式，供给那些从知识阶级转变过来的革命作家去采用和发展，给他们的艺术以新的力量。"[3]

这时，雅、俗之辩与阶级文化之间的相互辨认愈来愈清晰。

六、雅、俗与文化遗产承传机制

从封建王朝的终结、与传统文化的决裂，到大众传媒的兴盛、白话文学的登场，从底层的觉醒与反抗精神、"阶级"概念的引入，到无产阶级大众进入历史舞台，文化天平持续地向"俗"倾斜。作为革命领袖人物，毛泽东理论体系中的"大众"占有重要地位。毛泽东的《在延安文艺座谈会上的讲话》力图集中解决的问题是："一个为群众的问题和一个如何

1　何大白（郑伯奇）：《文学的大众化与大众文学》，《北斗》1932 年 7 月 20 日第 2 卷第 3、4 合期。

2　寒生（阳翰笙）：《文艺大众化与大众文艺》，《北斗》1932 年 7 月 20 日第 2 卷第 3、4 合期。

3　洛扬（冯雪峰）：《论文学的大众化》，《文学》1932 年 4 月 25 日第 1 卷第 1 期。

为群众的问题。"这必然涉及雅、俗之辩的衡量。20 世纪 40 年代，"工农兵"是大众的代表，"我们的文学艺术都是为人民大众的，首先是为工农兵的"。[1]《在延安文艺座谈会上的讲话》以很大篇幅论述工农兵与小资产阶级的关系，"普及"与"提高"作为一个后续的问题与雅、俗之辩联系起来。毛泽东指出：

> 有些同志，在过去，是相当地或是严重地轻视了和忽视了普及，他们不适当地太强调了提高。……因为没有弄清楚为什么人，他们所说的普及和提高就都没有正确的标准，当然更找不到两者的正确关系。我们的文艺，既然基本上是为工农兵，那末所谓普及，也就是向工农兵普及，所谓提高，也就是从工农兵提高。用什么东西向他们普及呢？用封建地主阶级所需要、所便于接受的东西吗？用资产阶级所需要、所便于接受的东西吗？用小资产阶级知识分子所需要、所便于接受的东西吗？都不行，只有用工农兵自己所需要、所便于接受的东西。……那末所谓文艺的提高，是从什么基础上去提高呢？从封建阶级的基础吗？从资产阶级的基础吗？从小资产阶级知识分子的基础吗？都不是，只能是从工农兵群众的基础上去提高。也不是把工农兵提到封建阶级、资产阶级、小资产阶级知识分子的"高度"去，而是沿着工农兵自己前进的方向去提高，沿着无产阶级前进的方向去提高。[2]

这些论述指出了阶级与文化演变之间的正向关联。历史证明，一个阶级崛起之后，或迟或早必然将本阶级的意志投射于文化领域，继而转换

---

1 毛泽东：《在延安文艺座谈会上的讲话》，见《毛泽东选集》第三卷，人民出版社 1991 年版，第 853、863 页。

2 同上注，第 859—860 页。

为种种审美趣味。这个历史阶段的雅、俗之辩显现出工农兵对于文化领导权的逐渐掌控。当然，"阶级"是一个社会学概念，阶级的划分及其兴衰、交替通常根据生产资料的占有程度；雅、俗之辩显现于文学或者艺术的各个门类内部，诸如文类、文体、语言风格、表演场所、流传范围等，二者分别拥有相对独立的逻辑与演变速度，两条曲线形成复杂的交叠、交错、追随与呼应。换言之，生产资料占有程度的改变以及新兴阶级的诞生不可能立即兑现为独享的阶级文化。由于步调错落，性质不一，无法想象边界清晰、毫无杂质的阶级文化整体，例如纯粹的地主阶级文化整体或者纯粹的资产阶级文化整体。这时，雅、俗之辩卷入阶级与文化之间复杂的交织肌理——二者并非简单的动静相随，立竿见影。

毛泽东的《在延安文艺座谈会上的讲话》曾经对托洛茨基的观点表示异议。托洛茨基认为，无产阶级不可能造就自己的文化。托洛茨基意识到，不能简单地将"伦理学、美学、语文学、历史批评和所有问题"合并到同一个逻辑之上，[1] 但是，他否认无产阶级文化形成的理由可能出乎许多人的意料。在他看来，无产阶级的主要精力是与资产阶级进行政治搏斗；革命成功地取得政权之后，"无产阶级将自己的专政设想为一个短暂的过渡时代"，一个完美的无阶级社会即将随之到来。短短的几十年时间，无产阶级甚至来不及创造出自己独一无二的文化。相对地说，封建社会对于资产阶级的孕育远为长久，这同时赋予资产阶级优越的文化条件："无产阶级脱离文化上的学徒期之前，它就不再是无产阶级了。再提醒一遍，第三等级的资产阶级的上层是在封建社会的屋檐下度过其文化学徒期的；在封建社会内部，资产阶级已在文化上超越了旧的统治阶层，它在夺取政权之前就已成了文化的推动者。"[2] 这是资产阶级拥有众多文化大师的重要原因。

---

1 参见〔苏联〕托洛茨基：《文学与革命》，刘文飞等译，外国文学出版社 1992 年版，第542 页注解 4。

2 同上注，第 172、181 页。

　　托洛茨基对于"过渡时代"的历史长度存在重大误判；另一方面，他尚未对新兴阶级"文化学徒期"内部继承与超越的复杂机制进一步分析——雅、俗之辩显示，新兴阶级的"俗"并未完全拒绝依附于传统名义的"雅"，而是包含了吸收、借鉴与扬弃。许多迹象表明，新兴阶级不仅强烈地表达自身的文化诉求，同时或积极或谨慎地承传被取代阶级的文化积累，二者构成文化内部独特的新陈代谢。新兴阶级的文化不可能彻底割断传统。激进的颠簸期结束之后，相当一部分文化遗产仍将纳入革命者的视野，甚至成为举足轻重的资源。所以，马克思曾经赞叹古希腊的艺术和史诗"还是一种规范和高不可及的范本"。[1]"雅"所代表的那一部分传统文化既不可能完整地复制、沿袭，也不可能因为暴风骤雨式的阶级革命而销声匿迹。哪些内容遭到历史栅栏的阻拦，哪些内容渗透到新兴阶级的文化，以压缩的形式或者开放的姿态存在，多方面因素的博弈将会形成各种变数。

　　作为一个范例，毛泽东的《新民主主义论》描述了革命历史与文化传统的错综关系。考察了新民主主义历史阶段的特征之后，毛泽东指出革命范畴的改变如何催生了"新民主主义文化"："至于新文化，则是在观念形态上反映新政治和新经济的东西，是替新政治新经济服务的"，"属于世界无产阶级的社会主义的文化革命的一部分"。这种文化必然是"民族的科学的大众的"。"民族""科学""大众"三种特征有机联系，构成了文化传统的继承与超越机制。首先，"中国文化应有自己的形式，这就是民族形式"；其次，新民主主义文化的民族形式必须接受"科学"的鉴别，在真理的基础上保持历史连续性："我们必须尊重自己的历史，决不能割断历史。但是这种尊重，是给历史以一定的科学的地位，是尊重历史的辩证法的发展，而不是颂古非今，不是赞扬任何封建的毒素。"当无产阶级成为

1　〔德〕马克思：《〈政治经济学批判〉导言》，见《马克思恩格斯文集》第八卷，中共中央马克思恩格斯列宁斯大林著作编译局编译，人民出版社 2009 年版，第 35 页。

新民主主义革命的主体之后，文化不再由精英阶层垄断，而是以通俗的形式转换为大众手里的武器："它应为全民族中百分之九十以上的工农劳苦民众服务，并逐渐成为他们的文化"，这也是"提高"和"普及"的指导原则。[1]这种继承与超越机制必将具体地分布到各个文化门类的保存、筛选与再生产之中。因此，古代文化遗产与经世致用之间，经典的规训与芜杂而生机勃勃的众声喧哗之间，雅、俗之辩由于阶级的叠加而制造出更为复杂的分歧、联盟与互动。

七、艺术、商品与雅、俗之辩

20 世纪下半叶，阶级概念的式微与市场经济的兴盛带来巨大的转折。两个相互联系的历史事件同时投射到文化领域，雅、俗之辩迅速卷入另一批陌生的观念。"俗"所依赖的大众从平民、无产阶级更换为消费者，"雅"代表了知识分子为主体的文化精英。脱离阶级形成的文化对立之后，雅、俗之辩的阵营围绕"艺术"与"商品"两个范畴开始重新组织。熟悉的革命动员与蛊惑人心的市场号召既异曲同工，又分道扬镳。

五四新文化运动的启蒙使命很快转向激烈的阶级革命，以至于通俗文化及其依托的市场经济并未进入人们的视野中心。阶级范畴带动的种种表述告一段落之后，人们才意识到另一条线索的理论故事——西方文化之中，围绕通俗文化的争论早已如火如荼地展开。

通俗文化可以追溯至工业化与都市化，二者造成了现代社会的"原子化"。土地不再成为劳动的基础，乡村社群的瓦解、宗教的衰落以及机械化与异化的工厂劳动动摇和侵蚀了古老的社会结构与价值结构，心理与道德的认同感正在消失，这时的"个体就很容易受大众媒介和通俗文化这样

---

1 毛泽东：《新民主主义论》，见《毛泽东选集》第二卷，人民出版社 1991 年版，第 695、698、707、708 页。

的核心公共机构的操纵和利用"[1]。另一方面，现代社会的文化生产方式异于古典社会，而且，市场经济将向文化消费提供发达的商业网络。这个意义上，一些批评家力图更为严格地区分"通俗"与"民间"——譬如"通俗文学"之中再度派生出"民间文学"概念。现代性降临对于文化生产与消费形成不可忽略的后果。一种观点认为，"通俗文学"与"民间文学"之别的标志是生产者。"通俗文学"生产者是作家个体——他们同时享受知识产权获取的经济报酬；"民间文学"多半是民间无名氏的集体创作，并且按照传统的民间社会脉络传播，诸如瓦舍勾栏的说书演唱、乡村祭祀之际的社戏以及市井之间的道听途说。[2] 人们时常以 folk literature 翻译"民间文学"，以 popular literature 翻译"通俗文学"。[3] 考察 folk 与 popular 微妙区别的时候，雷蒙·威廉斯的《关键词》也指出了工业化、都市化前后文化生产及其消费的差异。他以"流行歌曲"与"民歌"为例说明："虽然'流行歌曲'（popular songs）——包括新兴工业的工人在工作时所哼唱的歌曲——仍然不断被创造出来，但是 Folksong（民歌）的影响力只局限在工业化、都市化、文字化以前的世界。在这个时期，folk 这个词产生了一个作用，就是把所有形成'大众文化'（popular culture）要素的时间往前追溯，并且经常被拿来与现在各种形式的大众文化做对比——不管是激进派的工人阶级文化形式或是商业文化形式。"[4]

　　法兰克福学派无疑是批判文化商品性质的一个重镇。阿多诺与霍克海默的《启蒙辩证法》是一部众所周知的理论名著。文化生产有权利赢得报酬，但是，阿多诺等哲学家深恶痛绝的是，赢利的企图正在将文化生产纳

1　〔英〕多米尼克·斯特里纳蒂：《通俗文化理论导论》，阎嘉译，商务印书馆 2001 年版，第 12 页。

2　参见谭帆：《"俗文学"辩》，见《中国雅俗文学思想论集》，中华书局 2006 年版，第 15—17 页。

3　周作人的《关于通俗文学》即是如此，见《现代》1933 年 4 月第 2 卷第 6 期。

4　〔英〕雷蒙·威廉斯：《关键词》，刘建基译，生活·读书·新知三联书店 2005 年版，第 187 页。

入工业生产模式——"文化工业"毋宁说包含了亵渎文化的含义。如同电冰箱或者汽车，文化按照标准化的模板批量生产，雷同的程式既有助于加快生产速度，又有助于复制相同的消费趣味。"文化工业"将摧毁不同的个性而塑造大众千篇一律的精神面貌，文化商品的广泛流通无形地巩固了资本主义经济秩序和拜物教。一些人可能申辩说，现代社会的市场消费并非强制，消费者是在需求的驱动之下走向市场的柜台。显而易见，这是一种假象。市场早就配备了强大的宣传机器。大众传媒的无数广告正在产生如此巧妙的效果：消费者坚信那些虚假的需求是从自己的内心涌现出来，而不是来自他人的外在灌输。这种令人迷茫的时刻，知识分子为首的文化精英必须抵抗市场，保卫反抗的个性，维护高雅文化拥有的空间。阿多诺在自己的音乐批评之中坚持实践这种理念。

即使在西方的左翼阵营，法兰克福学派的观点也带来了很大的争议。文化主义、阿尔都塞意识形态理论或者葛兰西霸权理论均显示了不同的视角。约翰·费斯克力图以"金融经济"与"文化经济"分解市场经济内部的不同脉络。在他看来，通俗文化可能在"金融经济"的意义上赞助资本主义经济秩序，但是，"文化经济"之中"交换和流通的不是财富，而是意义、快感和社会身份"。[1]这些快感和意义恰恰可能讽刺、调侃乃至抨击资本主义社会。相对于各种视角的通达、灵活与机智，法兰克福学派仿佛有些固执。"法兰克福学派通常因为两个特别的缺点而被人挑出来：它没有为自己的理论提供经验上的证据；用来表达其观念的语言晦涩艰深。"这显然来自精英主义："精选的和给人启迪的少数人，通过从事他们的智力活动和文化活动，能够使他们自己与大众的世俗活动相隔绝，并由此抵抗文化工业的力量。"精英主义是通俗文化批评之中的普遍倾向："悲叹大众民主和大众文化市场的出现，把精英先锋派看成是各种文化标准唯一潜在

1　〔英〕约翰·费斯克：《大众经济》，戴从容译，见《大众文化研究》，陆扬、王毅选编，上海三联书店 2001 年版，第 134 页。

的救星。"尽管如此，法兰克福学派始终充当一个众目睽睽的坐标，一个争议展开的"基准点"。[1]

"艺术"与"商品"催生的雅、俗之辩投射到 20 世纪 80 年代之后的中国文学，激烈程度丝毫不逊色。这个时期的中国文学冠以"新时期"的命名，五四新文学曾经拥有的活力开始逐渐复苏。重温"现实主义"口号的时候，"现代主义"美学突然降临，两种美学的激烈交锋带来音量超常的理论喧哗。然而，进入 80 年代后期，这种交锋开始演变为"高雅文学"的内部事件，大众的目光更多地投向另一批作家，譬如金庸或者琼瑶。20世纪上半叶的武侠小说或者"鸳鸯蝴蝶派"再度重逢久违的气候与土壤。作为武侠小说乃至通俗文化的杰出代表，金庸的声望如日中天——金庸武侠小说之中的某些"桥段"甚至成为广为流传的典故，例如"华山论剑"或者"独孤求败"。无论是将武侠小说贬为文学史的沉渣泛起还是援引精神分析学的"白日梦"给予嘲讽，一个无可辩驳的事实是：金庸的拥趸与日俱增。"朦胧诗"的诗人或者先锋小说家曾经毫不掩饰地向世界摆出一副孤傲的姿态——雅、俗之辩开始的时候，孤傲与"高雅文学"的相互认同不言而喻。然而，金庸拥有如此庞大的读者数量意味了什么？一些批评家力图复述阶级革命时期曾经赋予"俗"的强大意义：大众的"喜闻乐见"即是至高的美学标准；另一些批评家将金庸列为 20 世纪小说大师，文学史座次隐含的经典遴选机制毋宁说谋求"雅"的肯定。多数人仿佛不屑于考察庞大的读者数量与发行量、版税、作家经济收入之间的联系，尽管金庸的小说出现大量的盗版以及某些浑水摸鱼的状况，例如以"全庸"署名发表武侠小说。即使涉足雅、俗之辩，"俗"似乎仅仅是审美趣味而不是庸俗的商品和金钱。

雅、俗之"俗"与市场的联系不可能长期遮蔽，"畅销书"的概念形

1　〔英〕多米尼克·斯特里纳蒂：《通俗文化理论导论》，阎嘉译，商务印书馆 2001 年版，第 85、87、55、61 页。

象地揭示了印刷文化带来的利润。尽管如此，电子大众传媒铺开的经济规模还是超出了许多人的意料。从电影、广播电台、电视到互联网与手机，电子大众传媒广泛进入日常生活意味了一个新的阶段。这时，经济收益不再是一个令人忌讳的话题。电子大众传媒的运行要求巨大的成本投资，同时形成高额回报，雅、俗之"俗"具有十足的含金量。将票房、收视率、点击率作为评判作品的重要依据，这种做法已经从新闻报道延伸到批评家的论述。推荐一部电影或者贬抑一部电视连续剧，票房、收视率指标的意义往往超过作品的主题、情节以及人物的成败。很大程度上，这隐喻了市场在"俗"的名义下对于审美趣味的征服。大半个世纪之前，本雅明《机械复制时代的艺术作品》指出了技术带来的文化民主：机械复制技术将艺术从神坛上请下来；如果说博物馆保存的书画作品真迹珍贵无比，那么，众多的电影拷贝或者无数电视机播放的肥皂剧不再像真迹那样令人敬畏和膜拜。然而，"本真"的艺术固有的"灵韵"（aura）会不会消逝在机械复制之中？这是本雅明难以释怀的疑虑。"灵韵"概念显然来自"高雅文化"体系，尽管人们对于"灵韵"内涵的阐释见仁见智。技术、文化民主之间安装了经济引擎之后，市场为二者提供了愈来愈丰富的机会，本雅明式的疑虑产生的回声愈来愈微弱。事实证明，电子大众传媒远比印刷文化擅长与商业合作。除了播放传统意义的新闻以及冗长的肥皂剧，电视不仅插播广告，而且开设购物频道或者养生节目，甚至生产与销售某一个动漫节目或者科幻作品的周边产品，互联网干脆由"网红"明星直接"带货"。愈是发达的技术可能愈是深刻地介入世俗生活，这个特征在大众传媒的演变之中获得反复证实。电子大众传媒形成的商业网点进入每一个家庭的客厅，甚至握在每一个人的掌心，譬如电视机与手机。历史分析表明，大众传媒对于时间和空间更大范围的覆盖很大程度地来自世俗生活真实的或者虚幻的渴求。如果说，"雅"的过度苛求往往表现为经典或者传统对于个性与独创的抑制，那么，"俗"的泛滥多半热衷于以低劣、畸形乃至变态的趣味投机市场，例如展示大量的"怪力乱神"挑逗猎奇的心理，展示色情或者暴力冲击社会公序，如此等等。对于高度依赖市场的娱乐圈说来，各种负面传闻尤为频繁。大众传媒与市场的彼此震荡正在形成前所未有的传播范围，这种倾向可能严重损害文化的教化功能。

围绕大众、启蒙、阶级、市场的一系列重大理论命题同时表明，20世纪之后的雅、俗之辩远比古典社会激烈。不同的审美趣味不仅带动强大的文化风尚，而且内在地嵌入社会组织，深刻地影响社会阶层的互动。所以，现代社会的雅、俗标准并不是逐渐统一于某种理论规范，而是与社会背景紧密互动，波谲云诡。约翰·斯道雷发现："那些想为高雅文化与通俗文化区别辩解的人，一般来说总会坚持认为这两者之间的区别是绝对清楚的"，"而且这种区别会永远存在下去"。[1] 因此，任何时候都有可能发生雅、俗之辩。重要的是时间状语——必须注明"任何时候"指的是唐宋时期、五四新文化风起云涌之际还是21世纪的互联网时代。无法设置恒定的、超历史的雅、俗标准。每一个历史阶段都会重新公布独特的雅、俗指标及其涉及对象，继而诱发另一轮雅、俗之辩。每一个历史阶段对于雅、俗的重新理解，往往表明审美趣味与历史之间正在重新建立联系。这个意义上，雅、俗之辩始终是文化参与历史的见证。雅、俗概念之所以保持长盛不衰的理论活力，恰恰由于与历史文化的广泛联系。从审美趣味、经典遴选、文化运动到文化遗产、阶层与阶级、经济与市场，人们都可能发现雅、俗之辩的踪迹。

1　〔英〕约翰·斯道雷：《文化理论与通俗文化导论》（第二版），杨竹山等译，南京大学出版社2001年版，第9页。

第九章

"趣"：跨越古典与现代

一

　　"趣"是中国古代文学批评的一个特殊范畴。批评家依据这个范畴品鉴诗文，或者阐述某种审美准则。魏庆之《诗人玉屑》卷十言及"诗趣"，列举"天趣""奇趣""野人趣""登高临远之趣"条目。王维的"荆溪白石出"即被称为"天趣"之作。[1]另一方面，"趣"与中国古代文学批评史的"象""意""味""韵""境""情""格""势""神"等各种范畴遥相呼应，共同汇聚成独一无二的美学观念体系。当然，"诗言志"或者"文以载道"充任这种美学观念体系的轴心命题，具有居高临下的统摄之效。因此，相对于"志"或者"道"，"趣"的位阶略逊一筹。

　　考察中国古代文学批评史，"趣"如同一种极为活跃的化学元素。"趣"出入各种文学批评场合，与众多概念、术语相互结合，形成大批以"趣"为中心的词组，譬如兴趣、情趣、理趣、机趣、别趣、意趣、童趣、真趣，或者飞动之趣、闲适之趣、冲淡之趣、自得之趣、田园之趣，静远之趣，

1　[宋]魏庆之：《诗人玉屑》卷十，上海古籍出版社 1978 年版，第 211—212 页。

如此等等。[1]这些词组主旨近似，同时又指向不一，仿佛从属于一个若隐若现的网络系统。对于批评家说来，"趣"的理论活力既显现为各种类型诗文的阐释功能，也显现为各种理论命题的组织功能。更大范围内，"趣"的阐释功能陆续扩大至绘画、书法、篆刻、雕塑等各个艺术门类。

20世纪上半叶，中国古代文学批评迅速衰落。短短的数十年时间，中国古代文学批评史积累的各种范畴相继失血、凋零，继而纷纷销声匿迹。五四新文学开启了另一个历史段落，报纸杂志的新诗与现代小说很快与这些范畴脱钩。"诗言志"或者"文以载道"甚至成为声讨的对象。启蒙的浪潮开启了思想闸门，西方文化的"理论旅行"以前所未有的规模展开。文学批评是引人瞩目的一翼。从马克思主义的社会历史批评学派、精神分析的心理分析到"为艺术而艺术"的唯美主张，众多西方文学批评的概念术语蜂拥而至，与新诗、现代小说相映成趣。除了批评家参与与介入文学现场，西方文学批评的覆盖与新型的文学教育体制是分不开的。西方文学批评的各种概念术语形成一个相对完整的理论体系，并且作为教材进入大学课堂。如果说，中国古代文学批评史各种范畴的内涵往往诉诸体悟、比拟或者文学实例的初步总结，那么，这些教材带有更多严密的界定与理论思辨成分。后者显然与五四新文化运动以来的"科学"气氛更为吻合。无论如何评价这些事实，中国古代文学批评史的尾声同时清晰地划出了一条界线，只有少量的传统范畴可能越过这条界限，进入现代文学批评领域从而获得再生。

相对于时代、意识形态、现实主义、浪漫主义、大众、典型、上层建筑、共性等大批来自西方文化的概念术语，"趣"的范畴接近消失。现今的文学批评几乎不再以"趣"作为解读、分析以及评判作品的依据。尽管如此，"趣"所表征的美学意味并未在20世纪之后的文学之中消亡。如

---

1 参见胡建次：《归趣难求——中国古代文论"趣"范畴研究》，百花洲文艺出版社2005年版，第33—35页。

果说，中国古代文学批评的"象""韵""格""势"等范畴往往与大批古典文学作品共进退，那么，"趣"显露出与现代文化重新衔接的强大可能。或许也可以说，汉语文学围绕"趣"形成的修辞、叙事始终未曾中断。例如，鲁迅的《藤野先生》形容那些留日速成班的学生"头顶上盘着大辫子，顶得学生制帽的顶上高高耸起，形成一座富士山"[1]，这种形容即是"趣"；汪曾祺的《胡同文化》说："北京人的方位意识极强。过去拉洋车的，逢转弯处都高叫一声'东去！''西去！'以防碰着行人。老两口睡觉，老太太嫌老头子挤着她了，说'你往南边去一点。'"[2] 如此描述也是"趣"。汪曾祺的《跑警报》将"趣"的修辞延展为叙事。《跑警报》记叙20 世纪40 年代西南联大师生对付日本飞机空袭的各种趣事。飞机空袭性命攸关，可是，风趣的叙事解除了事态的严重性，空袭的威胁仅仅成为各种达观与"不在乎"的背景。苦中作乐，坦然如常，汪曾祺解释"趣"的叙事隐含的意味："这种'不在乎'精神，是永远征不服的。"[3] 李洱的《应物兄》之中，儒学大师程济世器重的两个学生分别被比拟为孔门弟子的"子路"与"子贡"。因此，当"子路"暴露出是一个同性恋者的时候，或者，当"子贡"依靠安全套销售发财赞助慈善事业的时候，小说显露出另一种带有反讽意味的"趣"。

从中国古代文学批评延续至今，一个问题愈来愈迫切："趣"的含义是什么？

---

1 鲁迅：《藤野先生》，见《鲁迅全集》第 2 卷，人民文学出版社 2005 年版，第 313 页。

2 汪曾祺：《胡同文化》，见《汪曾祺全集》第 6 卷，邓九平编，北京师范大学出版社 1998 年版，第 18 页。

3 汪曾祺：《跑警报》，见《汪曾祺全集》第 3 卷，邓九平编，北京师范大学出版社 1998 年版，第 401 页。

二

据考，"趣"大约唐代之后开始担任某种美学意味的命名，诸多包含"趣"的术语陆续出现于批评家的论述之中。[1] 尽管如此，"趣"的内涵一直未能获得权威界定。南宋严羽的《沧浪诗话》断言：

> 夫诗有别材，非关书也；诗有别趣，非关理也。然非多读书，多穷理，则不能极其至。所谓不涉理路，不落言筌者，上也。[2]

严羽指出了"诗趣"与各种知识、学问、哲思议论的差异，然而，他无法调集严谨的理论语言正面论述"趣"的含义，而是使用一系列比拟给予形容：

> 诗者，吟咏情性也。盛唐诸人惟在兴趣，羚羊挂角，无迹可求。故其妙处透彻玲珑，不可凑泊，如空中之音，相中之色，水中之月，镜中之象，言有尽而意无穷。[3]

如同中国古代批评史的另一些范畴，批评家时常将"趣"不无随意地置入各种理论场合，或者简略形容，或者即兴展开，多半寥寥几句，语焉不详。"趣"以及众多以"趣"为中心的词组模糊地显示某种理论方位或指向，精确的含义只可意会，难以言传。"世人所难得者唯趣"，表示了对于"趣"的赞赏之后，袁宏道仍然觉得一言难尽——他仍然只能启用种种

---

1 参见胡建次：《归趣难求——中国古代文论"趣"范畴研究》，百花洲文艺出版社 2005 年版，第 44 页。

2 ［宋］严羽：《沧浪诗话校释》，郭绍虞校释，人民文学出版社 1961 年版，第 23—24 页。

3 同上注，第 24 页。

隐喻进行曲折的形容："趣如山上之色，水中之味，花中之光，女中之态，虽善说者不能下一语，唯会心者知之。"[1]

　　古代汉语之中，"趣"同"趋"字，含有"趋向"之义。《说文解字》解释"趣"为"疾也"，取"从速""疾速"之义。[2]现代汉语之中，"趣"多半表示兴趣以及乐趣，即对于某种对象积极的意识倾向。作为中国古代文学批评范畴，"趣"首先表示文学作品流露的某种特殊意味。王维的"荆溪白石出，天寒红叶稀。山路元无雨，空翠湿人衣"平白如话，意象明朗，并未寄托幽深的寓意；这首诗之所以称为"天趣"，恰恰因为景象的自然而然仿佛同时含不尽之意；人们心有所感，却无从剥离这种意味，继而概括为清晰的哲理。《诗人玉屑》为"野人趣"列举的例子是"妻喜栽花活，童夸斗草赢"。作者解释说"得野人趣，非急务故也"。[3]所谓的士大夫必须兢兢业业诵读子曰诗云，满腹经纶，专注于那些"不朽之盛事"；诗人放弃这种正统形象，兴致勃勃地倾听妻子与孩童唠叨无关紧要的琐事，从而在闲暇之中察觉"栽花""斗草"等交织于日常生活的微小乐趣。且为山野之人，自得凡俗之乐——穿透了庸常的轻松、恬淡，这种意味即是"趣"。

　　"趣"的别有兴味既异于"情"，也异于"理"。"情"往往心旌摇荡，甚至热血如沸；"理"往往豁然开朗，智性而清明；"趣"似乎居于二者之间。中国古代文学批评时常提到"情趣"或者"理趣"。"情"与"趣"的对举或者"理"与"趣"的对举无不表明，"情""理"自成一格的独立内容兑入"趣"的成分可能形成另一种美学性质。"情动于中而形于言"或者"诗缘情"，这些著名论断将"情"视为诗的首要主题。"情趣"一词的出现增添了什么？相对于"举头望明月，低头思故乡""感时花溅泪，恨

1　[明] 袁宏道：《叙陈正甫会心集》，见《袁宏道集笺校》上册，钱伯城笺校，上海古籍出版社1981年版，第463页。

2　[汉] 许慎：《说文解字》，中华书局1963年版，第35页。

3　[宋] 魏庆之：《诗人玉屑》卷十，上海古籍出版社1978年版，第212页。

别鸟惊心"，诸如"有约不来过夜半，闲敲棋子落灯花""儿童急走追黄蝶，飞入菜花无处寻"这些诗句削弱了"情"的炽烈程度而加入"趣"的活泼成分。如果说义理的论述诉诸坚硬的理性逻辑，那么，"理趣"倾向于将逻辑转换为富有弹性的顿悟。严羽所谓"诗有别趣，非关理也"或者"不涉理路"，反对宋人"以文字为诗，以才学为诗，以议论为诗"，[1]或者用许学夷《诗源辩体》之中的话说，诗作不可"牵于义理，狃于穿凿"，[2]甚至坠入"理障"。破除"理障"的一个重要策略是"理趣"——王昌龄所谓"理得其趣"。[3]袁宏道认为："夫趣得之自然者深，得之学问者浅。"[4]沈德潜的观点是，"理语"入诗必须避免迂腐，"诗不能离理，然贵有理趣"。[5]换言之，"趣"是赋予"理"的美学酵母。

作为寓言式的哲理诗，"理趣"的修辞要求义理与意象的巧妙平衡，造就浑然一体的文本——二者的特殊结合即是"趣"。从大量的禅诗、劝诫歌谣到诗学的阐述，许多哲理诗仅仅设置若干粗糙的比拟，义理的清晰、明朗与意象的苍白、薄弱成为头重脚轻的对比，譬如"富家不用买良田，书中自有千钟粟。安居不用架高堂，书中自有黄金屋"，乃至"学诗浑似学参禅，竹榻蒲团不计年。直待自家都了得，等闲拈出便超然"，等等。钟嵘对于这种哲理诗的批评是"理过其辞，淡乎寡味"。[6]相对地说，苏轼的《题西林壁》与朱熹的《观书有感（其一）》之所以赢得交口称赞，一个重要原因是意象清晰与义理深邃，张力饱满，对称均匀：

---

1 ［宋］严羽：《沧浪诗话校释》，郭绍虞校释，人民文学出版社1961年版，第24页。

2 ［明］许学夷：《诗源辩体》，杜维沫校点，人民文学出版社1998年版，第2页。

3 ［唐］王昌龄：《诗中密旨》，见《王昌龄集编年校注》，胡问涛、罗琴校注，巴蜀书社2000年版，第356页。

4 ［明］袁宏道：《叙陈正甫会心集》，见《袁宏道集笺校》上册，钱伯城笺校，上海古籍出版社1981年版，第463页。

5 ［清］沈德潜等编：《清诗别裁集》，上海古籍出版社2013年版，凡例第2页。

6 ［南朝梁］钟嵘：《诗品序》，见《诗品注》，陈延杰注，人民文学出版社1958年版，第3页。

横看成岭侧成峰，远近高低各不同。不识庐山真面目，只缘身在此山中。

——苏轼《题西林壁》

半亩方塘一鉴开，天光云影共徘徊。问渠那得清如许，为有源头活水来。

——朱熹《观书有感·其一》

"情趣"或者"理趣"无不表明，"趣"逐渐成为一种不可替代的美学意味赢得诗学的肯定。

三

辛弃疾的《西江月·遣兴》下半片曰："昨夜松边醉倒，问松'我醉何如'？只疑松动要来扶，以手推松曰'去'。"这几句叙述醉态癫狂，生动逼真，摇晃的醉汉朦胧之中仿佛见松树趋前扶持，他的粗鲁回绝巧妙地将醉意递进一层。醉态虚拟了人与松树两个视角的交替，既别致又自然，出人意表又司空见惯，借用李渔的概念可以称为"机趣"。《闲情偶寄》指出："'机趣'二字，填词家必不可少。机者，传奇之精神；趣者，传奇之风致。少此二物，则如泥人土马，有生形而无生气。"[1] 史震林的《华阳散稿·自序》更为概括地说："趣者，生气与灵机也。"[2] "生气与灵机"可以显现为机智的语义跳跃，灵活机动的视角转换，也可以显现为各种巧妙的盘旋与衔接。总之，正如"情趣""理趣"或者"机趣"所示，"趣"并非执念于某种强烈情感，目不斜视，亦非固守某种理性逻辑，直扑一个理念，而是不拘一格地组织各种见闻、才学与知识、意向，展示出人预料的

---

1 ［清］李渔:《闲情偶寄》，江巨荣、卢寿荣校注，上海古籍出版社 2000 年版，第 36 页。

2 ［清］史震林:《华阳散稿·自序》，上海杂志公司 1935 年版，第 1 页。

内涵。追求"生气与灵机"甚至可以在必要时抛开传统的韵律。所以，李维桢的《青莲阁集序》指出"触景以生情，而不迫情以就景；取古以证事，而不役事以骋材"之后，又说："因词以定韵，而不穷韵以累趣。"[1] 韵律是诗词必须遵循的常规，但是，不可拘泥于常规空间而窒息了"趣"的生机。对于一个杰出的作家说来，中规中矩赢得的赞赏远远无法弥补"无趣"形成的损失。"趣"所忌讳的恰恰是笨拙与囿于一隅。

笨拙与囿于一隅的反面是巧妙。高启认为："诗之要，有曰格、曰意、曰趣而已。"所谓"趣以臻其妙也"，"妙不臻则流于凡近"。[2] 从"东边日出西边雨，道是无晴却有晴""七八个星天外，两三点雨山前"到"相看两不厌，惟有敬亭山""不识庐山真面目，只缘身在此山中"，这些诗句的很大一部分"趣"源于巧妙。无论是谐音的嵌入、数字的夸饰还是寄情或者寓理于"山"，诗人的构思与修辞令人击节，妙趣横生。人们无法从西方的文学术语之中找到与"趣"完全匹配的范畴，"趣"的巧妙或许接近西方文学的"机智"（wit）。艾布拉姆斯的《文学术语词典》解释说："'机智'这一术语在 17 世纪被用来指高超的、似是而非的文体风格，该术语现在最普遍的用法正源自于此。机智现在指一种言简意赅的语言表达方法，作家旨在以此来造成一种滑稽的意外感；其典型的形式就是警句。这种意外感通常由词语或概念之间的关联与区别造成；这种关联或区别使听者的期望落空，但却以出乎意料的方式满足了听者的期望。"[3] 很大程度上，"机智"条目的描述可以归结为一个字：妙。

亚里士多德对于"修辞"提出一个宽泛的概括："一种能在任何一个

1　[明]李维桢：《青莲阁集序》，见《大泌山房集》卷十九，国家图书馆出版社 2013 年版，第 457 页。

2　[明]高启：《独庵集序》，见《高青丘集·高青丘凫藻集（卷二）》，[清]金檀辑注，徐澄宇、沈北宗校点，上海古籍出版社 1985 年版，第 885 页。

3　[美] M. H. 艾布拉姆斯：《文学术语词典（第 7 版）（中英对照）》，吴松江等编译，北京大学出版社 2009 年版，第 661 页。

问题上找出可能的说服方式的功能。"[1] 然而，相对于诸多文学成分，遣词造句的狭义"修辞"带有很强的技术性质，某种程度的语言游戏为"妙趣"提供了施展的空间，例如诗人笔下数字、地名的巧妙对偶，甚至别出心裁的啰唆和重复。缺乏这些修辞制造的特殊联结，诗句所描述的内容几乎平庸无奇：

> 一朝别后，二地相悬，只说是三四月，又谁知五六年。
>
> ——卓文君《怨郎诗》
>
> 即从巴峡穿巫峡，便下襄阳向洛阳。
>
> ——杜甫《闻官军收河南河北》
>
> 江南可采莲，莲叶何田田。鱼戏莲叶间。鱼戏莲叶东，鱼戏莲叶西，鱼戏莲叶南，鱼戏莲叶北。
>
> ——佚名《江南》
>
> 一片二片三四片，五六七八九十片。千片万片无数片，飞入芦花都不见。
>
> ——郑燮《咏雪》[2]

修辞学分析表明，"趣"不仅接近"机智"，而且还会向若干带有喜剧性质的范畴渗透，例如幽默或者反讽。"趣"不是一本正经的抒情，而是摆出一副狡黠的表情；同时，"趣"又止步于尖利的反讽之前——"趣"满足于莞尔一笑而不追求刺人的一蜇。钱锺书的妙喻制造出一个"趣"的小旋涡："老头子恋爱听说像老房子着了火，烧起来没有救的。"[3] 余光中的《我的四个假想敌》将"趣"的调侃扩展到整个文本。四个待嫁的女儿必

---

1 〔古希腊〕亚理斯多德：《修辞学》，罗念生译，上海人民出版社 2006 年版，第 23 页。

2 本诗作者是否为郑燮，目前仍然存疑。

3 钱锺书：《围城》，生活·读书·新知三联书店 2002 年版，第 308 页。

将拥有四个未来的女婿。身为岳父，如何与四个未来的"假想敌"明争暗斗？这种想象隐含的喜剧结构不断提供"趣"的契机，诙谐的叙述源源而来。作为一种美学意味，"趣"的弥漫范围相对狭窄，甚至仅仅表现为某种别出心裁的修辞术。文学文本内部，"趣"通常显现为两三句话，或者一个片断，居高临下的叙述口吻隐含了作者世事洞明的智慧高度。多数时候，"趣"缺乏诸如"崇高"或者"荒诞"那种强烈的形而上气质。"崇高"或者"荒诞"可能演变为追问存在基本问题的普遍哲学，超出日常视域的宏大思想迫使作者在震撼之中仰望与沉思。相对地说，"趣"不至于带来这种震撼。"虽小却好，虽好却小"[1]——刘熙载《艺概》形容五代词的一句修辞巧妙的评语，可以转赠于"趣"。

四

无论是楚辞的瑰丽奔放、汉赋的恢宏壮阔，还是慷慨悲凉的建安风骨，这些风格与"趣"相距甚远。浪漫、豪迈的重量超出了"趣"的负担，强烈而率直的激情亦非"趣"的要旨。许多中国古代诗人心细如发，他们对于栖身的日常环境体验入微，山林泉石品鉴独到，清趣、高趣、冷趣、适趣、笔趣或者隽永之趣、团圆之趣、飞动之趣、烟霞水月之趣等形容显示出精致的分辨与体悟。从"举杯邀明月，对影成三人""春潮带雨晚来急，野渡无人舟自横"到"墙外行人，墙里佳人笑。笑渐不闻声渐悄，多情却被无情恼""我见青山多妩媚，料青山见我应如是"，"趣"多半包含一个意味隽永的曲折，意外之后颔首会心。

然而，一些批评家对于"趣"的轻巧、灵动、潇洒转换或者妙悟天开持保留态度——恰恰因为过于活跃。"趣"存在一定程度戏谑与诙谐的

1　[清] 刘熙载:《艺概注稿（下册）》卷四词曲概第 113 条，袁津琥校注，中华书局 2009 年版，第 575 页。

成分，强调"生气""灵机"与机智，这种美学趣味多少令人担忧。诗必须端庄肃然："诗言志"，"温柔敦厚，诗教也"，[1]《毛诗序》的观点众所周知："诗者，志之所之也。在心为志，发言为诗"；[2] 文也是如此：文以载道，《文心雕龙》推崇的文学楷模是"志深而笔长，故梗概而多气"的建安文学。[3] 相形之下，"趣"会不会显得轻佻浮浅，矜才使气，迹近于卖弄小聪明？独树一帜，自出机杼，标新立异，艺高人胆大，这些观念获得的肯定远比预料的要少。惠洪《冷斋夜话》卷五记载，"东坡云：诗以奇趣为宗，反常合道为趣"。[4] 然而，"反常"带有很大的危险成分，不慎失手无法收拾。这不仅是诗学的失败，而且危及"道"的弘扬。

诗文的"言志"或者"载道"背后隐约浮现某种人格形象：兢兢业业，谨言慎行，恭敬仁厚，谦逊礼让，弘毅坚忍，任劳任怨，如此等等。这种形象很大程度凝聚了儒家的理想风范。如果说，"儒道互补"之说指出了中国古代文化内部两种人格形象的哲学根源，那么，风流才子可以被视为儒家形象另一种通俗的反面参照。那些雄辩滔滔、出口成章或者机灵狡黠、见风使舵的聪慧之徒并非儒家学说的青睐对象。李白或者柳永才高八斗，天机纵横，可是，他们不拘形迹，傲视礼俗，善于辞令而拙于执行，大言不惭往往忘乎所以，朝廷通常不愿意赋予他们重要的行政职责——才情与待遇的落差让他们一代又一代地共同哀叹怀才不遇。吟诗行文的时候，"趣"的美学意味往往与这些人物更为相宜，同时也更易于引起正统观念的反感。可以从章学诚对于袁枚的厌恶察觉这一点。《文史通

---

1 《尚书·舜典》，见《十三经注疏（附校勘记）》上册，[清] 阮元校刻，中华书局 1980 年版，第 131 页。《礼记·经解》，见《十三经注疏（附校勘记）》下册，[清] 阮元校刻，中华书局 1980 年版，第 1609 页。

2 《毛诗正义》，见《十三经注疏（附校勘记）》上册，[清] 阮元校刻，中华书局 1980 年版，第 269 页。

3 [南朝梁] 刘勰：《文心雕龙注释》，周振甫注，人民文学出版社 1981 年版，第 478 页。

4 [宋] 释惠洪：《冷斋夜话》，见《稀见本宋人诗话四种》，张伯伟编校，江苏古籍出版社 2002 年版，第 51 页。

义》"妇学"的第一条注对于袁枚的描述很大程度地代表了章学诚的观感："袁氏性通侻，放情声色。为诗主性灵，不事雕饰，颇为时流所推许。所著《随园诗话》，多录一时倡和之作，名媛闺秀，请业从游，竞附风雅。章氏恶之，乃著文以深讥焉。"阐述"妇学"的时候，章学诚的《文史通义》对于"风趣"表示强烈不满。在他看来："从来诗贵风雅"，字句的工拙无非雕虫小技，"风趣"之说尤为伤风败俗："彼不学之徒，无端标为风趣之目，尽抹邪正贞淫、是非得失，而使人但求风趣。"[1]事实上，无论是袁枚的肯定还是章学诚的贬斥，"趣"的美学意味不可避免地与诗人的情怀、道德形象以及理想人格联系起来。

当然，对于"风趣"以及"趣"的粗率否决可能遭受各种抵制。梁启超的反击显然已经拥有启蒙的思想背景——他公然主张"趣味主义"："假如有人问我，你信仰的什么主义？我便答道，我信仰的是趣味主义。有人问我，你的人生观拿什么做根柢？我便答道，拿趣味做根柢。"[2]阐述"趣味教育"的概念时，梁启超认为"趣味"是目的而非手段。这种理想人格与儒家推崇的形象距离很远了。如同章学诚观念的逆推：从为人的趣味主义到为文的趣味主义，二者的衔接理所当然。

五

然而，启蒙的思想背景真正展开之后，"趣"似乎缺乏足够的冲击力。"乐而不淫，哀而不伤"的古典情调无法跟上启蒙的步调。古典情调是节制，也是限制。启蒙的文化实践从未一帆风顺。保守气氛普遍弥漫，暮色沉沉，历史仿佛凝滞不动，鲁迅形象而激愤地形容"即使搬动一张桌子，

1　［清］章学诚：《文史通义校注》（上），叶英校注，中华书局1985年版，第538、554页。

2　梁启超：《趣味教育与教育趣味》，见《饮冰室合集》第三册《饮冰室文集》之三十八，中华书局1988年版，第12页。

改装一个火炉，几乎也要血"[1]。这种情况之下，所谓的"趣味主义"是否过于清淡？一个妙喻，两句对偶，夸张的调侃，幽默的奚落与讥讽，豁然的哲理顿悟，绅士式的平和优雅撬得开沉重的铁幕吗？鲁迅的《摩罗诗力说》期待从那些"立意在反抗，指归在动作"的浪漫主义诗人之中获取勇毅的精神力量。这些诗人"大都不为顺世和乐之音，动吭一呼，闻者兴起，争天拒俗，而精神复深感后世人心，绵延至于无已"，"虽以种族有殊，外缘多别，因现种种状，而实统于一宗：无不刚健不挠，抱诚守真；不取媚于群，以随顺旧俗；发为雄声，以起其国人之新生，而大其国于天下"。[2]对于鲁迅说来，"趣味主义"与他所期望的激越慷慨之气几乎南辕北辙。

这种观念很大程度上延续到20世纪30年代初的"小品文"之争。从"美文"的肯定、"幽默"的倡导到essay的阐释、"絮语散文"的介绍，[3]从林语堂的"以自我为中心、以闲适为格调"以及《论语》《人间世》《宇宙风》等杂志的创办到周作人推崇明末公安派、竟陵派，主张率性抒情，闲适自得，注重散文的"趣味"——周作人甚至将"趣味"与另一些概念范畴联系起来："我很看重趣味，以为这是美也是善，而没趣味乃是一件大坏事。这所谓趣味里包含着好些东西，如雅，拙，朴，涩，重厚，清明，通达，中庸，有别择等，反是者都是没趣味。"[4]由于多方倡导，种种"独抒性灵"的小品文风行一时，令人瞩目。1933年10月，鲁迅发表《小品文的危机》表示不满。鲁迅以"摩挲赏鉴"的"小摆设"气质比喻这些小

---

1 鲁迅：《坟·娜拉走后怎样》，见《鲁迅全集》第1卷，人民文学出版社2005年版，第171页。

2 鲁迅：《坟·摩罗诗力说》，见《鲁迅全集》第1卷，人民文学出版社2005年版，第68、101页。

3 参见胡梦华：《絮语散文》，《小说月报》1926年3月10日第17卷第3号。

4 参见周作人：《中国新文学的源流》"第二讲 中国文学的变迁"，华东师范大学出版社1995年版；周作人：《笠翁与随园》，见《周作人文类编》第2卷，钟叔河编，湖南文艺出版社1998年版，第681页。

品文的"雍容，漂亮，缜密"，然而，他心目中的小品文当如"匕首和投枪"，帮助即将被污浊淹没的大众"挣扎和战斗"。[1] 换言之，鲁迅觉得无暇体察这些小品文的"趣"——现在已经不是"玩味"那些"小摆设"的时候了。

鲁迅的激进观点并未说服林语堂。林语堂次年在《人间世》发表《论小品文笔调》一文辩解："语丝之文，人多以小品文称之，实系现代小品文，与古人小摆设式之茶经、酒谱之所谓'小品'，自复不同。余所谓小品文，即系指此。"[2] 林语堂的《言志篇》具体描述了居家的闲适情怀，表示这一切是不可剥夺的个人权利："我要有能做我自己的自由，和敢做我自己的胆量。"[3] 如果说，不可侵犯的个人权利或者个性已经成为五四新文化带来的共识，那么，鲁迅的激进毋宁是另一种个性而非虚伪的道统。从《狂人日记》的忧愤深广到《阿Q正传》的犀利辛辣，这一切不得不追溯至鲁迅的刚烈性格。无论存在多少真正的追随者，鲁迅为自己选择的文化使命是批判。他的心目中，"趣"的美学趣味无法担负批判的锋刃。周作人曾经说过，"明朝的名士的文艺诚然是多有隐遁的色彩，但根本却是反抗的"[4]，"独抒性灵"式的反抗即是与众多遗老遗少划清界限；但是，鲁迅的批判对象显然超出了遗老遗少——面对既是庞然大物又是"无物之阵"的时候，"趣"的温文尔雅仿佛力不从心。

也许，这些争论涉及的问题已经远远超出"小品文"概念。一种崭新的性质正在社会历史之间集聚，文学的叙事、文类、修辞无不酝酿积极的回应。这时，"趣"的美学意味如何卷入另一种文化空间脱胎换骨？

1　鲁迅：《南腔北调集·小品文的危机》，见《鲁迅全集》第4卷，人民文学出版社2005年版，第590—592页。

2　林语堂：《论小品文笔调》，见《林语堂全集》第18卷，作家出版社1996年版，第22页。

3　林语堂：《言志篇》，见《林语堂全集》第14卷，作家出版社1996年版，第82页。

4　周作人：《〈燕知草〉跋》，见《周作人文类编》第3卷，钟叔河编，湖南文艺出版社1998年版，第644页。

六

正如许多思想家所论述的那样，现代性开启了社会历史的又一个段落。无论是民族国家的兴起还是政治、经济、文化、社会结构的剧烈震荡，古典的桎梏相续瓦解，现代社会逐渐成形的同时带来各种前所未有的复杂经验和感觉方式。这一切将或迟或早投射于文学，引起文学观念的革命。这个意义上，叙事文类的兴盛是中国现代文学崛起的一个重大事件。从梁启超尊"小说为文学之最上乘也"，呼吁"今日欲改良群治，必自小说界革命始；欲新民，必自新小说始"，[1] 到五四新文学之中的现代小说蔚为大观，叙事文类不仅迅速成为文学的主角，而且持续增添新的品种，例如电影或者电视连续剧。"象""意""味""韵""境"等之所以陆续退场，这些范畴与叙事文类之间的距离显然是一个重要原因。

对于中国古代叙事文类说来，"趣"所表征的美学意味源远流长。《论语·侍坐章》的"吾与点也"即是一种"趣"。魏晋时期笔记小说《世说新语》中，"趣"时常表示一种特殊的人生姿态。文人名士，纵情放任，无视习俗，风流自得，他们的种种言行、逸事均可广泛地纳入"趣"的范畴。三言两语的对白，意想不到的曲折或者抛出某种令人惊奇的观念，一个小型叙事文本即告完成。总之，"趣"作为一个纯粹的主题统摄文本整体。这是一些人们熟悉的例子：

> 郗太傅在京口，遣门生与王丞相书，求女婿。丞相语郗信："君往东厢，任意选之。"门生归，白郗曰："王家诸郎，亦皆可嘉，闻来觅婿，咸自矜持。唯有一郎，在床上坦腹卧，如不闻。"郗公云："正

---

1 梁启超：《论小说与群治之关系》，见《饮冰室合集》第 4 卷，北京出版社 1999 年版，第 884、886 页。

此好！"访之，乃是逸少，因嫁女与焉。

——刘义庆《世说新语·雅量第六之十九》

桓公少与殷侯齐名，常有竞心。桓问殷："卿何如我？"殷云："我与我周旋久，宁作我。"

——刘义庆《世说新语·品藻第九之三十五》

王子猷居山阴，夜大雪，眠觉，开室，命酌酒，四望皎然。因起彷徨，咏左思《招隐诗》。忽忆戴安道。时戴在剡，即便夜乘小船就之。经宿方至，造门不前而返。人问其故，王曰："吾本乘兴而行，兴尽而返，何必见戴？"

——刘义庆《世说新语·任诞第二十三之四十七》[1]

如果说，"趣"在篇幅短小的笔记小说之中成为一个显眼的传统，那么，这种美学意味仅仅在长篇叙事文本之中占据次要位置。所谓的"次要位置"显明，"趣"无法作为一个强大主题提供长篇叙事文本运转情节的持续动力。《三国演义》形容刘备"生得身长七尺五寸，两耳垂肩，双手过膝，目能自顾其耳"——尽管这一副有趣的肖像甚至成为文学史留存的著名片段，但是，"两耳垂肩，双手过膝"并未作为各种戏剧性冲突的契机内在地织入《三国演义》的后续情节。《水浒传》二十三回《王婆贪贿说风情　郓哥不忿闹茶肆》是另一个篇幅较大的例子。王婆、西门庆、潘金莲之间的故事波澜起伏，丝丝入扣，叙事言辞流露出生动风趣的市井烟火气息；然而，相对于《水浒传》官逼民反、替天行道的主题，这个段落只能视为一个外围回旋的生动插曲。胡适与钱玄同商榷的时候提到了《西游记》的妙趣，"其妙处在于荒唐而有情思，诙谐而有庄意。其开卷八回记孙行者之历史，在世界神话小说中实为不可多得之作。全书皆以诙谐滑

---

1 ［南朝宋］刘义庆：《世说新语笺疏》，［南朝梁］刘孝标注，余嘉锡笺疏，中华书局2016年版，第398、576、838页。

稽为宗旨。其写猪八戒，何其妙也！又如孙行者为某国王治病一节，尤谐谑可喜"[1]。尽管如此，《西游记》的诙谐只能作为神魔角逐之间的插科打诨，唐僧师徒的"西天取经"才是提供情节躯干的基本框架。《红楼梦》被誉为"百科全书"式的作品。围绕宝、钗、黛的爱情曲折与家族兴衰，《红楼梦》的叙事摇曳多姿，花团锦簇，分别涉及园林、饮食、诗词、服饰乃至灯谜、酒令，等等。这些片段情趣盎然，同时与情节主线若即若离，虚实相生。严格地说，这些片段并未增添叙事动力，而是增添叙事的层次与丰富趣味，以至于故事的体积不知不觉膨胀起来。如果说第一幕挂在墙上的枪终将在最后一幕打响，那么，叙事文本内部存在情节演变造就的巨大前冲力。情节的前冲力与就地扩散的"趣"形成不同指向乃至矛盾。前者形成悬念，累积为传奇，后者激起波澜，点染氛围。

中国古代批评家很早意识到这个问题。李渔的《闲情偶寄》言及戏曲结构时，阐述了"立主脑"的重大意义：

> 古人作文一篇，定有一篇之主脑，主脑非他，即作者立言之本意也。传奇亦然。一本戏中，有无数人名，究竟俱属陪宾，原其初心，止为一人而设；即此一人之身，自始至终，离合悲欢，中具无限情由，无穷关目，究竟俱属衍文，原其初心，又止为一事而设：此一人一事，即作传奇之主脑也。然必此一人一事果然奇特，实在可传而后传之，则不愧传奇之目，而其人其事与作者姓名皆千古矣。……后人作传奇，但知为一人而作，不知为一事而作，尽此一人所行之事，逐节铺陈，有如散金碎玉，以作零出则可，谓之全本，则为断线之珠，无梁之屋。作者茫然无绪，观者寂然无声，无怪乎有识梨园，望之而却走也。[2]

1　胡适：《再寄陈独秀答钱玄同》，《新青年》1917 年 6 月 1 日第 3 卷第 4 号。

2　[清] 李渔：《闲情偶寄》，江巨荣、卢寿荣校注，上海古籍出版社 2000 年版，第 23—24 页。

然而，"立主脑"并非将各种横斜逸出的枝节剪除殆尽，而是在维持"主脑"的前提之下尽可能增添各种回旋的花絮。主客分明，不可反客为主；同时，客随主便，力争相辅相成。中国古代批评家曾经借助一些长篇叙事文本反复阐述二者之间的辩证关系。无论是金圣叹称赞《西厢记》的"狮子滚球""烘云托月"，还是毛宗岗评点《三国演义》"将雪见霰、将雨闻雷"或者"笙箫夹鼓、琴瑟间钟"，二者之间的穿插、互动与彼此烘托成为他们的分析重点。[1] 相当长一段时间，众多作家——尤其是长篇小说家积极从事种种叙事实践乃至实验，积累了不同类型的叙事文本以及成败得失的经验。对于20世纪叙事学说来，这个问题愈来愈清晰：当长篇叙事文本愈来愈多地寄托人们对于现代社会历史的认知时，那些以"趣"命名的叙事成分承担何种功能，从而协调地成为叙事的组成部分？

七

毛宗岗在阅读《三国演义》九十四回时写下几句批语："读《三国》者，读至此卷，而知文之彼此相伏，前后相因，殆合十数卷而只如一篇，只如一句也。……文如常山蛇然，击首则尾应，击尾则首应，击中则首尾皆应，岂非结构之至妙者哉！"[2] 批语带有很大的即兴成分，但是，"只如一句"与"首尾呼应"两个方面却简约地概括了20世纪叙事学的主旨。作为俄国形式主义与结构主义的一个重要分支，叙事学带有清晰的语言学渊源。更为具体地说，一个叙述句成为叙事学各种分析的原始标本。所谓的

1　参见［清］金圣叹：《贯华堂第六才子书西厢记》，见《金圣叹全集·诗词曲卷（下）》，陆林辑校整理，凤凰出版社2008年版，第857、893页。［清］毛宗岗：《读三国志法》，见《毛宗岗批评本三国演义》，［明］罗贯中著，［清］毛宗岗评点，岳麓书社2015年版，第7、8页。

2　［清］毛宗岗：《第九十四回批语》，见《毛宗岗批评本三国演义》，［明］罗贯中著，［清］毛宗岗评点，岳麓书社2015年版，第736页。

叙述句必须包含一个动词，即主语的一个行动，例如"甲遇到乙"。只有行动（act）才能充当叙事文本的真正动力。一个行动引起另一个行动，二者的来回往返产生源源不断的后续情节。"甲遇到乙"的基本公式之中，主语、谓语、宾语三个单元均可持续增加种种形容词的修饰，譬如："英俊潇洒的甲／突然在火车站遇到／多年未见的乙，乙面容憔悴，衣裳褴褛。"按照结构主义语言学，主语、谓语、宾语在横组合轴上构成横向叙事，种种形容词的修饰在纵组合轴上产生意义。横组合轴与纵组合轴两种成分的持续扩张成为形形色色叙事的内在肌理。

描述叙事文本内部各种成分及其功能的时候，罗兰·巴特的《叙事作品结构分析导论》显然将横组合轴与纵组合轴作为分门别类的重要标准。人物行动展开的事件形成横向的情节叙事，情节之间两种类型的成分交替出现。一种类型的成分不断助推情节向前发展，开启的种种可能持续获得实现，譬如甲将一个惊人的消息告诉乙，乙的剧烈反应迫使丙与丁立即晤面商议对策，如此等等；另一种类型的成分浮动于各种转折点之间，如同塑造各种形象的填充物，譬如乙的表情，丙与丁晤面的咖啡馆，如此等等。巴特将前者称为"主要功能"或者"核心"，后者称为"催化"：

> 就功能类而言，每个单位的"重要性"不是均等的。有些单位是叙事作品（或者是叙事作品的一个片断）的真正的铰链；而另一些只不过用来"填实"铰链功能之间的叙述空隙。我们把第一类功能叫做主要功能（或叫核心），鉴于第二类功能的补充性质，我们称之为催化。……在两个主要功能之间总有可能安排一些次要描写；它们围绕着这个或者那个核心，并不改变核心的选择性质。[1]

---

1 〔法〕罗兰·巴特:《叙事作品结构分析导论》，张寅德译，见《叙述学研究》，张寅德编选，中国社会科学出版社 1989 年版，第 14—15 页。

叙事学对"核心"与"催化"的区分有助于重新回顾中国古代的叙事文类："趣"曾经在《世说新语》等笔记小说中充当"核心"，然而，这种功能无法延续到明清之后的长篇叙事文本。《三国演义》《隋唐演义》《封神演义》《杨家将演义》等一批章回体小说承袭了"讲史"的传统，"趣"的空间遭受历史主题的挤压而急剧收缩。如果说，《世说新语》之中一则有趣的只言片语足够支持一个叙事文本，那么，"历史"作为一个庞大主题赫然登场的时候，"趣"只能盘旋于叙事文本的一个小小角落。历史的复杂、沉重、悲壮远非"趣"所能覆盖。20世纪以来，文学再现历史的意图从未冷却。尽管"历史"一词的内涵愈来愈复杂，历史与文学的多向联系有待进一步澄清，但是，作家对于历史的敬畏有增无减。众多长篇叙事文本愈来愈自觉地显现出进入历史纵深的意图。汪曾祺的《受戒》《大淖记事》《异秉》《陈小手》等作品的盎然情趣往往被纳入"士大夫"名下，这些作品的分量似乎不可能与茅盾的《子夜》或者陈忠实的《白鹿原》相提并论——后者分享的是"历史"的名义。

文学再现历史的意图仿佛包含一个不言自明的观念：当历史被视为一个有机的连续整体之际，长篇叙事文本的结构必须某种程度地隐喻历史的复杂结构。这时，带有"讲史"痕迹的中国古代章回体小说缺乏结构的内在"自足性"——章回体小说的"缀段"结构曾经在五四时期引起非议。胡适批评一批小说仿造《儒林外史》结构，均为"不连属的种种实事勉强牵合而成"。[1] 所谓的"勉强牵合"，相对的观念毋宁是有机整体，尤其是历史的有机整体。如同有机整体存在清晰的起讫以及不可替代的内在结构，历史叙事必须遵循前后衔接的因果必然。如果长篇叙事仅仅是一种松弛的连缀，"核心"与"催化"混为一谈，主次不分，详略不辨，那么，

---

1 参见赵斌、张均：《胡适、〈孽海花〉与中国小说现代转型中的"缀段"问题》，《江淮论坛》2017年第2期；胡适：《再寄陈独秀答钱玄同》，《新青年》1917年6月1日第3卷第4号。

再现历史只能成为随波逐流的记载。这时，历史认知依据的各种基本观念——譬如中心与边缘、善与恶、正与邪以及种种轻重缓急——也将陆续瓦解。

人们的历史认知愈是注重前后相随的因果演变，叙事必将愈是重视"核心"的功能，根据"核心"的组织结构控制"催化"的范围，避免"催化"的喧宾夺主。然而，如果情节内部的横组合轴并未显现足够的主导作用，"催化"的内容可能急剧升值，甚至流露出不可替代的独立意义，例如"趣"所命名的叙事成分。鲁迅的《中国小说史略》也曾指出《儒林外史》的"缀段"特征："全书无主干，仅驱使各种人物，行列而来，事与其来俱起，亦与其去俱讫，虽云长篇，颇同短制；但如集诸碎锦，合为帖子"；尽管如此，"催化"的内容并未完全淹没："虽非巨幅，而时见珍异，因亦娱心，使人刮目矣。"鲁迅摘取的几个片段证明了《儒林外史》的文字机趣，例如范进的形象"无一贬词，而情伪毕露，诚微辞之妙选，亦狙击之辣手矣"。[1]

或许可以认为，文本结构隐喻历史结构是叙事文类对于现代社会的应答；但是，传统的遗产并未消失。"趣"所表征的美学意味跨入现代文化门槛，新的叙事实践必将接踵而至。

八

《水浒传》第七十一回"忠义堂石碣受天文　梁山泊英雄排座次"与《红楼梦》第五回"游幻境指迷十二钗　饮仙醪曲演红楼梦"均是小说结构的枢纽。无论是义薄云天、壮怀激烈，还是卿卿我我、儿女情长，尘世的一切无不对应上苍冥冥之中的安排。功名利禄，姻缘聚散，天意不可

---

1 鲁迅:《中国小说史略》第二十三篇，见《鲁迅全集》第 9 卷，人民文学出版社 2005 年版，第 229、231 页。

违。中国古代小说演义历史的时候，超验乃至魔幻的"天理"或者另一个平行世界仍是历史的组成部分。很大程度上，现代性"祛魅"提倡的科学精神与理性主义驱走各种神话观念，民族国家、社会制度、经济数据、军事力量对比以及文化形成的上层建筑成为历史叙事的重要依据。尽管如此，那些"怪力乱神"构成的超验想象与魔幻成分并未真正退出文学。文学的历史叙事或明或暗地为之腾出空间，例如《白鹿原》中的"朱先生"以及围绕家族血统、风水的各种传说，或者莫言诸多小说中的魔幻成分。如果说，文学提供的超验或者魔幻时常带来惊悚、战栗甚至狰狞之感，那么，"趣"的美学指向相对温婉、知性、内敛，点到辄止而不是大规模铺张扬厉。这种美学指向如何穿越"祛魅"设置的理性屏障？我愿意提到的文学例证是贾平凹的长篇笔记小说《秦岭记》。

中国古代笔记数量繁多，体例庞杂，或者志人志怪，或者掌故收集，或者神话传说，或者风土人情；叙事多为短篇，甚至寥寥数语，主题不拘一格，内容真伪难辨，然而，"趣"是相当多古代笔记的共有特征。天南海北，有趣辄录。贾平凹的《秦岭记》显然接续了这个传统。与众多现实主义长篇小说的雄图大略不同，《秦岭记》的"长篇"并未展示出复制历史结构，分析乃至拷问经济、道德、文化、社会阶层演变的意愿，而是专注于记录秦岭大山深处一些若真若幻的传奇：或为遥远的传说，或为当下的逸事。种种奇人异事显现的"趣"时常逗人一粲：一位年轻的山民勤思好学，尝试将科学技术引入乡村的日常生活。然而，他把儿子玩的气球系在担子两端减轻重量的时候，喜剧因素出现了。两个年轻的山民在大雪纷飞的日子上山捕猎狐狸，兼带与居住山顶的一个女子调情。女子丈夫的归家致使调情落空；狐狸挪动了炸药丸子以至误炸了自己。调情不成同时又尴尬出丑，这种受损程度恰是构成喜剧的条件。《秦岭记》的特殊意味在于，许多"趣"的成分与现实表象浑然交织，仿佛流露出相同的生活气息。人们可以在《秦岭记》之中看到旅游、选举、煤矿、温泉泡澡、楼堂馆所等各种现代景象，但是，这些现代景象衍生的情节形成意外的顿挫，转换为"趣"的回旋。例如，一块田地的南面与北面竖起两个葫芦制作脸面的稻草人，一个葫芦的嘴巴画得太大，一个葫芦眼睛不对称，两个稻草人的相貌恰如山村两个时常吵架的冤家。这一对冤家去世不久，一个稻草人折断了，另一个稻草人竟然在一个雪天离开田头散落在寺庙门口。面对人们的迷惑，这一则逸事结尾奇特地拐到另一个方向：

> 后来，村里的会计做了个梦，梦里是稻草人都有灵魂，因稻草人时间长了，灵魂的戾气也重。这一夜它去寺里避雪，寺里的护法神韦驮挡住不让进，双方争闹起来，韦驮打了一铜，稻草人被打散而死。[1]

某些时候，《秦岭记》不动声色的叙事并未启用所谓的"魔幻"想象，一段现实主义的情节可能突然显露出"趣"的内涵：山村一个殷勤助人的跛子获得了权威人物"阿伯"的赞赏。"阿伯"通过局长儿子的关系介绍跛子到铁路修建工地担任看护。跛子发生了工伤事故，"阿伯"再度出面交涉，铁路工地出资为跛子换了一个肾。跛子离开医院之后，突然开始对世间愤愤不平。他一反昔日的热心周到，骂骂咧咧地与工地的各色人等为敌，终于遭到辞退。这个人物性格为什么出现如此之大的转折？"阿伯"等人想象的原因竟然是——

> 阿伯八十岁生日那天，局长从县城回来，工地总管、镇长、村长也来祝寿。酒席上，几个人说起了跛子，都摇头，想不通他咋变得从让人同情到让人讨厌再到谁见了就害怕呢？阿伯说：是不是换了肾的原因？大家哦哦着，恍然大悟，说：这可怜的。[2]

1　贾平凹:《秦岭记》,人民文学出版社 2022 年版,第 39 页。
2　同上注,第 134 页。

通常，"趣"的美学指向隐蔽地规定了作者与叙事对象的距离：外部的，间离的，观望的，而不是投入的，甚至忘情地尾随主人公悲伤、欢乐或者愤怒。对于《秦岭记》说来，"笔记小说"与"趣"无不存在深刻的古典烙印。正如李丹所分析的那样：

> 虽经过"文言—白话"的重大语言转换，《秦岭记》保持了作为古典文类的精神，展现了与李渔、蒲松龄、袁枚们一脉相承的旨趣。书中所述异人、怪木、奇事、逸史无不具有观赏、玩味、咀嚼、品评的价值，此种审美属性恰与中国传统文人的主客观条件相契合，具有典型的案头艺术风格。

李丹同时指出，传统士大夫的笔记是一种"无功"而"有趣"的写作，文人雅士的涉笔成趣带有"文字清玩"的意味，与"齐家治国平天下"的格调迥不相同。然而，李丹同时察觉，《秦岭记》的某些篇什"远非传统笔记雪泥鸿爪式的写法"，而是追求现代意味的意义完整结构，后者"显然得益于新文学发生以来的短篇小说"。[1]这表明一个叙事学意义上的重要事实：""笔记小说"的"趣"的美学指向可能自如穿梭于古典与现代之间。

《秦岭记》同时表明，乡土文化的存在保持了古典与现代的内在延续。《秦岭记》号称"长篇笔记小说"，全书仍为一个又一个短小的叙事连缀而成，人物不一，情节独立，缺乏贯穿始终的戏剧冲突。人们只能认为，"长篇笔记小说"的唯一主人公即是秦岭。尽管秦岭貌似空间背景，并未介入内在情节的组织，然而，秦岭隐蔽提供了众多叙事的"核心"。如果撤换空间背景，这些叙事几乎无法在秦岭之外延续。谁又能把大蟒蛇诱人

---

1 李丹：《古老的趣味与变动的秩序——〈秦岭记〉读札》，《当代作家评论》2022 年第 5 期。

或者鬼魂帮忙抬银杏树、借助冥币交易的故事移诸西安城呢？秦岭如此特殊，以至于贾平凹说："秦岭最好的形容词就是秦岭。"[1]《秦岭记》的种种情趣必须追溯到秦岭的赋予。《秦岭记》许多短小的叙事缺少时间标记。一些庙宇和尚的传闻或者奇人异秉的故事不知发生于何时，可以确认的仅仅是空间标记——秦岭。

《秦岭记》存留许多古老的文化逻辑，譬如万物有灵，感应模式，现实与梦境相互交融，如此等等。山涧旁边两棵桦树是夫妇树，遇到伐木者吓得枝叶乱颤，两棵树可怜地相互安慰；河边悬崖的石罅里一潭静水，幽亮如镜，传说能照人心相：胸襟坦荡的善良者容颜不改，心地龌龊之辈模样怪异，村民的赌咒发誓乃至分田分林无不照一照罅水以示公正。秦岭之中云雾缭绕，草木丰茂，人与自然密不可分。一座寺庙的和尚清晨扫地，扫帚挥去的仅仅是落在台阶上的白云；另一座寺庙的和尚年迈圆寂，人们将他装入木长匣子埋在柏树下。新来的和尚修墓时发现，挖出来的木长匣被虫蚁噬去一半，装在匣子中的老和尚却是一截石头。

我曾经在贾平凹的长篇小说《秦腔》与《古炉》之中察觉一种"粗鄙"的美学。《秦腔》之中苦恋的痴情穿插于鸡屎、粪坑、尘土飞扬的街道与拌嘴、詈骂之间，《古炉》之中密集出现了粪便意象。田园牧歌的情调破灭之后，"鄙气"恰恰是乡村生活的重要内涵。[2]"鄙气"仍然流窜于《秦岭记》的各种奇闻逸事之间，使之摆脱莲花宝树式的仙境幻象而返回乡村版的花妖狐魅，制造出各种乡土气息的戏谑与谐趣。例如，山村一个老者被尊为村祖；老者嗜赌，以镶在嘴里的金牙为赌资与一顽童划拳对赌，赌输之后企图赖账，老者与顽童二人围绕一幢房子奔跑追逐。老者突然从后窗遁入房内一个临产孕妇腹中，继而成为一个带金牙的新生婴儿。

---

1 贾平凹：《秦岭记》，人民文学出版社 2022 年版，第 261 页。

2 参见南帆：《找不到历史——〈秦腔〉阅读札记》，《当代作家评论》2006 年第 4 期；《剩余的细节》，《当代作家评论》2011 年第 5 期。

无论如何，这种"趣"始终溢出泥土的味道，背后若隐若现的是秦岭的崇山峻岭。

乡土文化构成《秦岭记》"趣"的策源地。然而，"趣"的美学指向如何进入秦岭之外的巨大空间？如果说，现代性"祛魅"正在造就前所未有的叙事逻辑，那么，从城市景观、工业时代的大机器生产到互联网制造的后现代氛围，"趣"是否可能拥有另一批性质迥异的素材。当然，无论是动漫的二次元表情包、科幻小说的"祖父悖论"情节设计还是网络语言的"造梗"或者弹幕评论的生动形容，人们可能发现各种新的动向。许多迹象表明，这个范畴已经到了重新充实的时候了。

第十章

讲个故事吧：情节的叙事与解读

一

"讲个故事吧！"——在一些思想家看来，这种渴求不仅来自我们的孩提时代，而且来自人类的远古时期。远古的人类居住于洞穴，一堆熊熊的篝火和口口相传的故事填满了夜晚的漫长时光。当然，这是一幅想象性的图景。各种记载显示，古代的圣人、巫师、政治家以及思想大师无不擅长讲故事。很大一部分神话、宗教和历史事件借助故事的形式流传于世。所以，"叙事"——故事的叙述——一词有时会在一些特殊的重要场合得到使用，例如"宏大叙事"，或者"民族叙事"。进入现代社会，人们公认小说必须讲故事。古代汉语之中，"小说"一词始见于《庄子》，班固形容为"街谈巷语，道听途说"；然而，悠久的文学史终于将小说锤炼为一个成熟的文学类型。什么是这个文学类型的首要功能？一个精彩动人的故事，一段荡气回肠的情节，这是许多人对于小说的普遍期待。

现今的文学谱系之中，"小说"繁衍为一个庞大的家族——人们可以将电影、电视连续剧以及巨型的网络小说视为传统小说的延伸。作为大众文化的主力团队，电影、电视连续剧和网络小说的共同轴心即是故事情节。从远古的篝火到时髦的电子屏幕，故事情节至今魅力不衰。无论是拥有无数"粉丝"的网络作家还是好莱坞编剧，一个"好故事"是他们的共同追求。既然如此，我愿意更多地注视一个有趣的迹象：在文学研究领域，为什么"情节"这个术语从未升温——如果不是频繁地遭到冷遇的话？

何谓"情节"？这时，叙事学曾经强调的一个区别必须得到特殊的关注：故事与情节。故事指的是一些前后相随的原始事件，情节指的是作者叙述出来的事件。俄国形式主义与结构主义理论家使用的术语不尽一致，但是，他们共同坚持二者之间的不同：故事仅仅是素材的总和；如同尚未烹饪的食物无法下咽，未经叙述处理的故事素材不可阅读。情节诉诸话语组织，显现为某种类型的文本——小说展开的只能是情节而非故事。叙事学证明这个区别存在的主要证据是：一个相同的故事梗概可以在各种符号体系之间转移："睡美人"既可能是童话、电影，也可能是芭蕾舞剧或者动漫作品，"武松打虎"既可能是小说、评书，也可能是京剧或者连环画。每一种符号体系都可能破除故事梗概的原始秩序，从而构成独特的情节叙述。简言之，故事无非璞石，情节才是精雕细琢的玉器。尽管如此，我不想将未经开凿的"自然性质"赋予故事。获得各种符号体系接纳之前，故事梗概的胚胎已经包含了基本的文化理解和语言表述。善有善报、凶手必须绳之以法以及相爱是一种美德这些基本文化观念业已植入各种故事素材。故事转变为情节增添的是引人入胜的叙事效果，这种效果构成了审美以及意识形态功能的前提。

因此，叙事考察的时候，情节可以视为某种话语成规。通常的小说或者剧本写作必须遵循这个话语成规，无论是一个擅长"讲故事"的作家还是方兴未艾的人工智能。人们置身的世界混沌而杂乱，各种类型的话语成规试图赋予不同的视野和展开方式。亚里士多德的《诗学》表明，作为一种话语成规，"情节"已经在古希腊时期获得了娴熟的运用。解剖古希腊悲剧包含的各种成分时，亚里士多德不仅肯定了"情节"的优先地位，而且表述了这种话语成规的基本程式：

按照我们的定义，悲剧是对于一个完整而具有一定长度的行动的摹仿（一件事物可能完整而缺乏长度）。所谓"完整"，指事之有头，有身，有尾。所谓"头"，指事之不必然上承他事，但自然引起他事发生者；所谓"尾"，恰与此相反，指事之按照必然律或常规自然的上承某事者，但无他事继其后；所谓"身"，指事之承前启后者。所以结构完美的布局不能随便起讫，而必须遵照此处所说的方式。[1]

《诗学》的论述表明，亚里士多德心目中的情节主要是"行动"带来的各种后果，古希腊的戏剧不适于表演一个角色静止的沉思冥想；另一方面，一个行动诱发的另一个行动形成环环相扣的链条，完整的起讫以及必然的运行逻辑喻示了严密的因果转换。所以，福斯特的《小说面面观》提出的一个简明划分赢得了广泛的引用：国王死了，王后也死了——这是故事；国王死了，王后因为悲伤也死了——这是情节。前者仅仅显示了自然的时间秩序，后者显示的是因果联系。然而，另一些理论家的观察证明，多数人仍然会自动地为第一个例子添上因果联系：人们的"天性"倾向将搜集到的现象综合为某种完整的结构。[2] 因此，相当多的情节毋宁是时间秩序与因果关系的混合，"后来呢？"与"结果呢？"两种悬疑的彼此交织提供了持续叙事的动力和阅读兴趣。

为什么如此完善的话语成规未曾赢得至高的文学荣誉？一种普遍的异议是，强大而坚定的因果转换可能窒息人物性格的丰富可能，从而阻止一个柔软的、颤抖的、思绪万千的内心浮出水面。亚里士多德的"情节"植根于剧院的舞台，外在的"行动"几乎是唯一的展示形式，情节显现的

1　〔古希腊〕亚理斯多德：《诗学》，罗念生译，人民文学出版社 1962 年版，第 25 页。

2　参见〔美〕西摩·查特曼：《故事与话语：小说和电影的叙事结构》，徐强译，中国人民大学出版社 2013 年版，第 31 页；〔以色列〕里蒙-凯南：《叙事虚构作品》，姚锦清等译，生活·读书·新知三联书店 1989 年版，第 31 页。

事件必须"能用一个动词或动作名词加以概括"[1]。然而，许多人觉得，只会"行动"的角色仅有发达的四肢而内心贫乏。那些惊险小说显示，激烈的对抗和危急的情势极大地压缩了内心空间，种种湿润乃至微妙的心情迅速挥发殆尽。刀光剑影之间，多数人无法沉思命运的奥秘或者悠闲地抒情；火灾或者洪水袭来之际，如何逃生几乎是唯一的念头。换言之，密不透风的情节仅仅给人物性格的展示留下狭小的缝隙。事实上，许多成熟的作家都曾经察觉人物与情节之间存在的紧张。当文学舆论愈来愈倾向于选择人物形象代表文学成就之后，"情节"无形地被贬抑为相对低级的范畴。几乎无法看到那些畅销一时的侦探小说或者惊险小说入选文学史，荣任经典之作。

另一方面，如同许多人已经指出的那样，现代主义与后现代主义文化观念瓦解了情节的基础——这是情节遭受贬抑的又一个原因。现代主义时常被视为一个文化怪物。现代主义作品晦涩、阴郁、支离破碎，种种文化成规遭到了破坏。那个完整的古典世界已经破碎，古老的叙事方式随之解体。现代主义作家怀疑乃至亵渎传统预设的世界图景，拒绝众多既定的前提和联系，包括种种符号体系的表意方式。现代主义对于"情节"的否定聚焦于因果关系。社会、历史、权威、宗教、伦理、正义、善与恶等众多观念正在强烈的现代质疑之中逐一陷落，种种理所当然的因果关系开始衰减以至中止。尽管世俗的乐观情绪仍在延续，但是，某些作家似乎从空气之中嗅到了另一种气息。这时，卡夫卡《审判》的主人公无缘无故地被捕，继而像一条狗似的被刽子手杀掉；加缪《局外人》的主人公无缘无故地成为冷漠的杀人犯，然后无所谓地坐在囚牢等待终极的裁决；罗伯-格里耶的《嫉妒》缓重地展开一连串无声的生活图像，莫名的压抑气氛笼罩了一切。一批现代作家热衷于将人物抛出社会关系，塑造成一个个孤独分

1　参见〔以色列〕里蒙-凯南：《叙事虚构作品》，姚锦清等译，生活·读书·新知三联书店1989年版，第4页。

子，使之形影相吊。过去或者未来的各种片断如同扑克牌任意穿插，一个面目全非的世界甚至解构了情节所依存的"故事"。

如果说，因果关系中止喻示的某种深刻异动造就了一批现代主义文学寓言，那么，多重因果关系交叠带来的多向解释与相对主义更为接近后现代的文化观念。安伯托·艾柯曾经在分析电视节目时指出，相同的故事素材并非必然制作为唯一的"情节"。事实上，"一个是生活，它是不定型的、开放的、有多种可能；一个是情节，即导演将选择和随后播出的事件之间的单义的、单向的联系组织起来——尽管是即兴地组织——形成的情节"。二者关系并非两个相互锁扣的齿轮。艾柯的"开放"叙事倡导解放隐藏于生活内部的多种可能："这种叙述的本质，它有可能被以多种方式理解，有可能促成多样的相互补充的解决办法的本质，正是我们可以定义为叙述作品的'开放性'的本质：在放弃情节中承认如下事实——世界是由可能性交织构成的，艺术作品必须再现这种情况。"[1] 对于"开放"叙事说来，情节没有理由垂青一种可能从而放弃甚至封锁另一些可能。无论是《三国演义》的赵子龙大战长坂坡、《水浒传》的武松杀嫂，还是《西游记》的孙悟空大闹天宫，这些著名片段无不隐含了另一些遭受现有情节遮蔽的主题，例如愚忠与虚伪，暴力与厌女，任性与违法乱纪，如此等等。后现代"怎样都行"的嬉闹气氛之中，遵循必然的情节清晰地锁定某个主题时常被视为不解风情的迂腐和固执。谁说武侠小说只能表演英雄豪情？电视剧《武林外传》成功地从两肋插刀、义薄云天的"故事"之中开发出了嬉皮笑脸主题。

对于情节的考察说来，虚构的意义似乎没有获得充分的估计。"文学并不局限于虚构，同样虚构也不局限于文学"——特里·伊格尔顿在他的著作《文学事件》之中耗费数十页辨析"虚构"，这个概念的复杂程度可

---

1 〔意〕安伯托·艾柯：《开放的作品》，刘儒庭译，新星出版社 2010 年版，第 144、145 页。

能超出许多人的想象。[1]新闻或者历史著作的虚构如同谎言，文学的情节虚构享有道德的免责权。一个有趣的事实是，许多作家竭力修饰虚构的情节，力图赋予一个栩栩如生的外表——罗兰·巴特称之为"真实效果"。他们逼真地复制一个木匠如何安装马车的车轴，或者一丝不苟地描写某种宫廷礼仪。对于吴承恩的《西游记》、卡夫卡的《变形记》以及众多科幻小说说来，某种熟悉的内容仍然隐藏于奇幻情节的背后。奇幻引起了惊奇，但是，熟悉保证了惊奇之后仍然葆有持续的兴趣。"真实效果"似乎构成了审美的重要乃至必要条件。虚构之中必须拥有多少熟悉的真实成分？二者的合适比例显然是情节构造尚未破译的一个小小秘密。

作为一个古老同时仍然时髦的话语成规，人们没有理由对情节视而不见。事实上，社会历史学派、叙事学或者精神分析学无不可以提出独立的考察报告。我感兴趣的问题是，一种独立报告隐藏的视野盲区可否在另一种报告之中获得弥补？

二

首先，我试图在现今的理论语境重返一个问题：情节、人物性格与社会历史的关系。

"情节是人物性格的发展史"——许多人对于这个命题耳熟能详。情节与人物性格两种成分相互交织、循环，相互生产。人物性格的行动形成了事件，一系列事件扩大为情节；同时，人物性格又在事件之中表演、发展、自我完成。所以，亨利·詹姆斯用讥讽的口气反问："如果没有情节的规定性，性格是什么？如果没有性格的显现，情节是什么？"[2]

1　〔英〕特里·伊格尔顿：《文学事件》，阴志科译，陈晓菲校译，河南大学出版社2017年版，第123页。

2　〔美〕亨利·詹姆斯：《小说的艺术和意识的中心》，见《"冰山"理论：对话与潜对话》（上册），崔道怡等编，工人出版社1987年版，第14页。

然而，这种状况毋宁是情节与性格之间理想的平衡。事实上，相当多的小说显现为偏正结构。情节"溢出"性格范畴的作品时常被称为"情节小说"。情节小说的内容并非完全源于性格。没有哪一种性格可能召唤地震的发生或者飓风的来临，换言之，这种情节的肇始超出了性格的主导范围；另一些情节小说之中，性格的力量无法扭转情节逻辑的预先设计。对于一部侦探小说而言，再有个性的侦探也没有理由抛下案件潇洒地远走他乡，游山玩水。相对于"情节小说"，性格"溢出"情节被称为"性格小说"。"性格小说"的特征是，情节围绕人物性格持续展开而不存在一个自身目的，例如寻获某种宝藏，或者完成一个特殊的探险计划；必要的时候，作家可以任意结束，也可以根据既定的性格源源不断地设计后续的情节。如前所述，文学史对于"性格小说"给予更多的表彰，诸多小说主人公在文学史留下的名声甚至超过了创造他们的作家，例如曹操、刘备、诸葛亮、关云长、张飞、宋江、林冲、武松、孙悟空、猪八戒、贾宝玉、林黛玉、阿 Q，或者阿喀琉斯、堂吉诃德、于连、葛朗台、高老头、包法利夫人、安娜、聂赫留朵夫，如此等等。按照一些理论家的观点，这些文学人物拥有一个共同的名称：典型人物。

恩格斯认为，典型人物是现实主义文学的一个重要特征："现实主义的意思是，除细节的真实外，还要真实地再现典型环境中的典型人物。"[1]作为衡量文学人物的一个范畴，"典型人物"具有特殊的含义指向——这个概念力图阐明个别性格如何隐喻了社会历史运动。对于社会历史批评学派说来，认识历史潮流是文学的基本目的之一。文学之所以成为动员大众的革命号角，展示一幅清晰的社会图像有助于人们勇敢地承担自己的历史角色。如果那些恩怨情仇乃至家长里短的背后不存在宏大的社会历史主

---

1 〔德〕恩格斯：《恩格斯致玛格丽特·哈克奈斯（1888 年 4 月初）》，见《马克思恩格斯文集》第十卷，中共中央马克思恩格斯列宁斯大林著作编译局编译，人民出版社 2009 年版，第 567 页。

题，人们为什么关注这个人物而不是那个人物？这个意义上，典型人物的首要含义，即是喻指个人与社会历史之间的张力。当然，并非所有的理论家都乐意将社会历史视为文学的旨归。福斯特指出了"扁形人物"与"浑圆人物"的差异，但是，他的聚焦仅仅是两种人物如何以不同的方式嵌入情节，福斯特并未将这种差异与文本之外的社会历史联系起来。

选择人物性格作为社会历史肌体上的细胞给予分析，而不是借助某些历史事件镜像式地再现，这是现实主义文学与历史话语的分野。如果说，历史话语的再现必须保持事件轮廓、数据、时间与空间等诸多因素的表象相似，那么，文学展开的是存留于人物性格内部的社会历史信息。见微知著，那些典型人物的性格特征凝缩了社会历史的深刻动向。

阐述个别人物与宏大历史之间的转换机制时，许多理论家诉诸"个性／共性"之间的对立统一。一部长篇小说之中的神甫、马车夫或者企业家、士兵将是千百个同类人物的代表。任何个性无不隐含了相对的共性，典型人物的美学价值表现为二者之间的强大张力：个性愈是突出的神甫、企业家，愈大范围地概括了神甫与企业家的共有特征，这个人物包含了愈高的文学成就。缺乏个性的文学人物无法赢得"美学观点"的首肯，缺乏共性的文学人物无法赢得"历史观点"的兴趣。所以，卢卡契如此表述："使典型成为典型的乃是它身上一切人和社会所不可缺少的决定因素都是在它们最高的发展水平上，在它们潜在的可能性彻底的暴露中，在它们那些使人和时代的顶峰和界限具体化的极端的全面表现中呈现出来。"[1]

然而，所谓的"共性"并非一个精确的所指。人们不知道一个神甫的矮小身材与一个企业家嗜好甜食是否属于共性的内容。一个"马大哈"或者"多动症"患者呢？许多人认为，卢卡契意义上的典型人物共性指的

---

[1] 〔匈〕卢卡契：《〈欧洲现实主义研究〉英文版序》，施界文译，见《卢卡契文学论文集》（二），中国社会科学出版社 1981 年版，第 48 页。

是"阶级性"。各种心理、人格、道德或者美学特征无关紧要，只有"阶级性"才能成为社会历史构造之中一个举足轻重的组成单位。按照这种观念，托尔斯泰的聂赫留朵夫代表了虚伪的贵族，巴尔扎克的葛朗台代表了贪婪的资产阶级，《子夜》中的吴荪甫代表了软弱的民族资本家，《红旗谱》中的朱老忠代表了揭竿而起的贫农阶级，如此等等。尽管这种解读构思了一个井然有序的理论图景，但是，理论家不得不面对令人苦恼的双重难题：一方面，当共性与阶级性相互重叠的时候，一个阶级仅需要一个典型人物；同一阶级的众多人物无助于解释社会历史；另一方面，许多人物的性格特征并非来自他的阶级身份，例如奥赛罗的嫉妒，猪八戒的懒惰，或者阿Q的"精神胜利法"。因此，作品时常剩余众多与共性、阶级性无关的人物、情景与细节，成为主题无法吸收的赘物与噪声。这时，"典型人物"只能作为某种简单的标签覆盖有限的文学内容。

我倾向于将"社会关系"视为个别人物与宏大历史之间的衔接中介。对于阶级、性别、种族以及各种物质力量造就的社会历史说来，社会关系构成了内在的肌理。马克思在《关于费尔巴哈的提纲》中写下一个精辟的命题：人是一切社会关系的总和。性格可以想象为社会关系之网的网结。一个性格的诸多特征不可能完全追溯至阶级的馈赠，但是，这些特征无不可以视为种种社会关系的响应。敢闯敢为的脾性可能与少年时代的街头团伙有关，精打细算的节俭可能与总管的位置有关，擅长体贴他人可能与家庭之中的长子身份有关，儒雅的谈吐可能与一批富有教养的邻居有关，刚愎自用的风格可能与一帆风顺的仕途有关，阴暗的报复情绪可能与某一次重大的创伤有关……某些历史时期，阶级关系可能构成了社会关系中最为重要的成分，这时，阶级对于性格的塑造和规约具有基础的意义。很大程度上，社会历史同时是社会关系的交织与演变。尽管文学"笼天地于形内，挫万物于笔端"，但是，社会关系的此起彼伏无疑是作家的兴趣焦点。如果说，社会关系构成了社会历史的主要内容，那么，可以将社会关系的含量——而不是通常所说的"共性"——作为"典型人物"的衡量标志。一个人物性格汇聚的社会关系愈加丰富，这个人物性格拥有愈强的典型性。这种衡量方式既包括了阶级关系，同时又远比阶级关系丰富。更为重要的是，这时的人物性格不再是一个单薄的概念剪影，而是与社会历史保持千丝万缕的具体联系。

这个意义上，"情节是人物性格的发展史"亦即社会关系演变史。"溢出"性格范畴的情节之所以显得生硬轻薄，恰恰因为缺乏密集的社会关系网络。阴差阳错偶遇贵人，落入深渊侥幸逃生，途经山洞窃得武学奥秘，无意之间接住了空中落下的江湖盟主桂冠——众多偶然转折组织的离奇情节仅仅是一种精神安慰剂。没有社会关系的内在脉络，这些脆弱的情节如同随时可能垮塌的独木桥。只有将社会关系作为实体，驱使众多的真实人物相互交汇，情节才能成为"典型人物"赖以存在的"典型环境"。

然而，这些观念意外地遭遇另一批理论家的质疑。怎么能轻率地将这些文学人物送入社会历史，谈论他们的处境和种种活动轨迹，并且引申出一系列关于社会制度、生产方式或者意识形态的结论——仿佛确有其人似的。文学人物没有生物学的存在，既不消耗氧气和水分，也不按时睡眠，作家从来不屑于描写他们躯体内部的甲状腺、肠道以及脉搏的跳动情况。文学人物来自想象，他们的性格特征与作家——他们的缔造者——的性格存在隐秘的关系。尽管许多现实主义作家声称无法左右自己的主人公，这些文学人物可能自作主张地结婚、私奔或者自杀，事实上，作家对于主人公言行的影响远远超过了真实的父母之于子女。更为重要的是，文学人物并非以一个真正的肉身凡胎踏入生活，他们仅仅在作家提供的语言屏幕之上现身。因此，谈论社会关系或者历史结构之前，必须先考虑语言结构。的确，这些质疑就是来自一批围绕语言学开展工作的理论家，俄国的"形式主义"或者法国的"结构主义"构成了他们最为集中的理论资源。这些理论家夸张地否认情节与社会历史的衔接，对于那些留存于读者内心的人物形象嗤之以鼻。他们不承认心理领域的独立存在，所谓的内心无非是语言拨冗为个人布置的一个小角落："除了作为读者对所读到的连续不断的词语的记忆的沉淀物之外，没有别的存在……"[1] 不论多大程度地承认这种观点，这些质疑至少显现了一个语言事实：修辞、文类以及叙事方式同时隐蔽地决定了情节和文学人物的形象。

这时，叙事学应声而出。

三

按照叙事学的严谨表述，情节是叙述的语言产品。"叙事学"概念来自茨维坦·托多洛夫的《〈十日谈〉语法》，这证明了结构主义与叙事学的渊源关系。作为结构主义叙事学的开创之作，几乎所有的人都会提到弗·雅·普罗普的《故事形态学》。普罗普从一百个"民间故事"的情节之中总结出若干重要的规律：例如，情节的叙述并非根据人物性格的必然言行，而是来自各种角色功能的驱动。不论是国王、农夫还是猎人，他们都可能以主动者的角色登场，蛇妖、巫婆、女仆均为反面角色的人选，这些角色的各种组合形成了三十一种功能，所谓的情节无非三十一种功能编织的不同表象。摆脱具体的人物性格以及他们的独特命运、遭遇而搜索出普遍的演变程式，这是普罗普为叙事学做出的示范。《故事形态学》显示的系统、结构、闭合性与索绪尔的结构主义语言学观念不谋而合。能否如同归纳语言规则那样归纳故事规则？这是结构主义叙事学的雄心壮志。不长的时间里，罗兰·巴特、热奈特、格雷马斯、托多洛夫纷纷携带各种结构主义兵器抵达，叙事学阵营极一时之盛。从故事与话语、文本、人称、叙述者、叙述角度、叙述层次到行为者、频率、节奏、聚焦、议论、时间与空间、核心与从属，叙事学涉及的内容蔚为大观。这种状况甚至让许多人惊讶和意外：如此常见的叙事活动居然由如此之多的语言器官共同完

1　参见〔美〕西摩·查特曼：《故事与话语：小说和电影的叙事结构》，徐强译，中国人民大学出版社 2013 年版，第 121 页。

成。巴特的《叙事作品结构分析导论》无疑是结构主义叙事学的精湛之作。这一部理论作品汇聚了诸多叙事学的重要命题。根据巴特的分析，话语的诸多意义单元和序列精密地装配为一个宏大的叙事机制，源源不断地生产各种型号的情节。

由于叙事学的洗礼，人们开始从语言、叙述乃至修辞的意义上透视情节。如果说，曲折、惊险、生动、深刻、严密、紧凑曾经是描述情节的一套常用形容词，那么，叙事学提供了另一套迥异的术语。前者显现了情节的美学风格以及社会历史的寓意，后者显现了情节的语言构造。通常认为，各个谱系的术语分别展示了同一个实体的不同维面。所谓的"不同维面"并非来自几何学的想象，而是源于各种理论观念造就的特殊视域。例如，可以从道德层面、美学层面、健康层面或者职业层面解剖同一个人物。众多层面不仅相互叠加、补充，同时还可能相互争夺、对抗。来自道德层面的评价可能排斥美学层面的观点，职业要求可能对健康的指令不屑一顾。相似的是，结构主义叙事学的情节描述隐含了明显的排他意味。结构主义的理论观念具有强烈的扩张性与大一统的企图，美学评判或者社会历史学派时常被视为浪漫的人文幻觉。

结构主义叙事学的一个显眼的特征是，剔除种种具体的场景、人物和细节，抽象出沉淀的语言结构骨架。究竟是"一个国王送给英雄一只鹰""一个老人送给孩子一匹马"，还是"一个公主送给王子一枚戒指"并不重要，重要的是一个角色将某种具有一定魔力的物品送给另一个角色。更为抽象的意义上，人们看到的是由名词、动词按照语法组成的一个标准句式，横组合与纵组合潜在地控制了叙事的长度或者节奏。叙事学的初步工作即是将情节的丰富内容还原为各种话语单元，例如意义层、叙述层、转喻、内心独白、自由联想、间接引语，等等。他们认为，那种具有心理深度或者社会意义的人物是一种过时的神话，人物更像一种语言片断存在于上下文之中，犹如一个名词安置于句子内部。作为情节的一个内部元素，"结构分析十分注意避免用心理本质的语言来给人物下定义，至今为止一直力图通过各种假设，不是把人物确定为'生灵'，而是'参加者'"。这个意义上，罗兰·巴特愿意遵从亚里士多德的观念：人物从属于行为。[1]换言之，人物的独立性格无足轻重，人物的意义是作为一个角色——亦即"行动者"——推动情节持续地发展。托多洛夫曾经以"X看到Y"这个简单的句式为例加以解释：对于注重人物性格的作家说来，X是重点，后续的所作所为无不作为X的性格表象产生作用；相对地说，叙事学更为重视"行动"——叙事学强调的是"看"，"用叙事—语法术语来说，前者的焦点落在主语上，后者的焦点落在谓语上"。[2]

必须承认，结构主义叙事学的研究让人耳目一新。尽管如此，这个问题始终萦绕于众多陌生的术语背后——结构主义叙事学的目的何在？叙述话语的全面解剖让人联想到医学院里的生理挂图——的确，相当多的结构主义叙事学著作热衷于使用图表展示叙事学的基本构造。如果说，生理学从属于自然科学范畴，那么，我想指出的是，结构主义叙事学之中游荡着科学主义的幽灵。科学主义很大程度地主宰了叙事学的内在追求，以至于社会、历史、美学等人文概念因为不够"科学"而遭受鄙视。自然科学力图清除各种社会历史现象的临时干扰，从而发现自然世界某些不变的规律。不论空中落下的是一块陨石、一发炮弹还是一个启示了牛顿的苹果，自然科学发现的共同规律是重力加速度。自然规律不以人的意志为转移，人类只能在重力加速度许可的范围盖房子、举行跳高竞赛或者发射卫星。然而，叙述话语乃是人工产品；某种条件下，作家可以修订、补充、改造叙述话语，使之开创新型主题。因此，叙事学并非认定叙述话语的终极版本；同时，叙事学还必须负担叙述话语的开拓。叙事学可能证明，共同的话语成规对于各种社会共同体的组织功不可没，正像共同的语法保证了社

1 〔法〕罗兰·巴特《叙事作品结构分析导论》，张寅德译，见《叙述学研究》，张寅德编选，中国社会科学出版社1989年版，第25、23—24页。

2 参见〔美〕西摩·查特曼:《故事与话语：小说和电影的叙事结构》，徐强译，中国人民大学出版社2013年版，第98页。

会成员的相互理解；然而，由于语法模式的范本，结构主义叙事学仅仅聚焦话语成规的描述，话语成规的破除与再生未曾引起足够的关注。许多人效尤普罗普《故事形态学》的分类和归纳，然而，卡夫卡、加西亚·马尔克斯或者博尔赫斯的超常与奇诡恰恰突破了陈陈相因的叙述牢笼而挑战种种分类与归纳。语法归纳的科学与严谨并非语言的全部，语言的社会活力在于语义。"主语 + 谓语 + 宾语"仅仅是一个通用的语法公式，"小王拿起一支笔"与"飞行员发射了一枚导弹"的语义效果天渊之别。语法停留于科学领域，语义进入社会历史。结构主义叙事学旨在描述情节的叙述语法，但是，叙述语法无法替代叙述语义的考察——后者始终与社会历史的语境互动。

相对于千变万化的语义，"主语 + 谓语 + 宾语"的通用语法公式中性、客观，不存在明显的意识形态倾向。然而，某些的叙述语法开始隐蔽地执行意识形态修辞。正如马克·柯里细致的分析所发现的那样，叙事包含了身份的制造——身份制造不仅是讲述自己的故事，而且是"通过与别的人物融为一体的过程进行自我叙述"。[1] 换言之，身份的自我表现依赖于自我与他者之间相互关系的情节叙述，一个有机的情节弥补了日常现实的各种断裂和破碎，零散的个人生平由于叙述而被纳入某种社会历史整体。柯里同时发现，叙述视角的设置巧妙地控制了读者对于主人公的同情程度，"同情的产生和控制是通过进入人物内心及与人物距离的远近调节来实现的"。[2] 转向民族历史情节的叙述领域，叙述者甚至不再掩盖自己的立场：这种叙事不仅设置了特定的历史起源、演变轨迹和伟大的结局，同时，各种叙事策略还将在"时间"以及众多日常细节之中敲上同质化的烙印。[3] 总之，按照马克·柯里的观察，叙事学正在逐渐摆脱科学主义和语法模式

1　〔英〕马克·柯里：《后现代叙事理论》，宁一中译，北京大学出版社 2003 年版，第 21 页。

2　同上注，第 26 页。

3　同上注，第 101—103 页。

的诱惑，重返社会历史。在他看来，"多样化、解构主义、政治化"是叙事学抛弃结构主义而进入"后现代"的标志。马克·柯里认为，叙事学独立于社会历史的"科学假定"是一种假象：

> 第一个转折——从发现到发明——反映了叙事学告别科学假定的整体性转变。这个假定就是：叙事学可以成为一门客体科学。它能发现作为其研究客体的叙事作品的内在形式与结构的特征。后结构主义叙事学则脱离了叙事分析中的这种假设的透明性，逐渐认识到无论阅读是怎样地客观与科学，阅读的对象总是由阅读行为所建构的，而不是在阅读中所发现的叙事作品的内在特征。结构于是成了有结构主义倾向的读者使用的一种隐喻，它给人以一种印象，以为客体化的叙事作品的意义是一成不变的。后结构主义者偏爱构造（construction）、建构（construct）、结构化（structuration）和建立（structuring）等词，因为它们都指向读者在意义构成中的积极作用。而其他一些词，如过程（process）、正成为（becoming）、游戏（play）、延异（difference）、滑动（slippage）、传播（dissemination）等，则通过从运动的语义场借用这些词的比喻意义，对叙事作品是一个稳定结构的思想发起了挑战。简言之，后结构主义不再将叙事作品（以及总的语言系统）当作建筑物，当作世界上的固体来对待，而转向了这样一种观点：即叙事作品是叙事上的发明，这种发明所能构建的形式几乎是无法穷尽的。[1]

显然，后现代叙事学不再冻结于僵硬的叙述语法内部，而是力图恢复与社会历史的联系，接纳来自文本之外的巨大冲击。社会历史并非一个静止的领域等待结构主义的格式化，相反，这是一个沸腾的区域，各种故事不停地涌现，持续地与既有的叙述话语彼此磨合，相互定型。结构主义叙

1　〔英〕马克·柯里：《后现代叙事理论》，宁一中译，北京大学出版社2003年版，第4—5页。

事学的多数结论言之有据，但是，后现代叙事学更为关注的是，各种话语成规如何接受社会历史的重构。这种理论图景不仅打开了结构主义设置的限制，同时将结构主义叙事学遮蔽的一个问题解放出来：为什么文学——尤其是小说——情节拥有新闻叙述或者历史叙述所不可比拟的心理能量？

如果说，社会历史是文学与新闻叙述、历史叙述共享的领域，那么，心理能量是否隐含了某种文学的独特秘密？

四

"讲个故事吧！"——为什么情节的魅力如此强烈，古今不衰？叙事学认为，情节展示了时间秩序之中因果关系的必然演变，洞悉真相是多数人的内心渴求。"后来呢？"与"结果呢？"两种悬疑如同两条缰绳牢牢地套住了读者的心智，鞭策他们马不停蹄地奔赴情节的终局。然而，这种解释并不完整。多数人不会津津有味地跟踪一个化学实验室或者数学教科书提供的因果转换，生物学或者天文学抛出的悬念得不到广泛的回应。如果没有纳入文学情节的躯壳，谈论某种社会制度的设计或者某个历史时期外贸对于国计民生的意义不可能让人如痴如醉，悲喜交加。我试图追问的是，文学情节多出了什么？

结构主义叙事学倾向于抽象地描述"行动"。然而，这种描述无法显现情节的魅力指数。对于结构主义叙事学说来，"一条龙抢走了国王的公主""一个窃贼盗走了美术馆的名画"与"一只大公鸡夺下了小鸡嘴里的虫子"的叙述意义等值，但是，几乎所有的读者都能察觉，这些情节的吸引力大相径庭。所谓的"吸引力"显然进入了结构主义叙事学拒斥的心理领域。事实上，结构主义叙事学无法彻底避开心理主义的诱惑。乔纳森·卡勒在《结构主义诗学》之中谈到悬念的时候如此表述："……完全应该能区别什么是读故事的愿望，什么是从所谓的悬念（即存在着一个具体的问题）中了解事情的结局的愿望，我们之所以要读下去，并不是为知道得越多越好，而是为发现有关的答案。为了知道下一步又发生了什么的愿望本身并不成为架构结构的重要力量，而为了知道一个疑团或一个问题是如何解决的，才的确会引导读者将语序组织起来，以满足我们的愿望。"[1]不论卡勒如何分辨结构整体与个别悬念怎样产生性质不同的心理反应，意味深长的是，"愿望／欲望"（desire）从属的心理领域再度卷入考察的范围。意识到情节的心理含量可以成为叙事学的另一个聚焦点，那么，情节与欲望（desire）的关系令人瞩目。

希利斯·米勒的《解读叙事》重新讨论了古希腊索福克勒斯的《俄狄浦斯王》与亚里士多德的《诗学》。众所周知，《诗学》将《俄狄浦斯王》作为悲剧的典范阐述何为情节。"亚里士多德认为一部好的悲剧必须自身合乎逻辑，也就是说，其各种成分须与一个单一的行动和意义相关联，这样它们才会具有意义。任何无关的东西都必须排斥在外。这个合理的统一体就是剧本所谓的'逻各斯'。"[2]然而，米勒的考察表明，《俄狄浦斯王》充满了神秘、怪诞、疯狂与异乎情理。如果认为情节包含了清晰的因果转换，那么，《俄狄浦斯王》破绽百出。人们可以从米勒的论述之中意识到，某种奇特的能量隐伏于剧本内部呼风唤雨，尽管米勒并未给予命名。《解读叙事》在另一个章节讨论亨利·詹姆斯《地毯中的图案》时再度遇到这个问题。《罗德里克·赫德森》的序言之中，詹姆斯将这个问题分解为相互关联的两个方面：

其一，在写小说时，作家如何才能在选定的素材周围划一根线，使其四周都具有边缘或者边界，看起来像是一写到那儿就自然会停笔，而边界之外的一切都与该小说的主题无关？其二，在边界之内，

1 〔美〕乔纳森·卡勒：《结构主义诗学》，盛宁译，中国社会科学出版社 1991 年版，第314 页。

2 〔美〕J. 希利斯·米勒：《解读叙事》，申丹译，北京大学出版社 2002 年版，第 3 页。

小说家如何才能全面、统一连贯地处理被划入这个魔圈的素材，无任何遗漏，并明确表达出所有的关联——即托尔斯泰用"关联之迷宫"这个绝妙的短语所表达的全部内容。[1]

　　詹姆斯列举了三个准则划定这个"魔圈"：完整性、连贯性和有限的形式。可是，在米勒看来，如此三个准则可能在实践之中模糊不定：一个情节的边缘可能因为读者的"兴趣"程度而发生改变；同时，"对于一个特定的主题来说，并不存在内在的限制。无论表达什么主题，若要表达充分，就必须从四面八方追踪一个由相关关系组成的无穷网，一直追到天际，并超越天际……"，即使置身于这个"魔圈"之内，"甚至在将无限人为地变为有限之后，在这个自我设定的魔圈里，仍会重新出现无限性的问题"。[2]是否存在决定这个"魔圈"范围以及各种细节去留的"逻各斯"？米勒并未从詹姆斯的观点之中发现某种标准答案，犹如他自己也无法设立一个稳定的坐标。在我看来，"欲望"至少可以视为一个候选的概念。一个特定的主题可以拥有无数交集的人物、片断和细节，这些因素的收集、挑选和起讫范围的设定不仅涉及因果关系，同时涉及欲望的投射。无论是一个侦探办案、一对男女的恋情还是一场声势浩大的战役，人们可以从情节的组成之中分析出各个方面的内容：行动制造的因果链条转换，罗兰·巴特所说的"真实效果"以及核心与从属，还有欲望的投射。许多时候甚至可以说，所谓因果转换的内在依据即是欲望的逻辑。
　　弗洛伊德的"释梦"开启了情节的欲望解读——囚禁于无意识的欲望伺机化装出逃，各种象征性意象组成了梦的情节，从而实现欲望的代偿性满足。弗洛伊德将"释梦"引申至文学解读，《俄狄浦斯王》即是他的著名例证——如果没有"俄狄浦斯情结"的普遍存在，人们怎么可能沉溺

1　〔美〕J. 希利斯·米勒：《解读叙事》，申丹译，北京大学出版社 2002 年版，第 87 页。
2　同上注，第 89 页。

于如此怪诞的剧情？通常的大众电影之中，"女人"与"枪"是两个不可或缺的意象，二者或显或隐地指向了"性"与"死亡本能"——尽管这种弗洛伊德式的观念隐含了明显的男性中心主义。当然，许多人对于弗洛伊德的"泛性论"表示强烈异议。他们的心目中，欲望无非是企图实现的各种渴求。这个意义上，情节的发展很大程度地隐含了欲望的逻辑。人们普遍期待的情节是曲折离奇，大开大阖，主人公历经艰险，最后功德圆满，平安着陆，"从此过上了幸福的生活"。对于大多数社会成员说来，这种令人神往的经历即是欲望。情节内部若干常见的修辞策略往往被欲望征用，例如"巧合"。"无巧不成书"，作为一种小概率事件，巧合突如其来地开启了人生的转折机缘，情节骤然获得"柳暗花明又一村"的开阔天地。然而，多数作家热衷于运用巧合颁布特殊的"运气"：偶遇贵人，化险为夷，因祸得福，吉星高照，如此等等。巧合负载的欲望通常在"大团圆"的结局里赢得彻底的释放。"大团圆"是情节的另一个修辞策略：终成眷属、家道中兴或者获取功名、事业有成这些交代与其说展现了社会历史的必然，不如说满足了读者的内心期待。相对地说，借助巧合叠加厄运——"屋漏偏逢连夜雨，船迟又遇打头风"——的状况远为稀少。现今的网络小说之中，"玄幻"与"穿越"如出一辙。坚硬的现实架构无法突破，作家选择"玄幻"或者"穿越"摆脱社会历史。遁入另一个时空的主人公不再含辛茹苦或者碌碌无为。他们轻而易举地改变了自己的卑微身份，要么身为公主，周围簇拥一批白马王子；要么武功盖世，征服所有的对手继而权倾天下。考察情节的时候，因果关系与欲望的想象性满足成为一个特殊的话题。

多数时候，情节内部的因果关系具有强大的社会历史基础。从德高望重、按劳取酬、杀人偿命、欠债还钱这些文化规则到水往低处流、汽车在地面行驶、一个人无法超过两百岁、塑料不能充当粮食等自然条件限制，人类的生存不得不遵循众多的"现实原则"。各种来自"快乐原则"的生活构思遭到了拒绝。没有免费的午餐，没有人可以不劳而获，巨额的财富不可企及，森严的现实等级无法跨越……恰恰由于无法实现，这些渴求可能酝酿、发酵为格外强烈的欲望，进而祈求文学虚构特殊的情节给予虚拟的满足。很大程度上，这即是情节的语言叙述对于欲望受挫形成的空缺给予的补偿。伊格尔顿曾经借助弗洛伊德陈述的"福—达"游戏论述故事的来源："故事是安慰的来源：丧失的事物是造成我们焦虑的原因……而发现这些丧失之物安全复归原位总是令人愉快的"，"丧失""叙述虚拟的回归"与"欲望的代偿性满足"构成了情节的心理三部曲。精神分析学总是将最初的丧失之痛假定为"母亲"的抛弃，叙述话语被视为摆脱创伤的治疗手段。在我看来，放弃前半句话对于俄狄浦斯情结的固执坚持，后半句话的结论或许更具普遍意义——伊格尔顿解释说，针对现实的匮乏而进行的自我安慰"驱使我们讲述自己的生活，强迫我们在欲望的无穷无尽的换喻运动中寻求这个失去的乐园的替代品"。"我们的精力被故事中的悬念和重复巧妙地'束缚'起来，作为快乐的花费的一种准备。我们能够容忍事物的消失只是因为，在我们未解的悬念之中始终贯穿着一个秘密的知识：事物终将回到家里。离开仅仅与归来相连才有意义。"[1]

　　情节的叙述隐蔽地补偿受挫的欲望，这种观点涉及叙事学与精神分析学——也只有这两者，所谓的社会历史并未介入。一些理论家的确认为，只有"叙事的真相"而不存在"历史的真相"。"不可能讲清楚一个叙事作品是不是比另一个更真实，只能弄清是不是比另一个更好，也就是说，更加有效。"很大程度上，这种效果仅仅发生在心理分析医生与患者之间。[2]然而，作为著名的西方马克思主义批评家，伊格尔顿不可能如此简单。作家与读者均置身于某种社会历史，他们的叙事与阅读必定与周边的文化环境息息相关。这时，叙事与欲望始终相互调整，二者共同期待赢得社会历史的认可。伊格尔顿找到的一个简明例子是《简·爱》。维多利亚时代的

1　〔英〕特雷·伊格尔顿：《二十世纪西方文学理论》，伍晓明译，陕西师范大学出版社1987年版，第203、204页。

2　参见〔爱尔兰〕理查德-卡尼：《故事离真实有多远》，王广州译，广西师范大学出版社2007年版，第75页。

社会历史设置的问题是，"允许简实现自我，但必须限制在社会传统规定的安全范围内"。因此，《简·爱》包含了自我与屈从、责任与欲望、力量与恭俭、普通人与贵族、小资产阶级与上流社会之间的种种平衡，实现这种平衡的情节叙事"不成比例地混合了现实主义、传记、哥特小说、浪漫传奇、童话、道德寓言"，某些时候甚至不得不求助于寓言或者神话这些"笨重累赘"的叙述话语。总之，由于社会审查机制的存在，只有相应的叙事才能有效地处理欲望的延迟、转移、调整和置换。[1] 按照这种描述，情节构成了叙事、欲望与社会历史相互交织的复杂区域。

相对宽泛的意义上，欲望与"乌托邦"乃至社会理想存在某种联系。摒弃利己的个人形式，欲望对于现状的不满、主动争取的姿态以及强大的冲击隐含了积极的意义——某些西方马克思主义理论家甚至试图从中发现革命的心理能量，例如马尔库塞。然而，欲望介入社会改造实践的前提是与社会历史的相互磨合。这不仅包含了某种愿景的展示，更重要的是如何与社会历史结构衔接。对于文学说来，这很可能具体地显现为不同的情节叙事。一种情节叙事倾向于进入社会历史结构，并且在社会关系构造和人物性格特征之间搜索欲望可能展开的空间，这种情节叙事通常保留于现实主义文学的范畴之内；另一种情节叙事倾向于抛下繁杂的社会关系，重新想象和设置另类时空的奇幻生活景观，人们可以在武侠小说、玄幻小说、科幻小说之中察觉某种相似的叙述话语。现实主义文学的声望一如既往，现实主义文学与社会历史的呼应从未中断；相对地说，武侠小说、玄幻小说、科幻小说犹如异军突起，这些文学类型的广泛流行超出了许多批评家的预料。分析情节内部叙事、欲望与社会历史的角逐，两种类型情节叙事之间的张力构成了意味深长的文化症候。

1　〔英〕特里·伊格尔顿：《文学事件》，阴志科译，陈晓菲校译，河南大学出版社 2017 年版，第 207、206、208、248 页。

第十一章

摇摆的叙事学：人物还是语言？

一

时至如今，这个耳熟能详的古老命题仿佛开始褪色：文学是人学。追根溯源，这个命题据说来自苏联作家高尔基——1928 年，高尔基在一次地方志会议上提到，他所从事的工作并非地方志，而是"人学"。[1]20 世纪 50年代，这个命题一度广泛地吸引了中国批评家，富有深意的阐释和激烈辩论构成了令人瞩目的理论旋涡，某些批评家因从中引申人道主义的企图而遭受到猛烈的政治弹压。

这个命题赢得的多向解释之中，一种观念逐渐成为普遍的舆论：文学的特殊使命即是人物性格的塑造。哪一个来自文学的人物性格隆重镌刻于文学史画廊，作家必将赢得至高的荣誉。这些人物性格往往被称为"典型"，他们身上积聚了一大批相关人物的影子。对于马克思主义批评学派说来，"典型"通常是现实主义文学的范畴之一。相当多的批评家将现实主义叙述为文学的成熟，成功的人物性格犹如皇冠上的明珠。因此，作家

---

1 参见〔苏联〕高尔基：《谈技艺》，见《论文学（续集）》，冰夷等译，人民文学出版社1979 年版，第 285 页。

塑造人物性格的各种逸事得到了广泛的流传：屠格涅夫勤勉地为小说之中的人物撰写日记，福楼拜因为包法利夫人之死而恸哭不已，普希金的塔吉雅娜和托尔斯泰的安娜无不违反了作家的预设结局，自作主张地嫁人或者赴死……总之，这些人物性格很快拥有了独立的生命，走出纸面来到了读者之间，仿佛打算长期地生活下去。作家只能被动地尾随这些人物，任凭他们自动完成种种后续的叙事。

然而，19 世纪末期开始，现代主义对于现实主义发起了多方面的挑战，包括人物性格的观念。意识流仅仅注视紊乱的内心无意识，新小说派无动于衷地描述冷漠的表象，另一些批评家激进地宣称"人物已死"。这一切迫使人们重新考虑，人物性格真的那么重要吗？这时，韦勒克的一个发现耐人寻味："与其它国家相比，俄国的批评家更集中注意主人公的问题，包括消极和积极的主人公。"[1] 这种表述或许表明，更多的西方批评家对于人物性格的分析兴趣并没有想象的那么大。没有多少批评家如同作家一般如痴如醉，抛开文本从而进入某种历史背景扩展式地纵深解读这些人物性格。拉曼·塞尔登编选的《文学批评理论：从柏拉图到现在》是一个现成的佐证。这本著作于 20 世纪 80 年代末期刊行。异于通常按照年代辑录学术观点的编排方式，塞尔登概括了西方文学批评史的若干主题，进而选编柏拉图至今诸多批评家如何论述这些主题。塞尔登的概括之中，西方文学批评史具有五个重大主题，即"再现""主体性""形式、体系与结构""历史与社会""道德、阶级与性别"，每一主题之下又包含若干科目，例如"再现"的旗下拥有"想像性再现""模仿与现实主义""自然与真理""语言与再现"，"主体性"的旗下拥有"巧智、判断力、幻想与想像""天才：自然／艺术""情感论""主体批评与读者反应批评""无意识过程"，等等。有趣的是，不论是五个重大主题还是数十个科目，人物性格的历史分析未能

---

1 〔美〕R. 韦勒克:《批评的诸种概念》，丁泓、余徵译，周毅校，四川文艺出版社 1988 年版，第 234 页。

赢得一席之地。许多科目分别涉及情感、无意识、道德、阶级以及性别，但是，它们的阐述对象仅仅是通常意义的文学或者作家，存活于小说或者戏剧之中的人物性格并未在批评家的视野之中持续发育，直至成为一个奔跑于生活前沿的弄潮儿。批评家的心目中，人物性格仅仅是文本内部的成分之一，文本结构决定这个成分的活跃范围。结构主义叙事学兴盛之前，这种观念已经是一个强大的传统。

二

西方文学批评史上，亚里士多德关于人物性格的阐述肯定是最有影响的观念之一。亚里士多德的《诗学》曾经列举了悲剧的六个成分：情节，性格，言词，思想，形象与歌曲。在他心目中，情节的重要性首屈一指，人物性格次之；人物性格是情节图式内部的一个成分，犹如一部机器内部的运转齿轮："因为悲剧所摹仿的不是人，而是人的行动、生活、幸福；悲剧的目的不在于摹仿人的品质，而在于摹仿某个行动；剧中人物的品质是由他们的'性格'决定的，而他们的幸福与不幸，则取决于他们的行动。他们不是为了表现'性格'而行动，而是在行动的时候附带表现'性格'。"[1]

20 世纪 20 年代，英国集中出现了若干小说研究著作，例如珀西·卢伯克的《小说技巧》，爱·福斯特的《小说面面观》，爱·缪尔的《小说结构》。这些著作遥相呼应，同时就某些观点展开争议，人物性格以及故事均是注视的焦点。爱·福斯特的《小说面面观》对亚里士多德《诗学》的人物观念表示了温和的异议。在他看来，显现于行动的不过是人物的公开生活，一个人幸福与否更多存在于内心的隐秘生活。如果说，亚里士多德熟悉的悲剧只能在舞台上表现人物的行动，那么，小说的擅长无疑是叩问人物的内心。小说是一个没有秘密的世界，必要的时候，作家

---

1 〔古希腊〕亚理斯多德:《诗学》，罗念生译，人民文学出版社 1962 年版，第 21 页。

可以将隐藏于人物内心的无意识晾晒在阳光之下。福斯特对于闯入小说的众多人物做出一个著名的分类：扁形人物与浑圆人物。前者的性格一句话即可概括，后者的性格多维而且善变——浑圆人物显然拥有丰富的内心。《小说面面观》并没有贸然地褒贬浑圆人物与扁平人物。尺有所短，寸有所长，不同类型的人物分别承担情节赋予的特殊使命，胜任即是肯定。尽管福斯特注视内心生活的兴趣远远超过了亚里士多德所说的"行动"，但是，他所谈到的人物性格始终寄居于小说之中。这些人物如何生存于文本之外——例如，这些人物的躯体内部有没有必要的腺体，如何消化食物，一生是否耗费三分之一的时间睡眠——没有必要进入视野。[1]

　　小说视角的问题上，福斯特与珀西·卢伯克的《小说技巧》存在分歧。不过，他们的基本前提不谋而合。卢伯克曾经分析托尔斯泰、巴尔扎克、福楼拜、亨利·詹姆斯等一批小说的技巧形式。谈及众多小说文本内部来来往往的人物性格，卢伯克考虑的多半是他们的出场以及言行举止如何与小说结构的诸多因素协调一致。爱·缪尔的《小说结构》对小说做出了重要的划分：情节小说、人物小说、戏剧性小说。在他看来，一种小说以情节为中心，人物性格仅仅是情节的依附；另一种小说以人物性格为中心，情节散漫并且不存在某种必然的目的："正如情节小说中，人物是用以适应情节；人物小说中，情节即兴创作是用以表白人物。"二者的高度平衡即是缪尔所说的戏剧性小说："在戏剧性小说中，人物与情节之间的脱节消失了。人物不是构成情节的一个部分；情节也不仅是围绕着人物的一种大致的构思。相反，二者不可分地糅合在一起。""一切就是人物，同时一切也就是情节。"谈论以人物为中心的小说时，缪尔已经意识到，这些小说的人物常常穿过众多的社会意象显示某种固定不变的性格。[2] 尽管如此，

1　参见〔英〕爱·福斯特：《小说面面观》之中的"人物"与"情节"章节，方土人译，见《小说美学经典三种》，上海文艺出版社1990年版。

2　〔英〕爱·缪尔：《小说结构》，罗婉华译，见《小说美学经典三种》，上海文艺出版社1990年版，第354—355、362、363、373页。

缪尔并未将这些"社会意象"移出文本的边框，进而想象这些人物性格如何千丝万缕地织入广阔历史背景。

韦思·布斯的《小说修辞学》于20世纪60年代问世。这本著作出自学院教授之手，引经据典与理论辨析一应俱全。《小说修辞学》不仅继承了小说研究的学术兴趣，并且远为广泛地涉及小说修辞的诸多问题，例如讲述与显示，现实主义，客观，叙述类型，作者的声音，非人格化叙述，如此等等。但是，布斯仍然没有考虑逾越修辞学范畴，转向人物性格的历史分析。

对于文学提供的人物性格，里蒙-凯南的《叙事虚构作品》概括了两种存在模式：人类学的存在，或者语言学的构造。一种模式认为，文学提供的人物性格犹如我们的朋友或者邻居。离开了小说的上下文，这些独立的人物性格仍然活跃在读者的记忆之中。另一种模式认为，这些人物性格只能存活于小说文本内部。超出这个范畴，他们并不存在。将他们视为真实的人物品头论足，这种感情用事毋宁说误解了文学的性质。"在模仿理论（即在某种意义上把文学看作现实之模仿的理论）中作品人物是和一般人等同的，而在符号学理论中人物却消失在文本性之中。"[1]

里蒙-凯南显然相信，第一种模式目前处于劣势。

三

考察20世纪中国文学的时候，里蒙-凯南的论断或许遇到了例外。20世纪之初，中国文学史放大了韦勒克发现的事实——俄国文学对于人物性格的异常关注。

传统的"中国叙事学"并未将人物性格视为叙事的轴心。不论古代的

1　〔以色列〕里蒙-凯南：《叙事虚构作品》，姚锦清等译，生活·读书·新知三联书店1989年版，第59页。

历史著作、文言小说，还是明清之后的白话小说，许多人物栩栩如生，家喻户晓；但是，古代批评家没有对人物性格的塑造显出足够的关注。他们的叙事学遗产多半是"分久必合，合久必分"的历史哲学与草蛇灰线、背面铺粉、横云断山、伏脉千里乃至无巧不成书等谋篇布局。金圣叹、毛宗岗、张竹坡的小说、戏曲评点涉及人物性格，然而，他们的赞叹仅此而已——这些人物的刻画性情各异，声口毕肖。对于一个以诗文为文学正宗的国度，叙事学的幼稚似乎情有可原。

文学史通常认为，梁启超的摇旗呐喊对于重估中国小说的价值具有举足轻重的意义。《论小说与群治之关系》等一批论文力图论证，"小说"远非无聊的街谈巷议，小说可以进入一个国家的政治生活，扮演动员大众的特殊角色。这个意义上，小说的声望必将超过诗文。尽管如此，晚清盛行的政治小说或者侦探小说并未给人物性格的塑造带来可观的贡献。五四新文学运动的成就之一是现代小说的诞生，鲁迅的《狂人日记》如同第一支破空而至的利箭。虽然鲁迅的许多后继小说成熟而冷峻，阿 Q 为首的一批人物性格令人难忘，但是，五四时期大量小说的特殊倾向是打开隐秘的内心。个性的解放敞开了知识分子内在的精神领地，频繁的独白造就了五四时期小说的抒情风格——这与现实主义文学坚实密集的描述笔触存在明显的距离。

人物性格的塑造成为 20 世纪中国作家的文学纲领，这种观念转换至少与 20 世纪上半叶的两个文学史事件密切相关：一，苏俄文学的集中介绍；二，马克思主义文学理论的翻译。

1915 年《新青年》创刊不久，陈独秀发表的《现代欧洲文艺史谭》曾经隆重介绍托尔斯泰；1909 年，鲁迅与周作人出版《域外小说集》积极关注"弱小民族"和俄国文学；20 世纪 20 年代，一批无产阶级的革命家兼作家——例如瞿秋白、蒋光慈、郑振铎——完整地考察了苏俄文学史。十月革命无疑是他们倾心于俄国的首要原因，他们力图从俄国文化、俄国文学乃至俄国国民性之中重现革命的地火如何潜在地运行，从而为身边这个黑暗的国度提供突围的参考路线。普希金、果戈理、托尔斯泰、陀思妥耶夫斯基、屠格涅夫、高尔基、肖洛霍夫等大批作家无一不是塑造人物性格的圣手，别林斯基、杜波罗留波夫等批评家曾经纵论各种人物性格对于俄罗斯历史的意义。因此，从政治、审美到一个个浮雕般的人物形象，俄国文学在众多中国作家那里遗留下不可磨灭的烙印。

大约相近的时期，瞿秋白、鲁迅、胡风、周扬等开始翻译和介绍马克思主义文学理论。现实主义、人物塑造、典型性格、阶级、历史潮流等概念及其相互关系的阐述开始在他们的论文集中出现。虽然马克思的《致斐迪南·拉萨尔（1859 年 4 月 19 日）》和恩格斯的《致斐迪南·拉萨尔（1859 年 5 月 18 日）》《致明娜·考茨基（1885 年 11 月 26 日）》《致玛格丽特·哈克奈斯（1888 年 4 月初）》仅仅是私人信件而不是鸿篇巨制，但是，马克思主义批评学派重重叠叠的后续阐发无一不是从这些信件提出的观点开始。迄今为止，这些阐发既包含苏联批评家以及卢卡契等西方马克思主义者的反复论辩，也包含大半个世纪中国批评家的接受、提炼、修正和激烈的争论。在我看来，汗牛充栋的文献之中，围绕这几个问题的若干基本观点尤为重要：

第一，批评家启用一系列哲学范畴形容典型性格的内涵，例如个性显现共性，现象显现本质，如此等等。尽管如此，现实主义文学对于一把水壶的个性如何隐喻共性或者一张桌子的现象与本质没有多大的兴趣。典型性格的提出企图阐释，一个生动的人物形象如何有机地衔接庞大的历史远景。这时，个别的人物性格大步跨出了文本从而卷入围绕文本的历史潮流。历史是马克思主义批评学派阐释的最终指向。

第二，人是社会关系的总和。批判费尔巴哈的时候，马克思提出了一个深刻的著名论断："人的本质不是单个人所固有的抽象物，在其现实性上，它是一切社会关系的总和。"[1] 如同社会关系之网的网结，每一个历史

---

1 〔德〕马克思：《关于费尔巴哈的提纲》，见《马克思恩格斯文集》第一卷，中共中央马克思恩格斯列宁斯大林著作编译局编译，人民出版社 2009 年版，第 501 页。

阶段的社会关系对于个人的塑造无不积累为他们的不同性格；与此同时，这些性格又分别按照各自的角色从事多种社会关系的再生产——这种图景相当大程度地构思了典型性格如何代表历史内容的内在机制。

第三，正如卢卡契所言，典型之为典型"乃是它身上一切人和社会所不可缺少的决定因素都是在它们最高的发展水平上，在它们潜在的可能性彻底的暴露中，在它们那些使人和时代的顶峰和界限具体化的极端的全面表现中呈现出来"[1]。许多批评家的想象之中，只有"阶级"才能负担这种含义。一个社会成员的"最高的发展水平"不就是显现为历史的阶级结构吗？于是，《哈姆雷特》中的哈姆雷特代表王室贵族阶级，《高老头》中的拉斯蒂涅代表资产阶级野心家，《红楼梦》中的贾政代表封建官僚，《子夜》中的吴荪甫代表民族资产阶级，《红旗谱》中的朱老忠代表反抗的农民阶级……类似分析公式的四处推广表明，"阶级"成为描述与衡量人物与历史关系的首要范畴。

作为社会成员的诸多身份之一，"阶级"的脱颖而出是历史演变的产物。压迫者与被压迫者的对立始终存在，但是，他们曾经以各种社会身份进入历史舞台，例如，自由民和奴隶、贵族和平民、领主和农奴、行会师傅和帮工，如此等等。什么时候开始，阶级关系开始成为首要甚至唯一的社会关系？显然，《共产党宣言》出示的一个论断业已成为举足轻重的前提："我们的时代，资产阶级的时代，却有一个特点：它使阶级对立简单化了。整个社会日益分裂为两大敌对的阵营，分裂为两大相互直接对立的阶级：资产阶级和无产阶级。"[2]换一句话说，这个历史阶段压迫与反抗的故事已经交给阶级书写。阶级作为轴心带动民族、国家、社会、个人等一系列范畴运转。对于每一个人说来，阶级演变为参与历史的最重要身份。

1　〔匈〕卢卡契:《〈欧洲现实主义研究〉英文版序》，施界文译，见《卢卡契文学论文集》(二)，中国社会科学出版社 1981 年版，第 48 页。

2　〔德〕马克思、恩格斯:《共产党宣言》，见《马克思恩格斯文集》第二卷，中共中央马克思恩格斯列宁斯大林著作编译局编译，人民出版社 2009 年版，第 32 页。

第四，当历史故事的主角由阶级扮演的时候，文学叙事提供的个人形象必须是阶级的化身。这是无产阶级文学的职责，詹姆逊称之为"第三世界文学"。当然，这种叙事必须具有强大的"历史感"，个人的命运乃至琐碎的日常言行必须寓言式地暗示历史的运行轨迹。否则，所谓的现实主义文学只能遗留一堆破碎的表象——这是现实主义与自然主义分道扬镳之处。

第五，"典型终于使文学的各种具体景象幸运地在历史结构之中落脚，所有的表演都在广阔的历史背景之中得到诠释。当然，文学人物与历史结合成为表意单元需要一个条件：清晰的总体历史蓝图。否则，我们无法知道文学人物镶嵌在历史的哪一个部位产生作用。"[1] 所有的历史围绕某种不可抗拒的蓝图运转不息，这种设想又一次让人想到了黑格尔。然而，黑格尔的绝对精神已经为无产阶级的阶级使命所替代。无产阶级只有解放全人类，才能最终解放自己。作为终极的解放者，无产阶级的全部斗争规定了所有历史人物的未来命运。

如果说，俄国文学对于人物性格的异常关注是一种独特的文学趣味，那么，在马克思主义批评学派那里，人物性格、典型性格、阶级、历史潮流之间的递进关系构成了一个现实主义叙事学。

四

叙事的历史十分古老，叙事学的历史相当短暂。"叙事学"这个称谓到20世纪60年代才正式出现，这个术语是托多洛夫《〈十日谈〉语法》的创造物。多数人认为，叙事学是结构主义的附属品。与现实主义叙事学的历史指向不同，结构主义叙事学的源头是语言学。结构主义的雄心曾经是，将传统的诗学改造为精确的科学。如此宏大的规划之中，叙事话语是

1　南帆：《经验、理论谱系与新型的可能》，《文艺争鸣》2011年第13期。

一片可供精耕细作的沃土。播撒"结构"的理论种子，扩展索绪尔式的语言学构思，这一片沃土可能收获什么？这多半是结构主义叙事学的最初期待。

与现实主义相反，结构主义工程的独特方案是抽干叙事话语的历史水分，挖掘隐藏于深层的不变骨架，提炼所谓的"叙事语法"。这个意义上，弗·雅·普罗普是当之无愧的结构主义前驱。他的著作《故事形态学》考察了一批"民间故事"，普罗普总结出三十一种角色功能，例如主人公遭受追捕，主人公获得宝物，敌人受到惩罚，主人公成婚并且加冕为王，如此等等。主人公是一个王子、一个农夫，还是一个猎人，历史如何赋予各种不同的身份和性格并非普罗普感兴趣的问题。《故事形态学》留给叙事学的重大启迪是，叙事话语的运作毋宁说来自种种角色功能的驱动，角色功能的设置如同一个先在的结构图式，至于具体的时间、地点、文化氛围以及面貌各异的人物形象无非是种种依附性表象。

普罗普开始的故事由一批正统的结构主义者续写，例如托多洛夫、热奈特，还有罗兰·巴特。"叙事学"仿佛正式奠基。叙事学抛出的一系列坚硬术语明显地承袭了结构主义的科学风格，诸如叙述者、视点、内聚焦、外聚焦、叙事时间、功能层、行为层、叙述层、符号方阵，如此等等。这预示了一个非同寻常的开端。个人的思辨或者万千感慨仅仅是多余的枝蔓，现在是正规的科学隆重介入的时刻。将人物想象为一个有血有肉的实体，惊叹他们的曲折命运，对于他们的悲欢离合再三唏嘘或者笑逐颜开，这些愚蠢的阅读反应已经过时。太阳底下无新事，纸面上的所有故事无非是"叙事语法"制造的杰作。鲁迅曾经不无调侃地说，煤油大王不知道拾煤渣老太婆的辛酸，《红楼梦》里的焦大也不会如同宝玉那样爱上林妹妹；[1]可是，投入结构主义叙事学的阵营，每一个位置上的角色无不执行

---

1 参见鲁迅：《硬译与文学的阶级性》，见《鲁迅全集》第 4 卷，人民文学出版社 2005 年版，第 208 页。

相同的功能。煤油大王与拾煤渣老太婆的差异仅仅是叙事分配的不同角色；当焦大被安放在大观园的时候，他或许不得不爱上弱不禁风的林妹妹。总之，身份、记忆、文化、性格、历史经验无不成为单薄的标签，真正决定每一个人物言行的是语法位置。

始料不及的是，这个非同寻常开端很快就停顿不前。结构主义叙事学的理论想象很难赢得常识的信任。庞大而沉重的历史能够安然无恙地行驶于"叙事语法"的单薄轨道之上吗？历史始终是结构主义面对的难题。即使在叙事学内部，彻底拒绝历史的种种解释很快就会窒息，譬如叙事的动力。任何一个作家都能意识到，"一个人从二十层楼坠下""一个人坐到了椅子上"与"一片树叶从树枝上飘下"决非等值的叙事。尽管三者的叙事结构相仿，可是，三者的叙事动力迥异。三者制造的悬念持续递减。叙事学的行动素无法解释，为什么第 句话为后续的叙事贮存了远为充分的能量。如果人们承认，主语和动词的具体内容——人物或者植物，"坠下""坐""飘"——很大程度地决定了叙事能量的指数，那么，叙事学已经游离"叙事语法"的轨道而返回历史范畴。

热衷于严谨的描述而回避意识形态分歧，这是"科学"的普遍姿态。可是，正如戴卫·赫尔曼所言，这些森严的术语仅仅提供了某些分类方案而不是主张什么或者反对什么。因此，当后结构主义、女性主义和意识形态批判蜂拥而至的时候，这些分类方案无法有机地衔接或者融入。戴卫·赫尔曼以不无挖苦的口吻总结了叙事学的"危机"："当初以叙事的科学自命的叙事学在短短几年时间里就落得一个'陈旧过时'的评语。"[1]

尽管如此，这种状况仅仅证明结构主义的式微而不是叙事学的衰亡。按照戴卫·赫尔曼的说法，叙事学正在出现一个惊人的"复兴"。这是叙事学摆脱结构主义枷锁而赢回的空间。作为这种复兴的标志，"叙事"一词得到了广泛的运用——甚至过于广泛。"叙事"不仅指谓小说、新闻或

---

1 〔美〕戴卫·赫尔曼主编：《新叙事学》，马海良译，北京大学出版社 2002 年版，第 2 页。

者历史著作，而且进入社会学、心理学、医学和法学，当然还有那个著名的"宏大叙事"。换一句话说，许多知识形态内部隐藏了"叙事"的踪迹，叙事的功能与受众的语境及其阐释策略密不可分；叙事形式始终是"语境中的形式"。[1] 如何概括这些动向？戴卫·赫尔曼信心十足地命名为"新叙事学"。在他看来，"新叙事学"摆脱结构主义的根本转换是"从文本中心模式或形式模式移到形式与功能并重的模式，即既重视故事的文本，也重视故事的语境"——

> 叙事理论家们的重点越来越集中在这一点上，即：故事之所以是故事，并不单由其形式决定，而是由叙事形式与叙事阐释语境之间复杂的相互作用所决定的。因此，核心问题是故事的策划方式及其所引导的故事处理策略之间的相互作用。[2]

无论"新叙事学"何种程度地卷入性别、种族以及各种主义的意识形态话题，"语境"一词的反复出现表明，叙事与历史之间的联系开始恢复。如果说，结构主义叙事学的基本假设是，"人们能够把形形色色的艺术品当作故事来阐释，是因为隐隐约约有一个共同的叙事模式"，[3] 那么，这种叙事模式现在必须交还历史，根据不同的时间与空间给予改造和重组。所以，这时的叙事学不是单纯地描述某种话语装置结构，话语装置内部的各种构成因素必须接受历史内容的填充；某些时候，这些构成因素的排列必须由历史重新设定。

语言与历史的对垒已经结束。至少在目前，历史的名誉迅速恢复，言必称语言的结构主义多半被视为一种保守僵硬的姿态。抚今追昔，许多人

1　〔美〕戴卫·赫尔曼主编：《新叙事学》，马海良译，北京大学出版社 2002 年版，第 13 页。

2　同上注，第 8 页。

3　〔美〕詹姆斯·费伦、彼得·J.拉比诺维茨主编：《当代叙事理论指南》，申丹等译，北京大学出版社 2007 年版，第 17 页。

开始重新向现实主义叙事学表示敬意。然而，历史的通道还在那里吗？典型性格、阶级还能顺利地将文学植入历史深部吗？

五

现今的文学批评至少显示，现实主义叙事学出现了某种程度的失灵。人物性格与历史之间逐渐改变了昔日的联系方式。具体而言，典型性格的内在机制——性格、阶级、历史之间阶梯式的递进——开始瓦解，"阶级"无法持续充当社会关系的凝聚轴心，这个概念勾画的历史图景愈来愈模糊。这种状况证明，理论又到了重新校正的时刻。

我曾经多次地表示，社会科学的分析单位是民族、国家与社会；相对地说，文学的分析单位是个人，是每一个具体的人生。因此，当社会科学的统计将无数的个人处理为某种社会共同体平均值的时候，文学仍然津津有味地描述个人的悲欢离合，甚至具体地描述一条皱纹、几句对话或者一阵秘密的思念。除了现场气氛的逼真再现，个人形象又有什么意义——某种社会共同体的性质可以完全覆盖个人形象的意义吗？在我看来，社会关系之网的多向性质决定了个人的多重身份。一个人可能同时是一个丈夫、一个公司的管理人员、一个足球爱好者、一个坚决反对种族歧视的民主人士、一个高血压患者，因此，他不可能仅仅是某种共同体的纯粹化身。相反，由于多重身份的存在，个人与共同体之间存在或明或暗的博弈。表明二者关系的时候，我试图借助一个比拟给予阐述："一种观点把个人与共同体的关系比喻为一块块砖头与一堵墙壁的关系，镶嵌在墙壁之中的砖头面目一致，性质相仿；我倾向的比喻是一个个词与一篇文章，文章的整体结构控制了每一个词的活动范围，尽管如此，每一个词仍然拥有独立的意义，并且或多或少地影响文章的整体。"[1]

---

[1]　南帆：《经验、理论谱系与新型的可能》，《文艺争鸣》2011 年第 13 期。

　　对于现实主义叙事学说来，"阶级"的阐释效能正在逐渐衰减。许多时候，个人的言行举止不再利用"阶级"的集聚抵达历史前沿。作为一种社会分层，"阶级"显然是一种历史文化构造物。阶级意识是众多阶级成员彼此认同、引为同类的文化认识。当社会经济被视为政治制度以及意识形态的构成基础时，生产资料的占有及其财富分配成为阶级划分的标志。生产资料的占有程度决定了社会成员之间缔结的关系，阶级首先是利益群体。迄今为止，生产资料的占有及其财富分配仍然是通常的社会分层标识，但是，这种划分不再是唯一的衡量。另一些因素或强或弱地介入，制造各种异于阶级意识的认同方式。当民族主义声势浩大的时候，阶级意识多半会遭受短暂的屏蔽。马克思号召全世界无产者联合起来，但是，跨民族的无产阶级联合时常落空。亚洲工人生产的产品因为廉价而导致欧洲工人的失业，后者并不会因为无产阶级的利益维护而停止向政府提出抗议。女权主义运动如火如荼地展开之后，性别因素很可能卷入阶级意识，制造种种意外的难题。遭受男权中心主义压迫的女性能否冲出阶级的藩篱形成另一个性别利益联合体——或者，能否冲出性别的藩篱形成另一个阶级利益联合体？性别与阶级之间的平衡起伏不定。

　　性格、阶级、历史——当性格的相当一部分能量不再来自阶级营垒的时候，"典型性格"的内在机制开始受阻。必须承认，精神分析学对于个人内心图景的描述带来了巨大的震撼。无意识的存在及其形成原因不啻打开了另一个空间。目前为止，精神分析学赢得的评价毁誉参半。尽管无法借助实验室器材观测无意识的构造，但是，多数人相信意识的水面之下隐藏了一个无意识的冰山。精神分析学遭受非议的观点首先是，无意识的形成的确来自——如同弗洛伊德所形容的那样——被压抑的性欲吗？当俄狄浦斯情结被阐释为代代相传的心理图式之后，历史消失了。固定不变的俄狄浦斯情结业已近似生理机能。脱离历史的精神构造或许是精神分析学遭受质疑的另一点。

　　无论是弗洛伊德"梦的解释"还是他提出的文学研究模式，精神分析学显然拥有一套深层的叙事学构思。可以想象，精神分析叙事学与现实主义叙事学之间存在种种交汇、冲突、磨合和补充。尽管如此，我并未企图卷入精神分析学的各种争辩——我想提出的毋宁是社会学的故事：个人的活跃多大程度地来自历史提供的机遇？

按照马克思的分析，《共产党宣言》诞生的前后，阶级对抗进入白热化状态。资本主义的残酷压榨致使中产阶级纷纷破产，无产者队伍日益壮大。阶级决战的时刻即将来临。然而，一百多年的时间里，资本主义的一系列制度设计有效地缓解了阶级对抗制造的压力。这不仅解除了大规模革命的可能，而且，市场召唤出的活力开始以一种相对合理的方式创造财富。这种演变甚至使社会主义接受了市场经济。

市场经济的一个前提即是，个人的市场贡献率与个人收益息息相关。这时，个人愈来愈明显地成为 个独立的社会单元。当然，个人仍然从属于某一个阶级；可是，许多人如何改变命运、如何摆脱所属的阶级恰恰是这个历史阶段令人惊奇的特殊故事。20世纪50年代至70年代，各个社会阶层相对稳定；除了人为的政治整肃——除了强行驱入"阶级敌人"阵营，生产资料的公有制或者平均主义式的财富分配不可能动摇个人的阶级地位。从户籍、粮票、微薄的经济收入到社会成员之间无所不在的相互监督，个人的活动半径相当有限。阶级图谱的大规模改写出现在90年代之后，市场经济以惊人的速度打开了意识形态的枷锁，个人的财富追求很快合法化。不少黯淡无光的性格突然炽烈地燃烧起来，财富的得失造就的巨大跌宕勾画出个人命运的种种前所未有的起伏。另一方面，这也是阶级意识急剧衰退的时期。60年代至70年代的"文化大革命"以失败告终，高度紧张的阶级斗争绷断了弦，"阶级"成为一个声名狼藉的概念。不论是追逐财富、名声、职务还是充当社会的批判者，几乎没有人继续理直气壮地扮演阶级的代表。我曾经形容过这种历史状况：

如果说各种传统的阶级描述并未过时，那么，各个阶级赢得的评价以及种种阶级关系的考察正在出现许多新型的论断。其次，个体活动空间的急速扩大制造出各种机会，许多人物跃出了自己曾经从属的社会共同体而改头换面，获得另一种身份。如果说，文学周边的社会历史正在发生剧烈的震荡，那么，理论图谱的失效和许多人物的身份变换均是剧烈震荡的表征。显然，人们可以从这些表征背后发现巨大的社会活力。个人的勤劳与否突然与利益的获取产生了密切的联系，个体逐渐从沉睡之中苏醒，纷纷进入跃跃欲试的状态。如此之多的特殊人物打破了平均数提供的规定形象。历史深部的冲动呼啸而出，各种僵硬的陈旧规定再也无法延续下去了。[1]

当然，经济环境的巨变终将诉诸文化。现今的文化气氛正在为个人的活跃提供前所未有的空间——我指的是大众传媒制造的空间。尽管"沉默的大多数"依然徘徊在大众传媒的门外，但是，报纸的扩版、电视频道的增加，尤其是互联网的开放为个人观点的表述造就了许多机会。不论存在何种不满和抱怨，这是一个无法否认的事实：相对于 20 世纪 50 年代至 70 年代的保守、僵硬、专制，如今的大众传媒是在一个迥异的文化气氛之中运作。这时，个人的声音时常迫不及待地寻求表述的通道，这些声音没有必要汇聚为阶级的意志，然后运用标准的理论语言给予转述。技术拓展了巨大的传媒空间，多元的风格拥有了远为充分的表演舞台，某些新颖、陌生乃至怪异的表述方式可以轻易地获得形式的支持，形形色色的个人开始直接出面。这个意义上，诉求的多元和即时性进一步瓦解了阶级意识的整体性。或许，这可以形容为阶级意识的"后现代状况"？

结构主义叙事学受挫的主要原因是，试图把人类的历史安置于语言结构之上。语言是一个规范、严谨、稳定的符号体系，历史纷杂、喧闹、泥沙俱下同时又一往无前。语言可能吞噬历史吗？这似乎是理性主义者的幻

1　南帆：《虚构的特权》，《文艺报》2014 年 4 月 14 日。

想。历史内部各种活力的爆发以及扩散的方式远远脱离了语言结构的严密秩序。至少我更倾向于认为，语言是历史之一部分而不是相反。的确，语言是构建主体的基础，但是，没有理由低估主体改造、瓦解、摧毁、重铸语言的能力。机会合适的时候，个人迅速成为历史构造内部最为活跃的区域——这个区域的裂变后果超出许多人的意料。现实主义叙事学是不是对于这一点同样估计不足？当年，阶级曾经被视为最坚固的社会阵营；如今，政治的锁扣已经打开，阶级的边框遭到了多重压力的冲击。许多个人行动脱离了常规指定的线路，他们的阶级身份由于急剧的震荡而开始破裂。迹象表明，各种新型的历史可能正在酝酿。对于文学说来，如果"现实主义"一词仍然保存了注视历史的传统含义，那么，叙事学的修正和重新谋划或迟或早总要发生。

第十二章

乐观的前提：祛魅与复魅

一

古往今来，一些著名的思想家谈论过科学技术的社会历史意义。许多从事文学研究的人对于马克思在《〈政治经济学批判〉导言》之中的这一段话耳熟能详："大家知道，希腊神话不只是希腊艺术的武库，而且是它的土壤。成为希腊人的幻想的基础，从而成为希腊艺术的基础的那种对自然的观点和对社会关系的观点，能够同走锭精纺机、铁道、机车和电报并存吗？在罗伯茨公司面前，武尔坎又在哪里？在避雷针面前，丘比特又在哪里？在动产信用公司面前，海尔梅斯又在哪里？任何神话都是用想象和借助想象以征服自然力，支配自然力，把自然力加以形象化；因而，随着这些自然力实际上被支配，神话也就消失了。"[1]如果说，神话制造了人与自然之间的一种想象性联结，那么，科学技术制造了另一种性质的生活，这种性质与神话的描述格格不入。马克思这一段话写于1857年，深刻地描述了科学技术对传统生活的改造。时至如今，神话几乎已经消失，科学技

1 〔德〕马克思:《〈政治经济学批判〉导言》，见《马克思恩格斯选集》第二卷，中共中央马克思恩格斯列宁斯大林著作编译局编译，人民出版社2012年版，第711页。

术正在以加速度的方式蜂拥而来，组成生活的基本架构与内在网络。这种状况引起了多方面的理论关注，包括目光深邃的哲学家和社会学家，例如海德格尔，或者哈贝马斯。

相对于社会制度、经济生产方式、战争、贸易体系、权力体系等因素，科学技术之于社会历史的意义并未赢得同等分量的论述。然而，这是塑造社会历史的巨大力量，这种力量已经愈来愈多地渗透于经济生产方式、战争或者贸易体系。不涉及科学技术，几乎无法考察现代社会；现代性的一系列特征均与科学技术存在不可分割的联系。科学技术不仅在物质生产领域极大地拓展了人类的能力，同时还从各个方面重置了传统的社会关系。现代交通体系与现代通信器材正在修改人与人的相处方式。正常的社会环境之中，相互思念同时又音讯不通的状态基本消失，古代那些赴京赶考的书生与居家等待的痴情女子之间种种误会或者隔阂形成的悲欢离合丧失了基本的依据。与此同时，另一些前所未有的情节逐渐出现，例如依赖电话或者互联网建立的人际关系，包括相互交往、相互了解与相互约束、相互监控。科学技术对于新型人际关系的建构广泛地涉及社会的各个角落，从家庭关系、职场关系、性别关系到警察与罪犯之间的种种博弈。另一方面，科学技术正在改变现代社会对于空间的理解。无论置身何处，人们的生存感觉扩大了许多。从遥远的太空到神秘的深海无不纳入社会的文化视野。如何界定虚拟空间的物质存在？尽管这个问题尚未出现一个公认的定义，但是，虚拟空间的经济、战争或者爱情与娱乐已经轰轰烈烈地展开。

至少在目前，科学技术已经演变为一个内涵丰富的题目。作为传统的主题，科学技术与智慧、创新的联系仍然在演绎种种传奇故事。灵感、想象，"为伊消得人憔悴"与"那人却在灯火阑珊处"，这种情节原型从来不会丧失魅力。然而，对于研究领域外围的大众说来，科学技术与经济财富的关系是一个远为时髦的题目。相对于被苹果砸中的牛顿或者坚守在实验室的居里夫人，比尔·盖茨或者乔布斯充当了面目一新的偶像。考虑到这些故事的本土题材，王选、张朝阳、马化腾这些人物或者华为、联想这些企业榜上有名。科学技术如何制造或者促成意义深远的社会历史事件，这是一个相对偏僻的课题。这种事情每天都在发生，但是，只有很少一部分进入研究的考察范围。人们可以察觉，产业工人与农民两种社会身份的区别往往包含了科学技术的注释。前者的职业带有更多的科学技术含量，甚至围绕某种机器从事劳动生产，这同时决定了产业工人与农民两种不同的社会组织方式。当然，"印刷资本主义"或者交通体系与现代性或者全球化之间的关系是另一些相对专业的题目，科学技术提高粮食产量——从化肥到转基因技术——如何解除了由于饥饿而造成的剧烈社会动荡，历史学家已经做出了各种描述。许多人认为，现代社会的一个重要特征是"祛魅"，奇异的神话、神秘的宗教气氛、夸饰的浪漫主义精神以及种种带有魔幻意味的权威和"克里斯玛"超自然人格逐渐消逝，一个清晰的、理性的、精于计算的功利社会已经成型。显而易见，科学技术对于"祛魅"居功至伟。作为科学技术的前沿成果，"大数据"将使一切前现代的魑魅魍魉原形毕露。另一些社会学家的目光转向了数字化时代种种新型的社会参与方式，例如互联网上的投票、捐款、舆论动向。频繁的互动显然是新型社会参与方式的特征，多向的讨论此起彼伏，从社区的物业管理条例到法律条款的意见征求。与此同时，一些传统的社会学范畴正在削弱，例如公共空间与私人空间，本土与全球，社会等级与文化身份。某些时候人们还可以发现，各种小型社群正在若干奇怪的概念周围重新集结，例如"宅男""键盘侠""大V""粉丝"，如此等等。

尽管科学技术对于社会历史做出了如此之大的贡献，可是，人们可以察觉，哲学或者美学等人文学科始终徘徊着一个不安的幽灵。没有人可以正式列举种种数据，逐一数落科学技术的弊病，但是，"奇技淫巧"周围模糊不定的非议始终存在。这种非议有时依附"人心不古"的抱怨流露出来，有时仅仅隐藏在某种美学风格之中。18世纪工业革命以来，科学技术出现了跨越式的发展，可是，积极与乐观的情绪并未大范围地感染文学艺术，并且获得足够的响应。在现实主义或者现代主义两大文学艺术潮流之中，人们更多地发现愤懑、批判、阴郁、迷惘和冷嘲。尽管这种大跨度的对比可以说明的问题有限，但是，人们至少可以某种程度地窥见历史演变的某种线索。

最近一个时期，不安的幽灵似乎再度活跃起来，而且范围似有所扩大。某些资深的科学家也坐不住了，他们对于人工智能的进一步开发提出了严重的警告。如果认真地追根溯源，这种不安至少存在两个方面的原因。首先，科学技术大面积地进入日常生活，许多理论上的问题正在成为日常现实；其次，传统的人文知识开始遭受严重挑战，各司其职的状况很难继续维持下去了。

科学技术对于日常生活的包围具有一个明显的标志：作为科学技术的一个产品，各种小型机器正在大举进入人们的日常生活。前几年我曾做过一个演讲:《我们生活在机器中》。演讲的第一句话是:"今天的生活与古人有了一个重要的差别：生活中增添了许多机器。"哪怕四五十年之前，影响中国百姓日常生活的机器只有钟、手表或者自行车、公共汽车，条件好一些的家庭可能拥有一台收音机；火车仅仅处在日常生活的边缘，乘坐的机会并不太多。那个时候也谈论科学技术，然而，人们的感觉之中，科学技术是一批概念组成的理论图景，玄妙而遥远，与置身的日常现实没有多少真实的联系。然而，现在的家庭拥有形形色色的家用电器，一大堆遥控器以及充电器甚至相互混淆。从工作、家务到娱乐，电视、计算机和手机的三块屏幕瓜分了人们的大部分生活。对于相当一部分人说来，人与屏幕相对的时间已经远远超过了人与人相对的时间。机器不仅使生活的每一个角落提速，瓦解传统的人伦关系，而且重新组织与设计日常生活。电视机改变了整个社会夜生活的结构，路灯之下下棋、打牌、纳凉的人群消失了；汽车使出门远行成为轻而易举的事情，四海为家，人们没有必要始终滞留在祖父耕耘过的田地里，这显然削弱了"故土"或者"家园"的观念；最近这几年，网购与支付宝也是改变生活基础的技术发明，人们可以不离开自己的公寓解决一切日常生活的购买。种种机器制造的狂欢将会产生何种新的社会形态？新奇带来的喧哗平息之后，不少理论家的反思流露出强烈的忧虑。

反思与理论描述必须依赖相关的知识体系以及理论范式。可是，许多理论家发现，延续已久的人文知识与现今的科学技术出现了巨大的裂缝。许多时候，二者无法有效地衔接。传统的"道""气"或者"绝对理念"如何与自动化控制、基因编辑或者大数据彼此兼容？传统的形而上学与宇宙大爆炸或者黑洞这些知识如何相互证明？人文知识体系与科学技术分别镇守自己疆域的历史似乎已经过去，二者之间的相互衡量不可避免，敞开接口的时候到了。至少在目前，科学技术显然占据了主动位置，人文知识处于守势，各种思辨性的观念不得不接受实验与计算的考验。然而，如果实验和计算格式化人们的全部生活，一切乌托邦或者浪漫气质都将在工程师设计的计算机程序之下存在，这是一幅令人放心的未来景象吗？

二

科学技术的巨大成功不仅表现为一系列物质财富的数字，同时表现为一套以理性主义为特征的方法和观念。这些方法和观念赢得了愈来愈多的肯定。日常的语言之中，科学技术往往成为"正确"的代名词。然而，20世纪的一些思想家逐渐将科学技术的理性主义区分为价值理性和工具理性。许多时候，"技术"更多地与工具理性结合在一起。

人类的历史与工具的历史几乎相互重叠。人类社会众多工具的诞生无疑必须归功于工具理性。这些工具已经从原始社会的石器进化到现今的各种精密的机器。无论是开拓自然、改造自然还是利用自然，工具发挥了极其重要的作用。面对土地、岩石和矿山、海洋，人们仿佛拥有了一大批计算机操纵的钢铁器官。另一些工具的主要用途在于社会领域，改善或者改变人与人的社会关系，例如大众传媒，或者军事武器。工具理性表现为以精确的手段尽可能迅速地抵达目的，我曾经形容为"历史的短途旅行"。盘尼西林对于肺炎和脑膜炎具有明显的疗效，镍钛合金支架可以有效地扩张狭窄的冠状动脉血管，声音与电磁波的转换发明的电话机解决了长途通话，卫星电视让人看到了千里之外的球赛，电梯开辟了摩天大楼的内部交通路径，空调机使室内每一天舒适如春，科学技术历史上这一类范例不胜枚举。路线图清晰，明朗，立竿见影。根据一个功利的意图，选择最短的捷径获得简洁的成功，这是工具理性赢得普遍青睐的原因，也是遭受诟病的理由。某些时候，"历史的短途旅行"与历史的总体目标或者运行大趋势并不一致，甚至背道而驰，这形成了工具理性与价值理性之间的矛盾。如果没有价值理性作为基础，工具理性可能对人类社会造成高效率的当然也是更大的伤害。

通常情况下，主体与工具存在清晰的界限。前者制造工具，使用工具，主宰和支配工具；后者为主体服务，以高度技术的方式尽快实现主体的意图。不能简单地将工具理性想象为负面的思维方式，但是，主体必须超越工具理性。主体并非工具——人类包含比工具远为丰富的内涵。将人称为工具显然是一种贬义。但是，人们很早就发现，丧失了价值理性的关怀，过多依赖工具理性的表征往往显现为技术与工具的滥用。由于某种技术的巨大威力或者某种工具得心应手，人们过分信任这些技术，放任这些工具，以至于出现了"异化"或者"物化"的现象，也就是说本末颠倒，或者把人与人的关系转换为物质关系，甚至把人当成物。

日常生活之中，人们可以发现许多滥用技术与工具的例子。在个人的私密空间安装摄像监控，利用窃听器材盗窃商业机密，使用特殊的化学技术制造伪劣食品乃至制造毒品，以高度仿真技术生产古董赝品乃至伪造货币——尽管这些事件屡禁不绝，但是，社会始终如一地保持严厉的谴责与打击。相对地说，另一些问题的鉴定远为复杂，譬如汽车的发明。一些社会学家对于汽车深恶痛绝，公路网络和停车位占用了大量土地，汽车的尾气严重地污染空气。一些人甚至将汽车称为"奔跑的棺材"，由于车祸而死亡的人数已经多达数千万。然而，单纯地公布这些数据并不公平，另一个相关的衡量指标是汽车为人类带来了什么。无论是运输、速度还是想象和设计生活的方式，没有理由对汽车不可比拟的贡献视而不见。另一些时候，人们还可能遇到各种存在争议的案例，譬如对于修建大型水电站的评估，或者转基因食品。发电的数量以及水利调控或者粮食产量增加形成的经济效益可以统筹测算，可是，生态环境损失或者生物危害的评估时常观点不一。这些问题的考察、衡量涉及众多指标，不同利益群体对于各个指标的重视程度存在很大差异。另一方面，生态环境的损失或者危害往往要在相当长的时间之后才显露出来，那个时候木已成舟，无可挽回。这可能使一部分人持无所谓的态度，甚至心存侥幸，"船到桥头自然直"；另一部分人则夸大其词，杯弓蛇影，继而对所有的科学技术疑虑重重。

一些新兴的科学技术项目时常伴随某种商业宣传，这会在很大程度上影响人们的评判。以互联网为中心的通信技术获得了公认的突破，并且带动各种技术发明进入市场，譬如计算机和手机。为了进一步扩大各种相关器材的市场规模，"信息"成为一个炙手可热的概念。众多的宣传表明，"信息"不仅是现代社会的特征，同时是个人最为宝贵的财富。无论是企业家、艺术家还是政府官员，掌握超出常人拥有的信息才能赢得常人所不可企及的成功。作为收集和传播信息的工具，计算机与手机业已成为个人不可或缺的日常用品。当然，这种宣传曾经引起一些理论家的反感。他们声称"信息"崇拜是一种商业骗局，尼尔·波斯曼——《娱乐至死》和《技术垄断》的作者——抱怨说，海量的信息破坏了文化的过剩信息免疫系统。人们病态地吞噬各种信息，耗费大量的时间和精力，他们并不清楚获取这些信息又有什么作用。大多数人手机传递的信息不过是日常的问候，互联网上的大部分信息如同过眼云烟。对于多数人说来，信息的急剧增加并没有带来生活质量的同等提高。

如果工具的意义仅仅是开拓自然与改造自然，"滥用"与否的判断则相对清晰。综合现今的总体数据可以计算出，人类生存各种需求与自然承受限度之间的平衡点。过度开发不仅是巨大的浪费，同时带来生态环境不可挽回的损失。然而，人与人的社会关系插入人与自然的关系，"滥用"与否的判断不得不进入一批因素组成的复杂网络。某些时候，经济生产的相当一部分产品不是满足人类的日常生活消费，而是作为竞争的武器占领市场，驱逐或者碾压对手，或者以穷奢极欲的挥霍表现"富人"的生活方式。这时，技术与工具的衡量往往丧失了一目了然的尺度。一则现代寓言的内容是：甲与乙在山里遇到了熊，甲惊慌地说，我们比熊跑得慢，怎么办？乙回答说，不要紧，我比你跑得快就行。很多时候，人与自然的关系迅速转换为人与人的竞争。结合具体的历史环境与社会关系，一些左翼思想家对于"人类"这种普泛的称谓不满意。他们认为，相对于科学技术的不同发展阶段以及不同的地域空间，"人类"并非统一的整体。"人类"必须按照民族、国家、阶级、性别给予区分，各个群体对于技术与工具的占有和使用远不相同。相对地说，前现代时期的技术与工具更多地与社会进步站在一起。技术与工具不仅创造财富，而且逐渐把人们从宗教的统治之下解放出来。然而，资本主义的生产关系导致巨大的倾斜。技术与市场的大规模结合不仅创造出前所未有的财富，同时召唤出前所未有的贪婪。这时，技术与工具辅佐的经济生产可能因为短期的利益轻而易举地超过生态环境的承受限度。然而，必须补充指出的是，技术与工具的"滥用"酿成的毁灭性灾难玉石俱焚，全体人类不得不成为共同的承受者。

　　某些新兴的科学技术项目打开了特殊的空间，人类甚至不清楚涉足之后会带来什么。譬如，科学技术是否要开发人工智能的情感功能？相对于理性的计算、识别，人类情感是另一个模糊而深邃的领域。"情动于衷而形于言"，情感从内心深处涌出，是意识与生物有机体的共同产物——零件组装的机械显然无法自发产生。一些专家已经开始讨论人工智能模仿人类情感的技术路线图。然而，这是否是技术与工具的"滥用"？人工智能的自动化控制大幅度地压缩了工作量，以便人们节约下更多的时间与家人在一起；然而，人工智能的情感开发悄悄地颠倒了这个意图——人工智能的意义是制造一些情感丰富的"家人"陪伴人们，甚至开始介入性爱领域。这种状况会多大程度地修改社会关系，重塑家庭形态？如果放纵一下想象，会不会出现这么一天：人工智能开始形成自己的动机、欲望、个性，甚至绕过人类而自行其是谈情说爱。当人工智能作为另一个"类"面世的时候，社会关系如何演变？

种种情况表明，必须结合历史条件与社会关系评价科学技术的意义。一种机器既可能带来解放，也可能制造失业；既可能重组社会生活，也可能带来新型的盘剥与压迫。各种技术与工具的评估之中，军工武器是一个十分特殊的对象。世界上众多最聪明的脑袋汇聚到武器研制领域，现代武器的威力始终以几何级数增长。军工武器本身不存在任何经济效益，耗费了庞大成本的枪支弹药从来不会自动转换为面包和饮料。事实上，军工武器从未让人放心——武器的"滥用"将会产生严重的后果。不论军队还是执法部门，各种武器的使用无不依据一套极为严格的规定。人类的武器史上，核武器是漫长积累之后一个惊世骇俗的突变。冷兵器时代，杀死一个敌手必须耗费巨大的体力和精力成本；核武器时代，一个核按钮可以使百万人顷刻丧生。核武器仅仅在实战之中露面一次，但是，所有的人都清楚它的彻底破坏性。围绕核武器展开的谈判之所以成为全球瞩目的一个主题，是因为核打击及其后续的污染足以毁灭地球。尽管军工武器如此危险，但是，人们无法在抽象的意义上给予肯定或者否定。不同的国家通常依据自身的历史条件决定对于军工武器的追求方式，人们只能在复杂的国际博弈之中设立"滥用"与否的尺度。

技术与工具始终是最为活跃的前沿。芯片、互联网、基因研究、无人机、新材料、航天技术……众多领域正在斩关夺隘，捷报频传。然而，那个不安的幽灵再度现身，发出疑问——科学技术所发生的一切都是正面的积累吗？历史会不会正在酝酿某种秘密，最后亮出一张令人惊恐的底牌？

近期的人工智能讨论突然把这个问题明朗化了。

三

　　没有必要过多地介绍人工智能。迄今为止，计算机的硬件和软件已经可以承担模仿人类智能的种种工作。从计算、统计、规划到语言识别、图像识别，计算机开始代替人类从事各种智能活动。无论是工厂车间的机械手、汽车的自动驾驶、医疗诊断、远程教育、智慧城市还是物联网与自动化管理、银行业务或者旅行业务咨询、不同语种的翻译，人工智能具有极为广泛的用途。目前，电影的虚构与科学家的想象已经交织为一体：人们似乎可以期待，人工智能版的警察与仆人即将出现在街道与公寓的客厅。然而，前一段时间，诸如霍金、比尔·盖茨、马斯克等一些著名的科学家、企业家一起站出来给予当头棒喝——大规模开发人工智能必须慎之又慎。没有考虑清楚之前，决不要轻易打开所罗门的瓶子。一旦人工智能失控，人类再也无法拯救自己。

　　不论霍金等人是否危言耸听，人们至少可以察觉，人工智能的一些能力远远超过了人类。许多人很早听说过人工智能，但是，没有多少人调查过人工智能的成长速度。1956 年的时候，"人工智能"（Artificial Intelligence）这个概念第一次出现在美国几个年轻的数学博士笔下；1997 年，IBM 超级计算机"深蓝"击败国际象棋世界冠军卡斯帕罗夫；2016 年，谷歌公司的计算机 Alphago 击败围棋世界冠军李世石。围棋是一项极为复杂的游戏，一局围棋包含的运算内容为天文数字。由于如此之多的选择，棋手可以在一个极为广阔的空间实现种种富于创意的构思。人工智能曾经参与围棋对弈，很长的时间乏善可陈。尽管人工智能拥有超强的计算能力，但是，棋手的奇思妙想常常让计算机不知所措。因此，Alphago 的轻松取胜出乎许多人的意料，人工智能的进步速度令人瞠目。根据计算机专家的介绍，Alphago 使用了"神经网络"深度学习的方法，一天可以"吞噬"数十万盘顶尖棋手的棋谱。按照这种学习速度，Alphago 从一条狗的智力飞跃到一个围棋高手的智力仅需一天的时间。毫无疑问，这种智力发育速度人类无法企及。事实上，Alphago 仅是同类人工智能的初级版。人工智能的进化速度让一批科学家意识到，危险突如其来地迫近。人工智能可以拥有钢铁之躯，同时不惧生死，再配上一个无与伦比的大脑，人类显然无望匹敌。可以想象，一旦与人工智能发生真正的对抗，人类大约连拔掉电插头的机会也不存在。

人工智能的讨论带有很强的专业意味，更为深刻的评估有待专家的进一步阐述。这种讨论至少引申出一个观点：如果科学技术拥有某种能力，是否一定付诸实施？是不是要在所有的空地建起摩天大楼，或者让机器的轰鸣响彻每一片深山老林？人类是否要保存某些领域的神秘和未知？——例如爱情。如果大数据分析可以证明，某种身高的男性通常对某种脸型的女性一见钟情，或者，某种气味的香水可以让某一个年龄段的男女心醉神迷，坠入情网，这种精确而"科学"的爱情指南是增添了人生的效率还是摧毁了生存的趣味？

或许，我可以把这种观念表述得更为坚决一些：即使科学技术展现了强大的能力，人类的"生命"仍然坚持自己的独特体验。相对于改进版的Alphago，全世界的围棋手已经没有任何取胜的可能，但是，围棋并未因此而消亡；即使科学技术发明了汽车和高铁，人类仍然在地球的某一个角落举行跑步比赛；工厂或者码头早就配备了力大无比的吊车，人类还孜孜不倦地在体育馆举重甚至进行掰手腕竞赛。进入我相对熟悉的审美领域，事情或许会更清楚一些。

目前为止，人工智能正在大举进入审美领域。人工智能已经参与诗、小说、散文的写作，机械手完成了绘画与书法作品，音乐已经陷落，篆刻不知道还能坚持多久。一些人对于人工智能的作品不以为然，认为这些作品缺乏本雅明所形容的"灵韵"（Aura）——这个词来自本雅明《机械复制时代的艺术作品》。"灵韵"的翻译存在一些争议，很大程度上指的是一部作品独一无二的韵味，这种韵味只能来自独一无二的作者。无论现在还是将来，人工智能的作品无法模仿"灵韵"吗？这是一个令人怀疑的结论。著名的图灵测试规定：人们可以在无法看见被测试者的情况下，通过一定的装置进行提问。如果30%的答案让人们将回复的计算机误判为人类，这台计算机将被认定为具有人工智能。文学仿造图灵测试构思了一种检验方式：人工智能完成的诗歌与一批诗人的正式作品混在一起，然而，前者并未被文学批评家迅速剔除出来。随着人工智能的升级，所谓的"灵韵"可能很快就会被征服。

这种状况可以促使人们更为深入的思考。人们很快意识到，一个社会并不是如同消费面包、牙膏、鞋子或者电冰箱这些普通商品一样消费审美作品。普通商品的功能是保证日常生活，多多益善，机械的批量生产经济而高效；相形之下，审美作品不是一个固定的实体而更像一个期待结构，诱导人们进入之后完成体验。换言之，审美作品不是作为现成的产品等待消耗性的消费，人们的亲身投入以及再创造是审美活动不可或缺的组成部分。相对于维持生命的需求，审美是快乐地享用生命、发挥生命的自主活动。古希腊即已发现造型艺术的"黄金分割点"，但是，0.618的比例从来不能代替造型艺术审美实践的巨大快乐。辛辛苦苦地生产一双鞋子或许是令人厌倦的劳役，挥舞画笔在画布上再现一双鞋子却令人欢欣。人工智能的制鞋技艺迅速赢得企业的青睐，但是，人工智能画鞋子的技术不受欢迎。哪怕某一天人工智能画得更好，人们也不想向机器出让这一份快乐。

如同审美领域，人类社会的某些领域拒绝科学技术的覆盖。一些思想家的担忧是，科学技术隐含的工具理性可能以负面的方式干预生命的设计。众多必须存留于人类手中的领域不知不觉地被工具理性所接管，各种不良后果开始显现。至少在目前，工具理性对于欲望的纵容正在引起广泛的关注。古代社会，人类欲望遭受的最大挫折源于自然的限制。飞机和轮船尚未诞生的时候，上天入海的期待只能停留于诗人的想象之中。现今的科学技术如此发达，以至于人类的欲望甚至赶不上科学技术的步伐。五十年之前，绝大多数人从未产生拥有一部手机的欲望——利用手中的一部小机器呼朋唤友甚至呼风唤雨，只有神仙才能拥有这种魔器。现今科学技术的发明如此丰富，以至于出售这些发明的市场不得不努力培养迟迟尚未发育的欲望。手机经销商恨不得将手机塞到每一个人的手中，于是，他们构思一套又一套巧妙的说辞：手机有助于商务，没有手机怎么谈恋爱，不用某某品牌的手机你 out 了，所有的要人都有两部以上的手机，啊，快看哪，某某明星使用的是某种品牌的手机……欲望如同爆米花一般膨胀起来的时候，不仅商家赚个盆满钵满，科学技术也将获得可观的研究经费。然而，作为这种良性循环的一个隐蔽副产品，人类的欲望会不会开始无序地飙升？欲壑难填。一个贵妇人拥有三千多双名贵皮鞋，一个足球明星拥有二十几辆顶级跑车，众多富豪正在竭力想象各种尚未经历的享受以便付诸实践——如果科学技术始终谦恭地为各种欲望拎包，人性之中哪些原始的内容还会被释放出来？

与纵容欲望相反，另一些思想家担忧的是科学技术对人类天性的过度压抑与束缚。发达的科学技术不知不觉地逾越经济生产领域而掌控社会管理规则的时候，人会不会被想象为千人一面、四平八稳的平均数，继而被贬为没有个性、没有冲动和情怀的机器零件？《人是机器》是 18 世纪法国哲学家拉·梅特里的一本名著，人类躯体与机器相互对接的奇观意象并非无源之水。躯体由一系列器官机械地组装起来，按照管理机器的方式管理社会，通上电流车床轰鸣，关掉电源寂静无声，这种理解方式可能借助科学技术的名义形成种种机构、制度、规范与具有特殊效率的管控技巧。那时，每一个人将被烙上二维码，管理人类的活动如同物联网统一处理各种物体。由于蔑视人性特征，这种管控技巧可能在一定条件之下转换为令人窒息的压抑体系。哈贝马斯的《作为"意识形态"的技术与科学》这篇长文认为，科学技术不仅是一种生产力，同时成为晚期资本主义的一种新型控制。事实上，理性、科学技术与控制也是法兰克福学派长期关注的一个主题。

四

我们已经多次抵近"生命"这个概念。生命如何构成，生命的意义是什么？这无疑是人文学科的重大主题。当然，这个主题已经获得众多思想家的反复阐述，哲学家不仅讨论形而上学，同时讨论主体与客体，生命的意义通常包含于主体范畴之中；宗教当然始终涉及这个主题，不论是生死轮回还是皈依上帝；还有康德的道德律令，精神分析学的无意识，历史学、语言学、艺术等同样围绕这个主题展开。然而，现代科学技术正在提供另一种描述话语。尽管科学技术与哲学、宗教、道德或者语言、艺术尚未出现明显的观念冲突，但是，人文学科已经表现出明显的担忧和焦虑。按照科学技术的描述话语，人文学科的一些传统前提迟早要遭受严重挑战，另一种迥然不同的生命理解必将迅速到来——甚至已经到来。

人类来自猴子的进化——尽管这种观点遭到科学家的某些质疑，但是，这并未削弱另一种观念性的冲击：人类生命不存在一个神圣的因而也是不可怀疑的起源，例如来自神的赐予。生物科学对于基因的研究让人们再度面对这个问题，而且形成更为严峻的挑战。生物学绘出了人类基因图谱，掌握了基因测序乃至重新编辑基因的技术，这不仅意味着完全了解自己的基因信息和生命编码，事先知道基因的缺陷以及种种遗传疾病，并且可以在解码生命信息的基础上给予改造，譬如及早预防乃至修改错误的基因使之消失。这当然是造福人类的工程。然而，原先由神祇承担的工作，人类突然自己接手掌管。这会不会产生一种僭越？这种僭越会不会潜藏某种难以想象的后果？

人们可以进一步聚焦这个问题：医学与基因技术如此发达的时候，是否有权自己设计或者修改生命？"整容"引起的纷纷议论很大程度上即涉及这个问题。女性的化妆已经获得社会的普遍接受，油彩和颜料对于眉眼的重塑并未进入生物层面，卸妆之后的素颜将返回生命的自然本真。然而，"整容"意味着用一种美学设计替换生物设计。这种做法之所以令人不安，恰恰是由于人为地干涉了生命的自然本真。

医学始终是修复人类身体的特殊技术。然而，传统医学的观念是修复身体，使之回到自然本真状态。无论满意与否，生命的自然本真不可逾越，医学的工作犹如计算机键盘的一键还原。现代医学可以在身体内部安装种种辅助器材，例如假牙、心脏起搏器、血管支架、股骨头或者假肢，如此等等。这些辅助器材的意义是恢复生命的自然本真，而不是另起炉灶，再造一个前所未有的强大生命。

如何界定生命的自然本真？从猴子进化为人类迄今，人类存在某种固定不变的自然本真吗？无论是智商还是体能，人类生命并非静止地锁定于某种水平，而是持续地渐变。人类手指的灵活程度或者抽象思辨能力增长了许多，同时，人类奔跑的速度或者肌肉输出的臂力减弱了许多。这个意义上，生命以及身体不断地从"自然物"向人工的文化产品转化。显然，科学技术对于这种转化保持了强大的促进作用。正如海德格尔所指出的那样，技术是主体与客体相互展开的媒介——某种程度上，技术与语言的意义相仿。尽管如此，技术仍然作为区分于主体的"工具"范畴存在，并未大规模地在生物的意义上直接介入生命，成为躯体的一个真正组成部分。然而，现今的科学技术正在谋求突破生物与非生物的界限。麦克卢汉认为，媒介是人的延伸，所谓的"后人类"身体将生物与非生物的有机衔接作为延伸的普遍形式。如果将人类的意识与人工智能成功地联结可能产生什么？大脑的记忆、识别、计算可能产生不可思议的扩展，某种程度上甚至出现"永生"——如果科学技术可以不断地升级乃至更换生命之中陈旧的硬件与软件。一个人的意识可以复制到一个又一个的生物硬盘，心脏、肝脏、肺或者胃可以时刻更换，这不是"永生"又是什么？很大程度上，这即是雷·库兹韦尔形容的"奇点"。突变的时刻降临了。不久之后，人类可能无法确定，所谓的生命是一种生物构成还是一种机械装置。这当然随即产生一批伦理或者心理问题。传统的意义上，机械装置与生物生命是不可混淆的两个谱系。现代社会的一部手机可以承担的事务远远超过了一条狗，然而，多数人对于狗的宠爱远远超过对待一部手机。人与狗之间存在生命与生命的交流。人类的情感能够接受机械与生命的互换吗？我曾经在《生命在别处》一文中提到一个心理性困惑："未来的日子里，我们会向那个既吃五谷杂粮，又组装了各种计算机软件与生物科技产品的'生命'示爱、撒娇或者寻求抚慰吗？当然，还有爱情——我们可能爱上一个半是肉身、半是金属材料的躯体吗？"

不言而喻，这种生命的出现将会带来众多社会学问题。许多传统的社会学范畴不复存在。对于智商与体能增强了千百倍的生命说来，现今的货币还有意义吗？他们使用货币购买什么——如果粮食、水源或者生存空间的观念已经完全废除。当然，阶级、民族、国家、家庭、性别这些观念可能同时摧毁，这些生命将会根据另一些原则组成社会共同体——如果还有社会共同体的话。严酷的、毁灭性的战争仍然可能发生，但是，现在无法预测战争的原因。人们无法预知他们为什么而战，既然人类现今的种种资源、财富以及荣誉已经无足轻重。即使他们与人类版本相似，某些细节的差异仍然可能产生致命的后果，譬如情感的烈度。人类可能觉得，孩子数错了栖息在电线上的鸟儿是一个无足轻重的错误，然而，他们可能做出极为严厉的惩罚。另一方面，如果非生物的进化速度由科学技术控制，那么，进化速度的快慢迅速形成强弱不均的局面，新的剥削和压迫将在不同的群体之间产生。这时，传统的人类——拒绝将机器植入身体的传统肉身——将沦为不堪一击的底层弱者。这正是许多科学家忧心忡忡的未来局面。

目前为止，相当多的人仍然乐观地认为，人工智能不可能突破工具范畴而形成"自我"——维持自己的目的，保护自己的荣誉。不论具有多么强大的实现能力，人工智能不存在自己的意图和构思。人工智能控制的机械手已经写出了相当水平的书法作品，一台称作"小冰"的人工智能完成了一批诗歌。然而，这些艺术生产仅仅服务于人类。人工智能并不是因为审美渴求而为自己提供书法或者诗歌。作为完美的工具，人工智能什么都能做，同时又什么都不需要。即使在初级的意义上，人们也能发现人工智能的"精神贫乏"。例如，人工智能具有超强的记忆，人类的记忆贮存量不及人工智能的九牛之一毛；可是，人工智能没有回忆。它不会在一阵惆怅的乡愁之中回忆起熟悉而亲切的乡音，或者回忆起母亲的殷切眼神和父亲沉稳的说话腔调。没有生物意义上的源头，没有深植于生物基因和文化基因内部的爱或者恨的密码，没有"自我"的种种需求，作为工具的人工智能时刻等待人类的指令。然而，科学家无法判断的是，未来是否有一天，人工智能突然形成"自我"——就像人类的某种意识突变一样。这时将发生什么？人工智能会不会生成"自我意识"，并且谋求夺取人类的"主人"位置？

至少在今天，人类无法清晰地回答这个问题。无论是预测、判断、分析还是防范所依赖的知识体系远未建立。失效的社会学、伦理学和心理学已经不能提供有价值的参考意见。面对科学技术形成的历史断裂带，人们的身体被抛到了彼岸，可是，精神仍然滞留在此岸。这时，或许可以从文学想象之中发现某些特殊的症候——我指的是科幻文学。

科幻文学始终拥有众多读者，近期盛况空前。许多电影的票房依靠的是外星人、宇宙飞船或者所谓"平行空间"。但是，相当长一个时期，文学研究对于科幻文学缺乏兴趣。科幻文学通常从属于大众文化，迟迟无法敲开经典文学研究的大门。20世纪下半叶，这种状况有所改变，一些著名的理论家开始介入科幻文学研究，例如詹姆逊。如前所说，科学技术曾经是"祛魅"的重要力量，然而，现今的科学技术产生了巫术般的"复魅"魔力——如果说，各种古老的花妖狐魅来自农业社会的想象，那么，现今许多超验的故事情节来自科学知识的加工。神话到科幻文学之间意味深长的文化循环表明，人类正在担忧再度丧失"万物灵长"的中心位置。科学技术正在充当新的神祇。科幻文学具有各种饶有趣味的话题，我仅仅想提到一个简单的话题——科幻文学设立的反面角色。

　　经典文学研究往往不屑于正面角色、反面角色这种问题——经典作家心目中的人物性格复杂而立体，并非"正面""反面"这种简陋的定语可以概括。大众文学擅长设置正面力量与反面力量的戏剧性冲突，并且以正义的胜利为旨归。显然，正面角色与反面角色的设想无法摆脱意识形态背景。许多西方当代题材的大众文学涉及三个类型的反面人物：贩毒者、抢银行者、恐怖分子。如果说，这种想象源于通俗版的社会学观念，那么，科幻文学隐含一个出人意料的主题：许多反面角色与科学技术的存在息息相关，科学实验的失误构成许多情节逆转的契机。《侏罗纪公园》这一类作品表明，科学技术与资本、市场、贪欲的结合可能酿成多大的风险，各种异形生物是科幻文学之中令人恐怖的角色。来自宇宙或者科学技术催生的异形生物依据何种道德准则？这是焦虑的重大根源。人类一方面祈望这些超级英雄维持正义，例如蜘蛛侠、钢铁侠、金刚狼、终极战警、变形金刚，另一方面又深怀恐惧。一旦这些超级英雄反戈一击，人类毫无还手之力。这些情节隐喻了人类社会的忐忑不安：科学技术的发展已经抵达一个十字路口，某种巨大的能量即将释放出来，这将造福于人类，还是摧残乃至摧毁人类？

　　某些科幻文学之中，人类同时成为反面角色——人类逐渐开始反省自己。《银翼杀手》揭示了问题的另一面：人类对于自身的道德准则是否信任？科学技术的行走速度如此之快，人类道德只能跟跟跄跄地勉强跟随，有时干脆不知所措地停下来了。现有的道德水平有资格享用如此强大的科学技术吗？例如，大数据正在显现愈来愈强的威力，无论是市场预测、军事判断、时尚潮流的制造还是对于个人的监控。如果某些不良分子可以不受限制地使用数据库，或者催生数据库出现种种意外的功能，后续的情节不可预料。许多作家曾经从不同的角度延伸后续情节，悲剧是他们不约而同的构思。毫无疑问，悲剧是不安情绪的另一种表征。

　　从神话到科幻文学，我匆匆地掠过了科学技术发展可能隐含的若干问题。我当然意识到，知识的贫乏如何限制了论述的深度，某些科学技术的现状并未获得准确的描述和理解。更为重要的是，这些观点仅仅显现人文学科的视野。换一句话说，社会科学与自然科学对于这些问题的思考远未充分地展示。因此，上述讨论毋宁是显现人文学科的特殊期待：首先，期待社会科学深刻评估科学技术的种种前景，设计种种必要的防范措施——可以从道德伦理对于基因研究的规范或者核技术的严格管控之中发现，自然科学赖以运行的历史环境之中，约束性制度并未完全缺席，尽管未必完善；其次，期待科学技术的逻辑内部存在某种纠偏的机制，甚至在必要的时候形成"熔断机制"。这些特殊的期待同时表明，科学技术日新月异的时候，人文学科的意义并非固执地守护传统概念，重复各种古老的结论，而是必须在新的历史情势之中对人的价值保持特殊的敏感。这是乐观地对待科学技术的必要前提。

第十三章

虚拟、文学虚构与元宇宙

一

　　最近一段时间，"元宇宙"（Metaverse）概念异军突起，骤然成为一个热门话题。如同理论股市的一个新兴的绩优股，诸多学科的理论家会聚一堂，纷纷发表感言，表示高度重视。根据多方的描述，一个新型的庞然大物已经出现在地平线，正在向我们快速移动。与许多社会科学的宏大命题不同，元宇宙并非仅仅是概念组装的海市蜃楼，而是包含各种"硬件"，譬如互联网、虚拟现实（Virtual Reality，简称VR）设备，当然还有超级数据库，而且，这个庞然大物的入口可能就是人们时刻抓在手中的手机。

　　恰是与日常世界存在可见的联系，元宇宙不至于那么难懂——至少不像康德、海德格尔、德里达、拉康那么晦涩。大致可以说，元宇宙是互联网基础上构建的另一个平行世界。这个平行世界是虚拟的，人们可以自由出入，建立新的身份，体验另一种迥异于现实社会的生活，譬如当一个武功盖世的大侠，一个倾城倾国的公主，一个富可敌国的霸道总裁，如此等等。罗布乐思（Roblox）表示，真正的元宇宙包含如下几个特征：身份（Identity）、朋友（Friends）、沉浸感（Immersiveness）、低延迟（Low Friction）、多元（Variety）、随地（Anywhere）、经济（Economy）和文明

（Civility）。这些特征可以留待日后慢慢解释。对于滚滚红尘之中平凡的大众说来，"沉浸感"显然是最富吸引力的概念。沉浸在另一个传奇世界之中，毫无隔阂，感同身受，既夸张又现实。许多人都提到了尼尔·斯蒂芬森1992年发表的科幻小说《雪崩》。主人公自如地穿梭于现实社会与互联网的虚拟空间，上演各种精彩的人生大戏。《雪崩》的虚拟空间如此引人，这部小说如同元宇宙概念的形象注释。许多人甚至觉得，《雪崩》的杰出想象为现今的元宇宙构思提供了最初的灵感。

这些描述也许是平庸的、初步的，甚至众所周知。但是，这丝毫没有降低元宇宙的重要性。相反，这个概念解放出来的思想能量正在向四面八方扩展。经济学家到场，全面论述元宇宙带来的资本集聚与产业链分布；法学家到场，谈论的是虚拟空间的规则及其社会治理；社会学家到场，论证元宇宙的自治与永续性；通信学家到场，考察元宇宙背后意味了多么壮观的传播革命；从未来学家、教育学家、建筑师、城市规划设计师到符号学家、兵器专家、搏击格斗大师、营养学家，各方面的人才都可以找到与元宇宙相互联系的话题。当然，许多论述浮光掠影，之所以如此，恰恰表明元宇宙概念拥有不同寻常的深度与内涵。

我对元宇宙的关注有两方面的原因。首先，元宇宙显示了历史内部愈来愈强大的技术逻辑，各种景观围绕技术开始了重组，形成新的结构，而且，新的结构开始深刻介入历史的发展；其次，元宇宙与文学存在的联系。相对于各种文学知识，我对于互联网技术的种种前景既陌生又外行。许多时候，我不得不援引文学知识作为元宇宙理解的引导，犹如援引地球的景观比拟火星的地表。至少在我的心目中，从文学到元宇宙，二者之间的叙事存在各种空缺。尽管如此，我还是愿意从事一次充满未知的理论旅行——填补知识空缺，同时有助于想清楚元宇宙会带来什么，产生哪些新的问题。

很长一段时间，所谓的高科技镶嵌在生活的边缘，仿佛与人们的起居饮食没有多少联系。空间站、航天飞机、生物工程或者深海潜艇、极地考察似乎是少数人的事情，一些理论命题流传于若干实验室，仅供科学家从事专业讨论。然而，最近的数十年，各种技术、机器密集地进入日常生活，尤其是以互联网为中心的各种新型技术已经转换为各种日常行为，例如网约车、支付宝、远程医疗等。手机仅仅是一部小机器。伸手在巴掌中的小玩意上按几个数字，另一个远在千里的伙伴应声而出——古代神魔小说之中，这肯定是一种惊人的法器，如今人们已经见惯不惊。可以明显地察觉生活环境的一个重要变化：各种电器正在持续增加，愈来愈多的事情正在交付几个数码按键解决。当然，生活环境的持续改善并没有改变人们的基本感觉——我们知道寓所外面是车水马龙的城市，城市外面还有广阔的田野、山脉和海洋。

然而，正在向我们快速移动的元宇宙会彻底颠覆这种基本感觉。一个互联网技术提供的寓所、城市以及田野、山脉和海洋即将来临。这是天方夜谭吗？不知道——但是，我不得不提到的事实是：数十年来，技术实现某种想象的速度之快超出了许多人的意料。人们时常觉得，某些景象还是一个遥远的设想，至少远隔千山万水；令人惊奇的是，这些景象转瞬之间已经抵达，迅速侵占生活的各个角落，甚至成为固化的现实社会。技术的提速当然是一件令人开心的事情。想一想古代那么多尊贵的皇帝从未看过电视，我们常常会意识到自己的幸运。但是，人们不能因为这种幸运而对于新的问题视而不见。许多新的技术发明同时孵化出新的文化，新的道德观念。汽车为现代社会的形成做出了很大的贡献。作为常规的运载工具，现代社会的运行速度很大一部分由汽车完成。与此同时，汽车文化造就了另一些古典社会所没有的观念。譬如，脱离自己成长的土地奔赴远方。古代的许多农民一辈子只能活动在方圆数十平方公里之内，而这个距离对于汽车不过是一脚油门的事情。汽车文化削弱了"根"的意义，同时使地平线上的远方不再遥不可及。技术提速带来的欢呼有时会遮蔽另一种情况：人们的文化观念或者道德水平远未准备好。如果人们的文化观念或者道德水平仍然是冷兵器时代的产物，而手里已经有了自动步枪、火箭炮和核武器，那会发生什么？

文化观念或者道德水平的滞后不会减缓乃至阻止技术的发展速度。一个非常值得关注的情况是，技术会提出自己的文化观念。英国的 C. P. 斯诺的《两种文化》是一部名著，他区分了人文文化与科学文化。许多人至今还隐约地觉得，哲学谈论的是本体问题，技术无非是具体的实现手段。形而上谓之道，形而下谓之器。然而，技术带来的科学文化正在急剧膨胀，甚至跃跃欲试企图取代人文文化。我曾经指出："科学话语已经显示出问鼎'道'的强烈企图。显然，相当多的哲学观念与科学话语无法兼容——如果愿意正视这个事实，那么，另一个事实将同时显现：后者对于存在本体的解释正在形成强大的竞争力。"[1] 换言之，一些科学文化试图按照技术逻辑重构另一种人文文化。历史学是人文文化之中古老的重镇。历史学的意义是多方面的。除了记录各种发生过的事情，历史学还是民族的记忆，民族认同的依据。当然，现代历史学已经在深入地探讨一些延伸的理论问题，譬如历史叙事学——历史学家叙事的内容与发生过的事情是否一致，二者之间的差异说明什么；如果不是有闻必录，取舍的依据又是什么？民族的记忆也有相似的情况：某些记忆与发生过的事情可能存在误差。记忆可能保存了各种耻辱的、令人痛苦的经验，这将给民族认同造成复杂的纠葛。然而，元宇宙之中的生命可以根据各种需要重新编辑过往的数据，轻而易举地增添一些内容或者敲除某些记忆。[2] 这些技术将对传统的历史学观念产生剧烈冲击。当然，冲击必然随即波及哲学。什么是"真"？什么是"生命"？技术不仅提供不同的答案，更重要的是开始提供另一种思考路径。

技术对于审美的介入甚至更早。我认为文学研究应当意识到各种意味

---

1 南帆：《文学理论十讲》，福建教育出版社 2018 年版，序言第 8 页。

2 参阅吕鹏：《元宇宙技术与人类"数字永生"》，《人民论坛》2022 年第 7 期；肖珺：《元宇宙：虚实融合的传播生态探索》，《人民论坛》2022 年第 7 期。

深长的变化："科学技术已经开始改写审美的密码。视频电话如何处置异地思念的焦渴？互联网为乡愁带来了什么？虚拟空间的人事关系——例如网恋——如何冲击现实社会的社会结构？那些无时不刻地'刷屏'的手机积极分子对于青峰、落日、小桥、流水这些农耕文明的意象还有感觉吗？如何评判人工智能与机器人'创作'的小说、诗以及书法作品？另外，科学技术造就的新型大众传媒同时形成了多种异于传统的语言符号、叙述语法和阅读方式。文学理论必须预判这一切将为文学带来什么。"[1]

科幻文学——文学之中的一个门类——对于技术主题高度关注。许多科幻文学描述的恰恰是技术的无节制泛滥带来的可怕后果。坦率地说，我对于科幻文学的兴趣相当有限；但是，我察觉到一个动向，科幻文学的研究正在急剧升温。很大程度上，这是技术的急剧扩张带来的文化回响。元宇宙是技术逻辑上的一个幻想，还是可能乃至即将到来的现实？文学有必要做出回应。汉语之中"文学"一词始见于《论语》，数千年的演变形成众多"文学"的专门知识；"元宇宙"刚刚兴起，2021年号称"元宇宙"元年。尽管如此，众多"文学"的专门知识立即感受到这个概念带来的压力。

二者之间的接口在哪里？我选择从"虚构"这个概念说起。

二

围绕"虚构"这个概念，我首先简单地回顾文学的几个基本特征。很大程度上，这些特征可以衡量文学与元宇宙的理论距离。

目前为止，多数人都愿意认可文学的虚构性质。如果说，新闻报道、历史著作、实验报告、统计数据乃至一份请假条均以真实的陈述作为不言而喻的前提，那么，虚构是文学的特权。文学虚构不能被视为可耻的谎

1　南帆:《文学理论十讲》，福建教育出版社2018年版，序言第7—8页。

言。社会文化共同认可的约定是，文学虚构免于道德谴责。

虚构显然必须与真实联系在一起。没有真实，无所谓虚构。简单地说，虚构至少可以表述为，叙述一个现实社会之中未曾发生的事情——文学内部还可以区分出各种不同类型的虚构方式。柏拉图与亚里士多德都论述过艺术对于真实的模仿，当然他们对于模仿的终极指向认识不同。柏拉图将模仿的终点延伸到"理式"。无论如何，"模仿说"是西方文艺理论的一个源远流长的强大观念。但是，"模仿"绝不是真实的翻版。艺术的"模仿"增添了什么，压缩了什么，改造了什么，有时几乎完全另起炉灶。这种意义的"模仿"包含了许多虚构的成分。

亚里士多德认为，人们之所以需要"模仿"，这是源于本能，从事"模仿"可以产生巨大的快感。现今看来，这肯定不是一种完善的解释——艺术从事"模仿"肯定还有本能之外的各种理由。这时，人们也可以从另一个方向提出相同的问题：为什么需要虚构？虚构耗费的精神成本远远超过如实的陈述。虚构一部大型叙事作品往往是一个艰巨的精神工程。如实记录一个人的十年生活，或者，以他的十年生活为素材写出一部长篇小说——后者付出的心血是前者所不可比拟的。既然如此，兢兢业业的虚构肯定存在重要的原因。人们不能像亚里士多德那样，简单地用"本能"来说明问题。

我曾经说过，虚构是文学的特权，但是，这个特权有偿使用。如果虚构的内容仍然与如实记录相差无几，人们就会大失所望。虚构必须超越平庸的现实社会，体验到传奇性。没有特殊的意图和目的，通常不会虚构无聊的琐事。刚刚是从左边楼梯走到二楼，人们没有必要虚构走的是右边楼梯；如果拿到了虚构特权，至少要说是从窗口飞进来的。虚构一开始就是与传奇联系在一起，虚构传奇制造的"快感"比亚里士多德所说的"模仿"快感更具说服力。现实社会缺乏动人的传奇，人们利用虚构满足自己。艺术的虚构始终隐含这种渴望。或者可以稍稍改变成相对精确的表述：虚构背后存在强大的欲望。这已经相当接近精神分析学对于文学艺术的解释。

　　许多时候，现实社会的匮乏即是欲望的对象。现实社会的匮乏意味着某些渴望受阻的时候，人们不知不觉地用虚构给予补偿。精神分析学认为，文学艺术是一种"白日梦"——欲望的替代性满足。许多人向往权势、财富、爱情以及各种传奇生活，可是，身边的现实社会迟迟未能出现合适的土壤。能不能以虚构的方式提供快乐的体验？文学艺术大规模地承接了这方面的订单，而且产品愈来愈专业。武侠、侦探、惊险、寻宝、玄幻、穿越，还有宫闱的钩心斗角和霸道总裁眼花缭乱的爱情，各种"白日梦"蔚为大观。

　　当然，人们很快辨识出这些产品的梦幻性质——一厢情愿的成分远远超出了实现的可能。这是一种常见的策略：所谓的虚构甩开了沉重的现实社会，仅仅展开想入非非的那个部分。例如，霸道总裁仿佛天生富可敌国，他到世上的目的就是进行各种形式的恋爱探索；或者，慷慨地将盖世武功设立为那个武侠出场的前提，最多赋予一个小概率的事件作为理由，譬如从悬崖上跌入古墓发现绘在墓壁上的拳谱等，他要表演的就是以盖世武功铲尽天下不平事。多少人有条件富可敌国或者拥有盖世武功，这种愚蠢的提问被默契地屏蔽。但是，如果仅仅是脱离现实社会的幻觉，这种文学又有多少意义？另一些呼声更高的文学观念认为，虚构有责任展示人们置身的现实社会，亦即"为人生的文学"。如果说，武侠、侦探、惊险、寻宝等熟悉的"白日梦"已经成为通俗文学的常见类型，那么，"为人生的文学"形成的文学观念主要围绕在现实主义文学主张周围。现实主义文学仍然是一种虚构。然而，现实主义并非简单地遵循欲望，而是将欲望的合理性交付历史的发展过程给予裁决。换言之，历史逻辑决定欲望的实现程度。对于文学艺术说来，精神分析学的轴心概念"无意识"必须扩大为社会无意识，进而接受各种社会关系的衡量。结合弗洛伊德观念与亚里士多德《诗学》中的术语，社会无意识必须符合"可然律"和"必然律"，欲望寄托的乌托邦才能迈向现实社会。当然，欲望与乌托邦之间的界限是一种理论规定。对于文学艺术说来，欲望与历史逻辑、理想与空想之间的区别并非泾渭分明、一目了然。

对于虚构、传奇、"白日梦"这几个特征的回顾表明，文学艺术与现实社会构成了清晰的二元。现实主义文学与现实社会息息相关，但是，二元的状态并未改变。文学是一种有益于身心的阅读，读者终将从作品之中返回现实社会，以更为积极的姿态生活。没有人认为，阅读是转入另一个天地的通道，读者从此生活在文学的虚构世界，与孙悟空、贾宝玉、林冲或者关云长为伍。个别读者阅读了武侠小说之后遍访名山，寻求各种武功秘籍，这种情节多半只能作为一个幼稚的笑话流传。谁还会混淆虚构与现实社会？文学维持二元状态的一个有利条件是使用的符号体系。文学的物质外观是，大量文字符号印刷在装订成册的书本之中。读者很难想象，如何寄身于文字符号组成的文本，远远地将书本外面这个尘土飞扬的世界抛下。

现在已经可以察觉元宇宙的重大差别。元宇宙由虚拟现实（VR）构造，"沉浸感"表明各个感官的无缝对接。进入元宇宙不需要文字符号与文本的转换，而是自然得如同踅入隔壁房间。文学文本的专业研究证明，哪怕现实主义文学描述，文字符号也不是一个透明的工具，在展示对象的同时如同一缕水汽蒸发得无影无踪；相反，文字符号内含的意识形态可隐蔽地左右人们的文本感受。"这个女子生得面若桃花，弱柳扶风"或者"这个男人如同银行家一般吝啬"——这些文字符号的叙事业已不知不觉地设置一种文化倾向。元宇宙制造的生活空间劈面而来，驱走了文字符号层次的各种微妙影响，如同日常环境一样真实。进入元宇宙甚至比翻开书本还要简单，现实社会与元宇宙之间的心理过渡甚至难以察觉。两个相互平行世界的交织与交换如此轻易，以至于人们立即会回想到那个古老的寓言——庄生梦蝶，还是蝶梦庄生？

当然，现实社会与元宇宙存在巨大的差别。对于多数人说来，现实社会的一个基本状况即是欲望的受挫。不如意事常八九——否则还叫什么现实社会？相反，元宇宙的一个基本状况即是欲望的实现——心想事成，哪怕意图与结局之间存在一个不无曲折的情节。这时，一个特征显现出极为特殊的意义：元宇宙与现实社会一样真实。

"意图与结局之间存在一个不无曲折的情节"，这句话首先承诺欲望的最终实现。否则，人们又有什么必要重新设计一个元宇宙？但是，这并不意味着躺在那儿等待天上掉下馅饼来。相反，元宇宙鼓励积极的奋斗，欲望的实现与积极的奋斗息息相关。与残酷的现实社会比较，元宇宙保证的是喜剧性结局与行动过程的有效性。有效的行动本身就包含巨大的快感。作为一个简陋的模型，电子游戏的风行说明了很大一部分问题。许多人将电子游戏形容为电子鸦片，但是，似乎没有什么办法阻止游戏迷的上瘾。至少在目前，电子游戏画面的精致程度远逊于电影，然而，没有多少人愿意为电影上瘾。电子游戏可以主动操控情节，胜利是由自己的双手带来的——另一个与残酷的现实社会绝不相同的前提是，失败之后可以重新开始，机会始终存在。人们无法生活在电影的银幕里面，但是，可以"投身"于电子游戏的情节。电影保存了传统艺术的二元状态，电子游戏的内在机制更为靠近元宇宙。

为什么需要虚构？现在已经不是在洞穴时代的篝火旁边向一个讲故事的人提出这个问题。元宇宙的虚构可以与上帝创世的意义相提并论——事实上这就是那些软件工程师的意图。当然，需要巨额的资金作为成本，需要大量的人力与技术支持。然而，各种舆论表明，相关的参与方面似乎决心已定。

三

我要引用几句关于元宇宙的描述：

元宇宙整合了人工智能、数字孪生、全息映射、柔性穿戴、区块链、计算视觉等技术，制造丰富、逼真的虚拟平行世界。使人们极视听之娱、享灵境之妙，让个体在有限生命周期内，获得更多的主观生命体验，延展了生命实践价值。[1]

这是内行的描述，种种技术词汇如同专业性的理论担保。因此，这种描述流露的乐观精神并非无知的夸张。我关注的是，作者聚焦的是精神世界而不是物质世界。作者后来提到了一个重要的问题："物质生活与精神生活将会是高度平行的关系。""随着元宇宙社会到来，物质生活的吸引力、重要性或将被精神生活超越。"[2] 我的兴趣是从这种描述背后引申出一个结论：元宇宙是一个没有物质乃至排斥物质的世界。人们准备好进入这种世界了吗？

迄今为止，人们的各种感觉与判断以拥有物质为证，犹如黄金是货币价值的保证一样。看到一座山峰或者一幢楼房，听到一阵雷声或者一声汽车喇叭，不言而喻的前提是——这是真实发生的事情，而不是计算机虚拟出来的。当然，抚摸到一个身体、一杯热水或者触碰一柄锋利匕首的锋刃更是如此。视觉接收的信息占据人们日常信息的绝大部分，视觉之中各种影像的物质基础理所当然地存在——一床棉被与一片草地、一辆自行车的区别怎么可能仅仅是颜色、反光与斑点的密度而不涉及物质的干燥、潮湿或者坚硬程度？一个青花瓷花瓶、一张黄花梨木桌子与一幅国画怎么可能仅仅是线条纹路的差异而不涉及物质的冷热轻重？物质的存在是各种文化观念、意识形态的绝对条件。鲍德里亚的《物体系》是一本有趣的学术著作。他的各种联想与哲学思考必须首先承认，物质是真实的存在，而且历史悠久。这种状况如此自然，似乎没有必要大费周折地论证。

但是，元宇宙不再承认这个前提——元宇宙不需要物质材料。元宇宙

1　吕鹏：《元宇宙技术与人类"数字永生"》，《人民论坛》2022 年第 7 期。

2　同上。

的真实不是物质的真实，而是感觉的真实——只要以仿真的方式通过感官鉴定即可。从电影、电视到互联网上的各种视频，各种影像符号对付视觉与听觉的技术已经相当成熟与发达。虚拟现实（VR）的一个重要方面是，利用各种设备逼真地模仿味觉或者触觉——从喷香的咖啡、爽口的冰淇淋、温暖的拥抱与性爱，到高空跳伞遭遇的烈风或者搭乘火箭时风驰电掣的速度。感觉的真实——似乎这就够了。

元宇宙是不是要瓦解精神分析学？精神分析学区分了"快乐原则"与"现实原则"。欲望寻求满足遵循"快乐原则"，但是，纪律严明的"现实原则"决不允许为所欲为。受挫的欲望遭到压抑之后沉淀于无意识，等待一个地火爆发一般的"升华"——当然，过度积压也可能导致歇斯底里的精神病症状。这种理论故事的构思之中，欲望的压抑是一个中心环节。弗洛伊德的注意力集中在性欲望的压抑，例如俄狄浦斯情结或者阉割焦虑。然而，现实社会之中，物质匮乏显然是压抑的另一个重要源头——"现实原则"的"现实社会"显然是建立在物质基础之上的社会。迄今为止，现实社会的物质从未富足到可以各取所需。从粮食、水、土地、金属矿藏到医疗资源、住宿条件、交通工具、城市设施，各个方面始终存在不足。短缺经济从未真正消失，围绕物质基础形成的欲望从未彻底满足。几乎所有人的无意识之中都有物质匮乏造成的精神创伤。然而，元宇宙取消物质限制，这里不会有土地资源的争夺或者缺少一套容身的公寓，也不会因为手头紧张而眼巴巴地看着一套心仪的服装或者一枚渴望已久的手镯落入他人之手。人们无法认为这是因为物质富足从而允许欲望大幅度膨胀，而是因为元宇宙不屑于物质。这是不是元宇宙与现实社会的最大区别？

没有理由低估这个区别的深刻影响。"随着元宇宙社会到来，物质生活的吸引力、重要性或将被精神生活超越"——"唯物主义"如果失灵，许多传统的文化观念、文化规定也将丧失意义，种种历史冲突以及由此产生的胜利或者失败也将消失。这个世界不再为粮食、水、土地、矿藏或者医疗、住宿等苦恼，还能剩下多少问题？——除了弗洛伊德所关注的性。

让我们关注一下自己的身体。这是任何一个人都会接触的物质，也是一个特殊的理论范畴。精神与肉体二元区分的哲学观念之中，身体常常遭受蔑视。柏拉图将身体视为探索真理的累赘，笛卡儿理性主义的"我思"排斥肉体的"我感"。另一方面，许多宗教学说禁欲，憎恶身体的享受。尼采反对蔑视身体，他在《权力意志》中强调"以肉体为准绳"。后现代主义的理论中，身体已经成为"主体"的固有成分。"身体"当然在"唯物主义"的"物"中占有极为重要的地位。恩格斯《在马克思墓前的讲话》中的这几句表述非常著名："正像达尔文发现有机界的发展规律一样，马克思发现了人类历史的发展规律，即历来为繁芜丛杂的意识形态所掩盖着的一个简单事实：人们首先必须吃、喝、住、穿，然后才能从事政治、科学、艺术、宗教等等。"[1] "吃、喝、住、穿"均是身体的基本需要，甚至是"唯物主义"的起点。没有吃的食物，其他的物质没有多少意义。食物匮乏的时候，人们甚至痛恨自己这么能吃。鲁迅的小说《风波》中，九斤老太迅速地抓住生活的要害——九斤老太时不时气冲冲地抱怨孙女"吃穷了一家子"。然而，身体无法摆脱的"吃"恰恰是历史的重要组成部分，是许多社会制度的起始原点。元宇宙要改变这个原点了吗？

人们曾经在电影《黑客帝国》中看到一个构想：所谓的身体放在一个装满液体的缸里，身体插上各种电线和管子，大脑与一台超级计算机联起来。脑子里的所有感觉——从繁华的街景、一块肉排的味道到挚爱的某一个人——都是这台计算机虚拟出来的。"缸中之脑"是一个假想的实验。这时，人们摆脱了身体，摆脱了原始的"吃"，当然也摆脱了各种物质。可是，电影之中的主人公为什么还要冒着巨大的风险返回现实社会的荒漠呢？这也是元宇宙要回答的问题：不再拥有真实的物质，想象性的欲望满足是不是就够了？

1　〔德〕恩格斯:《在马克思墓前的讲话》，见《马克思恩格斯文集》第三卷，中共中央马克思恩格斯列宁斯大林著作编译局编译，人民出版社 2009 年版，第 601 页。

摆脱物质的想象性满足——我想鲁迅塑造的阿Q是配得上这种表述的。"我们先前也阔过"，"我总算被儿子打了"，摆脱物质之后，这些自我安慰的想象没有多大的失误。堂吉诃德也是如此。单纯地考虑精神价值，堂吉诃德毋宁是积极向上、不屈不挠的象征。记得海涅的《论浪漫派》就赞美过这种精神。堂吉诃德的问题出在物质方面：风车与敌人的差别，邻村的养猪姑娘与贵妇人的差别。举出这些例子并不是证明，阿Q或者堂吉诃德永远没有希望成为正面榜样，而是力图指出：所谓的元宇宙可能颠覆多少人们习以为常的认识与结论。

镜花水月，浮生若梦，这是佛禅常见的主题。不再有物质方面的欲求，许多传统的是非已然没有意义，所以佛禅看破红尘。最近的一部电影《瞬息全宇宙》——关家永等导演，杨紫琼主演——从另一个角度涉及相似的主题。电影的情节建立在一个设想的基础上：人们可以瞬息之间穿梭于不同的宇宙，经历各种不同的生活。电影中一个主人公阅历无数，她的结论恰恰是：所有的人生标准无非一时一地的准则。既然如此，何必执念于什么？当然，电影的情节演变还是俗不可耐但无比温暖的亲情将她从虚无的深渊边缘拖回来。也许，人们不得不承认，的确不存在一时一地之上超历史的悬空标准。所谓的人生恰恰是回到历史，回到此时此地。只有此时此地才知道什么是温暖，什么是仇恨，什么是快乐，什么是满足。可是，物质的富裕程度以及欲望的满足程度始终是此时此地历史的组成部分，不可删除。精神生活的各种内容能不能完全抛下物质，乃至抛下身体？恩怨情仇能不能成为没有任何物质依附的精神波动或者若干抽象的词语？另外，我还想指出的是，元宇宙充分满足各种欲望，会不会恰恰引向无可无不可的虚无？

四

《瞬息全宇宙》还涉及另一个问题：不同的宇宙是否相互影响。这些宇宙是平行的线条，互不相交，还是彼此交叠，相互改变情节线索？这当然不得不涉及另一个设定：每一个宇宙的情节是先验的、固定的，还是随机的、建构的？后面这种情况显然包含了复杂的可能。例如，A 宇宙可否派遣一支部队到 B 宇宙作战？当然，那些网络文学作家更乐于构思以个人为中心的情节，例如 A 宇宙一个武功盖世的大侠或者一个魅力四射的美女到 B 宇宙创造一番风生水起的伟业。对于精神分析学说来，这种故事构思必须事先加一个拐弯：A 宇宙一个屡遭欺凌的弱者和一个沦落底层的灰姑娘进入 B 宇宙洗心革面，成为大侠与美女，然后不可遏止地爆发了。总之，两个宇宙之间存在某种呼应。如果不同宇宙之间的时间刻度不同，"祖父悖论"这些问题必须得到考虑——这也是所谓的"穿越小说"常常遇到的问题。如果在 A 宇宙杀死了一个人物的祖父，那么，这个人物就不会在 B 宇宙兴风作浪。一个没有祖先的人物是不存在的。这些问题会不会也出现在元宇宙之中？例如，我的欲望是改造家族的命运。我能否进入元宇宙获得祖父的身份，敦促父亲勤勉好学，不懈创业，然后赋予我自己一个"富二代"的身份？元宇宙的"富二代"与现实社会之中阮囊羞涩的状况如何协调？如此等等。

也许，现今想象之中的元宇宙版本还顾不上这些问题。目前只能在一个简单的层面考虑元宇宙与现实社会的关系：前者必须多大程度地依赖后者的物质支持？元宇宙可以多大程度地物质自给？一些实验性的先锋小说可以如是构思：一个身为作家的主人公写了一部作品，他摇身一变跳入自己的作品，与情节之中的人物共同生活，聚散离合，一波三折；至于文本的框架仍然交给文本之外那个坐在书桌旁边的家伙运营。文字符号可以实现这种构思，元宇宙似乎困难不少。人们可以想象一个稍稍刁钻的例子：元宇宙的虚拟现实以及互联网需要电力保证。元宇宙能否虚拟一个发电厂提供自身运行的电力？我想说的是，元宇宙当然涉及未来的精神分析学，然而，不能因此忽略了当前的政治经济学。更为宽泛的意义上，不能忽略元宇宙与现实社会之间经济、技术、文化制造的多重复杂关系。

回到置身的现实社会可以发现，作为概念形态的"元宇宙"已经在诸多方面产生巨大的反响。社会学很早就提到了"数字劳工"问题。如果元宇宙作为另一个平行世界嵌入生活，一些延续已久的社会边界可能迅速瓦解。什么是劳动，什么是游戏，什么是需求，什么是欲望，什么是剥削，什么是报酬，种种传统观点摇摇欲坠。另一方面，数字技术也在制造种种新的区隔与社会鸿沟。技术门阀、技术垄断、技术讹诈、技术特权必将应运而生。目前已经可以发现，相当一部分无法操控智能手机的老年人完全被隔离于数字社会之外。即使获得登录路径，他们也只能在某一个数字社区充当任人操纵的木偶。当然，"元宇宙"概念掀起的最大波澜大约是资本世界。资金的来源以及回报是所有经济行为的基本规律。因此，元宇宙巨额资本的出入进退可能超出许多人的想象：

> 不妨看一下元宇宙的一系列相关事件：2021 年 3 月，元宇宙概念第一股罗布乐思（Roblox）在美国纽约证券交易所正式上市；5 月，Facebook 表示将在 5 年内转型成一家元宇宙公司（并于 10 月 28 日更名为"Meta"，该词来源于"元宇宙"Metaverse）；8 月，字节跳动斥巨资收购 VR 创业公司 Pico……另据报道，11 月 23 日，在虚拟世界平台 Decentraland 里，一块数字土地被卖出 243 万美元（约合人民币 1552 万元）的高价，这一售价比之前的虚拟房产纪录 91.3 万美元高出一倍多，也比现实中美国曼哈顿的平均单套房价要高，更是远高于美国其他行政区的单套房价。[1]

当然，资本世界的波澜仍然发生在现实社会这一边。那些投资者清醒地将归宿确定为世俗的现实社会，元宇宙的数字货币最终还是兑换为可以购买粮食和房产的币种。手持资本的投资者并未考虑与身体以及现实社会

---

1 周志强：《元宇宙、叙事革命与"某物"的创生》，《探索与争鸣》2021 年第 12 期。

决裂，化作一缕信息定居元宇宙。梁园虽好，不是久恋之乡。相反，愿意定居元宇宙的人多半无力参与资本世界的激烈角逐。乐不思蜀，但愿长醉不复醒——遁入元宇宙就是将这个冷漠的现实社会甩到看不见的地方。

可是，元宇宙真的将这个现实社会挡在外面了吗？各种论述留下的印象是，元宇宙是一个更为理想的世界，更为令人向往，更为值得期待。人们甚至觉得，元宇宙并非现实社会的产物，各种人工的设计与构造遭到了遮蔽；元宇宙仿佛是一个自足的世界，人们更乐于驻守在这里而不愿意返回。事实上，擅长虚拟技术的工程师从未真正摆脱现实社会的文化。如同种种隐蔽的意识形态传导，现实社会与元宇宙借助文化相互投影。工程师设计的元宇宙很大程度地脱胎于现实社会文化。元宇宙之中遭受征服的对象往往是不明身份的妖孽、为富不仁的势利之徒或者高中班上的情敌。总之，人们不会莫名其妙地到元宇宙征服一块鹅卵石或者一支芦苇。人们也不是到元宇宙睡觉，而是去完成各种快乐的行动。因此，元宇宙的各种行动必然脱胎于现实社会，否则人们不知道为什么快乐。街道上的汽车追逐可以改为空中飞翔的"变形金刚"，一串子弹可以改为一束激光，这些改变处于想象与快乐签约的范围。如果打个喷嚏就杀敌三千，这种胜利就会显得无聊。元宇宙的抒情也不能完全脱离传统的伤春悲秋，吟风弄月。一个人面对电闸的时候感到一阵惆怅，或者看到汽车轮胎觉得孤独，事情肯定有些奇怪。人们的基本感觉显然是从现实社会这边搬运过去的。按照现实社会的逻辑，人们不想将自己虚拟为一只蚯蚓，一辈子仅仅穿行于五平方米的泥土里；也不想将自己虚拟为马路旁边的一株野草，风吹日晒而且饱受践踏。元宇宙的标准配备是成功、胜利、拥有、骄傲，甚至连平庸的感觉也不允许存在。然而，成功、胜利、拥有、骄傲带来的快乐是现实社会孕育出来的，而不是元宇宙的独创。

一些人曾经及时地呼吁，元宇宙不是法外之地，必须设立各种管理规则。这可能造就各种实践的难题。首先，管理规则的一个重要主题是不许可个人妨害他人以及社会。可是，如果个人仅仅生活在自己孵化的欲望内部，既不必争夺土地资源也不会失恋，如何妨害他人以及社会？另一方面，如果管理规则意味着各种严格的管控，还有多少人放弃熟悉的办公室、公共汽车和家里的餐桌，跑到虚拟现实去接受另一种管辖？当然，提出这些后续问题也许为时尚早。也许元宇宙拥有某种整体免疫力。一篇论文的观点很有见地：所谓的元宇宙并非业已确定的 being，而是生成性的 becoming。人们将"现实社会"作为一个不言而喻的整体，并且在这个基础的参照之下谈论元宇宙；但是，元宇宙的出现是否也将剧烈地改变"现实社会"——这个参照[1]是否稳定？这些有趣的思考力图摆脱传统的二元形态，跨越沿袭已久的各种思想边界，在另一种思想图景之中重新考虑问题的分布空间及其焦点。

五

尽管认可元宇宙的生成性（becoming），身体仍然是一个不变的元素。人们以肉身之躯进入元宇宙。元宇宙贮存和释放人们的各种欲望——这时必须意识到，物质的身体是许多欲望的前提。身体的生物组织是许多欲望的基础。如果人类的身体如同汽车那样是各种钢铁零配件装配起来的，许多欲望就会消失得无影无踪。所谓的生物组织当然包括人类之外的动物——人类与动物的生命形式不存在本质的鸿沟。两个男人会因为一个漂亮的女人反目成仇，两只猴子会因为争夺领地的霸主位置而拼死一战，两辆汽车决不会为争取第三辆汽车的欢心而产生冲突，两辆自行车也不会因为嫉妒而钩心斗角。欲望与匮乏有关，这些匮乏是意识到身体的局限性——人们需要饱暖与性。饱暖、性以及各种感官享乐深深植根于身体。权力欲或者占有欲可能带有更多的精神成分，但是，身体的生物组织仍然

1　宋明炜：《当我们在谈论元宇宙的时候，我们没有在谈论什么？》，《上海文化》2022 年第 4 期。

可以证明，这是生命的需求。生命的竞争是一种强烈的原始冲动，尽管这种冲动最后被纳入不同的文化形式。人们不会在非生命的物质之中发现相似的现象。一块石头、一根铁棍或者一张桌子从来没有表现出想统治什么或者占有什么。

锦衣玉食代表的各种享受默认身体的前提，甚至另一些文化艺术的项目也是如此。根据字源学的解释，"美"的感觉很可能就是从口腹之乐转过来的。《说文解字》对于"美"的阐释是"甘也，从羊从大"，"羊大则美"。远古的食物之中，羊肉无疑是一种美味，"吃"从身体的维持逐渐转变为身体的享乐，继而发展为一种美好的感觉。音乐、舞蹈乃至诗歌之中的节奏韵律也可以追溯至身体感觉，节奏韵律的错乱首先会造成生理的不适。我想说的是，元宇宙的欲望与快乐——包括一部分美学享受——无不认可一种物质的存在：身体。身体不可虚拟，而是实在。欲望与快乐之为欲望与快乐，恰是以身体实在作为接受的平台。

另一个相对隐秘的情况是，产生欲望与快乐的对象往往也必须归结到身体。征服的胜利带来巨大的快感，被征服的失败带来巨大的耻辱。但是，许多人真正介意的是身体之间的征服与被征服。我相信元宇宙不会大量虚拟登山、游泳或者长跑、竞走这一类体育项目。这些项目的很大成分是征服自然。征服自然远不如征服一个拥有五官四肢身体的真实对手有趣、过瘾和解气。所以，身体之间的直接对抗始终是热门功夫。体育竞赛的意义显而易见。文化艺术也是如此。从传统的武侠、电子游戏的类型到科幻电影，身体搏杀打斗的胜利产生的快感远远超过运筹帷幄、决胜千里。快意恩仇，必须有身体杀戮的介入。科幻文学可以提供众多证据：人类对于自己身体的强烈渴望仍然是战斗技能的升级，许多基因的改造或者机械装配无不围绕生产超级战士的主题展开。这是动物之间的较量、竞争遗留的原始冲动，甚至还隐含嗜血的记忆。伍子胥鞭尸是一个著名的历史典故。即使仇敌早已进入坟墓，可是，不亲手鞭挞他们的身体怎能解心头之恨？可是，这或许会成为元宇宙的一个难题。人们将自己的身体带入元宇宙，征服的对手却往往只是一束信息。愤怒地宰了一束信息，这又算什么？哪怕虚拟现实可以提供各种真实的感觉，人们仍然会觉得替代品不足以解渴。

然而，替代品真的无法如同生物的身体那样承担强烈的感情吗？事实上，模糊的地带已经出现，譬如电子宠物。作为一种电子玩具，电子的狗、鱼或者水母同样需要主人的饲养、照料和关怀；长时间置之不理，它们也会一命呜呼。如同对待宠物，人们开始倾注感情，甚至觉得不可分离，尤其是孩童。许多感情来自潜移默化的训练和建构。如果电子宠物在人们的意识之中享有和真实的狗、猫相同的地位，它们引起的爱或者伤心是否性质相同？对于工程师伪造的生命形式，人们配备了另一种感情吗？这种情节可以扩大到恨：如果遭受一个夺命机器人的追杀，恐惧的情绪自不待言——可是，人们会像憎恨一个真实的仇人那样憎恨机器吗？人们肯定知道，元宇宙里的各种对象来自虚拟，这种状况会不会极大地削弱人们的感情质量？当然，另一种设想是，元宇宙之中的主人公不再意识到此岸的现实社会。生物的身体与虚拟身体之间的情感差异阻断于此岸现实社会，不再带入元宇宙。可是，如果没有这个令人苦恼的此岸现实社会作为参照，那个万事如意的元宇宙又有什么可羡慕的？

也许，元宇宙最终会向那个物质的身体提出挑战。虚拟现实如此理想，以至于那个物质的身体充满缺陷，令人不齿。为什么不重建一个理想的身体？这种观念迟早会出现。这肯定不是天方夜谭——很久以来，医学技术一直朝这个方向努力。从假牙、眼镜、股骨头更换、硅胶整容到各种内脏器官的移植，身体正在根据医学技术的进展按部就班地改善。哲学家之所以还没有对身体提出类似于"忒修斯之船"那样的疑问，显然因为一个关键的器官：身体之中的大脑尚未被替换。当然，目前的一个议论焦点即是，大脑会不会被一块芯片取代。必须承认，技术的障碍愈来愈小，以至于这种状况带来的文化冲突愈来愈明显。许多科幻电影之中，拥有芯片大脑的是人类之外的另一个品种——智能机器人。人类与智能机器人之间的对抗与合作是一个重要题材。目前的设想之中，人类之所以可以掌控智能机器人，重要的原因是后者不存在自我意识而仅仅停留在工具范畴。我曾经举一个通俗的例子说明这一点：人类与智能机器人均有记忆，后者比前者强大千百倍；但是，人类可以回忆而智能机器人缺少这种能力。回忆是自我意识的产物，并且与个人感情经历密不可分：回忆母亲的一顿晚餐，回忆父亲的一次特殊教诲，回忆初恋的一次约会，如此等等；智能机器人不可能充满感情地回忆某一个程序员写下一个软件程序或者某个硬件来自哪一个生产线。当智能机器人真的产生自我意识而形成回忆需求的时候，人类的生存境况岌岌可危。

当然，这种想象仍然存在盲点。作为智能机器人，它们戕害人类的动机是什么。芯片取代了大脑之后，物质的身体内部各种基于生物组织的感觉和冲动或许不复存在。智能机器人不是来自太空并且拥有高端文明的"外星人"，而是以人类为蓝本仿造出来的，尽管诸多能力"青出于蓝而胜于蓝"。智能机器人的各种"算法"之中，性吸引、杀戮、嗜血乃至嫉妒、怨恨、恶毒、"老子心情不好"这些带有生物原始性质的内容是否还得到保留？智能机器人的各方面能力如此强大，没有必要和人类争夺空间或者粮食，也不需要奴役人类为之种田、当搬运工或者做家务事——简单地说，取代了大脑的芯片是否还会产生物质的身体各种生物组织造就的欲望？这个问题当然涉及众多复杂的因素和知识，无法深入展开。我想涉及的仅仅是后续的另一个问题：如果物质的身体真的获得技术的彻底改善，元宇宙的构思与设计或许又要重新考虑。

第十四章

网络加持与文学批评谱系

一

作为一个稳定的术语，"网络文学批评"愈来愈频繁地出现于不同的理论场合，充当主导各种论述的关键词。既然如此，人们就没有理由持久地混淆这个术语包含的两重含义：第一，"网络文学批评"指的是发表于网络的文学批评，既可能论述《水浒传》《红楼梦》或者金庸小说，也可以围观《盗墓笔记》《甄嬛传》以及众多网络电影，长则宏论滔滔，下笔千言，短则只有一个句子，甚至一个词，例如称之为"弹幕"的批评形式；第二，"网络文学批评"指的是对于网络文学的批评，批评家秉持各种观念评判发表于网络的小说、诗歌或者戏剧。尽管网络文学的批评多数发表于网络，然而，这显然是一种错觉：文学作品与文学批评栖身于相同的传播媒介。事实上，口头文学的批评论文往往见诸纸质的报纸杂志，戏剧的文学批评多半不是展示于表演舞台之上。

澄清"网络文学批评"术语的时候，人们必须完整列举两重含义背后隐藏的多种逻辑可能：发表于网络的文学批评既可能考察网络文学，也可能考察纸质文学；考察网络文学的批评话语既可能发表于网络，也可能发表于纸质的报纸杂志。这不是玩弄烦琐的文字游戏，而是指出两条不同的理论线索。换言之，两重含义的混淆可能重叠不同的理论焦点，无法进入问题的纵深。

"网络"一词显然是造成两重含义混淆的主要原因——哪一种批评话语都不可能绕开网络。这种错觉从另一方面证明了"网络"一词的强势。"互联网+"成为时髦的观念之后，"网络"始终充当统领的中心词。尽管各个行业拥有传统的谱系，但是，网络的加持极大开拓了延展的空间。从网购、网站、网银、网管到网友、网恋、网红、网课，这些项目幸运获得网络的垂青之后，奇迹般的效果屡屡发生。作为普遍的仿效，更多的行业正在向网络汇聚，力图赢得一个浴火重生的机遇。发表于网络的文学批评与批评网络文学共享"网络"概念。网络的特殊性质如此强大，以至于批评话语与文学作品之间的古老区别很快显得无足轻重。

"网络"的出现首先带来一场前所未有的通信革命。通信速度产生不可思议的飞跃，同时，线性结构进化为立体的网状。这一场通信革命正在许多领域显示巨大的成效，例如经济领域的国际金融结算系统，或者军事领域的精确制导技术。相对地说，网络赋予文学批评的特殊性质不如想象的那么突出，从而构造出一个显眼的历史阶段。文学批评史保存了古今各种形态的文学批评范本，发表于网络的文学批评并非面目一新，无论涉及的是文学观念还是技术分析模式。多数文学批评并未因为发表于纸质或者网络而发生颠覆性变化。必要的时候，二者可以轻而易举地相互转移。的确，人们可以从发表于网络的文学批评看到某些独特的术语，例如"扑街""太监""烂尾""金手指""崩""坑"，如此等等。这些术语多半来自口语表述，通俗风趣，犀利尖锐，同时缺乏足够的思想含量。批评家简明的语言平面背后不存在进一步的理论启迪。言及"新学语言输入"的时候，王国维提出的标准是形成新的思想格局："思想之精粗广狭，视言语之精粗广狭以为准"，"言语者，思想之代表也，故新思想之输入，即新言语输入之意味也"。[1]显而易见，网络的文学批评并未显示出达标的意愿。相反，理论的深奥、晦涩往往被斥为迂腐的学究式卖弄。

目前为止，网络的介入并未向文学批评提供新型的文本解读理论。文本解读并非仅仅表现为单纯而直观的反应，而是涉及基本的文学观念，譬如文学构成、文学功能、文学传统，等等，甚至涉及哲学理念、历史的理解或者社会理想。孔子以"思无邪"解读"诗三百"，儒家的道德思想渗透于文学批评之中；陈独秀、胡适、鲁迅等共同肯定白话文学，启蒙大众的思想充当了文学褒贬的基础；"新批评"、俄国形式主义或者结构主义、解构主义这些批评学派无不涉及语言哲学，"陌生化"、文本结构、叙事学、话语分析等概念或显或隐地进入文本解读；接受美学对于"读者"的重视源自现代阐释学的转向，海德格尔等一批哲学家的思想重新设定了文本与阐释的相互关系。相形之下，发表于网络的文学批评很少显示出相似的理论雄心。彼此投缘，击节称赏；一言不合，一拍两散，没有什么引经据典的高头讲章，也没有什么委婉周详的辩解。即景会心，我手写我口，不必到哪一本哲学著作布置的迷魂阵里绕一个圈子，也不想为哪一篇标新立异的文学宣言摇旗呐喊。不设门槛，出入自由，人人可以发言，学术权威丧失了居高临下的中心位置，狂欢的气氛成为最显眼的标识。这将为文学批评谱系增添什么？

二

返回文学批评谱系，发表于网络的文学批评更像重现文学批评的早期状态。一种分析将网络内外的文学批评区别为"线上"与"线下"。"线下"多为熟悉学术训练的专业批评家："专业批评家评价一部作品时难免

1　王国维：《论新学语之输入》，见《王国维文集》第3卷，姚淦铭、王燕编，中国文史出版社1997年版，第40、41页。

会有一种'思辨冲动'，即通过自己的批评行为完成一次有意义的'学术旅行'，用批评对象的价值判断印证某种文学观念的正确性与有效性"；相对而言，"线上"文学批评的"持论主要是个人立场而不是他者式理论立场，他们言为心声，袒露性情，面对阅读的网文，忠于自己的感受，不虚美、不隐恶、说真话、讲实情，针砭对象不留情面，三言两语却直击要害"，[1] 这些批评可能由于尖锐直率而迅速获得作家的关注。尽管这种概括泾渭分明，可是，后者并非网络的独特产物。中国古代文学批评史中，一时一地即兴的文学批评比比皆是。快人快语，切中肯綮，坦然不羁，直抒胸臆。金圣叹称《西厢记》为"天地妙文"、赞叹《水浒传》作者的"非常之才""非常之笔""非常之力"，或者，脂砚斋评《红楼梦》"如此叙法方是至情至理之妙文"，"其囫囵不解之实可解，可解之中又说不出理路"，[2] 这些精粹的评点批语保存于纸质的典籍。中国古代的诗话、词话蔚为大观，批评家多半要言不烦，精简的风格与学术式的"掉书袋"大相径庭。"凡有井水处，即能歌柳词"，[3] 大众的好恶不言自明。村夫野老街谈巷议，三五文友推敲切磋，古代民间的文学批评与现今网络上的众声喧哗相差无几。回溯文学批评的初始状态，即兴、明快犹如童言无忌，"言必有据"的学术规范是后来的事情。现今的文学批评中，批评家对于作家的反馈亦非网络的专利。一些报纸杂志设有"读者来信"栏目，读者可以在信件之中坦陈自己的作品观感。这些意见可能不同程度地影响作家，甚至对于作品后续的修改产生重要作用。20世纪50年代，杨沫《青春之歌》的

---

1 欧阳友权：《网络文学批评："线上与线下"识辨》，《中国文学批评》2022 年第 3 期。

2 分别参见〔清〕金圣叹：《贯华堂第六才子书西厢记》，见《金圣叹全集·诗词曲卷（下）》，陆林辑校整理，凤凰出版社 2008 年版，第 854 页；〔清〕金圣叹：《第五才子书施耐庵水浒传》，见《金圣叹全集·白话小说卷（上）》，陆林辑校整理，凤凰出版社 2008 年版，第 236 页；〔法〕陈庆浩编著：《新编石头记脂砚斋评语辑校》增订本，中国友谊出版公司 1987 年版，第 41、337—338 页。

3 参见〔宋〕叶梦得：《避暑录话》卷三，见《石林燕语·避暑录话》，田松青、徐时仪校点，上海古籍出版社 2012 年版，第 137 页。

修改即是一个著名的例子。总之，通俗、活跃乃至泼辣率真的文学批评并非始于网络，而是古已有之，并且长期寄存于纸质传媒。

如果总结发表于网络的文学批评带来了什么，传播速度显然是令人瞩目的特征。这是纸质传媒不可比拟的。当然，"文以气为主"的命题或者亚里士多德的"模仿说"不会因为传播速度的加快而有所改变。尽管如此，传播速度并非仅仅充当外在因素。许多人记得麦克卢汉的著名论断"媒介即讯息"。麦克卢汉解释说："任何媒介或技术的'讯息'，是由它引入的人间事物的尺度变化、速度变化和模式变化。"譬如，铁路运输的货物并不重要，重要的是铁路带来新型的城市、新型的工作和新型的闲暇。[1]相同的理由，网络的传播速度可能改变批评家、文本、解读方式的传统关系，甚至转换为"内容"的组成部分。

网络的"弹幕"评论是一个典型的例子。"弹幕"评论的对象通常是网络播放的电影或者电视连续剧，任何一个观众均可充当批评家，即时将自己的观感借助键盘与鼠标同步上传到屏幕。"弹幕"评论亦步亦趋紧跟剧情，评论的对象可能是剧情之中的一个场面、一个桥段、一个人物的出场或者几句对白，评论的语言往往是一个短句，甚至是一个感叹词。"弹幕"评论的传播速度不能低于剧情的演变。剧情结束之后，这些评论文字同时冷却，迅速丧失意义。事后搜集那些"弹幕"的评论文字——诸如"前方高能反应""美爆了""劝你善良"，等等——不知所云，然而，跟随剧情起伏的时候，诸多"弹幕"评论文字相互激荡，一路飙升的点击率显示出不可遏止的狂欢热度，不进入这个场合发出几声呐喊就像一个可笑的落伍者。对于许多人说来，说出什么或者看到什么并不重要，重要的是手疾眼快，迅速汇入浩浩荡荡的文字洪流。企图在"弹幕"评论之中追求思想观念的严肃表达肯定是走错了门，可是，狂欢本身就是另一种表达。屏

1　〔加〕马歇尔·麦克卢汉：《理解媒介——论人的延伸》，何道宽译，商务印书馆 2000 年版，第 34 页。

幕之中的剧情悲欢离合，屏幕上方无数字符络绎不绝地驰过，这个画面已经构成另一种导演始料不及的奇特屏幕形象。

对于网络经济说来，传播速度与流量密切相关。单位时间之内，愈来愈多的点击量表明网站愈来愈大的营业额。巨大的点击量迅速产生滚雪球效应，网站声望的提高将形成进一步吸附力。尽管纸质传媒——例如报纸或者杂志——的发行量同样是利润的表征，但是，网络传播速度、点击上网与传统的编辑、出版、配送给分散订户不可同日而语。如果说，钢笔纸张书写的文字与电脑的键盘敲击仍然相差无几，那么，印刷、出版、发行与网络传播之间完全是两套迥不相同的文化体系。印刷文化与读者之间的衔接犹如古老的手工作坊，电子信号瞬息之间的发射与接收决定了网络即时传播。文学批评荣幸地纳入这个体系的时候，纸质媒介保存的某些特征无形地消失了。

首先，网络制造的相互激荡气氛逐渐取消了深思熟虑的分析模式。竞相表述彼此的观感，层层递进的逻辑悄然成为主宰。张三的机灵不能比李四的俏皮逊色，王五的夸张必须换来赵六的戏谑，即兴的感想你追我赶越滚越快，一本正经的分析反而如同不识时务的愚蠢。浮光掠影带来轻捷的快意。既然可以充当一个舒适的乘客，人们不再愿意像机械师检查发动机那样费神拆解作品的内部结构，衡量各种成败得失，继而联系悠久的文学史背景，阐述成败得失的意义以及文化根源。其次，网络之中喧闹的狂欢很大程度抑制了答辩机制。正如波普的"证伪"思想所认为的那样，严肃的理论观点必须接受严格的检验，答辩机制往往是检验的重要形式。然而，狂欢是喧闹式的同声相应而不是深入的思想对话。调侃、挖苦、嘲弄或者故作惊诧、装疯卖傻，嬉笑怒骂无法负担严密的理论辨析。即使存在不同的倾向与观点，没有多少人愿意瞻前顾后，为之进行冷静的思辨。喜剧性哄笑或者尖刻的反唇相讥很快就会冲垮丝丝入扣的论辩。迄今为止，印刷文化与思想的速度构成稳定的联系：意识的感知、鉴别、判断与漫长的印刷文化历史相互适应；书写、编辑、印刷、发行，诸多环节的衔接之间保留必要的反思的空间。然而，报纸、刊物、书籍遭到网络传播速度的全面碾压。一念闪动，敲击键盘，鼠标一点，这些文字已经进入公共空间。从思想的生产到传播，前所未有的快车道出其不意地敞开。这时，网络的文学批评显现出令人惊异的快节奏。

可是，"令人惊异的快节奏"能否带来更有质量的思想？文学批评并非跑步竞赛。社会已经摆脱"文学饥渴症"多时，没有必要因为更高的产量追求从而加快生产线的运转。的确，网络敞开了一个巨大的文化空间，许多人一拥而入，七嘴八舌，众说纷纭。然而，如同常言所说的那样：如果是对的，一个人就够了。

这时，网络的文学批评又把这个争端抛出来了——多数人还是少数人，大众还是专家？

<h2 style="text-align:center">三</h2>

如果是对的，一个人就够了。真理追求并非依赖"人海战术"。一个人真正拥有标准答案的时候，多数人起哄式褒贬没有多少意义。然而，这种自信仅仅适合简明的自然科学领域。对于人文学科以及相当一部分社会科学说来，"大众"本身就内在地镶嵌在"标准答案"内部。换言之，"大众"人数的大幅度上升可能改变标准答案。譬如，对于文学说来，大众的喜闻乐见始终是一个重要指标，尽管这个指标可能以不同的理论语言显现。更为复杂的是，"大众"的各种需求并非如同自然规律始终如一，而是作为变数与历史运动之中众多因素积极互动。这种状况必将导致专家与大众之间错综复杂的关系。

如同许多学科一样，文学批评领域的专家首先表现出雄厚的文学知识积累。从文学史的演变脉络、文学经典的稔熟到各种文学理论命题，文学专业训练是从事文学批评的前提。如果说批评家较之普通读者拥有更多的话语权，良好的专业训练是一个重要原因。然而，所谓的专业训练可能滋长精英主义的文化姿态。精英主义往往认为，文学史确立的经典具有不可动摇的权威。文学经典不仅是文学知识的核心，提供审美遵循的圭臬；更高的意义上，文学经典可以代表文化传统。无论纸质传媒还是网络空间，文学经典的追随将有效地保持文化的深邃、典雅、厚重、源远流长。许多时候，精英主义不知不觉地流露出厚古薄今的倾向，热衷于将现今的文学作为古代典范的证明材料。另一些批评家甚至将传统的典雅与文化阶层联系起来。渊博显示的良好教育与文化修养仿佛带有贵族出身的意味，生气勃勃的世俗气息乃至俚俗风格则是来自底层的乌合之众。

另一些批评家并未如此公开地主张精英主义。大众必须成为文化的受益者——认可这种前提之后，批评家力图委婉指出问题的另一面：那些貌似赢得大众的通俗作品是否真的代表大众的利益？武功盖世的大侠及时除暴安良，"穿越"到另一个时空摆脱令人窒息的现实环境，或者，无缘无故地赢得霸道总裁的欢心而幸福地嫁入豪门——这些"白日梦"是解放大众还是麻醉大众？由于文化教育的限制，大众时常被称为"沉默的大多数"；底层人民无法创造独特的形式表述自己。多数时候，他们只能沉溺于各种古老的文化形式及其封建主题，从社戏、说书、连环画、西洋景到侠客、神仙、花妖狐魅、青天大老爷。五四新文化运动开始之后，一批进步知识分子的启蒙使命包含了对封建主题愚民毒素的严厉批判。然而，即使批评家的理性分析拆穿了曲折情节制造的美学骗局，通俗作品的"白日梦"仍然拥有巨大的市场。许多时候，批评家的观点并未获得大众的响应。

文学史表明了更为复杂的情况：一批以"通俗"面目出现的作品最终入选文学史经典名单并且传诸后世，例如一些词、曲以及话本小说。不论入选依赖哪些历史条件，这种状况至少显现出通俗作品摆脱众口一词的贬损而突围的一个缺口：通俗作品与文学经典之间存在转换通道。对于精英主义说来，通俗作品赢得市场与文学史的双重待遇是一个不可回避的理论挑战。

发表于网络的文学批评向学院与专业隐含的精英主义权威展开反击。驰骋于网络的批评家高度信任自己的感性直觉，并且认定大众之中普遍存在"人同此心，心同此理"的基础。喜欢就行，何必拖出一大堆权威站台。许多时候，这种反击可能扩展为对于传统文学知识的蔑视。修辞、叙事分析犹如烦琐哲学，结构形式的考察毋宁自寻烦恼，学院派炫技式的理论铺排令人厌倦。网络之间的一个观点呼之欲出：大众要将文学批评的话语权从精英主义手里夺回来。

不言而喻，这时的批评家与大众融为一体。然而，什么是"大众"？所谓的"大众"并非一个抽象名词，而是带有不可代替的历史时空标记。换言之，大众通常是根据历史提供的某种组织机制汇合起来的。"普罗大众""工农兵大众"或者"消费者大众"，这些称呼无不显示出清晰的时代烙印。作为精英主义的对手，各种"大众"提出的质疑不尽相同。"普罗大众"的通俗化涉及阶级动员，"消费者大众"的通俗化着眼于娱乐市场的扩大。网络上指谓的大众往往等同于"网友"。事实上，根据网络出现的时间，围绕网络组织起来的大众大约只有二十来年的历史。尽管如此，网络文学的碎片化阅读、高度类型化、功德圆满的结局与巨大的体量均已成为"网友"的强烈期待。而且，"网友"时常以"下线退出阅读"作为要挟，要求作家按照自己的意愿改造情节设计——譬如男一号必须娶女一号，或者决不可赋予主角道德污点，更不能不幸逝世。发表于网络的文学批评是否照单全收，忠实执行这些标准？

四

"网络文学批评"指的是对于网络文学的批评——转入这个术语的第二种含义之前，必须明确人们的某些模糊共识：纸质传媒的文学批评流传于高深的学术圈子，强调各种理论命题和文学经典的范本，并且由一批学识渊博的专家把持；网络文学需要的批评话语直观、率真、坦言无忌，批评家与大众联袂狂欢。前者围绕传统的纸质文学，后者与网络文学共生共荣。这些观念仿佛认定：网络文学无法纳入学术的视野，犹如唐诗宋词或者巴金、茅盾不会在活跃于网络的批评家心目中形成多大波澜。

的确，纸质传媒的文学批评未曾对网络文学表示足够的重视。网络文学的字数业已成为空前庞大的存在，可是，遵从学院标准的批评家视而不见。这种自以为是时常被形容为文学批评的缺席与失职。在我看来，批评家的傲慢或许是次要原因；更为常见的理由是，批评家仿佛无从下手。文学史生态表明，众多文学作品并非平均接待文学批评的惠顾。少数情况下，一部文学作品可能吸引一千篇研究论文；多数情况下，一千部文学作品无法吸引一篇研究论文。前者体现出文学经典享有的待遇。文学经典通常精深广博，结构繁杂，文学经典考察的基本方式是文本的细读。从文字训诂、修辞分布、叙事视角到人物形象、意境氛围以及微妙的节奏掌控，文学批评借助细读论证文学经典的宏大精妙。然而，网络文学——尤其是网络小说——几乎无法承受文本分析：

　　　　那些倾泻而下的文字一览无余，没有庞大的象征系统，没有远古的神话原型，没有深邃的哲学主题，也没有复杂多变的人物性格；许多文字粗糙的作品段落甚至缺少可供分析的修辞现象。从人物、结构、主题到意象、无意识、叙事模式，文学批评的众多术语只能空转。必须承认，相当多网络小说的情节设置极为出彩，漫长的故事悬念丛生，欲罢不能；遗憾的是，文学批评从来不肯对情节和悬念给予过高的评价。相反，许多作家和批评家的共识是，过分离奇的情节夺人耳目，以至于真正的主题可能陷落在眼花缭乱之中，这犹如荣华富贵的温柔乡将会消磨一个人的雄心壮志。所以，作为一个旁证，传统的文学史通常不愿意将经典的荣誉授予侦探小说。

　　我想补充的是，大部分网络文学并没有兴趣追求结构、无意识、叙事模式等等晦涩的话题。为了投合普遍的"碎片化阅读"，写手的意图就是浅白，通俗，甚至让读者可以一目十行地囫囵吞枣。他们心目中，艾略特的《荒原》也好，乔伊斯的《尤利西斯》也好，这些深刻的玩意还是留给学院派享受吧，简单和好玩才是后现代的至高原则。[1]

网络文学之所以单纯、浅显，负责提供强烈而清澈的快感，很大程度上源于"白日梦"对于欲望的代偿性满足。欲望没有历史。然而，欲望的实现机制始终诉诸历史。饥渴制造的欲望世代相同，但是，满足欲望的食物与饮料必须由历史指定。苞谷、田间野菜还是丰盛的满汉全席，米酒、普洱茶还是牛奶、咖啡，历史决定分配的内容与形式。一个终身劳碌于田间的农夫无法想象皇亲国戚如何果腹，正如一个帝王会惊奇地询问"何不食肉糜？"文学的很大一部分内容来自作家的虚构，文学批评时常鉴定这些虚构是否与历史逻辑吻合。虚构古代的一个武侠利用互联网刺探宫廷里的情报，历史逻辑就会提出抗议。

事实上，文学批评的历史分析占据了很大的比重。从社会历史批评学派、新历史主义到后殖民理论，历史逻辑始终是批评家衡量文学的一个准则。故事情节的社会背景、人物性格的形成、叙事之中的民族或者性别观念以及一段对白、一个战争场面无不接受历史的检验。无论悲欢离合，每一个人物只能栖身于历史赋予的社会关系；因此，作家与批评家默契地共享一个前提：认可历史逻辑的限制。文学虚构不是任意捏造，缺乏"历史真实"的保障可能严重干扰文学的审美效果。某些文学虚构利用幻想——无论是神话幻想还是科学幻想——摆脱历史重力，但是，神话或者科幻文学的魅力恰恰是相对于后者的存在。换言之，文学虚构与历史重力之间的复杂博弈以及彼此衡量同时是文学批评反复谈论的话题。然而，当文学虚构放弃历史逻辑的互动而仅仅遵循欲望逻辑的时候，文学内容迅速简化，以至于文学批评同时丧失了大部分话题。每一个主人公肯定吉人天相，心

1　南帆：《网络文学：庞然大物的挑战》，《东南学术》2014 年第 6 期。

想事成，恶棍必死，善人善终，美人嫁给了白马王子，遭受世俗鄙视的穷小子终将因为挡不住的横财而青云直上，傲视人间，这时还需要文学批评补充什么呢？欲望没有历史，可是，如果同时将实现欲望的社会背景销毁，文学漫画只剩下简单的曲线：从欲望的启动到欲望的完成。个人成为没有历史的欲望主体。当然，网络文学同时设计了若干摆脱历史重力的文学策略，这些文学策略的反复执行形成了文学类型，例如"武侠""穿越""玄幻"，如此等等。"武侠"以常人无法获得的盖世武功摆脱历史，"穿越"干脆抛开物理限制奔赴另一个时空，批评家曾经详细概括出"玄幻"类型的坚硬框架："主角模板""主角光环"，始终采用主角视角，不能"虐主"——主角不存在各种缺陷，必须无与伦比的强大：

> 表现主角的什么呢？表现主角的"强"。具体来说，就是"成为强者"，这是玄幻小说句法模式的核心谓语。在网络上，不计其数的小说都在书写一个关于强大的故事，主角最后总是成王、成神、成仙、成尊、成宇宙之王、成各种业界领袖……用 17k 小说网主编血酬的话来说，网络文学的核心与特质就是"成功学"。"主角成为强者"，这就是当下玄幻小说句法模式最为核心的部分。

对于玄幻小说作家说来，文学虚构与历史之间的联系已经切断，重要的是读者形成的主角"代入感"。社会历史批评学派的分析被精神分析学取代：强大的幸福幻象恰恰是众多失意者的内心寄托：

> 小说就应该一直采用主角视角，不宜随意切换，不断地营造"主角光环"、不断编织主角强大的故事，这是读者能够持续"代入"、小说获得良好黏着度的重要保证。显然，"代入感"在根本上强调的就是能让读者代入到主角身上实行角色扮演的可能，而这也正是个体在网络空间的虚拟体验形式，换句话说，玄幻小说"主角成为强者"的

叙事模式与网络空间中个体凭借虚拟自我而幻想自身强大的行为在本质上是合一的关系，在某种意义上，网络玄幻小说成了数字时代个体角色扮演的文学形式。[1]

网络文学之中的类型如同以平均值为基准压缩的粗糙模块。各种情节与人物大同小异，文学批评的细读如同浪费精力。然而，抛开围绕文学经典形成的专业训练，能否从网络文学拥有的海量字数发现另一些问题？至少在目前，这些问题的深度以及复杂关系更适合诉诸纸质传媒的文学批评模式。

事实上，由于"数字人文"的带动，网络、网络文学与文学批评正在展示出一种新型的结合方式。

五

将网络文学的海量字数纳入考察视野，这是"数字人文"研究出现之后形成的可能。大规模的统计、计算、数据库等伴随计算机出现的研究方法是"数字人文"的必要条件。相对发表于网络的文学批评，我更愿意认可的是，"数字人文"开启了文学批评谱系的崭新空间，许多研究课题以及考察路径闻所未闻。例如，分析 7000 个英国小说的标题叙事；统计 200 年间的英国小说，区分为"菜园派""新妇女小说""帝国哥特"等 44 种亚文类并且建立可视模型；搜索、统计某一个词在特定阶段文学史之中出现的频次以及出现的位置；计量某一个作家在参考文献数据库中被提及的次数；如此等等。[2]"数字人文"为许多长时段或者大范围的文学特征描述

1　黎杨全、何榴：《中国网络玄幻小说的叙事语法》，《中国文学批评》2018 年第 3 期。

2　参见 Franco Moretti. *Graphs, Maps, Trees: Abstract Models for a Literary History*. London and New York: Verso, 2005. p.19. 另参见赵薇：《作为计算批评的数字人文》和李天：《数字人文方法论反思》，二文均发表于《中国文学批评》2022 年第 2 期。

提供了坚实的数据基础。批评家对于爆炸式增长的网络文学望洋兴叹的时候，"数字人文"轻而易举地证实了许多猜测与假说。

当然，许多人已经意识到"数字人文"存在的盲区。例如，计算机可以获知 18 世纪以来"浪漫主义"或者"现实主义"出现于理论文献之中的频次，但是，统计通常无法显示，哪一个理论权威的哪些论述赋予这些概念稳固的理论地位并且引起使用的激增，或者，哪些论述导致这个概念出现转义，以至于扩大了使用范围。对于网络文学说来，"数字人文"的启用至少要考虑到如下几个方面：

第一，"数字人文"提供的结论可能远离传统的作品、作家范畴——不再是文学经典的示范，也不再介入个别作家如何获取题材、构思、写作等具体事项。根据许多网络写手的自述，他们大约每日不辍地上传八千字左右，甚至连错别字也无暇仔细订正。对于这些粗制滥造的文本字斟句酌、钩沉索隐有些可笑，但是，"数字人文"仍然可能获取某些有趣的信息。类型的总结始终是一个引人瞩目的课题。大量网络文学面目相似，所谓的"个性"或者"风格"必须从作品扩展至类型。无论是侦探、武侠、宫斗还是探险、盗墓、寻宝，概括一个类型的构成因素甚至比分析一部文学经典还要简单。当欲望、无意识与文学虚构的关系将社会历史条件完全挤压出去之后，所谓的类型仅仅剩下某种风格的表象加悬念制造。当然，"数字人文"还可以利用数据协助某些小型课题的完成，例如众多"穿越"小说分别选择哪些朝代作为落脚点——各个朝代的不同比例说明什么？或者，古往今来"武侠"小说对于内家拳与外家拳的态度发生了哪些变化？说明这种变化的原因之前，数据可以显示不同时期的演变曲线。总之，"数字人文"开设的各种课题并非证明传统的文学理解，而是扩大文学意义的延展范围。

第二，"数字人文"必须发现新的问题，而不是证实不变的结论——没有人愿意增添更多的数据证实人类的面孔上具有两只眼睛。新的问题产生于数据统计之前还是统计之后？如果说，"数字人文"领域与作品、作家范畴缺乏交集,那么,新的问题通常不是源于二者的自然积累,而是来自研究者的设置。无论是假设某些问题之后收集数据给予证明,还是数据的增加使之察觉问题的存在,"问题意识"不可或缺。能否从民间故事之中发现叙事结构的胚胎?"问题意识"促使普洛普收集100个俄罗斯民间故事进行比较分析,总结出31种功能项,他的《民间故事形态学》从而成为叙事学的奠基之作。中国古典诗词之中"月亮"意象如此之多,"月亮"在古人的理想生活之中扮演什么?古典诗词之中"月亮"意象的统计、分类与阐释可能带来新的发现。可以从各个层面描述一个对象的数据,"问题意识"才能在数据使用之中有的放矢。研究者想知道什么?面对一座山峰的时候,高度、动物种类、植物种类、树木或者花卉的分布、季节与温度或者湿度的关系、地貌构造等无不可以转换为数据形式,然而,数据的意义必须由考察的问题确认。

第三,"数字人文"的大规模统计往往展开一个宏观视野,同时,庞大数据堆积的数字模型祛除了不可复制的个别特征而留存共性的规律,抽象的数字不再依附于具象与个性。这时可以发现,无论是情节波澜的起伏设计还是类型的总体概貌,网络文学的规律远比文学经典清晰明快,以至于"数字人文"可以得心应手:

> 研究者认为,算法已经作为一种思维方式,主导了网文评价并且渗透到创作之中,形成了各种"套路"或"模式",不仅有"升级流""废柴流""重生流""退婚流"等桥段套路,也存在金手指、掐高潮等反复使用的具体应用技巧,甚至开篇和高潮都有精确的设计。与传统文学的类型或模式不同,网络小说套路存在着高度的重复或规律性,显示出极强的量化可行性,即研究者所认为的算法基因,这使得数字人文方法的融入更为便利。[1]

---

1 李天:《数字人文方法论反思》,《中国文学批评》2022年第2期。

　　然而，这种结论同时表明，遵从或者拒绝"套路""模式"恰恰是网络文学与文学经典的重要分界。独创是文学经典的重要指标，雷同的构思或者表述意味着缺乏历史的独到发现。正如"影响的焦虑"这个命题所表示的那样，许多经典作家竭力回避前辈既有的成功。对于他们说来，"重复"——无论是重复他人还是重复自己——是包含很大耻辱成分的评语，甚至无法完成文学乃至美学的基本预设。可是，网络文学不再重视这个指标。网络写手的共识是——尽量投合读者的口味。双方的相互肯定迅速导致"套路""模式"以及类型的固化，貌似五彩斑斓的想象仅仅流动在几个简单的槽模内部。由于可观的经济收益，网络写手不会如同经典作家那样为之沮丧或者自责。读者欣然吞食手机屏幕上的文学读物，种种曲折离奇的情节远比文学教授唠叨的《红楼梦》或者鲁迅有趣得多。文学生产与文学消费愈来愈稳定的回环之中，巨大的"信息茧房"如期而至。听到的恰恰是自己想听的内容，熟悉的快乐一次又一次定期重现。当"数字人文"将海量字数化简为一目了然的图表时，人们仿佛更加了解自己——的确，如此庞大的文学版图只是若干"白日梦"的集聚点。这时，作家与读者至少有必要重新反思一个基本的问题：机械的单向度快乐就是文学热衷的目标吗？

第三部分

阐释：开放与边界

第十五章

文学批评：八个问题与一种方案

一、小引：问题的症候

　　文学批评的必要性已经不言而喻。如今，人们反复听到的呼吁是，必须提供更高质量的文学批评。许多人的心目中，不满的议论如同文学批评甩不下的尾巴——虚伪，肤浅，迁就人情，资本指使之下的商业宣传，对于种种新型的文学动向一无所知，一副晦涩的学术腔调无助于改善社会生活，如此等等。相对于文学史或者文学理论研究，文学批评的学术含量稀薄。通常，人们对于文学批评的期待仅仅是"说真话"。何谓"真话"？"真话"是真知灼见的必然保证吗？相当多的批评家没有兴趣卷入进一步的思辨。必须承认，浅尝辄止的理论应付很大程度地限制了文学批评的潜力。例如，一种普遍的想象是，文学批评的左边是文学作品，右边是文学理论，批评家的工作无非殷勤地将各种文学理论命题引入作品解读，或者归纳作品的若干规律赋予理论的命名。陷于二者之间尴尬的夹缝，文学批评的原创性时常遭受重大怀疑。因此，文学批评的文化阶序不得不位于文学作品与文学理论之后，甚至常常被轻蔑地视为二者的寄生物。

　　或许，现在是改变这种想象的时候了。事实可以证明，文学批评的功效远远超出了文学作品与文学理论之间的狭小地带。人们可以在一个更大的文化场域将文学批评塑造成为一个活跃的角色。现今的文化场域包含了各种话语类型复杂而频繁的互动。经济话语、政治话语、科学话语、社会管理、宗教信仰或者意识形态，某种话语类型的急速膨胀可能占有更多的份额，继而引起另一些话语类型的连锁回应，甚至形成整个文化场域的结构性调整。这个意义上，20 世纪之后文学批评的表现不同凡响。无论是社会历史批评学派、符号学派还是阐释学、精神分析学，文学批评逐渐汇成若干人文学科的联结、交织和相互依存的领域；"文化研究"的跨学科特征表明，文学批评开始成为文化网络内部一个能量超常的节点，这个领域开启的多向对话制造出种种令人瞩目的理论旋涡。这时，文学批评试图突破学科乃至学院的围墙，介入各种复杂、隐蔽的社会历史脉络。

然而，文学批评的扩张加剧了隐约的不安。若干积压已久的问题仍在持续发酵，另一些新型的问题接踵而至。如果这些问题始终处于模糊状态而无法获得正视，它们的外在症候必将长期地干扰文学批评的质量。现在，我愿意简单地勾勒这些问题的轮廓，指出内部隐含的各种理论冲突，并且在结论部分简要地表述我的观点。

二、当代文学与经典

"文学批评"通常与当代文学联系在一起；相对地说，"文学研究"的对象是经典，例如唐诗、宋词或者明清小说。两个术语的微妙差异显明，文学批评更多地表现为坐标模糊的理论探险。当代文学尚未进入稳定状态，众多文学作品的探索和开拓尚未纳入文学史谱系给予衡量和定位，因此，批评家的阐述必然包含相当程度的试探性，带有种种个人趣味主导的印象主义联想。如果说，经典的历史地位业已公认，那么，"文学研究"相对客观、中性，各种见仁见智的优劣评判遭到了大幅度压缩。相对而言，当代文学未经历史检验，文学批评的各种结论无法完整地享有"学术"的威望。许多时候，这甚至构成诟病文学批评的理由。"文学研究"

的范式被视为楷模之后，文学批评的褒贬以及伴随的激情无形地成为浮夸或者独断的表征。

当然，人们可以听到来自文学批评的反驳。概括地说，批评家的辩护词包括两个方面的内容。首先，所谓的"历史检验"不能想象为历史的自动演算，仿佛真正的标准答案将在未来的某一天突如其来地降临。"历史检验"是一个内容充实的伸展，包含了历代批评家持续的对话、辩驳、声援或者抵制。经典的确认毋宁是这种伸展的阶段性沉淀。事实上，"历史检验"不可能截止于某一天，从此一锤定音。即使面对公认的文学经典，种种细微的校正从未彻底停止。所以，"文学批评"与"文学研究"之间不存在无法逾越的隔离带；二者的"学术"性质具有维特根斯坦所说的"家族相似性"。其次，"当代"趣味并非文学批评的软肋。文学批评力图表述的重要内容即是，一部作品如何拓展当代文化空间。例如，谈论鲁迅的《阿Q正传》或者普鲁斯特的《追忆似水年华》，批评家关注的是这些作品为20世纪文化增添了什么。所谓的"当代文化空间"，不仅包含那个时期的社会制度、经济状况、意识形态结构，也包含那个时期普遍的叙述、修辞或者文学类型。许多时候，各种因素之间的相互呼应构成了当代的某种边界模糊的"总体性"。如果没有文学批评表述当代的声音，所谓"历史检验"的起点又在哪里？

尽管如此，"文学研究"的辖区仍然构成特殊的压力——文学批评必须意识到经典的分量。事实上，绝大多数作品只能获取短暂的存活期，仅有极为少量的经典由于未来历史的铭记而赢得了不朽。换言之，经典隐含了大部分当代文学并不具备的特殊性质，这种性质有助于作品跨越"当代"所标志的文化季节。藏之名山，传诸后世，我的作品等待的是未来的读者——这一类宣言的前提即是以经典为归宿。对于文学批评说来，"当代"趣味与经典之间始终存在某种紧张。如果意识到"当代文化空间"的历史渊源，那么，经典犹如"当代"趣味的压舱石。

按照T.S.艾略特的著名观点，现存的众多经典构成了某种总体秩序，犹如矗立于文学史地平线的一道栅栏。一部新的作品只有携带足够的能量才能击穿既存秩序，占据一个属于自己的空间。双方的相持包含了文学批评的角逐——用艾略特的话说，这将是"新与旧的适应"。显然，双方的相持必将涉及批评家的视角选择：注重尖锐的"当代"趣味，还是服从经典象征的坚固秩序？

三、审美与历史

对于文学批评说来，审美与历史构成了由来已久的抗衡。

现今，放弃审美的文学批评遭到了普遍的非议。审美是"文学"不可替代的神秘魅力，绕开了审美的文学批评不啻舍本逐末。尽管如此，文学批评的实践并未就审美的考察焦点达成共识。一些批评家热衷于复述诗文之中的良辰美景，一些批评家擅长分析的是文学人物的性格与内心幽微；若干批评家试图论证作者与读者共享的无意识机制如何造就相似的心理波澜，还有大量批评家将语言符号、叙述模式以及形式结构视为揭开审美秘密的入口。总之，审美的名义没有进一步转换为一致的理论主张，众多批评家的共同之处仅仅显现为：反抗庸俗社会学的泛滥，拒绝将文学视为各种社会学观念的简单例证。

"历史"的确是社会历史批评学派的中心词——正如詹姆逊所宣称的那样："永远历史化！"[1]然而，庸俗社会学很大程度地败坏历史分析的名声。许多人对于庸俗社会学粗陋的基本公式耳熟能详。批评家援引历史教科书的各种现成结论证实作品的故事情节，仿佛后者仅仅是前者的形象翻版；如果二者之间存在某种距离，批评家通常会向文学发出傲慢的诘问："生活难道是这样的吗？"庸俗社会学封锁了作家对于历史的独特探索，历

---

1 〔美〕弗雷德里克·詹姆逊：《政治无意识》，王逢振、陈永国译，中国社会科学出版社1999年版，第3页。

史已经被事先想象为没有任何杂质的现成原则。

"永远历史化"的一个基本观念是，根据各种具体的历史语境，分析诸多事物的历史脉络及其依赖的社会条件，预言它们的未来命运。马克思主义批评家心目中的历史内部存在某些决定与被决定的重要关系，例如生产力决定生产关系，经济基础决定上层建筑。双方的失衡与再平衡构成了历史持续运动的基本动力。社会历史批评学派从不否认审美的存在，批评家力图证明的毋宁是：审美并非从天而降的神秘事件；作为历史运动的产物，审美是一种可以解释的文化现象。哪些对象进入审美的视野？民族共同体、教育程度、文化阶层、意识形态乃至经济状况如何充当审美的各种参数？这些问题无不可以追溯到某一个时期历史结构提供的社会条件。例如，"风景"什么时候成为审美对象？从空间环境的文学再现、戏曲或者电影的抒情性气氛组织或者山水诗的崛起，文学对于"风景"的发现、接纳和审美聚焦包含了一系列历史条件的复杂运作。

社会历史批评学派通常包括两个方面的考察：第一，文学作品再现的社会历史——既定的历史构造如何铸成各种人物性格，设置一系列悲欢离合，那些人物命运的演变背后隐藏了何种历史性的巨大冲动；第二，文学作品赖以产生的社会历史——那些惊世骇俗的作品诞生于何种文化土壤之中？无论是作家的文化基因、读者的接受心理还是文学类型、修辞风格、叙述视角，批评家试图从众多文学元素背后发现必然的历史原因。也许，文学与社会历史的关系不像"镜子"的隐喻那么简单。没落的历史阶段可能出现巨著，例如《红楼梦》；现代社会仍然存在神话的土壤，例如各种科幻文学。尽管如此，文学与社会历史之间的联系从未消失，社会历史批评学派恰恰必须在众多中介物背后揭示这些联系的痕迹与形态。相对地说，第二个方面涉及的内容及其复杂程度远远超过了第一个方面。

然而，我还想指出的是，文学批评没有理由忽视另一个相反的命题：审美如何观照历史。激情、欢愉、悲伤、惆怅、憎恶——审美并非简单地为感性争回一席之地，而是隐含了独特的价值评判。这个世界业已拥有无数的理念和观点，这时，审美制造的那些内心波澜或者长吁短叹还有什么意义？如果说，哲学话语、政治话语、法学话语或者经济学话语仅仅将审美视为无足轻重的附加值，那么，批评家有义务证明，文学所依赖的审美提供了另一种分解、想象、重组以及评判历史的方式。相对于"存在""本体""国家""民族""资本""法理"等种种社会科学擅长的重磅概念，文学关注的是这一切如何植根日常生活，进入普通人生的琐碎细节，与个人的命运、内心的悲欢有机地联系起来。这时，日常生活与普通人生是种种重磅概念无法化约或者覆盖的历史单位。因此，文学批评对审美的肯定亦即对日常生活与普通人生的价值认可。

社会历史批评学派的文学解读往往征引作品证实各种社会科学命题，审美对于个别、具体、形象的注视可能与社会科学的普遍性产生某种差异乃至冲突。如果说，审美图像的高分辨率与审美视野的狭小是同一个硬币的两面，那么，文学批评没有理由坚持审美的独断。某些时候，审美观照必须考虑乃至接纳社会科学的修正。文学史资料可以证明，那些作家亦非时刻充当审美的虔诚信徒。进入社会生活，他们乐于遵从经济学或者法学的指示，精确地计算稿酬收入，或者依靠法庭索回版权的损失。因此，这种问题会一次又一次地冒出来：如何决定文学批评的前提——如何决定审美与历史的主从关系？

四、内部研究与外部研究

众所周知，"内部研究"与"外部研究"的区分主要来自韦勒克与沃伦的《文学理论》。某种程度上，"内部研究"与"外部研究"的冲突令人联想到审美与历史的冲突。韦勒克与沃伦认为，文学和传记、文学和心理学、文学和社会、文学和思想以及文学和其他艺术均为"外部研究"，谐音、节奏、格律、文体、意象、隐喻、象征、神话、叙述模式和文学类型才是"内部研究"的内容。

　　韦勒克与沃伦显然倾向于"内部研究"。"外部研究"这个术语仿佛表明，批评家仅仅徘徊于文学的外围或者边缘，不得其门而入。韦勒克与沃伦对于"外部研究"的异议是："这样的研究就成了'因果式的'研究，只是从作品产生的原因去评价和诠释作品，最后把它完全归结于它的起因（此即'起因谬说'）。""研究起因显然决不可能解决对文学艺术作品这一对象的描述、分析和评价等问题。"[1] 韦勒克与沃伦基本接受了英伽登的现象学描述，将作品分解为声音、意义单元、意象和隐喻、象征系统和神话、叙述模式五个层面，继而聚合为各种文学类型。在他们看来，"内部研究"分门别类地考察作品的各种构成元素，这才是合格的"文学"批评。

　　必须承认，"起因"仅能有限地解释事物的存在状态。土壤成分和气候条件的总结并不能完全解释一棵树的生长。作家的生平或者社会、思想、心理并非文学本身。然而，一部作品与一张桌子、一台机器或者一本数学教材不同，它往往与某个时代的文化场域密切互动。从社会、政治、生产方式、意识形态到作家协会、稿费制度、文学评奖以及电影或者电视肥皂剧的兴盛，文化场域的众多因素无不可能介入乃至干涉作品的各个层面。反之亦然——一部作品愈是成功，作品的主题将愈是广泛地分布于社会、思想、心理。如果聚焦于文学的"审美"主题，人们可以清晰地看到，象征、神话或者某种叙述模式的结构并非审美的全部根源。事实上，作品的各种构成元素必须依赖一个社会的心理机制或者思想气氛才能产生真正的审美成效，删除"外部研究"无异于将后者置入盲区。

　　提出"内部研究"的背景是，"外部研究"如此强大，以至于作品本身成为一个无足轻重的配角。然而，放逐了"外部研究"之后，孤立的文本仅仅是一个僵死的文字结构。如何重组"内部研究"与"外部研究"的辩证关系，文学批评再度开始意识到这个问题。

1　〔美〕勒内·韦勒克、奥斯汀·沃伦：《文学理论》，刘象愚等译，江苏教育出版社 2005 年版，第 73 页。

五、文本中心主义与理论霸权

所谓的"内部研究"拒绝赋予作者某种超常的意义。韦勒克与沃伦的观念是，批评家必须坚守的阵地是作品的文本内部。

通常的想象之中，文学批评的基本工作是解读作品，分析和评判文本。然而，这种工作很快会延伸到作者。《孟子·万章下》曰："颂其诗，读其书，不知其人，可乎？是以论其世也。"19世纪西方的浪漫主义文学批评十分注重考察作家的个性——批评家力图解释，那些奇异的天才为什么能写出如此惊人的作品？然而，20世纪之初，这种主张开始遭到文本中心主义观念的抵制。"新批评"倡导"细读"，专注于文本的条分缕析，来自作者的各种信息遭到了贬抑，例如，"意图谬误"即是"新批评"的一个著名论断。此后的俄国形式主义、结构主义乃至解构主义无不保持了相似的观念。考察文本结构的同时，罗兰·巴特甚至宣称"作者已死"。总之，文本的语言结构——而不是作者或者那些外在的内容——才是批评家精耕细作的领域。

尽管如此，另一个现象引起了一些批评家的不安。他们察觉到，文学批评正在将愈来愈密集的理论术语倾泻到文本之中，大额的理论含量似乎超出了文本的负担限度。从精神分析学的压抑、无意识到结构主义的能指、所指，从那个玄奥的"存在"再到"互文""复调""他者"，众多概念纵横驰骋，甚至遮蔽了文本本身。某些批评家的文本分析深奥晦涩，难以卒读，例如罗曼·雅各布森和列维-斯特劳斯的《波德莱尔的〈猫〉》、罗兰·巴特的《S/Z》，或者拉康《关于〈被窃的信〉的研讨会》。

20世纪被称为"理论的时代"，众多理论学派纷至沓来，全方位地覆盖各个领域。许多时候，理论描述远非仅仅提供一种归纳，一种具体的诠释，而是意味了一个深度的发现，甚至带来新型思想空间的建构。尽管如此，理论遭受的反弹与日俱增。如此之多陌生的理论术语开始折磨人们的心智，文学批评突然成为毫无乐趣的思辨。

　　苏珊·桑塔格公开表示，反对文学批评演变为乏味的理论压榨。在她看来，这种理论霸权再度显现了作品"外部"的粗暴干预——文学批评的阐释犹如强迫作品的形象体系变异为另一种形态："阐释的工作实际成了转换的工作。"她具体地描述了理论代码如何引诱作品拐入另一个轨道："阐释者说，瞧，你没看见 X 其实是——或其实意味着——A？Y 其实是 B？Z 其实是 C？"这时，文学批评的作品解读可能被比拟为谜面的破译。批评家负责向读者通报，兔子与乌龟赛跑的故事其实是"骄兵必败"的主题，《离骚》的香草美人象征的是诗人的高洁情怀，"床前明月光，疑是地上霜"隐喻思乡之情，《哈姆雷特》不仅是一个王子复仇的故事，主人公多疑的性格背后或许隐藏了恋母情结，如此等等。总之，"阐释于是就在文本清晰明了的原意与（后来的）读者的要求之间预先假定了某种不一致。而阐释试图去解决这种不一致"[1]。从某种无意识症状、阴险的政治意图到符号结构隐含的主从关系、民族或者性别歧视，理论代码事先预设了各种解读的寓意指南。见月忽指，得鱼忘筌，文学批评抛出结论之时，亦即作品本身蒸发之日。这再度让人想到了柏拉图的观点：文艺与真理相隔三层；文艺提供的各种表象不可信赖，文学批评的解读如同掠开各种表象设置的干扰，顺利抵达真理的码头。

　　苏珊·桑塔格声明，她并未谴责一切阐释——令人厌恶的是那种"伪智性"的学院腔调。这是对于艺术力量的不解、不满或者不安。苏珊·桑塔格主张恢复感觉，推崇透明而清晰的艺术，"我们的任务是削弱内容，从而使我们能够看到作品本身"[2]。

1　〔美〕苏珊·桑塔格：《反对阐释》，程巍译，上海译文出版社 2003 年版，第 6、7 页。

2　同上注，第 17 页。

六、作品的有机整体原则

尖锐，犀利，深文周纳，鞭辟入里的独到之见，文学批评愈来愈多地显现出居高临下的理论姿态。从精神分析学到解构主义，许多批评家出示的奇异结论显然逾越了常识，甚至遭到作者的激烈反驳。这时，人们多半会迅速地联想到一个命题："过度阐释"。从《红楼梦》的索隐、《老人与海》的象征到精神分析学对于梦以及各种无意识症候的解释，"过度阐释"时常成为文学批评再三遭遇的苦恼。显然，目前的阐释学无法提供一个简明的图表：所谓的"度"在哪里？"度"是一个固定的数值，还是一种历史性的文化建构？

迄今为止，以片面换取深刻构成了许多文学批评的策略。无论是精神分析学、解构主义还是后殖民理论，批评家不惜肢解作品，挑选某些片段大做文章，无视这些片段与作品整体的衔接、联系。由于批评家的解读和阐述，这些片段的意义急剧膨胀，以至于无法重返作品整体。如果仅仅依据"后妃之德"解读"关关雎鸠，在河之洲"，按照严世蕃的生平考据《金瓶梅》中的西门庆，或者在《红楼梦》中穿凿附会清世祖与名妓董小宛的平生事迹，如果仅仅援引精神分析学的"阉割焦虑"分析卡夫卡小说或者劳伦斯的《儿子与情人》，那么，作品之中的另一些片段可能无所适从。这时，作品的有机整体即将遭受破坏乃至毁弃。

当然，并非没有人对于这个传统原则表示疑问——作品的有机整体仍然是一个必须维持的界限吗？[1] 事实上，审美是坚持这个传统原则的首要原因。可以从苏珊·桑塔格的表述之中察觉，审美"感觉"必须以作品的有机整体为前提。尽管医学可以将身体理解为众多器官系统分而治之，但

1　参阅〔英〕特雷·伊格尔顿：《二十世纪西方文学理论》，伍晓明译，陕西师范大学出版社1987年版，第82、89页。

是，"感觉"接受的是一个人物的整体。钦慕一个人物或者厌恶一条狗的时候，"感觉"接收的是整体信息而不是一条胳膊或者一根尾巴。不论众多批评学派制造出多少理论仪器，解剖刀下找不到灵魂。作品或许仍然是"理论时代"无法彻底分解的一个实体。无论是一首诗、一部小说还是一幅绘画、一支乐曲，深入人心的审美震撼来自作品整体而不是文学批评摄取的若干片段。这个意义上，苏珊·桑塔格所说的"作品本身"包含了顽强抵抗理论代码解构的内聚力。

如果说，理论代码时常抽空作品的躯壳，擅自赋予另一个灵魂，使之皈依某种强大的理论学说，那么，另一种劫持作品的力量来自文学史。一部作品的价值并非自明，它必须纳入众多"他者"构成的文学史谱系获得评价。这部作品的独创、开拓或者沿袭、因循守旧只能在文学史谱系之中显现。当然，文学史并非一个固定实体，拥有某种不变的标准性质。从《诗经》《三国演义》《阿Q正传》到《伊利亚特》《堂吉诃德》《尤利西斯》，这些作品入选文学先贤祠的理由远为不同。因此，文学史对于一部作品的综合评估包含了来自众多"他者"的多向视角。作为文本之间的相互衡量与相互参照，"互文性"最大限度地敞开了各个文本的边界：没有哪一个文本是真正独立的，所有的文本都在相互映射。某种程度上可以说，这时的文学史整体再度从外部剥夺了个别作品的独立价值。

另一些时候，文学史的特殊主题甚至将文本的自足性视为必须摧毁的障碍。一些批评家按照布罗代尔和华勒斯坦关于世界体系的理论模型建构"世界文学体系"，力图发现世界文学内部中心与边缘的分布以及隐秘的权力机制。如此宏大的主题必须摆脱众多细节的纠缠。因此，批评家甚至提出放弃文本的直接阅读。他们奇异的批评策略是间接的"二手阅读"：仅仅借助他人的文学作品概述综合文学史的概貌。为了换取一个宏大的战略视野，批评家毫不惋惜地牺牲众多文本的独特性。[1]

耐人寻味的是，遏制文学史谱系强大吸附的能量同时存在。可以察觉一个有趣的现象：这一段时间，"事件"突然成为许多批评家叙述文学史的关键词。[2] 他们不仅提到了伊格尔顿的《文学事件》一书，同时还提到了齐泽克、巴迪欧对于"事件"的定义。不论是齐泽克将事件想象为"超出了原因的结果"还是巴迪欧"对可能性的创造"，"事件"一词无不包含了自足的意味。这时，批评家倾向于恢复"事件"现场的诸多因素，注重这些因素的聚合作用，注视一个又一个分散的"事件"单位本身。这种考察削弱乃至阻断了文学史内部脉络的关联和连续，重现文学作品为中心的独立性质。尽管目前还无法证明"事件"一词拥有多大的理论潜力，然而，这个动向至少表明，"作品本身"以及隐含的内聚力构成了启动和展开文学批评的一个活跃单元，它或显或隐地制约各种理论霸权的长驱直入。

七、文学批评是科学吗？

文学批评是科学吗？提出这个问题的意图是，为批评家的个性谋求一个恰当的位置。

时至如今，"科学"是一个公认的褒义词。如同一个护身符，"科学"保证了各种结论的合法性。只要有可能，人们总是尽量将自己的工作与"科学"联系起来。当然，多数人心目中，"科学"的范本是自然科学。物理学，化学，医学，生物学——自然科学不仅提供了各种正确的认识，而

1　参阅〔美〕弗朗哥·莫雷蒂：《世界文学猜想》，刘渊译，见《后马克思主义读本·文学批评》，张永清、马元龙主编，人民出版社 2011 年版，第 45—46 页。

2　参阅马汉广：《作为事件出场的文学及其当下形态》，《文艺研究》2017 年第 4 期；尹晶：《事件文学理论探微》，《文艺理论研究》2017 年第 3 期；朱国华：《想象的新旧冲突：重释作为文学事件的〈沉沦〉》，《2017 年中国文艺理论学会理事会暨"文艺理论的创新与中国气派"学术研讨会论文集》。

且提供了各种正确的认识方式。实验，数据，归纳和演算，如此等等。然而，尽管"科学"享有崇高的威望，科学研究拒绝接纳个性。科学家不能因为迁就自己的个性而修改观察或者演算的结果。"科学"的客观性源于大自然的基本特征。大自然的演变不以人的意志为转移，各种人为的文化设计或者意识形态规定无法改造大自然的既定运行规律。众多物质的分子式不会因为不同的国界划分而改写，重力加速度公式也无须针对不同的族群而重新推导。"个性"通常意味了独具一格的视角、处理方式、感受力和表述风格，"科学"的结论并没有为这些因素留下空间。创立一门个性化的物理学或者根据个人风格设计医学，这显然是一些可笑的念头。科学史的许多事例可以证明，某些科学家曾经以一己的观点推翻了盘桓多时的成见，但是，这并非个性的胜利。科学必须不断地调整对大自然的认识。尽管各种再认识的突破口多半选择某些杰出而幸运的科学家，他们的个人风格不是新型结论的必然构成。事实上，各种新型结论之所以赢得公认，仍然依赖科学家公共遵循的认识方式：实验，数据，归纳和演算。

相对地说，声称写出一部"个性化"的文学史或者艺术史似乎不是那么奇怪。当然，质疑不可避免。"个性化"的观点有没有权利认定莎士比亚是最为拙劣的剧作家，或者《红楼梦》仅仅是一部三流的作品——换言之，"个性化"拥有公信力的天然保证吗？尽管见仁见智并不意味了接受一切观点，但是，文学批评赢得的个性空间肯定远远超过了科学。批评家时常振振有词地为自己的独到之见辩护：那些激动人心的阅读享受远比各种众所周知的理论术语真实。因此，他们愿意纵容自己带有体温的独特经验，哪怕牺牲"科学"的名义。面对一个又一个与众不同的作家，文学批评又有什么理由如同一个拘谨的冬烘先生？

然而，只要文学批评保持分析与评判两个主题，批评家不得不依赖思辨和逻辑具有的普遍意义征服他人。换言之，文学批评从未真正脱离理论范畴而成为仅仅为自己负责的冥想。因此，文学批评必须解释自己的特权：

为什么比科学享有更多的个性？

现在，我试图对真理与共识做出区分。当人们共同接受某种真理的时候，真理与共识合二而一。尽管如此，二者并非必然一致。真理不以人的意志为转移；某些时候，真理仅仅在少数人手里。即使多数人茫然无知，真理并未改变性质。相对而言，共识的基础是大多数人的认可。共识有可能偏离真理，大多数人接受谬误之见的例子比比皆是。真理与共识的区分有助于进一步分辨"科学"内部的两个脉络。通常，自然科学的正确结论适合被称为"真理"，这些结论没有理由因为接受的人数以及不同的社会条件而改变；社会科学的许多观点适合被称为"共识"。共识不以个人的意志为转移，但是，大多数社会成员的意志可能对共识曾经认可的观点做出修正乃至完全颠覆。例如，某些机构可以代表大多数社会成员废除过时的法律条款，或者修订某种社会主张。在我看来，二者不存在高下贵贱之分，只不过后者的认识对象之中更多地包含了认识主体的自身构成。不言而喻，许多接受修正的共识并非由于"错误"，而是由于社会条件的改变。这个意义上，社会科学的众多结论具有历史性特征。逾越相对的历史语境，合理的命题可能产生负面作用。历史语境是否正在发生转换？这往往是社会科学不得不事先完成的一个判断。

文学批评显然置身于"共识"范畴。多数批评家没有兴趣考察作品的自然性质——字数，线装书、铅印还是激光照排，纸张的质量，一册书的重量，如此等等；文学批评的关注范围及其种种结论无不追求更大范围的呼应。陶渊明是一流诗人还是三流诗人？李白与杜甫孰优孰劣？《红楼梦》之中的通灵宝玉象征了什么？陀思妥耶夫斯基的心理分析为什么令人战栗？反讽为什么成为现代主义文学的基调？这些论述的终点是最大面积的认可，而不是界定某种客观、恒定的性质或者规律。

共识为批评家的个性留出一席之地——共识不像真理那般精确无误，不容置疑，强大的个性可能挑战共识保留的各种话语，开拓一片自己的思想空间；另一方面，共识对于批评家的个性质量具有苛刻的要求——观点的独特并非全部，重要的是以独特的观点扭转人云亦云的成见，甚至改变承传多时的共识。这时的个性将会显现出耀眼的意义。

八、作家与批评家

作家与批评家犹如一对"欢喜冤家"。他们共同集聚于文学的旗帜之下，或者相互激赏、相互崇拜；或者相互调侃、相互憎恶。某些时候，他们发出由衷的赞叹：再也没有什么比滚滚红尘之中的知音更为可贵；另一些时候，他们公然表示既看不上对方的文学才能，也看不上对方的人格。这种状况已经延续了相当一段时间，近期似乎没有多少改善的迹象。

传统的意义上，作家与批评家往往被视为不同的话语集团。他们使用不同的工作语言。当然，二者之间的差异同时包含了等级的区别，"无上的创造者与低微的侍从，二者都是必须的，但应该各就各位"。但是，罗兰·巴特认为，这种等级划分不过一个"陈旧的神话"。在他看来，如今的批评家已经"成了作家"。他们都在扮演语言的探索者，后者没有必要仍然保持低三下四的姿态。[1]

此外，作家与批评家还有哪些不同？作家通常觉得，批评家依赖他们的作品维持生计——批评家犹如作家身上的蚤子。这些言辞乏味的家伙时常自不量力，居然企图充当作家的教练，谁会认真地听取那些无聊的说教？批评家多半感慨丛生：某些作家真是忘恩负义的人。他们初出茅庐之际的确谦恭地将批评家视为教练，并且由于后者的隆重推荐而声名大噪。现在，他们翻脸不认账，时刻想将自己装扮成凌空而降的天才。为了塑造一个天生的高大形象而涂改真实的成长历史，这种策略怎么可能瞒过批评家呢？

多数时候，这些观点仅仅是一些无关痛痒的腹诽或者花边新闻，不足

1　参阅〔法〕罗兰·巴特：《批评与真实》，温晋仪译，上海人民出版社 1999 年版，第 45—47 页。

为训。作家与批评家的真正分歧更多地出现在阐释与评价作品的时候。一部作品的寓意或者象征是什么？如何评价某个文学人物性格？这部作品是否拥有一个恰当的叙事方式？当然，许多分歧无不汇聚到一个关键问题：人们面对的是一部杰作还是三流作品？许多作家愿意对自己作品的主题发表意见：透露写作的意图，回忆写作的甘苦以及各种逸事，这一切仿佛暗示了作家对于作品拥有的特殊解释权——当批评家发表不同意见的时候，作家手中的特殊解释权可以轻易地兑换为否决权。

如果说，作家的威信曾经让批评家唯唯诺诺，那么，现在的情况发生了很大的变化。阐释学的转折带来了重大的观念转折。首先，阐释被视为作品的意义再生产。作家保证了作品的诞生，然而，批评家的阐释保证了作品的生命延续。对于文化史的构成说来，阐释的贡献必须获得重估。作品的诞生仅仅是一个起点，阐释决定一部作品能够走多远。作品的数量是有限的，阐释可以再造无限的意义。这时人们可以说，文化史的大部分内容与其说是经典，不如说是经典的阐释。

阐释学的另一个观念是，不再追求一个阐释的终点。阐释不是披沙拣金，千方百计地搜索某种一锤定音的标准答案，从而结束漫长的理论跋涉。即使某个时代的读者达成了评价一部作品的共识，另一个时代的阅读又可能催生不同的观点。文学阅读的发现毋宁是"期待视野"预设的兴趣。现代阐释学不仅肯定了"期待视野"的合法性，而且揭示了每一个历史阶段意识形态结构如何造就不同的"期待视野"。这个意义上，阐释构成了历史持续展开的一种形式。阐释是开放的，正像历史不存在终点，阐释的意义再生产亦无终结之时。这极大地削减了批评家对于作家的依赖，他们的理论远征没有必要时刻返回起源。如果说，多数作家不仅倾向于认可一个阐释的圆心，而且有意无意地将自己设置为这个圆心，那么，这种观念已经被许多批评家抛弃。批评家的阐释不再考虑作家的意图表白，不再尊重作家的作品解释权——当"创造性的误解"成为一个堂皇的概念时，他们的理论冒险再也不必提交作家审核批准了。

批评家的权力会不会太大了？他们的阐释会不会发生谬误？如何限制各种理论冒险？——能否随心所欲地断言《西游记》乃是皇权之争而《包法利夫人》是一个同性恋事件？面对这些疑虑，阐释学不得不卷入众多复杂的问题，例如相对主义，何谓客观，逻辑与论证技术形成的公约，学派立场，视野的融合，如此等等。相对地说，作家更为关心的是，如何以及多大程度地索回作品之父的特权？作家的意图必须在阐释之中占有多大的权重？显而易见，作家的不满溢于言表——他们与老对手批评家的争论很快就会进入一个新的回合。

九、精英主义的困境

相对于作家，批评家通常从属读者阵营。批评家的职责之一是，向作家转达读者对于作品的观感。然而，近期的情况开始出现变化。从电视连续剧、电影到MTV、网络小说乃至网络游戏，众多新型的艺术门类不仅延伸了文学的地平线，同时使读者阵营产生了分裂。大众读者迅速地成为各种通俗性大众文学的拥趸，传统的批评家遭到了孤立。他们势单力薄，面目可憎，他们的观点无人问津，各种费解的专业术语或者喋喋不休的经典复述令人生厌。总之，这些批评家陷入了精英主义的困境。

这些批评家已经拥有一个稳定的文学评价体系。不论是"道""气""韵味""诗教""意境"，还是"母题""形式""主体""现实主义""后现代"，众多源远流长的文学理论概念构成了这个评价体系的后援。然而，现今另一些以数据为中心的概念正在涌现，并且开始构筑另一种评价体系，例如收视率，点击率，多少亿的票房，一个作家的年度纳税额，谁在富豪排行榜上位居第几，等等。这些数据并非客观的事实描述，而是包含了强烈的价值倾向。"市场"无疑是新型评价体系的基础，种种市场手段——诸如资本运作、商品广告宣传、销售量或者产品价格——的意义决不亚于人物形象的塑造或者巧妙的情节设置，公司经济账本上的高额利润似乎标志了卓越的文学成就。对于许多批评家说来，这些数据带来的震慑远远超过了预料。例如，那些网络小说的经济收益时常让批评家大惊失色，继而钦佩不已，他们甚至不知道这一批小说写了些什么，是否值得如此肯定，以及如此流行的深刻原因。利润即成功，这个原则已经不知不觉地开始产生衡量的作用。

的确，这些批评家再也不想坚持精英主义的骄傲了。他们愿意在市场之中洗心革面，诚恳地接受货币的判断。当然，他们不会公开地向拜金主义投降，而是动用理论语言将货币的判断包装为"文化民主"。大众自愿地购买自己喜欢的文化产品，难道不会比追随几个专家居高临下的训诫更为民主吗？这时，批评家几乎遗忘了一个事实：如今的市场已经如此成熟——推销某种商品的时候，商人的巧妙叙述一定会让消费者觉得，他们的选择是发自内心而不是听从外部的灌输。

"文化民主"是一个富有魅力的词汇，往往与"革命"联系在一起。传统的叙述之中，追求"文化民主"的大众通常拥有革命者的身份。大众的革命对象是什么？文化上的陈规陋习？官方钦定的标准？隐藏于渊博或者考究背后的贵族趣味？以典雅面目出现的僵化、矫揉造作与保守主义？总之，这一切将决定精英主义与大众之间分庭抗礼的具体内容。然而，现今的大众往往以消费者身份出现。不论市场形式的"文化民主"如何实践，经济获利是一个诱人的结局。这时，遭受大众抛弃的精英主义常常如同一个不识时务的形象遭受嘲笑。作为革命者的大众曾经以摧毁资本主义市场为己任，充当消费者的大众巩固了商品关系的再生产，如此巨大的转向之中，精英主义始终只能充当历史的配角。

"文化研究"的兴盛包含了对精英主义的贬抑，所谓的"高雅文化"犹如一批知识分子自以为是的炫耀。批评家终于察觉到底层的声音，"沉默的大多数"宁可消费帝王将相或者才子佳人而对教授们的高头讲章没有兴趣。一些批评家甚至将通俗的大众文化叙述为令人尊敬的"民间文化"。然而，如果说"民间文化"的运作机制植根于乡村或者社区、街道的传统人际关系，那么，通俗的大众文化依托于发达的市场机制。作为另一种新型的社会组织方式，市场拥有远为强大的宣传机器、动员手段和组织能力。相对于"民间文化"简朴的惩恶扬善或者种种忠告、教训，通俗的大众文化更多的是欲望化装的"白日梦"。如此多元的文化结构之中，精英主义——那个以专业、经典、学院为正统的文化部落——究竟拥有哪些存在的意义？

十、结论："历史化"方案

从当代文学与经典，审美与历史到精英主义与大众文学，这些概括远非完备；还可以罗列若干性质相近的二项对立，或显或隐地投射于文学批评的实践。例如抒情与叙事、古典与现代、文学先锋与艺术成规，等等。

相信多数人愿意接受如下结论：相当一段时期内，这些二项对立不可能消失——内部研究不可能完全覆盖外部研究，科学不可能彻底铲除个性，批评家也不可能完全无视作家的存在；总之，二项对立之中的某一项不可能无限地扩大、膨胀，直至吞噬对立的另一项。人们毋宁说，这些二项对立将会持久地存在，二项的主从关系以及相互比例始终如同潮汐一般变化不定。某些时候，批评家可能更为重视审美；另一些时候，批评家可能更多地倡导大众文学对于精英趣味的冲击，如此等等。诸多二项对立构成了文学批评的理论调节器，共同决定批评家解读或者鉴定作品的内在倾向。可以看到，二项对立制造的理论调节具有相当程度的随机性质，没有一个现成的固定公式事先决定注重什么，削减什么，或者维持双方平衡的数值又是什么。

然而，"某些时候"或者"另一些时候"是必须推敲的时间状语：什么时候？这时，我想启动另一个概念填充这个时间状语：历史。"永远的历史化。"某些历史语境之中，经典、审美或者科学性质成为当务之急，另一些历史语境之中，外部研究或者个性、批评家的独立意识更为重要。

批评家的倾向选择不仅是回应作品乃至文学史，而且力图进入更大的文化场域与经济、政治、科学等各种话语类型互动、对话、博弈。换言之，"历史化"是众多方案遵循的基本原则。当科学主义成为某种霸权的时候，"个性"或者"审美"将被赋予更大的权重，当大众文化的娱乐乃至庸俗泛滥成灾的时候，必须及时地重提经典或者精英主义。

这个意义上，"历史"不是一个没有内涵的大词，仅仅用于敷衍某些陈陈相因的理论表述。首先，作为一个先在的庞然大物，历史挟带无数事件、数据、细节以及众多传统观点矗立在那里，无法绕行——所有的行动必须从历史提供的起点之上开始；其次，历史并未预设各种标准答案，批评家必须对于某个时期历史语境的特征做出自己的判断，并且承担判断的后果，他们的远见卓识或者短视、误判无不进入公共空间，作为社会话语产生作用——哪怕仅仅是微末的作用；再次，历史并未设置某种超然的观察席，所有的人无不置身于历史之中。从承传、守成到创新、发展，所有的人分别以不同的方式生产历史，同时又在享用这种历史。换言之，每一个批评家均是历史之中的一个主动角色，他们提交的各种观点无不进入一个庞大而复杂的文化网络，从而与历史联系起来。批评家试图解读作品的哪些意义？为什么如此解读？这些初始的问题不仅涉及批评家处置二项对立的立场，而且涉及他们如何想象历史、参与历史，如何创造历史。

第十六章

开放的解读及其边界

一

作为一部女性主义文学批评的经典名著,《阁楼上的疯女人》的风格犀利、尖锐、振聋发聩。谈论夏洛蒂·勃朗特《简·爱》的时候,作者表述了一个惊人的观点:桑菲尔德庄园之中,罗彻斯特的秘密妻子伯莎并非仅仅是囚禁于阁楼的一个疯女人,一个简·爱与罗彻斯特婚姻的法律障碍;更为重要的是,这个疯女人象征了简·爱内心充满叛逆能量的无意识,"某种意义上说就是简本人秘密的自我";"如果从象征和心理的层面上说,伯莎的幽灵似乎显而易见正是简的另一个、事实上也是最吓人的化身"。伯莎纵火烧毁庄园,罗彻斯特救火的时候身负重伤,双目失明,财产的灰飞烟灭和男性气质的垮塌导致父权制统治基础的消失,他与简·爱终于平等地站到了相似的社会地位之上。这时,简·爱应声而至,毅然与罗彻斯特共同生活在一起。这是灵魂的结合。在作者看来,伯莎完成了简·爱暗中期待的一切:"简想要摧毁桑菲尔德这一罗彻斯特的主人权威和她自己的仆从地位的象征符号的深刻的欲望,也将通过伯莎之手获得实现,她最终烧毁了房子,并在这一过程毁灭了她自己,仿佛她既是自己愿望的代理人，又是简的愿望的代理人。"[1]

这种阐释既鞭辟入里，又出人意表。批评家的特殊视域撼动了众多认识成规，解放出种种隐蔽的理论内涵，同时还可能形成某种隐约的不安。无论如何，将伯莎视为简的另一个化身与《简·爱》的故事情节存在巨大的距离。通常看来，《简·爱》的故事情节并未摆脱人们熟悉的模式：旷夫怨女，相见生情，可是，命运设置了重重障碍，以至于劳燕分飞，天各一方。那一场突如其来的大火的确制造了彻底的转机：由于上帝的巧妙安排，法律层面与物质层面的复杂纠葛瞬间消除，有情人终成眷属的"大团圆"结局如期而至。始于两情相悦，继而曲折悲苦，终于柳暗花明，《简·爱》仍然遵循经典的起承转合，显现了"平衡——外力介入——再平衡"的情节构造力学模型。然而，《阁楼上的疯女人》的奇特解读大刀阔斧地甩开了这种模式，女性主义文学批评的锋芒跃然纸上。必须承认，如此新颖的阐述同时隐藏了某种不适。人们不得不回忆这个故事，力图重新验证女性主义的特殊结论——必须承认，某种勉强与生硬显而易见，理论放大镜检视的那些片断仿佛无法重新熨帖地安置于故事情节内部。换言之，这种奇特的解读似乎破坏甚至撕裂了作品有机整体。

从精神分析学派、结构主义到"文化研究"，活跃于 20 世纪的诸多文学批评类型时常制造这种隐约的不安。如果说，传统的文学批评解读与作品表象构成了某种差距，如果说，二者的紧张恰恰是文学批评存在的理由，那么，20 世纪文学批评的各种独到阐释往往使这种紧张演变为断裂。批评家观点的深刻与犀利击穿了人们认识作品的基本框架，文学批评的解读似乎与作品脱钩了。这是一种不凡的洞见，还是不无偏执的深文周纳？人们时常在二者之间犹豫不决。所谓"认识作品的基本框架"，很大程度上基于作品整体轮廓。许多时候，整体轮廓充当了各种判断的重要依据。

---

1 〔美〕桑德拉·吉尔伯特、苏珊·古芭：《阁楼上的疯女人》，杨莉馨译，上海人民出版社 2015 年版，第 446、459、461 页。

辨识一只马与一条狗，整体轮廓的意义远远超过了耳朵、尾巴或者一条腿的考察。然而，20世纪的诸多文学批评时常专注于某种既定主题而罔顾作品基本框架的限制，例如声名显赫的"文化研究"。阶级、种族、性别这些显赫的主题之外，"文化研究"的另一个重要特征是多维的分析视角。譬如，批评家心目中，一部作品的构造远非人物之间的恩怨情仇，同时还包含了各种器物的组织与再现。考察诸多器物形成的文化经纬，揭示各种隐藏的成规与理念，这是相当一部分"文化研究"的内容。从文学作品显示的交通体系、疾病医疗、植物种类、兵器特征到戏曲舞台的历史演变、电视演播厅的结构、替身演员的薪酬，众多围绕作品以及"审美"的外围问题纷纷进入视野，晋升为"文化研究"的考察对象。这时，各种意识形态观念无形地充当了文学批评的主角，许多作品的片断摆脱了整体的结构束缚而集聚到这些观念周围。这时，文学批评的结论与作品有机整体可能产生离异，甚至遭受某种抵抗。

很大程度上，这种状况必须追溯至现代阐释学的一个特殊动向：相对于阐释对象，阐释者的权力愈来愈大。海德格尔、伽达默尔领衔的"阐释学转向"表明，阐释主体占有的份额大幅上升。作为阐释对象，作品有机整体多大程度地构成各种分析、联想乃至有意"曲解"的限制？这个问题终于浮出水面。人们可以回访文学批评史上若干有趣的例子。尽管海明威出面否认《老人与海》的象征内涵，但是，许多批评家仍然认可这一部小说虽败不屈的英雄主义——《老人与海》的完整情节均可支持这种象征含义。[1] 然而，言之凿凿地将《红楼梦》视为某一个家族秘史，谴责《水浒传》的武松暴力虐待动物，违背生态文明道德；或者，断言《阿Q正传》的主题乃是阶级斗争，诸如此类的阐释似是而非。荣宁二府的人物关系可能与某个家族不无相似，武松的确痛殴景阳冈上的一只老虎，阿Q以及

1　参阅〔美〕海明威：《致伯纳德·贝瑞孙（1952年9月13日）》，见《海明威谈创作》，董衡巽编选，生活·读书·新知三联书店1985年版，第145页。

未庄的所有人物分别拥有自己的阶级身份，尽管如此，这些成分并未成为作品内部的主导元素。《红楼梦》的叙述动力来自贾宝玉、林黛玉、薛宝钗之间的微妙纠缠以及大观园内部各种风波，荣宁二府人物关系的比附对象仅仅存在微弱的作用；武松的大丈夫形象与英雄气概令人心折，动物以及生态文明问题是另一个语境的主题；《阿Q正传》的情节主轴是"精神胜利法"，这个性格特征的组织结构功能远远超过了他的贫雇农身份。换言之，批评家的阐释效力不得不接受作品形象体系的评估。无论是因果报应、生死轮回、孽债宿命，还是恋母情结、种族歧视、阶级压迫，仅仅择取若干片断论证既定的理论命题，文学批评的锋刃可能割裂作品有机整体。这时，批评家的观点会不会成为失控的脱缰之马？

这一段时间，文学批评围绕"强制阐释"问题进行了范围广泛的争论。[1] 文学批评的解读与作品有机整体之间的关系始终是一个争论的焦点。在我看来，二者的辩证显示了阐释学的内在矛盾与运动形式。进入特定的文化段落，作品有机整体规约了文学批评的解读范围；然而，历史文化演变造就的另一个特征即是，文学批评的解读屡屡突破作品有机整体的既定边界。20世纪以来，文学批评领域保持了高度的开放姿态。从社会学、符号学、精神分析学到阐释学，人文学科的众多学派纷纷进驻文学批评，提供各种分析模式，组建相应的文学批评学派。许多经典作品成为这些分析模式的实验对象，众多新型的理论观念一遍又一遍地重新耕耘人们熟悉的故事情节。这时，作品有机整体可能面临多种迥然不同的拆卸、分解、辨析和重组。正像一部作品并非外部世界的复制，一部作品的解读亦非作品内容的复述。严格地说，所有的解读都是对作品有机整体的冒犯，只不过双方可能相容到什么程度。现今，诸多文学批评学派的纵横驰骋制造了巨大的震荡，以至于人们无法避免这种疑虑——所谓的作品有机整体是否依

---

1 2014年，张江教授对西方文论中"强制阐释"的特征提出批评。他的观点引起强烈反响，众多理论家共同参与讨论。

然稳固地存在？

当然，首先必须回到更为基本的起点——如何认识作品有机整体？如何描述作品有机整体的组织原则，断定这种机体可以与任意的堆砌清晰地区分开来？不论是结构主义的《红楼梦》、女性主义的《红楼梦》，还是精神分析学的《红楼梦》，这一部长篇小说是否可能以有机整体的形式构成诸多阐释理念的公约数？

这构成了问题的入口。

二

事实上，所有的文学作品均为文字符号编织体。文字符号印刷于纸张之上并且装订成册，这是现今大多数文学作品的物理形式。所谓的"作品有机整体"仅仅是一个比喻——将文学作品形容为生物的生命形式。"一首诗里的种种因素是互相联系的，不象排列在一个花束上面的花朵，倒象与一棵活着的草木的其它部分相联系的花朵。诗的美在于整支草木的开花，它需要茎、叶和隐伏的根"，这几句话来自"新批评"的骨干分子布鲁克斯。事实上，诸如此类的表述寻常可见。[1] 诚如韦勒克所言，许多批评家热衷于借助生物意象比拟文学作品的存在方式。[2] 这种比拟隐约地假定文学作品的浑然一体，不可分割，如同生命般地神秘而不是一种僵硬的机械装置，等等。因此，以下的论述毋宁说从各个视角解释这个问题：批评家为什么会从一种文字符号的编织体大跨度地联想到生物意义的"有机整体"？

中国古代批评家表现出对于这种比喻的特殊嗜好。"文之有体，即犹

---

1 〔美〕克林思·布鲁克斯：《反讽——一种结构原则》，袁可嘉译，见《"新批评"文集》，赵毅衡编选，中国社会科学出版社 1988 年版，第 334 页。

2 参阅 R. 韦勒克：《批评的诸种概念》，丁泓、余徵译，周毅校，四川文艺出版社 1988 年版，第 47—49 页。

人之有体也"[1]——中国古代批评家时常以身体作为文学作品的喻体。"文体"即是一个奇特的词汇。这时的"体"既有体制、体裁之义，又与身体相互比附。从"肌肤""血脉""骨格""主脑"到"气""味""筋""心""肾""颈""额""骸""髓""形""神""肥""瘦""健""弱""力""魄"，众多身体器官或者与身体相关的词汇分别成为文学批评以及绘画、书法批评的重要范畴。所以，"把文章统盘的人化或生命化"，钱锺书视之为中国古代文学批评的"固有"特征。[2]或许，这种特征与"天人合一"的哲学理念存在微妙联系，总之，批评家赋予文学作品的是最为典型的"有机整体"——表征了生命的身体。

西方文学理论之中，亚里士多德的《诗学》曾经以清晰的理论语言将"悲剧"形容为一个有机整体：

> 按照我们的定义，悲剧是对于一个完整而具有一定长度的行动的摹仿（一件事物可能完整而缺乏长度）。所谓"完整"，指事之有头，有身，有尾。所谓"头"，指事之不必上承他事，但自然引起他事发生者；所谓"尾"，恰与此相反，指事之按照必然律或常规自然的上承某事者，但无他事继其后；所谓"身"，指事之承前启后者。所以结构完美的布局不能随便起讫，而必须遵照此处所说的方式。[3]

显然，亚里士多德的表述背后同样隐藏了一个身体意象。如果试图将身体意象纳入更为严密的理论矩阵，"结构"概念迅速进入视野。理论分析可以证明，"结构"对于有机整体的构造具有首要的意义。皮亚杰描述了结构包含的几个重要原则：第一，整体性。结构内部的各种成分"是服

1　[明]沈承：《毛儒初先生评选即山集・文体・卷4"策"》，明天启刻本。
2　钱锺书：《中国固有的文学批评的一个特点》，《文学杂志》1937年8月第1卷第4期。
3　〔古希腊〕亚理斯多德：《诗学》，罗念生译，人民文学出版社1962年版，第25页。

从于能说明体系之成为体系特点的一些规律的"。这些规律并非各种成分之间的简单相加，而是赋予某种特殊的整体性质。第二，转换性。各种不同性质的成分可以按照结构的固定规律形成转换。第三，自身调整性。这种调整保持了"结构的守恒性和某种封闭性"，"一个结构所固有的各种转换不会越出结构的边界之外"。[1]上述三个原则不仅适合通常的有机整体，甚至可以从"身体"之中获得证明。

如果说，皮亚杰对于结构的描述大量地引证数学结构和逻辑结构，那么，远在皮亚杰之前，布拉格结构主义学派的穆卡若夫斯基已经在文学研究之中主张结构主义。他在《美学与文学学中的结构主义》一文中认为，"结构"概念对于文学的处理成效显著。至少在观念上，穆卡若夫斯基的"结构"描述与皮亚杰如出一辙：

> 作为意义的统一体，结构比单纯叠加的整体要大得多，这类整体是由各部分简单相加所产生的。结构的整体包含自身的每一个部分，与此相反，这每一个部分刚好符合这一整体，而非其他整体。结构的另一个本质属性为它的能量特征和动态特征。结构的能量性在于，每一个单一要素在共同统一体中都具有一定功能，这一功能使要素位列结构的整体当中，将其捆缚到整体之上；结构整体的动态性则为，这些单一功能及其相互关系，由于持续的变化，构成自身能量特性的基础。作为整体的结构处于持续的运动之中，因此区别于因变化而遭到破坏的叠加的整体。[2]

由于形式主义与结构主义文学批评学派的反复争辩，"结构"已经成

1　参阅〔瑞士〕皮亚杰：《结构主义》，倪连生、王琳译，商务印书馆1984年版，第3、8页。

2　〔捷克〕扬·穆卡若夫斯基：《美学与文学学中的结构主义》，杜常婧译，《外国美学》第21辑，汝信主编，江苏教育出版社，2013年，第114页。

为一个时髦的常用概念。然而，文学作品可能在各种层面显现不同性质的结构。批评家可以谈论文学作品内部的意识形态结构、无意识或者欲望结构，也可以谈论社会历史结构或者人物关系结构。形式主义或者结构主义的聚焦通常是形式或者语言符号结构，甚至拒斥心理主义或者社会历史的观念。结构表明的是组织各种成分的某种客观秩序，还是主观意识感知世界的某种内在模式？对于皮亚杰说来，"结构"包含了主体与客体双重视角。结构既是客体存在的一种形态，也是主体感知的特殊图式。例如，"格式塔"——亦即完形理论——发现，众多元素的混杂穿插之际，主体具有立即知觉一个"场"的能力。如同结构内部各种成分的整体性构成，"格式塔"亦非众多心理成分逐步的相加，而是整体感知的瞬间涌现。结构的形成以及转换、调节无不包含主体与客体双方的持续互动，彼此磨合、制约、修正、调节，这与其说是一个"结构"的完成，不如说是两重结构的汇合。当文学作品被视为一个"有机整体"的时候，结构的描述必须统摄主体与客体包括的各种成分。显然，"有机整体"的效果来自二者的各种成分共同协作。

这个意义上，罗曼·英加登对于文学作品的分解与重组展示了一种综合的结构。在他看来，文学作品由几个不同类型的层次构成：

> 这些层次的不同表现在：(1)由于这些层次各具独特的素材，所以每个层次都有自己特殊的属性；(2)每个层次对其他层次和它在整个作品的构建中所起的作用都不一样。虽然每个层次的素材不一样，但文学作品并不是一种由一系列的因素偶然拼凑起来的松散的结合体，而是一个有机的整体，其统一性就是它的每个层次的特有的属性的表现。[1]

1　〔波兰〕罗曼·英加登：《论文学作品》，张振辉译，河南大学出版社 2008 年版，第 48 页。

英加登认为，文学作品存在四个必不可少的层次：1. 语音层次；2. 不同等级的意义层次；3. 不同类型图式的观相层次；4. 文学作品中的再现客体以及可能产生的形而上学质或者象征化功能。可以发现，这些层次分别来源于形式、心理、思想、社会历史，英加登试图从文学内部各种异质的元素背后再现一个完整的结构。在他看来，这些层次之间回旋着某种"复调和声"——所谓的有机整体很大程度地来自"复调和声"的统一。如果说，有机整体的比喻仅仅是某种不无模糊的提示，那么，英加登的描述显示了转换为严密理论语言的一个路径。

三

乔纳森·卡勒的《结构主义诗学》将"有机的整体（Organic whole）"视为抒情诗的基本特征之一：

> 关于抒情诗的第二个基本程式，我们或许可以称之为对于完整性或内在连贯性的期待。这当然与非人格化的程式有联系。普通的语言行为不一定是自足的整体，因为它们只不过是一个复杂情境的组成部分，从中才能引出它们自身的意义。可是，如果一首诗的阐述环境本身就是一种虚构，它必须重新回到诗作当中充当它的一个组成部分，那么我们就该明白，为什么批评家一般都赞同柯尔律治所强调的，真正的诗歌应该是"诗歌的各个部分都相互支撑、相互解释的"。[1]

抒情短诗尤其可以视为"有机整体"的典范，例如中国的古典诗词。抒情短诗音节整饬，品质单纯而精粹，凝练诗句制造的审美效应远远超

1　〔美〕乔纳森·卡勒：《结构主义诗学》，盛宁译，中国社会科学出版社1991年版，第254—255页。

过了同等字数的散文。因此，抒情短诗有时被形容为一柄锋利的匕首。这并不能证明抒情短诗内涵简单，许多抒情短诗内部压缩了多重意义。然而，正如朱自清所言："多义也并非有义必收：搜寻不妨广，取舍却须严；不然，就容易犯我们历来解诗诸家'断章取义'的毛病。断章取义是不顾上下文，不顾全篇，只就一章一句甚至一字推想开去，往往支离破碎，不可究诘。我们广求多义，却全以'切合'为准；必须亲切，必须贯通上下文或全篇的才算数。"[1] 换言之，抒情短诗的多义必须遵循"有机整体"的前提。

中国古代批评家强调诗词的浑然天成风格，追求"混成气象"[2]。字斟句酌是古典诗词的特征，然而，批评家曾经反复表示，"镂刻工巧"并非至高境界。王夫之的《姜斋诗话》甚至认为："作诗但求好句，已落下乘。"他进一步解释说，绝句仅寥寥数语，某一句炫人耳目而另一些句子平庸无奇，这种作品无法以整体取胜。[3]"琢雕自是文章病，奇险尤伤气骨多"[4]——许多批评家意识到，字句的精雕细琢可能损伤整体组织。作品的有机整体构成了批评家衡量品评的一个无形原则。张炎的《词源》在贬抑吴梦窗的词作时说："吴梦窗词，如七宝楼台，眩人眼目，碎拆下来，不成片段。"[5]散金碎玉缺乏大气象，诗人不可由于一字一句之奇而忽视了作品的完整格局。胡应麟的《诗薮》曾经认为，杜甫是炼字炼句的始作俑者，他必须为诗人之中推敲过度的风气承担一定的责任："盛唐句法浑涵，如两汉之诗，不可以一字求。至老杜而后，句中有奇字为眼，才有此句法，便不

1　朱自清：《诗多义举例》，见《朱自清全集》第8卷，朱乔森编，江苏教育出版社1993年版，第208页。

2　[宋]朱熹：《朱子语类·卷一百四十·论文下》，见《文渊阁四库全书》第702册，上海古籍出版社2003年版，第809页。

3　[明]王夫之：《夕堂永日绪论内编》第四十则，见《船山全书》第15册，岳麓书社1996年版，第837—838页。

4　[宋]陆游：《读近人诗》，见《剑南诗稿校注·第八册·卷七十八》，钱仲联校注，上海古籍出版社2005年版，第4238页。

5　[宋]张炎：《词源·卷下·清空》，中华书局1991年版，第49页。

浑涵。昔人所谓石之有眼为砚之一病，余亦谓句中有眼为诗之一病。"[1]

很大程度上，抒情短诗的"混成气象"可以追溯到固定的诗词格律。如果说，诗词格律的字数以及分行规定显示了一个文本整体的外观形式，那么，音律借助声响、旋律、音节、气韵等制造出隐秘的整体氛围。"诗言志，歌永言，声依永，律和声。八音克谐，无相夺伦，神人以和。"[2]这是诗与音律关系的最初记载。相对于诗词显露于视觉的外观形式，音律往往利用复沓带来的心理期待形成"有机整体"的聚合力。正如瑞恰慈所分析的那样，诗的节奏与韵律是造就整体形式感的重要原因：

> 节奏及其专有的形式韵律凭借的是重复出现和期望心理。凡是期望的东西反复再现和凡是它未能再现的地方可以等同看待：一切节奏效果和韵律效果都来源于期待心理。一般说来这种期待心理是无意识的。音节序列既是声音又是言语动作的形象，它们使得精神准备接受一定的进一步序列而非其他序列。[3]

在瑞恰慈看来，节奏与韵律制造的复沓利用人们的形式期待事先构筑了一个完整的心理图式。但是，抒情短诗往往隐含了巨大的形式张力：复沓的句式背后纳入了众多复杂的内容。瑞恰慈详尽归纳了阅读诗歌之后性质不同的六个阶段："（1）对印刷文字的视觉感觉。（2）和这些感觉联系极为紧密的形象。（3）相对自由的形象。（4）对纷然杂呈的事物的指称，或'想法'。（5）情感。（6）情与意交织的态度。"[4]不言而喻，上述六个阶

1　[明] 胡应麟:《诗薮·内编卷五》，中华书局 1958 年版，第 87—88 页。

2　《尚书·舜典》，见《十三经注疏（附校勘记）》上册，[清] 阮元校刻，中华书局 1980 年版，第 131 页。

3　〔英〕艾·阿·瑞恰慈:《文学批评原理》，杨自伍译，百花洲文艺出版社 1992 年版，第 118 页。

4　同上注，第 104—117 页。

段渐次出现于意识内部，或者清晰井然或者微妙朦胧；瑞恰慈同时描述了意识之中流动的各种"冲动"。不久之后，他在另一个场合以一个磁石和一组磁针的关系为比喻更为生动地展示了心灵之中错综复杂的兴趣冲动。一组磁针在磁石旁边移动可能产生多向的抖动，但是，这些磁针静止之际又会形成新的系统平衡。这犹如诗歌的阅读经验："我们必须把诗的经验比作这些已激起了的兴趣回向平衡的摆动了。"很大程度上，诗的经验即是使各种兴趣冲动"彼此安排好了并且组成为一种连贯的整体，那么凡有着关系的一些需要都满足了"。[1] 如果说，日常生活之中的各种冲动纷至沓来，杂乱无章，那么，诗歌的整饬形式驯服了零散的心理元素，使之汇聚为一个"有机整体"。至少在瑞恰慈的观念之中，这是诗歌的结构，也是内心经验的结构。

瑞恰慈被视为"新批评"的鼻祖。"新批评"对于诗歌研究情有独钟，例如诗与散文的区别，诗的逻辑架构（structure）与局部肌质（texture）；前者是审美的，后者是分析的；前者为有机整体，后者为机械的综合关系；如此等等。[2] 尽管如此，一些批评家还是对瑞恰慈产生了若干异议。例如，艾伦·退特就认为，瑞恰慈对于"冲动"的各种描述更像是推断和臆想而缺乏实验基础。他倾向于降低甚至摒除诗人主体的意义，将诗视为"一个完整的客体的知识"。[3] T. S. 艾略特在著名的《传统与个人才能》一文中表述了相似的观点。艾略特使用的是化学的比喻：两种气体混合的时候加上白金丝，二者就会化合为硫酸。但是，新化合物之中不存在丝毫的白金质，同时，白金丝本身也没有任何变化。诗人的心灵犹如白金丝：各种元

---

1 徐葆耕编：《瑞恰慈：科学与诗》，清华大学出版社 2003 年版，第 17 页。

2 参见〔英〕T. E. 休姆：《浪漫主义与古典主义》，〔美〕约翰·克娄·兰色姆：《纯属思考推理的文学批评》，〔美〕罗伯特·潘·沃伦：《纯诗与非纯诗》，均见《"新批评"文集》，赵毅衡编选，中国社会科学出版社 1988 年版。

3 参见〔美〕艾伦·退特：《作为知识的文学》，王竞等译，见《"新批评"文集》，赵毅衡编选，中国社会科学出版社 1988 年版，第 156 页。

素由于诗人心灵的催化构成了诗，但是，诗人并未将自己的经验注入诗歌之中。换言之，这时的诗是一个客观而完整的文本。

不过，"新批评派"的骨干分子克林斯·布鲁克斯仍然对瑞恰慈赞赏有加："瑞恰慈批评方法的基本效果在于强调对诗歌进行更加仔细的阅读，在于把诗看成一个有机的东西。"他将诗视为经验与形式的重合："诗人探索和'形成'总体经验（total experience），把它们统一起来并赋予一定的'形式'，那就是诗。"布鲁克斯挑选"结构"这个术语描述诗歌。他赋予"结构"的特殊意义是：

> 一种统一性原则，似乎可以平衡和协调诗的内涵、态度和意义的原则。但这里有必要作重要的限定：这里所说的原则并不意味着把各种各样诗的元素分门别类地归纳为同质因素的组合，或是将类似的元素组合起来。这一原则是将相似和不同的元素统一起来。然而，这种统一不是让此内涵取代彼内涵的简单抵消过程，也不是靠减少对立态度而达到和谐的削减过程，这种统一不是类似于算术公式那种约分和合并而达到的统一，是一种积极的、并非消极的统一；它所代表的不是余数，而是已经达到的统一。[1]

"积极的统一"显现了一种张力：一方面是严谨而完整的结构，增一句太多，减一句不足；另一方面是结构内部诸多元素的普遍活跃，相互激荡同时又彼此平衡——然而，如此理想的"有机整体"仅仅适合抒情短诗。古典诗词的强制性格律规定对于维持一个稳定的结构产生了决定性作用。相对地说，叙事作品——例如，小说、戏剧、电影——远为庞杂。叙事话语的结构内部存在许多松散游离的成分。放弃了诗歌的节奏和音律以

1　〔美〕克林斯·布鲁克斯：《精致的瓮：诗歌结构研究》，郭乙瑶等译，上海人民出版社2008年版，第73、183页。

及固化的结构，叙事话语的聚合力来自何处？

四

从"草蛇灰线""横云断山"到第一幕挂在墙上的枪最后一幕要打响、情节是人物性格的发展史，这些命题均已集合到叙事学的名义之下。叙事话语的分析古已有之，但是，"叙事学"无疑是"语言转向"带动的学科分支。叙事学与结构主义的渊源关系表明了这个分支的语言学背景。很大程度上，叙事学的理想即是归纳出若干普遍的叙事语法规则。换言之，20世纪的叙事学更多地在文学形式的层面展开。

无论是叙事者、叙事视角、叙事层次还是频率、节奏、时间与空间，结构主义叙事学提炼出若干清晰的叙事规则。人们至少可以意识到，所谓的叙事并非信口开河，随心所欲，亦非某个天才灵机一动的产物。相反，叙事话语内部存在严密的程序。罗兰·巴特的《叙事作品结构分析导论》力图描述完整的叙事机制，分别标出不同的功能层、行为层、叙述层以及人物、主体、句法、核心与催化等单位的结构位置及其意义。弗·雅·普罗普的《故事形态学》提供了一个开创性然而并不复杂的研究范本。普罗普以一百个民间故事为例，从各种角色的活动之中分解出三十一种功能，例如"一位家庭成员离家外出（外出）"，"对主人公下一道禁令（禁止）"，或者"主人公归来（归来）"，如此等等。按照普罗普的概括，众多眼花缭乱的民间故事无非是三十一种功能的不同组合。当然，所谓的三十一种功能仍然存在简化和压缩的可能，后续的研究曾经做了多方面的尝试。最为简约的意义上，完成情节的叙事话语可以表述为"X+动词+Y"。X代表了主人公与平衡状态，动词表示某种行动，Y代表了行动之后重新赢得的平衡状态。无论是一条龙击败了恶魔护佑善良的百姓，一个侦探斗智斗勇擒获真凶，还是一个灰姑娘依靠自己的才能收获了白马王子的爱情，"X+动词+Y"显现为一个普适的公式。一个"行动"使某种状态转移至另一种状态，开端、过程与结局共同构成了叙事作品的"有机整体"。

显而易见，"X+动词+Y"的形式控制力远逊于诗歌的格律。叙事话语的"有机整体"很大程度上由内心经验结构决定：什么是开端的平衡状态，结局的收场划定于何处，"行动"的含义是什么——一段芜杂的意识流是否可以称为"行动"，如此等等。亚里士多德所谓"不必上承他事"的"头"与"无他事继其后"的"尾"，对应的是"告一段落"的感觉。一个扑朔迷离的案件往往始于作案者的动机，作案者祖宗三代的居住环境可以忽略不计；叙述一对恋人的悲欢离合，"有情人终成眷属"是一个恰当的结局，作家没有必要持续地跟踪他们的子孙繁衍状况。一个"段落"的情节往往显现某种可以命名的共同性质，例如"案件""恋爱事件"，或者"一个战役""一场政变""一次探险"，等等。追根溯源，所谓的内心经验结构时常来自历史文化的规定。由于科学主义的"祛魅"，20世纪现实主义作家不再构思《红楼梦》式的魔幻开篇——女娲和她的补天石头无法制造一段当代科学认可的情节；科举制度消除之后，状元郎衣锦还乡亦非"大团圆"的合适形式。当然，一个富有独创精神的作家不会机械地服从历史文化的规定，他们往往慧眼独具地裁剪各种经验的起讫，甚至不惜冒犯叙事话语陈陈相因的成规。主人公的内心觉醒始于什么时候？一个英雄的性格成长如何完成？这些问题与其说诉诸历史文化的规定，不如说依赖作家的判断。一场宫廷事变如何溢出京城的围墙波及遥远的乡村？一些具有远见卓识的作家可能从各种习以为常的琐碎细节嗅出某种异质的奇特气息。某些时候，不同的作家可能对一部作品的起讫产生严重分歧。例如，金圣叹认为，《水浒传》的七十回"可谓大结束"，"千里群龙，一齐入海，更无丝毫未了之憾"。在他看来，罗贯中的一百二十回不啻狗尾续貂。[1] 对于博尔赫斯说来，异乎寻常的文学想象可能赋予"X+动词+Y"全新的含

1　[清]金圣叹：《第五才子书施耐庵水浒传》，见《金圣叹全集·白话小说卷（下）》，江苏古籍出版社1985年版，第1234页。

义。《秘密的奇迹》之中，一个犹太作家即将被德国党卫军枪决。行刑队举枪瞄准之际，时间突然凝固，上帝慷慨地赐予作家一年的时间完成一部未竟的剧本。作家找到剧本的最后一个形容词之际，行刑队的子弹准确地击中了他。这种情节无疑颠覆了 X、Y 以及"动词"的传统含义。

因此，叙事学意义上的"有机整体"更多地取决于"语义"考察而不是诗词格律充当的"语法"。"总统按下了核按钮，地平线上升起一朵蘑菇云"与"小王扔下了一块石头，池子里溅起一朵水花"——尽管两项叙事无不吻合"X+ 动词 +Y"，但是，二者的"语义"及其涉及范围天渊之别。"语义"考察不可避免地涉及历史文化的规定和意识形态。叙事话语拥有哪些类型的聚合力，从而将不尽的历史洪流切割为各种性质的情节单元？在我看来，历史文化的规定与意识形态至少提供了四种常见的聚合力模式。

国王死了，王后因为悲伤也死了——这是福斯特在《小说面面观》中推荐的因果关系。由于一系列"行动"，一种平衡状态转移到另一种平衡状态，前因后果之间出现了清晰转换。叙事话语内部由因及果往往与时间之轴的先后秩序相互重叠，福斯特郑重其事地给予甄别。因果关系隐含了紧密的逻辑关联，因果之间的相互控制区域边缘清晰，界限分明。国王与王后的叙事聚焦于"爱情"范畴制造的因果关系，他们的子孙后代方生方死业已脱离因果链条而转为时间之轴的延续。叙事话语的分析表明，因果关系具有强大的覆盖性能，叙事话语之中许多似是而非的表述均可在因果的名义之下不无模糊地衔接起来。"春天到来了，各地的冰雪开始融化，部队终于攻入城市。"尽管春天与部队行动之间的因果联系相当微弱，但是这种叙事并未引起强烈的质疑。一个相对宽泛的意义上，因果关系具有广泛的解释效力。从革命与解放、励志与成功、忠贞与信任到善有善报、恶有恶报，或者命中注定、天意难违，哪一种情节与因果关系完全无关？

"欲望"模式隐含了叙事话语的另一种聚合力。精神分析学的意义上，"欲望"的产生、压抑以及代偿性满足构成了一个完整的链条。弗洛伊德的《作家与白日梦》曾经描述了"欲望"如何借助文学的躯壳成型、发酵、完成与释放——当然是虚构的意义上。对于数量庞大的大众文学，压抑与不无夸张的代偿性满足不仅成为两个突出的结构性特征，同时划出了叙事话语的情节延展范围。一个孱弱的穷小子，一个遭受唾弃的弱女子，漫长的隐忍与卧薪尝胆，对于压抑的强烈反弹带来的强烈快感形成情节的高潮，"从此过上了幸福生活"毋宁是快感消退之际恰如其分地划下的句号。对于叙事话语说来，"欲望"结构的聚合力亦即"有机整体"结构的聚合力。

性格的完成是叙事话语的第三种聚合力——对于人物小说而言，情节是人物性格的发展史。如果说，情节小说往往存在探险、解救、破案、寻宝等事件自身的目的，那么，人物小说的轴心是性格的完成。相对地说，人物小说逻辑松弛，边缘模糊，"人物独立地存在，而情节附属于人物"，[1]某些小说甚至增减一两个章节亦无不可。鲁迅曾经半是戏谑地表示，若非《晨报副刊》的编辑临时更换，《阿Q正传》的"大团圆"之前或许还可以增补若干情节。[2]一个事件的因果轨迹远比一个性格的完成清晰，因此，正如爱·缪尔所说，情节小说的"情节必须严谨地发展"，人物小说的"情节最好散漫地即兴创作"；[3]人物小说之所以放弃因果关系制造的紧张感，通常由于主人公的性格产生了超过情节悬念的强大魅力。

叙事话语的第四种聚合力来自历史的必然。这显然是一种综合、抽象，同时具有形而上性质的标准。所谓历史的必然可能潜伏于某个人物的性格、言行和生活方式之中，也可能潜伏于某个社会事件的因果转换之中。某些时候，人们甚至可以从一幢建筑、一场比赛、一个集市或者一套

1　〔英〕爱·缪尔：《小说结构》，罗婉华译，见《小说美学经典三种》，上海文艺出版社1990年版，第353页。

2　参阅鲁迅：《〈阿Q正传〉的成因》，见《鲁迅全集》第3卷，人民文学出版社2005年版。

3　〔英〕爱·缪尔：《小说结构》，罗婉华译，见《小说美学经典三种》，上海文艺出版社1990年版，第355页。

工艺流程之中发现历史的必然。那些经典作家往往擅长从众多偶然的生活
现象之中察觉必然的逻辑。卢卡契批评了作品之中"粗野的赤裸的偶然
性"，他的著名论文《叙述与描写》对于那些游离于历史必然的详尽"描
写"表示异议。在他看来，一批"自然主义"作家不厌其烦地描写了生活
之中无足轻重的表象。这些表象仅仅在原地堆积与膨胀，无法跟随呼啸向
前的历史持续地演变。[1] 许多批评家的心目中，理想的文学作品——尤其是
现实主义文学——犹如社会历史的美学模型。这个意义上，历史的必然充
当了"有机整体"的组织原则，尽管何谓"历史的必然"充满了争议。

如同现实空间的三个维度，一部叙事作品提供的独特世界由文学形
式与多种聚合力共同维持。相对于现实空间的芜杂分歧，叙事作品表现出
"有机整体"的有序、严谨、简洁。然而，这些聚合力开始遭受文学批评
的无情解构。

五

接受美学的崛起显然为批评家的阐释赢得了巨大的文化空间。现代
阐释学之所以赋予阐释主体愈来愈大的权限，作者权力的收缩是一个重要
原因。作者未必然，读者何必不然？现代阐释学坦陈，阐释的目标并非作
者的意图而是阐释主体的理解。现代阐释学的外围，人们还可以听到制约
作者的各种论点："新批评"提出"意图谬误"，作者的意图并非评判作品
的依据；巴特声称"作者已死"，作者仅仅是文本语言织体背后一个无足
轻重的影子；福柯不再将作者视为文本意义的源头，而是拒绝作者对于文
本意义的垄断。许多迹象共同表明，所谓意义生产正在向阐释领域转移。
大幅度地撤销作者的限制带来了阐释的巨大活跃，批评家——读者的代

---

1 参阅〔匈〕卢卡契：《叙述与描写》，刘半九译，见《卢卡契文学论文集》（一），中国社会
  科学出版社 1980 年版，第 40 页。

表——很大程度地分担了意义生产的任务。

　　20 世纪被形容为"批评的时代"，批评家的阐释拥有令人瞩目的思想能量。许多阐释甚至汇成了后现代主义文化的组成部分。正如哈桑所形容的那样，后现代文化加剧了各种性质的含混、不连贯、异端、离心、差异、不确定，稳定的总体景象似乎成为一种令人耻笑的保守主义想象。然而，文学批评的意义生产是否隐藏了阐释的无政府主义？这种担忧是潜伏在后现代文化内部的一个不安的幽灵。如果众多阐释丧失了达成共识的基础，交流链条的彻底中断只能带来大面积的崩溃。然而，"作者已死"——作者意图设置的阐释栅门正在失效。这种文化图景之中，文本结构负有特殊使命。无论是伟大的经典还是现代杰作，稳定的文本内涵意味了稳定的传统和基本意义，文本结构被视为阻止阐释任意扩展和延伸的特殊堡垒。作为一个生物意义的比喻，"有机整体"试图援引生命的神秘与神圣抵抗理论逻辑造就的解剖刀。然而，这个堡垒不得不面临多种压力的考验。

　　解构是 20 世纪的一个显眼的理论冲动。从各种国际联盟、托拉斯、家族、婚姻家庭、社会等级到形而上学体系、心理结构、语言结构，解构的尝试往往超过了建构。人们逐渐接受的观念是，各种固定的社会文化单元并非天经地义，而是特定历史时期的产物。相对的历史条件消失之后，这些固定的社会文化单元可能蜕化为某种独断性的压抑性形式。这时，解构具有解放的意义。解构不仅指向具体的压抑性形式，同时指向了这些压抑性形式寄生的文化秩序。事实上，来自不同理论渊源的种种解构观念汇成了普遍的文化氛围。直觉、意识流、无意识、欲望、能指的嬉戏、游牧思想、块茎、精神分裂无不包含了解构的意味。撬开那些封闭的社会文化单元，阐释可能赢得哪些新的空间？哪些遭受遮蔽的意义可能重见天日？这些意义可能再造哪一种新型的阐释主体？这时的解构甚至带有狂欢的意味。文学批评领域，文本结构是批评家觊觎已久的一个猎物。所谓的文本结构是一个无法解开的死结，还是一个收纳了种种秘密从而有待破译的节点？中国古代批评家曾经提出"以禅喻诗"。严羽的《沧浪诗话》认为："夫诗有别材，非关书也；诗有别趣，非关理也。"诗歌的特殊意味"羚羊挂角，无迹可求"："故其妙处透彻玲珑，不可凑泊，如空中之音，相中之色，水中之月，镜中之象，言有尽而意无穷。"[1] 因此，"禅道"与"诗道"的共同之处均是"妙悟"。另一些批评家表示了相近的观点："学诗浑似学参禅，悟了方知岁是年。点铁成金犹是妄，高山流水自依然。"[2] 总之，诗歌文本并非某种机械构造；对于这种妙不可言的文学精灵，诗歌批评依赖的是瞬间的"顿悟"而不是理论逻辑的条分缕析。然而，解构拒绝种种美学形式的迷惑。即使在生物的意义上，"有机整体"的生命形式也不是阻止理论分析的充分理由。科学研究表明，生命的种种神秘波动仍然可以诉诸各种数据，例如强壮程度与肌肉结构的关系，疾病种类与基因图谱的关系，情欲波动与多巴胺的关系，急躁、愤怒与血压指数的关系，如此等等。换一句话说，所谓的"有机整体"仍然是一种可以组装、分解、拆卸和改造的"装置"。许多时候，批评家或许夸大了诗歌的神秘。尽管有"诗无达诂"之叹，但是，中国古代批评家仍然反复推敲，试图总结具有普遍意义的"机杼法式"。人工智能的诗歌写作表明，相当一部分"机杼法式"可以诉诸严谨的理论分析。

相对于诗歌的"顿悟"，叙事作品的阐释更多地依赖一套既定的范畴，"X+动词+Y"的叙事成规与因果、欲望、性格、历史的必然几种聚合力共同构成的"有机整体"业已构成相对稳定的意义场域：某些情节、性格如何投射出广阔的社会历史？恋母情结如何化装为一波三折的情节？如此等等。因此，文学批评的阐释通常遵循一些基本原则，指向某种完整的主题，正如詹姆逊所描述的那样："例如列维-斯特劳斯（Levi-Strauss），普罗

1　[宋]严羽：《沧浪诗话校释》，郭绍虞校释，人民文学出版社1961年版，第23—24页。

2　[宋]龚圣任：《学诗诗》，见[宋]魏庆之：《诗人玉屑·卷一·诗法第二·龚圣任学诗》，上海古籍出版社1978年版，第9页。

普（Propp），还有格雷麦，他们着力将情节中的事件看作某种完整的信息；再例如英美传统的小说研究，至今仍顽固地坚守一种原则，即认为一部杰作的所有要素——风格、形象、事件等等——都完整地统一于某种和谐的道德的和主题的陈述之中，而批评家的任务就是要对它们进行揭示。"詹姆逊嘲讽地认为，这些基本原则隐含了资产阶级意识形态关于客观性和绝对真理的基本概念。恐惧革命，恐惧动荡，竭力维持财富积累所依赖的文化秩序——这种无意识显然倾心于封闭式的叙事话语。混乱与失范无非短暂的迷惑，故事的终点必定存在一个安全的高地，稳定和平衡终将如期回归，哪怕仅仅是观念或者心理的重新修复："其实，情节之谜的解决，也就是一种阅读，它执着地要找出所有的东西最后究竟结果如何，因而自身也就成为意味深长的意识形态活动，成为某种具有近乎神学意味的资产阶级总体思维对确定性的渴望在美学上的对应之物。"[1]

詹姆逊是否低估了叙事作品的古老魔力？古代读者对悬念与结局持久不懈的热衷能否归咎于现代性的"资产阶级总体思维"？这或许是人们质疑詹姆逊的一个口实。尽管如此，人们至少可以察觉，因果、欲望、性格、历史的必然通常作为叙事话语不言而喻的无意识潜伏于文学批评的阐释之中。叙事话语与"作品有机整体"的默契无形地默认了文化秩序与因果必然以及"从此过上了幸福生活"之间的基本衔接。追求迥然相异的阐释路线显然无视因果、欲望、性格、历史的必然所包含的美学威望，某些犀利的解构甚至可能暴露上述范畴的空洞乃至矛盾，例如罗兰·巴特的《S/Z》。按照詹姆逊的描述，"巴特面对旧小说一目了然的形式上的统一性，便着手粉碎那文本，将其分裂为多种语码"。[2]

可以毫不夸张地说，巴特的《S/Z》是一个奇异的文学批评文本。《S/

1　〔美〕詹明信:《文本的意识形态》，见《晚期资本主义的文化逻辑》，张旭东编，陈清侨等译，生活·读书·新知三联书店 1997 年版，第 66—67、83 页。

2　同上注，第 83、85 页。

Z》的考察对象是巴尔扎克的《萨拉辛涅》，一部并不著名的小说。与其说《萨拉辛涅》的内涵吸引了巴特，不如说巴特借助《萨拉辛涅》的舞台表演他的批评方式和杰出的才智。《萨拉辛涅》叙述了一个不无传奇的故事：雕塑家萨拉辛涅爱上了一个歌手赞比内拉，他不知道后者是一个阉人。真相大白之后，绝望的萨拉辛涅试图加害赞比内拉，最终反而被赞比内拉的保护人所杀。巴特绕开了这个引人的情节而聚焦于文本的构造：他别出心裁地将文本切割为五百六十一个大小不一的片断，并且提出五种符码——即阐释符码、意素符码、象征符码、情节符码、文化符码——给予归类与评析："每个阅读单位，都可在五个符码中找到自己的位置。"[1] 换一句话说，《萨拉辛涅》故事的来龙去脉并非巴特的兴趣所在，他所解剖的毋宁是这个文本的隐秘构造。正如詹姆逊察觉的那样，巴特关注的是文本如何制造出"真实效果"，而不是"真实"本身。巴特的分析显示了文本与语言的"自然化"功能，甚至组成叙事的每一个句子也扮演了"自然化"的运载工具。[2]"自然化"的意义在于，种种叙述产品掩盖了人为的性质而以"真实"的面目出现。这显然是文本结构的伪饰能力。文学批评曾经致力于阐述现实主义作品之中的"真实"，并且在主体如何认识客体、社会现实表象如何再现历史脉络的意义上定位这种"真实"。巴特的分析使《萨拉辛涅》从一个"可读的"现实主义文本变成了"可写的"现代主义文本。《S/Z》揭示了文本内部五种符码的巧妙配合如何产生一幅"真实"的图像，就像揭示黑点与白点各种层次的丰富对比如何制作一幅逼真的黑白照片一样。当"真实"不再是实体而仅仅作为叙事的效果时，因果、欲望、性格、历史的必然这些附属于"真实"的范畴同时烟消云散。这一切无疑从属于后现代主义的时髦主题：文本之外别无他物；只有被编码的世界，

1　〔法〕罗兰·巴特：《S/Z》，屠友祥译，上海人民出版社 2000 年版，第 82 页。

2　〔美〕詹明信：《文本的意识形态》，见《晚期资本主义的文化逻辑》，张旭东编，陈清侨等译，生活·读书·新知三联书店 1997 年版，第 62—63、125 页。

不存在"纯客观"的现实，后者往往是资产阶级虚伪的文化假定。不论这个时髦的主题可能遭遇多少理论麻烦，巴特的《S/Z》至少破除了"有机整体"的幻象而发现了文本内部另一些深藏不露的意义。如果说，政治经济学曾经分析了资产阶级保守性的经济根源，那么，巴特式的文本解构试图指向叙事话语缝隙隐藏的文化观念。

如同《阁楼上的疯女人》，《S/Z》也制造了某种隐约的不安。无视作品有机整体不仅扰乱了文本结构，而且迫使读者重组既定的内心经验。不安是陌生的代价。然而，问题的焦点或许是，付出的代价是否获得了补偿？新的解读阐释了令人震惊的理论内涵，人们在不安之中接受不同观念的冲击，甚至形成激烈的争论。这时，《阁楼上的疯女人》和《S/Z》展示的思想能量赢得了令人欣慰的理论回报。相对地说，《红楼梦》的家族秘史考据、《水浒传》的生态批评和《阿Q正传》的阶级斗争阐述无法提供打开思想缺口的强大爆发力。批评家的逊色阐释令人迅速产生一种遗憾：盲目地摆脱作者的意图和作品形象体系是一个可悲的损失。这个意义上，作品有机整体并非阻挡种种理论观点的围墙，更像一种测试标准：哪些阐释理念拥有足够的压强，以至于可以分解文本结构内部的基础观念？时至如今，这或许是文学批评必须接受的一个前提。

第十七章

作者、读者与阐释

一

"'意图'在不在场?"这是张江教授郑重地提出的问题。《"意图"在不在场》是张江教授 2016 年发表的一篇重要论文。通常认为,"意图"是文学写作的起始,"在心为志,发言为诗,情动于中而形于言",这不啻不言而喻的文学常识。然而,这个文学常识意外地遭到颠覆。"意图谬见""作者的死亡",种种惊世骇俗的命题纷至沓来。这些命题来自著名的批评学派,来自著名的批评家,例如"新批评"或者罗兰·巴特。尽管如此,张江教授并没有盲目地屈从。他力图发出自己的声音,一争是非。文学阐释是张江教授这一段时间聚焦的理论主题。如何考虑作者"意图"的价值与意义,这显然是文学阐释的题中应有之义。

必须指出,这个文学常识的颠覆很大程度上源于理论背景转换。伊格尔顿概括了西方文学批评的三个阶段:"全神贯注于作者阶段(浪漫主义和19 世纪);绝对关心作品阶段(新批评);以及近年来注意力显著转向读者的阶段。"[1]事实上,"意图谬误"或者"作者的死亡"毋宁是后面两个阶

---

1 〔英〕特雷·伊格尔顿:《二十世纪西方文学理论》,伍晓明译,陕西师范大学出版社 1987年版,第 83 页。

段的代表性观点。对于文学阐释说来，"读者"所赢得的空间是由"作者"腾出来的，读者阐释权的增加意味了压缩作者的文本控制权。如果说，作者曾经热衷于抛出自己的写作意图反驳批评家的某种阐释，那么，这种策略的效力现在已经大打折扣。读者占据了中心位置的标志是，他们——当然包括批评家——的文本解读不再企求作者的审核与批准。文学阐释与其说探究作者说了些什么，不如说表述读者如何理解。然而，读者权力的无限扩大不仅会造成阐释的无政府主义，阐释权的滥用可能形成张江教授所形容的"强制阐释"。

对于中国文学批评史说来，伊格尔顿的概括多少有些焦点不准。中国文学批评史并未清晰地显明作者、文本、读者三个阶段，亦未曾集中出现作为理论后援的"语言转向"或者现代阐释学。尽管如此，人们仍然可以从中国文学批评史内部发现类似"强制阐释"的冲动。这种冲动不仅隐藏于董仲舒的"诗无达诂"、陆九渊的"六经注我，我注六经"以及谭献的"作者未必然，读者何必不然"这些观念背后，而且遗留下若干著名的批评公案。例如，《毛诗序》将《诗经》之中的"关关雎鸠"解读为"后妃之德"，儒生们对于这首民歌的穿凿附会决不亚于某些僵化的精神分析学或者结构主义。"红学"之中的"索隐派"或许可以视为另一个著名的例子。批评家利用谐音、谜语、拆字等文字游戏和各种历史传闻进行"索隐"，苦心孤诣地将《红楼梦》塞入某种家族"秘史"的框架，这部文学巨著内部大量与"索隐"无关的内容被弃置不顾。众所周知，20世纪60年代的"文化大革命"曾经将种种政治性的"强制阐释"推向极端，以至于许多作家因此罹难。众多事例显示的共同特征表明，所谓的"转向读者阶段"不仅开拓了新的视野，同时带来了新的问题——人们没有理由对后者视而不见。

"转向读者阶段"的一个醒目标志是，贬低作者的意义，例如清算作者"意图"的影响。许多西方批评家共同倾向于认为，作者"意图"已经在文学阐释之中丧失了意义。张江教授对于这种观点表示强烈的异议。他选择的论辩对象是维姆萨特与比尔兹利的《意图谬见》、克莱夫·贝尔的《有意味的形式》和罗兰·巴特的《叙事作品结构分析导论》以及一些相关的观点。在我看来，张江教授对于克莱夫·贝尔的批评理由充分。许多艺术作品的确显现为"有意味的形式"，但是，无论雕塑、绘画还是音乐，没有哪一种形式可以排除作者而自动生成。换言之，"有意味的形式"无法否认作者"意图"的存在，哪怕这种"意图"仅仅是某种无意识。许多时候，文学形式与作者的关系可能比雕塑、绘画、音乐更为复杂，因此，后续的辨析可能远远地超出《有意味的形式》的涉猎范围。这个意义上，我更乐意参与张江教授与维姆萨特和罗兰·巴特的争论，坦陈一孔之见。

正式论述开始之前，人们必须共同确认的基本文学事实是：一部文学作品出自某一作者之手，以书籍或者相似的形式发表、传播，并且获得阅读。作者"意图"以及作者、文本、读者三方面的关系将在这个基本事实之内加以考察。某地发现一部作者不详的文本或者超现实主义的自动写作等各种特殊事例并没有改变这个基本事实。我想搁置不论的只有一种现象：作者以谎言的形式表述自己的写作意图。谎言当然无法充当文学阐释的可信依据，然而，谎言的效应、目的以及自觉的谎言或者无意识的谎言将会打开另一个论述空间，这个有趣的论题留待他日处理。

二

多数人共同认为，"意图谬见"是"新批评"的一个标志性论点。这句话无疑表明了《意图谬见》的关键主题："就衡量一部文学作品成功与否来说，作者的构思或意图既不是一个适用的标准，也不是一个理想的标准。"[1]"新批评"反对浪漫主义批评将作者才能作为批评焦点，"意图谬见"

---

1 〔美〕威廉·K.维姆萨特、蒙罗·C.比尔兹利：《意图谬见》，罗少丹译，见《"新批评"文集》，赵毅衡编选，中国社会科学出版社1988年版，第209页。

如同一柄利刃切断了文本与作者的联系。维姆萨特坚决地强调，文学阐释的对象仅仅聚焦于文本本身，作者"意图"必须关在门外。诗是自足的，作品的各个部分只能在文本的逻辑框架之内找到自己的位置并且获得评价。

张江教授正确地指出，维姆萨特"是承认意图本身的存在的，只是反对意图在理解和阐释过程中的作用"。尽管如此，张江教授仍然敏锐地发现了维姆萨特论述之中存在的矛盾和对立：

> 其一，在逻辑上说，维姆萨特认定评价作品是有标准的，只是作者意图"既不是一个适用的标准，也不是一个理想的标准"，既然如此，我们当然要问，在第一条根据中提出的，"如果诗人是成功地做到了他所要做的事"，这个"成功"是什么意思？其二，维姆萨特认为，如果诗人成功了，诗本身就表明了意图是成功的标准；如果他没有成功，"那么他的诗也就不足为凭了"。前一句表达了意图与作品的一致性，也就是说，意图与文本契合，书写就是成功的；后一句说，如果意图没有实现，诗就失去了存在的价值，这是不是还难以逃脱意图是评价和判断作品是否成功的标准？其三，从关于意图的定义看，维姆萨特是承认意图存在的，而且在前两条根据中也或明或暗地暴露了意图的作用，但在第三条根据中他却又说，文本"一生出来就立刻脱离作者来到世界上，作者的用意已不复作用于它，也不再受作者支配"，我们不能不疑问，作者离开了文本还可以理解，难道意图也从作品中脱壳而出，不在文本现场了？一个明显的事实是，如果意图是一种谋划，那么它将贯穿于作品创作的全过程，展开并实现于作品的语言、结构、风格等全部安排之中，随文本而进入历史。他人可以否定它，也可以弃而不顾，但是，它和文本熔铸于一体，甚或说它们就是文本，是客观存在的。[1]

---

[1]　张江：《"意图"在不在场》，《社会科学战线》2016 年第 9 期。

张江教授的质疑相当犀利，很难设想维姆萨特如何做出进一步的有效辩解。我的好奇毋宁说转向了另一面：为什么维姆萨特无法察觉自己的表述内部隐含的矛盾？在我看来，形成这种状况的一个重要原因恰恰是，由于作者"意图"的顽强在场，以至于维姆萨特无法彻底地掩盖种种蛛丝马迹。

我还想提到的另一个原因是，《意图谬见》一文可能低估了作者"意图"与文本之间关系的复杂程度，以至于简单地认为文学阐释可以将作者"意图"作为一个无聊的问题轻松地甩下。正如张江教授反复质问的那样，怎么可能存在一个与作者"意图"完全无关的文本？稍做总结即可发现，作者"意图"与文本之间至少存在三种类型的关系。首先，文本完整地实现了作者的"意图"，二者相互重合。这种状况通常出现于相对简单的文学作品之中，例如一首小诗，或者一篇短小的散文。另一种类型是，文本部分地实现了作者的"意图"。《文赋》曰："恒患意不称物，文不逮意"；《文心雕龙·神思》曰："方其搦翰，气倍辞前，暨乎篇成，半折心始"；由于作者才能不逮，或者由于作者的内心想象与文学语言符号组织规则存在的距离，一部完成的文学作品仅仅有限地与作者的预想吻合。人们曾经调侃说，许多作者的"意图"是力争写出一部杰作，可是，世界上的杰作并不如他们想象的那么多。相对地说，这种状况最为常见。第三种类型的关系是精神分析学派擅长的主题：虽然作者不承认存在某种"意图"，但是，作为一种无意识的流露，批评家的精神分析学技术可能在种种象征性症候背后察觉作者的某种奇特"情结"，例如恋母或者弑父等。所谓的三种类型可以证明，一个文本是作者"意图"与语言符号不同形态的交汇。

然而，维姆萨特仅仅主张在语义、句法、叙述模式等文本的构造体系内部从事文学阐释活动。语言符号自成一体，作者"意图"没有价值。换言之，他强调的仅仅是语言符号的单方面存在："诗是一种同时能涉及一个复杂意义的各个方面的风格技巧。诗的成功就在于所有或大部分它所讲的或暗示出的都是相关的，不相关的则就象布丁中的面疙瘩或机器中的'疵点'一样被排除掉了。"[1] 这时，维姆萨特慷慨放过了文本生产过程中的一个特殊事实：作者"意图"与文学语言符号体系的顽强搏斗。无论是诗、小说、戏剧，种种文学类型的既定形式、表述成规先于作者而存在。诗人的写作时常遇到的难题是，如何将内心的汹涌激情导入严格的诗词格律。"吟安一个字，捻断数茎须"，二者之间的驯服与反驯服时常迫使诗人呕心沥血。性格塑造或者戏剧性设置通常是小说、戏剧的表述成规，作者必须将所有的细节或者场面调集到这个轴心的周围。作者"意图"与表述成规的磨合、协调或者冲突、对抗将深刻地影响文本的生成。这个事实如此重要，它的复杂含义甚至远远超出了作品"成功"与否的范畴。如果批评家对于如此重要的事实视而不见，狭窄的视野可能遗漏许多意味深长的文学症候。

当然，普通读者仅仅接触物质形态的文本。他们无法也无须将作者"意图"从文本之中分离出来。遇到古人或者作者不详的作品，作者"意图"更像是一个无人对证的幻影。因此，对于文学阐释说来，罗兰·巴特所说的"纸上的生命"会不会比作者"意图"更为真实一些？

三

如果我没有误解的话，那么，《叙事作品结构分析导论》之中，罗兰·巴特所谓"纸上的生命"（Paper Beings）即是将作者与文本的叙述者切割开来。作为一个现实的社会成员，作者必须纳入一系列社会管理范畴，例如护照号码、健康状况、是否加入社会保险，如此等等；"纸上的生命"毋宁说是文本的组成部分，叙述者的功能仅仅负责完成故事的讲述，离开

---

1 〔美〕威廉·K.维姆萨特、蒙罗·C.比尔兹利：《意图谬见》，罗少丹译，见《"新批评"文集》，赵毅衡编选，中国社会科学出版社 1988 年版，第 210 页。

了纸面之后并不存在真实的生命。《孔乙己》之中，咸亨酒店里的小伙计不能与作者鲁迅先生混为一谈。

然而，正如张江教授再度指出的那样，巴特的种种论述仍然无法否认作者的存在，无法否认作者"意图"与叙述者——即使是"纸上的生命"——之间的联系。鲁迅先生当然不是酒店的小伙计，但是，怎么可能无视鲁迅先生对于小伙计的塑造？所以，张江教授说："作者的全部意图，通过叙述者得以实施和实现。我们可以判断，这个'我'，即所谓'纸上的生命'，是作者现实生命的化身，或者说，就是作者的生命，它活跃于词语和规则之中，给读者构建了一部贯穿作者意图轨迹的历史文本。"[1] 显然，《叙事作品结构分析导论》的策略是，强行将作者从考察的视野之中剔除出去，存而不论。事实上，否认作者的存在甚至无法解释巴特自己的写作生涯。巴特是一个极具风格的作者。他喜欢精粹的短文片断，追求写作带来的愉悦，热爱摄影，生活富有情调，写作时通常不用打字机，抽屉里藏有许多钢笔，如此等等。几乎所有的巴特研究者都知道这些细节。风格即人。拒绝"作者"的文学阐释仅仅是陈述若干通用的条款，与众不同的个性、想象、情感方式和语言修辞统统消失了。

但是，罗兰·巴特的《叙事作品结构分析导论》谈论的即是叙事学的若干条款，例如意义层次、叙事单位、人称系统、人物结构模式，等等。这的确是一部叙事学的经典之作。巴特不仅对叙事话语的组织规则做出了天才的总结，同时还力图描述这些组织规则之间的结构。这是结构主义时期的巴特。《叙事作品结构分析导论》很大程度上承担的是文学结构主义的局部工作。文学结构主义的理论宏图是，总结隐藏于无数文学语言现象背后的组织规则，再现文学语言独一无二的结构框架。然而，这种理论宏图迄今已经破产。结构主义观念无法彻底划清日常语言与文学语言的界限，并且证明这种界限再也不会改变。历史的演变不断地重写文学的边

1　张江:《"意图"在不在场》,《社会科学战线》2016 年第 9 期。

界，包括重新定义何谓文学语言。这个意义上，所谓的文学语言结构仅仅是一个理论幻觉。因此，巴特的结构主义叙事学仅仅赢得一半的成功。巴特以及其他一些结构主义批评家的总结仅仅证明了过去，他们并没有如愿地描述出固定的"叙事语法"。这些组织规则无法限定未来作者的活跃创造。事实再度表明，抛开作者的文本考察只能获得一些片面的结论。

然而，尽管文学结构主义已经退潮，人们仍然没有理由忽视这个学派留下的某些理论遗产。如果说，"新批评"所谓的"意图谬见"针对的是浪漫主义的传统，那么，结构主义抵制作者的很大一部分理论依据源于语言与主体的关系。存在主义认为，存在先于本质，人可以通过自由选择对抗荒诞的世界；然而，结构主义对于存在主义的绝对自由表示强烈的异议。正如 J. M. 布洛克曼所说的那样：结构主义"这种思想方式向人的独特性和真实性提出挑战，它们是和这样一种传统的想法联在一起的：人，作为一个生物，是自足的。人在他一生中的某些时刻，或许能够偶尔闪发出自己的光辉；至于在大多数情况下，他就必须被看作不过是在一个更广阔的系统中的一个成分而已。不应当谈人的自由，而应当谈他被卷入和束缚于这个结构的情况。他的意识很少能表现他的存在的自足性，而多半是他的存在的产物；只有这样，自我才能富有成效地活动"[1]。结构主义的一个重要观念是，语言建构了主体。每一个人随心所欲的言语表达仅仅是一种表象，事实上，个人无法突破语言的词义规定、语法、修辞方式、文体类型等种种约定的形式。语言不可旁听。人们的精神世界不可能超出语言系统之外，语言的边界亦即主体的边界。这个意义上，存在主义式的绝对自由必须接受语言的限制——尽管许多存在主义思想家可能没有意识到这一点。马克思主义的社会历史批评学派揭示了社会关系对于主体的限制。生产力、生产关系、经济基础、上层建筑相互作用形成的社会关系决定了个

---

1 〔比〕J. M. 布洛克曼：《结构主义：莫斯科——布拉格——巴黎》，李幼蒸译，商务印书馆1980年版，第12页。

人的活动半径以及选择的可能，这是"历史"这个概念的重要含义；不无相似的是，"语言"关系决定了主体的特征：语言是塑造精神世界和意识形态的基本材料。由于这种观念，结构主义不再将作者视为自由挥洒语言的天才，他们宁可将作者形容为语言的奴隶。

"作者是一位近现代人物，是由我们的社会所产生的，……在文学方面，作为资本主义意识形态的概括与结果的实证主义赋予作者'本人'以最大的关注，是合乎逻辑的。"[1] 罗兰·巴特将作者的特殊地位与资产阶级的"个人"联系起来，这种观点多少流露出社会历史批评学派的痕迹。一部作品是某一个作者的私有财产，署名权、版权与知识产权，种种文化交易产生的经济报酬，当然还有"文责自负"。总之，围绕作者的诸多个人权益得到明确的肯定的确是资本主义社会兴起之后的现象。之前的相当一段时间，各种文字作品的作者是谁仅仅是一个无足轻重的问题。《什么是作者？》一文之中，福柯表述了相似的观念："'作者'概念的出现构成了人类思想、知识、文学、哲学和科学史上个人化的特殊阶段。"福柯的另一个相当有趣的观点是，作者存在的一个重要功能是限制作品意义的危险膨胀。人们可以引用作者的不同意见否决各种不合时宜的文学阐释。[2] 当作者作为一个至高的君王主宰文本的时候，任何脱离作者"意图"的阐释只能被视为无稽之谈，甚至被视为异端邪说。这时，作者的存在遏制了阐释的文化民主。对于巴特说来，作者的意义独断是不可忍受的专横。他的解放方案是将阐释权转交给"读者"。巴特激进地主张"作者的死亡"，驱逐作者是为读者的大规模进驻清理场地。

1　〔法〕罗兰·巴特：《作者的死亡》，见《罗兰·巴特随笔选》，怀宇译，百花文艺出版社1995年版，第301页。

2　参阅〔法〕米歇尔·福科：《什么是作者？》，米佳燕译，见《后现代主义文化与美学》，王岳川、尚水编，北京大学出版社1992年版，第287页。福科此文的版本较为复杂，各种版本的内容有所出入，米佳燕译文依据的是 J. V. 哈拉里：《本文的策略：展望后结构主义批评》，康乃尔大学出版社1981年版，同时可参见巴奴日的译文，网址：https://www.douban.com/note/234919866/，2012年9月4日。

喊出"作者的死亡"的巴特已经是后结构主义的巴特了。他对结构主义那个宏伟的"语言结构"不再感兴趣，但是，他仍然将文本想象为一个独立于外部世界的语言织体，尽管这个语言织体包含了种种文本间性。正如《叙事作品结构分析导论》赋予叙述者的位置一样，巴特的读者同样作为文本的组成部分而逗留于纸面，或者说，读者即是巴特在《叙事作品结构分析导论》之中所说的"叙事作品的受者"。巴特《作者的死亡》如此表述：

> 一个文本是由多种写作构成的，这些写作源自多种文化并相互对话、相互滑稽模仿和相互争执；但是，这种多重性却汇聚在一处，这一处不是至今人们所说的作者，而是读者：读者是构成写作的所有引证部分得以驻足的空间，无一例外；一个文本的整体性不存在于它的起因之中，而存在于其目的性之中，但这种目的性却又不再是个人的：读者是无历史、无生平、无心理的一个人；他仅仅是在同一范围之内把构成作品的所有痕迹汇聚在一起的某个人。[1]

从《叙事作品结构分析导论》到《作者的死亡》，从纸面上的叙述者到纸面上的读者，巴特同时完成了一个个人的理论转移：他抛弃了结构主义严谨的符号组织规则，从而转向了后结构主义式的语言狂欢。

四

后结构主义的巴特显然倾心于"狂欢化"的文学阐释。他的《恋人絮语》或者《S/Z》无不显示出犀利、机智、出人意表以及天花乱坠的表征。

---

1 〔法〕罗兰·巴特：《作者的死亡》，见《罗兰·巴特随笔选》，怀宇译，百花文艺出版社1995年版，第307页。

他的出众才能往往使人——包括他自己——遗忘了一个重要的问题："狂欢化"的文学阐释是否存在一个限度？如何设定这个限度？如何避免"强制阐释"制造的不良后果？也许，巴特本人的批评实践证明的是，一种创造性的误解可以带来多少出其不意的收获？可是，这并不能掩盖问题的另一面：那些低劣或者别有用心的曲解可以带来多少令人扼腕的灾难？至少在目前，后者的数量肯定超过了前者。

1990 年，安贝托·艾柯、理查德·罗蒂、乔纳森·卡勒等人曾经在剑桥大学举行过一场关于"过度诠释"的开放式讨论。[1] 这显示出众多思想家开始共同关注阐释学背后存在的问题。当然，共同关注并未得出共同认可的结论。一个固定的文本背后可能隐藏了无边的阐释空间，没有人知道恰如其分的"度"在哪里。五百年以前，没有人知道可以用"审美"阐释文学，三百年以前，没有人知道文学与"阶级"或者"意识形态"有关，大约一个世纪之前，文学阐释惊奇地听到了"恋母情结"或者"神话原型"这些概念，半个世纪之前，"文化研究"又进入视野，诸如此类的观念无不带来文学阐释的巨大震荡。谁知道历史还会送来别的什么？某一个历史时期的奇谈怪论，很可能成为另一个历史时期的不刊之论。

在我看来，或许"历史"恰恰是解决"强制阐释"问题的重要线索——更为具体地说是"历史语境"。历史否决了一个恒定不变的"度"，然而，每一个历史语境无不提供了相对合理的准绳。所有的文学阐释无不依赖特定的理论体系、价值观念、智慧、想象力、理论逻辑和分析技术，这些因素无一不是特定历史时期的产物。同时，特定的历史语境保留了有形或者无形的答辩制度，无法通过答辩的种种观点也将遭受有形或者无形的抵制。断言《西游记》的主题是反殖民，认为《三国演义》是一部伟大的爱情小说，或者宣称李白是唐代的末流诗人，这些任意的幻想多半无法

1　参阅〔意〕艾柯等：《诠释与过度诠释》，〔英〕柯里尼编，王宇根译，生活·读书·新知三联书店 1997 年版。

在现今的语境之中获得支持。另一方面，某些石破天惊的文学阐释问世，可能恰恰是另一种历史语境临近的征兆——历史即将出现深刻的转折。当然，历史语境的作用往往体现为划定阐释所能涉猎的最大范围，而不是精确地锁定某一个结论，继而迅速地一锤定音，颁布标准答案。同一个历史语境内部，各种对话、争辩、补充、呼应此起彼伏，相互竞争，阐释之后的再阐释甚至形成了巨大的话语旋涡。只有拉长时间距离人们才能发现，某些结论由于多数人认可而逐渐浮现，不知不觉地立于潮头；另一些支持率低下的观点逐渐过时，慢慢地退出历史舞台而隐到幕后。很大程度上必须承认，这种"混乱"即是历史文化的基本形态——包括历史文化的进步形式。

描述这些复杂的阐释运动时，我十分赞同张江教授的观点：作者"意图"始终在场，潜入文本的各个部分；然而，对于文学阐释说来，作者"意图"产生的作用或者不如想象的那么大——不仅因为作者"意图"与文本之间的距离，更重要的是另一个事实：只有文本与读者相互遭遇。没有人可以否认，文本始于作者，然而，文本的意义终于读者，形形色色的阐释是读者对于作品生命不同方向的延续。这个意义上，我赞同巴特对于读者的文化礼遇；但是，我要补充的是，这种读者必须是"历史"的而不仅仅生存于纸面之上。

第十八章

阐释的共识——读张江教授《论阐释的有限与无限》

一

阐释的有限与无限构成了阐释学内部一个巨大的理论旋涡，各种紊流错综交织。张江教授的《论阐释的有限与无限》勇敢地闯入，对种种积存已久的难题发出了挑战。从古希腊色诺芬、柏拉图对苏格拉底思想的不同传承，到春秋战国孔孟与老庄不同的阐释路线追求，张江教授充分意识到漫长的理论故事遗留多少疑难的节点。他力图整理出一个清晰的航路图。这篇论文的严谨表述不仅显现出全神贯注的思想姿态与特殊的理论密度，同时还表示了综合性概括的意图——这篇论文并非单向地论证，而是全面地考察一批问题的复杂关系。对于中国阐释学而言，这种考察意义非凡。

我高度关注《论阐释的有限与无限》的首要原因恰恰是这种复杂关系的完整描述。尽管施莱尔马赫、海德格尔与伽达默尔、德里达等哲学家完成了一场思想革命，但是，所谓的"现代阐释"不仅解决了某些问题，同时也带来了另一些新的问题——后者甚至不会比前者少。如果说，文学阐释领域的接受美学可以视为"现代阐释"的产物，那么，人们很快就会顾虑到，接受美学的"读者"会不会拥有太大的权力？当作家的尖锐探索超出了读者视野的时候，读者为中心的评判是否隐藏了埋没杰作的危险？如果读者抛下曹雪芹的《红楼梦》宁可垂青金庸的《鹿鼎记》，文学史必须下调《红楼梦》的经典等级吗？据说19世纪到20世纪的文学研究逐渐从作者、作品转向读者——古往今来，如此三个因素始终并列存在，为什么读者在这个时期赢得主角的资格？由于现代阐释打开了一个前所未有的视角，许多问题的解释不知不觉地依赖机智的新颖想象而缺乏深思熟虑的气质，例如阐释的限度。接受美学破除了文本阐释的独断，但是，破除了独断之后是否再也没有限度？"一千个读者有一千个哈姆雷特"是许多人熟悉的名言，然而，没有多少人愿意如同张江教授那样持续追问，"一万个读者，会不会是一万个哈姆雷特，一百万个读者，会不会是一百万个哈姆雷特"？[1] 尽管如此，《论阐释的有限与无限》的意图不是聚焦某一个问题精耕细作，张江教授似乎力图建造某种相对宏观的理论模型：无论是重大问题的阐述还是边缘问题的消化，这种理论模型配置了一个统一的考察视野，形成相互联系的应答。

　　评价这种理论模型之前，我必须简要地复述架构与组织理论模型的一批概念及其意义——这些概念显现了有限的阐释与无限的阐释隐含的不同理论方位：

　　1."文本开放"意味着允许各种阐释，但文本并非拥有无限的意义；

　　2."阐释开放"意味着阐释者拥有自由理解文本的权利；

　　3.阐释不存在边界；

　　4.有效的阐释存在边界；

　　5."蕴含"指文本包含和显现的本来意义；

　　6."可能蕴含"指不为作者所知、可能为阐释显现的意义；

　　7."蕴含可能"指阐释者对于文本自在意义的挥发；

　　8."诠"主要指文本原意的阐释，为学术共同体普遍认可；

　　9."阐"主要指衍生义理，重在阐发。

1　张江：《论阐释的有限与无限》，《探索与争鸣》2019年第10期。

　　根据这些概念构成的理论模型，《论阐释的有限与无限》论证了两种不同的阐释指向。作为阐释对象，文本的固定不变是一个基本前提。无论是李白的《梦游天姥吟留别》、苏轼的《前赤壁赋》《后赤壁赋》，还是曹雪芹的《红楼梦》、鲁迅的《阿 Q 正传》，交付阐释的文本具有固定的字数和段落排列方式。许多经典作品可能存在多种版本，但是，外部形式的差异并未带来意义表述的差异。因此，出现多种阐释的原因源于阐释主体，而不是文本。《论阐释的有限与无限》首先从理论上肯定了这种可能：阐释的无限。阐释对象锁定之后，张江教授列举了种种可能出现的状况：1. 不同的时间与空间可能使同一阐释主体对文本产生相异的理解；2. 不同的阐释主体可能对文本产生相异的理解；3. 时间与空间的无限、阐释主体的无限以及各种状况的叠加重合必然形成阐释的无限。

　　然而，阐释的无限仅仅是一种抽象的理论可能。事实上，既定的历史区域，阐释实践始终遭受种种条件的约束。其一，阐释的文本独一无二，这规定了一个文本必定存在异于其他文本的内容。逻辑的意义上，相异之处即是边界——甲文本的阐释不可能与乙文本的阐释完全相同。其二，阐释主体置身于特定的历史环境，必须接受当时语境结构以及公共理性的考核。其三，只有获得公共理性的认可才能成为有效阐释，另一些散漫、零碎的阐释只能停留于"聊备一说"的边缘状态，甚至贬为可笑的无稽之谈。

　　这种理论模型的积极之处在于，以上的众多特征并非描述为固化的结构，而是具有历史与辩证的意义。"一些当下不被承认的边缘化的阐释，可能跃迁于中心，而成为新的更有普遍意义的公共阐释。"张江教授具体地分析了阐释的历史辩证形式：

　　　　文本自身蕴含着丰富的意义，在意义的集合体中，相同方向的意义使文本具有可能无限延伸的意义链条；不同意义的冲撞，使文本自身产生无限的意义裂痕，使新的意义生产成为可能。前者，为阐释者提供了由历史而穿越当下的线索；后者，为阐释者创造诸多变异，以至相反意义的阐释空间，使不拘于文本的无限阐释成为可能。我们赞成阐释的开放，即阐释主体对文本的无限阐释是可能的、积极的。[1]

闭合与敞开，有限与无限，当下与历史，主流与边缘，张江教授描述的理论模型从各个方面协调文本与阐释之间的多种张力，从而构想一幅既稳定同时又富于弹性的理论图像。

<h2 style="text-align:center">二</h2>

构想这一幅理论图像的时候，张江教授保持了理性主义的稳重。尽管阐释的无限占据了充分的理论空间，但是，张江教授显然倾向于站在"阐释的有限"这一边。所谓的"现代阐释"带有冲击传统观念的强烈效应，以至于"阐释的无限"时常以激进的革命姿态先声夺人。然而，现代阐释的意义毋宁是打开了关闭的闸门，而不是提供一个无可争议的阐释制高点。张江教授的后续追问是，无限的阐释即是理想状态吗？事实上，一道题目的无数个解相当于无解，无限的阐释犹如没有阐释——任何一种阐释均可替代另一种阐释。因此，张江教授的论文转向了另一种意图：破除文本阐释的独断仅仅是一个开始。更为重要的是，如何从蜂拥而至的众多阐释之中圈定某些有效的阐释。何谓"有效的阐释"？张江教授列举了若干必要的条件，从固定的文本、公共理性到文化传统和历史语境。《论阐释的有限与无限》引入一个论证的特殊策略：数学。张江教授以圆周率 π 和正态分布分别形容文本阐释无限延伸的范围和众多阐释的概率分布。方法论的意义上，他试图以数学的精确澄清、分析并覆盖人文学科的某些模糊领域。这再度显示出张江教授对于理性主义的敬意。

1　张江：《论阐释的有限与无限》，《探索与争鸣》2019 年第 10 期。

显然，理性主义的稳重必将在日常生活领域获得大范围的支持。通常的意义上，一种符号体系的设立即是制造沟通与交流的不同形式。从语言、绘画、音乐、电影、建筑，到旗语、密码、手势、表情、交通信号以及种种象征性仪式，各种符号体系共同组成严密的社会交流网络。很大程度上，这些符号体系乃是联结和指挥社会躯体的文化神经。符号体系的失灵可能导致社会的大面积瘫痪。某些时候，符号发出的信息可能遭遇种种障碍，以至于无法被接收者正确领会。这时，阐释的弥补功能至为重要。阐释的首要意图是修复符号的接收与破译机制，保持信息的流通，重新将社会成员组织为文化共同体。这个意义上，阐释与理解构成了基本生存的组成部分。所以，阐释的意图不是提供莫衷一是的解读制造混乱，而是谋求符号、文本、信息与读者的接收、理解之间的光滑衔接。所以，张江教授认为，"确定性"是阐释学的首要目标："独立主体的阐释目的是确定的。阐明主体自身对文本的确定性理解，并企图将此个别理解固化为可以被历史所承认的提法、观点、结论，进而上升为经得起历史检验的普遍知识，嵌入人类知识体系，这是阐释的基本追求。"[1]

我很愿意认可这种结论。而且，在我看来，那些促成现代阐释的众多思想家也没有理由贸然反对。如果海德格尔下午两点半举办哲学讲座的海报出现了一千种解读方案，这种状况肯定令人恼火；如果德里达手中的欧元被阐释为一张病历证书，他的生活必将遭遇重大的困扰。总之，文化的传播与传承以符号、文本与阐释的彼此合作为前提。

当然，维护这种结论的时候，我与张江教授的聚焦略有差异。张江教授始终如一地关注作者在阐释之中的主导功能。他曾经反复地为作者意图对于文本的特殊意义进行辩护。《论阐释的有限与无限》之中，他再度清晰地重申这个观点：

---

1 张江:《论阐释的有限与无限》,《探索与争鸣》2019 年第 10 期。

　　我们的观点是，文本具有自在意义，这个意义由文本制造者赋予。无论他表达的是否清晰与准确，我们目及任何文本，包括阐释者的阐释文本，皆为有企图和意义的文本。如果非此，文本制造者为什么要制造文本，阐释者为什么前赴后继地阐释自己？比如，海德格尔制造诸多堪称经典的宏大言词，不是要表达他的所思所想，而是为了练习书法或锻炼身体？说作者死了，文本与作者无关，意图无法找到或找到也无意义，可以是一种趣味，但这绝不意味着它没有。[1]

　　除了少量超现实主义写作之外，否认作者意图的存在不啻强词夺理。宣称"作者已死"的主要含义是，否认作者意图对文本阐释的限制：当文本阐释逾越了作者意图的时候，作者没有理由依赖文本之父的身份给予否决。当然，作者权利的捍卫始终是一种强大的势力。这不仅证明社会对作者的尊重，更为重要的是阐释学存在的一个隐忧：抛开作者意图的限制，阐释主体——亦即读者——是否可能进入为所欲为的状态？张江教授的《论阐释的有限与无限》表示："阐释者对文本的任意理解以至误读，皆为阐释主体的权利。"[2]

　　然而，在我看来，阐释主体远非如此自由。"新批评"的"意图谬误"，尤其是罗兰·巴特的"作者已死"无不强调，语言的内在结构——巴特指的是"文本间性"——遏制了作者表述的独特性。结构主义的一个基本观念是，主体来自语言的建构。作者所谓独一无二的经验或者想象仅仅是一个幻觉，这些经验或者想象更像是语言借助作者之手显露自身。与多数人的观念相反，语言并非作者得心应手的工具，作者充当了语言结构自我展示的平台。与其阐释作者的意图，不如阐释语言的结构——包括交错的"文本间性"。不论这种观念拥有多少合理的成分，阐释主体并未获

1　张江：《论阐释的有限与无限》，《探索与争鸣》2019 年第 10 期。

2　同上。

得为所欲为的许诺：阐释主体毋宁是以语言结构的限制换取作者意图的限制。

尽管阐释主体拥有无限阐释的权利，但是，正如人们所看到的那样，多数读者对于一个文本的评判仍然彼此相近。信马由缰乃至南辕北辙的混乱场面十分罕见。可以想象，貌似自由的读者实际上身陷重围。语言建构制造的前提之外，民族文化、地域传统、意识形态、审美观念以及教育程度、开放或者保守等各种因素无不介入文本的阐释，共同参与阐释结论的修订。事实上，张江教授的《公共阐释论纲》曾经从"人类的共在""集体经验""语言的公共性""确定语境"几个方面描述了阐释主体无法摆脱的束缚。[1] 无限阐释的权利仅仅相对于无限历史，这个事实似乎是一个定心丸——即使阐释的结论与作者意图相左，阐释主体并未获得为所欲为的授权；读者的历史身份决定了他们有限的活动范围。

即使聚焦于读者，我并未产生与张江教授相异的结论。然而，我想指出的是，我对于这个结论的稳固程度不如张江教授那么乐观。《论阐释的有限与无限》论证的特殊策略并未增添我的信心——数学语言的说服力不如想象的那么大。

三

《论阐释的有限与无限》引用圆周率 π 和正态分布分别形容阐释之中的"诠"与"阐"。

"在诠释之诠的意义上，我们认为，所谓诠的展开和实现，如同于π。"[2] 引入数学语言的目的是追求一种精确的、逻辑的理性主义再现，可是，这个设想并未成功。如果说，著名的"黄金分割点"的 0.618 是对造

1　参见张江:《公共阐释论纲》,《学术研究》2017 年第 6 期。

2　张江:《论阐释的有限与无限》,《探索与争鸣》2019 年第 10 期。

型美学的一个正面数学描述，那么，如同"如同"这个词显示的那样，π仅仅是一个不那么精确的隐喻。隐喻的意义上，"诠"对于文本意义无限追索的区间是在 3.1415 与 3.1416 之间还是在 3.1415 与 5.1416 之间无关紧要，只要表明某一个区域之内的"诠"不可穷尽即可。当然，指出圆周率π仅仅是一种隐喻并非我的主旨；我更想说明的是，"诠"不是笛卡儿所推崇的理性主义语言，对于数学语言的精确与前后一致敬而远之。

为了更为充分地展开论述，我必须首先区分"真理"与"共识"。

"真理"具有明显的客观性质，不以人类的意志为转移。即使联合国决议阻止一次地震的发生或者增加珠穆朗玛峰的高度，"真理"所显示的结论不为所动。尽管人类的视觉结构以及科学仪器的水平可能影响实际观测的结果，尽管"波粒二象性"这种现象可能挑战人类的认识逻辑，但是，通常的意义上，"真理"的客观性质拒绝各种人类意志的干扰，"真理"的描述成为自然科学的基本任务。作为自然科学的组成部分，数学语言——譬如数学公式——是表述这些"真理"结论的特殊符号，例如几何图形之中的勾股定理，或者物理学之中的重力加速度。圆周率π虽然是一个无理数，但是，圆的周长与直径之比不可能任意伸缩——圆周率仍然属于"真理"范畴。

相当一部分"共识"与"真理"的认知相互重叠，认知"真理"的一致结论即为"共识"。然而，另一些"共识"无法纳入"真理"范畴。"足球是最伟大的体育运动""乌鸦代表了不祥""再也没有比小提琴演奏更好听的音乐了""不孝有三，无后为大"这些观念与其说"真理"，不如说"共识"。社会科学的大量内容实质上属于"共识"，例如语言、法律、社会制度。许多时候，"共识"的内容不是准确地描述客观的自然，而是获得各种社会共同体的支持。因此，"共识"不以个人意志为转移，但是，"共识"可能因为各种社会共同体的意志而改变。没有哪一个人可以任意修改汉字"水"的字典含义，或者调动"A"在英文 26 个字母之中的位置，然而，当使用汉语或者英语的语言共同体做出一致决定的时候，这种情况即可发生。法律条款的修改即是众所周知的例子。某些行为称为"罪行"，各种"罪行"的量刑标准以及是否保留死刑等无不取决于特定社会共同体的意志。"真理"不存在前后不一的矛盾状况，五百年前加减乘除的答案无异于现今；相形之下，现今的法律体系已经与五百年前迥然不同。人们无法以"今是而昨非"或者"昨是而今非"的标准衡量古今的差异，每一种法律体系分别针对当时的历史环境与社会治理理念。文化传统的延续很大程度地左右"共识"的承传，但是，每一个历史时期社会共同体的意志对于"共识"的形成、延续、修正、更改具有决定性的作用。

　　"真理"与"共识"的区分并未附带褒贬的评价，许多"真理"与"共识"以相同的方式维持和巩固社会文化的稳定。当"真理"与"共识"二位一体的时候，"共识"背后的社会共同体往往泛指人类。尽管如此，二者发生革命性裂变的原因和时期远非一致。自然科学的演变与社会科学的演变构成了两条错落起伏的历史曲线，社会共同体的意志主导第二条历史曲线的轨迹。

　　根据上述区分，"诠"显然属于"共识"。结构主义语言学曾经以特殊的术语表述了符号的基本构成：能指与所指之间的关系并非必然，而是来自约定俗成。这个事实的扩大意味着，文本的意义阐释是更大范围的"约定俗成"——社会共同体的认可。摆脱任何社会共同体的接受与理解，文本的固有意义是否如同一个尚未开采的煤矿始终存在，这是一个令人怀疑的命题。无论是多种叠加的阐释制造的博弈，还是众多社会条件对于阐释主体的约束，"诠"的"共识"性质并未改变。换言之，不存在某种不以人类的意志为转移的客观构造作为"诠"不得不遵循的刚性指标。

　　现在，我必须对张江教授信赖的"公共理性"稍做推敲。在我看来，约束阐释主体的意义上，"公共理性"这个概念的重点是"公共"，而非"理性"。某些时候，公共关系的基础并非理性。由于舆论的裹挟、穿凿附会、崇拜学术权威、惧怕权势等各种因素的作用，一些违逆理性的阐释观点可能流行一时。从古代的"指鹿为马"到精神分析学无所不在的"阳具象征"，人们可以见到许多案例。无论是宗教领域还是学术研究，少数个人或者个别机构对于公众具有特殊的威望。他们的某些观点未经理性核准即已征服社会共同体，从而以"公共"的名义划定阐释的有效边界。

相对于"真理"范畴，"公共理性"对于"共识"的约束远为脆弱。"真理"范畴之内，理性的误判往往遭受立竿见影的惩罚——例如，一个微小的计算错误即可导致火箭发射的失败；然而，"共识"范畴"公共"与"理性"的配合方式远为复杂。如果"理性"意义上的偏差由遥远的未来承担，"公共"包含的安全感和利益可能构成巨大的诱惑——人们可能因为现世的个人境遇而放弃理性判断。理性的后撤可能严重地削弱"公共"的稳定与深刻，从而为见仁见智的多元阐释提供更多的露面机会。

采用正态分布描述各种阐释观点获得接受的概率显然是一种创举。许多时候，数学语言可能默默地传递各种结论隐含的惊人之处。所有的人都知道一张 A4 纸可以对折，但是，数学语言告知的是，由于宽度与高度之比，对折最多无法超过 7 次。如果进一步设想一张无限大的纸张允许持续对折，那么计算将会证明，30 次对折之后，纸张的厚度已经超过珠穆朗玛峰的高度，100 次对折之后，纸张的厚度超过了地球与月亮的距离。这时，数学语言突然展现出模糊的想象不可能具备的强悍说服力。正态分布引入的概率降低了人们对于见仁见智的多元阐释产生的担忧。《西游记》隐喻的是几条蚯蚓遨游太空的感受——人们无法阻止阐释主体这种偏执的奇思怪想；正态分布给予的安慰是，这种奇思怪想可能被采纳的概率几乎可以忽略不计。

很大程度上，正态分布肯定的概率默认了公共理性的前提。然而，数学语言的抽象性滤掉了社会历史范畴——数学语言的擅长是表述各种超历史的现象。因此，概率无法说明，为什么另一些偏执的文本阐释可能在特定的时间与空间突如其来地成为正统，并且形成特殊的效应，例如清朝的某些"文字狱"。清朝翰林院学士徐骏有"清风不识字，何故乱翻书"之句，雍正皇帝认为徐骏有意诽谤大清王朝，依法斩立决。如果没有意识到满汉文化的冲突背景以及清朝对于汉族士大夫的长期忌惮，概率对于解释这种特例的前因后果无能为力。

阐释的有限与无限之所以构成一个巨大的理论旋涡，剧烈的冲击来自见仁见智的多元阐释。在我看来，必须穿过数学语言的帷幕持续地追溯至社会历史范畴：何种历史土壤促成了现代阐释的急速发育？

四

返回日常生活领域，许多人可能对现代阐释制造的混乱深感不耐烦。沟通、交流、作者意图、信息的接收与彼此理解，如此明了的事实为什么产生如此之多的周折？稳定与清晰是日常生活的一个必然要求。从职业、收入、家庭到社会治安、医疗体系或者宗教信仰，明了无误的信息传递是诸多社会活动正常展开的前提。

事实上，阐释范畴一些激进的理论主张并未完整地转换为实践，例如"作者已死"。文学批评领域，大多数批评家从未放弃对于作者的关注。他们的文学批评始终将作者与文本之间的互动视为前提。即使在罗兰·巴特的文学批评论文之中，作者的身影仍然十分活跃。相对于日常生活领域，施莱尔马赫、海德格尔与伽达默尔等人制造的阐释史转折仅仅是一个学术故事，这种学术故事并未干扰人们遵守公共交通规则，或者津津有味地享用晚餐。德里达解构主义的能指嬉戏几乎是文化真空的某种语言学实验。解构主义认为，能指与所指始终无法合二而一，一个词的终极所指永远处于延宕的中途。这个意义上，种种形而上学的论断迟迟无法锁定确切的意义。然而，日常语境之中，绝大多数语言交流顺利完成，社会的交流系统并未由于意义的持续解构而崩溃。

然而，一个令人瞩目的迹象是，某种强大的势力不断地试图扩大文化真空的实验，诱导相似的文化动向进入中心地带。我在另一个场所曾经指出，解构是 20 世纪一个明显的理论冲动，各种解构的尝试超过了建构。[1]形而上学体系以及启蒙主义以来的理性遭到来自各个方面的挑战，理论广泛地开拓、调动和收集构成挑战的诸多文化资源。从意识流、解构主义哲学到现代阐释学，不同文化根系的叛逆能量开始相互交汇。如果说，理性主义成为各个学派不约而同的打击目标，那么，现代阐释的表现是阐释的狂欢。作者的意图被抛开了，文本的本意被抛开了，完整的交流模式被抛开了；无论是恋母情结制造的阐释代码还是女权主义或者后殖民主义眼花缭乱的解读，误读、曲解、夸张的想象或者犀利、深邃然而牵强生硬的阐释更多地成为时髦。《文心雕龙》曰："知音其难哉！音实难知，知实难逢，逢其知音，千载其一乎！"时至如今，"高山流水"式的阐释理想被贬为死气沉沉的文化保守主义。理论舞台上诸多学派门户森严，一套又一套面目迥异的概念术语接踵而来，然而，人们仿佛可以从挑战式的理论锋芒背后察觉，某种非理性的冲动正在隐蔽地制造反抗的快感。

对于同一个文本持续地生产五花八门的阐释，阐释主体的动力从何而来？历史土壤源源不断地制造了后续的情节。许多人认为，他们正在从事一场文化革命。如同意识流或者解构主义哲学，阐释的狂欢是瓦解资本主义文化秩序的革命行动。资本主义文化的整体性、统一性和面面俱到的叙述正在合成一个总体，一个强大压抑体系构造的"同一性"封锁了所有反抗的冲动。很大程度上，诸如"意识形态的终结"或者"历史的终结"这些观点共同将稳固的资本主义文化秩序作为展开的基础。西方左翼理论家乃至不甘平庸的人文知识分子必须保持激进的批判姿态，阻扰乃至破坏那个面面俱到的叙述提供各种合情合理的幻象。作为象征性的文化想象，他们甚至将统一的文本视为"同一性"的共谋。例如，詹姆逊就曾经认为，叙事文本的统一观念映射出资产阶级意识形态封闭的保守性。[2]阐释的狂

---

1 参见南帆：《文学批评：开放的解读及其边界》，《东南学术》2019 年第 5 期。

2 参见〔美〕詹明信：《文本的意识形态》，见《晚期资本主义的文化逻辑》，张旭东编，陈清侨等译，生活·读书·新知三联书店 1997 年版，第 66—67 页。

欢能否承担凿穿这种封闭与保守的使命？

源远流长的阐释学拥有独特的学科逻辑，从古希腊的阐释技艺、宗教经典的阐释到现代阐释的崛起，从作者的原义、文本的原义到读者领悟之义，这个学科内部的理论思辨不断完善，许多问题辨析愈来愈精细。然而，这个学科置身的历史环境愈来愈保守，文化反抗的火焰日益微弱。这个意义上，阐释的开放乃至无序开始被赋予另一重含义：种种异乎寻常的阐释能否解放出另一个摆脱固有文化轨迹的、生气勃勃的灵魂？历史上的确屡屡出现这种文化事件：宗教经典、文学经典或者历史资料的重新阐释带动了惊世骇俗的思想突破。这种气氛之中，阐释的原则无形地产生了某种偏移：权衡激进与严谨、大胆与精确或者想象与科学的时候，阐释主体不知不觉地倾向于前者。

阐释的狂欢仅仅是一种文化批判。无论是法兰克福学派、后现代、"文化研究"还是嬉皮士或者性解放，文化批判已经登台表演多次。文化批判当然产生了效果，但是，效果始终与预期相距甚远。来自阐释学的动荡可能扰乱了传统的经典体系，然而，学院、学术刊物、科研基金以及教授云集的学术会议很快吸收了思想骚动。更大的范围，一切仍然按部就班。阶级的起义、武装斗争、夺取政权，这是另一些遥远的故事。阐释的狂欢波及的领域有限，学术事件只能是学术事件。当然，这往往也是西方左翼理论家的苦恼：对于资本主义文化秩序，文化批判不过杯水微澜，几乎没有真正改变什么。他们的安慰是，杯水微澜总比寂静无声好一些。

不言而喻，这些背景资料贮存于西方文化之中，与中国阐释学的境遇格格不入。正如《论阐释的有限与无限》显明的那样，中国阐释学正在达成若干"共识"：垄断式的文本阐释已经撤走，阐释主体可能对于同一文本提出不同的理解。这个理论的交叉路口隐含了不同的延伸方向。不同的阐释意味的是无限吗？如果无限阐释的终点只能是传播与交流的彻底崩溃，那么，阐释限度的设定是远为复杂的工程。公共，理性，有效边界，这些概念始终必须根据历史语境提取真实的含义。另一方面，阐释主体不断地提供突破这些概念的动力；许多时候，突破意味的是另一种历史语境的寄托与发声。如何积极地掌控几个方面的辩证与循环？这是中国阐释学必须持续面对的问题。

附录：数学语言的局限

曾军先生的论文《总体阐释的量化分析是否可能》[1]引述了若干我的观点进行延伸讨论。显然，曾军先生与我并未因为某一个具体的论断产生分歧，我们仅是对数学语言介入阐释学研究的意义有不同的评价。曾军先生更多地关注数学语言的介入可能开拓的研究空间，论文标题"总体阐释的量化分析"业已表明了他的兴趣所在。相对地说，我对于数学语言介入的成效不是那么乐观。我甚至觉得，过多期待可能干扰数学语言获得恰当评价。

曾军先生的论文对于"数据""数学化"等不同的含义有一个很好的说明。因此，人们可以获得几个简单的前提：一，诸多事物均可以数学语言给予描述，从体积、空间位置、人数规模到情绪指数，数学语言可以在数字领域复述一切；二，诸多事物可以处理为数据并作为研究的素材，这是计算机参与研究的基本条件；三，可以在数学语言描述的基础之上使用特定的数学方法进一步考察，例如统计、概率的计算、数学模型，如此等等。当然，迄今为止，人文社会科学研究使用的数学演算相对初级，远不能与物理学、天文学等学科相提并论。

我对于人文社会科学研究之中数学语言介入的期待是，数字提供的结论颠覆了传统的认知。我的论文之中曾经列举一些例子，譬如一张 A4 纸可以对折多少次。无论是人口分布、就业选择还是财富集聚与社会阶层的

1　曾军：《总体阐释的量化分析是否可能》，《探索与争鸣》2020 年第 3 期。

关系，数学语言都曾经给我带来一些新颖的认识。没有精确的数学语言作为证据，许多人大约不愿意接受这些认识。

尽管如此，我仍然必须指出，我的工作领域之中，数学语言的帮助并不明显。多数时候，数学语言的描述只不过证实业已被普遍接受的结论。可以持续地增添更为大量的数据证明，多数人拥有两个眼睛和一个鼻子；但是，这个观点之中的数学语言基本上已经丧失了论证的意义。

因此，尽管数学语言描述诸多事物不存在技术障碍，但是，这种描述对于论证的有效程度必须给予合理的评估。合理的评估可以帮助人们决定，种种"质"的论述是否必须配备"量"的附件。然而，评估立即涉及研究的对象以及研究目的——研究者企图知道什么？数学语言对于某些研究对象以及某些问题十分敏感，对于另一些问题则相对迟钝。所谓的"敏感"与"迟钝"由社会文化参与决定。现今的文化环境之中，同性恋者的统计数据显然比吸烟者的统计数据"敏感"。未来的某一天，这种状况也许会颠倒过来。当前，社会文化划分了不同学科的区域。鉴于研究对象以及研究目的，数学语言对于理工学科设置的课题相对"敏感"，对于人文社会科学研究——尤其是人文学科——设置的问题相对"迟钝"，这并非没有理由。文学研究的范畴之内，数学语言测定文本美学意义的贡献就相当有限。对于一个县域的植物进行调查，遗漏五十种花卉大约是一个相当可观的疏忽；然而，两个不同版本的《红楼梦》或者《水浒传》，相差五十个字对于美学意义的影响通常微乎其微。人们或许会争辩说，某些关键词的缺失可能产生特殊的效果，甚至极大地削弱美学意义。少几个介词乃至形容词与少一首诗的意义迥然不同，譬如《三国演义》开篇那一首《临江仙·滚滚长江东逝水》。但是，关键词、介词、形容词与诗的鉴定已经远远超出数学语言的范畴。数学对于数量之外的问题往往无能为力。

曾军先生的论文提出总体阐释问题：

> 首先，我们需要建立起一种有关文学阐释意义的总体性观念。也

就是说，有没有可能将所有不管是有限还是无限的阐释意义作为一个整体来看待？这里既包含"作者意图"，也包括"读者阐释"；既包括作者通过文本传达出来的"意思"，还包括作者深藏于心甚至自己也没注意到的"意念"；既包括所有时期不同地域，不论是专家学者还是普通读者的对文学文本的接受、阅读、理解阐释，甚至是"道听途说"的只言片语，也包括所有造成和影响不同的主体对文学文本意义阐释的各种影响因素的总和。[1]

正如曾军先生所言，所谓的"总体阐释"包含极为庞杂的内容，海量的信息远远超出了个人研究可能负担的范围。庞大的研究团队、众多信息的数字化与计算机的参与是接受这个课题的基本条件。然而，我感到疑惑的是，耗费巨大的成本收集与掌握这些庞杂内容的意图是什么？我的想象之中，这些庞杂内容构成了一个巨大的资料库。然而，恰恰由于无所不包，资料库缺乏任何针对性。曾军先生认为，总体观念的建立可以派生出另一些研究课题，例如："这一个时期（时代）对某个作家、作品或文学现象的总体认知和判断是什么？这一总体认知和判断有哪些具体的类型？彼此之间有哪些差异？哪些认知和判断居于'量'的优势（是否能够因此将之视为'共识'）？哪些认知和判断居于'量'的劣势（是否能够因此将之视为'异见'）？随着时间的推移或受众群体的变化，这种文学意义的'共识'是否仍然存在？是否会出现'异见'地位上升并形成新的'共识'？再次，我们就能够在总体阐释的前提下，进一步去讨论哪些是有效阐释，哪些是无效阐释，或者什么时候是有效阐释，什么时候又变成无效阐释了。"我对于曾军先生提出的研究课题十分认同。可是，我没有发现这些研究课题与"总体阐释"名义之下的庞杂内容存在紧密的逻辑联系。后者并非前者的必要条件。即使不了解或者仅仅部分了解这些庞杂内容，后续

1　曾军：《总体阐释的量化分析是否可能》，《探索与争鸣》2020 年第 3 期。

的研究也不会遭遇无法克服的困难。为了说明这一点，我愿意构思一个不无夸张的比喻：除了高高在上的神，谁又能知道全世界数十亿人口的生活细节？尽管如此，多数人仍然知道自己以及周围的人需要做些什么。

通常，人们倾向于将文学及其阐释视为某种精神产品。宽泛地说，这些精神产品的主要意义是制造文化与社会历史的互动。文学由文字符号按照特殊的形式组成，审美是这种互动的实现方式；阐释的基本意义是围绕文学的解读增进彼此理解，共同认识文学与世界的意义。因此，审美、历史、无意识、话语这些术语成为阐释依据的范畴并非偶然。相对地说，数字语言无法充分地表述文化与社会历史的互动特征。

数学语言擅长稳定状态的再现。A观点多少人，B观点多少人，力量对比，支持率，如此等等。但是，数学语言不善于解释种种历史潮汐的原因：这些人为什么倾向于A观点，另一些人为什么中途转而投奔B观点；为什么张三可以领风气之先，李四迟迟不能觉悟；某些观点拥戴者如何迅速地从少数人扩展为大众，另一种观点在哪些社会条件之下很快湮灭，如此等等。一个地区的蝴蝶品种、一个湖泊的水容量、一条公路的里程或者一种新药产生种种不良反应的百分比，这些数据力求精确，每一项统计均不应遗漏。然而，考察文化与社会历史互动的时候，宏观的基本印象比琐碎的数据远为重要。人们得到结论，C城市的人热爱足球运动——接受了结论之后，踢球的人数究竟是三万还是三万五千已经无关紧要。文化与社会历史互动成功的标志是，某种观点产生了明显的效用。然而，追溯促成人们种种选择的原因，精确的数据远远不如先声夺人的口号或者源头模糊的舆论。事实上，大量阐释争夺的话语制高点时常是后面二者。阐释之中种种观点的交锋，共识与异见的转换，哪些观点具有振臂一呼、应者云集的效应，数学语言通常无法揭示最为重要的原因。

如同任何一种话语，数学语言也存在自己的局限。我还想指出的是，某些特殊的语境之中，真实和精确的数字也可能形成另一种遮蔽，例如平均数。作为整体状况的一种描述，平均数获得了普遍的使用。然而，统计一个拥有数万员工公司的平均工资，另一些重要的数据可能淹没在整齐划一的平均数背后，例如流水线工人或者保洁员与董事长、总经理之间巨大的收入差距。平均数强调的是均衡一致的整体面貌，统计单位内部人事位置与经济收益造就的落差以及因此派生的复杂错动被光滑的表象所替代。这时，数学语言的描述显示了异于社会学语言的视角。某些时候，这种描述甚至如同转移真相。

我对于数学语言不存在任何成见。相反，数学语言对于理工学科的巨大贡献业已赢得高度的评价。我想指出的仅仅是，数量造就的问题时常不是人文社会科学之中最为重要的问题。数学语言可以覆盖各个方面，然而，这并不能证明，数学语言擅长揭示各个方面的意义。许多人喜欢说：用数字说话——数字仿佛是真实和精确的代表。然而，对于人文社会科学说来，数学语言既可能是一种洞见，也可能是一种盲视。人们没有理由被"真实"与"精确"两个形容词过多地迷惑，以至于夸大了数学语言的功效。

第十九章

阐释的辩证平衡

一

张江教授的《强制阐释论》于2014年发表。时隔六年后，他的《再论强制阐释》又一次接续这个主题。两篇论文一脉相承，但是，《再论强制阐释》显然进一步拓展了理论的纵深。他力图"在解决诸多具有基础性意义的元问题上有新的见解和进步"[1]。尽管《再论强制阐释》流露出尖锐的论战风格——张江教授的许多观点恰恰是在频繁的理论对话之中形成和展开，这篇论文仍然一如既往地保持雄辩、严密，一些新的资料提供了有力的佐证。可以想象，《强制阐释论》发表之后，论文提出的问题仍然萦绕于心，不知不觉地酿成一个新的理论跨越。

从《强制阐释论》到《再论强制阐释》，张江教授的理论立场始终如一。可以从张江教授的一批阐释学论文之中察觉，他愿意担任阐释领域的坚定守护者。无论是"六经注我"还是"我注六经"，阐释学并非一个单纯的学术领域。种种意识形态争夺时常以阐释的面目出现，无论是文本的阐释、传统的阐释还是历史的阐释。维持稳定的意义系统与冲击意义系统的

1　张江：《再论强制阐释》，《中国社会科学》2021年第2期。

稳定构成了争夺的两种常见形式，前者通常与历史、传统、秩序、保守主义联系在一起，后者通常与革命、叛逆、混乱、激进主义联系在一起。在张江教授看来，后现代主义极大地加剧了阐释领域的混乱，相对主义与虚无主义的膨胀构成了混乱的主要原因。20世纪时常被称为"理论的世纪"。众多理论学派纷至沓来，新概念、新论点犹如过江之鲫。如果说，形形色色的阐释包含显示理论工具的成效，那么，文本往往成为新概念、新论点的实验靶场。不论文本与新概念、新论点是否融洽，理论显示出前所未有的强势。如果文本摆出一副格格不入的抵制姿态，阐释不惮于行使理论暴力——这即是张江教授深为反感的"强制阐释"。描述强制阐释的内在机制不啻某种"祛魅"，从而揭示堂皇的哲学桂冠或者理论名号背后隐藏的任性与偏执。

　　"中国阐释学的建构"是张江教授不懈地关注的理论目标。从注疏训诂、阐发微言大义到明道言志，中国古代阐释学的理论遗产无疑是"中国阐释学"的重要资源。然而，或许有必要指出，中国文学批评史的某些阐释实践可能与张江教授的预期存在差距。唐代司空图的《二十四诗品》是中国古代文学批评的经典之作。《二十四诗品》借助种种自然意象比拟二十四种诗学境界。例如，冲淡为"饮之太和，独鹤与飞。犹之惠风，苒苒在衣。阅音修篁，美曰载归"；纤秾为"采采流水，蓬蓬远春。窈窕深谷，时见美人。碧桃满树，风日水滨"；自然为"如逢花开，如瞻岁新。真予不夺，强得易贫。幽人空山，过水采蘋"；豪放为"由道返气，处得以狂。天风浪浪，海山苍苍。真力弥满，万象在旁"，如此等等。阐释的意义上，自然意象与"冲淡""豪放"这些美学概念之间缺乏足够的逻辑保障。《二十四诗品》秉持"悟"替代分析与思辨。由于谈禅说佛之风，"悟"构成了中国古代文学批评的一个重要策略。严羽的《沧浪诗话》提出："大抵禅道惟在妙悟，诗道亦在妙悟。""惟悟乃为当行，乃为本色。然悟有浅深，有分限，有透彻之悟，有但得一知半解之悟。"[1] 对

1　[宋]严羽：《沧浪诗话校释》，郭绍虞校释，人民文学出版社1961年版，第10页。

于那一批著名的禅宗公案，"悟"成为种种真知灼见的特殊开启。无论是"拈花微笑"还是"当头棒喝"，"悟"省略了众多复杂的逻辑程序而豁然开朗。然而，省略逻辑程序犹如撤除各种既定的共识，"悟"获得的结论会不会严重偏离作者预设的主题——谁又能承诺，绣楼上抛出的绣球必定落入如意郎君的手中？古代批评家有时沮丧地表示"不可与不知者道也"，这恰恰表明"悟"所依赖的默契远非想象的那么牢固。

也许，所谓"中国阐释学"并不是强调中国古代的注经、训诂乃至"悟"的传统，而是泛指未来的某种理想的阐释形式。张江教授期许的"中国阐释学"带有明显的理性主义性质。这种阐释学承认作者意图的存在及其意义，认定独立、完整、确定的阐释对象，阐释主体负责提供清晰的对象考察。尽管允许阐释主体保持自己的引申义，但是，这些引申义没有理由强加于阐释对象，取代阐释对象的描述，"于对象而言，阐释主体是有责任的，其责任就是，以此对象为标的"[1]。按照牛顿的经典物理观念，这个宇宙秩序井然，结构严密，万事万物是其所是；无论一个星球还是一个分子，它们运行于稳定的轨道各司其职。另一方面，人们的认识循序渐进，逻辑严明；种种理论命题持续累加，去伪存真，推陈出新，严谨的理性主义成为这种认知模式卓有成效的保证。近代以来，自然科学的快速发展雄辩地证明了这种认知模式的巨大意义，阐释学没有理由视而不见。作为认识的展开与延续，阐释学必须充分吸收理性主义，追随这种认知模式，尽管阐释的对象可能是一个文本、一段历史或者一个城市景观。

二

即使不涉及科学哲学的广泛内容，人们至少可以察觉，自然科学的认知模式必须追溯至考察对象的一个重要特征：无论构造如何复杂，考察

---

1 张江：《再论强制阐释》，《中国社会科学》2021 年第 2 期。

对象的运动规律恒定不变，人类的种种意志无法干扰和修改。这决定了自然科学的客观性质，鉴定研究结论正确与否的依据只有一个：科学家的描述是否与考察对象吻合。多数时候，科学家的描述依据实验提供的数据和缜密的演算、推理，任何额外的引申、联想乃至独树一帜的观念或者想象毫无价值，"此亦一是非，彼亦一是非"的相对主义不可接受。人们时常以"真"作为标准衡量科学家的描述。与"善""美"——另外两个常见的相对范畴——不同，"真"无视善良的意愿、卑鄙的阴谋或者威胁与恫吓，仅仅关注主体认识与考察对象之间的距离——二者之间的零距离往往被视为自然科学的理想状态。

"真"的标准确立是科学独立的重要条件。相当长一段历史时期，科学认识时常与哲学、神学、巫术、艺术混为一谈。"真"以及一套严密的检验程序逐渐将科学从各种认知模式之间分离出来。无论是拒绝科学、蔑视科学还是误判或者无知，对于"真"的违背乃至挑战毫无例外地遭到应有的惩罚。因此，科学拥有愈来愈高的威信，甚至成为通常用语之中一个肯定的标签。如果不允许怀疑某一个结论，常见的话语策略是：声称这个结论乃是"科学"。

显然，张江教授充分信任科学。《再论强制阐释》提到 19 世纪末至 20 世纪初的"科学方法大辩论"，一些哲学派别的代表人物对于忽视自然科学与精神科学的差异给予强烈批判。弗莱堡学派的李凯尔特和现代阐释之父狄尔泰均强调二者的区别。这种批判带来的一个后果是，阐释学摆脱自然科学谱系，放弃阐释结论的"确定性"。然而，张江教授更愿意站在自然科学与"确定性"这一边。这不仅表现为坚定的科学观念与明显的理性主义倾向，并且力图以科学的原则统摄阐释学命题的理解。《论阐释的有限与无限》一文，张江教授援引圆周率 π 形容阐释之中的"诠"，采用正态分布论证各种阐释观点获得接受的概率。相对于见仁见智的印象主义，抽象而精确的数学语言天然地隐含令人信服的声望。《再论强制阐释》一文引用了另一个学科的知识：心理学。张江教授觉得，海德格尔的"前有""前见""前把握"语焉不详，他决定启用心理学给予精微的辨析："以当代心理学研究成果为据，重新认识前见与立场，给出有关前结构的可靠的心理学证据。当代心理学大规模的可重复试验及结果分析，清晰而有力地证明了所谓前结构中有关概念的不同意义，在阐释过程中的实际作用及由此而产生的客观结果。"[1]

海德格尔的"前有""前见""前把握"无不涉及"阐释的前置立场"。如何摆脱久拖不决的聚讼？转入心理学视域，心理学术语相对精确地区分了"阐释的前置立场"包含的两个层级："期望"与"动机"。"期望"对于即将开始的阐释工作寄托了模糊的先入之见。"我们只愿意看到我们期望和想看到的东西"[2]，这些先入之见无形地制造出某种心理倾斜，隐蔽地干预证据收集与相关性的证明。相对地说，"动机"远比"期望"自觉和强烈。无论是"指向性目标""动机性推理"还是积极"制造虚假相关"，"动机"更为明目张胆。如果说，"期望"往往是非自觉的无意识，那么，"动机是全部阐释的出发点和落脚点。阐释尚未开始，阐释者已预先作出结论。以坚定的指向性目标为终点，将对象'作为'某物阐释。倘若对象不是或没有某物，阐释者将强行意志于对象，使对象成为某物"[3]。

张江教授引入的另一个当代心理学观念是整体的观点。从格式塔心理学到某些错觉的实验共同证明：人们的意识通常在瞬间知觉整体，而不是诸多部分的机械相加。这种观念有助于理解"阐释的循环"。整体与局部的循环持续地辩证互动，"整体"不仅从未缺席，而且，阐释的意义即是获取阐释对象的整体性理解。援引当代心理学整体观念的意图是，抵制强制阐释"简单捕捉文本中的个别因素，对文本作分裂式拆解，把部分当作整体，以碎片替代全貌，将阐释者意图强加于文本"[4]。

1　张江：《再论强制阐释》，《中国社会科学》2021 年第 2 期。

2　同上。

3　同上。

4　同上。

在我看来，这些观点几乎无可辩驳——这些观点不仅来自大量的实验数据，而且与多数人的经验、常识相互吻合。我略感犹豫的是，心理学从属于意识形态分析，还是作为自然科学的一个门类？许多时候，意识形态分析与自然科学的描述存在重要区别：前者倾向于考察某种思想背后的社会文化原因，种种利益——经济的，或者政治的——很大程度地决定人们主张什么，或者反对什么。自然科学的描述更多地指出存在的客观事实，人类无从改变形成客观事实的自然因素。医学通常认定为自然科学。疾病给人类带来不尽的痛苦，尽管如此，社会文化的改善不可能彻底祛除疾病——病毒、细菌以及疾病寄居的人类躯体均为自然产品。如果说，心理学的考察对象是人类的精神领域，那么，精神构造认定为社会文化的馈赠，还是自然演变的产物？

意识形态分析的视域之中，强制阐释是一种人为的偏见，偏见的原因可以追溯至阐释者的阶级出身、信仰体系、价值观念、教育水平、民族文化传统、学术派别，如此等等。即使阐释者意识到自己的观点与“真”存在距离，甚至背道而驰，他们仍然固执己见，拒不悔改。很大程度上，“真”的揭示可能损害他们力图维护的利益。如果将心理学纳入自然科学，那么，强制阐释如同一种无法避免的心理疾病，精神构造的缺陷与人类躯体的缺陷如出一辙。尽管强制阐释存在诸多危害，然而，正如人们对于疾病患者的由衷同情，阐释者获得的安慰将超过谴责。

论述阐释期望的时候，张江教授指出这种现象的普遍存在：“就是号称具有较高智商和科学态度的科学家，同样会被自己的前有之见所控制，只看见或只寻找与自己期望一致的东西，忽视或否定自己不想或不愿看见的东西。不同前见的科学家，会以同样的证据证明完全不同的观点。”[1]从大量数据到可重复试验，张江教授倾向于以自然科学的名义贬抑这种现象。张江教授在另一篇论文之中认为：“阐释就是自证，即自我确证。”阐

---

1 张江：《再论强制阐释》，《中国社会科学》2021 年第 2 期。

释"是把自己对现象的认知、理解表达出来，让别人去寻找、获取、确证，或者说为了能够得到我自己对现象的认知是正确的证明。阐释是生命自证的本能"。[1]"本能"一词认可了"强制阐释"客观性质的预设，这种顽疾仿佛是"本能"失控带来的精神性疾病。然而，如果为"强制阐释"敞开门户的后现代主义仅仅被形容为"本能"的过度放纵，文化层面批判的尖锐意义是否可能大幅度下降？

三

如前所述，独立、完整、确定的阐释对象是严谨的阐释赖以展开的一个重要条件。然而，我现在必须重新聚焦这个问题——我想指出的是，阐释对象的划分、确认依赖阐释主体的认识，而不是根据不可动摇的客观原则。从行政机构、文化圈、学科专业到语种、货币、法律体系，各种类别的区分及其覆盖的领域无一不是来自人工规划。极而言之，一条河流、一座山峰或者一个细胞、一个分子仍然是主体认知的产物。这并非否认河流、山峰、细胞、分子的客观存在，而是强调阐释对象的各种划分、切割、解析与人类意识息息相关。海洋之中的鲸鱼无从知晓山峰的存在，草丛中的蚂蚁想象不出河流的长度。对于另一些生物说来，细胞或者分子不可索解。作为历史的一个组成部分，社会文化由众多符号体系及其表述的意义构成。除了不计其数的文本，大千世界的种种物质景观同时显现为符号的形式。宫殿象征权力，城墙象征国界，美酒象征情谊，刺刀象征对抗，屋舍与炊烟象征家庭的温馨，汽车与轮船象征现代生活……这些象征意义始于物质功能的引申，继而由一个庞大的阐释系统给予维护。如果撤销阐释系统，许多传统的象征可能迅速消退——时过境迁，谁还会始终记

---

1 张江：《阐释的冲突：合理破除人文与科学的研究方法藩篱》，见张江等：《视域融合、形式建构与阐释的当下性》，《探索与争鸣》2020 年第 12 期。

得华表、麒麟、白鹤或者菩提树象征什么呢？总之，一个有待阐释的世界首先是人类描述的世界。

　　然而，令人苦恼的是后续而来的问题：人类对于世界的描述——包括各种划分、切割、解析——以及阐释变动不居。社会文化对于物质意义的认知从未贴上封条。例如，树木的意义已经从燃料、建筑材料发展到生态环境不可或缺的要素，服装的意义已经从保暖、遮羞转移到装饰与身份显示。即使同一个认识主体与认识对象，意义的认定也会产生重大改变。对于《三国演义》《水浒传》《西游记》《红楼梦》四部名著，许多人不同年龄段领悟的内涵相距甚远。很大程度上，众多理论学派的新概念、新论点开拓了发现新型意义的视野。

　　某些观念可能重新划定阐释对象的边界，以至于所谓的"整体"不得不重新设定。通常认为，一首诗或者一部小说的"整体"以文本的边缘为标志，字数不变，意义完整。然而，"互文"概念的出现打开了文本的既定版图。如果一个文本的意义与众多相关的文本彼此交织，互相反射，那么，传统观念之中的"整体"遭到了破坏，阐释主体必须涉及的范围急剧扩大。而且，对于不同的阐释主体，"互文"开启的扩张线路远非一致。渊博的专家意识到的文本"整体"远远超出了普通大众的想象。相对于阐释对象本身，阐释意义的改变更为常见。许多时候，改变阐释意义的原因恰恰是，阐释对象组织到新型的事物关系之中。树木的意义从燃料、建筑材料到生态环境的要素，因为生活结构之中的树木位置出现了变化——树木从狭小的家居生活突围，纳入人类与自然环境的整体关系。生态环境的观念隐含了一种新型的宏观图景，这种图景赋予树木的特殊意义使之出现异于传统认识的"整体"形象。

　　文本或者树木通常以物质的形式存在。许多时候，物质形态成为划分阐释对象的首要标识，例如文字符号与生长于土壤的木本植物。相形之下，另一些观念性的内容模糊不定，缺乏外在形态与清晰的边界，例如哲学之中的"道""绝对理念"或者"存在"。这些概念没有对应的实体，若干所谓的"定义"无济于事。在哲学家心目中，这些概念指谓的宇宙本源犹如一个无边无际的阐释对象。即使是同一个哲学家，这些概念的内涵也可能转移滑动，前后不一。运行这些概念的时候，人们更多地参照它们置身于某种哲学体系承担的功能给予理解。阐释对象如此不稳定，哲学阐释往往带有强烈的个人化风格——甚至可以说，这恰恰是相当一部分哲学家的追求。

这必须形容为活跃，还是形容为混乱？在我看来，二者兼而有之。思想史屡屡证明，某些独辟蹊径的观点并非产生于严谨的常规论证，而是来自思想范式的革命性颠覆——一些富于冲击性的阐释以釜底抽薪的方式促成了这些颠覆的到来。无论是宗教经典、哲学经典还是文学经典，阐释即是意义的再造。更为有趣的是，另一些人文学科的概念如同一个简单的框架，内涵尚未确认就已经大面积流行。积极的意义上，这可能成为"生产性"概念——那些初步的界说成为开启另一个思想方向的引导，种种后续的补充不断地扩张思想空间。这时，阐释的分歧意味了多向的探索。对于文学研究说来，"现实主义""浪漫主义""现代主义""后现代"这几个著名概念均带有上述特征。"现实主义"之称流行于库尔贝的画展，倡导者并未附上所有批评家共同接受的标准定义。事实上，这个概念始终在多种阐释乃至激烈争论之中持续流传，至今仍然充满活力。之所以将"现实主义"形容为"生产性"概念，是因为不断的阐释与再阐释带动了文学生产。

然而，活跃乃至"生产性"不能消除"强制阐释"隐含的破坏。如何形成二者的辩证平衡？张江教授概括的四句话表明了他对于"强制阐释"的基本观点："第一，文本本身的意义是有限的，如果一个文本的意义无限，便不再需要其他的文本出现。第二，人的阐释是无限的，阐释者可以对文本进行无限阐释。第三，阐释不一定有效。第四，阐释的有效与否由

公共理性决定，而公共理性的发展和变化也决定其未来有效与否。"[1] 我深
为赞同这些基本观点，仅仅对第三点和第四点略为补充——很大程度上，
文学阐释可以视为这些基本观点的例证。

四

　　无论是意识形态分析还是自然科学的描述，一个不争的事实是，强制
阐释广泛存在于众多学术领域。从文学研究、历史评论、社会学考察到宗
教与哲学，强制阐释比比皆是。某些时候，甚至自然科学也不能幸免。总
之，"不客观"成为大面积的客观状况。通常认为，"不客观"是一种负面
的文化性格：曲解、固执、自以为是、罔顾事实、一叶障目、以偏概全，
如此等等。这种文化性格不仅制造种种日常的意外纠纷，而且可能酿成严
重的事件，例如任意罗织罪名，或者随心所欲地评判公共事件。然而，强
制阐释如此普遍地渗透历史内部的文化机制，以至于人们不得不考察这个
问题的背面——某些时候，这种现象是否可能隐含积极的意义？

　　精神领域新陈代谢的一个症候即是阐释的叠加。这时，社会文化空
间出现多种意义的交织、替代和冲突。进入竞争状态之后，种种意义相互
贬低的常见口实往往是"强制阐释"。人们可能忽略的是，"强制"并非附
加于错误结论的必然形式——许多时候，"强制"也可能构成正确结论突
破传统观念钳制的特殊手段。对于中国传统文化的贬斥，鲁迅的《狂人日
记》显然过甚其辞："我翻开历史一查，这历史没有年代，歪歪斜斜的每
叶上都写着'仁义道德'几个字。我横竖睡不着，仔细看了半夜，才从字
缝里看出字来，满本都写着两个字是'吃人'！"[2] 按照科学的严谨与客观，

1　张江：《阐释的冲突：合理破除人文与科学的研究方法藩篱》，见张江等：《视域融合、形
　　式建构与阐释的当下性》，《探索与争鸣》2020 年 12 期。
2　鲁迅：《狂人日记》，见《鲁迅全集》第 1 卷，人民文学出版社 2005 年版，第 447 页。

如此立论有失公允；然而，五四新文化运动的革命气氛时常抛开那些四平八稳的论调——《狂人日记》追求以惊世骇俗的尖刻击穿鲁四老爷、高老夫子、赵太爷们的伪装。

另一些场合，"强制阐释"坚持的"错误"结论并非只有消极的后果。人们可以想到欧·亨利的小说《最后一片叶子》。廉租房里的一个肺炎患者丧失了活下去的勇气。她数着窗外空墙上一株长春藤上残留的叶子，预想最后一片叶子被寒风刮走的时候就是她的死期。一位画家半夜攀上空墙在长春藤旁边画了一枚叶子——这一枚不落的叶子重新唤起患者的求生欲望，以至于她奇迹般地痊愈了。最后一片叶子与死期的联系是一种"强制阐释"，画一枚叶子延续这个谎言是双重的"强制阐释"。然而，生活如此奇妙，两个误解居然把患者从死神手中抢回来了。当然，还可以为"强制阐释"找到另一些有趣的特殊例子，譬如"创造性的误用"。对于美国诗人庞德的研究表明，他误解和误用某些汉字意外地增添了诗歌的魅力——跨文化的"强制阐释"阴差阳错地撞开了幸运之门。[1] 从对象——阐释——精确的结论——社会效果，四个方面的联结时常被设定为笔直的逻辑轨迹。然而，生活之中的因果关系往往编织成交叉的网络，奔赴目标的进展路线时时如同跳棋那样——对着一个意外的方向猝不及防地一跃。

这种状况表明另一个坐标体系的存在——各种阐释的结论以及"强制阐释"不仅相对于专业领域，而且在另一个坐标体系获得评价。专业领域与另一个坐标体系的评价可能产生意味深长的落差，甚至指向不一。众多专业领域错综交叠，意向交错；如同医学上"全科医生"的存在，另一个坐标体系必须对众多专业领域的价值形成综合评判，并且调节评价的分寸。这个意义上，海德格尔对于梵高绘画《一双鞋子》的阐释带给我的观感相对复杂。我认同张江教授对于海德格尔的批评——海德格尔阐释的

1　参阅李勇：《西方作家对汉字的创造性误用——以谢阁兰和庞德为例》，《广东社会科学》2020年第3期。

"不是鞋子，而是自我，是自我的意念与思想。如此阐释，完全无需梵高的鞋子，其他任意器具，皆可铺陈渲染类似话语"[1]。然而，恰恰由于海德格尔借助《一双鞋子》的阐释转述了精彩的思想，以至于我降低了对这一项"强制阐释"的反感而更多地为海德格尔的观点所吸引。我并未在专业领域与张江教授的分析产生分歧，对于海德格尔的认可源于另一个坐标体系的启动。必须承认，某些"有懈可击"的阐释可能包含特殊的启示，譬如精神分析学。弗洛伊德主义问世以来，由于论证缺陷产生的争议从未减少，然而，忽视"无意识"以及"深度心理学"隐含的思想能量肯定是令人惋惜的重大损失。

"据理力争"是种种意义竞争的合法形式。然而，另一个坐标体系可能对"强制阐释"保持宽容——古往今来，一些叛逆性观点或者边缘的声音往往借助强制阐释的形式挤入正统文化的辖区。作为统治的观念体系，正统文化拥有的强大权威严密地防范革命与反抗的异端思想。如同披上麻痹对手的伪装，异端思想的潜入时常祈求经典文本的掩护，注疏与阐释成为驻足、繁衍与发育的缝隙。事实上，许多传统的思想家擅长依赖经典文本的注疏与阐释表述自己的特殊心得。言之有据的"学问"可以避免莽撞地出头露面，这种文化策略比"我手写我口"更易于获得认证通过。许多经典文本注家蜂起。如果说，阐释对象独立而完整，阐释的结论确凿不移，那么，标准答案只能有一个——大部分注家无法避免"强制阐释"之嫌。尽管如此，这些注家不是无事生非。除了补充乃至矫正前辈的未尽事宜，借酒浇愁是某些"强制阐释"的隐蔽动机。学术范畴之外，"强制阐释"是革命者从事非常之举的拿手武器。例如，远在秦末著名的大泽乡起义，陈胜、吴广不仅用丝绸制造特殊的文本置入鱼肚，而且以鬼神的名义进行"强制阐释"。换言之，某些"强制阐释"之所以值得肯定，恰恰因为无理的形式抵达了合理的历史目标。

1　张江：《再论强制阐释》，《中国社会科学》2021 年第 2 期。

必须立即补充的是，提到另一个坐标体系的存在决非恣意"强制阐释"的借口。严谨的阐释规范是必要的"程序正义"。尽管某些思想家可能不拘一格，但是，这种待遇必须符合必要的附加条件。如果海德格尔仅仅从《一双鞋子》之中引申若干平庸之见，如此"强制阐释"几乎不可容忍；另一方面，如果这些阐释依附于更为合适的考察对象，接受结论的阻力显然会更少一些。

相对于哲学阐释或者历史阐释，文学阐释学仅仅是阐释内部一个规模有限的分支，虽然接受美学或者读者反应批评显赫一时。文学批评史证明，文学阐释属于争论的多发地带，阐释的对象为"形象"是形成这种状况的重要原因。无论是社会历史批评、精神分析学还是符号分析，文学阐释的工作往往是表述形象蕴含的种种意义。然而，每一个阐释主体——许多时候，这些阐释主体由文学批评家担任——对于形象的认识大相径庭。从贾宝玉的多情、阿 Q 的自我安慰到哈姆雷特的犹豫、堂吉诃德的偏执，各种阐释层出不穷。这些阐释一部分来源于相同问题的不同观点，一部分来源于不同的问题清单。面对一个茶杯，阐释主体可能对几何形状与容积感兴趣，也可能争论茶杯的材料和色彩。这个意义上，"强制阐释"的鉴定并非易事。文学形象内部包藏重重叠叠的意识形态密码，每一种密码均可提供阐释的线索。《水浒传》之中的宋江是一个义薄云天的江湖好汉，还是一个时刻渴望招安的投降派？这意味着同一个问题背后两种观点的较量。宋江是一个"厌女症"患者吗？这显然是另一种性质的理论故事了。文学阐释之中，无法以同一个理论前提通约的观点愈来愈多。社会历史批评学派详细地分析人物的社会经济条件和阶级地位，对于"无意识"或者"恋母情结"嗤之以鼻；结构主义热衷于阐述情节构造内部各个角色的功能，脱离符号形式的人物是不可思议的——难道符号编织的纸面生命还能活在世界的哪一个角落吗？存在主义、女权主义、后殖民理论、新历史主义、生态批评、文化研究，如此之多的思想观念试图进入文学领地耕耘、播种和收割，文学阐释始终众声喧哗。

　　由于文学形象的典型与丰富，文学阐释成为思想孵化的重要场所；另一方面，由于缺乏当事人或者实物做证——文学人物或者山川草木不会从文本之中跳出来证实或者证伪，文学阐释同时是"强制阐释"擅长表演的舞台。无论如何，"强制阐释"始终是一个无法回避的难题。可以从一片树叶联想到一座森林，但是，将一片树叶形容为一座森林不可能成为令人信服的结论。许多时候，"强制阐释"带来巨大启发的同时，恰恰缺少令人信服的力量——阐释的"有效程度"不足。现在，我愿意对上述观点做出初步的总结："强制阐释"始终是一个刺眼的偏见，但是，完整地考虑周围思想环境的种种复杂关系，或许可以合理地认识、处置甚至利用这个偏见。

第二十章

文学批评、阐释与意义空间

一

每隔一段时间，文学批评就会发起小规模的自省与反思活动：或者诉诸学术会议，或者召集若干批评家聚首一份学术杂志发表笔谈，瞻望前贤，高山仰止，环顾现状，不胜惆怅。文学批评何为？批评家时常返回这个基本的原点，力图以追根溯源的方式找到一些问题的症结所在。这种自省与反思通常涉及一批熟悉的话题，譬如文学批评能否抵达文学现场，批评家为什么无法充当作家的益友与诤友，对于皇帝新衣式的作品缺少当头棒喝的勇气，佶屈聱牙的表述如何使大众望而却步，堆砌的理论概念是不是拧干了审美的液汁，哪些批评家遭受利益圈子的收买从事言不由衷的表扬，缺乏个人风格的陈词滥调犹如千篇一律的公式套用，古代文化传统的无知导致崇洋媚外的倾向，如此等等。

即使在中国文化语境之中，这些话题进入视野的时间多半业已超过三十年。尽管如此，它们仍然会周而复始地重现，犹如面容熟悉的运动员在相同的理论跑道一圈又一圈地循环。这或许表明，文学批评的自省与反思更像是临时表态。初步罗列各种症状之后，后续的纵深考察往往阙如。这些话题可以分解为众多理论和学术专题，各种脉络之中的辨析和讨论业已形成漫长的谱系。然而，理论枯燥，学术乏味，行程未半，脚力已尽，丧失了耐心与兴趣之后，那些令人费神的结论往往被视为言不及义的空中楼阁。每一次自省与反思之后，哪些方面开始达成共识，哪些方面仍然存在分歧，下一步聚焦哪些专题从而开启新的理论阶段，诸如此类的问题迟迟没有动静，文学批评实践遭遇的苦恼依然如故。久而久之，这些话题逐渐演变为挥之不去的焦虑，以至于开始损伤批评家的信心。

许多行业或者领域并不热衷自省与反思。为什么如此之多的人孜孜矻矻地长时间训练，千辛万苦地将一个直径 24.6 厘米的球体投入直径 45 厘米的圆圈？"篮球何为"的问题并未困扰多少篮球运动员，以至于影响运动场上的积极性。众多科学家坦然地置身于各自的学科版图。昆虫学家理所当然地认为，增添一个蝴蝶品种的记录意义非凡，尽管目前已知的蝴蝶近于 2 万种。物理学家也不会因为曲高和寡而向大众道歉，多数人弄不懂相对论肯定不是他们的错。相形之下，文学批评小心翼翼地左顾右盼，四处作揖，安抚作家与照顾大众情绪决非可有可无的枝节问题。如果文学批评仅仅是一些意义不明的话语生产，批评家无法心安理得地领取俸禄。这是一种责任心，也是清醒的工作态度。另一方面，现代社会带来的一个对比是：科学知识声誉日隆的同时，传统人文知识削弱了由来已久的权威。诗言志，文以载道，古代的人文知识时常全面负责意识形态领域的观念体系生产；进入现代社会，科学知识形成强大的"祛魅"功能。无论是世界范围的"两种文化"之争还是 20 世纪 20 年代张君劢、丁文江等思想家发起的"科学与玄学"的论战，科学知识的意义大幅增值。科学知识不仅重塑社会文化与人生观，同时，科学以及技术赋予社会历史的积极作用获得全面宣传。科学技术历数协助物质生产与经济繁荣的业绩时，人文知识无法提供足以媲美的贡献。文学批评始终从属人文知识，批评家往往因为缺乏一目了然的实用目标而心虚。当工程师设计的火车、飞机彻底改造了人类交通体系的时候，文学批评的浪漫主义与现实主义之争意义何在？当果树栽培技术振兴了乡村经济或者互联网促成了又一次通信技术飞跃的时候，批评家津津乐道的"文以气为主""以禅喻诗"或者"文本""后现代主义"又能带来什么？因此，持续的自省与反思往往包含自我辩解的成分：文学批评并非摇唇鼓舌的空话，而是始终重视改善自己的工作。

人文知识内部，文学批评同时被卷入所谓的"鄙视链"。对于文学说来，作家或者诗人稳居鳌头位置，充当文学生产者，主导各种产品的型号以及质量；大众作为消费者存在，大众的接受或者拒绝对于文学生产举足轻重。两大阵营之间，文学批评似乎是一个被动协调的角色。批评家负责作品的阐释、评判，既打算教诲作家，又考虑引导大众，但是，他们往往高谈阔论而两手空空，什么也看不上却什么也写不出来。作家曾经表示，该说的一切俱已写在作品之中，摇旗呐喊的文学批评如同多余的蛇足。批评家的喋喋不休对于大众影响微弱。多数人觉得，喜欢或者厌恶一部作品随心所欲，没有必要毕恭毕敬地听从文学批评指教。另一种"鄙视链"设置于学院内部。无论是学科的配置还是学院内部的流行观念，古典文学研究或者现代文学研究的位阶高于文学批评。许多人有意无意认为，古典文学研究观点的稳定性优于现代文学研究，正如现代文学研究观点的稳定性优于当代众说纷纭的文学批评。古典文学研究或者现代文学研究提供各种"硬知识"，譬如作者生平、诗词格律的形成年代或者版本演变等不至于朝秦暮楚的结论，文学批评停留于"趣味无争辩"阶段，种种音量不一的喧哗可能仅仅是过眼云烟。

如果文学批评的自省与反思长期纠缠熟悉的话题，浅尝辄止，久攻不下，会不会形成一种遮蔽，以至于无法正视文学批评实践正在卷入的另一些话题？譬如，文学批评与民族文化传统的联系正在获得愈来愈多的关注。许多批评家指出，西方文学理论的概念和命题广泛分布于中国文学批评之中，很大程度地支配文学的判断与再生产。现在是改变这种状况的时候了。重返民族文化资源的时候，中国古代文学理论的创造性转化成为紧迫的工作。从审美范式的特征、汉语独特魅力的展示到"思无邪"的诗学或者中国叙事学，中国古代文学批评史的众多命题、概念重现生机。然而，理论语言的转换可能带动另一些深层理论问题的浮现：一个民族的文学批评能否或者如何介入另一个民族的文学——中国古代文学批评史的命题、概念对于日本文学或者欧洲文学有效吗？如何认识民族内部隐含的文化矛盾——例如儒家学说之中"温柔敦厚"的诗教与鲁迅"摩罗诗力说"之间的分歧？历史的追溯表明，这些问题远在晚清已经进入思想家的视野，激烈的争辩延续至今。无论是保持理论体系的完整还是面对文学史上品种繁多的文学作品，文学批评没有理由回避这些问题，或者低估问题的复杂程度。

文学批评必须意识到，文学乃至文化的表意方式正在出现大规模转换。电影、电视以及互联网上各种视频作品的涌现再度表明符号体系的意义。传统的现实主义文学与形式主义为中心的批评学派存在尖锐的交锋，但是，二者的共同基础是语言文字符号体系，尤其是印刷文化背景之下的书面文字。相对于口头文化的传播形式与传播范围，印刷文化构成了远为不同的公共空间，"印刷资本主义"的命题甚至视之为另一个历史阶段的催生因素。语言文字符号的意义时常超出传统的"形式"范畴而投射于社会历史之中。叙事学发现的叙述视角不仅指出了情节叙述的一个"形式"层面，这个发现同时延伸至重大的文化博弈。例如，女性主义文学批评或者"后殖民"理论往往从叙述视角的分析开始：哪一种性别或者哪一个民族文化的视角正在支配情节叙述的路线？隐蔽的价值评判如何潜伏于这种视角之中？如果意识到符号体系本身隐藏的各种意识形态脉络，文学批评必须对电影、电视、视频作品诉诸的影像符号表现出足够的洞察力。尽管影像符号与印刷文化的文学作品共享很大一部分审美原则，然而，另一些前所未有的性质已经出现。一些批评家察觉，影像符号造成视觉感官的直接反应带有强烈震惊之效，这种震惊无形地取消了语言文字符号阅读隐含的反思意识。另一方面，影像符号作品的经济意义正在急剧增加，"文化"与经济领域之间的传统界限甚至开始失效。电子技术强大的传播网络对于影像符号的内在组织产生深刻的干预作用，投资、市场、广告、传播范围与作品"形式"之间的互动程度远远超过文学作品。互联网传播甚至开始改造印刷文化延续已久的作品形式，数百万乃至上千万字的巨型小说连载比比皆是。与这种情况遥相呼应的是文学批评的一个崭新动向：大数据正在成为一些批评家的称手工具。各种"算法"与传统的人文知识框架如何兼容？这些问题已经迫在眉睫。

相对各种接踵而至的理论挑战，那些三十年不变的话题显出了陈旧的气息。当然，陈旧并不是视而不见、避而不答的理由。我想指出的是问题的另一面：如果始终保持低下的思想效率，文学批评只能在人文知识之中扮演迟钝的落伍者。

二

一些批评家的自省与反思流露出一种期待：回归文学批评本体。文学批评的软弱、无效、误差、错判往往因为偏离本体而不知不觉地拐进了岔道。何谓"文学批评本体"？一个公认的描述并未发布。尽管如此，许多人相信存在某种"本质主义"的规定，合则兴，离则衰，成功的文学批评必须消弭与"本体"的差距。"本体"如同一种理论制造的心理安慰。当然，"本体"崇拜远远不限于文学批评，"文学本体""音乐本体""绘画本体""书法本体"之说此起彼伏。

"本体"表示根本与纯粹，表示一个事物独一无二、不可替代的内涵，亘古不变，始终如一。即使放弃严谨的哲学表述，"本体"仍然包含"本真""本原"的语义。然而，对于文学批评说来，"本体"是一个必须谨慎使用的概念。至少文学批评史未曾提供"本体"存在的明显证据。从《论语》的诗可以"兴""观""群""怨"的观点，洋洋大观的《文心雕龙》或者杜甫的《戏为六绝句》、司空图的《二十四诗品》，从亚里士多德的《诗学》、黑格尔的《美学》到勃兰兑斯的《十九世纪文学主流》或者罗兰·巴特的《S/Z》《恋人絮语》，各种形态的文学批评纷至沓来。或者阐述哲学理念，或者佐证社会历史，或者描述文本结构，或者专注精神分析，批评家涉及的主题层出不穷，方向迥异，无法想象文学批评会在未来的某一个时刻驯服地集合在"本体"的名义之下，面目雷同，如出一辙。

正如韦勒克所说的那样，现今的文学研究划分为文学理论、文学史与文学批评三个领域，分门别类，各司其职。尽管如此，人们没有理由将三个领域视为固定的疆土，每一个领域分别拥有必须遵循的独特范式，仿佛这些范式是"本体"的外在显现。事实上，三个领域的划分很大程度上来自文学教育的学科设置，是现代知识分类与课程设计的共同产物。现今人们熟悉的文学理论或者文学史是与学院相互协调的现代学术语言。许多古代文学批评家心目中，三个领域往往浑然一体，融会贯通，不存在规定的标准格式。

庞大的人文知识体系之中，文学批评的多种形态毋宁说表明了承担的多种功能。古往今来，文学始终与另一些人文知识门类交织在一起，彼此呼应，同时又彼此区别，譬如哲学、史学、美学、社会学，等等。文学与这些人文知识门类的相互印证、相互比较与相互阐释、相互引申是文学批评的重要内容。现代知识分支愈来愈清晰、各个门类的独立性愈来愈强的时候，文学批评同时开始注重论证文学与另一些人文知识之间的边界。所以，人们可以在中国古代批评家那里发现大量"文以载道"的论述。当"道"被设想为主宰天地的至理时，文学必须为"道"的弘扬做出贡献？否则，沉溺于遣词造句的雕虫小技又有什么意义？无论如何阐释"道"的内涵，中国古代文学批评之中圣人之"道"——某些时候亦即古代的哲学观念——对于文学的垂训始终是一个强劲的主题。古希腊也是如此。柏拉图不仅身为古希腊哲学家，同时也是西方文学批评的鼻祖。他之所以主张将诗人逐出理想国，恰恰由于诗人的哀怜癖与感伤癖触犯了他秉持的理性主义人格标准。哪怕文学批评概念还未获得正式确认，文学鉴赏与文学品评之中的思想宣谕已经开始。

文学批评与历史学结盟的方式更为复杂。中国古代文学批评之中，

"以诗存史"或者"以诗证史"是诗人的一个特殊任务，批评家曾经将"诗史"的赞誉授予杜甫等诗人。小说叙事时常被视为历史叙事的补充。"小说者，正史之余也"，一批演义小说对于各种历史题材进行铺张渲染，加工补充，试图赋予历史一种生动可感的形象。亚里士多德的《诗学》认为，文学比历史学更富于哲学意味，文学批评开始将文学、哲学、历史学三者纳入同一个理论图景。社会历史批评学派出现之后，批评家表述之中的"历史"含义愈来愈丰富："历史"既可能指作品内容再现的时代与社会，也可能指产生一部作品的历史语境。换言之，批评家时常从不同的维度分析文学与历史的相互关联。

文学批评将文学与审美联系起来是后来的事情。无论孟子的"充实之谓美"，老子的"天下皆知美之为美，斯恶已"或者庄子的"天地有大美不言"，这些观点并未将审美作为文学乃至艺术的专属产品。由于鲍姆加登的著作《美学》，18 世纪"美学"开始作为一个学科出现；不久之后，康德的"审美无利害"思想产生了重要影响。"为艺术而艺术"的主张以及一部分形式主义或直接或间接地回应了审美独立的呼声。一种观点认为，19 世纪之后，审美才被视为文学艺术的特殊品质[1]。至少人们可以察觉，19 世纪至 20 世纪，审美在文学批评之中占有的份额愈来愈大。

传统的诗话、词话是中国文学批评史的重要一章，风格轻灵，剔精抉微，通常围绕具体的文本进行各种案例分析。相对地说，厚重渊博的考据训诂之学充当中国学术史的特殊标记，乾嘉学派声名卓著。尽管文学作品仅仅是这种治学对象的很小一部分，但是，宽泛的意义上，文学批评愿意向"学术式"的研究表示敬意，继而在力所能及的范围追随效仿。现今的"学术式"的研究包含文学理论与文学史考察，带有明显的学院风格。从材料的收集、梳理到井井有条的归纳分类，文学博士按照严格的学术规

1　参见陈嘉映主编：《西方大观念》第一卷"艺术"词条，翁海贞、陈焰译，华夏出版社 2008 年版，第 51 页。

范撰写学位论文。许多论文仿佛表明，观点的创见远非那么重要，重要的是证据收集以及严密的论证。学术的首要意义不是惊世骇俗，而是严谨与"客观"。缺乏充足的资料支持，理论思辨的逻辑架构犹如花拳绣腿；印象主义感想不过若干莫衷一是的临时观点。20世纪一些批评学派显现的新型学术模式拥有愈来愈大的理论含量。精神分析学批评学派盛行之后，弗洛伊德到拉康的众多概念术语充当了文学批评赖以运行的齿轮，形式主义或者结构主义批评学派很大程度地引入现代语言学，"能指""所指"的区分或者"共时之轴"与"历时之轴"的转换熟练地穿插在批评家的论证之中。

从思想的宣谕、历史标准的衡量到审美或者学术，这些功能的概括显示出文学批评业已肩负的不同文化使命。围绕文学作品的阐释与评判，文学批评既可以展示理论的深邃与宏大的思想体系，也可以表述激动人心的审美体验，既可以开启新的历史视野，也可以树立严谨渊博、言之有据的立论方式。某些时候，不同形态的文学批评可能相互鄙薄，譬如，理论的高瞻远瞩往往对考据训诂的琐碎罗列表示不屑，审美分析嘲笑另一些批评学派纠缠于"外部研究"而无法领悟文学的精髓，如此等等。文学批评的争长论短无可厚非，重要的是，没有必要以"本体"的名义统一文学批评形态，进而发布标准的规定动作。不拘一格恰恰表明文学批评游刃有余的文化身份。历史还可能赋予哪些新的文化使命？文学批评并不会因为某种僵硬的紧身衣而无法动弹。

事实上，近期十分活跃的"文化研究"显现出文学批评的自如与弹性。

三

作为一种宽泛的文学批评潮流，"文化研究"兴起于20世纪下半叶。"文化研究"不存在某种固定的理论纲领、理论框架或者方法模式。人们既可以从中发现符号学的意识形态分析，也可以看到宏观的社会历史批评，既有女性主义对于男性中心主义的犀利批判，也有后殖民理论对于种族歧视的愤怒谴责。精神分析学转入社会无意识或者考察历史著作的叙事学时常带来出其不意的结论。如果说，传统的文学史往往围绕文学经典的轴心，那么，"文化研究"向通俗的大众文化敞开了大门。从流行歌曲、肥皂剧、武侠小说、侦探小说乃至酒吧的设计、报纸杂志构造的公共空间、展览馆的布展理念、互联网空间的电子游戏群落，甚至一张竞选照片、一场拳击赛事、一款休闲服装，"文化研究"仿佛无所不能，八面出击，种种解说津津有味。如此庞杂的内容显明，"文化研究"不再遵从某一个传统的学科版图，循规蹈矩，突破藩篱与批判精神是"文化研究"的重要特征——包括批判传统的学科对于知识的僵硬分割。这个意义上，"文化研究"代表了文学批评的一种努力：冲出学院的围墙，将学术训练形成的各种分析能力或者批判精神引入广阔的世界。无论是来自悬殊的阶级地位还是来自性别与种族的差异，各种压迫、歧视或者经济、精神盘剥隐藏于社会文化构造之中，成为普遍的流行观念，甚至固化为普遍接受的符号体系。人们寄居于各种文化、符号构筑的隐形建筑，一如寄居于自然的山川原野。"文化研究"力图指出，这些流行观念并非天经地义的"自然"，而是包含种种人为的设计。谁的设计？为什么如此设计——符合哪些人的意图，或者损害哪些人的利益？当然，这些设计的意图掩埋在种种文化表象背后，甚至已经成为习焉不察的无意识。这时，"文化研究"必须表现出穿透文化表象的洞察力，从而将世界作为一个文本进行分析。如果将"文化研究"视为文学批评的扩展版，那么，历史提供了文学批评大范围介入社会的机遇，从课堂上的文学经典进入日常生活。

"文化研究"破门而出，蔚为大观，同时也由于泥沙俱下而积累了许多问题，包括"游戏式"的知识炫耀形成的另一种学院气味。然而，"文化研究"遭受的普遍质疑是，文学又到哪里去了？不论是电子游戏还是休闲服装，这些能算真正的文学吗？文学课堂难道必须为之腾出宝贵的时间与空间？与此同时，"文化研究"背后五花八门的理论资源正在成为一个杂乱的仓库。精神分析学或者结构主义晦涩的理论术语令人窒息，解构主义或者阐释学不知所云，围绕互联网、数码的另一波科学名词又铺天盖地而至。这是在谈论文学吗？德里达、拉康、齐泽克乃至詹姆逊这些理论家的批判锋芒始终裹藏在晦涩的表述背后，文学阅读所制造的快乐消失殆尽。当女性主义批评家将《简·爱》之中藏匿于阁楼的"疯女人"形容为女主人公简·爱的"无意识"时，这一部小说带给人们的初始激动宛如幻觉。破除审美幻觉仿佛成为一些批评家的快乐。古代的许多批评家——无论中国的还是西方的——文采斐然，他们的文学批评与文学作品交相辉映。然而，这种景象已经一去不返。那些春风拂面一般的文学批评在"印象主义"的鄙称之下退缩至大众传媒，所谓的"现代"文学批评必须穿行于种种理论资源的缝隙，贴上必要的标签，否则无法领取"学术"的称号。如果文学沉没在种种宏大的理论词句之下，文学批评还有意义吗？一种嘲讽性的概括正在流行：没有"文学"的文学理论或者文学批评。

　　"没有'文学'"之说或许有失公平。"文学"一词并未在文学理论或者文学批评之中消失，消失的是文学批评的两个传统主题：审美，以及作家如何写出更具审美价值的作品。考证五万多首现存的唐诗出现过多少花卉品种，归纳 18 世纪小说之中的家具或者服装款式，或者，谈一谈几个著名作家一次聚餐时的菜单，发掘某一个文学流派内部成员之间若干争风吃醋的逸事，这些来自"文学"的种种研究多半无助于审美价值的评判。与审美脱钩的文学批评意义何在？这是由来已久的争论焦点。浪漫主义以来的一个普遍观念是，杰出的文学作品毋宁是天才与灵感的奇妙产物。如果说，一个工程的设计或者一幢建筑的完成依赖种种公式的计算，这些计算可复制、可传授，那么，文学以及艺术的特征是不可究诘，所谓天机纵横，兔起鹘落，于刹那间握住了永恒。如此之多神秘的审美与创造之谜等待破解，文学批评怎么能扬长而去，将旺盛的精力转移到另一些无关紧要的问题之上？

必须坦率承认，"文化研究"说出了审美愉悦之外的另一些东西，种种结论可能提供意外的认识，例如揭示出某些历史的暗角，隐蔽的文化预设，强大符号体系遮蔽的无意识，如此等等。审美之眼不可能洞悉社会历史的全景。如果文学批评借助文学察觉审美之外的各种内容，这决非文学的耻辱，学科之间的互助毋宁是文学的光荣——正像哲学著作也可能产生"诗意"，或者经济学可以补上历史叙事缺少的数据细节一样。需要澄清的是另一个观念：这些结论不可能真正代替审美。哲学或者历史学的赞赏不能直接等同于审美的深刻，获取哲学或者历史学结论的分析方式也不是作家写作的依循模式。更为复杂的情况是，一些审美意义上乏善可陈的文学作品仍然可以赢得哲学或者历史学的褒奖。

"文化研究"显示出开阔的阐释视野，但是，多元的阐释观念同时诱发出"过度阐释"或者"强制阐释"问题。之前的接受美学也遭遇相似的困扰——作为现代阐释学的分支，接受美学既是受惠者，也承担各种遗留问题。如果说，传统阐释学往往以阐释作品的"原意"为旨归，那么，现代阐释学将阐释的主动权移交给阐释者。海德格尔、伽达默尔等一批思想家彻底扭转了阐释的观念：所谓的"原意"渺不可追，重要的是阐释主体的理解。阐释主体的期待视野、成见、前理解结构决定阐释可能从作品文本之中看到什么。"原意"的客观阐释仅仅是一种理论预设，所有的阐释都无法完全摆脱阐释主体的主观成分。对于接受美学说来，阐释主体即是读者。与作家中心论的文学批评相反，接受美学的中心转向了读者。换言之，读者如何接受亦即作品文本的意义如何显现。不同的读者可能形成迥异的作品理解。"一千个读者就有一千个哈姆雷特"已经成为众所周知的名言。这些意义不必征求作者的同意。中国古代批评家也有另一句名言："作者未必然，读者何必不然。"[1]

---

1 [清] 谭献：《复堂诗话》，见《词话丛编》第 4 册，唐圭璋编，中华书局 1986 年版，第 3993 页。

现代阐释学认为，一个作品文本可能出现多种意义的解读，"见仁见智"是普遍的状况。"原意"不再为独断的阐释提供前提，每一个读者都有可能从不同的方向加入意义的建构。因此，接受美学迟早必须考虑一批后续的问题。首先，独断论破产之后，是不是意味着解读愈多愈好？不论一部文学作品、一条新闻还是一张请假条、一则通告，无限的解读肯定表明交流链条的崩溃。独断与无限之间，现代阐释学如何划出自己的范围？其次，读者究竟拥有多大的权力？如果一批读者认为，现今网络小说的成就远远超过《三国演义》《水浒传》或者《红楼梦》，文学史是否接受这种评判？再次，相对于作家，批评家显然划归读者范畴。许多时候，手持理论放大镜的批评家可能抛出各种奇特的观点，譬如从《哈姆雷特》之中发现"恋母情结"，从《尤利西斯》之中挖掘出神话象征结构，或者将《红楼梦》视为清世祖与名妓之间风流韵事的影射。许多人觉得，这些观点意外到令人难以置信的程度，貌似严密的理论推理犹如"过度阐释"。尽管如此，后续的理论确认往往突然落空：感觉之中的"度"在什么位置上？如何设立——共同认可这些"度"的依据是什么？最后，某些难以置信的观点带有强行推广的力量，正如"强制阐释"这个概念所描述的那样，甚至可以"指鹿为马"。人们熟悉的外部世俗权力仅仅是一种因素，许多"强制阐释"同时依赖各种隐蔽的网络，例如阐释者的学术地位、阐释观念的文化声望、先声夺人的论证方式、拥戴者的盲从，等等。如何区分"强制"与"合理"之间的界限？

进入文学乃至文化现场的时候，文学批评的审美经验概括、通俗晓畅的表述以及直言不讳的勇气不可或缺。然而，"文化研究"表明，强大的阐释能力才能造就真正的启示。这种阐释可能超出文学范畴，广泛涉及文学辐射的各个区域，文学充当了展开的支点。恰恰由于阐释的充分展开，潜藏于阐释学内部的各种理论问题浮出水面，再度考验批评家。

四

接受美学的中心转向了读者。随之而来的必然追问是，文学批评的读者又在哪里？如果一个文本的文化生命依赖读者的参与与延续，文学批评文本亦然。有趣的是，多数批评家首先关注一个特殊的读者——作家，尤其是他所谈论的那个作家。作家的赞赏通常被视为不可多得的荣耀。如果作家表示不屑、反感甚至恶语相讥，批评家往往觉得沮丧或者伤心，仿佛满腔的激情遭到了一瓢冷水。尽管批评家早就从理论上摆脱了对于作家的依赖，但是，来自作家的不满仍然遗留下难堪的心理阴影。

现代阐释学放弃了"原意"的认定，很大程度上将文学批评引出作家的光圈。许多时候，许多人不假思索地将文学作品的"原意"等同于作家意欲表达的内容。作家的写作意图——不论披露于作品发表之前还是之后——往往被视为首要证据。然而，与现代阐释学不谋而合，"新批评"于 20 世纪 40 年代提出了"意图谬误"的观点。"新批评"认为，作家的写作意图远非那么重要，甚至可能带来误导。又有多少作家可能在作品之中完全实现自己的意图？"新批评"倡导的是绕开作家的写作意图，专注地分析作品的文本，譬如肌理、张力、隐喻等。"意图谬误"表明文学批评的一个重大观念转折：作为批评家的考察对象，文本语言构成的价值远远超过了作家的写作意图。随后兴盛的结构主义与解构主义批评学派延续了这一条理论脉络。语言结构置于作家之前是"语言转向"哲学思潮的副产品之一。"语言转向"哲学思潮削弱了主体的意义。主体不再是文化的轴心，闪耀理性主义的光芒，自如地组织各种符号体系制造出文明景观；相反，主体是建构起来的，各种符号体系恰恰是主体建构的材料。如果没有语言以及其他符号体系形成的"文化"填充于人们的意识之中，所谓的"主体"还能是什么？语言与符号体系决定了主体。结构主义描述了宏大的语言结构，指出这个结构赖以运转的内部构造，主体只不过是语言结构组织与运转集聚的一个枢纽点。主体仿佛按照自己的意愿调遣语言从事叙事与抒情，但是，真实的情况毋宁是，主体只不过充当语言结构内部各种规则的执行者。结构主义相信宏大的语言结构居高临下地支配众多语言作品，无数的小说、诗歌犹如一种结构的不同翻版。相对于如此之多的文学作品，这种观念显然太粗糙。"互文"概念的出现多少弥补了这一点。"互文"描述的仍然是语言层面的互动，文本之间、文体之间乃至不同符号体系之间可能形成某种生产性的相互促进，用罗兰·巴特的话说，是"多种写作相互结合，相互争执"，"文本是由各种引证组成的编织物"。[1]这种描述之中，主体仍然仅仅是一个被动的成分。罗兰·巴特所谓"作者已死"的论断建立在这种描述的基础之上。语言结构或者"互文"唱主角的时候，作者已经是一个多余的人。从阐释学、"新批评"、结构主义到"互文"，作家逐渐演变为一个遭受贬抑的理论符号。

尽管语言结构与作家的相互关系正在被理论重新设置，但是，多数批评家从未真正降低对于作家的关注——哪怕是罗兰·巴特。出现这种状况的重要原因是，作家多半担任文学领域的领跑者。批评家清楚地认识到，这个局面并未改变。批评家力争做到的是，与作家并肩而行，展开对话，在对话之中指出另一些开阔的文学视野，从而影响和改善文学长跑的方向和速度：

> 主体的独立是对话的前提。在平等的基础上，作家与批评家分别发出自己的声音，相互交流。除了肯定共同看法，双方还将坦率地阐明分歧。这改变了某种意见执导文学舆论的局面，多种声音的并存使文学王国的舆论结构从金字塔转向网络型。这种结构是相互参照、相互平衡、相互吸引的，而不是定于一尊。

1　〔法〕罗兰·巴特：《作者的死亡》，见《罗兰·巴特随笔选》，怀宇译，百花文艺出版社1995年版，第305页。

对话是对对方话语的积极反应，而不是一种不断重复的简单回声。回声只能在单调的回荡中越来越弱，对话却因为相互刺激而不断开始。这使双方的接触范围不断扩大，从而使一个话语制造出另一个新的话语。对话无法阻止偏执乃至谬误的看法传来，但对话机制却常常使偏执乃至谬误成为阐发公允与正确观点的起因。这是对相对主义绝对化的一种有效遏制。[1]

相对于活跃的对话机制，传统文学批评的归纳主义宗旨显得单调而僵硬。归纳的观念强调，批评家的任务是收集种种文学史的成功例证，总结若干共有的特征向作家推荐，甚至概括出种种不变的"规律"。科学哲学曾经指出"归纳"方法的不足。众多的例证无法阻止例外的到来。一万只白天鹅不能保证，一只黑色的天鹅出现在第一万零一只的位置上。严密的理论必须清除例外的逻辑可能，归纳无能为力。归纳对于文学的效力尤为有限。作家是一批迷恋独创的人。正如"影响的焦虑"这个命题表示的那样，他们甚至将回避——而不是重复——前辈的成功作为一个目标。因此，批评家的渊博引证往往未能获得足够重视，作家的讽刺之辞不绝于耳。

除了关注作家的回应，文学批评同时面向社会，充当文学与大众的沟通者，进而影响大众的审美素质。遗憾的是，大众多半并不领情，以至于批评家往往难以掩饰自己的失落感。首先，文学作品赢得大众的欢迎程度可能成为一个尴尬的参照。一个批评家曾经生动地说，正如菜谱与菜肴不可比拟，文学批评不可能享有文学赢得的待遇；[2] 尽管如此，二者还是被纳入不公的比较。读者的数量不仅是作家自我夸耀的口实，也是文学批评自惭形秽的理由。其次，文学批评的深刻、理性、分寸感以及理论思辨时常

1　南帆：《冲突的文学》，上海社会科学院出版社 1992 年版，第 284 页。

2　参见黄子平：《文学批评：专业态度和大众效应》，《上海文论》1987 年第 3 期。

在大众传媒夸张的商业宣传面前败下阵来。批评家往往对商业宣传的强大威力深感不解：明星八卦、拍摄花絮或者夸张的投资数额、可观的票房怎么可能比情节的分解或者人物性格分析更有说服力？然而，事实如此——批评家通常不是娱乐记者的对手。再次，文学批评拥有的专业知识远不如另一些领域的专家权威。医生诊断一个病人患上肝炎的时候，病人通常不敢自作主张地声称自己是肺炎；相对而言，大众时常对批评家的作品评判嗤之以鼻。大众有自己的口碑，同时以票房、收视率与点击率予以证明。一种观点认为，文化水平的普遍提高带来了强大的自信——肝炎或者肺炎人命关天，贸然置喙过于冒险，一部作品"好看""不好看"冷暖自知，专家的调教更像是学术腔敷衍的废话；另一种解释恰恰看不上所谓"文学知识"，某种程度的"反智主义"也是自信的重要来源。平平仄仄的诗词格律、魔幻现实主义的装神弄鬼或者象征主义、心理原型之类无非那些教授吓唬人的把戏。不听那一套，反而更好地理解金庸的武侠小说、电视剧《步步惊心》或者郭德纲的相声。

为时已久的焦虑，空前的理论资源，"文化研究"的成功与问题，文学批评与作家或者大众的关系，考察这些状况的目的是聚焦到一个话题：文学批评如何成为更为主动的历史角色？

五

文学批评时常活跃在文学前沿，与当代各种文学短兵相接，并且负责鉴别、筛选、分析、评判。"不断运动的美学"是别林斯基对于文学批评的著名形容。[1] 相对于文学史考察古代文学，文学批评的工作现场忙碌而凌乱，甚至应接不暇。但是，文学批评与文学史考察相似的工作方式是

---

1 〔俄〕别林斯基：《别林斯基选集》第1卷，满涛译，上海译文出版社1979年版，第324页。

阐释。阐释是鉴别、筛选、分析、评判的基本依据。阐释不是搜罗若干恰当的文学例证填充抽象乏味的理论原则，而是文学与理论原则之间的博弈。阐释表明一个历史时期可能出现哪些文学的理解——当然也可以反过来推测，另一些文学理解是否正在预示新的历史时期到来。文学批评如何内在地卷入历史运动，并且成为历史文化的有机组成部分？詹姆逊的《政治无意识》曾经指出如何以阐释的形式进入历史，同时，历史又如何积淀于阐释的形式之中。《政治无意识》"前言"的第一句话就是"永远历史化"[1]——阐释的意义构成了詹姆逊对这个命题的论证。总之，正如工匠或者农夫从事各种物质生产，批评家借助阐释分担创造历史的使命。

人类既栖身于物理空间，又栖身于意义空间。很大程度上，意义空间的建构与维持来自阐释。无论是一个城市、一条街道、一幢建筑物，还是一套服装、一副首饰、一个文本，一切既是物质构造，又贮存了各种意义，譬如富足、繁华、尊贵、深刻，或者清冷、寒酸、质朴、肮脏，如此等等。当文学以语言文字记述人间万象时，物理空间只是一个幻象，但是，这种幻象显示出完整的意义空间：

> 文学之中出现了一条街道、一间店铺、几个人物，这一切并非如实记录——文学表明的是这一切具有什么意义。"举头望明月，低头思故乡"也罢，"姑苏城外寒山寺，夜半钟声到客船"也罢，莎士比亚的《李尔王》也罢，鲁迅的《狂人日记》也罢，文学不仅仅是一些所见所闻，认识几张陌生的脸，而是进一步告知这一切现象背后隐藏了何种意义。[2]

1　〔美〕弗雷德里克·詹姆逊：《政治无意识》，王逢振、陈永国译，中国社会科学出版社1999年版，第3页。

2　南帆：《文学的意义生产与接受：六个问题》，见《先锋的多重影像》，现代出版社2017年版，第3页。

　　文学显现的意义空间是某种意义生产的起点，文学批评将成为意义生产与传递链条的后续环节，我曾经称之为"意义再生产"。[1] 或许传递"链条"意象的比喻过于单一，意义再生产毋宁形容为"网络"。文学批评的意义再生产可能多向展开，充满了歧义、争执与理论交锋："通常的文学批评就是阐发文本的各种意义，批评家之间的争辩即是意义争夺的常见形式"；超出文学范畴的"文化研究"更是如此："文化研究负责众多文化现象的意义解释。当然，这些解释同时包含了与另一些观点的角逐。文化研究的批判性格常常表现为，推翻传统的解释而挖掘出隐藏的另一些意义。后现代思潮盛行加剧了意义的争夺。去中心、去权威带来了意义解释的开放，许多传统的定论重新遭到挑战。意义的多种解释以及再解释不断地给社会带来新的意义空间。后现代社会眼花缭乱的感觉不仅因为过量的物质生产，同时因为超负荷的意义生产。"[2]

　　现在可以返回现代阐释学以及接受美学遗留的问题了。首先必须指出，近期的阐释学研究进一步明确了一些结论，我试图援引这些结论作为理论延伸的基础。第一，阐释学主张的"文本开放"意味着允许各种阐释，但是，一个文本并非拥有无限的意义；第二，阐释不存在边界，但是，有效的阐释存在边界。[3] 历史不可能阻止未来的阐释主体源源不断抵达，他们分别带有各自的期待视野、成见、前理解结构，可能提供无限的阐释观点；尽管如此，每一个历史时期的阐释主体是有限的，更为重要的是，每一个历史时期的文化结构决定了阐释主体的视野边界。从常识、逻辑、科学技术水平、符号体系的规则到文化传统、接受的文学教育、公认的文学经典、意识形态构造，构成历史语境的诸多因素有形无形地限制了阐释的范围。对于一部文学作品，固定的阐释文本与既有的阐释历史是不

1　参见南帆：《隐蔽的成规》第六章"批评与意义再生产"，福建教育出版社 1999 年版。

2　南帆：《文学的意义生产与接受：六个问题》，见《先锋的多重影像》，现代出版社 2017 年版，第 4 页。

3　参见张江：《论阐释的有限与无限》，《探索与争鸣》2019 年第 10 期。

可摆脱的起点——后继的阐释往往是对既有阐释历史的回应，无论赞同还是反对。这种机制如此强大，只有少量的阐释可能穿透层层叠叠的过滤而获得公开表述的机会。猜测李白的某一首诗歌暗合现代医学揭示的生理定律，认为诸葛亮的上辈子是一只狐狸，或者在《西游记》之中寻找太空飞船的遗迹，诸如此类荒诞的阐释将迅速遭到这种机制的屏蔽和驱逐。一部文学经典可能拥有多种阐释，但是，所谓的"多种"通常不过三五种。另一些勉强为之的"过度阐释"很快销声匿迹。许多时候，"过度阐释"的"度"并非精确的规定，而是这种机制的模糊默认。越界的阐释会立即产生"犯规"的怪异之感。从"意义再生产"到有效阐释的筛选与限制，阐释始终谋求以丰富而又合理的形式嵌入历史之中。

尽管现代阐释学以及接受美学的许多命题有待完善，尽管防范失控的阐释与无序的意义令人头痛，但是，没有理由忽视二者的巨大积极作用——仍然是在嵌入历史的意义上。文学批评史显示，历史的进步和演变时常转借前所未有的阐释透露种种信息。文学批评史往往包含两方面的工作：一种工作注重传递、复述相对固定的文学知识，尤其是批评家对于文学经典的分析与评价，这些工作时常由课堂的文学教育承担；另一种工作注重再发现、再思考、再生产、再评价，批评家自出机杼，发前人所未见，文学批评从知识的保存、传授转入创造范畴。为什么放弃普遍接受的文学知识而另辟阐释之径？一个文本的重新阐释来自历史的巨大压力。历史的进步和演变开始渗透乃至修正批评家的期待视野、成见、前理解结构，重新阐释不可避免地发生。当然，各种新兴的理论学说时常充当历史与批评家之间的中介。《诗经》的阐释突破"思无邪"的论断而指出民间反抗精神的时候，《红楼梦》的阐释从脂砚斋的"到头一梦，万境归空"到赋予反封建思想的时候，或者《俄狄浦斯》的阐释从天命不可违转向"恋母情结"的时候，人们可以迅速意识到各种理论学说的活跃程度。更为尖锐的例子是，女性主义与后殖民理论的风行无不导致一批重新阐释问世，这些阐释甚至动摇了众多传统文学经典的评价。

各种阐释提供了一批竞争性结论。竞争性结论的特征是，持续卷入漫长的争论，反反复复的试探、权衡与比较，某一个结论在竞争中的逐渐胜出表现为相对广泛的认可，而不是确凿不移的一锤定音。传统的认知——这种认知如今仍然是多数自然科学的准则——往往预设一个标准答案的存在，科学家之间的争论并不是彼此较量，而是与标准答案的对照。一旦二者完全吻合，正确的结论不再改动，所有的竞争者心悦诚服地退场。相对地说，竞争性结论仍然存在重新怀疑的可能。未来的历史条件产生变化的时候，种种衡量与评判不得不再度开始。这是人文知识与自然科学的重要区别。人文知识是不是因此显得"低级"？也许，现在是扭转这种认识的时候了。如果说，天造地设的自然始终按照固定的"规律"运行，那么，人们置身的意义空间变动不居。更为重要的是，人们力图根据自己的意愿重塑意义空间，变动不居显然包含重塑的努力，尽管历史的实际场景可能与当初的意愿存在巨大距离。重塑意义空间的时候，阐释显示了举足轻重的作用。文学批评是阐释之中一个特殊的分支，并且因为阐释获得进入历史纵深的路径。

后　记

这本著作之中的论文大都是近五年的作品，绝大多数第一次收入。

第一部分论文主要围绕"审美"与"历史"。"现代性"不仅是一个历史阶段特殊性质的形容，同时还显现为新型的文化结构。社会制度、经济发展状况、科学技术、各种前所未有的生产方式以及社会组织、社会关系分别进入新型的文化结构，重新配置与彼此协调。文学在新型的文化结构内部占有何种位置？文学之所以未曾被哲学、历史学、经济学、社会学等各个学科覆盖，"审美"的存在无疑是一个重要理由。人们时常用"祛魅"形容现代社会的各个方面，理性主义的严谨、精确、复杂化以及前呼后拥的概念术语同时成为文学研究的重要特征。"审美"会不会遭受"祛魅"的驱逐？这个事实的背面恰恰是——强烈的审美愉悦诉诸感性。当各个学科汇聚的理性主义形成巨大而无形的栅栏时，审美与感性是不是隐含了突围的路线？这时，审美经验不仅是几件艺术作品带来的心理潮汐，而且可能转换为另一种历史认知。当然，所谓的历史认知包含远为不同的视角与观念。审美的介入即是与这些视角、观念形成积极的对话。对话可能是相互补充，也可能显现差异，并且相互修正。对话并不是也不可能停止在某一个匆忙的结论之上，而是持续展开为丰富的过程，并且形成思想张力。这也是我更愿意使用"博弈"这个词的原因。

汉语文学之中，叙事文类的兴盛与现代社会的到来存在密切联系。相对于古代诗词的典雅内敛，"温柔敦厚"，大众更乐于享受叙事文类提供的传奇、悬念、曲折跌宕。现代社会的一个表征是，大众愈来愈多地出现在前台，无论是组成革命洪流的大众还是作为消费者的大众。至少在目前，叙事文类——从小说、戏剧到电影、电视连续剧——赢得更多的社会关注。因此，如何叙事不仅是一种话语组织方式，同时还隐含社会文化的各种内在转折。换言之，现代"叙事学"已经远远超出结构主义的理论视域而拥有更为丰富的内涵。"叙事学"概念的出现很大程度上来自语言学的启示。多数人没有预料到，现代科学技术如此强劲地介入当代叙事。电影、电视的叙事来自一套镜头语言，互联网正在制造各种新型的叙事话语。哪些古老的观念正在遭受挑战？哪些新的可能正在降临？这是第二部分论文的基本主题。

当然，尾随文学作品的各种阐释——来自文学批评，或者来自更富于学术意义的文学研究——始终是"文学"的组成部分。阐释学的覆盖范围远远超出文学的范畴。阐释学始于古老的宗教经典解释，或者阐发先哲遗留的种种深奥的学说，文学作品的阐释仅仅是一个分支项目。尽管如此，阐释学的现代转折很快波及这个区域，甚至形成新的文学批评学派，例如接受美学。阐释学的现代转折涉及的核心问题即是"开放／边界"。对于众多批评家说来，"开放／边界"时常是文学阐释实践遭遇的一个尖锐矛盾。阐释之所以与被阐释的对象同等重要，因为二者共同制造了人们生存的意义空间。如果说，城市、街道、各种建筑物构成了人们生存的物理空间，那么，人们的精神栖居于意义空间。众多的社会科学观念犹如意义空间的架构，引导人们精神的成长、成熟，相互交往，并且延伸为不断承传的历史文化传统。这些内容既包含一批思想家的独到之见，也包含另一批思想家的后续阐释——阐释可能是理解与弘扬，也可能是异议乃至批判。从意义空间的建构、维持到扩大，阐释始终扮演一个不可或缺的角色。第三部分的论文围绕"开放／边界"反复论辩，因为如何阐释终将涉及精神的塑造形式。

以上是这本著作内容的简要说明。这些论文分别发表于《中国社会科学》《文学评论》《文艺研究》《学术月刊》《文艺争鸣》等刊物，特此致谢。同时，感谢所有为这本著作的出版提供各种帮助的机构和同行。

南帆

2023 年 5 月 21 日